高满堂 等◎著

万卷出版有限责任公司
VOLUMES PUBLISHING COMPANY

图书在版编目（CIP）数据

归队 / 高满堂等著. -- 沈阳：万卷出版有限责任
公司，2025. 9. -- ISBN 978-7-5470-6816-8

Ⅰ. I247. 5

中国国家版本馆CIP数据核字第2025FA5432号

出 品 人：王维良

出版发行：万卷出版有限责任公司

（地址：沈阳市和平区十一纬路29号　邮编：110003）

印 刷 者：辽宁新华印务有限公司

经 销 者：全国新华书店

幅面尺寸：160 mm × 230 mm

字　　数：440千字

印　　张：28.5

出版时间：2025年9月第1版

印刷时间：2025年9月第1次印刷

责任编辑：胡　利

特约编辑：杨家强

责任校对：刘　璠　郑云英　刘　洋

封面设计：仙　境

ISBN 978-7-5470-6816-8

定　　价：68.00元

联系电话：024-23284090

传　　真：024-23284448

目录
Contents

第一章
林海大突围

一

一九三八年的秋天，在荒莽的林海深处，幽蓝的天空突然出现一群乌鸦，它们在老树上方盘旋聚集，却不肯落到老树上。这群盘旋的乌鸦并非偶然的过客，这种对生命气息极敏锐的鸟类，定是发现了这里的异常。

一只乌鸦俯冲而下，落在老树下堆积的落叶上。随即，许多乌鸦也紧跟着落在微微隆起的枝叶堆上，在枝叶堆间争抢啄食。突然，在枝叶间裂开了一双血瞳，那瞳孔里弥漫着硝烟，充满了杀气。

一只正在啄食的乌鸦被老山东这双血红的眼睛吓得猛地腾起，可它的腿已被老山东抓住了，任凭它怎么扇动翅膀和惊叫也无法挣脱老山东那只有力的大手。而其他乌鸦听到动静，纷纷趁机飞走了。

老山东模糊的视线渐渐清晰，当他看清眼前是只乌鸦而非敌人后，便松了口气，紧攥着乌鸦的手也松开了。老山东瞪着那双血红的眼睛，望着林子上空越飞越远的乌鸦，耳边隐约响起了枪声、炮声和嘶喊声……

枪炮声越来越近，爆炸声四起，一排排炮弹飞来。排长老山东带领高云虎、汤德远、福庆等抗联战士朝日军猛烈开火。狙击手田小贵别看才二十一岁，枪法极准。他埋伏在枝叶堆里，紧握狙击枪，精准地击毙日军重要人物。

随着日军的纷纷倒下，抗联战士也不断有人受伤，甚至牺牲。激烈的战斗中，每个人都可能随时倒下，但是谁都丝毫没有退却的念头。

女卫生员花儿在战壕内奔跑着救治伤员，一颗子弹擦肩而过，划伤了她的肩膀，疼得她一激灵，险些摔倒。但当她看到一名刚受伤的战友时，还是奋不顾身地朝他跑去。

这时，日军搬来数门步兵炮，朝抗联战士猛烈地开火，炮弹划着弧线从空中袭来，落在抗联战士身旁，瞬间血肉横飞。一枚炮弹在老山东身边爆炸了，枝叶被炸得四处飞溅，老山东也被炸得腾空而起，随即，落到了一棵老树旁，那些被炸飞的枝叶纷纷落到老山东身上。

一名战士摇晃着老山东的身体，老山东隐约听到战士高声喊道："排长，排长！"可是，他的意识却越来越模糊……

老山东揉了揉血红的眼睛，眼前的生死搏斗不见了，耳边的枪炮声和嘶喊声也消失了。林子里寂静萧瑟，不知道这寂静背后是否隐藏着什么凶险。

不远处的树丫上落着一只乌鸦，偶尔歪一歪脖儿打量着他。不知道是不是他刚放走的那只，他朝乌鸦的方向狠狠吐了口唾沫："呸！"他在心里暗骂："晦气的东西，滚开！想吃老子的肉，没门儿！老子现在还不能死，老子还有大事没完成呢！"

老山东拖着虚弱的身体，从凌乱的枝叶堆里艰难地爬起来。他望着远处连绵起伏的莽莽山林，咬着牙缓缓起身，坚定地朝前方走去。突然，他被绊了个趔趄，脚下的枝叶堆里竟露出一条人腿。老山东忙伸手拨开枝叶，一名抗联战士年轻的脸庞露了出来。老山东急切地把手伸到战士的鼻孔下，凉冰冰的没有一丝气息。老山东轻轻抚摸着战士稚嫩的脸庞，心如刀绞。他重新用树叶把战士的脸和身子全盖好，转身离开。

没走多远，老山东的腿又被大树枝卡住了，他忙往出拔腿，可连拔好几次也没拔出来。无奈，他只得搬开大树枝。在大树枝下，一名抗联战士紧紧地掐住了一个日本兵的脖子，而日本兵的匕首刺进了战士的胸口。老山东气得拔出匕首，猛地插进日本兵尸首。

风起，山林里杂叶纷飞，林地上，一张张脸，一条条腿，一只只手，一杆杆枪，不断地显露出来……这惨不忍睹的场面，让老山东的耳边又响起了枪炮声，眼前又浮现了那惊心动魄的战斗场景……

老山东与抗联战士们猛烈地朝日军开枪射击。抗联战士不断中弹、受伤、牺牲，花儿的脸上满是鲜血，谁也分不清这血是她的，还是被救治的伤员的。一个伤员推开花儿，拿起枪就冲进了战场，继续投入战斗，他把自己的生死早已抛在了脑后。

日军人数众多，装备先进，但面对勇猛的抗联战士，他们不得不使用火炮进行轰炸。田小贵眼疾手快，一枪击毙了一个日军炮兵。另一个炮兵刚要开炮，也被田小贵一枪击毙。这时，日军发现了田小贵，子弹纷纷射向他，他被打得抬不起头来。日军在炮火的掩护下，趁机朝抗联队伍拥了上来……

抗联战士们和日军展开了生死肉搏。高云虎刺死了一个日本兵，却被另一个日本兵从后面打倒在地。而福庆和一个日本兵紧抱在一块儿，在地上翻滚。福庆一口咬住他的右耳，疼得他嗷嗷惨叫。福庆干脆把耳朵咬了下来，那个日本兵疼得捂着伤口跑了。福庆刚要去追，忽见一个日本兵压住了高云虎，拿着匕首要扎向高云虎的胸口，高云虎紧紧握住日本兵的手腕子，俩人正较着劲僵持不下。

生死关头，福庆连忙从地上捡起一把大砍刀，手起刀落，压在高云虎身上的日本兵应声倒下。高云虎看了一眼福庆嘴里叼着的耳朵，提醒道："还不快吐了！"福庆回过神来，这才把耳朵吐掉。

汤德远正被两个日本兵前后夹击，一个日本兵挥舞着刺刀冲向汤德远，刺刀扎进了汤德远的大腿，顿时鲜血四溅。身后又冲上来一个日本兵，对着汤德远举刀……生死攸关之际，老山东急忙冲过来，与汤德远并肩作战，终于把两个日本兵放倒。

花儿冲上来给汤德远包扎伤口，奋力拉起汤德远……这时，大批日军赶来，密集的手榴弹如雨点般朝抗联队伍抛来，抗联战士纷纷倒地。有一颗手榴弹落在田小贵身旁，他吓得赶紧抱起身边的一具日本兵尸体掩护自己。黑压压的日军洪水般汹涌奔来……

老山东抽泣着闭上双眼，他用手背抹掉眼泪，继续大步朝前走。走了一阵子，老山东的脚又被绊住了，他用力拔了几次却拔不出来。他低头一看，树叶里竟有一只手紧紧抓着他的脚脖子。

老山东一惊，连忙俯下身子，警觉地拨开树叶，田小贵的脸露了出来。老山东又惊又喜，不停地喊："小贵！小贵！"可是田小贵紧闭着双眼不说话。老山东朝他的脸上抽了两巴掌。

田小贵猛地睁开眼睛，阻拦道："停！打人别打脸，阎王爷也得守规矩！"听到田小贵说话，老山东笑了，笑着笑着，他的双眼模糊了。田小贵缓了缓神，看着老山东的脸说："是排长啊，到了阴曹地府，把咱俩捆一块儿啦？"

老山东吸溜着鼻子，泣不成声："傻小子，你还活着！"田小贵不解地问："那掐肉咋不疼呢？"老山东被问得哭笑不得，用力拽起田小贵："傻小子，你掐的是我！快起来！"田小贵看看周围，伤心地说："排长，就剩咱俩了吗？同志们呢？"老山东沉默了，低下头不知说什么好。田小贵想着那些牺牲的战友，想到他们再也不能起来打鬼子了，放声哭了起来。

老山东咬着牙说："把眼泪给我憋回去，别让关东山笑话咱，要淌咱就淌出血来！"田小贵强忍眼泪说："还说我呢，你不是也眼泪巴擦的？"两个人相互搀扶着向前走去。老山东的心里始终牢记那个神圣而庄严的约定，眼前又出现了林海密营的景象。

　　远处传来隐约的枪炮声，一众衣衫褴褛的抗联战士散落在密营前……老山东叼着一支长烟袋说："点点人头吧。"福庆起身说："我去！"老山东说："还有气儿的自己会吱声。整队！"

　　战士们听到老山东的命令，纷纷起身，在排头高云虎身边站成一队。老山东说："报个数吧，一！"高云虎立正，敬礼："二！"福庆敬礼："三！"

　　老山东叼着烟袋，沿着队列往前走。一名战士敬礼："四！"五号位置没有人，地上只有一顶带血的狗皮帽子，帽子上有个明显的枪眼。一名战士敬礼："六！"

　　远处的枪声和炮声更近了，老山东用低沉而又不容置疑的口气说："同志们，我们已经被敌人包围了，现在我们要突围！"七号、八号位置没有人，地上插着两把带着红缨的砍刀。再往前走，汤德远立正，敬礼："九！"

　　老山东边往前走边说："下边是场硬仗，能突围活下来的，一定要奔牡丹江松林镇以北的八棵松，找到第八棵松树，在树干上刻下自己的号儿！"

　　田小贵眼含着泪说："排长，你说啥关东山都能听见，咱都能活着出去!"老山东一瞪眼说:"报数。"田小贵立正,敬礼:"十!"老山东说:"找到第八棵松树,刻下自己的号儿,然后去松林镇躲起来,保护好自己。"

老山东继续走着,林海中回荡着战士们报数的声音:"十二……十五、十六……"老山东坚定地说:"我要是还能活着,一定会去联系大家。"这时,站在队尾的花儿表情坚毅地报数:"十八!"

枪炮声更近了,已经可以听见不远处日军的呼喊声,老山东转头看着努力挺直腰杆的战士们说:"一句话,咱们排不管剩下几个人,都要寻找队伍,都要归队!抗日到底!咱这罐子热血要洒也得洒在这白山黑水上……"话音未落,一颗炮弹在密营不远处爆炸,战斗就此开始……

老山东和田小贵互相搀扶着往前走,老山东突然停下问:"我的烟袋呢?"田小贵说:"你没让我拿着!"老山东失落地说:"就靠这袋烟顶着呢,快找找!"田小贵跟着老山东往回走,刚走两步,他指着老山东的腰说:"烟袋不就在你腰上别着吗?"

老山东忙摸下烟袋,装上一锅烟。田小贵费劲地从兜里掏出被血浸湿了的火柴,划了一根,没划着,又划了一根,一阵山风吹过,灭了。终于划着了,田小贵双手拢着火给老山东点上。

老山东端着烟袋锅,想到那么多的抗联战友下落不明,而今,只有自己和田小贵走在这无际的山林里。他不知道其他战友的命运如何,也无法预知自己和田小贵将如何走出这深山老林。二人越走越远,身影渐渐地消失在了茫茫林海中……

二

秋日的河面泛着粼粼波光。高云虎和福庆已是衣衫褴褛,蓬头垢面。

福庆每走几步，就向后张望，凹陷的眼窝里凝着深深的惊惶。高云虎扯了扯福庆的衣襟，提醒道："别慌慌张张的，小心让人看出来！"福庆挺直腰杆儿，大声说："小鬼子要是敢追上来，我再砍他两个！"高云虎说："家伙事儿都没了，咋砍哪？"

福庆没说话，自信地拍拍腰。高云虎惊讶地问："你还带着枪呢？"福庆自信地说："小刀一把，急眼了也能要命！"高云虎看着河水说："咱俩这身上还挂着血呢，趁着没人，得赶紧洗干净。"

高云虎和福庆站在河边，清洗着身上的血迹。高云虎看见福庆受伤的手臂，直皱眉，担心地问福庆："伤得不重吧？"福庆满不在乎地说："没事，挠痒痒呢。"听福庆这么说，高云虎笑了。福庆问高云虎："云虎，你伤着哪儿啦？"高云虎说："多亏你了，要不我早凉快了。"福庆笑着说："也多亏你了，要不是你提醒，我还叼着小鬼子的耳朵呢！"

高云虎打趣地问："味儿咋样？"福庆笑着应和道："老香了，没吃够。"高云虎吧嗒吧嗒嘴说："下回我也尝尝。"说到这儿，两个人都笑了。笑着笑着，又都沉默了。过了一阵子，福庆沉着脸说："也不知道大家都咋样了。"高云虎看着远方，陷入了沉思。福庆试探地问："要不咱俩回去瞅瞅？"高云虎无奈地反问道："送死吗？"福庆不吭声了。

高云虎看着福庆问："洗完了吧？"福庆点点头。高云虎拉起福庆说："先去找点吃的，歇歇脚。然后按排长说的，奔松林镇八棵松。"福庆叹了口气，心里想着：我的抗联战友们，你们都在哪儿呢？我们该去哪儿找你们呢？

高云虎和福庆走出山林，回头望见丛林深处的上空突然冒出滚滚浓烟。福庆惊讶地问："林子着火啦？"高云虎眼睛盯着山林没说话。福庆想了想说："不对，林子那头就是赵家屯，不会是打仗呢吧？"高云虎满脸疑惑地说："可没听见动静啊。"福庆拉了一把高云虎说："走，瞅瞅去。"两个人急忙朝丛林深处赶去。

他俩喘着气刚赶到林子里，就听到杂乱的吵闹声，高云虎突然抓住福庆的胳膊，俩人忙躲到树后。一群村民从林子那边慌慌张张地走了过来。男女老少互相搀扶，每个人身上都背着大包小裹，还有人抱着孩子，更有人抱着先人的牌位……显然是一幅被迫离家的慌乱景象。

不一会儿，日军的马队就出现了，他们驱赶着村民往林子外走，那些受了惊吓的孩子一路上都哭哭啼啼的。孩子的哭声和日军的驱赶声使人群更加混乱嘈杂。一些具有反抗意识的村民，不想听任日军的摆布，突然转身朝林子里跑去。日军军官挥舞着军刀，追杀逃跑的村民。有的村民被砍倒，有的村民被击倒，许多逃跑的村民又被抓了回来。

最后，日军将男女老少赶进了河里，河里哭喊声一片。凶残的日军疯狂地向村民们开枪射击，村民们纷纷中枪倒下，清澈的河水被鲜血染红了。河岸上，还散落着包裹、先人牌位、大人衣裳和小孩儿鞋子……高云虎和福庆藏在树后，看着眼前惨无人道的场面，气得咬牙、撞树，却又无可奈何，唯有愤怒的抗日烈火在心中熊熊燃烧。

黄昏，夕阳的余晖和往常一样洒落到这个小山村。这个被日军洗劫的村子已空无一人，房倒屋塌，烈火熊熊，黑烟滚滚，一片狼藉。

高云虎和福庆走进废墟，在一户人家的灶台前掀开锅盖，大锅里是烧煳的菜糊糊粥。俩人抓起菜糊糊粥，大口地吃了起来。随后，又翻出几件村民没来得及带走的旧衣裳，俩人换上后，俨然成了地地道道的村民。夕阳的余晖未尽，高云虎和福庆走出村子，俩人的背影在红彤彤的天边渐渐远去。

一九三四年，为了切断中国人民群众与东北抗日队伍的联系，日军开始实施"归屯并户"政策，将其武力无法控制的地区或偏远的山区变成无人区，强行将居住于此的老百姓迁徙到严加看管的"集团部落"里。因此，许多偏僻的山村都遭到了日军的洗劫。此后，东北抗日队伍的生存更加艰难了。

三

在茫茫林海中，满身血迹的汤德远背靠一棵树坐着，包扎大腿的黑色布条上浸满了血。这时，身后的林子里传来人走动的声音，汤德远警觉地转头，花儿捧着树叶走了过来。

汤德远松了口气问："这玩意儿能吃？"花儿在他身边蹲下，汤德远又说："不如整点草根子。"花儿低头解开汤德远伤口上的布条说："我给你处理处理伤口。这伤口不处理，甭想走出这林子，更甭说去松林镇了。"

花儿仔细地给汤德远检查伤口，汤德远看花儿的动作十分小心，故作轻松地说："咋，搁这儿绣朵花？"说着，挪开腿，"小意思，没事！"花儿不理他，把采回的树叶塞进嘴里嚼着。汤德远也抓了一把树叶放进嘴里："我也尝尝。"

过了一会儿，花儿把嚼碎的树叶敷在汤德远的伤口上，说："这会儿没事，别等化脓了，我想管也管不了。"汤德远也学着花儿的样子，把嚼碎的树叶抹在伤口上。花儿从自己衣服上撕下一条布，重新给汤德远包扎伤口。

汤德远从腰里解下一个软塌塌的布袋，递给花儿说："你歇会儿吧。"他接过布条自己包扎伤口。花儿打开布袋，惊喜道："干粮！"她使劲抖搂布袋，布袋底部是一小撮小米。她小心地把小米倒在掌心，一把塞进嘴里。汤德远看了一眼花儿，咽了口唾沫。

花儿正嚼着，突然停下了，看着汤德远说："二班长！"汤德远问："咋的？"花儿一脸羞愧地说："我都吃了……"汤德远扭过脸说："我吃得比你多，这是专门给你留的。"花儿低下头，老半天不说话。

汤德远轻声问："花儿，你给我整的都是啥仙草儿？"花儿还是低着头，说："冬青和老鸹眼儿。"汤德远说："我说呢，平常我们都嚼柏树叶子。"花儿还是不说话，眼泪却吧嗒吧嗒地落在地上。汤德远逗着花儿，说:"咋还抹上泪儿啦?"花儿猛然起身说:"我去挖点草根子。"汤德远说:"还当真啦?回来,林子里不缺吃的。"

花儿说:"知道你不饿,咱不还得赶路嘛,我腿脚比你利索。"汤德远说:"腿脚好着呢,信不信咱俩最先到八棵松?"花儿走开,汤德远在身后叫:"花儿,花儿,注意安全啊!"

林子里,一队伪军端着枪、牵着狼狗正在搜山。听到不远处传来狼狗的叫声,汤德远猛地睁开眼,左右环顾,不见花儿的影子。他朝着花儿离开的方向小声叫道:"花儿!"没有回应。

狼狗的声音越来越近了。汤德远拄着棍子站起来,一瘸一拐地朝着另一个方向走去……

花儿正在割嫩树皮,她听到狼狗的叫声,撒腿就往回跑。跑着跑着,叫声越来越近,她还听到搜山的伪军叫嚷声。花儿忙停下脚步,藏在一棵大树后面。

两条狼狗在一道横断的山沟子边上狂叫不止。一个伪军走过来,看见了地上染血的布条。紧接着日军也走来,探头看看下面十几米深的山沟子,沟底杂草丛生。伪军捡起地上的布条,拿给日军看。七八个伪军端着枪,在林子里四散搜寻……

日军放开狼狗继续追踪,两条狼狗围着日军狂吠,不肯走远。就在不远的树上,汤德远紧抱着树丫,腿上的伤口渗出鲜血,浸湿了布条。围着日军打转的狼狗闻到一丝血腥,兴奋地狂吠起来。日军看着兴奋的狼狗,不明所以。汤德远紧紧捂住伤口……

直到狼狗和搜山伪军的声音听不见了,花儿才从藏身的树后出来。她一口气跑回之前的歇脚处,却发现汤德远坐过的地方空空如也。花儿压低了声音,叫道:"二班长,二班长!老汤,汤德远!二班长,你还在吗?老汤,二班长,你藏哪儿啦?我是花儿……"四周一片寂静。花儿深一脚浅一脚地走在林子里,边走边寻找着……林深树密,只见几只山禽飞过。

四

秋日的山林，树叶纷纷落下，茂密的树丛里依然有些幽暗。老山东和田小贵走在灰蒙蒙的林子里，非常疲惫。

田小贵难为情地说："排长，我实在走不动了。"老山东安慰道："走累了，那就歇会儿。"田小贵一屁股坐到地上，问："排长，咱为啥要奔松林镇八棵松？"老山东说："松林镇有咱的交通站。找见老掌柜，他能带咱找着山里的密营，到时咱就能另打锣鼓重开张！"

田小贵又问："排长，咱还得走多远？"老山东望着远处漫无边际的山林，沉默良久说："累了就歇，歇好就走，早晚能走到地方。"他拿起水壶，递给田小贵。田小贵接过水壶，若有所思地喝着水。

老山东见状试探地问："还想打鬼子吗？"田小贵沉默片刻，不自信地说："现在这样，咱们还打得过吗？"老山东厉声道："笑话！这是咱家的地盘，咱们人多，能怕了那些狼眼兔子头？！"田小贵忙应道："那倒是。"老山东坚定地说："你要相信，侵略者是不会有好下场的！"田小贵点点头："排长的话，我信。"

田小贵把水壶递给老山东，老山东接过水壶，说："对了，这一路上你不要叫我排长了，叫叔吧。"突然，一颗子弹击中水壶，老山东赶紧扑倒田小贵，二人一动不动地伏在地上。田小贵低声说："不到一百二十米。"老山东悄声说："走！"一帮日军正朝老山东这边扑来。老山东和田小贵拼命地奔跑，而身后的枪声正在渐渐逼近……

夜晚的山林里并不安静，老山东和田小贵摸瞎黑，深一脚浅一脚地往前走着。田小贵被什么绊了一下，摔了个大跟头，疼得他"哎哟"叫了一声。老山东赶紧捂住田小贵的嘴，警觉地向四周张望。许久，田小贵掰开老山东的手，大口喘着气说："叔，可憋死我了！"老山东松了口气说："总算甩掉了。"

田小贵看着四周陌生的景象问："叔，咱们这是跑哪儿来啦？"老山东看着周围的环境，正在辨别着方向。田小贵突然惊慌地说："人！有人！"老山东转头看去，只见月光下一具靠着树干的尸骨泛着幽幽白光，阴森恐怖。老山东看着尸骨，倒吸了口冷气，忙搂住田小贵，边抚摸着田小贵的头边安慰道："别怕，别怕。"

秋日的深山老林里，树的叶子已然落光，没有了叶子，许多树的样子都极其相似。老山东和田小贵在林子里走了老半天，又走回到了那具尸骨旁。

田小贵一脸疑惑地问："叔，咱俩这不又走回来了吗？"老山东也感到了蹊跷，他紧皱着眉，努力辨别着方向。田小贵沮丧地说："来来回回走了好几天了，还是围着这里转，叔，咱俩这是麻达山（迷路）了！"

老山东沉默片刻说："可能是扎进坨子盆了。"田小贵不解地看着老山东，问："啥叫坨子盆啊？"老山东解释道："坨子盆，大盆套小盆，弯弯绕绕不见头，神仙进来也犯愁。"田小贵感慨道："跑过敌人没跑过山！老天爷，我们是好人，是打小鬼子的，您老人家得睁眼仔细瞅瞅哇！"

五

一个大娘背着柴草走进院子。她把柴草卸在屋外的柴草垛上，随手掐了一把，走进厨房。然后把柴草塞进灶膛里，开始生火。听到身后传来响声，大娘猛地朝身后看去，只见墙角扣着一个大筐。她抄起炉钩子站起身，走到大筐近前，试探着用炉钩子挑起筐沿，筐下竟露出一双又脏又破的鞋子。

大娘吓得后退好几步，颤抖着问："你是谁？哪儿来的？"没人搭话。她又壮着胆说："你要是不出来，我可叫人去了！"大筐被掀翻了，花儿蜷缩在角落里，那样子既狼狈又可怜。花儿轻声央求道："大娘，给口吃的吧。"

善良的大娘给花儿端来一笸箩地瓜，花儿站在炕边，狼吞虎咽地吃起来。大娘见花儿吃得太急，就端来一碗水说："喝口水，别噎着。"花儿端起水碗，一口气喝光了。大娘拍拍炕沿，热心地说："孩子，上炕，坐炕上吃。"花儿低下头说："大娘，我衣裳埋汰。"大娘拉着花儿的手说："农家人不讲这个。"花儿这才勉强坐到炕沿上。大娘看着花儿沉默片刻，朝外面走去。花儿机警地问："大娘，你要干啥去？"大娘和善地看着花儿说："烧锅热水。"

夜里，大娘用水洇湿了花儿沾满血渍的衣裳，又一点一点把衣裳揭开，伤口慢慢露了出来。花儿疼得哼了一声。大娘心疼地问："孩子，弄疼了吧？"花儿咬着牙摇摇头，大娘轻轻地把花儿的伤口清洗干净。

大娘坐在炕上，花儿盖着被子，头枕在大娘的腿上。大娘抚摸着花儿的头发说："孩子，睡个好觉吧。"花儿没吭声，眼泪不停地掉下来，打湿了大娘的腿。大娘关心地问："孩子，你这是咋啦？"花儿哽咽着说："想我娘了。"大娘又问："你娘在哪儿呢？"

花儿抽泣着说："我爹让小鬼子抓了劳工，冻死在山里。娘一个人在家呢，我已经三年没见着她了，也不知道她咋样了。大娘，我在家的时候，也总爱躺在我娘的腿上，您让我想起我娘了。"

大娘抚摸着花儿的脸蛋说："可怜的孩子，那就把大娘当成亲娘吧。"花儿点着头，蜷缩在大娘怀里睡着了。突然，狗叫声传来，花儿惊醒，猛地坐起身。

大娘紧张地说："小鬼子又来了，这几天他们天天搜抗联！"花儿腾地起身说："大娘，我得走了。"大娘递给花儿几个地瓜，说："孩子，赶紧跑，往山上跑！"花儿跪在炕上，给大娘磕了个头，慌忙朝山林里跑去。

六

鲜红的河水已流向远方，被日军杀害的村民们的尸体也已被冲走了。河面又恢复了往日的平静。望着眼前的河水，福庆苦着脸说："就靠这两条腿，啥时候能走到哇？"高云虎鼓励他说："咱们多走一步，就离八棵松更近一步了。"

福庆有些灰心地说："饿得腿都软了，照这样下去，还没走到地方呢，先饿死了。"高云虎气愤地说："咱爷们儿在自家地面上，找口吃的都这么费劲，都是小鬼子害的！"福庆咬着牙说："这笔账早晚得算清！"

这时，有马叫声传来，高云虎和福庆朝马叫的方向看去。乡路上，来了一辆马车。高云虎和福庆站在路边，车老板打量着他俩。福庆低声说："再不搭话，人家就走了！"

高云虎正犹豫着，车老板已停下车。车老板对两人说："腰都佝偻了，顶不住一阵风，一看就是饿的呀。我这儿有口干粮，给你俩垫垫底儿吧。"他从包裹里掏出两个饼子，扔了过去。福庆接过饼子感激地说："老哥，谢谢你！"

车老板叹了口气说："这年头儿，活着不容易呀！对了，你俩这是去哪儿啊？"福庆说："我俩……"福庆说了一半的话又咽了回去。高云虎边打量着车老板边问道："老哥，你去哪儿啊？"车老板说："松林镇。"

福庆看着高云虎，想让他拿主意。高云虎说："我俩也去松林镇。"车老板说："走着去呀？那可得日子了。"高云虎苦笑着看着车老板，没有说话。车老板说："正好我这车是空的，可以顺便捎个脚。"高云虎难为情地说："可我俩没钱哪。"

车老板琢磨了一下，说："好人做到底，我一个人走也没啥意思，你俩陪我唠唠嗑儿吧。"福庆高兴地说："这真是碰上好人了，老哥，谢谢你。"高云虎继续打量车老板，犹豫着说："老哥，谢谢啦。是这样，我俩中间还有点别的事要办。"

福庆不解地看着高云虎。车老板看着他俩，笑了笑说："行了，就当我啥都没说，走了！"

见车老板走远了，福庆不解地问："云虎，人家好心好意要捎咱俩，你咋还不答应呢?"高云虎若有所思地说:"自己走踏实。"福庆不服气地说:"咱俩人呢,就算他有歹心,也不怕。"高云虎谨慎地说:"还是小心点为好,走吧。"福庆一脸疑惑地把一个饼子递给高云虎。

高云虎和福庆吃着饼子,福庆突然感到了脑袋一阵晕乎,他停住脚步,使劲地晃了晃脑袋,眨了眨眼睛,想让自己清醒清醒。高云虎不解地问:"咋啦?"福庆说:"上来困劲儿了,瞅啥都俩影儿。"高云虎说:"那咱们就歇会儿。"

二人找了个空地坐下,高云虎靠着树干,打了个哈欠说:"你这一说,我也困了。"这时,福庆已垂下头,眯缝着眼睛,说不出话。高云虎看着福庆,急忙喊:"福庆,福庆!你咋啦?"高云虎想起身,但没等站起来就一头栽倒在地。

乡路上,车老板赶着马车,马车后面扬起了一团团灰尘。车厢里,高云虎和福庆紧闭着眼睛躺在杂草下面。随着马车的颠簸,两个人的脸在杂草间若隐若现。

一桶凉水哗地浇到高云虎和福庆脸上,二人慢慢睁开眼睛。一脸凶相的金把头和四个打手正虎视眈眈地站在一旁,二人想起身,却发觉都被绳子捆住了,无法动弹。

金把头冲高云虎和福庆说:"别费力气了,留着劲儿干活,还能吃口饱饭。"福庆问:"你们是什么人?"金把头咧嘴一笑,露出了满口的金牙,牛哄哄地说:"金人儿。"高云虎问:"你们是淘金的?"金把头点点头说:"算你有见识。你俩是干啥的?"

金把头蹲下身子,拿着一把刀在高云虎眼前比画。福庆忙说:"这是我的刀,我是杀猪的!"金把头笑了笑说:"不杀人就行。"说着割断了高云虎身上的绳子。另一个打手也拔出刀,割断了福庆身上的绳子。高云虎和福庆相互搀扶着站起来。

福庆恨恨地盯着金把头,金把头说:"少拿眼珠子横愣我,你就是长个老虎眼也不好使！给你俩交个底吧，到了这儿，就是到了福窝了。这水里，这岸边，金子一抓一大把，背朝天，头拱地，汗珠子摔八瓣，干他个三年五载，金光闪闪出山沟！金戒指金项链，满口金牙晃瞎了眼，盖房子娶媳妇生崽子，享福享到天上去……"

福庆瞪着金把头说："你少跟我扯没用的，我不干！"金把头威胁道："话还没说完呢，急啥！腿长在你身上，你可以不干，可以走，就怕你有走出去的腿，没有走出去的命啊。"

福庆试探地问："意思是你不让我们走呗？"金把头得意地说："不是我不让，是带你们来的人不让。前几天有一群不知好歹的跑了，忙活半天一个都没跑出去不说，有命回来的多少都掉了点零碎。懂我的意思吧？"

高云虎拦住福庆，说："我们懂，我们懂。这世道，能吃口饱饭比啥都强，我俩留下了。"金把头满意地说："这就对了嘛，先给他俩弄口吃的，吃饱了才有力气干活嘛。"

在金沟的地窖子里，高云虎和福庆坐在炕上，吃着干粮喝着汤。福庆愧疚地说："云虎，都怪我，一时大意，中了人家的套！"高云虎安慰说："我不也吃了嘛。"福庆说："那也是我先吃的。"高云虎劝道："还好，咱俩没落到小鬼子手里，这也算万幸啊。"

福庆沉默片刻说："云虎，这地儿不能待，咱俩得跑哇！"高云虎为难地说："往哪儿跑？外面全是山匪，跑了就可能带走金子，山匪能答应吗？"

福庆摊着手说："可咱们身上没金子呀。"高云虎自信地说："但能挖金子！"福庆说："那就窝这儿啦？不去八棵松了？"高云虎说："要去也得有命去呀。"福庆听罢不言语了。高云虎又说："先摸摸底再说吧。"福庆长叹一口气，也想不出更好的办法。

金沟的早晨来得早。天刚蒙蒙亮，金把头就敲着锣唱开了："大红的日头照腌沟，梦里的娘儿们白了头。关东山里有财宝，就看起得早不起早……"

地窖子里，金夫们正在熟睡。两个打手抡着木棒敲打着大通铺，对金夫们喊道："都给我起来，快点！快点！"金夫们纷纷爬起来，急忙穿衣服。忙乱中，一个金夫问："我裤子呢？"打手抡起木棒喊道："没裤子就光腚！快出去！"

高云虎和福庆在井坑里干活，福庆把铁镐一扔，气愤地说："这得干到啥年月啊！"高云虎拄着铁锹站在一旁，劝道："急有啥用，你得憋住了。"福庆生气地说："都快憋爆炸了！小鬼子欺负咱，他们还欺负咱，咱成受气包了！不行，咱得走！"

高云虎说："我观察了一下，这里三面是山，一面是水，就咱俩，想活着走出去，不太可能。"福庆不服气地说："那也得试试呀。"高云虎说："拿命试？"福庆瞪着眼睛说："总比在这儿窝着强！"

这时，打手走了过来，狠狠地喝道："还唠上嗑儿了，吃饱了撑的！赶紧干活！"福庆盯着打手，打手凶狠地说："瞅啥呀，再瞅把你眼珠子抠出来！"高云虎拽了福庆一把，福庆捡起铁镐，两人又干起活来。

七

老山东和田小贵互相搀扶着前行。田小贵有些灰心地说："叔，咱俩别走了，走也是白走，白费力气。"他呜呜哭起来，不停地抹着眼泪："叔，我还没找媳妇呢，我不想死！"老山东厉声道："净说丧气话！有树皮草根子咱就饿不死，不死就有盼头。"

田小贵无精打采地说："可吃那东西不长力气头哇，碰上大兽咋办？"老山东说："不是它吃咱，就是咱吃它呗。"田小贵敬佩地说："叔，你这心是真大呀。"老山东笑着说："没这副宽心肠，活不到今天。"

突然，一阵杂乱的脚步声传来，有人影晃动，老山东和田小贵赶紧蹲下身，躲了起来。待人群跑过，老山东站起身，朝人群奔跑的方向看去。田小贵紧张地问："鬼子又追来啦？"老山东没吭声。

一阵争吵声传来。两帮人剑拔弩张，一副要干仗的架势。两帮的头儿站在人群前面，一个把头模样的大个子男人说："老山神，咱们可都说好了，这座山一分为二，各刨各的食儿，各长各的膘儿，这话没错吧？"

老山神六十开外，满脸的沧桑却掩盖不住矍铄的精神，铿锵有力地回复道："林大个子，你说得不假！可这根参长在了分界处，又是我们先开眼儿（发现人参）的，棒槌锁（两头拴着铜钱的红线绳）都拴上了，那它就是我们的，也没错吧？"

林大个子蛮横地说："谁说这是界？这是我们的地盘！"老山神皱着眉说："也不是一条线画出来的，咋能说是你的地盘？"林大个子瞪着眼说："我说是就是！"老山神强压火气说："你这么说话就是不讲理了。"林大个子拍着胸脯说："那又能咋样？还想伸伸手吗？"

老山神指着林大个子，说："不要仗着人多，就横着膀子晃，山神爷爷见不得这个！"林大个子冲过来说："废话少说，兄弟们，抬参！"老山神大声吼道："你敢！"林大个子说："那就试试看！"说着一挥手，林家参帮众人拥了上来。老山神的人也拥了上来……

田小贵望着混战的众人，兴奋地说："咱们这是碰上采参的了，太好了，叔，咱们能出去了！"老山东说："小贵，你在这儿等我。"说罢朝参帮众人走去。

两伙参帮的人正打斗着，林大个子和老山神斗在一处。林大个子铁锤般的拳头砸在老山神的太阳穴上，老山神被打倒在地，脸上露出痛苦的表情。林大个子骑在老山神身上，继续朝老山神挥拳。老山神护头的双臂渐渐垂落，两腿挣扎着，毫无还击之力。老山东连忙上前，一把抓住林大个子的手腕说："好了，别打了！"林大个子甩开老山东，继续挥拳。老山东急了，一使劲把林大个子推了个趔趄。林大个子迟愣片刻说："敢跟爷动手，你是活腻歪了！"

老山东边后退边说："兄弟，你听我说句话……"未等老山东把话说完，林大个子已如黑熊般朝老山东扑来，老山东便不再后退，就势一把将林大个子摔倒在地。

恼羞成怒的林大个子挣扎着爬起身，抽出一把尖刀刺向老山东。老山东躲闪着尖刀，抓住林大个子的手腕。二人正僵持着，一个林家参帮的人抡着索宝棍朝老山东冲过来。田小贵见状赶紧跑了过来，从后面勒住那人的脖子，将他撂倒在地。几个林家参帮的人见状，包抄过来，围住了田小贵。

这时，林大个子突然高声喊道："别打了！都给我住手！"田小贵、老山神等人朝林大个子看去。老山东一手勒住林大个子的脖子，一手反握着尖刀，刀尖正顶在林大个子的胸口上。林大个子被带得踉跄后退，眼睛里满是惊恐。

老山东看着参帮众人，威严地说："我听明白了，你们是为一根参动的手。可这参再金贵，也没命金贵，为了参搭上命，不值当啊。公说公有理，婆说婆有理，我当中间人，给你们评评理，你们看行不？"

老山东、田小贵、老山神、林大个子以及参帮众人聚在一棵树下，树下有一棵四品叶的人参格外引人注目。老山东看着人参说："你们说画好了分界线，可这线确实没画清楚，所以说这棵参到底在谁那边，就是包青天来了也判不明白。"

林大个子没吭声。老山神身旁的二宝子趁机说："那就谁先开眼儿归谁，是我们先开眼儿的！"林大个子不服地说："我还说我先呢！"二宝子说："可你没拴棒槌锁呀！"林大个子狡辩道："我以为这是我地界里的参，就没急着拴。"田小贵插嘴道："要不一家分一半吧？"林大个子不屑地说："你当这是猪肉半子呀，分了就不值钱了！"

老山东想了想说："我看这样吧，这参是四品叶的，从中间画线，一家两品，然后抬参，参须子往哪边长得多，这参就归谁。你们看这样行吗？"听老山东这么说，老山神点点头说："我看行。"林大个子也痛快地说："妥了！"

商量妥了，老山神和林大个子一起抬参。他们先用快当剪子剪断周围的树枝，又用快当签子拨除泥土，然后沿着芦头慢慢挖着。老山东、田小贵以及参帮众人在一旁围观。

人参抬出来了，根茎长向老山神一边。老山神看着林大个子，很有把握地说："还用挖吗？"林大个子沉默一会儿，突然站起身，指着老山东说："我看你俩就是一伙的，绑一块儿出来唱大戏！"老山东脸一沉说："兄弟，你这是不想认账啦？"

林大个子满脸怒气地盯着老山东，老山东抬头看看天说："大亮的天，山神爷爷可睁着眼呢，你要是叫他老人家眼寒了，那往后这林子可就没个钻了！"林大个子转脸看着林家参帮众人，众人都沉默不语。林大个子故作大方地说："不就一根参吗？让给你们了，走！"说完带着参帮众人走了。

林家参帮走远，老山神感激地看着老山东说："这位兄弟，多谢了。"老山东笑着说："老哥哥，你把我给忘了吗？"听老山东这么说，老山神愣住了。老山东说："老哥哥，快没力气说话了，先给口吃的吧。"

老山东和田小贵在老山神的帐篷里吃着干粮，喝着水。老山神坐在一旁，看着两人说："我说咋瞅着这么眼熟呢，兄弟，你咋造成这副模样啦？"老山东苦笑着说："一言难尽，说来话长啊。"老山神攥着老山东的手，亲热地说："长怕啥，垫饱肚子，咱哥儿俩慢慢唠。"

夜幕笼罩着山林，山林间不时传来各种野兽的叫声，让人感到惊悚紧张。帐篷里，田小贵躺在一旁早就睡着了，老山东和老山神坐在草垫子上边喝酒边唠嗑儿。

老山东说："……就这样，跑来跑去，咱哥儿俩撞上了。"老山神叹了口气说："这仗打得太惨了，可是苦了你们了。"老山东坚定地说："再苦也得打，非把小鬼子打跑不可！老哥哥，我信得过你，才把我的事全说了，可别的人……"老山神坦诚地说："天知地知山神爷知，我是左耳朵进右耳朵出，啥也没听见。"听了老山神的话，老山东笑了。

老山神感激地说:"兄弟,今儿个要不是你及时赶来,我能不能坐在这儿都两说了,我得敬你!"说着举起酒葫芦喝了一口酒,又把酒葫芦递给老山东。老山东接过来,喝了一大口酒说:"这话说得,当年要不是你,我早都烂在土里了。"

老山神开玩笑说:"这么说来,咱俩是一还一报,扯平了呗?"老山东笑着说:"我又喝了你的酒,吃了你的干粮。"老山神说:"你还帮我护了一根参呢。"说到高兴处,二人都笑了。

老山东有些伤感地说:"老哥哥,咱俩可是有年头儿没见着了。"老山神掐着指头说:"我算算哪,小六年了。"老山东点点头说:"当时我让小鬼子追得满山跑,后来一头钻你家去了,你把我藏进苞米垛子里。"

老山神感慨地说:"一提这事我都后怕。那小鬼子来了,是屋里屋外好一顿搜,还拿刺刀朝苞米垛子一顿扎,当时我都吓死了!"

老山东笑着说:"多亏你家苞米垛子厚实,没扎透。"老山神说:"那是你命大。"老山东说:"当时我受了那么重的伤,就算命再大,你要是不救我,我也活不成。为了给我补身子,你掏出了压箱底的宝贝参。就是到现在,我还能咂摸出那股子土腥味来。"

老山神叹口气说:"一晃这么多年了,日子是真不扛混哪。"老山东看着老山神说:"还好,没把命混丢。"老山神笑着说:"算了,不说了,咱哥儿俩能见着,这就是大喜事,喝酒。"老山东喝了一口酒,把酒葫芦递给老山神。

老山神严肃地说:"兄弟,你们想走出坨子盆,得我给你们领路。可我带着一帮弟兄,大家都指望抬点宝贝回家过日子呢,我不能扔下他们不管哪。"老山东说:"老哥哥,你给我画个道儿就行。"老山神摇着头说:"那你也不一定能走出去,一脚踩歪了,我就是把你送进鬼门关了呀!"老山东不再言语。

老山神看着老山东说:"要不先跟我干吧,不白干,等抬了大参,卖了钱,也有你俩的份儿。出门在外,干啥都得有本钱。"老山东想了想,朝老山神点点头。

挖参是件很神秘的事。按老行规,老山东和田小贵与老山神及参帮众人站在一棵大树近前,大树的树干被削掉了一片树皮,树干上用黑木炭画着一个山神头像,下边摆着各种供品。

老山神高声唱着:"家住莱阳本姓孙,翻山过海来挖参。路上丢了好兄弟,找不到兄弟不甘心。三天吃个蝲蝲蛄,你说伤心不伤心?家里有人来找我,顺着古河往上寻。再有入山迷路者,我当作为引路神。"

老山神唱罢,老山东、田小贵以及参帮众人也跟着高声唱。众人唱过,老山神又高声地唱道:"宝贝藏险处,富贵拿命求。山里有贪眼,山外有刀枪。人心穿一串,护宝一条心。杀人能见血,沾血必有报!"老山东、田小贵以及参帮众人跟着唱道:"上了一条船,就是亲兄弟。活着喝大酒,死了也分财!"

老山神告诉老山东和田小贵,用索宝棍敲击树干,称为"叫棍儿"。山林大,不大一会儿,众人都隔得远了,为了传递消息,就得叫棍儿。参帮帮众听到把头的叫棍儿,就得回敲一声,既通报各自的位置,又告诉把头自己很安全。

在老山神的参帮里,大家是分组找参。老山神带着老山东、田小贵提着索宝棍在树丛间边走边四处张望。田小贵面露难色,感慨地说:"咱们都转悠半天了,这参娃娃还真不好找呢。"老山神说:"睁眼就有的东西,不值钱。"

老山东问:"老哥哥,您这在山里干一辈子了,打算啥时候收手哇?"老山神说:"有好日子过,谁愿意出来遭这罪呀?这大山一层摞一层,麻达山了就是白骨一堆。林子里大兽横行,一个个饿得鬼哭狼嚎,让它们盯上了连骨头渣子都剩不下。千难万难挖根参,一群贼眼就跟上来了,好容易九死一生把参带到松林镇,那里还有更蹊跷的事候着呢。说到底,能出手是运气,让人抢了,就只能认倒霉。稍有不慎,参没了不说,命都得搭进去！还有这世道，日本人横行霸道，咱中国人啥时候才能赶跑他们，过上好日子呀？"

老山东很有信心地说："老哥哥，你多保重，那一天定会来的。"老山神点着头说："我信你，咱们都好好活着，等到那一天。"说罢用索宝棍敲了一下树干。不一会儿，周围纷纷传来回敲的声音。

八

汤德远拄着一根棍子，一瘸一拐地在林子里行走。他环顾四周，看见树丛里一片红艳艳的刺莓果。他走到刺莓树前，撸下刺莓果就往嘴里塞，红色的汁水顺着他的嘴角流下。

汤德远走到水边，清洗腿上的伤口，嘴里还嚼着治伤的树叶。他把嚼碎的树叶敷在腿上，重新包扎好伤口。他撩起水洗了一把脸，又掏出水袋，灌满了水，拄着棍子继续往前走。

秋夜的山林已失去了往日的茂密景象，变得疏朗空旷，视野自然开阔了许多。困极了的汤德远坐在树下迷迷瞪瞪睡着了。不一会儿，他隐约听到窸窸窣窣的声音，猛地睁开眼睛，只见不远处有一双绿眼正盯着自己，汤德远还没反应过来，就被扑倒在地，他随即翻身和狼搏斗起来。

汤德远的双手死死锁住狼的脖子，想把狼活活勒死。过了好一阵子，狼慢慢垂下了头，汤德远这才松开手，躺在地上剧烈地喘着气。缓了一会儿后，饿急眼的汤德远用刀割下狼肉，一口一口地吃着，他脑袋里也盘算着，不知道接下来的命运会是怎样。

汤德远扛着一条渗血的狼腿，走着走着，突然停了下来。前面林子不远处，随着一阵枝叶乱颤，一头熊钻了出来。汤德远吓得一愣，连忙把狼腿朝熊扔去。趁熊嗅着狼腿，他悄悄往后退。可没退多远，熊突然朝汤德远扑来。他紧紧地握着手里的刀，紧张地看着那头熊。

这时，一声呼哨传来，一个六十多岁的老猎人走了过来。汤德远看着老猎人，老猎人也打量着汤德远。老猎人捡起那只狼腿说："见面分一半，不亏你，吃熟的！"汤德远木木地点点头。

　　老猎人把汤德远带到他的地窖子旁，娴熟地架起火，把狼腿架到火堆上烤。二人坐在火堆旁，那头熊就趴在不远处。老猎人发现，汤德远始终用警觉的目光向周围张望，就对汤德远说："深山老林的，鬼都不爱来。"没等汤德远说话，老猎人看着汤德远腿上的伤，问："腿咋啦？"汤德远说："让狼叨了一口，没啥事，快好了。"

　　老猎人递过刀子，指了指烤熟的狼肉："肉熟了，吃吧。"汤德远说："一起吃吧！"老猎人苦笑着说："你也没说让我吃呀。"汤德远被老猎人逗笑了。老猎人看着汤德远说："拿命拼来的吃喝，金贵呀。"汤德远割了一块狼肉，递给老猎人。老猎人吃着肉，敬佩地说："徒手杀狼，你是个狼人哪。"汤德远淡淡地说："估摸这狼是饿没劲儿了。"

　　老猎人瞄了一眼熊说："能在那家伙面前腿不打弯儿的人，不多。"汤德远忙解释说："那是你来得及时，我差点儿就瘫地上了。"老猎人盯着汤德远说："我在这大山里蹚了大半辈子了，虎胆、熊胆、狼胆、狍子胆、兔子胆，见得多了，你有多大胆，我瞅得清楚。"

　　汤德远沉默片刻，岔开话题问："老人家，打听个事，松林镇离这儿有多远？"老猎人看着远处说："钻林子，腿脚利索的话，十天半月吧。"老猎人又说："你要是不急，可以等等我，等攒够了兽皮子，去松林镇出手，咱俩可以搭伴走。"

　　汤德远犹豫了一下说："我等不了太久。"老猎人说："那你只能自个儿走了，林子里豺狼虎豹，盼着你能闯过去。"汤德远点点头，没说话。老猎人沉默了一会儿说："这条狼腿你留着慢慢吃吧。"说完站起身，走了。汤德远一个人默默地吃着狼肉，心里盘算着去松林镇的路咋走。

第二章
夺命老山参

一

　　高云虎和福庆在金沟井坑内挖金，突然听到上面传来呼喊声："不好了，快来人哪！"高云虎和福庆不明所以地朝外张望。福庆一愣，问："这是出啥事啦？"见高云虎没反应，福庆说："走，瞅瞅去！"说着跳出井坑。高云虎也跟着跳了出来。

　　金夫们正围着旁边的一个井坑议论纷纷，高云虎和福庆挤进人群。井坑塌方了，上面已经覆盖了一层厚厚的沙土。福庆大声问："人埋里面啦？！那都瞅啥呢，赶紧救人哪！"说着夺过一把铁锹，挖井坑里的土。高云虎也抄起铁锹，挖了起来。

　　金把头不急不忙地走了过来，嘲讽地说："金沟子还冒出热心人儿了，别着急，慢慢挖，小心别把肉铳下来！"高云虎看着无动于衷的众人，急切地说："大家都动动手，说不定这人还有救！"金把头冷笑道："神仙来了也是干瞪眼儿！"高云虎不理会他的话，只顾一个劲儿地挖。可是，挖出的却是两具尸体。

淘金领班坐在两具尸体旁，操着一口河南腔边哭边唱："可怜的孩儿啊，打从你闯关东来淘金，爹娘的眼泪淌成了河，心头的肉碾出了辙……"

金把头坐在椅子上，跷着二郎腿，悠闲地喝着茶水。淘金领班继续唱道："天天盼，月月盼，一年又一年，就盼着你回来呀，让爹娘摸一摸。胡辣汤烩面剁肉麻饼大盘荆芥呀，都给你做好了，可你说走就走了，一口都没吃上啊……"

金把头一瞪眼喝道："别唱了，唱得我都馋了！"淘金领班抹了一把眼泪，接着唱道："馋了不怕，我请你吃个肚儿圆。"金把头讥讽道："我说你可真行，一把鼻涕一把眼泪号天哭地，跟自个儿家死了人一样。"淘金领班一本正经地说："祖祖辈辈一个村，倒数八辈说不定还一个娘胎呢，感情厚哇。"

金把头冷笑一声，继续喝着茶水。淘金领班又唱了起来："这都是爹娘的心头话呀，这都是爹娘的骨血情啊。孩子呀，咱家脚踩土，头顶风，锅里也空空。你走了，让爹娘吃啥喝啥呀，让爹娘咋活呀……"

金把头嘲笑着问："刚刚不还说吃这吃那的吗？"淘金领班说："那不得拿回钱了才能吃上嘛。"金把头说："绕来绕去，不就是想多要俩钱吗？"

淘金领班哀求道："把头，能多给就多给点吧，我也不容易呀！带着活人来，抬着死人走。回乡路翻山跨岭，蹚江过河，还得号一道呢，给得少了，跟人家没法交代呀。对了，高个儿那个还是我三舅母她姐的六叔的四婶的老连襟的亲外甥……"

金把头打了个哈欠说："行了，别絮叨了，等我跟大金柜多讲两句拜年话。"淘金领班磕头："多谢把头，你就是我的恩人哪！"金把头装作生气地说："下回换套嗑儿，总唱这两段都听腻歪了。"高云虎和福庆看着眼前这一切，面面相觑，不知道这淘金领班和金把头唱的是哪出戏。

二

老山神提着索宝棍仔细地扒拉着周围的草丛，老山东和田小贵跟在后面，亦步亦趋地学着老山神的样子找参。不一会儿，老山东愣在那儿，失神地望着远方。老山神盯着老山东问："心思又活啦？"老山东不好意思地说："老哥哥，你还是给我画条道儿吧，我走走试试。"

老山神摇摇头说："可就算你能走出去，也是出了这个盆，进了那个套。"老山神叹着气说："这仗打得紧，山外全是小鬼子，下山的道儿也都封死了，就算急着走，也得等透气儿了再说。"老山东听了直叹气。老山神劝道："要打小鬼子得先留住命，更不差一时半会儿，安下心来跟我走吧。"

已是黄昏，老山神、老山东、田小贵三人忙活了一天，却一无所获。田小贵有点心浮气躁，在林子里横冲直撞起来。老山神见状，善意地提醒道："小心长虫！"田小贵吓了一跳，忙问："哪儿呢？"老山神提起索宝棍，指向身旁的一棵树。一条蛇盘在树干上，朝三人吐着芯子。田小贵说："您要不说我还没看见呢。"说着抡起索宝棍，蛇被打跑了。老山东责怪道："你招惹它干啥？"田小贵说："它拿眼睛瞪我。"

老山神不说话，用索宝棍轻轻地拨开大树下的杂草和树枝，仔细查看。树下，一朵红色小花格外鲜艳。老山神高声喊道："棒槌！"老山东说："快当（祝贺）！快当（祝贺）！"田小贵也跟着高兴地喊了起来。老山神抡起索宝棍，连续敲了两下树干。把头敲两下树干，意思是发现人参了，让大家向自己靠拢。眨眼间，山林的四面八方都传出回敲的声音，众人朝老山神聚拢过来。

老山神小心翼翼地用棒槌锁拴住人参枝叶，老山东、田小贵以及参帮众人站在一旁张望。老山神站起身兴奋地说："七品叶，几百年不止，参王啊！"王大麻子高兴地说："那不是要赚大钱啦？"老山神难掩激动的心情，却不无担心地说："确实能卖个天价，可这钱不一定能揣进咱爷们儿兜里。"

老山神抬头看看天，见天色已晚，说："该着咱爷们儿碰上，只能听天由命了。这宝贝个头儿大，没一天工夫抬不出来，今儿个太晚了，等明儿个一大早过来吧。"老山神又想了想，说："人多动静大，这样，派两个弟兄守前半夜，二宝子带个弟兄守后半夜。"

老山东说："那就我跟二宝子结对子吧。"老山神刚要推辞，老山东又说："初来乍到，我总得出把力嘛。"老山神说："兄弟，你出了大力了，我能碰上这宝贝，就是讨了你的彩头啊。"老山东笑了，大伙儿都笑了。

夜晚的山林变幻莫测，呼啸的风声、野兽的叫声不时传来。老山东打着哈欠，和二宝子从帐篷里走出来。二宝子提着油灯说："叔，要不你回去睡吧，我一个人顶用。"老山东不容置疑地说："说好的事就不能变，走了。"二人提着索宝棍，朝林子深处走去。

老山东和二宝子走到山参附近，却未见到守前半夜的参帮弟兄。只见山林里树影晃动，阴森骇人。二宝子紧张地问："人呢？"老山东朝周围看了看，仍未见到人影。

二宝子说："他娘的，这俩家伙跑哪儿去了？！"说着赶紧蹲下身，提着油灯凑近老山参。见老山参安然无恙，二宝子松了口气说："还好，宝贝还在。"

老山东对二宝子说："把油灯给我。"老山东接过油灯，蹲下身，伸出手摸了一把地上的杂草。他发现自己的手指上沾满了血，赶紧提着油灯查看周围地面。

老山东沿着血迹，发现了那两个守前半夜的参帮弟兄。两人躺在地上，一动不动，脸上和身上都是血。二宝子惊叫："有人来抢宝贝了！"说着握紧索宝棍，朝四周张望。老山东若有所思地观察着四周的动静。

夜晚的林子里，山风呼呼地吹着。老山神和老山东坐在帐篷外，老山神抽着烟袋锅问："这事你咋看？"老山东分析道："人没了，宝贝在，明摆着，见财起意，互相残杀。"老山神叹了口气说："就是这个贪字，害死了多少人哪？"

天刚蒙蒙亮，老山神开始抬参。老山东、田小贵以及参帮众人都围在老山神旁边。傍晚，老山参终于破土而出。王大麻子惊叫："这么大！"二宝子兴奋地说："腰身也板正。"赵老四开心地说："这回可发财了！"老山神提醒大伙儿："嘘，别吵吵！"

老山神把一块苔藓铺在地上，抓了一把地上的土撒在苔藓上，再把老山参放在上面，用苔藓把老山参包裹起来。仔细检查后，老山神把老山参放进参盒，又用桦树皮把参盒包好，在参盒外系上一根红绳。最后，老山神把老山参的籽撒播到土里，站起身说："今儿个这林子里的味儿不对，邪性得很，赶紧撤！"

夜里，帐篷外面点起了篝火，有两个参帮兄弟在外面守夜。帐篷里火光晃动，老山神、老山东、田小贵以及参帮众人围坐在一起。大伙儿都盯着老山神，听他讲有关老山参的故事。

老山神低声说："不瞒大家说，我在这山里钻了大半辈子，这么老的参也是头回见。要说它能值多少银子，这么说吧，卖了它，在座的每个人回山东老家置办几亩地不在话下！"众人都喜出望外，咧开嘴笑了。老山神接着又说："就近能收下这宝贝的只有松林镇的朴记老参行，咱们收拾收拾，明儿个直奔松林镇。"

王大麻子担心地说："把头，这老宝贝的味儿大呀，就怕咱们还没到地方呢，味儿已经在松林镇散开了。"赵老四诡秘地说："那松林镇可邪性得很，冤死鬼比镇上的活人还多呢！"田小贵忙问："咋个邪性法？"赵老四神色怪异地说："吞了你都不带吐骨头的！"田小贵不言语了。

老山东说："松林镇三山环绕，又是水路要道，闯崴子的、抬参的、淘金的、放排的、采药的、伐木的都要经过那里，财宝从那里过，金水银水从那里淌。"

另一个参帮兄弟也提出异议："把头，我也觉得去松林镇出手不太稳妥。"老山神无奈地说："可不去松林镇，还能去哪儿？哈尔滨？上千里地，钻山蹚水不说，道上虎狼成群，血盆大口，钢嘴利牙，都能把咱们整个浪儿地吞了！"说到这儿，大伙儿都沉默了。

老山神接着说道："关东山哪一个人不是在刀尖上讨生活。一句话，宝贝不能烂在手里，夜长梦多，得赶紧出手！"大伙儿纷纷点头赞同。

老山神看着大伙儿说："还是老规矩，在座每个人把山东老家地址写一份，互相交换，只要有一个人活着，把宝贝卖了，都要把钱寄到死者家里。几百年来闯关东抬参人的老规矩不能破，违者不得好死！起誓吧！"此时，山风呼啸，如鬼哭狼嚎一般，很是瘆人。

三

老猎人端着猎枪，瞄准一只野兔扣动扳机，一声枪响，老猎人朝野兔的方向走去。可他到处寻找也没找到野兔。老猎人突然举起枪，枪口对着不远处突然出现的十几个人。这些人背着枪，领队手里提着一只野兔。老猎人与众人对峙了一阵子，看这些人不像坏人，便慢慢放下了枪。

领队来到老猎人近前，把野兔递给了他。老猎人毫不客气地接过野兔。领队问："老哥，跟你打听个事，你这段日子碰没碰见眼生的人？"老猎人想了想，点点头。

领队急切地问："几个人？"老猎人说："一个。"领队问："他是干啥的？"老猎人说："没打听。"领队问："那你看他像干啥的？"老猎人说："见过血的，下手狠，但心挺厚道。"

领队说："咋看出厚道啦？"老猎人说："饿成那样了，都没抢我吃喝，临走啥都没拿。"领队人笑着问："他去哪儿啦？"老猎人说："松林镇。"领队说："谢谢你，我们走了。"说完带领众人出发。

没走多远，领队站住，回头冲老猎人说："麻烦你个事，再碰上眼生的，让他留在这儿别走，就说有人会来找他。"说完，一群人很快就消失在了林子里。老猎人望着他们的背影叨咕道："你们是抗联？"

四

花儿从大娘家跑出来，一路跌跌撞撞到了一个村庄。她又累又饿，实在跑不动了。趁夜里天黑，她扒开一户人家的后窗，从窗口跳进厨房里。此时，她已是非人非鬼的模样，满身的破衣烂衫，脸上脏分分的，乱蓬蓬的头发里满是草屑。她不知道这家人是好是歹，但是现在也管不了那么多了。

花儿在厨房里四处寻找，终于在墙角找到一棵白菜。她抱起白菜就啃了起来。忙乱中，她不小心踢到了地上的撮子，哐啷一声响，院子里的狗顿时叫了起来。花儿赶紧扔掉白菜，来到窗前，想打开窗户跳出去。一条大狗朝窗口扑来，吓得她赶紧关上窗户。

狗不断地叫着，脚步声也越来越近。厨房门开了，一个家丁紧紧地拽着狗绳，狗朝花儿扑咬狂吠。一个四十多岁的男人提着油灯走了过来。花儿一看便知这是房主。

房主打量着花儿，又看看地上的那棵白菜。花儿也盯着房主，一只手握着腰后的手枪。房主沉默片刻，吩咐身旁的用人："给她弄点热乎的。"

热乎乎的饭菜刚一端上桌子，花儿就狼吞虎咽地吃了起来。吃得差不多了，从屋外走进两个女人，一个端着水盆、手巾等洗漱用品，另一个抱着一摞衣服放到花儿身旁。花儿嘴里嚼着东西还没完全看明白是咋回事，两个女人已关上了屋门。

花儿换上干净的衣裳坐在炕上，靠着窗口，观察外面的动静，手里紧握着枪。外面静悄悄的，她渐渐地闭上了眼睛……花儿听到外面的敲门声时，天已大亮。她打开屋门，见是房主从外走了进来，便微笑着说：

"大哥，我正想去找你呢。"房主关心地问："昨晚睡得咋样？"花儿点点头说："挺好的。"

房主坐在炕沿上，花儿感激地说："大哥，谢谢你。"房主色眯眯地盯着花儿说："过来坐。"花儿犹豫着坐在炕沿边。房主问："你是从哪儿来呀？"花儿说："沈家沟的，出门探亲戚，碰上山匪了。"房主问："沈家沟？在哪儿呀？"

花儿说："离这儿好几百里地呢。"房主说："我说咋耳生呢。那你亲戚家在哪儿呀？"花儿说："松林镇。"房主说："那不太远了。"花儿说："钱让山匪抢光了，又没吃没喝的，实在饿急了，就跑到你家来了。说到这儿，我得给你赔个不是。"房主说："赔不是倒是不用，只是你不能当着大红的日头说瞎话呀。"

花儿不解地看着房主，房主说："就你这副嫩模样，山匪能把你放啦？"花儿沉默片刻，说："啊，我是趁他们没注意，钻了林子。"房主没说话，花儿站起身："大哥，我得投奔亲戚去了。"

房主脸一沉说："这么急呀？"花儿说："大哥，你是个好人，这恩情我记下了，以后有机会一定报答你。"房主冷笑道："上嘴皮儿一碰下嘴皮儿，说走就走？你说得也太轻巧了吧？"房主站起身，不容置疑地说："你哪儿也别去了，就在我家待着吧。"花儿迟愣了一下，问："大哥，你这话是啥意思？"房主笑眯眯地盯着花儿说："天上掉下一朵花儿，我得闻闻是啥味儿呀。"花儿愣住了。

房主朝花儿凑了过来，花儿赶紧躲闪："大哥，你别这样！"说着朝屋门跑去。房主快步上前，一把拽住花儿，抱起花儿朝炕边走去。花儿挣扎着，但还是被房主按在了炕上。

房主疯狂地扒着花儿的衣服，花儿拼命地挣扎，房主猛地抽了花儿两个耳光，花儿呆住了。房主趁机又扒花儿的衣服，忽听一声枪响，房主的耳朵被打伤了，捂着伤口在炕上翻滚着号叫。

花儿跑到院子里解开马缰绳，骑马沿乡路朝山林里逃去。后面伪军骑马追赶，枪声不断。马被子弹击中，花儿瞬间从马背上跌落。多名伪军追来，不停地朝花儿开枪，子弹从花儿的耳边嗖嗖飞过。花儿的子弹打光了，她拼命地奔跑，忽然一脚踩空，滚下了山崖。伪军追赶到此，四处寻找却不见花儿的踪影。

花儿躺在一个土坑里，身体被厚厚的树叶覆盖。一个伪军端着枪走了过来，花儿赶紧闭上了眼……伪军走后，花儿才试着睁开眼睛，目光呆滞地望着天空，眼泪不停地流淌……

五

老山神背着装有老山参的包裹，带着参帮众人在静静的林子里行走。因为携带着老山参这个宝贝，大伙儿都格外小心谨慎。老山东走在队伍后面，始终警惕地环视着周围。

田小贵低声说："叔，我咋觉得这后脖颈子直冒凉风呢？"老山东低声应道："你是见过世面的人哪。"田小贵说："两码事。"老山东说："之前是光脚的不怕穿鞋的，现在是有鞋了呗。"田小贵扑哧笑了。老山东安慰道："有叔在呢，别怕。"

突然传来"啊啊啊"的呼喊声，大伙儿停住脚步朝呼喊声传来的方向张望。赵老四说："这是有人呼救呀！"王大麻子说："不是让兽夹子给夹了，就是掉兽坑里了。"二宝子说："也说不定是让大兽伤着了。"老山神却沉默不语。

二宝子说："把头，咱们快点走吧，赶路要紧！"老山神犹豫着拿不定主意，"啊啊啊"的呼喊声仍不断传来。田小贵说："都听见动静了，还能见死不救吗？"老山东对老山神说："老哥哥，我去瞅瞅。"老山神拉住老山东的手说："要去一块儿去。"二宝子凑上前说："把头，这说不定是个套子呀！"

老山神沉默片刻，说："人家要是想下套子，你就算能躲过一个，还有下一个等着呢，不收口完不了。躲不过，咱就顶着上！"

大伙儿循着喊声的方向找去，见一个二十多岁的小伙子被悬挂在半空中，脚腕子上套着绳子，双手不停地比画着，朝众人"啊啊啊"地求救。老山东警觉地环视着周围。参帮众人都握紧了索宝棍，还有斧头、刀、叉，随时准备搏斗。

老山神走到小哑巴近前说："把他放下来。"两个参帮兄弟上前解开兽套子，放下小哑巴。老山东仔细地打量着小哑巴。小哑巴跪在地上，不停地给老山神磕头。

老山神搀扶起小哑巴说："快起来，我可受不起！赶紧回家吧。"可小哑巴一把拽住老山神，摇着头，"啊啊啊"地叫着。老山神比画着问："走迷糊道啦？"小哑巴冲老山神点点头。老山神想了想说："那就跟我们一块儿走吧。"小哑巴笑了，抱着拳头紧着道谢。老山神说："好了，咱们继续赶路。"

夜里，两个参帮兄弟在篝火旁守夜，鼾声不时地从帐篷里传出来。小哑巴从帐篷里迷迷糊糊地走了出来。一个参帮兄弟问："撒尿去呀？"小哑巴拍了拍屁股。参帮兄弟明白他是要拉屎，小哑巴笑了笑，朝丛林跑去。

帐篷内，老山神枕着包裹睡着了。老山东、田小贵以及参帮众人也都睡熟了。

夜深了，两个守夜的参帮兄弟垂着头眯瞪着。一个参帮兄弟突然抬起头问："什么味儿？着火啦？"另一个参帮兄弟赶紧站起身，向四周张望："呀！真着火了！"两人齐声高喊："大家快起来！着火了！"

老山东、田小贵以及参帮众人都赶紧起身，纷纷跑到帐篷外。不远处火光闪烁，火势凶猛。老山神站在帐篷口，喊道："赶紧灭火！"田小贵和参帮众人朝火光处跑去。

老山东拦住老山神，说："老哥哥，你留下，我过去添把手。"老山神说:"能灭就灭,灭不了别勉强,咱得抓紧跑,这山火可不是闹着玩儿的!"老山东说:"我也是林子里钻出来的,都明白!"说完朝山火处跑去。

天亮了,老山神坐起身,招呼大家说:"都起来吧!"王大麻子打了个哈欠说:"这一宿折腾的,睡了个两头觉。"赵老四说:"你就知足吧,这山火要是灭不了,咱们说不定都成烤肉了。"

二宝子说:"赵老四,赶紧给我来个饼子,都快饿死了!"赵老四伸手摸干粮袋子,却摸了个空,大叫:"干粮哪儿去啦?"老山神、老山东等众人都盯着赵老四。

赵老四惊讶地说:"昨晚就搁在我身边了,今天咋没了呢?!"二宝子疑惑地说:"这干粮也没长腿,总不能自己飞了吧?这一宿都谁起来过?"王大麻子说:"这话问的,咱们不都去灭火了吗?"二宝子一拍脑门儿说:"我都急糊涂了!"田小贵突然问:"小哑巴去哪儿啦?"人们这才发现小哑巴没影了。二宝子说:"我明白了,是小哑巴把咱们的干粮都顺走了!"

老山神摸了摸装干粮的包裹,里面空空的。王大麻子指着赵老四的鼻子说:"赵老四,干粮袋子归你管,眼下干粮丢了,你说咋办吧?"

赵老四低着头说:"还能咋办,你们啃了我呗!"这时,参帮众人发现不光干粮没了,水也没了,水袋都被扎破了。二宝子气愤地说:"这个狼心狗肺的东西,当时就不该救他!"老山神摆摆手说:"好了好了,都别吵吵了,省点力气赶路吧。"

王大麻子抱怨道:"可没吃没喝的,走不出老林子呀!"老山神镇定地说:"那总不能坐这儿等死吧?抓紧收拾收拾,能不带的家当就扔下。"说罢背起包裹就往外走。

老山神一声不吭地走在前面,老山东跟在后面说:"老哥哥……"老山神愧疚地说:"兄弟,我本想让你一块儿赚点钱,可没想到拖累你了。"

老山东说："这是啥话，有山咱就翻，有水咱就蹚，这些年来，不都是这么走过来的吗？"

老山神松了口气说："你有这话，我这心哪还能宽绰点。那火是小哑巴点的，然后趁乱把干粮偷了。"见老山东没说话，老山神问："我说得不对吗？"老山东长嘘一口气说："这世上的蹊跷事多了，走着看吧。"

自从林子起火、丢干粮、小哑巴逃跑等一连串蹊跷事件接连发生，老山神的参帮里人心惶惶。

田小贵拔起一根草，嚼起了草根。老山东看了一眼田小贵，田小贵把草递给老山东。老山东也若有所思地嚼起草来。田小贵苦笑，老山东问："你笑啥？"田小贵说："放着吃肉的命不要，嚼上草了。"老山东又问："这是后悔了呗？"田小贵用开玩笑的口吻答："肠子都悔青了。"老山东笑了笑。

这时，二宝子不怀好意地凑到老山神面前嘀咕道："老把头，我来来回回捋了好几遍，这里面是一环套一环，耍的是勾连枪！这么说吧，你这两个老相识进了咱们参帮后，小哑巴就冒出来了，当时就是田小贵说要救小哑巴的，要我看，他俩跟小哑巴是一伙的！"听了二宝子的话，参帮众人都盯住了老山东和田小贵。

老山神脸一沉说："我不答应，他说话能好使吗？"二宝子不甘心地说："可这些事都赶得太巧了，勾连起来，不能不让人怀疑。"

赵老四反驳道："那他俩也跟咱们一块儿挨饿呢呀。"二宝子坚持道："等把咱们都熬倒了，宝贝不就是他们的了吗？"一个参帮兄弟说："那他们直接偷多好，用不着费这劲吧？"

二宝子歪着头说："老把头盯得紧，没空下手呗，再说咱们人多，他们也夺不走。"王大麻子接着二宝子的话茬儿，附和道："二宝子说得有道理！老把头，我知道你和他俩是老交情，可钱到眼前乱人心，你可不能让老交情晃了眼哪！"

田小贵气愤地站起身，指着众人大骂："胡说八道，你们这是没人赖了吧？！"老山神一摆手说："我说两句。各位兄弟，要说咱爷们儿为啥会走到这一步，只能说咱们身上的味儿太大，招来了眼睛，躁动了人心。关东山藏不住秘密，眼下咱们是一脚踩进鬼门关，一脚悬在人世间，是生是死，全靠咱们自己。眼下，咱们只有拧成一股绳，才可能不白忙活这一回，才可能走出去。要是疑神疑鬼散了架子，那谁也活不成！还有，我这两个兄弟，他们是我的肉，是我的命，只要我还有一口气，就得带着他们走，谁不答应都不好使！"

二宝子等参帮众人看着老山神，见老山神的眼睛已湿了，便一个个沉默了。此时，山风呼啸，林子里充满了危险恐怖的气息。

没有了干粮和水，老山神、老山东、田小贵以及参帮兄弟们都无精打采的。一个参帮兄弟举起鹿皮水袋，使劲往嘴里倒水，可倒了半天没倒出一滴水。老山神安抚大伙儿说："再走两天就有水了，大家再挺挺吧。"二宝子说："盼着那汪水别干了。"老山神说："山神爷爷认得好赖人！"

大伙儿相互搀扶着往前走，一个参帮兄弟突然一头栽倒在地。王大麻子上前喊："咋啦？！"老山神忙上前察看，那参帮兄弟有气无力地说："老把头，我不行了，走不动了。你卖了宝贝，一定要把钱送到我家，我家里的老娘、媳妇、孩子，都靠它活命啊。"

老山神握着他的手说："好兄弟，是我对不住你！"那参帮兄弟看着老山神说："老把头，我不怪你，把钱送到了，我就能闭眼了。"老山神点着头说："放心吧，兄弟！"

大伙儿把死去的参帮兄弟安放在土坑里，老山神、老山东、田小贵以及参帮众人抓起一把把树叶和山土扔进土坑……此时，山风呼啸，不知把这些人的命运刮向何方。

六

在金沟的井坑里，福庆累得拄着镐把子喘气，高云虎关心地问："干不动啦？"福庆笑了笑说："缓口气儿。"高云虎感觉不对劲，就问："你的脸咋这么红啊？"福庆说："热得吧？"高云虎摸了摸福庆的额头说："烧得都烫手了，你咋不早跟我说呢？"福庆无奈地说："说了有啥用，挺过去就好了。"

高云虎担心地说："就怕挺不过去呀！走，咱回屋歇着。"福庆强装精神说："用不着，我没事。"说着，腿一软，坐在井坑里。高云虎搀扶着福庆，离开了井坑。

金把头走过来，喝道："还没到饭口呢，咋出来啦？"高云虎解释道："我兄弟病了，得歇着去。"金把头生气地说："还能吃饭不？"高云虎皱着眉头问："啥意思？"金把头脸一沉说："能吃饭就能干活！金沟子不养吃闲饭的！"

高云虎说："等他病好了，更有力气。"金把头说："端一天碗就得干一天活，要不就没饭吃！"高云虎轻声说："把头，咱们都是自己人，不能这么狠心肠吧？"金把头一扭脸说："少跟我套近乎，我眼里只有金子！"

一个打手赶来，拦住高云虎，抢起木棒喊道："你敢走我就打断你的腿！"高云虎与打手四目相对，高云虎目露凶光，打手胆怯地后退。高云虎把福庆搀到地窖子里的大通铺上躺下，让福庆喝了口水。高云虎把干粮掰成两半，递给福庆说："来，咱俩一人一半。"福庆紧闭着嘴说："我不饿。"高云虎大声说："我让你吃你就吃，赶紧的！"

福庆扭过头说："就这点吃的，一个人都吃不饱，你就别管我了。"高云虎生气地说："你这是啥话，咱们是同……是兄弟！"福庆难为情地接过干粮，高云虎劝道："我上哪儿还弄不到一口吃的呀，福庆，你的任务就是安下心来，抓紧把病养好。"

福庆撑着虚弱的身子说："云虎，我要是真不行了，你一定要活着走出去，去牡丹江松林镇的八棵松，刻上我的号儿，我就是死了，也算归队了。"

高云虎的眼睛顿时红了："别说丧气话，有种就给我好好活下来，自己去刻！"福庆看着高云虎点点头，吃起了干粮，他不知道自己能不能活着去松林镇。

七

汤德远走在秋日的山林里，他闻到了一股刺鼻的腐臭味儿，循着这股味儿走到一具抗联战士的尸体旁。尸体的面部被人用树枝和树叶盖上了。一群苍蝇嗡嗡地在尸体周围盘旋，而十几只乌鸦正在争抢着啄食尸体……汤德远忙转过身走开，不忍再看。

汤德远发现地上有人爬过的痕迹，他顺着痕迹找到一名身穿制服的抗联战士。战士瘫倒在树下，头肿得很大，腹部一片血污。这时，汤德远发现战士身上的树叶动了动，人还活着。

战士的脸被蚊虫叮得已不成样子，他努力把眼睛睁开一条缝儿，用手指着水袋，汤德远忙把水袋放到战士嘴边给他喂水。汤德远问："同志，哪个部队的？"战士气息微弱地说："四军。"

秋夜，山林，篝火上烤着一只乌鸦。汤德远在篝火旁给战士包扎伤口。战士说："甭费劲了，我活不了了，我知道。"汤德远说："能吃就能活。"战士说："能吃不能拉，不胀死也臭死。"汤德远说："臭就对了，拉香的我还没见过。"

汤德远给战士包扎好伤口后扶他坐起来，战士指着不远处那具尸体说："我俩都是伤员，密营医院被炸了，我们在转移的路上一连碰上三拨'讨伐团'，人越打越少。最后一回，我们被打散了，他的伤比我重，先没了……"

汤德远把烤好的乌鸦从火上拿下来，撕下条腿递给战士。战士不接，汤德远硬塞进战士手里说："吃！楼山镇你们打得多漂亮！"战士骄傲地说："那一仗我打死了七个。"

汤德远盯着战士说："那更得多吃。"战士勉强小口吃了起来。汤德远说："那一仗你们缴了一万多发子弹，要不我们拿啥打鬼子？"战士说："打这儿，往西南，一两天的路程，有条鬼子新修的路，你往那边走，没准儿能碰上我们的队伍。"汤德远说："一道儿走。我送你回队伍。"

战士摇摇头说："同志，我求你个事。"汤德远问："啥事？"战士说："等天亮了，再瞅一眼太阳，你给我个痛快的，再上路。"

山林里，汤德远拄着棍子，背着根藤条子，深一脚浅一脚地往前走着。藤条子拉的是一副树枝子扎的担架，受伤的那位战士躺在担架上。

战士说："同志，别管我了，你自己走吧。"汤德远说："少废话，翻过那个山头就到了。"战士："甭骗我了，路还远着呢。"汤德远问："家哪儿的？"战士说："桦川。"汤德远说："桦川有啥好吃的？"战士说："猪头肉。"汤德远说："香吗？"战士说："咬到嘴里流油。"战士说着，咂了咂嘴，汤德远咽了口唾沫，拖着担架继续往前走。

走了一会儿，汤德远说："找着部队就找着家了。到时野猪肉少不了你的，头肉都给你，那可比家猪香多了。咱再炸个花生米，打两只鸡，采点山里的蘑菇，去镇上打三斤烧刀子，到时候咱俩一口肉一口酒。再蒸一锅馒头，白面馒头，一掀开，热气腾腾的……"战士听了，嘿嘿笑了，笑得一阵咳嗽。

花儿在梦境里回到了童年时光。那一年花儿十岁，跟娘坐在自家炕上，娘给花儿编着辫子，爹把一块肉骨头递到花儿嘴边，花儿咬了一大口肉，爹笑着……娘亲吻着花儿的脸蛋……爹背着花儿在秋天的田野间跑着，花儿咯咯笑着，她手里的风车旋转着……

而此时，这个寒气逼人的秋夜里，花儿正蜷缩在一个废弃猪圈的角落里时睡时醒，眼泪不停地从眼角流淌出来。她裹紧了衣服，仿佛这样能多一点温暖和保护。

八

夜晚，累了一天的金夫们躺在金沟地窖子的大通铺上熟睡。高云虎摸了摸福庆的额头，起身下铺。外面两个打手在巡逻，打手拦住高云虎，严厉地问："干啥去？"高云虎说："我兄弟高烧不退，得找个大夫看看。"打手说："这大半夜的上哪儿找去？再说我们金沟子从来就没见过大夫！"

高云虎说："那病了咋办？"打手说："命大不就挺过去了吗？"高云虎气愤地说："就是病死都不管呗？"打手说："管，哪能不管，后山上密密麻麻的不都是坟头吗？"高云虎的心一颤，没说话。

打手又说："那是没家的，有家的就占便宜了，能送俩钱再添副白皮儿棺材。"高云虎大声说："我要见金把头！"打手说："见了也没用，金沟子破不了规矩。"高云虎想了想说："那给碗热水，添床被子总行吧？"打手摇摇头说："事真多，回去等着！"高云虎转身回了地窖子。

高云虎喂福庆喝水，轻声说："不够喝我再管他们要去。"福庆抓住高云虎的手说："够了。"福庆喝完水，疲惫地躺下。高云虎给福庆盖严被子："多捂点汗，说不定明儿个就好了呢。"说着搂紧福庆，躺在一旁。

天亮了，两个打手拿着棍子敲打着床铺，催金夫们起床。福庆艰难地爬起身，高云虎摸了摸福庆的额头。福庆说："我没事。"高云虎看向打手说："我兄弟的病越来越重了，出不了工了。"打手骂道："想偷懒？没门儿！赶紧给我起来！"

高云虎和打手正争执着，金把头从外走了进来："咋回事？"打手忙说："他说病了，不想干活！"金把头望向高云虎，冷笑道："不熟熟皮子，你是真不知道马王爷长了几只眼哪！给我打！狠狠地打！"

一个打手抡起棍子，朝高云虎打来。高云虎闪身躲过，一把抱住打手的胳膊，夺下棍子。另一个打手抡着棍子冲了过来，高云虎一脚踢飞了打手的棍子。金把头随即抽刀扑了上来，高云虎朝金把头的膝盖踹了一脚。金把头一屁股坐在地上，疼得抱着腿嗷嗷叫。

金把头回到屋里，躺在炕上，一直哼哼着："赶紧找大夫过来！越快越好！"金把头又生气地骂道："你俩是干啥吃的，一根葱都舞弄不过吗？"一个打手点头哈腰地说："把头，我就是想吓唬吓唬他，没下死手。"

金把头说："别吹了，那人能耐不小，你们码一块儿也白搭！屋里的人都瞅见了，丢人哪！"另一个打手提高声音说："把头，你放心，我们非把他收拾服帖了不可！"金把头压低声音说："早晚得收拾他，只是眼下我们缺人哪，先留他几天。"

九

夜里，参帮兄弟们躺在草地上，可赵老四翻来覆去睡不着。王大麻子埋怨道："你总咕涌啥呀？"赵老四无奈地说："肠子空得慌呗。"王大麻子劝道："睡着了就不饿了。"赵老四说："可饿得睡不着哇！"王大麻子叹了口气说："熬命吧。"

老山东靠着树睡了会儿，起来走到树丛里撒尿时，突然闻到一股味儿，他边用鼻子闻着周围的气味，边朝四周观察张望……

老山神、老山东、田小贵以及参帮众人艰难地行走在林子里。二宝子快走几步，走到最前面说："把头，我去前面瞅瞅，看那汪水还有没有。"不大工夫，就传来了二宝子的呼喊声："老把头，赶紧过来！有救了！"

老山神、老山东、田小贵以及参帮众人来到一处洼地。一道细细的水流出现了，旁边还散落着干粮。二宝子捡起一块干粮，吃了一口说："馊了！怪不得扔这儿了。"参帮众人疯了一般跑上前，争抢干粮，狼吞虎咽地吃了起来。老山神见状，忙说："先别吃！等等！"

可饿急了的参帮兄弟就像没听见一样，争抢着喝水、吃干粮。老山神、老山东、田小贵无奈地看着众人。二宝子抢过几块干粮说："别都只顾着自个儿呀，老把头还没吃呢！"二宝子把几块干粮递给老山神："老把头，垫垫肚子吧，垫完了再走两天，估摸就能出山了。"老山神接过干粮，递给老山东和田小贵。

不大工夫，干粮就被抢光了。众人吃饱喝足，坐在一旁休息。这时，王大麻子捂着肚子，一脸痛苦地叫着："哎哟，哎哟！"赵老四问："你咋啦？"王大麻子说："肚子疼。"赵老四说："撑着啦？我就说顶数你最能抢，见着吃的不要命了……"赵老四的话没说完，王大麻子突然呕吐起来，紧接着，一口血喷了出来。

赵老四说："王大麻子，你……"话刚说一半，赵老四也捂住肚子喊疼，嘴里也开始吐血。紧接着，参帮其他兄弟也都纷纷吐血倒地。老山神捂住肚子，蹲下身子说："哎哟！"老山东和田小贵也捂住肚子说："疼！肚子疼！转筋疼！"

一直在旁边观察众人的二宝子哈哈大笑，得意地站起身说："老把头，各位好兄弟，你们千万不要怪我心狠，是这大宝贝实在太勾人儿哪！"二宝子上前就要夺老山神的包裹，老山神一把抓住二宝子的手腕子，怒斥道："小子，你还嫩了点！"

二宝子一愣，忙甩开老山神的手。这时，老山东和田小贵赶上前，抓住二宝子。二宝子跪在地上，不解地问："怪事了，你们是咋知道的？"老山神看着老山东说："让他死个明白！"

老山东这才讲起了那天夜里的经历。老山东躲到树丛里撒尿，突然闻到一股臭味，他躬下身，轻手轻脚地走了过去。二宝子正蹲在灌木丛里拉屎。老山东藏在树丛后，偷偷观察二宝子的动向……

老山神说:"二宝子,这几天大家的肠子都饿空了,你还能拉出屎来,这事蹊跷吧?"二宝子没吭声。老山神问:"我就纳闷儿了,你把干粮藏哪儿啦?"二宝子还是不说话。田小贵呵斥道:"不说宰了你!"二宝子只好交代:"裤腿里。"

老山神问:"那你为啥不早下药呢?"二宝子指着老山东说:"你这个老兄弟一看就是狠茬子,我没敢下手。"老山神问:"可你偷完干粮,小哑巴咋跑啦?"二宝子说:"那我就不知道了,赶巧了吧。"田小贵说:"所以你把偷干粮的事栽赃在小哑巴身上。"

二宝子求饶道:"老把头,我罪该万死,你看在咱兄弟多少年的情义上,留我这条狗命吧!"老山神厉声道:"山有山规,帮有帮规,千百年来,谁也破不得!"二宝子哀求道:"把头,我救过你的命啊!"老山神无奈地说:"你的恩情我记着呢,可留着你,我对不起这些兄弟!"

二宝子可怜巴巴地看着老山神,老山神说:"你放心,等卖了宝贝,你的那份我少不了。"二宝子见状不妙,猛地挣脱,拔腿就跑。老山神甩出刀,二宝子中刀倒地。老山神卸下包裹,拿出参盒说:"宝贝金贵,可也是勾魂鬼呀,就为了它,搭上多少命啊!我真想一把火把它烧了!"说着把参盒扔在地上。参盒摔开了,可山参却没了。老山神看着空空的参盒,愣住了。老山东和田小贵也都愣住了。

山参不翼而飞,让老山神感到非常蹊跷。老山东眉头紧皱,想了想说:"山参在小哑巴手里。"老山神冲着躺在地上的参帮兄弟说:"尸骨不能见天,我得给这帮兄弟们穿一身树叶衣裳!"说着,三人捧来树叶把参帮兄弟们的尸体掩盖好。

第三章
惊险葱山寨

一

老山东、田小贵、老山神坐在地上，回想着这几天发生的事情。田小贵问："这小哑巴是咋偷的呢？"老山神自责道："都怪我，大意了。"

那天夜里，听到外面守夜的兄弟喊"着火了"，老山神、老山东、田小贵以及参帮兄弟们都爬了起来，纷纷跑出去救火。老山神站在帐篷口，一直朝火光的方向张望。小哑巴趁机打开包裹，偷走老山参。等老山神回过神来，小哑巴已得手，正假装熟睡呢。

老山神感慨地说："除了这个空当，他没有其他机会。"田小贵恍然大悟地说："看来这小哑巴早就盯上咱了。"老山神摇头苦笑。田小贵问："大伯，就近还有水源吗？"老山神说："就这一处。"田小贵说："那咱们就在水边蹲着，说不定能蹲到他。"老山东点点头说："没别的招儿，只能赌这一把了，咱们走吧。"

老山神缓缓站起身，可刚迈出几步又踉跄着跌坐在地上。老山东见状，赶紧扶起老山神，问道："老哥哥，您这是咋啦？"老山神没说话，用手摸了摸后背。老山东掀开老山神的衣服，看见后背上一个溃烂的伤口，脓血正在往外渗。老山东惊讶地问："老哥哥，这是咋弄的？啥时候伤的？"

老山神看着老山东，告诉他，那天被林大个子打倒，地上的树杈把后背刺伤了。老山东埋怨道："咋不早跟我说？"老山神故作轻松地摆摆手，说："这些年山里山外的，磕磕碰碰多着呢，我也没当回事。"

老山东声音发颤，说："伤口这么深，感染了能要命啊！"老山神说："一年就带着大家进山走一趟，大家都眼巴巴地盯着我呢，我不能冷了兄弟们的心哪！"老山东说："老哥哥，你给我指道，我背你走，咱们赶紧出林子，给你治伤去！"

老山神劝道："兄弟，你瞅瞅你都成啥样了，自己走道都打晃，哪还有力气背我呀？算了吧，我不能拖累你们。"老山东说："这不是兄弟话，走！"说着，就蹲下身，让田小贵把老山神扶到自己的背上。

老山神推开老山东说："这样下去我们都得死！我的命数我最清楚，你要是还有力气，就把宝贝寻回来吧。"老山东生气地说："钱比命金贵吗？"老山神说："这不光是钱的事！"

老山东想了想说："小贵，你留这儿照看你大伯。我去找小哑巴，要回山参。"田小贵上前说："叔，还是我去吧！"老山东严厉地说："这是命令！"说完头也不回地走了。

田小贵坐在老山神旁边，用树枝驱赶着蚊虫，老山神闭着眼睛坐在树下，不住地喘着气。老山东只身来到水源处蹲守。黄昏的林子里静悄悄的，偶有山风掠过，老山东的眼皮渐渐垂了下来。他使劲掐了一把大腿，眼睛又瞪圆了。

傍晚，小哑巴挎着一个包裹出现了，他警惕地向周围张望，未发现异常才来到溪水旁喝水装水。老山东蹑手蹑脚蹭到小哑巴身后，突然扑了过去。小哑巴发现了老山东，急忙闪开身，扭头就跑，老山东急忙追赶过去。

老山东一脚踩空，掉进了兽坑里。小哑巴望着兽坑里的老山东，不由得哈哈大笑，他终于张嘴说话了："打眼儿看，还以为你是个山林老串子；一出手，原来是个半吊子。"

被困在兽坑里的老山东高声喊："那根参是不是在你身上？"小哑巴得意地说："是又咋样？"老山东缓了口气，说："能不能跟我交个底，你是哪头的？"小哑巴笑嘻嘻地说："阎王爷手下的索命鬼！"

老山东说："从别人碗里夺食，你小子不仗义呀！"小哑巴满不在乎地说："这世道，仗义了就得饿肚子！算了，不废话了，我这人心善，不杀没仇的人，赏你根绳子，自己爬上来吧。"小哑巴解下腰间缠绕的绳子，一头拴在树根上，一头扔进兽坑里，说："你自己救自己吧，我走了。别追啦，再追还得掉坑里！"

老山东喊道："你等等！"小哑巴头也不回地说："还有啥事？"老山东伸手摸向后腰的手枪，喊道："小兄弟，你觉得你走得了吗？"

小哑巴警惕地朝周围看了看说："吓唬我？急眼了，我把绳断了！"老山东高声喊："我就一句话，把宝贝还我，给你留条活路！"小哑巴笑着说："你可笑死我了，叔，小爷不是吓大的，我这就走给你看！"老山东喊道："你给我回来！咱爷儿俩再唠唠！"

小哑巴还没蹿出几步，就被扑翻在地。小哑巴一看，是田小贵，立马起身应敌。两人滚作一团，厮打在一起。老山东听到两人打斗的动静，高声喊："小贵，你一定要拿住他！"说着抓住绳子，急忙往上爬。

小哑巴见势不妙，想溜之大吉。田小贵死死抱住小哑巴的腿，小哑巴反手抽出一把匕首，发狠地向田小贵刺去。田小贵喊痛松手的刹那，小哑巴立马转身就跑。

这时，老山东赶来了，他从后面勒住小哑巴的脖子，把小哑巴撂倒在地。小哑巴央求道："轻点，没气了！"老山东吩咐道："小贵，快拿参！"

田小贵爬起来，打开小哑巴的包裹，里面是干粮和水袋。田小贵说："叔，这包里没参！"老山东说："搜他身上！"田小贵搜小哑巴的身，可是也没搜到。小哑巴假惺惺地说："哪儿去啦？掉半道上啦？"老山东说："裤裆里！"

田小贵的手伸进小哑巴的裤裆，掏出了用鹿皮包裹的参。小哑巴说："哎哟喂，轻点！"田小贵生气地说："还藏这儿了，捂得臊烘烘的！"小哑巴趁田小贵拿参，突然推开老山东，一个滚跳，撒腿就跑。田小贵想追小哑巴，被老山东拦住了。

老山东和田小贵一起往回走。田小贵说："我一听见你的动静，就紧着跑过来了。"老山东说："喊破嗓子，就是给你听的。老山神咋样啦？"田小贵说："还有气儿。"

老山东拉着田小贵朝老山神跑去。老山神闭着眼睛躺在树下，老山东上前一步，喊道："老哥哥！老哥哥！"老山神却没有吭声。老山东摇晃着老山神，老山神依旧紧闭着双眼。老山东探了探老山神的鼻息，大声说："老哥哥，宝贝夺回来了！"

老山东从怀里掏出山参，老山神看着山参笑了。田小贵拿出小哑巴留下的干粮，对老山神说："大伯，还有吃的呢，赶紧吃点。"老山神摇摇头，有气无力地说："我要走了，不糟践吃的了。"老山东紧握着老山神的手说："老哥哥，咱们有吃有喝有力气，连夜赶路，估摸明天就能走出坨子盆了，你得挺住呀！"

老山神已气息微弱，慢慢地说："兄弟，我留着最后这口气，就等着跟你交代两句呢，你要听好了，记住了。"老山东说："我都明白，把参卖了钱，分给那些兄弟。"

老山神说："不，你听我说……参帮兄弟们钻进深山老林，把命别在裤腰上，吃大苦讨生活，就是为了能吃口饭。可这口饭太难了，弄不好就得搭上性命，白忙活一场。大家为啥活得这么难？说到底，都是日本小鬼子害的，病根儿在他们身上！这钱就算分了，也只能撑一时，撑不了一辈子，说不定还得让人家抢了去，招来杀身之祸。兄弟，你不是打鬼子的吗？这参你拿去，卖了钱拉人买枪，等把小鬼子都打跑了，大伙儿就都能过上安生日子了……"

老山神从怀里掏出一张牛皮纸："兄弟，这是出山的道，我都画好了，走顺了，顶多三天就能走出坨子盆。别怪我没早给你，抬了这棵百年老参，我怕手下人眼睛冒火起了邪心作乱，留你在身边给我做个帮手，现在不用了……"老山神紧紧握着老山东的手，用尽最后一丝气力说："你放心，我到那边会跟大家说清楚，他们都会答应的，兄弟，老哥哥先走一步了……"老山东的眼泪止不住往下淌，田小贵转过身也抹起了眼泪。

老山东和田小贵就地挖了坑，把老山神安放在土坑里，抓起一把把树叶抛向坑中……

老山东和田小贵拄着棍子终于走到一条林间土路上。田小贵长出一口气："我的娘啊，总算透口气了！"田小贵给老山东点上烟问："叔，美吗？"老山东抽着烟说："美！"田小贵问："叔，咱下一步咋办？"老山东坚定地说："奔松林镇。"田小贵犹豫地说："那松林镇让参帮兄弟们说得老瘆人了，都能啃了咱哪！"

老山东一瞪眼说："咱这一身骨头还怕啃吗？谁啃就崩掉他的牙！"田小贵笑了："叔，你骨头硬，可我细嫩哪。"山东说："老山神说了，只有松林镇的大参行才能收得起这大宝贝，不去那儿还能去哪儿？"田小贵谨慎地说："可我总觉得还是小心点为好。要不先去八棵松吧，瞅瞅松树上有没有咱们的人刻下名字。"

老山东说："不行，这大宝贝扎人哪，夜长梦多，得赶紧出手！老山神说得对，有了它，咱就能拉队伍打鬼子！就听老山神的，直奔松林镇，不管是南天门还是鬼门关，咱爷们儿都得闯闯！"

傍晚，老山东和田小贵坐在树下吃干粮。天已大黑，老山东小声吩咐田小贵躲到离他不太远的另一棵树下睡觉，而自己则靠在身旁一棵树下睡觉。老山东抱着胳膊，一只手始终按着腰间的手枪。山林里的风呼呼吹过，摇晃得树枝哗哗作响。

半夜，小哑巴在不远处的树后探出半个头，东张西望地寻找。他发现了在树下睡觉的老山东，却未找到田小贵的踪影。

天一亮，田小贵醒了，他赶紧来到老山东身旁说："叔，你还睡呢？"老山东睁开眼，打了个哈欠。田小贵说："你睡得还挺实成。"老山东问："你没睡好？听到有动静了？"田小贵说："那倒没有，可心悬着呀。"

老山东警觉地说："小贵，咱俩让人盯上了。"田小贵忙问："昨夜里？"老山东点点头。田小贵问："那咋没动手呢？"老山东说："估摸是没抓着你的影儿。"田小贵说："多亏听你的，咱俩分开睡了。应该还是那个小哑巴，就他认识咱俩！真是阴魂不散哪！"老山东说："算了，不管他了，吃点东西，抓紧赶路吧。"

二

花儿走在山村一片烧毁的废墟中，一群乌鸦飞起，一具具尸体显露出来。她来到一处烧毁的民宅，房子已经倒塌成了一堆瓦片，她爬上瓦片堆，翻找着……花儿趴在瓦片堆上号啕大哭。这时，天下起了大雨……

几经周折，花儿找到了她家所在的"集团部落"。她躲在树丛里，朝"集团部落"望去。不远处，"集团部落"被土墙圈了起来，周围的四个角落都有架着机枪的哨所。

大门由时刻端着枪的伪警察把守，进出的人群像被驱赶的羊群，在铁丝网围成的通道里瑟缩着挪动。突然，花儿身后响起了脚步声，一个老头儿身上背着一筐柴草，站在不远处看着花儿。花儿眼前一亮，叫道："老冯大爷！"老冯大爷低声问："是花儿吗？"花儿点头："是我！"

老冯大爷惊讶地问："你咋变成这样啦？我都快认不出来了。"花儿急切地问："老冯大爷，我娘呢？"老冯大爷犹豫了一下说："跟我们在一块儿呢。"

花儿说："老冯大爷，麻烦您叫我娘出来，我得见她一面。"老冯大爷沉默不语。花儿说："老冯大爷，您快说话呀，我都急死了！"老冯大爷没说话，朝"集团部落"大门走去。花儿望着老冯大爷的背影，哀求道："老冯大爷，我求求您了！"老冯大爷来到大门口，伪警察查看通行证，又给老冯大爷搜身，没发现问题，才让老冯大爷走进大门。

"集团部落"里都是低矮破旧的茅草棚，一群衣衫褴褛、形容枯槁的百姓蜷缩在泥墙边，几个佝偻的妇人拨弄着火堆，火堆上熬煮着野菜粥。花儿娘和几个年轻的妇人坐在一起，用拼凑的布料缝补衣服上的破洞。老冯大爷走到花儿娘近前，卸下那筐柴草。

花儿娘对老冯大爷说："老冯大爷，衣裳缝好了。"老冯大爷说："又麻烦你了。"花儿娘说："跟我外道啥，你还帮我拾回这么多柴火呢。"老冯大爷笑了笑，接过衣服，坐在一旁的石墩子上。

老冯大爷默默地抽起烟袋锅，若有所思地看着花儿娘，欲言又止。花儿娘看了一眼，问道："没缝好？"老冯大爷说："挺好的。"老冯大爷又看了一眼花儿娘，犹豫着又收回目光。思索再三，老冯大爷凑到花儿娘耳边，偷偷告诉她，花儿在外面呢。

花儿娘拄着一根棍子，背着筐，一瘸一拐地走到了大门口。见到伪警察，花儿娘掏出通行证。伪警察边检查边问："干啥去？"花儿娘说："拾柴火。"伪警察问："腿咋瘸啦？"花儿娘说："不小心崴着了。"伪警察检查完通行证，又检查筐，最后给花儿娘搜身。伪警察说："把鞋脱了！"花儿娘脱下高帮破棉鞋，伪警察拿木棍挑了挑破棉鞋说："走吧，快点回来！"

花儿见娘过来了，从树后闪身："娘，我在这儿呢！"几年未见的娘儿俩相互打量着。花儿心疼地问："娘，您的腿咋了？"花儿娘眼泪汪汪地说："孩子,你这是从哪儿来呀?咋弄成这样了?"花儿擦着眼泪:"我挺好的,过来看看您。"

花儿强装笑脸说:"娘,我真挺好的,您别挂念。"花儿娘抹了一把眼泪说:"孩子,你能活着,娘就谢天谢地了。"花儿紧握住娘的手,花儿娘说:"孩子,咱没家了……"说着不禁老泪纵横。花儿哽咽着说:"有娘就有家,娘,您跟我走吧。"

花儿娘惊恐地说:"走?往哪儿走?小鬼子搞保甲连坐,一人犯错十家遭殃,跑了我一个,就得连累九户人家!老冯大爷是下了狠心,才跟我报的信儿。"

花儿娘脱掉破棉鞋,从鞋垫下面掏出一块油饼说:"小鬼子不让往外带粮,也不能带盐,搜得紧哪,娘不装瘸带不出吃的来。这饼多放了点盐,你就着别的东西吃吧。孩子,你别嫌娘埋汰,别嫌娘脚臭,娘是实在没招儿了。"花儿接过油饼,眼泪止不住地流。花儿娘哽咽着继续说:"孩子,娘不能留你,也留不住你,你赶紧走吧。"

花儿握着娘的手说:"娘,您一定要好好活着!"花儿娘点着头:"孩子,你也要活下来,娘在这儿等你!"这时,伪警察冲这边大声叫嚷道:"你俩干啥呢?!"花儿娘吓得一哆嗦:"孩子,快跑!"花儿拽着娘说:"我跑了您咋办?娘,您跟我一块儿跑!"

枪声响起,子弹打在树干上。花儿娘拼命推花儿:"你快跑!"话音刚落,一颗子弹打在花儿娘的后脑上,鲜血喷在了油饼上,花儿呆住了。花儿娘仰身倒下了,子弹再次射来,花儿只得朝丛林深处跑去。

不知跑了多久,花儿实在跑不动了,她的腿一软,瘫坐在树下,急促地喘着气。花儿从口袋里掏出那块沾满了鲜血的油饼一口一口地吃掉,一滴眼泪也没掉。

三

老山东和田小贵拄着棍子，按照老山神画的线路图往前走。不远处，出现了一匹正在吃草的白马。田小贵有些纳闷儿："这是哪儿冒出来的马呀？不会是小鬼子的马跑丢了吧？我过去瞅瞅。""抬头不见低头见，缘分哪！"老山东和田小贵顺着声音抬头，只见小哑巴倒挂在枝头，耍把戏似的看着他俩。

田小贵冲着树上的小哑巴喊道："你小子是不是挨揍没够哇，还送上门来了！"小哑巴笑着说："没办法，你们身上味儿冲啊，勾得我直淌哈喇子！"田小贵大声说："那你就下来吧，我让你好好过过瘾！"

小哑巴开门见山地说："咱也别废话了，把宝贝交出来，给你俩留条活路！"田小贵一脸不屑地说："这话硬气呀，你下来，咱俩好好唠唠。"小哑巴冷笑着说："你俩仗着人多是吧？小爷这就让你俩开开眼！"说罢一声呼哨，林子里冒出来八个山匪，手里都端着枪，将二人团团围住。

"就这两根葱啊？"一个年轻人从山匪身后走了出来。小哑巴从树上跳了下来说："大哥，你可别看低了他俩，身上有能耐！"年轻人不屑地说："是能上天哪，还是能钻地呀？"老山东和田小贵警惕地看着年轻人，年轻人催促道："还瞪眼儿瞅啥呀，掏宝贝吧！你俩别哆嗦，我是个吃斋念佛的大善人，不图命，只图财，不给财，拿命来！"

见老山东和田小贵依旧没反应，年轻人怒斥道："他俩是聋子吗？"小哑巴应和道："装聋作哑！"年轻人命令道："那就给他俩掏掏耳朵！"两个山匪拿枪顶住老山东和田小贵的耳朵，另外两个山匪上前搜身，从老山东身上搜出了山参。年轻人接过山参，仔细端详着，满意地说："背了十几条人命的货，真压手哇！"

老山东镇定地问："敢不敢报个号？"年轻人挥手上马，回头冲老山东喊道："有仇报仇，有冤报冤，有招你就使，有胆你就来！我乃葱山小白马！"

老山东坐在树下，若有所思地嚼着干粮。田小贵站在一旁不服气地说："叔，刚才要不是你拦着，我早就跟他们动家伙事儿了！"老山东看了一眼田小贵说："你能打趴下几个呀？"田小贵说："多的不敢说，拿住那个小白马就够了！"老山东说："万一拿不住呢？"田小贵自信地说："就我这准头，你还信不过吗？再说不有你呢吗？"

老山东说："先不说能不能斗得过他们，只要家伙事儿一亮，咱俩就暴露了。他们要是跟小鬼子穿一条裤子的，那咱俩还有活路吗？"

田小贵气哄哄地说："可咱们忙活了一大顿，差点儿死在老林子里，到头来让山匪捡了便宜，这亏吃大了！更对不起老山神和参帮那些兄弟呀！"老山东说："留得青山在，不愁没柴烧，该忍就得忍哪。"

田小贵听了老山东的话，一屁股坐在老山东身旁，拿起干粮吃了起来。老山东微微一笑说："这就对了嘛，该吃吃该喝喝，身子骨不能倒。"田小贵边吃边说："参没了，钱也没了，没咒念，只能奔八棵松了。"老山东说："你刚才这咒念得不是挺好的吗？"田小贵突然抬起头，看着老山东，似乎明白了老山东的意图。老山东点头道："没错，擒贼得先擒王！"

四

秋日的山林里，汤德远拄着棍子，拖着担架艰难前行。躺在担架上的战士说："这么走，咱俩都得死在山里。你早点出去，替我多打两个鬼子，咱还有的赚。求你了，就给我个痛快吧。"汤德远不说话，一门心思往前走，战士只得闭上眼睛，不再言语。

汤德远转头看看战士说："你小子睡得还挺香。不行了，眼皮子沉，我也得睡会儿。"汤德远躺下，头顶是晃动的树梢，有几只鸟飞过。

良久，战士翻下担架，爬向汤德远。战士掏出汤德远的腰刀，汤德远摁住战士的手说："我答应你，明天早上走不出去，就按你说的办。"

清晨，朝阳透过树梢斜洒下来。战士看着新升的太阳，转头笑着对汤德远说："咱说好的，说话算数。"汤德远递上水袋，战士说："不喝了。"

战士看着汤德远的腰刀说："我知道你下不了手，把刀扔地上，你上林子里撒个尿……"汤德远盯着战士，良久，起身，抽出腰刀，扔在地上。战士说："谢谢，同志，我欠你一条命。"汤德远说："你不欠。"战士问："同志，你叫啥？"汤德远说："汤德远。"战士说："我叫李二毛，下辈子咱们再做战友。"汤德远迈着沉重的步子朝林子里走去……

太阳刚刚升起，山底那条新开的土路上，十几辆车缓缓行驶。打头的是一辆空空的牛车，载着砖石沙子的马车跟在后面。三三两两的伪军坐在车上，车夫吆喝着赶车。田地里，高秆儿的庄稼都被割掉了，剩下路旁一片不太大的苞米地。一支抗联小分队就藏在这片苞米地里，分散在各处。

一名战士猫腰钻过苞米地，在班长身边趴下，压低声音说："班长，来了。"班长说："多少？"战士说："大车，十好几套，有牛车有马车，一眼望不到头儿。"班长问："拉的啥？"战士说："打头的车都是空车，东西在后头。"班长说："把空车放过去，打后边！"

牛车经过苞米地时，车夫惊奇地发现："还有没收的庄稼！看，地里还有苞米！"众车夫纷纷跳下，一窝蜂冲进苞米地，掰下苞米往怀里塞。伪军队长见状大喝："都给我回来！"这时，一个伪军发现了藏在苞米地里的抗联战士，大喊道："里边藏的什么人？出来！不出来开枪了！"众伪军连忙下车，举起枪，准备对着苞米地射击。

抗联战士闪身躲进苞米地深处。一声枪响，众车夫纷纷抱着脑袋往回跑。埋伏在苞米地里的抗联班长高声命令道："妈了个巴子，开火！"众伪军赶紧藏到牛马车后面。

汤德远听到了嗒嗒嗒的枪声，转身就往回跑。他边跑边喊："枪！你听见了吗？有人在打枪！"战士躺在担架上，正握着汤德远的刀……汤德远夺下刀，背起藤条，拖着担架向山坡上奔跑。

　　密集的枪声不断从山坡另一边传来，汤德远跌跌撞撞地向枪响的方向跑去。他爬上坡顶，终于看见了山下的道路和苞米地。

　　一个路边的战士中弹了，又有几个抗联战士在不同的地方现身，苞米地里像藏着数不清的战士，枪声回荡在山野间……汤德远扔掉棍子，冲山下摆手，激动地大喊："同志！同志！"山高林密，汤德远的声音被山林淹没了。

　　汤德远连滚带爬地回到李二毛身边，兴奋地说："部队，是咱的部队！李二毛，咱跟着干一票，干完了吃肉喝酒！"汤德远摇晃着李二毛的身体，他却从担架上滚下，嘴角挂着笑。汤德远大喊："李二毛！"

　　战斗还在继续，又有两个伪军中弹了，伪军队长见势不妙命令道："人太多了，撤！"伪军和车夫们四处逃窜，纷纷钻进另一边的林子里。

　　抗联小队清点战利品，大车上装满了建筑材料和柴薪。一名战士说："都是鬼子运来建大屯的东西。班长，咋办？"班长说："牲口拉走，剩下的全部烧掉！"火光燃起，抗联小队骑着缴来的马，赶着缴来的牛，走远了。

　　汤德远一瘸一拐地跑向战斗的方向。他在山坡上翻滚着，摔倒了，爬起来，继续跑。汤德远又摔倒了，爬了几次也没有爬起来。迷迷糊糊地，他听见枪声渐渐停了，他的眼前陷入了无边的黑暗。汤德远踉跄着终于赶到苞米地，站在路中央。当他举目四望时，却不见人影，只有扔在路上的石灰砖瓦和周围熊熊燃烧的大火……

五

　　秋夜，高云虎和福庆在井坑里忙碌，井坑已经挖到一人多深了。高云虎劝道:"福庆,你要是感觉没好利索,就回屋歇着。"福庆小声说:"不敢回去。"高云虎不解地问:"咋啦?"福庆不好意思地说:"你不在,他们拿我出气咋办?"高云虎笑了:"吓破他们的胆子!"

福庆不解地问:"我就纳闷儿了,你把金把头的腿踹骨折了,他咋一声没吭呢?"高云虎摇摇头说:"谁知道呢,你得问他去。"福庆一笑说:"弄了半天,是个吃软怕硬的主儿。"高云虎冲福庆笑了笑。

福庆说:"要这么说,咱俩就算走了,他们也不敢吭声。"高云虎说:"他们不敢,可外面的山匪呢?"福庆说:"说不定也是小山羊顶着狼脑袋。"高云虎说:"先不急,等再摸摸底的。"福庆叹了口气:"也不知道同志们都咋样了。"高云虎点点头:"我也想他们了。"福庆压低声音说:"那咱们就赶紧想办法离开这儿!"

福庆突然捂着肚子:"哎哟,这肚子还转上筋了。云虎,我去方便方便。"说着朝井坑口走去。高云虎跟了过来,伸出双手给福庆搭梯子:"小心点,别让蛇咬了腚蛋子!"福庆笑着说:"那正好有肉吃了。"说着爬出井坑,走了。

突然,井坑塌方了,高云虎被埋在了下面……福庆回到井坑边,见井坑塌方了,而泥鳅和四个壮汉正站在井坑边看热闹。福庆高喊:"云虎!"说着就要救高云虎。泥鳅朝那四个壮汉使眼色。福庆闪身躲到一旁,问:"你们要干啥?!"四个壮汉抽出刀就朝福庆扑来。福庆见状撒腿就跑,四个壮汉紧追不舍。福庆跑到河边,看着深不见底的河水,他迟疑了一下,一头扎进河里……

夜晚的松林镇,一个人操着旦角戏腔,说着话:"这几个肉饼子赶紧弄熟了吧,我都馋死了……"那声音不男不女,甚是阴森恐怖。话音刚落,泥鳅的声音传来:"游老大,关东山是你的,你想吃啥就吃啥,还得吃个肚儿圆。"那旦角戏腔发出一阵怪笑:"咿呀呀!真香!"

六

老山东和田小贵藏在山寨外的树丛里，观察着山寨里的情况。山匪不时地从山寨大门进进出出，两旁的瞭望台上，还架着枪。田小贵焦急地说："叔，咱俩都盯了好几天了，这小白马出门总是一堆人，也没机会下手哇。"老山东说："那也没办法，只能在这儿等。"

田小贵说："要不咱俩摸进去？"老山东说："里面是啥路数，咱俩不清楚，进去了两眼一抹黑，门都摸不着，稍有不慎，有去无回呀。"田小贵说："可就这么守下去，得守到啥时候哇！"老山东说："老虎也有打盹儿的时候嘛。"田小贵一脸无奈。

这时，小白马骑着马从山路上走来，十几个山匪跟在后面，赶着几辆板车，车上装满了抢来的粮食。田小贵气愤地说："一个个膀大腰圆的，手里还有家伙事儿，到头来占着山头当霸王，算啥能耐，有本事打小鬼子去！"

老山东一愣："小贵，那车上坐的人咋瞅着眼熟呢！"田小贵仔细一看，一个年轻的女子被反绑着双手，背坐在板车上。田小贵一惊："是个女的……是花儿！"老山东没搭话。田小贵又说道："就是花儿，敢抢我花儿姐，我跟他们拼了！"说着就朝山匪的方向冲了过去。

田小贵从树丛里跑了出来，掏出手枪。老山东追赶过去，扑倒田小贵，一只手按住田小贵的枪，另一只手捂住田小贵的嘴。山匪们面朝前方，个个都面露喜色，没有留意到板车后面的动静。可背坐在板车上的花儿看见了突然现身的老山东和田小贵，不由得大惊失色。

老山东和田小贵眼巴巴看着花儿被押进山寨，田小贵高声说："我受不了了！"老山东说："有气朝树撒去！"田小贵气哄哄地说："那是我们的同志啊，是我们的战友啊，就这么眼睁睁地让人家抓走啦？"

老山东皱着眉说："可你就算豁上命去，能救得了她吗？"田小贵赌气说:"我不怕死!"老山东瞪着田小贵说:"可死了也是白死!"田小贵望着老山东不言语了。

老山东无奈地说:"你以为我不心疼吗?不着急吗?不想救她吗?小贵,我们可以洒出这满腔子血,但咱们的血不能白洒!"

田小贵看着老山东:"叔,花儿让山匪绑上山,肯定好不了,咱得赶紧救她呀。"老山东眉头紧锁:"这样,我去山上走一趟,你在这儿等我。"田小贵说:"不行,要去咱俩得一块儿去!"老山东一瞪眼:"这是命令!"田小贵望着老山东,不敢多言。

老山东说:"你放心,我心里有数。"田小贵说:"叔,我觉得你应该先找人打听清楚小白马的底细,得知己知彼嘛。"老山东点点头,赞许道:"你这书没白念。"

老山东跟在小哑巴身后进了葱山山寨。老山东满脸堆笑,一路朝山匪们点头寒暄:"都挺好的?"山匪们不搭理。老山东又问:"家里老人都挺好的?"山匪们依旧不搭话。小哑巴讥笑着说:"你还挺能搭咯。"老山东笑呵呵地说:"头回照面儿,总得有个热乎气儿。"小哑巴不屑地说:"还热乎气儿,惹毛了他们能给你打成筛子!"老山东一缩脖儿:"我的娘啊,可吓死我了!"

小哑巴把老山东带到山寨的聚义厅外,聚义厅的门口悬挂着门帘子,两边各站一个持枪的山匪。小哑巴停住脚:"有话就在这儿说吧。"老山东问:"跟门帘子说?"小哑巴反问道:"不懂规矩吗?"老山东沉默片刻,开口道:"屋里人儿挺好的?"小白马说:"不用拐弯抹角,照直了嘞!"老山东大声说:"我是来找我闺女的。"

小白马坐在聚义厅的熊皮椅上摆弄着手枪,反问道:"啥?哪个闺女?"老山东说:"就是刚上山的那个。"小白马怀疑地问:"那是你闺女?"老山东说:"一点不假。"小白马冷笑说:"这是老丈人来了呀!"老山东笑了笑:"能见面唠了吗?"小白马说:"可葱山有规矩,没见过血的,不见!"

老山东说："杀过鸡，也敲过兔子。"小白马说："我说人！"老山东说："杀人哪？"小白马说："别尿裤子，我嫌臊得慌。"老山东说："年轻时候见过。"一把手枪从门帘子缝里钻了出来，对准老山东的脑袋。老山东望着黑洞洞的枪口，小白马严肃地说："有一句谎儿，赏你一颗铁瓜子儿！"

老山东略想一下说："年轻的时候，有一天，俺在家里磨镰，花儿娘在给花儿喂奶。章黑六来了，他伸手就摸花儿娘的奶。俺说，叔，罢手，孩儿吃奶嫌脏。叔说，滚，一边喂驴去！说着又摸花儿娘的裤腰绳。我说，叔，罢手，那是俺家的国库皇粮。叔说，滚，一边喂猪去！他要放躺花儿娘，俺扑通一声！"

小白马问："杀啦？"老山东脸一红说："俺给他跪下了。"小白马讥讽道："完蛋货！"老山东说："又扑哧一声！"小白马问："衣裳扯开啦？"老山东说："俺把他捅了个透心凉！"小白马哈哈大笑："这老丈人行！俏皮！屋里说话！"

聚义厅里，老山东、小白马、小哑巴坐在椅子上，四个山匪站在两旁。小白马一边摆弄着手枪，一边漫不经心地问："老丈人，是先喝酒还是先吃肉哇？"老山东从容地说："不急，看唠得顺溜不顺溜。"

小白马问："此话咋讲？"老山东说："顺溜了，大碗酒大口肉。不顺溜，耳边两声响，也是有可能的。"小白马说："老丈人，你真是小瞧你女婿了，一声响能解决的事，绝不来两声。那咱爷儿俩就开唠吧，哪里人哪？"老山东说："兰家村。"

小白马问："啥营生？"老山东说："土里刨食。"小白马问："来干啥？"老山东说："寻闺女。"小白马问："闺女叫啥名？"老山东说："姓兰名花儿。"小白马说："兰花儿，打鼻儿香啊！她咋跑葱山来啦？"老山东说："出远门奔亲戚。"

小白马用手里的枪对准老山东："假的！兰家村早就让小鬼子给烧

了，那儿的人都被装笼子里去了！"老山东看了一眼小白马，肯定地说："你说得没错，小鬼子来了后，我让花儿跑了，后来我也跑了。我找花儿，不小心麻达山了，得亏碰上了参帮，再后来的事你都清楚。我也是赶巧碰见你把花儿绑了。"

小哑巴插话道："对了，不是还有个人吗？"老山东说："那是花儿的弟弟，我没带他来。"小白马盯着老山东许久，收回手枪。

这时，老山东唱起了快板书："小白马，仗义人儿，抢大户，不伤百姓；吃大肉，给百姓骨腿棒；穿皮袄，给百姓打乌拉草；当年义勇军打鬼子，你两把盒子枪打头炮，还我河山一声吼，多少人听了眼泪哗哗掉！取了骑白马的日本军官狗命，吓得小鬼子屁滚又尿流，葱山出了小白马，八方传颂美名扬！"

小白马听完，笑着说："我老丈人还会快板书呢！"老山东敬佩地说："是你做的事太响亮。"小白马说："那都是过去的事了。小鬼子归屯并户，外面全是无人区，林子里的抗联饭都吃不上了，快撑不住了。小胳膊本来就细，现在饿成皮包骨了，更拧不过大腿了。我是腌坐山头手把勺，能吃一勺是一勺。"

老山东说："小白马，你是个明事理的人，能不能放了我闺女？"小白马脸一沉："这话啥意思，还埋怨上我啦？我是看你闺女可怜，带她上山享福来了！"

老山东沉默了一下："那让我见见她总行吧？"小白马爽快地说："就凭你刚才那段快板书，这个面儿我也得给！"

小哑巴带着老山东来到花儿的房门前，门口有两个山匪看守。小哑巴示意山匪把门打开，老山东快步走进屋里，小哑巴也跟了进去。花儿坐在炕上，手脚被绳子捆着。

老山东走到花儿近前："花儿，你别怕，爹来了！"花儿望着老山东，笑了："爹，我还以为咱俩见不着了呢。"老山东望着花儿，也笑了，笑着笑着，眼泪涌了出来。花儿的眼睛也湿润了，哽咽着说："爹，您坐。"

小哑巴望着二人，笑着："行了，你爷儿俩唠吧。可唠归唠，绳子不能解，开了扣，你爷儿俩谁也活不了！"老山东忙说："不敢不敢。"小哑巴走出去，关上了门。

小哑巴回到山寨聚义厅，小白马迎上去问："咋样？生还是熟呀？"小哑巴说："一照面儿，眼泪都穿成串儿了。"小白马说："好事啊，一锅焖熟了，省得麻烦！"

这时，三当家从外面走了进来，他的头上缠着白布："大哥，我回来了！"小白马忙问："老三，你这是挂彩啦？"三当家喘着粗气说："那个张大户家也不知道啥时候添了几个炮手，火力猛得很！"小白马关心地问："伤得不重吧？"三当家说："没露骨头。"小哑巴问："弟兄们怎么样？"三当家说："多少都挂了点彩。"小白马沉默不语。

小哑巴说："这大户们是下了血本了，往后这大油不好刮了。"三当家说："那也得刮，不刮就得喝西北风！"小白马说："来，咱三兄弟碰碰头，好好商量商量。"

老山东朝屋外看了一眼，门口两个山匪一动不动地站着。他压低声音对花儿说："这真是出了龙潭又进虎穴呀。"花儿也小声说："可总比让小鬼子抓住强。"老山东点点头。

花儿悄声问："排长，你咋跑这儿来啦？"老山东说："说来话长啊，还是先说你吧，花儿，咱们被打散后，你自己跑出来的？"

花儿小声说："本来和汤德远在一块儿，可后来我俩跑散了。其他同志呢？"老山东说："小贵跟我在一块儿。"花儿说："也不知道他们都咋样了。排长，咱们下一步咋办？"

老山东说："要想继续打鬼子，得有人有枪啊。先把活下来的同志们召集起来，松林镇有咱的联络站，老掌柜能带咱找见密营和大部队。"花儿静静地听着。

老山东接着又说："花儿，眼下是啥情况你清楚，小白马这里人多势众，咱们这儿就我和小贵俩人，想救你出去，难哪。"花儿说："不是难，是根本不可能。"老山东又朝外看了一眼说："除非能拿住他。"花儿说："一把没抓住，咱们都活不成！"老山东重重地叹了口气。

花儿想了想说："排长，咱不是缺人缺枪吗？我看小白马这儿啥都有，弄好了就是一支抗日队伍哇！"老山东说："我试探过他，可看他那意思，是让小鬼子把胆子吓瘪了。"花儿说："瘪了怕啥，再鼓起来不就行了？这个任务交给我吧。不敢说一定能完成，但我会尽量想办法的。"

老山东说："花儿……"花儿说："排长，你就放心地去找同志们吧，不用惦记我，说不定哪天，我就拉着这满山人马找你去了！"

老山东的眼睛顿时湿润了："花儿……"花儿看着老山东说："咽下娘的血，这世上就没有比那更苦的事了。只要能打鬼子，我啥都豁得出去！"老山东眼泪巴擦地看着花儿。花儿郑重地说："排长，你去八棵松，一定要记得把我的号儿刻上！"老山东冲花儿不住地点头。

老山东回到聚义厅，小白马站起身："哟，这眼睛是迷了还是让泪珠子顶的呀？"老山东反问："你说呢？"小白马说："就算是泪珠子，也是乐的！"老山东说："这话咋讲？"小白马笑着说："看你闺女要享福了呗。"老山东没说话。小白马说："老丈人，请上座。"

小白马用不容置疑的口气说："顶着日头说话，你闺女我相中了，你答应也好，不答应也罢，这事是铁打的钉子——铆上了。你们要是横着心非要把这钉子撬开不可，那就是自找死路哇！"老山东微微一笑说："老话讲，儿女大了不中留，不管去哪儿去干啥，只要能吃饱穿暖，那当爹娘的就烧高香了。"小白马一拍大腿，笑着对老山东说："开明！"

老山东笑了笑："我闺女落你手了，我的山参也落你手了，你这是双喜临门哪！"小白马望着老山东："这喜庆话咋听着有点别扭呢？"老山东看着小白马，微笑不语。小白马突然哈哈大笑："老丈人，我这个人最讲理，娶了你家闺女，礼数不能少，那根山参就当彩礼吧！"

第四章
凶险松林镇

一

老山东背着参盒往外走，小白马和山匪们给他送行。老山东走到山寨门口，转过身对小白马说："小白马，你一定要好好待我闺女。"小白马笑着说："她比这根山参可金贵多了，我得捧着呀。"老山东也笑着说："那我就放心了，走了，等得空再来。"

小白马说："话没唠完呢，别急着走哇。彩礼我送了，嫁妆你总得回我吧？"老山东一时语塞，不知如何答对。小白马哈哈大笑："别冒汗，开个玩笑。"老山东装作紧张的样子说："这忽上忽下的，心都揪揪了。"

小白马说："我说老丈人，干脆你也入伙得了，咱不敢说顿顿大酒大肉，可也饿不着。"老山东说："倒是可以，但你是个讲理的人，孝字为大。我要是来了，那往后这山头听谁的呀？"小白马迟愣了一下，哈哈大笑："老丈人慢走，恕不远送！"

秋夜微风习习，已有些凉意。山寨里的生活，虽不比烟火村庄有着浓浓的人情味，倒也比躲避小鬼子的追杀安稳了许多。可花儿的心里一直想着老山东临走前说的话。

小白马打发走守门的两个山匪，推门走进屋里。花儿已经换好了干净衣裳，坐在炕上。小白马看着花儿，笑着把门关好。小白马来到花儿近前，盯着花儿。花儿也盯着小白马。小白马说："这家伙凶得，眼珠子里都冒出刀子尖儿了。"花儿说："想掏出你的心，瞅瞅你是个啥样人！"

小白马说："我就说嘛，头回照面儿，就瞅你不是个平常人儿，这几句话下来，是更带劲儿了，老虎生不了狗崽子，你爹胆子不小，你的胆更壮啊！"

花儿说："那是你的胆子太小了。"小白马不解地问："哪儿看出来的？"花儿嗔怒道："捆着女人说话呗。"小白马忙说："这不是怕你想不开，再有个三长两短吗？"花儿说："你放心，我这人心大。"小白马笑着说："那就是从了呗？"花儿一仰脸："不答应好使吗？"小白马笑了："彩礼我都送上了，你爹乐得走道都没脚印儿了。"花儿点点头说："还算是个讲究人。"

小白马认真地说："花儿，我小白马跟你可不是闹着玩儿的，不信你问你爹，那份彩礼够不够厚实。一句话，只要你一心一意地对我，我小白马啥都舍得出来！"花儿望着小白马："当真？"

小白马不说话，掏出刀就割开花儿身上的捆绳。花儿突然一把抓住刀把，小白马一愣："你要干啥？！"花儿笑了："割着费劲，把刀磨利点。"小白马笑了笑："行，明儿个就磨。"花儿说："困了，睡觉。"说完上了炕，盖上被子就躺下了。

小白马呆呆地看着花儿。花儿看了一眼小白马说："老看我干吗？把灯熄了呀！"话音未落，外面雷声滚滚，一场大雨说来就来了……

一大早，小白马打着哈欠和小哑巴打了个照面儿。小哑巴打趣地说："大哥，兄弟们都没啥事，你再多睡会儿呗。"小白马苦笑道："还多睡会儿？这一宿都没敢闭眼！"小哑巴忙问："咋了，她敢支棱刺儿？"小白马说："刺儿倒没有，就是她总拿眼珠子瞄我。"

小哑巴不解地问："那你没问她为啥瞄你呀？"小白马说："问了呀，她说就是想瞅瞅我是个啥样人儿。"小哑巴笑嘻嘻地说："都光溜溜地亮出了，还瞅不清楚？"小白马说："我说的是这儿！"说着拍了拍小哑巴的胸口。

小哑巴恍然大悟，苦笑道："心这东西，可一时半会儿看不出色儿来，慢慢来吧。"小白马停住脚："也是怪了，我总觉得这娘儿们身上有股味儿。"小哑巴撇撇嘴问："没洗透亮？"小白马推了一把小哑巴："去你的！"小哑巴笑着说："那就是女人味儿呗。"小白马一脸认真："不光是女人味儿。"

小哑巴说："这越唠是越神道了。"小白马话锋一转："算了，不说她了。老二，你去宰头猪，让兄弟们都喜庆喜庆。"小哑巴犹豫着："大哥，兄弟们都说，你给的彩礼……太厚实了。"

小白马说："那是他们眼瞎，那山参跟你嫂子比就是根草。兄弟，你哥我捡到大宝贝了！"小白马凑近小哑巴低声说："再说，那山参本来就是人家的，看他俩那身手，咱们硬留着，山寨也难消停。"

二

大雨瓢泼，刘彪子赶着一辆马车在乡路上飞驰。马车上盖着苫布，雨点噼里啪啦地砸在苫布上。闪电划过，牌楼上闪现"松林镇"三个大字。刘彪子将马车停在夜来好酒馆后门口，跳下车，急急地敲门。敲了一阵子，门终于开了，夜来好酒馆老板娘大阔枝举着伞站在门口："又来啦?"

刘彪子凑到大阔枝跟前,笑嘻嘻地说:"想你了嘛。"大阔枝身形窈窕,脸庞秀丽,举手投足间掩藏不住爽朗与泼辣,在男人面前毫不示弱:"滚一边去!前半夜黑瞎子进了院子抱走了我的酸菜缸,后半夜你们又搬来了肉滚子!他娘的还有完没完?!"刘彪子咧嘴一笑:"这一出一进的,打了个平手,不亏。秋雨夹着三分寒,赶紧给我打碗酒,顶点热乎气儿。"说着赶车进了院子。

大阔枝走到酒坛子前打酒,透过半掩的门,听到酒馆里泥鳅正在说话:"我明白,一下整出六头来,堵你的心了……可一锅出了也好,要干就干票大的嘛。"

金把头坐在桌对面,端起酒碗慢悠悠地喝了一口酒。泥鳅低声说:"兄弟,我知道大金柜手头紧,可再紧也比咱爷们儿宽绰呀,你说是不?"金把头不吭声,又喝了一口酒。泥鳅问:"你啥意思?动动嘴皮儿啊?"金把头依旧不搭茬儿。

泥鳅急着问:"这是不认账啦?"金把头说:"我头上顶个金字,从来没让银子绊过腿,就是这酒得抓紧,凉了不好喝。"说罢端起酒碗。

泥鳅的酒喝干了,他把酒碗蹾在桌上:"酒进肚了,小火炉也顶上来了,捞干的吧!"金把头低声说:"说好的三头,多出来的是你们做的主,扯不着我。"泥鳅小声说:"可肉少,你的抽头也少哇!"

金把头低声说:"那也不能这么干!金沟子本来就缺人手,这么弄下去,活还咋干?再说了,灯下黑的事得收着点,要不早晚得让日头晃个跟头,弄不好就得把命搭进去!"

泥鳅试探地问:"听这话音儿,是不收啦?"金把头面带难色地说:"最近频了点,就怕大金柜没那么多散碎银两。让我收肉也行,给个交情价吧。"泥鳅低声说:"今儿个把肉都拉来了,不全收的话,得罪了游世龙,这三江口、关东山,你连骨头渣子都留不下!"

金把头冷笑:"麻烦给游世龙捎个话,他能推山拿海,我能小鬼推磨,想一个巴掌就把人全都拿捏住，那是如来佛！"泥鳅笑了："可游世龙是佛挡杀佛呀。"金把头的眼睛红了。

泥鳅说："话都按在刀刃上了，这车肉你到底接不接？！"金把头喘着酒气："都送上门了，傻子才跟银子过不去，算账吧！"泥鳅对金把头说："这个价行，一口吃不成胖子，可也管饱哇，兄弟爽快！"金把头说："买卖该做还得做，只是得稳当点，小心驶得万年船，细水长流嘛。"

大阔枝端着酒碗来到酒馆后门口，刘彪子倚着门框，接过酒碗喝了一口："软软的，绵绵的，跟长了小手一样，抓挠起来，勾死个人儿呀。"大阔枝脸一沉说："少跟老娘整骚情话！"刘彪子说："摸不着，痛快痛快嘴还不行吗？"大阔枝生气地说："再不闭死你的嘴，我割了你的口条堵你的嗓子眼儿！"

一碗酒喝完，刘彪子蜷缩成一团，在厨房的地上打起了呼噜。大阔枝抄起伞，走了出去，关上了后门。她打着伞来到马车近前，苫布随风掀动，露出好几只人脚。突然，苫布下伸出一只手，抓住大阔枝的手腕，把大阔枝吓个半死。

大阔枝冲着马车说："冤魂你别来缠我，该找谁找谁去！"车里没人答言。大阔枝急了："你赶紧松手，老娘见的鬼多了，撑死鬼、饿死鬼、吊死鬼、枉死鬼、病死鬼、冻死鬼，再加上酒鬼、色鬼，哪个鬼见到老娘都得矮半头躲三分，都得绕着走！"还是没人搭话。大阔枝的话音软了："要不这样吧，明年这时候，我给你烧两刀纸，四碟八碗摆上，整坛烧刀子供上。话不算数，你带我走。"苫布下传来高云虎微弱的声音："择日不如撞日，把酒满上吧！"

雨停了，金把头一瘸一拐地和泥鳅走了过来，刘彪子跟在一旁。三个人来到马车前，刘彪子掀开苫布："六头，一个不少。"金把头皱着眉："这不是五头吗？"刘彪子数着："一、二、三、四、五……不对呀，埋了六个，上车七个。"泥鳅问："咋多了一个？"

刘彪子说:"还有我呢,这一道我是脚不沾地紧着赶,连口匀乎气儿都没喘。"泥鳅生气地说:"说来道去,不还是少了一个吗?"刘彪子低着头,不说话。

这时,狗汪汪叫了起来,三个人朝狗窝看去。大阔枝迎上前说:"我家大黄都听明白了,说丢道上了。"刘彪子很有把握地说:"不可能,我进院后,还扫了一眼呢,六个脑瓜盖儿,一个不少。"金把头查看着五具尸体,阴着脸说:"坏了,少了一根硬茬儿!"

大阔枝、金把头、泥鳅三个人表情凝重地坐在桌前,金把头和泥鳅死死盯着大阔枝。大阔枝打了个哈欠:"大半夜的,在这大眼瞪小眼,不困得慌吗?"

泥鳅责问道:"大阔枝,我借你个地方谈点生意,酒钱菜钱一个子儿不少,你把人给我弄哪儿去啦?"大阔枝爱理不理地说:"藏起来了呗。"泥鳅猛地一拍桌子,震得酒杯乱颤。大阔枝说:"轻点,把桌子腿拍折了,你还得送它一副老拐。"泥鳅说:"那就看你能不能进得了山、挑得了料子了!"

大阔枝慢条斯理地说:"对了,能不能是老天爷看不下眼儿了,让他撒开蹄子奔关东山啦?"金把头脸色一沉,问:"啥叫看不下眼儿?"大阔枝瞄了一眼金把头说:"这一车一车的,老天爷眼寒哪!你们在金沟弄死人,找人装家属跟金沟要钱,阎王爷吓得都打哆嗦了,早晚遭报应!"

泥鳅盯着大阔枝,生气地说:"看来你这是门儿清了!"大阔枝冷冷地说:"进进出出多少回了,聋子也能摸出点动静来。"金把头说:"想要抽头是吧?"大阔枝说:"不敢,怕烫着命。"

泥鳅看着大阔枝,恶狠狠地威胁道:"大阔枝,我知道你在这松林镇有根儿,可根儿再深,也得看碰上多大的风,惹急了游世龙,连根儿带桩,都给你拔了!"

高云虎躺在夜来好酒馆地窖的草席子上，大阔枝蹲在一旁，给他擦脸。高云虎感激地说："谢谢你救了我。"大阔枝说："是你命硬！"高云虎问："你知道游老大是谁吗？"

大阔枝犹豫着，不知道该怎么回答。高云虎说："给我交个底儿行吗？"大阔枝说："别打听了，能捡回命来就好好活着吧。"高云虎说："他说杀人就杀人，手里的冤魂太多了，这仇我非报不可！"大阔枝说："就你这样，报啥仇，赶紧养伤吧！"说着端起水盆走了。

棺材铺的后院，明晃晃地摆着六口棺材。棺材铺的掌柜老核桃问："你要的不是六口吗？"泥鳅说："丢了一个。"老核桃脸一沉："那我这棺材都做好了，剩下一口给谁用去？"泥鳅说："早晚给你装满了！"

老核桃叹了口气："这话可不好听，哪能硬往棺材里塞人哪！可不出不进又不是买卖，真是为难死个人了。"泥鳅说："掌柜的，这口棺材你先留着，说不定还能用上呢。"老核桃忙说："一定得用上，赶紧把丢了的那个人找回来，尸骨不能见天儿哪！"

泥鳅走后，老核桃若有所思地拍着那口棺材。这时，伙计带着一个中年男人走了过来。老核桃看着中年男人："哟，哪阵香风把财神爷吹来了，屋里请！"中年男人朝老核桃笑了笑，朝堂屋走去。老核桃警惕地朝外望了望，小心地关上门，插上门闩。

夜来好酒馆地窖，一个老中医正给高云虎诊断，大阔枝站在一旁，眼神里满是忧虑。老中医紧锁眉头，对大阔枝说："伤势太重，药我可以抓，但能不能活就看他的造化了。"

大阔枝恳求道："贺大夫，你一定要救活他呀！"老中医说："治病救人，医之根本，我会尽力的。"大阔枝有些担心地说："还有，他的事……"老中医说："多少年的老规矩，事到我这儿就到头了。"大阔枝感激道："那你就费心了。"说着把钱塞进药箱里。

三

秋夜的松林镇静悄悄的，老山东和田小贵戴着草帽，拄着木棍，一身山林人的打扮走在大街上。田小贵东瞅瞅西望望，低声说："叔，这松林镇瞅着也不吓人哪。"老山东低声说："瞅着就吓人的，那是鬼！"田小贵说："让他们说的，我还以为这里是阎罗殿呢。"

这个时辰临街的店铺大多打烊了，只有零星的几家店铺门板缝里透出光亮。田小贵说："咱在这街上都绕两圈了，咱们要找的朴记老参行，在街的那一头。"

俩人走到兴隆号皮货行外，只见门缝里有人影闪动。老山东站住，望着皮货行的招牌，嘴上的烟锅一明一灭。田小贵说："叔，黑咕隆咚，瞅啥呢？"老山东说："这家号子的老掌柜姓龙，以前给咱送过粮，打过两次交道。"田小贵低声说："那这儿就是咱的交通站？"

老山东没说话，田小贵说："那咱就在这儿歇脚呗。"老山东拉住田小贵说："初来乍到，甭冒失。咱回头再瞅机会来。"山风呼呼刮着，老山东和田小贵朝郊外的山神庙走去……

兴隆号皮货行内，柜台上点着一盏油灯，伙计就着油灯的光拨拉算盘："一退六二五，二一二五，三一八七五，四二五，五三一二五……"外面有人在敲门，先一下，再两下，伙计停下手里的算盘。

这时，龙掌柜从后堂快步走出。敲门声在继续，龙掌柜说："去开门。"伙计应声打开店门，见一个身穿长衫、头戴礼帽的人站在门外。伙计上下打量，说道："这位爷，咱们打烊了。"来人摘下帽子，很有礼貌地说："打搅了。我想见见龙掌柜。"龙掌柜迎上前说："来的都是客。讲究人儿，里边儿请！"

龙掌柜把长衫客让到桌前坐下，吩咐伙计："上茶！"伙计送上茶水。

长衫客说:"龙掌柜,都说兴隆号的皮子是一等一的货,想长长见识,不知方便不方便?"龙掌柜笑道:"开门的买卖,哪有不做的道理?掌灯!"

伙计点起一盏灯。长衫客起身,跟着龙掌柜走向货架。货架上挂着许多狐皮、貂皮、狍子皮。三人穿行在形形色色的兽皮之间,灯火摇曳,影子映在货架旁的木板墙上,形状诡异。

龙掌柜和客人拉起了家常,说:"大兄弟贵姓,咋称呼?"长衫客说:"姓龙。"龙掌柜说:"巧了,还是本家!亲人打哪儿来?"长衫客说:"牡丹江。"龙掌柜说:"咱松林镇四面进宝,八方来客,亲人你可来对了。"

长衫客笑道:"掌柜的是本地人?"龙掌柜点点头:"土生土长。"长衫客问:"祖上呢?"龙掌柜说:"山东黄县。哟,大侄子是来寻亲的?"长衫客笑笑:"都说兴隆号的皮货,闭眼买也错不了。"

长衫客在一件貂皮前站住,转头询问,龙掌柜说:"看上了就上手,试试手感。要我说,明儿早上再来,这皮板毛色看得才真亮儿。"长衫客捻摸着貂皮说:"老冬的皮子,油性差点儿。"龙掌柜拍手道:"行家!开口就是行家!头场雪过了你再来,包大侄子你满意。"

长衫客走向货架尽头,龙掌柜说:"再里边都是入不了眼的货,咱看这边。"长衫客没动脚,低声说:"掌柜的,我要的货不太一样。"龙掌柜见状,接过伙计手里的灯说:"你先出去吧,把门关上。"

见伙计出去了,龙掌柜看着长衫客说:"透个底儿吧。"长衫客说:"我要你压箱底儿的货。"龙掌柜说:"小本儿买卖,有啥箱底儿,熊皮虎皮,那得见定钱。"长衫客摇头道:"掌柜的这话不实在。"龙掌柜说:"哪不实在?"长衫客走向货架尽头的木板墙,伸手敲敲,传来空荡的回声。长衫客冷笑一声,说:"这后边还藏着几张人皮吧?"

松林镇突然响起了一阵枪声。夜栖的鸟被惊起,呼啦啦飞向远处。镇子里的住户先后吹了灯。一阵关门闭户、抵门上闩的响动过后,整个镇子陷入死寂。

夜来好酒馆后院门吱呀一声开了条缝。大阔枝闪身站在门外，朝枪声的方向望去，远处传来汽车远去的声音。一阵踢里趿拉的疾步声响起。大阔枝扭头，只见老核桃趿拉着鞋，一路小跑过来。大阔枝说："鬼道儿跑得欢。老核桃，当心奔个大瓜子儿！"老核桃说："人为财死，鸟为食亡。炮仗响了，奔个开门儿红！"大阔枝转身回了院子，关上院门。

郊外的山神庙里，老山东和田小贵靠着山神像，睡着了。听到隐约传来的一阵枪声，老山东身子一紧，坐了起来。他点着锅烟，推推小贵。

小贵一骨碌爬起来，见老山东不紧不慢抽着烟，问："叔，睡不着？"老山东说："你听着没？"田小贵竖起耳朵问："听啥？"老山东摇摇头。田小贵又问："叔，你听着啥啦？"老山东说："枪声。"田小贵问："哪儿？"老山东说："镇子里。"田小贵说："是咱的队伍？"老山东没说话。田小贵说："不会是小白马反悔，追来了吧？"老山东说："等天亮了，你去镇里打听打听。"

天一亮，田小贵就把脸抹得像叫花子一样，乔装打扮一番后来到松林镇。田小贵走到兴隆号皮货行门前，大门敞开，门外聚着一圈看热闹的人。田小贵挤在人群里，看见伪警察署署长庞四海带着鲇鱼嘴走了过来。鲇鱼嘴高声喊道："都干啥玩意儿呢，挡道了！"人群瞬间散出一条道来。

庞四海点了几个伙计的人头。鲇鱼嘴说："出来！"几个伙计站了出来。庞四海说："你们几个平日偷奸耍滑，占小便宜，暗里捏大姑娘屁股的，今儿个谁敢偷懒，就地法办。"一个伙计小声问："干啥？"鲇鱼嘴说："干啥？抬死人！"庞四海说："庞爷的眼睛亮着呢。"庞四海打头儿，踱步进了兴隆号。田小贵悄悄离开了。

四

在夜来好酒馆里，金店金掌柜、钱庄黄掌柜、宝局屠掌柜、参行朴掌柜四人坐在桌前。金掌柜首先开口了："龙掌柜……"朴掌柜接上话茬儿："昨儿还打照面儿，说是刚进山收皮子回来。这是道儿上露了财，奔他来的。"黄掌柜摇头说："不像。伙计数了，一共打了十三枪。哪家劫匪这么阔气？"朴掌柜说："豆大的眼只认钱。松林镇啥怪事没出过？不奇不奇。"屠掌柜说："莫不是秀山老北风刮回来了！"金掌柜说："老北风一起，咱几个都得掉层皮。"朴掌柜低声说："我听说，前阵子日本人带着'讨伐团'搜山，找见了他的老窠儿，还出动了飞机，最后把他当成抗联给……"朴掌柜做出击毙的手势，屠掌柜啧啧咂嘴。

金掌柜说："要我说，如今这山里山外，三江南北，除了日本人，就只有一个人，敢这么要人命。"黄掌柜说："金掌柜，您说的可是游世龙……"

几人正说着，酒馆的伙计小铜腿噔噔噔跑进来，屠掌柜招呼着："小铜腿，有啥新鲜的事，给咱们也抖抖。"小铜腿没作声，直接进了后厨。一会儿，大阔枝从后厨走了出来，说："日头底下无新事。龙掌柜遭了横祸，这阎王爷手里也是一摊糊涂账。"大阔枝又低声补充道："日本人出的手。"几个掌柜惊住。

黄掌柜低声说："咱银子掏着，庞爷罩着，镇上这些年可不咋来日本人。"大阔枝说："可说的，咱坐这儿唠着，庞爷这会儿忙得脚不着地。"

这时，老核桃头上贴着一块红纸走了进来。这老核桃是开棺材铺的，怕人家忌讳，所以头上时刻都贴着一块红纸，开棺材铺的串门都是这样。老核桃对着四位掌柜说："那叫叫花子走五更——穷忙！"老核桃一边落座，一边对大阔枝说："是不是，大阔枝？"大阔枝说："是比不上你，田螺讨吃——夜里忙。"老核桃说："可不忙了一整宿！这把老骨头带的可是金刚钻。给我来壶好酒。"大阔枝转身走开。

老核桃说："那年逃荒到镇上，是龙掌柜他爹给了我头一口吃的，指点我进棺材铺当了伙计，眨眼四十年过去了……该着龙掌柜福气，刚好有副闲材子，我叫伙计连夜赶工上的漆。"

大阔枝提着酒，走过来说："你这批材子，料儿可不咋的。"老核桃说："要不说大阔枝玲珑呢，料子是一般，救急在眼前。入土，就安了。"几个掌柜点头称是。

朴掌柜低声说："老核桃，真是日本人出的手？"老核桃说："是不是日本人不知道。昨儿夜里我去，见龙掌柜胸口一个窟窿眼儿，咕嘟咕嘟冒着血。货架倒着，架子后头有个暗格，里面还有三个人，穿的是抗联衣服，身上全是枪窟窿。可怜儿那些皮的毛的，散了一地，一半儿烧了，一半儿都让血泡了……"众人噤声唏嘘。

山神庙里，老山东看着田小贵一脸丧气地走回来，心头不免一紧。田小贵说："叔，兴隆号没了……"老山东抽着烟不说话。田小贵说："咱要是昨儿夜里去，也撞个正着。"老山东依然不说话。田小贵说："叔，交通站没了，要么咱走吧？先去八棵松把号儿刻了，再去哈尔滨把山参卖了，等风头过了，再回来找大伙儿……"

老山东又装了一锅烟。田小贵给他点上，说："叔，你好歹说句话儿！"田小贵看着老山东抽完一锅烟，等他开口。老山东清了烟锅，别起烟杆说："哪儿都不去，就在松林镇。先卖山参，再拉队伍！小贵，你把精神打起来！它有虎狼环伺，咱能飞鸟穿林。"

五

夜来好酒馆地窖里，大阔枝把饭菜端到高云虎面前。高云虎接过饭菜，感激地说："谢谢，给你添麻烦了。"大阔枝故作不耐烦地说："这'谢'

字都把耳朵磨出茧子了！"

高云虎笑了笑，又问："镇上出事啦？"大阔枝反问道："你听见啥啦？"高云虎说："听见枪声了。"大阔枝说："唉，皮货行龙掌柜藏了三个抗联，日本人找上门，全杀了。"高云虎一惊："日头下山没？"大阔枝说："日头下山了。咋？"高云虎说："日本人看得紧。天黑了我就走，不给你添麻烦。"

大阔枝盯着高云虎说："阎王爷都不要的肉饼子，怕的是哪门子的日本人？"高云虎说："我怕日本人不听你的理儿。"大阔枝说："行了。一码归一码，日本人一般不来镇上。"高云虎迟疑不定。大阔枝说："跟你说了吧，龙掌柜出事，是有人捅给日本人的。"

高云虎说："这你咋知道？"大阔枝笑笑说："这你就别问了。总归，事儿就是龙掌柜得罪了游世龙，游世龙去日本人那儿把皮货行给点了，松林镇往后就没兴隆皮货行这一号儿了……"

高云虎愣住："这游世龙就是游老大吧？"大阔枝嗔怪道："又来了，都能把人腻歪死。你说得对，他叫游世龙，是这一带大名鼎鼎的道儿上人。那人青面獠牙，心狠手辣，吃人肉喝人血！"高云虎说："你说的那是鬼。"大阔枝说："有的人比鬼还鬼呢！"高云虎沉默片刻说："他在哪儿？"大阔枝说："我哪儿知道？"高云虎问："长啥样？"大阔枝说："没见过。"

高云虎望着大阔枝，大阔枝说："我真没见过他，也没听说这镇上的人谁见过。"高云虎说："一个大活人，怎么会见不着？"大阔枝说："有老客说，见过他的人都死了。"

高云虎不语。大阔枝说："我还是那句话，你就算有三头六臂，也斗不过他，更别说你老哥儿一个了。能捡着一条命，就好好活着吧。"高云虎说："可他活着，就得死更多的人。"大阔枝说："跟你有啥关系？"高云虎不说话。大阔枝生气地说："作死的鬼，当初就不该救你！"

六

　　为了躲避金沟的追杀，福庆纵身跳进河里。他在湍急的河水里挣扎，筋疲力尽地游到对岸，晕死在岸边，身体还保持着划水的姿势。不知过了多长时间，福庆睁开眼睛，发现一条蛇正盯着他。那条蛇突然朝他咬来，他使出全身的力气，一把抓住蛇头，然后抓起身旁的一块石头，狠狠地朝蛇头砸去。蛇头已经被砸烂了，福庆依旧疯狂地砸着。福庆哭了，目光呆滞地望着河对岸……

　　破衣烂衫的福庆像个叫花子似的走在乡路上，三辆篷布汽车迎面开来。福庆避之不及，想要钻进路边的树林，枪声响起，子弹落在福庆脚边。汽车很快驶来，在他近前停住。两个日本兵从车上跳了下来，拿枪对准福庆。其中一个日本兵走到福庆近前，猛地端起枪托，把福庆打倒在地。

　　福庆被日本兵戴上了头套，整个人晕晕乎乎的。一会儿，篷布车队停住了，日本兵扯掉了福庆的头套，高喊："都下车！快点！"福庆顿时明白了，这一车人都被日本兵抓了劳工。

　　一群日本兵从一辆车上拖下九个人，这九人躺在地上，已是奄奄一息。一个日本兵拿起刺刀，一人有气无力地说："我还活着，别杀我。"日本兵阴笑着，一刀下去刺穿那人的咽喉，又举刀刺向另外的人……

　　一个劳工见状，吓得腿一软瘫坐在地上。那人想起身，可是站不起来。福庆一把拽起那人，把他扶稳。是那个被福庆咬掉耳朵的日本兵！举着刺刀的日本兵转身，又要刺杀躺在地上的朝鲜人李正浩，李正浩爬起身，走到福庆身边。

　　藤本少佐走了过来，看着这群劳工，笑眯眯地逐个打量道："不错，都是好牲口！"

这里是一座隐藏在深山老林里的工棚。工棚外面围绕着三道铁丝网，瞭望塔上站着哨兵，架着机枪。在工棚前的空地上，劳工们排着长队，登记编号。藤本走到缺右耳的日本兵面前，冷笑着："片山，你这个可耻的逃兵！"片山低头不语。

藤本说："你应该感谢天皇的恩赐，这里可比牢房舒服多了。"接着，藤本又冲片山身后的李正浩说："狡猾的朝鲜人，你装死想要逃走，是吧？"李正浩忙说："不敢不敢，真睡着了。"藤本说："在这里，放弃一切幻想才有活下去的希望！"

藤本皮笑肉不笑地看着福庆，问道："热心人，你是干哪行的？"福庆说："杀猪的。"藤本说："非常抱歉，我们这里没有猪，只有你们这些蠢猪，你要失业了……"说完哈哈大笑着走了。

登完记，又有一个剃头匠来给劳工剃掉右边的眉毛。李正浩坐在凳子上问："为什么剃眉毛？"剃头匠说："你管那么多干啥，让你剃你就剃！"李正浩说："薄点剃，给我留点。"剃头匠说："留眉不留头，你选一个吧。"李正浩说："头！"

轮到福庆时，剃头匠说："瞅啥呢，坐下！"福庆问："为啥剃眉毛？"剃头匠说："你们咋都这么多事呢？赶紧的，我忙着呢！"见福庆不坐，剃头匠说："那就站着剃！"福庆一把抓住剃头匠的手腕，剃头匠说："你要干啥？"福庆说："为啥剃眉毛？"

藤本少佐走了过来："出什么事啦？"剃头匠说："少佐，他不让剃！"藤本说："这事好办。"说着掏出手枪，顶在福庆头上。

突然一只手伸了过来，抓住福庆的手。福庆一看，是汤德远。汤德远拍拍福庆的背，劝说道："不就剃个眉毛嘛，也不疼不痒的。"说着，又捶了捶福庆的胸脯："满身腱子肉，壮得跟头牛一样，难得的好劳力呀！"

藤本看着汤德远问："你怎么没去干活呢？"汤德远说："干着呢，我挑水去了。"汤德远挑起两桶水，走了。福庆坐在凳子上，看着汤德远远去的背影。

傍晚，众劳工坐在工棚外的地上，吃着干粮。福庆和汤德远坐在一块儿，低声交谈。福庆说："老汤，咱俩能在这儿碰上，也是够巧了。"汤德远说："我也没想到。"福庆说："有你在，我这心里踏实多了。"汤德远说："知道为啥剃眉毛吗？"

福庆摇摇头，汤德远说："打眼儿就能看出来咱们是劳工。"福庆说："也就小鬼子能想出这损主意来！"汤德远说："对了，咱们的人出来多少？"福庆说："我就见到云虎了，可他……"汤德远急切地问："他咋啦？"福庆说："我俩被抓到金沟淘金去了，中了算计，云虎被活埋了。"汤德远愣住了。

福庆说："我本想给云虎报仇去，可他们人太多，没办法，我只能按计划赶奔松林镇八棵松，可半道上又被他们抓到这儿来了。"汤德远沉默不语。福庆说："你咋进来的？"汤德远说："我和花儿在山里走散了。出了山，我被抓了浮浪，也到了这儿。"

这时，不远处，几个劳工吵了起来。汤德远说："是朝鲜人和日本人。"一个朝鲜劳工和一个日本劳工拎着两个水桶，因抢水打起来了，乱成一团。朝鲜劳工被推倒，撞翻了水桶。李正浩见状，赶过去把那个日本劳工的脑袋按进水桶里。日本劳工拼命挣扎，看守赶来，抢起鞭子抽打这几个打架的劳工。

一声枪响，劳工们都停住手，望着日本工头井上隆一。井上隆一擎着手枪，骂道："干了一天活，还有力气打架？我这个人脾气是很好，也很善良，但这些只施舍给那些听话的人！"

汤德远告诉福庆："他叫井上隆一，这里所有的劳工都归他管。咱们劳工队里，人员成分极其复杂，有咱们的老百姓，有朝鲜人，还有日本逃兵，我还发现有旧东北军的军官和士兵，所以一定要加着小心。"福庆说："这有多少劳工？"汤德远说："不清楚，我本来住一号工棚，你们来了，说要抽调老人儿带带你们，我就赶紧报名了。另外一号工棚人太多了，分点到二号来，都能宽绰点。"福庆说："不就这两个工棚吗？应该人不多。"汤德远说："这山老大了，人海了去了。"

夜幕笼罩着山林，两个日本兵站在二号工棚门外看守。瞭望台上，探照灯一直来回移动。在二号工棚的大通铺上，人挨人，睡满了。福庆翻来覆去睡不着，一转头，望见身边的片山正瞪着眼睛死死地盯着自己。

福庆说："大半夜的盯着我干啥？"片山说："看你的耳朵。"福庆说："啥？"片山说："你不记得我啦？"福庆说："我凭啥记得你？"片山指着自己残缺的右耳朵说："我的耳朵就是你咬掉的。"福庆翻身："你认错人了。"片山伸手一把拉住福庆说："你是这个……"片山的手比画着枪。福庆说："我不知道你在说啥。"片山冷笑道："我白天就认出你了，不会错。"

沉默片刻，福庆说："都是俩耳朵一个鼻子，长得一样的人多了。你认错了，我是杀猪的。"片山说："你是拿枪的！"片山突然坐起身，高声喊道："来人哪！来人哪！"

工棚门开了，两个日本兵看守进门问："出什么事啦？"片山说："报告！"看守问："什么事？"片山看着福庆说："我要换铺位。"看守哗啦一声拉开枪栓，怒道："八嘎，你以为这是自己家吗？赶紧躺下，再吵闹出去蹲着！"片山无奈地重新躺下了。两个看守走了出去，随手把门锁死。片山躺在铺位上，盯着福庆，福庆闭着眼睛装睡。片山说："你怕啦？"福庆不说话。

片山说："你怕我告发你！"福庆依然不说话。片山说："放心，不是现在，你还欠我一只耳朵。"接着又用日语讲道："你会付出代价的。"说完，片山翻身，转向另外一侧。

二号工棚里，鼾声起伏，众劳工正熟睡着。一个黑影慢慢地起身，轻咳一声。又有一个身影坐起，轻手轻脚地下了地。

黑暗中，汤德远睁开眼睛，看见两个黑影从自己身边走过。一个黑影捂住铺上人的嘴鼻，另一个黑影攥着锋利的洋钉，扎向那人的心窝。一阵轻微的挣扎过后，铺上的人不动了，两个黑影蹑手蹑脚地返回。汤德远忙闭上眼睛，假装发出响亮的鼾声。

天亮了，工棚地上躺着一具劳工的尸体。是那个昨天和朝鲜人打架的日本劳工，洋钉还扎在他的胸口上。井上隆一挎着军刀，看了眼尸体说："可怜的中川。"

众劳工被赶到一起，福庆和汤德远站在一块儿。看守们端枪对着众劳工。井上隆一转头看着众劳工说："没有站出来的是吧？你们三个昨天挑头儿打架的，出来！"被点名的劳工站了出来，最后一个是李正浩。

井上隆一说："屡教不改！应该怎样惩罚你们呢？为了不再出现这种情况，你们得给大家做个榜样。"说着连开两枪，击毙了那两个劳工。众劳工都惊呆了。

井上隆一看着李正浩问："新来的？"李正浩说："昨天刚来。"井上隆一笑："刚来就拉帮结伙，更得做个榜样。"井上隆一的枪口对着李正浩，李正浩连忙说："留着我干活，做活人的榜样。"井上隆一笑笑，放下了枪，转身对劳工们说："你们都听见了！不幸的蚂蚁们，请不要再互相残杀了，留着力气完成这里的工作，你们就获得自由了。不要再挑战我的忍耐力，希望这是最后一次！"

七

老山东和田小贵来到朴记老参行门前。田小贵刚想敲门，被老山东一摆手制止。老山东朝田小贵使个眼色，二人蒙着面来到老参行后院，爬上墙头，跳进院里。老山东来到正房堂屋门外，田小贵躲在一旁。

老山东轻轻地敲了敲堂屋的门。屋里灯亮了，朴掌柜在屋子里问："你是谁呀？咋跑院里来啦？"老山东低声说："有宝贝。"朴掌柜说："你要宝贝？去前屋店里拿，我这儿没有。"老山东说："是我有宝贝，你别害怕，我是采参的，在院里等你。"

屋门开了，田小贵迅速钻进屋内，捂住朴掌柜的嘴："把灯熄了！"朴掌柜熄了油灯。老山东关上屋门对田小贵说："松开他。"田小贵松开朴掌柜，威胁道："别吵吵！"朴掌柜说："好汉，要钱我这儿有，给我留条命吧！"

老山东走到朴掌柜近前："掌柜的，我们是采参的，抬着个宝贝，想在你这儿出手。"朴掌柜松了口气："是这么回事呀，可吓死我了。"老山东说："不好意思，我们也是怕宝贝脱手，所以半夜打扰，请你见谅。"朴掌柜说："咱灯下说话，行吗？我得掌掌眼。"

老山东谨慎地说："把窗帘挂上。"朴掌柜挂上窗帘，老山东打开参盒，朴掌柜提着油灯凑近，仔细查看了半天，倒吸一口气："大宝贝呀！"老山东说："开个价吧。"见朴掌柜没说话，田小贵补充道："我们可懂行。"

朴掌柜说："不瞒你们说，这宝贝……我收不起。"老山东说："你可以先说个价。"朴掌柜面露难色："说低了结仇，说高了我也收不起，还是不说了吧。"老山东问："那松林镇谁能收得起？"朴掌柜说："开钱庄的、开金铺的、开宝局的都不差银子，可他们也得找我掌眼。你们要是不怕见天的话，我倒是可以打听打听。"

老山东看了一眼朴掌柜："那麻烦你帮着问问吧。"朴掌柜说："好，这事就交给我吧。那等我问好了，怎么找你们哪？"老山东说："我来找你。掌柜的，大半夜打扰了。"朴掌柜说："没事，我知道你们赚钱难。"老山东说："多谢体谅。"老山东收起参盒，带着田小贵走了。朴掌柜关上屋门，长出一口气。

二人一边说着下一步的打算，一边往山神庙走去。田小贵说："叔，听参行掌柜那意思，这宝贝也不是一天两天能卖出去的，要不咱俩先去八棵松吧。"老山东摇摇头："宝贝味儿大，咱俩最好老老实实地待着，等宝贝出手再说。"此时，山风呼呼作响，吹得枝叶乱颤，不知是什么兆头。

第五章
松林镇奇遇

一

参行朴掌柜、金店金掌柜、钱庄黄掌柜、宝局屠掌柜四人坐在夜来好酒馆里小声商议山参的事。

金掌柜问:"那参真有那么宝贝?"朴掌柜说:"你还信不过我这双眼睛吗?"黄掌柜说:"还有你没见过的品相?"朴掌柜说:"不能说没见过,只是记不清楚上回见是猴年马月了。"屠掌柜说:"你倒是拿来给我们开开眼哪!"朴掌柜说:"我怕往这儿一放,晃你们个跟头,再把尾巴根儿蹾骨折了。"

黄掌柜说:"就算是大宝贝,可这价都顶到天上去了。"金掌柜说:"何止价顶到天上去了,就怕扯着命啊。能收到手,也未必能留得住。"朴掌柜说:"我也是这么想的,所以先问问你们,你们要是收不了,咱松林镇可能就没人收得起了。"

屠掌柜问："卖参的那俩人长啥样?"朴掌柜说："遮着脸,一闪身就走了,十分机警。这些年,我见过的采参人不少,可瞅他俩的眼睛,听他俩的动静,生分得很。"

大阔枝不知啥时凑了过来："你们在这嘀嘀咕咕的,有啥蹊跷事呀?"屠掌柜说："有人挖到了宝贝参。"大阔枝问："有多宝贝呀?"屠掌柜说:"就你这巴掌地儿,连人带店,一把梭了都买不起。"大阔枝扦着腰,说:"我这夜来好酒馆,还不值一根参吗?"

这时,老核桃走了过来："值!太值了!"金掌柜问："咋个值法?"老核桃说："人是活的呗。"屠掌柜说："活的你也摸不着!"老核桃说:"摸不着还能说说话呢,是不,大阔枝?"说着一屁股坐在桌前。大阔枝说:"你们说得都对。"她提高嗓门儿,对着伙计喊:"给这桌上三斤烧刀子!"

朴掌柜疑惑地问："我们也没点酒呀?"大阔枝没好气儿地说:"谁让你们说道我来着。"黄掌柜说："咱们不是说参呢吗?也没说她呀。"屠掌柜说:"就是,她自己凑过来的!"老核桃却说："行了,不就三斤烧刀子嘛,我请了!来,咱接着唠。"

喝完酒,老核桃赶紧回到棺材铺,伙计上前问："掌柜的,咋回得这么急呀?"老核桃吩咐道："松林镇起风了,赶紧做棺材!"

朴掌柜正在柜台里仔细观察着一根人参。两个保镖打扮的人走了进来,分列两旁站住。朴掌柜抬起头,愣住了。随后,一身富人打扮的李景尚走了进来。

朴掌柜打量着李景尚,走出柜台迎了出来："我就说今儿早一开门,这光晃得睁不开眼嘛,总算弄明白了,有贵客呀!您里面请!"

李景尚打量着参行的里里外外,对朴掌柜说："掌柜的,这参行瞅着还有点意思。"朴掌柜说："何止有点意思呀?这么说吧,松林镇三江汇合,三山环绕,天上地下水里的好东西都往这里钻。一句话,松林镇没有的东西，方圆八百里也没有！"李景尚说："更有意思了！"朴掌柜客气道："烦劳坐下说话。"

李景尚坐在桌前。朴掌柜吩咐伙计道："沏好茶！"李景尚摆摆手："不必了，喝茶得去茶庄。"朴掌柜微微一笑："我的茶也不错。"李景尚阴阳怪气地说："可就怕串味儿呀。"朴掌柜一笑："那是，那是。"

李景尚开门见山地说："我这人说话不打弯儿，来你这儿是想求根宝贝，给老娘治病。"朴掌柜试探着问道："敢问啥品相的宝贝能入您的眼呢？"李景尚仰起脸说："不怕贵，只求好，可顶天的拿。"朴掌柜笑着说："这店里好东西不少，您可以先过过眼。"李景尚摆摆手："不必了，我只要那能见天儿的宝贝。"朴掌柜沉默片刻："请随我来。"李景尚笑了，起身跟着朴掌柜走进后院正房堂屋。朴掌柜关上房门："您请坐，我去去就来。"

朴掌柜掀开门帘，捧出一个雕花檀木盒。他打开盒盖，细绒绸缎上卧着一根须发俱全的足年老参，通体泛着琥珀色的光泽。李景尚见了这根老参，一副不为所动的表情。朴掌柜问："敢问这根老参可心吗？"李景尚反问道："敢问比你之前看的那根参如何？"朴掌柜一时语塞。

李景尚看着尴尬的朴掌柜，说："掌柜的，不用掖着藏着，我一进松林镇，这耳朵就塞满了。不瞒你说，我就是奔着那根参来的。"朴掌柜说："那我也实打实地说句公道话，这根参是地上仙，而那根参是天上仙。"李景尚一拍桌子："实诚人！"

朴掌柜笑了："只是那根参不在我手哇。"李景尚问："能弄到吗？"朴掌柜说："不好说。"李景尚说："事成之后，少不了你的好处。"朴掌柜说："讲究。"李景尚说："我住在安福客栈。"朴掌柜问："敢问您住几日？"李景尚说："住到宝贝到手那天！"李景尚走后，朴掌柜指挥伙计在参行外挂上"高价求宝"的横幅。

田小贵气喘吁吁地跑进山神庙高声说："叔！参行求参了！"老山东坐在山神像后面，没有说话。田小贵兴奋地说："这明摆着就是给咱看的，要不你去瞅瞅。"老山东疑惑地说："事来得挺快呀。"小贵高兴地说："碰上有钱的主儿了呗。"

老山东说："先不急，等等再说。"田小贵急着说："还等啥呀，过了这个村可就没这个店了！"老山东严肃地说："我说等就等，你得听我的。"

<h1 style="text-align:center">二</h1>

劳工们排着队，朝工事山洞口走去。福庆对汤德远悄声说："我被人认出来了。"汤德远一惊："啥人？"福庆说："一个日本小兔崽子，突围那场仗，让我咬掉了耳朵。"福庆说着，在劳工群里寻找片山。汤德远顺着福庆的目光看去，片山也正盯着福庆。

这时，劳工们已聚在山洞口。数名日军看守擎着枪，虎视眈眈地对着劳工们。井上隆一挎着军刀走过来说："老人带新人，好好教他们。三个人一组，一组一盏油灯一台车，保护好工具，故意损坏，鞭子伺候！"

劳工们开始领取工具。汤德远领到了油灯和铁锹，福庆领到了铁镐。众人走进山洞，汤德远故意放慢了脚步。片山推着一辆手推车走过来，汤德远挤到片山身边，片山不解地看着他。福庆也上来了，走在片山另一侧。汤德远说："咱三个一组。"三人走进山洞。

山洞里阴冷潮湿。两个日本专家边看图纸边指点，研究着洞中结构。井上隆一走到日本专家近前说："请问他们可以工作了吗？"一个专家说："先挖这一片吧。"井上隆一挥手命令道："开工！"

在一个阴暗的角落，地上放着油灯。福庆、汤德远、片山三人在一起劳动。福庆抡起铁镐刨着，汤德远铲起一锹土，装进片山的手推车里。片山打量着两个人说："你们想干什么？"汤德远头也不抬，面无表情地说："挖洞。"

片山转头看着福庆问："他是你的朋友？"福庆说："啥朋友不朋友，都是中国人。"片山说："你不一样，你是皇军的敌人。"汤德远说："都到这儿了，还论啥亲人敌人，都是热锅上的蚂蚁，谁也跑不了。"片山不服气："你们是蚂蚁，我不是。"汤德远说："咋，你是蝲蝲蛄？会叫唤？"片山说："等建设完'满洲国'，我会回到日本。而你们这些中国人……"汤德远说："想得挺美，想回去你得先攒够棺材本儿。"

片山打量着汤德远说："你在威胁我！"汤德远说："怕死？也对，不怕死咋能当逃兵？"片山说："我只是暂时离开了战场。"汤德远说："我听说，你们的庙挺奇怪，不供财神，专供死人。"片山说："我不会死的！"

片山转头盯着福庆，威胁道："你敢动我，我现在就举报你！"福庆放下铁镐，站在片山身后，挡住片山的去路。汤德远也停下，把铁锹插在片山面前。不远处，李正浩注视着这里。

片山看着汤德远，紧张地说："这是我和他的事，跟你没关系。"汤德远试探地问："真不怕？"片山说："你们要是敢动我，跟早上的那两个人一样下场。"汤德远警惕地环视四周。劳工们分散在各处，都在埋头挖洞。

油灯的光摇曳晃动，随时会被吹灭。汤德远凑近片山耳边说："耳朵没了，眼睛还好吧？瞅瞅，这里黑咕隆咚，万一出点啥事，谁也看不见。"片山不说话，盯着汤德远。汤德远说："你再瞅瞅，这儿可都是中国人。"片山不安地咽了口唾沫。

这时，巡视的监工擎着枪走过来。汤德远威胁片山说："你叫一个试试？"监工说："不许说话，抓紧干活！"汤德远连连点头应道："干活，干活。"

福庆和汤德远转身，继续干活。手推车装满了，片山推起车，福庆紧张地放下铁镐说："老汤，要不，我跟着他？"汤德远看着片山的背影说："放心，出了夜里的事，他不敢起刺儿。"

趁劳工们排队领饭时，福庆凑到片山身边，低声说："你怕啦？"片山不说话。福庆说："放心，吓唬你的，只要你别再胡说八道，没人动你。我们中国人和你们不一样，我们讲道理。"

终于盼到收工，劳工们排着队走出山洞。汤德远和福庆拎着工具走在队伍里。片山推着独轮车紧跟在身后。汤德远转头看着片山说："你走前面。"片山和汤德远对视了一下，上前两步，走在汤德远和福庆前面。片山说："我不会怕你们的。"汤德远冲片山笑笑。

三

一队马车晃晃悠悠地走在林间。马车满载着麻袋，上面盖着苦布。林间土路上布满了卡车的车辙，泥泞难行。车夫甩着鞭子，不时吆喝着。每辆马车旁边都有几名无精打采的伪军。

肖铁林跷着脚，坐在当先的一辆马车上。他穿着一身伪军团长制服，手里捏着军用酒壶，不时咂摸一口。马车一阵颠簸，肖铁林差点儿摔下车去。他破口大骂道："妈了个巴子的，接他娘的这烂差事，风里来雨里去，毛都落不下一根。"

劳工们没日没夜地干活，井上隆一带领数名看守严密巡逻。这时，一个朝鲜劳工推的独轮车侧翻，土撒了一地。看守赶过来，抢鞭就抽。李正浩跑来，一把拽住鞭子。看守怒斥道："你给我松手！"

李正浩说："不就是撒了一车土吗？收拾起来不就行了，没必要打人。"看守得意地说："我想打就打！"李正浩攥着鞭子不松手。又有两个看守赶来，举枪对着李正浩。李正浩攥着鞭子仍不松手。井上隆一见状走了过来，李正浩解释道："长官，怪我给他装太沉了。"

福庆赶紧跑过来解围："长官，咱们本来人手就不够，打伤了就更不够了。再说天越来越冷了，还是早点把活干完要紧！"井上隆一说："好了，都干活去吧！"福庆和众劳工分散开去干活。李正浩看着福庆的背影，搀扶起那个朝鲜劳工。

几名日军守卫在瞭望台上擎着枪警戒。这时，马车队在一排铁丝网前停下，一名日军守卫擎着枪走来，挑开车上的苫布仔细检查。

肖铁林跳下马车，掏出一包纸烟，笑着递给日军守卫说："几位兄弟辛苦了。"那日军守卫不搭话。肖铁林说："不认识啦？老虎团的肖铁林，前几天刚打过照面儿，送给养的。"那日军守卫挑着枪尖儿，示意肖铁林举手。肖铁林无奈，只得高举双手，腰上的枪被日军守卫卸掉了。

十辆马车上的苫布被掀开，除了麻袋，各载着几个大号的水桶。肖铁林舒展着筋骨说："都说了的，天黑之前还得回去，前面那两车卸在头里，后边那八车水，都送少佐营房。"

肖铁林转头冲副官说："怎么的？还等着我招呼？"副官一溜小跑去指挥卸车。肖铁林吩咐道："仔细点，当心碰坏了。"肖铁林拿起一瓶酒，仔细地在衣服上擦拭。劳工们在伪军的指挥下卸车，扛下一个个麻袋。解开扎口的麻绳，里面装的都是烂白菜、糠萝卜。

到了开饭时间，劳工们在工棚外的空地上排队领饭。汤德远和福庆盛好汤，拿着饼子，找个空地坐下，吃了起来。汤德远问："你为啥帮那个朝鲜人？"福庆说："他敢打小鬼子。"汤德远说："兄弟，这地方人和蚂蚁一个命数，想活下来就少管闲事。"福庆说："那我们中国人要是挨打了，你管不管？"汤德远一时语塞。

这时，李正浩走了过来，他把自己的饼子掰了一半，递给福庆。福庆扫了李正浩一眼说："用不着。"李正浩把半个饼子扔给福庆，走了。

李正浩返回朝鲜人聚堆儿地，坐下吃了起来。福庆走过去把半个饼子扔回李正浩碗里。李正浩抬头望去，福庆端着碗走了。集合的哨声响起。看守喊："上工了！"还没吃完饭的劳工只好放下饭碗，起身列队。

肖铁林走到井上隆一跟前，从怀里掏出酒瓶塞给井上："山里这道儿太难走了，怕颠坏了，一直在怀里抱着。"井上隆一看着肖铁林说："肖团长，有什么要我帮忙的？"肖铁林说："没有！深山老林里洗澡不方便，这回特意给藤本少佐和您拉了八车水，敞开了用。"井上隆一说："肖团长费心了。"肖铁林说："哪儿的话，皇军讲卫生，是我们的榜样。我已经命令老虎团的官兵，每天必须洗一次澡，都干净利索的。头上都没有虱子了，不信您瞅瞅。"肖铁林说着拉过身边的副官，摘下他的帽子，扒拉着脑袋让井上看。井上隆一不耐烦地摆摆手。

肖铁林只好把副官的帽子扣上说："你去吧。"又转向井上说："有机会，您在藤本少佐面前替我美言两句。"

这时，劳工队伍在肖铁林身旁经过，肖铁林看见队伍里的汤德远，愣住了。肖铁林不露声色地背过身，掏出烟，递给井上说："过一阵儿就入冬了，您看这儿还缺点啥？我去准备。"

估摸汤德远走过去了，肖铁林才转回身。肖铁林盯着汤德远的背影，点上一根烟。

四

夜来好酒馆地窖里，大阔枝端来一碗汤药，拍拍高云虎的胳膊，戏谑道："老爷，吃药了！"高云虎勉强爬起身："感谢你救了我一命。你放心，这恩情我忘不了。"

大阔枝装作不耐烦的样子说："要报恩的话，我救你这个穷光蛋哪？"高云虎笑了笑，接过药碗："打听到人了吗？"大阔枝真生气了："你就不能安心养伤吗？"高云虎说："我就是问问。"大阔枝沉着脸："少打听。"

高云虎一口气喝光了药。大阔枝让高云虎趴下，掀开衣服，给他检查伤口。高云虎问："大夫说我的伤还得多久能好？"大阔枝问："好了想干啥？"高云虎说："活要见人，死要见尸，该报的仇一定得报！"

大阔枝说："那游世龙一口气能把龙江的水吹干，一个哈欠能喷倒兴安岭，你还是趁早收了心吧！"高云虎说："你别说了，我胆小，都让你吓尿裤子了。"

大阔枝认真地说:"我可没跟你开玩笑。"高云虎咬着牙:"不除掉游世龙,这辈子我蹲着撒尿!"大阔枝沉默片刻:"那你就蹲着尿吧!"说罢拿起药碗,朝外走去。高云虎喊道:"哎,哎,你把衣裳给我盖上啊。"大阔枝头也不回,没好气儿地说:"不是有能耐吗?自个儿盖!"

一个女人风风火火地进了夜来好酒馆的门,指着大阔枝的鼻子骂道:"我看你就是千年尿坛子里泡出来的,骚味儿成精,勾着我家汉子紧着往你这里钻!"

大阔枝一副见怪不怪的表情,毫不示弱地说:"老娘满身香粉味儿,不信你提鼻子闻闻。"说着往女人身边凑。那女人急了,抡巴掌就要打。大阔枝闪身躲开,一屁股坐在酒桌上,脚踩长条凳,跷起二郎腿:"上手就是你的不对了,伤着我这如花似玉、细皮嫩肉的脸蛋子,你得掏钱!老娘这小酒馆,门朝南开,迎八方客,好酒好菜,只接有缘人!"

大阔枝转脸手指一桌:"那桌的菜咋还不上?没菜垫底儿,这酒能喝踏实吗?"伙计小铜腿忙说:"我这就去催。"

大阔枝仰起脸,对着那女人骂道:"要说我骚气勾人,那也是我的本事,酒没糟味,谁稀罕喝呀?自家汉子拿不住,跑老娘这儿撒野来了,真是长了你的能耐,灭了你家汉子的威风!"那女人见此情景,知道自己不是对手,落个没趣,只得拽着自己男人的耳朵走了。

这时,外面传来鼓掌声,大阔枝朝门口望去,见庞四海站在门口。大阔枝赶忙上前打招呼:"哟,庞爷来了,来得正好,没您护着,小民冤枉着了!"

庞四海笑着说:"讲得好,我就是寻着骚味儿来的,不,是糟味儿!这味儿好呀,勾死人儿了都不埋怨!"庞四海落座,大阔枝端上酒。庞四海说:"不敬我一杯呀?"大阔枝说:"怕您醉了身子,误了公事。"庞四海说:"这倒是句大实话,喝了你大阔枝的酒,魂儿都找不着。"大阔枝笑着说:"庞爷,那您慢用。"

庞四海说:"大阔枝,我昨晚做了个梦,梦见一驾马车拉着孤魂野鬼,大雨天拱你这儿来了。"大阔枝稍一愣,忙应道:"哎哟,庞爷,你可吓死我了,我得赶紧烧刀纸念叨念叨。"庞四海说:"你念叨他们,还不如念叨我呢。"说完哈哈大笑。

大阔枝说:"庞爷,我刚进了几坛您最爱喝的老烧锅,正寻思给您送过去呢。"庞四海说:"你起早贪黑地张罗着馆子,也不容易,算了吧。"

大阔枝说:"那也没庞爷您辛苦哇,晚上累了喝点,解解乏嘛。等精神头一上来,还得给我们撑腰杆子呢。"庞四海笑了:"举手之劳嘛,行了,你忙去吧。"大阔枝说:"有事您吩咐。"庞四海喝了一口酒,脸上都是满意和满足:"这酒呀,到哪儿都是喝,可喝在大阔枝这儿,小话儿拿捏得就是舒坦!"

五

一辆辆汽车开进了深山老林。车上的篷布被风掀开了,满车的汽油桶露了出来。此时,不远处的李正浩一边推着独轮车往前走,一边出神地望着汽车。

收工时,劳工们排着队走出山洞。汤德远和福庆拎着工具,疲惫地往外走。远处的山林里突然传来几声巨大的闷响。劳工们闻声站住,纷纷往远处看。远处的山头上腾起一股股硝烟。福庆说:"打炮啦?"汤德远说:"是炸药。"福庆说:"听这动静是要把关东山翻个个儿啊。"远处又有几声巨大的闷响传来,一阵地动山摇。

被惊起的鸟群从深山里飞出来,呼啦啦飞过人们的头顶。几个持枪的监工冲着劳工队伍呵斥:"看什么看?快走!"众劳工低头继续快步往前走。一阵急促的汽车喇叭声在劳工队伍前响起,众劳工纷纷避让。又是一队汽车满载着货物,一辆接着一辆呼啸而过。汤德远和福庆对视着。

夜里,福庆刚要脱鞋上铺,汤德远拍拍福庆说:"出去拉个屎。"二号工棚的探照灯在移动着。汤德远和福庆蹲在地上拉屎。汤德远说:"白天那些卡车,运的都是汽油和炸药。我要是没记差,这炸山的动静拢共响过三回。"福庆说:"你说那里边是啥?"汤德远说:"不管是啥,反正是小鬼子要命的东西,正经的玩意儿都在山里面。"见汤德远沉默,福庆问:"你琢磨啥呢?"汤德远说:"汽车能进去,人就能进去。"

二号工棚突然响起一阵尖厉的哨声。劳工们都光着脚,列队站在铺前。看守端着枪进来了,开始点人头。汤德远和福庆没在,片山说:"报告!刚才吃饭的时候就没看见他们。"李正浩连忙说:"报告!他俩闹肚子了,我刚才看见他们俩在林子里拉屎。"

瞭望台上的探照灯四下摇晃,几名日军看守端着枪,在工棚附近搜索。汤德远和福庆从阴影里快步跑过来。李正浩迎上去说:"拉个屎这么半天?快回来吧,看守找你俩呢。"

六

夜里,老山东躺在山神庙里的草垫子上,他摸了摸头枕着的参盒,又翻了个身,朝旁边看去,发现田小贵不在。老山东猛地坐起身,感觉有些不对劲。

田小贵戴着草帽,蒙着面,来到朴记老参行后院。朴掌柜说:"你可来了,都把我急死了!有个阔人来收参,指名点姓要你们那根山参,他说只要宝贝好,价钱不算事。"田小贵问:"人在哪儿呢?"朴掌柜笑了笑,没说话。田小贵说:"你放心,不会忘了你那份儿的。"

朴掌柜说:"这不光是钱的事,咱们得当面锣对面鼓地把宝贝验实了,这样对大家都好。"田小贵说:"说得没错。"朴掌柜问:"你们啥时候能把山参拿来呀?"田小贵说:"尽快吧。"

朴掌柜说:"好,我等你们的信儿,早出手早了心事,可别拖得太久呀。"田小贵从墙头跳了出来,急忙离开。他不知道,隐蔽处有一双眼睛正盯着他。

田小贵刚回到山神庙，老山东从门后闪了出来："小贵！"田小贵一激灵："吓我一跳！"老山东问："你去哪儿啦？"田小贵说："我去老参行了。"

老山东埋怨道："你咋不跟我说一声？！"田小贵说："说了你该不让我去了。叔，我都问清楚了，确实有大户来买参，他出得起钱。"

老山东说："那人是哪儿来的？是干啥的？"田小贵说："这没问，可就算问了，人家也未必能说啊。"老山东问："他为啥买这么贵的参？"田小贵说："也没问。"老山东说："啥啥都不知道，还说他出得起钱？"田小贵说："参行掌柜说只要宝贝好，价钱不算事。"

老山东警觉地朝门外望去，漆黑的夜幕里，出奇地宁静，连秋虫的叫声都听不到了。老山东说："这地儿不能待了，咱俩得赶紧换地方！"田小贵不解："为啥？"老山东说："快跟我走，从后门走！"说着拽着田小贵朝后门走去。

老山东背着参盒钻进丛林中，田小贵跟在后面，气喘吁吁地说："弄得怪吓人的。叔，你太紧张了吧？"老山东指着山神庙说："你自己看！"

只见一个黑影来到山神庙门口，朝里面望了望，鬼鬼祟祟地走了进去。田小贵问："这是谁呀？"老山东说："我还想问你呢！"田小贵说："就一个人，把他抓了不就清楚了？"老山东说："来者不善，万一后面跟着大队人马呢！"田小贵不再言语了。

老山东埋怨道："我不让你去，就是怕让人家盯上，你咋就不听话呢？"田小贵说："叔，我也是想早点把这要命的东西出手哇！"老山东说："那也得听指挥，服从命令！"田小贵低下头："叔，我错了。"

老山东说："认错不好使，这笔账我给你记下了！"田小贵笑了："账在你手里，我放心。"说话间又有五个黑影奔向山神庙。田小贵说："娘啊，这么多人！"老山东拉着田小贵："赶紧走！"说着二人朝丛林深处跑去。

七

这天，从松林镇宝局里突然跑出一个赌徒，那赌徒没跑多远就被几个打手追上打倒在地。宝局屠掌柜走了出来："打！给我狠狠地打！"

庞四海带着鲇鱼嘴走了过来。鲇鱼嘴高声喊："干啥玩意儿呢，挡道了！"屠掌柜上前："哟，是庞爷呀！"庞四海说："大红的日头，当着我的面打人，屠大头，你这脑袋可是越来越大了！"

屠掌柜笑着："庞爷，这不让您赶上了嘛！这小子输了不给钱，我也是没办法呀！"说着，赶上前，握住庞四海的手，顺势把钱塞进庞四海手里。庞四海握住钱，脸上带着笑说："差不多行了，兜里比脸干净，你就是打死他又有啥用？"屠掌柜说："全听庞爷的！庞爷您忙，还烦劳抽空过来捧捧场。"说罢带着打手走进赌场。赌徒爬起身，抹了一把鼻血，双手抱拳："多谢官爷！"庞四海说："没事了，走吧。"

赌徒刚要走，庞四海说："等等！我咋瞅你有点眼熟呢？"赌徒一脸疑惑地看着庞四海。庞四海说："前两天金店丢了两个金镯子，是你偷的吧？"赌徒说："官爷，我可不敢干那事！"庞四海说："干坏事的都是你这套嗑儿，等拿油锅煎煎你这双小手，说不定这案子就破了。跟我走吧！"

鲇鱼嘴上前就抓住赌徒："瞅啥呢，走！"赌徒吓坏了，连忙脱下鞋，从脚指头上拔下一个金镏子，递到庞四海眼前。庞四海扭过头去，佯装没看见。赌徒又把金镏子塞进鲇鱼嘴的衣兜里。庞四海眨眨眼："让日头晃的，眼都花了，那人不是你。"说完带人走了。

庞四海继续往前走，迎面遇上李景尚带着两个保镖走了过来。庞四海问："收到宝贝啦？"李景尚说："您也听说啦？"庞四海说："早传开了，这巴掌大的地方藏不住秘密。"

李景尚叹了口气："都说松林镇是个宝物集散之地，看来不过如此，徒有其名啊！"庞四海慢条斯理地说："那是你眼高了，耐下心来，松林镇是不会让你失望的！"

老山东和田小贵躲在山林的背风处，田小贵焦虑地说："叔，咱俩这样下去也不行啊。"老山东摇摇头说："那你说咋办？"田小贵说："要不去哈尔滨吧。"

老山东无奈地说："山高路远，说不定还没走到地方就人财两空了。"田小贵叹了口气："这宝贝是真烫手哇！我就琢磨，那天晚上，跟踪我的人是谁呢？是老参行的人？也可能是买参的那个人，他想空手套白狼！"老山东说："说不定另有其人。"田小贵愁容满面地望着老山东，老山东说："火疖子总得露头，没有第二条路可走，只能冒一回险了。"

朴掌柜提着油灯，穿过后院，来到正房堂屋外，推门向里屋走去。他突然站住，发现桌上的茶壶下压着一张纸。他拿起纸，展开一看，顿时愣住了，抬起头环视着屋子，未发现任何异常。

朴掌柜连夜来到安福客栈找李景尚。李景尚穿好衣服，打开屋门，一惊："是朴掌柜呀！啥事急成这样啊？"朴掌柜从怀里掏出那张纸，递给李景尚。

李景尚展开看了看，笑了："太有意思了！"朴掌柜说："我把话带到了，这事就跟我没关系了，你们自己谈吧。"李景尚问："怕啦？"朴掌柜说："我这点能水儿压不住这宝贝，望您见谅。"

李景尚说："那谁帮我掌眼哪？"朴掌柜说："您这眼睛比我毒！"李景尚笑了笑，沉默不语。朴掌柜说："那我就回去了。"李景尚说："朴掌柜，受累了。"

朴掌柜走到门口，突然回头："我再说一遍，这事跟我一点关系都没有了，你们别再找我了。"李景尚说："让你弄的，我这心也慌慌了。"朴掌柜说："我慌得都睡不着觉了！"李景尚关上屋门，又拿起那张纸看了一阵子，脸上露出一丝诡异的微笑。

八

喝得醉醺醺的金把头，哼着小曲一瘸一拐地走着，两个打手紧随其后。金把头走到屋门口，对两个打手说："行了，都回去睡吧。"

金把头进了屋子，没点灯，倒头便睡。可他刚闭上眼，一把刀伸了过来，横在喉咙上。金把头迷迷糊糊地伸手摸到凉冰冰的刀刃，猛地睁开眼，吓得呆住了。高云虎站在炕沿旁："瞅啥呢？不认识啦？"

金把头故作镇静地说："倒着瞅，瞅不真亮儿。"高云虎愤怒地瞪着金把头，说："那就把你的脑袋割下来，正着瞅！"金把头吓得哆哆嗦嗦："好汉饶命，有话好说！"

金把头认出是谁，一惊："你……你还活着呀？"高云虎说："没办法，命硬！"金把头忙说："兄弟，那事不是我干的！"高云虎的刀顶紧金把头的喉咙："你再说一遍！"

金把头只得如实交代："是……是我干的，可我也是被逼的呀！"高云虎说："谁逼的？"金把头犹豫着不肯说，高云虎一使劲，刀刃划破金把头的肉皮，他才吞吞吐吐地继续说道："游……游世龙！人肉饼子的买卖都是他琢磨出来的！"

高云虎问："这是个啥买卖？"金把头说："就是金坑塌方，死了人，大金柜得掏钱出来。死的人越多，掏的钱越多。"高云虎说："就是说你和游世龙一块儿挣死人钱呗？"金把头说："我也不想挣这份钱，都是他逼我干的，我不干他就得要了我的命！冤有头债有主，你要报仇，就找他去吧。"

高云虎问："他人在哪儿？"金把头说："我不知道。"高云虎说："不说实话是吧？"刀尖顶住金把头的咽喉，作势要扎进去。

金把头说："等等！游世龙是个不留脚印儿的人，每回都是他手下的人来找我。我没见过他，更不知道他在哪儿。听说他驻扎在松林镇。"高云虎问："他手下的人是谁？"金把头说："那人叫泥鳅，滑得很，也是来无踪去无影。兄弟，我要是有半句假话，天打雷劈。"高云虎说："就算全是真话，你也得挨雷劈，杀人得偿命。"

半夜，高云虎返回松林镇，他顺着梯子爬到地窖里。大阔枝坐在草席子上："我还以为脚底板抹油——溜了呢。"高云虎走了过来："怎么会呢，那还是人吗？"大阔枝说："这伤刚好点，就按捺不住啦？"高云虎说："总得出去透口气吧？"

大阔枝说："游世龙都长成你的心头肉了！"高云虎说："三更半夜的，你回屋睡吧，有话咱明天再说。"大阔枝说："多少年了，松林镇街上窜着他的风儿，可谁也没见过他的影儿，山里，水里，松林镇里，还可能在我酒馆里呢！"

高云虎说："还真别说，我倒是觉得你挺像的。"大阔枝妩媚一笑："那你就拿我吧！"高云虎说："我不知道游世龙在哪儿，可他那腔调我死也忘不了！"

大阔枝望着高云虎说："你能侥幸活下来，是老天爷开眼。等把老天爷折腾烦了，他两眼一闭，你想活都活不成！"高云虎说："我说过，游世龙不死，就得死更多的人！除掉他不是为我自己，更为死去的那些冤魂。老天爷要是能看得清楚，他会留我这条命的。"

大阔枝站起身，凑到高云虎近前，用力地吸吸鼻子。高云虎闪躲着："你这是干啥？"大阔枝说："傻狍子味儿！"大阔枝转身，爬上梯子走了。高云虎笑了笑，琢磨着大阔枝刚才说的话。

九

松林镇的澡堂子里热气腾腾，白雾翻涌，泡澡的客人进进出出。李景尚进了澡池子，打量着池子里每一个人。

一个泡澡人问李景尚："你瞅我干啥？"李景尚说："是你先瞅我的好不好？"泡澡人说："自打你一进来，这眼睛就没闲着，是逮谁瞅谁，咋了，头一回进澡堂子呀？"李景尚说："你还不让瞅了吗？"泡澡人说："随便瞅，瞅不真亮儿过来瞅！"

李景尚不愿再和泡澡人纠缠，高声唱道："你说找我来见面，左等右等不见人。言而无信非君子，反复无常遭人嫌……"老山东站出来，高声喊："别唱了，来，搓个澡，散散火气！"水汽朦胧中，李景尚打量着老山东。老山东冲净搓澡床："上来吧。"李景尚继续打量着老山东，老山东说："不好意思，让你久等了。"

李景尚试探地问："你是说搓澡吗？"老山东说："你也没说要搓呀。"李景尚笑了："弄了半天在这儿藏着呢。"老山东说："趴下吧。"

李景尚趴到澡床上，老山东卖力地搓着背问："哪里人哪？"李景尚说："牡丹江的。"老山东说："我去过，走过三宝桥。"李景尚说："哪有三宝桥？"老山东说："那是我记错啦？"李景尚笑了笑。

老山东问："来松林镇干啥？"李景尚说："收宝贝呗。"老山东说："就为了收宝贝？"李景尚说："老娘病重，等着药引子呢。"老山东说："大孝子呀！做哪行的？"

李景尚说："你问得有点多了吧？"老山东说："白给你搓顿澡，还不能闲唠两句啦？"李景尚说："宝贝在哪儿呢？"老山东说："钱备足了吗？"李景尚说："没底敢来吗？"

老山东说："有这话就好办了。"李景尚说："价钱，交货时间，在哪儿交货，你就照直来吧。"老山东说："爽快！"

林子里一片寂静，李景尚高声喊："爷们儿，出来吧，朗朗乾坤，大红的日头，今天是个好日子！"见没人搭话，李景尚又说："谨慎能捕千秋蝉，可过于谨慎，蝉就飞走了！听我一句话，在松林镇，那宝贝我要是不收，就得烂在你手里！"突然，身后传来声响，李景尚回头望去，见老山东蒙着面从灌木丛里顶着一身树叶衣裳站了起来。

李景尚不由自主地倒退了几步，急切地问："宝贝带来了吗？"老山东说："你呢？"李景尚提了提箱子。老山东说："空口无凭啊。"李景尚说："彼此彼此。"老山东作势要走："没诚意就算了。"李景尚说："等等！"他打开箱子，里面是满箱子的钱。老山东走到近前，看了看钱："跟我走吧。"李景尚一脸不悦："太麻烦了吧？"老山东不说话，朝前走去。李景尚无奈，只得跟着老山东走。

老山东边走边警觉地向四周张望。李景尚提着箱子跟在后面问："你要带我去哪儿啊？"老山东说："快了。"李景尚问："还有多远？"老山东说："快了。"李景尚说："你不必多虑，满箱子钱摆这儿了，跑不了。"老山东说："信得过。"隐蔽处，多双眼睛跟随着……

老山东站在一棵大树下，李景尚朝周围张望："到地方啦？"见老山东不语，李景尚说："你倒是说话呀！"老山东走到李景尚近前，突然抽出刀，顶住李景尚的咽喉。老山东后背紧靠着树干，将李景尚挡在自己的前面。李景尚挣扎着说："要抢钱是吧？你不守信用！"老山东说："是你背信弃义在先！"李景尚说："这话啥意思？"老山东说："把箱子放地上！"

李景尚的手松开箱子，老山东用脚把箱子踢到自己身后。六个蒙面黑衣人手持手枪，从林子里钻了出来，头领说："兄弟，你这眼睛挺贼呀？"老山东说："都是让贼练出来的！"头领说："话不多说，交出那根老山参，留下钱箱子，我保你平安无事！"老山东说："那得看是你的枪快还是我的刀快了！"

李景尚紧张地说："有话好说，千万别动手！"老山东厉声道："叫你们的人往后退，退到我看不见的地方！"李景尚命令道："你们听见了吗？赶紧走哇！"头领犹豫地看着老山东，随后，一摆手，带着黑衣人往后退去。老山东说："再往后退！"黑衣人的身影消失在林子里。

老山东高声喊道："下来吧！"田小贵蒙着面从树上跳了下来。老山东用刀逼着李景尚，吩咐田小贵赶紧提起箱子。二人挟持着李景尚往后退去。几个黑衣人拿枪想瞄准老山东和田小贵，但是二人被李景尚的身体挡住了，黑衣人不敢轻举妄动。

老山东和田小贵挟持着李景尚退到林子深处的一棵大树下，树旁早已拴好两匹马。老山东猛地推开李景尚，田小贵提着钱箱，两人迅速翻身上马。

老山东冲李景尚喊："宝贝在树上，自己拿吧！"说完和田小贵打马一路奔跑，身后不停地传来枪声。估摸着跑到安全地带，老山东才勒住马，回头望去，一个人影也没有。田小贵说："早甩没影了。"老山东长出一口气："老虎斗狗熊，总得躺下一个，还好，咱爷们儿立住了。"田小贵说："这松林镇果然凶险！"老山东说："先找个地方把钱藏起来，然后直奔八棵松！"田小贵说："叔，这回咱有钱拉队伍了！"二人说着话，骑马远去。

第六章
险恶深山洞

一

在日军工事山洞外，看守擎着枪，几名劳工搬着一口锅走来，把锅里的东西哗啦啦地倒进旁边的大桶。汤德远和福庆等劳工排着长队领饭。汤德远举起饭盒，放饭的舀了一瓢倒在里面，是一瓢熬得像猪食一样的白菜萝卜，接着又递给他一个高粱饼子。福庆跟上来，他咬了口干粮，很快全吐在地上，气愤地说："霉高粱，烂白菜，这么吃下去，早晚吃出病来。"

汤德远和福庆蹲在劳工群里低头吃饭。不远处，李正浩也吐了吃进嘴里的高粱饼。汤德远从碗里挑出一个没剁烂的白菜根子，用力地嚼着。福庆趁周围的看守不注意，小声对汤德远说："该试的都试过了，咱之前琢磨的路子，我看都走不通。吃饭喝水拉屎撒尿，连睡觉都挨个点人头，白天夜里的探照灯晃着，狼狗盯着。咱两条腿的跑不过四条腿的，更别说子弹了。"汤德远小声说："我在一号工棚的时候，隔三岔五，那个日本监工会点几个人，跟着那些汽油桶和炸药一起进山。"福庆说："你是说咱俩跟着进去？"汤德远说："你看着没我结实，不一定能挑上你。"不远处，李正浩不时看向二人。

在山洞里，片山的手推车渐渐装满了。他扶着车把，晃晃悠悠，眼看要摔倒了。汤德远问："他咋啦？"福庆说："他病了，烧了一夜，翻来覆去，整得我也一宿没睡好。"

福庆看着片山，上前两步，接过车把，把车里的土石倒掉一半。片山抬头看了一眼福庆，冷哼了一声，跟跄着往外跑。汤德远说："你管他干啥？"福庆说："肚子里没食儿，我这也两脚发软，腰快直不起来了。"

疲惫不堪的劳工排着队，步履蹒跚地走出山洞。走着走着，其中一个劳工体力不支，一头栽倒在地上。看守举起鞭子，猛抽倒地的劳工。鞭子打在身上，劳工却一动不动。看守说："看来不是装的。抬走！"

两个劳工上前，抬起倒地的劳工。一名劳工问："还有气儿呢，抬哪儿去？"看守指着不远处的林子，没好气儿地说："扔到外边去，天上飞的，夜里嚎的，过两天就消化了。"福庆和汤德远看着这一切却不敢上前制止。

二

终于，老山东和田小贵骑着马赶到了八棵松。田小贵挠着脑袋问："这就是八棵松？"老山东望着前方不远处，指点着说道："一、二、三、四、五、六、七、八，八棵百年老松，一棵没少。"田小贵激动地跑到第八棵松树下，转着圈地上上下下查看树干。随后，老山东快步走了过来。两个人急切地在树干上寻找着。可找了半天，什么也没找到。

田小贵沮丧地说："啥都没有！"一向坚强的老山东倚靠着老松树，陷入了沉默。田小贵伤心地说："同志们不会都……"老山东慢慢瘫坐在树下，望着远处，嘴里含混不清地说："按日子算，咱是最后一个来到这儿的，他们应该早到的呀！"田小贵说："是不是没突围出来，牺牲啦？"老山东说："也可能……把咱俩的号儿刻上吧，还有花儿，你帮我刻，我一点力气也没有了。"

田小贵掏出刀，老山东说："顺着树干，从上往下，把他们的地方都留出来。"田小贵刮掉一块树皮，在树干上刻下"一"，又顺着刻下"十"和"十八"。田小贵说："叔……排长，刻完了。"老山东望着这三个号儿感慨万千，他低着头，满眼的泪水不知不觉地流了下来。

良久，老山东望着树上的三个号儿喃喃地说："能来，都能来……"田小贵试探地问："叔，咱俩回松林镇？"老山东说："就咱俩人，去了也是干等，再说咱的钱已经让人盯上了，就更不能去松林镇落脚了。"

田小贵说："那咱俩去哪儿？"老山东想了想说："天越来越冷了，要不先各回各家吧，等开春了，这阵风也过去了，咱再回来。"田小贵点点头。二人默默地看了一会儿树干上的号儿，转身离开了。

三

花儿站在山寨厨房的灶台前，手脚麻利地炒菜。两个山匪站在一旁看着。厨房里油烟弥漫，小白马咳嗽着走进厨房，问："这咋还亲自上手啦？"

两个山匪忙解释道："大当家的，嫂子不让我们伸手。"小白马走到灶台前："真香啊，这是亏着油水啦？"花儿说："馋了！"小白马说："那就可劲造！这葱山，天上飞的，林子里跑的，你相中啥就来啥！"花儿说："这话听着敞亮。"

小白马说："话敞亮，人更敞亮，你在我胸脯子上不也遛过了吗？"

花儿说："一边待着去！"小白马说："遵令！"

很快，饭菜就上桌了，桌上摆得满满当当的。小白马和花儿坐在桌前，花儿倒了两碗酒。小白马问："今儿个是啥日子呀？"花儿端起酒碗："借着你的酒，借着你的菜，我敬你。"小白马说："糊涂酒越喝越糊涂。"花儿说："敬你是个爷们儿。"小白马说："就是匪头呗？"花儿说："匪也分个上下高低。"

小白马说："到底啥意思呀？你都把我弄蒙了。"花儿说："我高看你还不行吗？"小白马说："我打过鬼子？"花儿说："还拿我当人。"小白马说："你何止是人哪，是我的心头肉哇！"花儿说："那就喝了吧！"二人说着话，畅快地喝酒。

小白马夹了一口菜，边吃边点着头："手艺不错呀。"花儿说："咱都成一家人了，我也没给你做过一顿饭，今儿个就算开张了。从今往后，我给你做饭吃。"

小白马说："用不着你伸手。"花儿说："刚不是还说喜欢吃吗？"小白马说："那也不用你。"花儿说："为啥？"小白马说："花儿，我娶你不是让你伺候我的，是跟我享福的。我可舍不得让你这双小手磨糙了。"

花儿望着小白马："就是说我啥都不用干呗？"小白马说："吃饱就歇着，只管养得白白嫩嫩的。"花儿说："那不成猪啦？"小白马说："还是那句话，只要你踏踏实实跟我一条心，我养你一辈子。"

花儿话锋一转："当家的，你是哪年打的鬼子呀？"小白马说："这日子可长了，记不太清了。"花儿说："那为啥不打啦？"小白马说："打不过呗。"花儿说："打不过就不打啦？"

小白马说："我这条命也不是天上掉下来的，总不能白白送死去吧。"花儿说："也不是白送啊，是替咱老百姓出头哇。"小白马说："老百姓多了，我这脑袋就一个，能出得起头吗？"花儿低着头不说话了。

小白马说："花儿，你啥意思呀？不会是想让我去打小鬼子吧？"花儿说："我看你这有人又有枪的，就忍心看咱老百姓受欺负？"小白马说：

"不忍心也没办法。"

过了一会儿，小白马说："花儿，我知道你家让小鬼子给烧了。"花儿说："我娘也死在小鬼子手里！"小白马望着花儿："我说自打你上了山，咋老老实实服服帖帖的呢，原来这里面包着心事呢！"

花儿说："话不能这么说，我也没非指望你不可。"小白马说："那你跟我说啥？"花儿说："一家人坐在一张桌前，啥不能唠？"小白马说："这话倒是不假。花儿，你想想，我要是打鬼子去了，万一有个闪失，你咋办？我为了你也不能去呀。"花儿说："好了，咱不唠了，吃饭！"两人谁也没再说话，只顾闷头儿吃饭。

傍晚的山林里，老猎人和两个陌生人坐在地窖子外，守着篝火烤兔子。老猎人掏出烟袋锅，正往里面塞着烟叶，不远处趴着的大狗熊突然站起身。老猎人忙握住猎枪，机警地朝四周望去。两个陌生人也急忙按住腰间的手枪。不远处，来了一个人，老猎人仔细一看，原来是之前来过的那个抗联领队，便松了口气，放下猎枪。

抗联领队走到近前，上下打量着两个陌生人。一个陌生人看了会儿领队，忽然笑了："三连长？"领队笑着说："归队吧！"

四

这天，高云虎赶着马车快到八棵松时，一队日军从八棵松走了出来。高云虎用余光瞅了一眼日军，无奈地赶着马车离开。高云虎心想，阴差阳错的，也不知啥时能再来八棵松。

夜里，高云虎才返回夜来好酒馆。大阔枝跟在后面，问道："又不招呼一声就跑出去啦？还有没有点规矩啦？！"

高云虎说："掌柜的，我的伤好得差不多了。"大阔枝沉默片刻："这是要走了呗？"高云虎不好意思地说："我不能再给你添麻烦了。"大阔枝一瞪眼："净放狗屁话！"高云虎解释说："我这样藏着，引不出游世龙。可我出来了，又会连累你，所以我得走。"

大阔枝说："救人救到底，等你的伤全好利索了再说吧。"高云虎说："整天这么憋着，好人也得憋病了。"大阔枝说："那你就出来给我当伙计吧。"高云虎愣了一下："你不怕游世龙找你麻烦？"大阔枝说："怕的话早就让你滚蛋了！"

高云虎看着大阔枝不再说话，大阔枝说："本来我跟你也不认识，就说你是讨饭的，我看你可怜，就把你留下来了。再说只要我不出这松林镇，游世龙也未必真敢动我。就这么定了，从今儿开始，你见亮儿了！"高云虎望着大阔枝的背影："对了，我想见见那个大夫。你帮我把那个大夫请来吧！"

老中医给高云虎做完检查："恢复得不错，好人儿一个了。"高云虎说："大夫，我得好好谢谢您呀。"老中医说："我就是干这个的，不用客气。"高云虎笑了笑："跟您打听个事呗。"老中医说："请讲。"

高云虎说："有没有男人的喉咙管病了，后来成了女人嗓的？"老中医边寻思着边说："这种事我没见过，但是听说过。"高云虎说："您跟我说说。"

老中医说："这烟囱山林场子每年冬天都要放木头，这木料子圆滚滚的，两个人都抱不过来，这么重的东西要想从山上运下来，得有招哇。他们在山坡上刨一道沟，再泼上水一冻，这就叫冰槽。木料子顺着这冰槽就能顺下来，这冰槽出溜出溜的，木料子跟长了翅膀一样，一下就能蹿出半里地去。这活儿瞅着容易，其中险着呢，一旦木料子脱出冰槽，那可要命啊，几百个人顶不住它，都能叫它给拍成肉饼子！说啥来啥，有一年，这木料子真就脱了槽，飞了二里地远，一下子蹿到青岗子老梁头家，是从窗户蹿进屋里去的，轰倒了山墙，整个屋子成了一堆碎土石。赶巧了，一根筷子从老梁头的脖子这边穿到脖子那边去了，这伤治了能有小半年儿，命是保住了，可打那以后老梁头就变成了女人嗓，后来他媳妇受不了这嗓门儿，跟一个货郎跑了。"

说到这儿，老中医叹了口气："这世间哪，啥稀奇古怪都有，蹊跷事多了去了。对了，你打听这事干啥？"高云虎笑笑："谢谢您！"老中医说："明白，不该问的不要问，不该听的不要听，才活得长久呀。"

五

劳工们正排着队走出山洞。汤德远、福庆和片山走在队伍里，福庆看着前面晃晃悠悠的片山说："不知道他还能撑多久。"汤德远说："管得倒多。"

送补给的马车队走近，肖铁林从头一辆马车上跳下来，汤德远看清了肖铁林的脸，愣住了。福庆问："咋啦？"汤德远低下头，往队伍中间挤了挤，说："没啥。"

藤本坐在军用帐篷里的行军床上，肖铁林大包小包往小桌上堆东西，说："鸿运楼的酱肘子、四季青的卤鸭掌、天福号的血肠，上回听说您爱吃这口，这回我亲自盯着，特意让他们现杀的猪放的血，嘎嘎新鲜！"

藤本起身，打量着肖铁林。肖铁林说："少佐您先打个牙祭，等您得空回趟城，我再给您好好安排！"藤本说："我知道你在想什么，你想换个油水更大的差事。我们一直睁一只眼闭一只眼，你也捞了不少了。"肖铁林拍着胸脯说："少佐，您这是怎么话说？绝对没有！"藤本呵呵一笑说："肖团长，我给你的经费，能采购的东西可不止外边那些……"肖铁林赶紧赔笑。

夜里，汤德远走出了工棚，出神地望着远处卸货的补给马车队。探照灯扫过，看守冲汤德远喝道："看什么！进去！"

这边，肖铁林站在日军帐篷门口，几个日本军官嘻嘻哈哈地走过来。

肖铁林赔着笑，恭敬地为日本军官掀开门帘。片刻，里边传来放肆的吃喝喧哗声。

藤本打着饱嗝儿走出帐篷，见肖铁林还站在门口，拍拍肖铁林的肩膀说："肖团长，不必担心。你的工作很重要，你的表现也很好，帝国一定不会亏待你。至于其他的，就不要多想了。"

藤本凑近肖铁林说："山里正在建设的这些工事，都是皇军的机密，让你运送物资和劳工，是我们对你最大的信任。这份工作不是你想换就换的。"肖铁林点头哈腰地递上烟。

这天，二号工棚外来了一辆空卡车，井上隆一刚从卡车上下来，工棚外就响起了集合哨。劳工们纷纷从工棚里出来，在工棚前集合。汤德远和福庆走出来，片山晃晃悠悠地跟在福庆后面。

井上隆一走到人群前说："今天是个好日子。"汤德远和福庆都看到了不远处的卡车，二人对视了一下。井上隆一说："皇军开恩！有伤的，身体不好生病的，年纪小吃不消的，皇军送你们进山去休整。"劳工们听了，都低头小声议论。福庆转头看着片山提醒道："说你呢。"片山紧张地摇头。

井上隆一说："干不动的，自己站出来！"福庆发现汤德远已经站到了前排，也要往前挤，被片山拉住。福庆说："松手！"片山拽着福庆，就是不撒手。福庆说："再不撒手，我就喊了！"片山乞求道："求求你，扶我一下，我不想被选上。"

肖铁林靠在马厩外面的木栅栏上，叼起一根纸烟，副官凑过来给肖铁林点上。肖铁林眯着眼睛看着工棚外发生的一切。

井上隆一站在人群前，劳工们沉寂地互相看看，却没有人挑头儿出去。井上隆一有些不耐烦："积极点，不要一个个哭丧着脸，没人出来我就选了。"井上隆一走到一个岁数大的劳工面前说："你需要多补充营养。"井上隆一把他拉出人群，转身开始指人头："你！你！你！还有你！"

当井上隆一看到福庆和片山时，片山手上一紧，开始发抖，福庆挺挺胸，伸手撑住了片山，井上隆一目光搜寻向别处。被点到的人都拖着步子走到前面。这时，汤德远也缓步走到出列的队伍里。

一队瘦弱病残的劳工站在人群前面，井上隆一逐个打量着。他看着汤德远问："你怎么回事？"汤德远说："长官，我闹肚子，拉了好几天了，全是稀的，我也需要休整。"井上隆一轻声冷笑，把头转开。

井上隆一回到人群前面高声说："你们十一个，都是这次的幸运儿，进去你们就享福了，吃得好，喝得好，睡得更好！"井上隆一指着远处空地上的卡车说："看见了吗，都上那辆车！其他人向后转，都进工棚！"

看守押着病弱劳工朝卡车的方向走去，汤德远走在最后面。经过马厩时，汤德远一抬头，看见肖铁林正望着他。汤德远低下头，从肖铁林前面走过。副官凑上来说："最后那个东张西望的，不老实。"肖铁林不耐烦地说："滚远点！"

福庆、片山等众劳工返回二号工棚。片山虽走得跟跟跄跄，脸上却带着笑容。福庆问："你笑啥？"片山说："你的朋友不会回来了，又轮到你怕我了。"福庆怒道："放屁！"片山冲福庆笑，走路也轻快了。

福庆说："日你娘的白眼儿狼！"看守说："吵什么？"李正浩从后面走上来，架住片山往工棚里走："我和你唠两句。"福庆跟着李正浩和片山走进了工棚。

走在前头的年迈劳工费力地爬上卡车，看守扬起鞭子催促道："动作快点！爬不上去的直接拉去喂狗！"卡车上站着一个日本兵，给上了车的人戴上头套。汤德远跟在最后，慢慢往前蹭着。

这时，肖铁林突然出现在汤德远旁边，飞起一脚踹在汤德远屁股上。汤德远从队里摔出去，倒在地上。肖铁林跟过来，对着汤德远又踹了一脚。

看守转过头问："怎么回事？"肖铁林冲汤德远边踹边骂："妈拉个巴子的，吐痰也不瞅着点，啐老子鞋上，这日本进口的皮子，你赔得起吗？

我让你不长眼，让你不长眼……"汤德远抱着头，蜷缩着身体。

看守在一旁看了一会儿说："肖团长，消消气。"肖铁林余怒未消，对着汤德远又是一通连打带踹。汤德远蜷在地上起不来了。看守打量着汤德远，叹口气，摇摇头。

片山被李正浩和福庆夹在中间盘问。李正浩看着片山问："你听见什么啦?"片山不说话。福庆摸摸片山的额头说："这么烫!"福庆冲着门口叫道："长官!"片山说："我说! 我说!"

李正浩瞪着眼睛催道："快说!"片山说："他们说，选人送进去当药引子。"李正浩问："谁说的?"片山说："皇军守卫。"福庆问："啥是药引子?"李正浩沉吟："我估计，是去炸山，他们专挑干不动活的人，进去抱炸药……"李正浩的话没说完，福庆跳下铺，向工棚外冲去。那辆卡车已经开走了，福庆悲愤地叫道："老汤!"

李正浩继续对片山讲道："来得早的劳工，都管进去的人叫耗子，尾巴上拴一串鞭炮，点着了，赶进去……你们吃人，连骨头渣子都不剩!干不动活儿了，拉进山，先给一顿吃的，攒点力气，然后给身上绑上炸药，拿枪瞄着，让人跑，一跑到地方，砰!"片山一脸恐惧："别说了!"李正浩讥讽地说："你也害怕，对不?"片山说："我和你们不一样!"李正浩说："不一样你怕什么? 又躲什么?"片山说："再说一遍，我和你们不一样!"

军马突噜噜地打着响鼻，沙沙地吃着草料。汤德远和肖铁林在马厩里说着话，两人说话的声音淹没在马群的吃草、响鼻和马掌叮当磕碰声中。

汤德远站在马厩一角，抬头看着叉腰站着的肖铁林，轻轻叫一声："老叔。"肖铁林气呼呼地说："这会儿认得我啦?"汤德远说："你这顿教训得可不轻。"肖铁林说："不教训你死得更快!"汤德远没有说话。

肖铁林打量汤德远说:"胳膊腿儿还全着,没打残。咋混到这儿来啦?"汤德远说:"抓浮浪。"肖铁林问:"浮浪还是俘虏?"汤德远不说话。肖铁林问:"多少年没回家了?"汤德远沉默。肖铁林又问:"这些年出来都干了些啥?"汤德远说:"早先在珠河扛长活,干了两年,东家遭了匪,全家都让胡子咔嚓了,就到处打短工,兵荒马乱,短工也干不下去了,就想着回家,道上又被抓了劳工。"

肖铁林盯着汤德远说:"几年都在道儿上?你回家的道儿咋这么远呢!"汤德远说:"讨口吃的呗。"肖铁林说:"讨到哪个山沟子里去了吧?"汤德远沉默。肖铁林问:"摸过铁吧?"汤德远说:"什么铁?"肖铁林说:"枪!"汤德远一愣。肖铁林一瞪眼:"你摸过枪!"汤德远摇头说:"扛过锄头,扶过犁杖,枪没摸过。"肖铁林说:"别编了!做好准备吧。"汤德远问:"啥准备?"肖铁林说:"死。"汤德远沉默,盯着肖铁林良久。

肖铁林说:"日本人不会饶你的。"汤德远说:"我的命在你手里,死就死。"肖铁林说:"临死前,有啥话捎给你爹妈?看在你爹救过我的分儿上,给你捎个信。"汤德远说:"没啥。"肖铁林说:"好!也是真男儿,临死无话。"汤德远站着不动。肖铁林转身边走边说:"关东山大着呢,林子深着呢,这人哪,也挺深……"

六

在夜来好酒馆里,高云虎和小铜腿忙着给客人上酒上菜,大阔枝站在柜台里,看着忙碌的高云虎,思忖着什么。聋子抱着一条大哲罗鱼从外走了进来:"婶子,我来了!"见大阔枝没反应,聋子又高喊了一声:"婶子!"

大阔枝缓过神:"哟,这是捞着宝了!"聋子说:"我爹为了这条大哲罗,追了十里地,骨头架子都快扯散了!"大阔枝说:"啥也别说了,这鱼婶子收了,该多少钱给多少钱,你爷儿俩张嘴就行了。"聋子说:"你是说让我和我爹张嘴吃鱼？"

大阔枝说："盯着我的嘴，我说这鱼我收了，不亏待你爷儿俩！"聋子说："明白了，婶子就是爽快，往后有啥好东西还得往你这儿送。"说着抱着鱼朝后厨走去。

这时，庞四海从外面走了进来。大阔枝说："庞爷来了，里面请！"庞四海说："也是怪了，两天不来，就想得慌。"大阔枝说："酒菜合您口味呗。"庞四海说："主要是人好。"大阔枝笑了："多谢庞爷赏脸。赶紧给庞爷找个好座！"

高云虎迎上来，对庞四海说："庞爷，这桌请。"庞四海边打量着高云虎边坐下，高云虎说："想吃啥喝啥，尽管吩咐。"庞四海说："瞅着眼生啊。"高云虎说："刚来没两天。"庞四海说："本地人？"高云虎："陈家堡的。"庞四海说："道儿不近哪。咋跑这儿来啦？"高云虎说："讨饭讨到这儿，掌柜的心肠好，可怜我，赏了个饭碗。"

这时，大阔枝端着酒壶酒杯走了过来："庞爷，这是我新雇的伙计，蹄子还没遛利索，您别见怪。"庞四海说："来生人了，你得跟我打个招呼，要不万一出点啥乱子，就怕你这小身板儿承受不起呀。"大阔枝边倒酒边说："那是那是，来，庞爷，我给您满上。"

庞四海一把握住大阔枝的手，笑着说："可话说回来，我信不过别人，还能信不过你大阔枝吗？"大阔枝娇滴滴地说："哎哟，庞爷就是庞爷，一句话都快把我的眼泪给顶出来了。"庞四海大笑。

大阔枝说："庞爷，我刚收了条大哲罗，给您炖上？"庞四海说："那得炖到啥时候去，公务缠身，等不起呀。"大阔枝笑着："那就给您送府上去，您回家慢慢炖。"庞四海笑着："那你不是亏着了？我心疼啊。"大阔枝说："这鱼您要是吃不到嘴，我更心疼。"庞四海说："话不多，可烫人儿啊。好，那这片心我就收下了。"

七

汤德远和福庆在挖山洞，片山推着小车走开了。这时，远处传来连续炸山的闷响。福庆抬起头感叹："一响就是一条命啊。"汤德远脸上还带着伤，沉默着。福庆见旁边无人，又说："汽车能进人就能进！汽车能出来，人可出不来了……老汤，你也算鬼门关上踏了一脚。"

汤德远终于开口："不踏这一脚，咋能断念想呢？"福庆说："成天上炸药，这是修多大的工事！山里究竟在建啥？"汤德远弯腰刨了一镐说："鬼知道！"福庆说："那你说，咱挖的这又是啥？"汤德远环视着说："看样子像仓库。"福庆说："也能当营房。"汤德远见片山从不远处推着小车走回山洞里，就给福庆使了个眼色说："干活吧。"

劳工们吃着饭，耳边不断响起轰轰的炸山声。远处山头，烟尘四起，遮天蔽日。李正浩来到福庆身边坐下，问："你朋友咋回来的？"福庆说："装病被看出来了。"

李正浩咬了一口高粱饼，埋怨道："高粱都是霉的，没病也得吃出病来。"福庆说："病了也得硬挺着，不然就当药引子。"李正浩说："这样下去不行！你恨日本人是吧？"

福庆没说话。李正浩小声说："我知道你们想离开这里。"福庆依旧不语。李正浩说："我早就注意到你了。你们不是普通老百姓，你们有胆子，并且都是可靠的人。我叫李正浩，你叫啥？"福庆站起身说："万福庆。"李正浩站起身，小声说："我们应该团结起来！"

福庆和汤德远来到一棵树下撒尿。汤德远问："那朝鲜人找你有啥事？"福庆说："他叫李正浩，拉咱们一块儿对付鬼子。"汤德远说："咱都自身难保呢，亲爹也顾不了野娘。"福庆火了："谁是亲爹？谁是野娘？老汤，这不像是从你嘴里冒出来的话呀。"

汤德远语塞。福庆说："他可帮了咱不少。"汤德远说："总之，你仔细点，甭让人当枪使了。"

劳工们手里拿着空碗，静静地坐在工棚外，面对摆在面前的大号饭桶和干粮筐，无一人领取食物。井上隆一说："还不吃是吧？一群贱骨头。"他气愤地踹翻了饭桶和干粮筐："不吃就给我出工！都起来！"

人群中，福庆、李正浩和汤德远带头敲起了空碗。片刻，敲碗的声音响成一片。井上隆一拔枪朝天，连开了三枪，人群安静了下来。井上隆一说："好言相劝，你们不听，一会儿藤本少佐来，你们的命一个都保不住！最后问一次，能不能干活？"井上隆一盯着李正浩问："你说！"李正浩说："长官，吃得太差，我生病了，没有力气。"

井上隆一扫视人群说："我知道，你们当中的大多数都是听话的，只是受了个别人的煽动和蛊惑，只要你们现在站起来去干活，我保证不追究！否则，可怜的蚂蚁们，你们再也看不到明天的太阳了！"

这时，一队日本兵背着枪，队列整齐，朝二号工棚跑来。井上隆一随手从地上拉出一个劳工。看守牵来一匹军马，井上命令道："绑上。"

两名看守把劳工拉起来，在他腰上绑了一根绳子，另一头拴住军马。井上隆一拿着鞭子，走向军马。劳工腿一软，跪下了："我干，我现在就去干活！饶命啊！"

日军将静坐的劳工们团团围住，端起枪口对着众劳工。劳工们脸上纷纷现出惧色。井上隆一放下举起的鞭子。藤本走到井上隆一身边说："其他工事都很顺利，为什么只有你的人绝食和罢工？"井上隆一说："属下无能！"藤本看看腰上绑着绳子的劳工，说："放了他。"井上隆一忙道："是！"

藤本走到劳工前面说："大家辛苦了。有什么不满请和我说，我会给大家解决。哪位站起来说说，皇军也是讲道理的，不用害怕。"

李正浩、福庆和汤德远互相看着。李正浩准备起身，被身后的福庆一把拽住。福庆低声说："你早被工头盯上了，再出头就没命了。"福庆准备起身，被汤德远一把拉住。福庆对汤德远说："咱等的不就是这个时候？"福庆挣脱汤德远，站起身。

藤本说："很好，请讲吧。"福庆说："我们每天只要醒着，都是在干活，吃的却是发霉的高粱饼子，没盐的菜汤，水也不够喝，很多人都病了。这样下去，工程肯定完不了，马上要入冬了，我们不是为了自己，是为了尽快完工。"藤本听了福庆的话频频点头："你是大家的代表？"福庆刚想答应，汤德远忙站了起来说："我们没有代表！我说我的！我不想再吃猪食了！"李正浩也站起来说："我们要改善伙食！"劳工们纷纷站了起来……

藤本微笑着点头。这时，片山也站起来了，用日语说："少佐！我有一个问题！请问少佐，我们是天皇的子民，为什么我们日本人也和这些中国人、朝鲜人待遇一样？"

藤本问："你叫什么？"片山答："报告少佐，我叫片山信二。"藤本说："片山？如果我没记错的话，你是当了逃兵来这里服刑的。片山信二，自从你成为逃兵开始，你就不是我们的人了。"片山垂下头，说："天皇陛下万岁。"

藤本对劳工们说："这里的工作必须在冬天之前完成。你们的要求并不过分，为帝国服务的工人们，应该得到优待。"

藤本离开，井上隆一追上藤本："少佐！"藤本问："还有什么事？"井上隆一说："少佐，带头罢工的闹事者应该被处死。"藤本沉吟道："不是现在。我们需要人手劳动，给他们一点警示就够了。"井上隆一应道："是！"

二号工棚外的空地上，倒扣着两个大木桶。福庆敲着木桶问："能听见我说话吗？"外面一阵沉默。这时，桶边上伸出一根小棍，福庆撬着桶沿儿，抬起一条缝。福庆说："透透气，可憋死我了。这回能听见吗？"还是一阵沉默。福庆说："你转个身儿，把左耳朵朝着我。"

扣在另一个木桶里的片山说："我虽说耳朵掉了，声音还是能听见。"福庆说："我还当你聋了呢。"片山不说话。福庆又敲敲桶："你今天说了啥，搞得和我一个待遇？"片山说："和你没关系！无论你想说什么，别废话了，我们不一样。"福庆说："对，我差点儿忘了，你是日本人，他们应该给你扣个大号的桶，再给你放点洗澡水，塞个枕头。那就跟我不一样了。"片山沉默。

福庆学着片山，用日语说："天皇陛下万岁！"片山说："你别再学我了！"良久，对面的桶里传来抽泣的声音。福庆说："咋的，还淌上马尿啦？"片山说："我没有！风大眯眼睛了。"福庆说："都在桶里了，哪有风啊？"片山说："中国人，你别再说了！"福庆说："戳着心窝子啦？"片山说："就是因为你们，我才会受到这样的屈辱，我不会放过你的！"福庆说："不管你白天说的是啥，你也是和我们在一个锅里吃饭的。"

八

夜里，客人都散了，大阔枝站在柜台里噼里啪啦地打着算盘，清点着一天的账目。高云虎走了过来，问道："今儿个那个庞爷是干啥的？"大阔枝说："他叫庞四海，是松林镇的警察头儿。"见高云虎不吱声，大阔枝问："你不会怀疑他是游世龙吧？"高云虎没说话，大阔枝也若有所思。

高云虎问："你寻思啥呢？"大阔枝说："没事。"高云虎说："有话直说。"大阔枝说："都说没事了。"高云虎说："早一天除掉游世龙，就能多救几条命啊！"

大阔枝望着高云虎，说道："我想起庞四爷对我说的一句话。他说，大阔枝，我昨晚做了个梦，梦见一驾马车拉着孤魂野鬼，大雨天拱你这儿来了。"

高云虎望着大阔枝问："他为啥突然提起这事啦？"大阔枝说："想从

我这儿捞点好处呗。"高云虎说:"也可能是打探有没有活口。"高云虎又问:"他有女人嗓吗?"大阔枝不解地问:"啥?"高云虎不语。大阔枝说:"我看你现在是瞅谁都是游世龙!"高云虎笑了笑。

大阔枝说:"别胡乱琢磨了,真要是他,你就活不成了!"高云虎说:"胳膊拧大腿,是费点劲,可大腿也有细嫩肉,掐住了我就能疼死他!"大阔枝一愣:"想死的鬼,阎王爷也留不住!"说着合上账本,走了。

夜深了,那个古怪的旦角戏腔正说着话:"火疖子到底是冒头了,冒出来就是给咱爷们儿看的。这小子的胆子是真不小哇,他哪儿来的底气呢?"这阴阳怪气的调子听着让人浑身发麻。泥鳅答道:"管他呢,拔了,以绝后患!"

秋日,松林镇江边排帮纷纷在码头停泊。岸边一群花红柳绿的女人摇着花手绢浪声浪气地喊着:"大哥,忙了一秋啦,赶紧上岸吧,炕给你烧好啦,酒给你烫热啦,花被窝儿给你铺暄腾啦!"

满天红二人转戏班子也上岸了,当红的叫小红枣,长得十分俊俏。排帮有人高声喊:"小红枣,哥哥可是等了你一秋啦!"小红枣用戏腔唱道:"相公啊,你来晚了,等我的已经排到海参崴啦!"

此时的松林镇熙熙攘攘,热闹非凡。小红枣走进夜来好酒馆,唱道:"锵锵锵……姐姐,妹妹我来啦!"一曲唱罢,人已经来到柜台前。大阔枝从柜台里迎了出来,笑道:"人没到,嗓子先到了,百灵鸟都没你能咋呼。"小红枣拉住大阔枝的手说:"我的老姐呀,妹妹我这不是急着来见你嘛。"

大阔枝说:"想吃啥喝啥尽管跟老姐说,老姐得把你掉下去的小嫩膘补回来。"小红枣说:"到了这儿就是到了家了,见了老姐就是见着娘了。"大阔枝说:"我有那么老吗?"小红枣说:"架不住我嫩哪。"大阔枝扑哧一笑:"我呸!"小红枣笑了:"我说的是姐姐亲,跟娘一样亲。"大阔枝说:"咋说都是你,走,去那边坐。"

大阔枝拉着小红枣来到一张僻静的桌前坐下，说："妹子，你这一去可是不少日子了，都挺顺利的?"小红枣说："穿山过水，走哪儿唱哪儿，逍遥自在。姐，你这生意挺好的?"大阔枝说："这世道，能活着就不错了。"小红枣说："是呀，到处都在打仗，屯子一个一个地并，林子一片一片地烧，可苦了咱老百姓了。"

大阔枝问："烧林子干啥?"小红枣低声说："小鬼子让抗联打晕了头，他们就烧林子，想让抗联没地儿藏。"大阔枝也低声说："并屯子就是为了切断老百姓跟抗联的联系，这又烧林子，小鬼子这是把人往死里逼呀!"

小红枣说："我听说抗联被逼得，连树皮都嚼了!"大阔枝说："林子里有的是兽，不缺吃呀!"小红枣说："有是有，可哪儿敢开枪啊，万一引来小鬼子咋办?再说那子弹是留着打鬼子的，不能废在兽身上。"大阔枝说："可苦了咱们的这些爷们儿了，心疼人哪。"

高云虎端着两盘菜从后厨走了出来，大阔枝说："老高，给我倒杯水。"小红枣望向高云虎，问："他是谁?"大阔枝说："就你爱打听。"见小红枣一直打量着高云虎，大阔枝只好解释说："新雇的伙计。"

高云虎提着茶壶走了过来，给小红枣和大阔枝倒水。大阔枝："老高，你让后厨熘个里脊，再炖条鱼，送我屋里去。"高云虎点点头走了，可小红枣还一直盯着高云虎的背影。

大阔枝拍了拍小红枣的肩膀，笑着说："犯花痴啦?"小红枣说："姐，这人……有杀气呀!"大阔枝笑了："是傻气吧?"小红枣说："我没开玩笑，你看他的脚踩在地上都能腾起尘土来!"大阔枝说："那是裤腿太长了，他这个人呆头笨脑的，三脚踹不出个扁屁来。"

高云虎正背对着小红枣给旁边桌的客人倒水，小红枣说："你上眼!"说罢从兜里掏出一个野核桃，朝高云虎的头扔去。高云虎像是脑后长了眼睛，一侧头躲过核桃，没事一样走了。小红枣低声说："姐，这个人不安生，得小心哪!"大阔枝说："我正好闷得慌，权当养个猴子玩儿了。

来，喝水。"

秋夜的松林镇街上，行人很少。高云虎偷偷跟小铜腿说："你看着店，我出去一趟。"高云虎拐进一条僻静的胡同，两个戴着草帽的人跟在他身后，帽檐压得低低的，看不着脸。

那二人一左一右走到高云虎身边，突然拔出刀，刺向高云虎。高云虎忙闪身躲开，朝前边跑去。二人紧追不舍。高云虎突然转身，踹倒近前的一人。另一人冲上来，拿刀刺向高云虎，高云虎夺过刀，反手回刺。

危急之时，大阔枝走了过来，高声喊道："干啥呢？"两人对视一眼，转身跑了。大阔枝一把拽住高云虎："你让我瞅瞅。"高云虎说："没伤着。"大阔枝说："我是看衣裳破没破，省得费针线。"

大阔枝埋怨道："又大晚上出来，你都不知道他在哪儿，上哪儿找去？你看这多险哪！"高云虎说："我没找他。"大阔枝说："那你出来干啥？"高云虎说："溜达溜达。"大阔枝说："你不会是接我来了吧？"

高云虎说："这街上都没人了，往后早点回来。"大阔枝开心地笑了："这是惦记上我啦？"高云虎说："你救了我的命，我得报恩哪。"大阔枝说："狗嘴吐不出象牙来！"

两个人回到酒馆后院，高云虎提着油灯打开门，进了屋子，大阔枝紧跟在后面。高云虎说："这么晚了，回屋睡吧。"大阔枝说："我睡不着！"说着关上屋门。高云虎说："别……别关门哪！"大阔枝说："唠两句悄悄话不行吗？"高云虎说："这样对你不好。"大阔枝说："我都不怕，你怕啥？"高云虎无语。

大阔枝沉默了一会儿问："那俩人不会是游世龙的人吧？"高云虎说："除了他，我在松林镇没仇家。"大阔枝说："那在哪儿有仇家？"高云虎说："游世龙到底是现身了，只要现身就有影子。这么说来，是好事呀。"

大阔枝盯着高云虎不说话。高云虎说："你瞅我干啥？"大阔枝说："瞅你是个啥兽！"高云虎笑了笑："别闹了，赶紧回屋吧。"大阔枝盯着高云虎问:"你到底是干啥的?"高云虎说:"你不是都知道嘛。"大阔枝说:"顶着刀子,脸色儿都没变,大气儿都不喘,你见过大世面哪。"高云虎笑着:"也冒汗了。"大阔枝说:"不跟我交实底是吧?"高云虎说:"是说了你不信。"

大阔枝生气地说:"狼心狗肺的东西,早晚把你的心掏出来!"说着起身开门走了出去。高云虎坐在炕沿上,抬起右臂,右臂里侧被刀划破了,血浸透了衣服。

深夜,那旦角戏腔声再次传来:"真没想到,这个肉饼子还挺筋道的。"泥鳅说:"他加着小心呢。"那旦角戏腔道:"让他消停两天吧,等他的筋绷不住了,再要他的命!"这声音像鬼魂发出的一样,把松林镇的夜晚变得阴森恐怖。

第七章
逃出老深山

一

秋高气爽，松林镇搭起了戏台，人们从四面八方赶来看戏，整个镇子比往常热闹了许多。戏里戏外会聚着各色人等，演绎着各种人生。戏台上，小红枣和男演员在唱二人转《西厢》。

小红枣唱："一轮明月照西厢。"

男演员："二八佳人巧梳妆。"

小红枣唱："三请张生来赴宴。"

男演员唱："四顾无人跳粉墙。"

小红枣唱："五更夫人知道了。"

男演员唱："六花板拷打莺莺审问红娘。"

小红枣唱："七夕胆大佳期会。"

男演员唱："八宝亭前降夜香。"

小红枣唱："久有恩爱难割舍。"

男演员唱："十里亭苦坏莺莺叹坏红娘……"

台下很多百姓围观，叫好声不时传来。金掌柜、安掌柜、朴掌柜、黄掌柜等各家店铺的掌柜坐在台前，悠闲地喝着茶、嗑着瓜子，偶尔也跟着哼唱两句。

庞四海与几个伪警察正押着一个死刑犯人走在松林镇的大街上。老核桃迎面走来，对着庞四海点头哈腰道："庞爷，您没去听戏呀？"庞四海没好气儿地说："你眼瞎了吗？"老核桃笑了："没瞎没瞎！您是公事缠身，忙得很。"庞四海说："明知故问，没话找话！"老核桃望着庞四海的背影，边走边低头琢磨着。

庞四海带着犯人来到夜来好酒馆，大阔枝笑着迎过来："庞爷来了！"庞四海看着大阔枝："给你捧个场！"大阔枝一笑："也就您惦记我。"庞四海挤眉弄眼地对大阔枝说："没办法，你是我的心头肉哇。"大阔枝说："那你这心可挺肥的。"庞四海笑了："肥点怕啥，提得住就行呗。"又回头指着一张空桌，对着那犯人说，"你坐那儿！"

大阔枝见状，叹了口气问："又是没命酒？"庞四海说："不管啥酒，你有的赚不就行了。"大阔枝问："犯了啥官司呀？"庞四海说："杀人！"大阔枝问："为啥事呀？"庞四海说："不管为啥，杀人就得偿命！按规矩管个饱，酒菜老一套，等吃饱喝足了，就地正法！"说着带着鲇鱼嘴等人坐在远处。

犯人反剪着双手坐在桌前，唱起了山东快书，嘴里露出两颗金门牙："阴阳门前喝顿酒，倚着鬼门想人事。要说我为啥闯到关东山，老家没吃没喝没活路，爹娘走了没棺材。听说这关外有金山，黑土地里攥出油，水里一舀一瓢鱼，躺在炕头喝热酒……"

不远处，老核桃走了过来，朝酒馆里张望。高云虎看着门外的老核桃，老核桃朝高云虎笑了笑，目光转向那唱山东快书的犯人。

犯人继续唱道："闲言碎语不多讲，我是一头扎进关东山，白山黑水好光景，进了金沟把碗端。要说靠山能吃山，靠水能吃水，这把着金沟咋端不上大金碗？金水哗哗淌，可淌不到我身上，流血流汗半口饭，一不留神命搭上！我是牙一咬，心一横，跑出金沟找活路。有人说我藏了金，提着刀枪把我追，你要我的命，我不能给呀，一不小心杀了人，官府上来就把我拿。我是满肚委屈没地儿讲，只怪自己没好命，生在这个烂世道！爹呀，娘啊，孩儿我来了！"

高云虎给犯人端上酒菜，庞四海问："今儿个谁伸手哇？"鲇鱼嘴等人互相看着，谁也不愿意。鲇鱼嘴说："老三，轮到你了吧？"老三说："我老爹要过寿了，我这手得留着给他捧寿桃哇。"鲇鱼嘴说："老四，那就你来吧。"老四说："我媳妇这两天就生了，我这手得抱儿子呀。"鲇鱼嘴把目光转向老二，老二连忙说："上回就是我喂的，不能总可我一个人晦气吧？"

庞四海看着鲇鱼嘴，鲇鱼嘴说："我上回也喂了，他喂的菜，我喂的酒。"庞四海说："这么说来，得我亲自上手了呗？"鲇鱼嘴和其他几人都没吭声。庞四海骂道："他娘的，养了一群白眼儿狼！"

高云虎提着水壶过来添水："要不我喂吧。"庞四海扫了高云虎一眼，赞许地夸道："这伙计懂事！"高云虎倒了一盅酒，送到犯人嘴边。高云虎悄声问："兄弟，还有惦记的事吗？"犯人看着高云虎，示意倒酒。

高云虎又倒了一盅酒，犯人把酒喝下。高云虎低声说："有就言语一声，我帮你了心事。"犯人看着高云虎，面无表情地说："你挺好事呀？"高云虎说："路见不平，可救不了你的命，只能做点身后事了。"犯人沉默不语，已满眼是泪。

高云虎问："还喝不？"犯人点点头。高云虎再次倒酒，问："家里还有啥人？用我打封信不？"犯人说："就一件事，我死后，一定把我扔到江里面，我怕被野狗吃了。"高云虎肯定地说："包在我身上！"犹豫了一会儿，犯人说："对了，我的腿不好，到时候小心点。"高云虎不解："腿？"

这时，鲇鱼嘴走了过来："这还唠上啦？想拜把子呀？"犯人看着鲇鱼嘴，回道："要不咱俩喝一个？"鲇鱼嘴说："嫌你晦气！"犯人笑了笑："再来两口菜，一口酒，上路！"

庞四海和几个伪警察押着犯人从酒馆里走了出来。高云虎站在门口，看着犯人的背影，感叹乱世悲凉。老核桃赶上前，拦住庞四海一行："庞爷，您等等。"庞四海站住身，一皱眉："这不还喘气儿呢嘛，急啥呀！"老核桃说："等没气儿了就说不上话儿了。"庞四海说："你这双老眼，盯的全是棺材里的事！"老核桃笑了："干一行拿一行嘛。"

庞四海说："你那儿不都现成的吗？"老核桃说："那也分个高矮胖瘦哇。"庞四海有些不耐烦："就你事多！"

老核桃跟着犯人往前走："我说大兄弟，我是棺材铺的掌柜……"犯人打断他："你让我买棺材呀？"老核桃说："人活一世，好宅子没躺上，死了得睡上好棺材呀。做了鬼，也是高鬼一等，阎王爷见了，也能抬起三分眼皮儿来，你说是不？我这棺材铺，全松林镇头一家，松木、柏木、柳木、楠木，要啥有啥，你只管吩咐就行。"

犯人说："你真是高看我了，就这身行头，是睡得起棺材的人吗？"老核桃笑了："你嘴里那两颗金门牙，可以换口一指厚的棺材嘛。"

犯人哈哈大笑："等我闭眼了你拔下来，装自己兜里多好。"老核桃说："乱坟岗子头顶头手挤手，我这薄身板儿哪儿能抢得上啊！"犯人说："也是，万一撞个头破血流，再送了命，不值当。"说罢用舌头顶下两颗金门牙，一口吐到老核桃脸上。

老核桃赶紧接住带血的金牙，高声说："谢了！"说完一溜烟地跑了。庞四海望着老核桃的背影，冷笑道："做了半辈子买卖，这脑子都做成糨糊了。金子还能落你手里去？我早就查过了，假的！"

几声枪响过后，高云虎把犯人背到江边。他用江水洗净犯人的脸和手，背着尸体来到高处。忽然，他停住手，想起了犯人在酒馆时说的话……

大阔枝从晾衣绳上取下衣服，推开高云虎的屋门走了进去。高云虎站在炕沿旁："咋门都不敲啦?"大阔枝说："大白天的还怕瞅哇!"高云虎朝大阔枝一笑，没有说话。大阔枝凑上前说："赶紧换身衣裳，去去晦气。"高云虎说："你来得正好。"说着走到门口，关上门。

　　大阔枝笑着问："这回不怕旁人看见啦?"高云虎从兜里掏出一个大肠头，放在炕沿上。大阔枝忙问："这是啥玩意儿?"高云虎说："自己看呗。"大阔枝放下衣服，解开大肠头，从里面倒出一把沙金，低声说："金子! 哪儿来的?"

　　高云虎告诉大阔枝，在酒馆里犯人跟他说的话颇有意味。大阔枝说："这么说来，你是瞎猫碰上死耗子——捡到宝了!"高云虎说："就为这一肠头东西搏了命，你说值不值?"大阔枝说："可要是不豁出去，血汗都让别人喝了，更屈得慌。"高云虎长叹："咱们中国人啥时候才能有个公道日子啊!"

　　大阔枝看着高云虎，俩人沉默了一会儿。高云虎对大阔枝说："刚才，老核桃跑过来，让我把那身衣裳扒下来给他，说洗干净了，多少能卖俩钱儿。这老核桃也是买卖人，看平常吃喝，手脚都不小，咋连死人的油水都刮呢?"大阔枝说："棺材铺不就是赚死人钱的吗?"高云虎说："那也不能这么抠搜哇，他是本地户?"大阔枝说："外来的。不过年头儿长了，打我记事儿，他就在棺材铺。"

　　高云虎问："他从哪儿来的?"大阔枝说："这个不清楚。你别看他是开棺材铺的，平常逢人点头又哈腰，他认识的人可不少，镇里镇外都混了个脸熟，在松林镇街面上也是有一号的。"高云虎说："这种人还能有朋友，难得呀。"

　　高云虎指着沙金说："收起来吧，这东西招眼，一定要藏好了。"大阔枝说："给我啦?"高云虎说："这是你的东西，当然得给你了。"大阔枝说："你把我闹糊涂了。"高云虎说："占了你的桌子，喝了你的酒，吃了你的菜嘛。"大阔枝问："就为这个？"高云虎点点头。

大阔枝看着高云虎："你的命不值这点钱！"高云虎说："你说啥就是啥吧，拿着。"大阔枝说："不见钱眼开的人，我这辈子还没见过。你厚道，我更得讲究，肩膀头一边齐才有滋味！"高云虎望着大阔枝的背影，摇摇头，又点点头，张张嘴却不知道说什么，心里有种说不出的滋味。

冬天刺骨的寒风掠过，天气嘎嘎冷。大阔枝抱着一张狍子皮，来到酒馆后院的屋子里："天越来越冷了，给你披层皮，攒点热乎气儿。"

高云虎跟在后面说："我这身子骨，用不着这玩意儿，你拿回去自己用吧。"大阔枝把狍子皮铺在炕上，生气地说："用不着拉倒，当摆设！"高云虎欲言又止。

这时，小红枣的声音从外面传来："姐，你在这儿呢！"小红枣已站在屋门口，眼睛盯着炕上的狍子皮。

大阔枝从高云虎屋里走了出来，问："你啥时候来的？来了也没个动静。"小红枣说："是一心不可二用！"大阔枝笑了笑："没吃饭吧，想吃啥跟老姐说。"说着朝酒馆后门走去。小红枣跟在后面，说："那可是我送你的狍子皮！"

大阔枝不好意思地说："先给他用两天，我再拿回来。"小红枣看着大阔枝说："姐，你走心了！"大阔枝站住："他是个爷们儿，是个我没见过的爷们儿。"小红枣问："你把他看到底啦？"大阔枝不语。小红枣说："姐，你得小心哪！"大阔枝说："我信得过我这双眼睛。"小红枣听了，有些担心地看着大阔枝。

晚上，老核桃和一个朋友在夜来好酒馆里喝酒。高云虎站在不远处盯着这两个人。两个人都有点喝多了，搂在一起说着悄悄话。高云虎走过来给邻桌的客人上酒，他看见老核桃的朋友夹完菜，把筷子横放在桌上，老核桃伸手把筷子竖了过来。朋友一愣，看着老核桃笑了。

老核桃搂着朋友的肩膀走在大街上，摇摇晃晃来到岔道口，说着告别的话。老核桃问："还不放心吗？"那朋友说："怎么会呢？"老核桃说："一句话，这里的山山水水肥得直流油，要啥有啥，就看你能不能拿得出钱来了。"那朋友说："我也一句话，三天后，我把钱捧到你面前。"老核桃笑了："我就爱听这话，好了，回去吧。"那朋友朝老核桃来个日式鞠躬，老核桃摆了摆手："又来了，赶紧走！"

老核桃一步三晃地走进胡同里。夜深，胡同里没人，老核桃开心地哼唱着中国小曲，哼着哼着突然变调了，竟哼起了日本民歌《樱花》。刚哼几句，老核桃就收住声音，警惕地看看周围，确信无人后，快步走开。他不知道，藏在暗处的高云虎正在看着他。

二

二号工棚外面的空地上摆着几只大木桶。两个劳工抬着锅，把稀苞米糙粥倒进木桶里。另外两个劳工抬来一筐黑面饼子。精疲力竭的劳工们拖着沉重的脚步排队领饭。

福庆和汤德远坐在地上吃饭。李正浩走过来，坐在两人对面，说："天儿越来越冷了，咱们得凑在一起暖和着，人多力量大。"福庆望向李正浩，李正浩低声说："实话跟你们说了吧，我是这个。"李正浩比画着打枪的手势。汤德远问："绺子？"李正浩说："抗联。"

汤德远看着李正浩，李正浩接着说道："要是没猜错的话，你们也是。"汤德远问："哪儿看出来的？"李正浩说："你们也敢跟日本人斗。"汤德远说："兔子逼急了也会咬人。"李正浩说："你们不一样，你们有血性，敢担当，不怕出头！"福庆说："看来我们是一伙的了。"李正浩低声说："同志……"

天空飘着小雪，西北风刮得树枝呼呼作响。三辆篷布汽车又拉来一百多个劳工。汤德远、福庆、李正浩、片山等劳工列队站立，他们还不知道，比挖山洞更凶险的事就要降临了。

藤本少佐说："大家这段日子辛苦了，你们也看到了，我们又运来一批人，他们将要顶替你们干最累的工作，而你们可以歇一歇，干点轻快的活。看见这片洼地了吗？你们从今天起，就负责挖这里，要挖一个大坑……"

这天，汤德远、福庆、李正浩、片山等劳工在挖坑。福庆低声说："老汤，你说挖这个大坑是干啥用的呢？"汤德远低声说："要说是战壕吧，也不能挖成圆形的呀？"

李正浩走了过来问："在聊什么呢？"福庆没说话。李正浩低声说："我老家有句话，越穷越见鬼，越冷越刮风。"福庆说："你见着鬼啦？"李正浩说："你不觉得这坑里比外边还冷吗？一阵阵的，都是阴风。"

福庆见片山在树后蹲坑，就趁机过来撒尿。片山说："这么大片地方，非得跑我跟前撒尿不可吗？"福庆说："我还没嫌你臭呢！"片山说："杀猪的，你别往我跟前凑，有话就说。"福庆说："我就想跟你打听打听，你知道咱们挖的这个大坑是干啥用的吗？"片山说："我为什么会知道？"福庆说："你不是能听懂他们说话吗？"片山哼了一声："知道了也不会告诉你的。"福庆说："看来你也不知道。"片山不搭腔，提上裤子走了。福庆看着片山，无奈地摇摇头。

冬夜，二号工棚的劳工们熟睡。福庆瞪大眼睛盯着片山，片山睁开眼睛说："大半夜的，你盯着我干什么？"福庆说："那坑快一人深了吧？你真没打听打听？一点不往心里去？"片山说："我还想留着我的舌头。"说完翻了个身，睡了。

劳工们已把大坑挖到一人多深了，他们还不清楚这个大坑隐藏着什么阴谋。汤德远低声对福庆说："我昨晚做了个梦，一块大石头压在我胸口，差点儿把我闷死！"福庆说："我说你今儿个瞅着咋没精神头儿呢。"

汤德远说:"我就琢磨,就说上次咱们挖的那个山洞吧,你也看到了,技术人员按照图纸反复测量,反复研究,非常精细。有时候他们还会吵起来。可这次为啥没有一个技术人员,也不搞测量,也没图纸,就让咱们胡乱地挖。"福庆皱着眉说:"你说得没错,确实不对劲。"这时,看守从坑边上探出头,擎着枪说:"不要乱说话,赶紧干活!"

三

福庆坐在工棚的床铺上,裹着被子靠着墙,透过墙板缝隙观察外面。汤德远坐在一旁,看着外面看守晃动的身影。李正浩凑过来说:"你们想明白没?挖这坑是干啥的?"福庆问:"你听着啥风声啦?"李正浩说:"没啥,这还用人说?猜也八九不离十。"汤德远说:"咱们不能死在这儿!"三人对视着。

福庆说:"你有啥主意?"李正浩说:"夜里看守少,咱们得想办法跑。"福庆说:"机枪成宿地在那儿架着呢,你的腿跑得过子弹吗?"李正浩说:"跑一个是一个呗,总比让他们一锅焖了强!"福庆说:"咱们不能自己跑,要走也得把大伙儿一块儿带出去。"李正浩说:"得先整点动静出来。"

汤德远琢磨着说:"这事我来干。"福庆问:"你咋干?"汤德远说:"我有办法。"福庆说:"你有啥办法?"汤德远说:"只要有人能引开日军,就有机会。"福庆说:"那还是我去吧。"汤德远说:"你没我跑得快。"福庆看着汤德远:"老汤……"

汤德远说:"听我的,你俩就尽全力指挥大家逃跑吧,只要人多,他们想追也追不过来。"福庆问:"我们跑了,你咋办?"汤德远说:"要是我没回来,你活下来的话,见到咱们的人,替我说一声,就说我归队了!"福庆望着汤德远,眼睛湿润了。看守从外面进来说:"不许说话!"三人只得分头躺下。

天空飘着小雪。补给的马车队来了，奇怪的是，车上却是空的。汤德远望向马车队，肖铁林穿着一件棉大衣，从马车上跳下来，裹紧衣服，往四周看了看。衣衫褴褛的劳工在寒风中瑟瑟发抖，扛着一个个麻袋装上马车。一个劳工摔倒了，麻袋里的东西散落一地，是用坏了的镐、锹和各种铁器。看守上前，一顿皮鞭打在劳工身上。

　　傍晚，汤德远扛着麻袋，走在队伍最后。队伍经过马厩时，突然一块破布塞进他的嘴里，他呜呜叫着，一个麻袋又从后面罩住了他。他奋力挣扎着，脑袋上却挨了一棍子，顿时没了声音。

　　几辆马车上都堆满了麻袋。肖铁林装上最后一个麻袋，盖好了苫布。井上走过来，给肖铁林递上一根烟说："辛苦肖团长了，终于要结束了，回收这些物资，肖团长又可以赚上一笔了。"肖铁林说："钢铁都是皇军的战略物资，我哪儿敢动？该修的修，修不好的，保证全数上交。"井上笑着说："幸好其他的东西不用这么麻烦，就地处理。"车夫扬起鞭子："驾！"肖铁林迅速跳上马车。井上站在原地，一直看着车队走远。

　　晚上，劳工们三三两两地坐在工棚外面。李正浩抱着衣服，快步走到福庆面前。福庆焦急地问："看见老汤了吗？"李正浩摇头："没看见。"李正浩对福庆使了个眼色，福庆起身，跟着李正浩走进工棚。李正浩谨慎地四下看看，在铺上摊开衣服，衣服里包裹着两颗手雷。

　　福庆看了一眼，连忙包起来："哪儿来的？"李正浩举起手里的洋钉说："瞭望塔下边那个看守睡着了，我把他给咔嚓了。"福庆担心地问："尸体呢？"李正浩说："拖到林子里藏起来了。"福庆说："很快就会被发现的。"李正浩说："我趁他们换岗的时候干的，应该还有一点时间，必须尽快行动！"

　　福庆犹豫着，李正浩说："咋了，跟他们都说好了吗？"福庆说："几个带头的都说好了，只要咱们动手，大家一起走。"李正浩说："那咱还等啥？"福庆皱着眉说："等老汤。"李正浩问："他人呢？"福庆说："不知道。"李正浩说："不知道？！"福庆说："半天没见他了。"李正浩猜测道："八成溜出去看地形被抓了。咱赶紧的。"

福庆说："说好的，咱得等他。"李正浩说："没准儿他这会儿正在弄动静的路上。"福庆摇头说："那他会跟我说。"李正浩指着手雷说："那就用这个！甭管他去了哪儿，动静一出，他一定会跟着跑。"

福庆搓着手，在地上转圈。福庆说："必须等老汤回来，一起行动。再说，就我们俩，人手也不够！"李正浩低声说："不能等了，人丢了，他们随时都会发现，天黑就得动手。"

这时，片山突然出现在他俩身后。福庆和李正浩都吓了一跳，福庆赶紧挡住李正浩。片山说："我知道你们要做什么。你的朋友呢？他怎么不见啦？"福庆看着片山，想着如何应对。

片山突然说："你们在计划逃跑！"李正浩立刻从口袋里掏出一根洋钉，扎向片山的脖子。福庆忙抬手拦住了。李正浩气道："干什么？他一定会告密！"惊魂未定的片山紧张地说："我也不想死。我不知道你们的计划是什么，我有更好的办法。"

四

深夜，小白马睡得正香，听到隐隐的啼哭声。他睁开眼睛，见花儿坐在一旁抽泣。小白马忙问："哟，你这是咋啦？"花儿没有回答。小白马爬起身，抱住花儿问："你赶紧跟我说说呀，让梦惊着啦？"花儿哽咽着："我梦见我娘了。"

小白马沉默了一会儿："那明儿个给她老人家多烧点纸，好好念叨念叨。"花儿也没有吭声。小白马说："要不……咱俩这就去烧？"花儿说："睡吧。"

小白马迷迷糊糊睡着了，他翻了个身，伸出胳膊朝身旁搂去，旁边没人。小白马睁开眼，见花儿坐在一旁。

小白马缓了缓神："花儿，你干啥呢？"花儿不说话，抹了一把眼泪。小白马问："又梦见你娘啦？"花儿哽咽着："是咱娘！"小白马说："对对对，也是我娘。娘啊，您别总半夜过来找您闺女了，她过得挺好的，您就放心吧。"

花儿哭着说："娘没不放心，她还夸你了呢。"小白马坐起身："咋夸的？"花儿说："娘笑眯眯地拉着我的手说，花儿，你男人是个爷们儿，他对你好，娘都看见了。只可惜娘走得早，要不娘得像待亲儿子一样待他。"小白马说："咱娘是个明眼人，娘，我谢谢您老人家！"

花儿说："咱娘还心疼你了。"小白马问："咋疼的？"花儿告诉小白马："咱娘说，花儿，娘让小鬼子的子弹打了一身血，都疼死了，可再疼娘也挺得住。这血海深仇你不用给娘报，也不要让你男人报，只要你们能活得好好的，娘这心就踏实了。"小白马看着花儿不知道说什么好。

花儿说："爹娘惦记的都是儿女呀，他们就是遭了再大的苦，也不会让儿女受苦。这就是爹娘啊！"小白马沉默一阵，劝道："这睡虫又爬上来了，花儿，咱睡吧，让娘也睡会儿。"花儿叹了口气重新躺下。

小白马也躺下了，他发呆了好一阵子，睁开眼瞄着花儿。花儿闭眼睡着了，小白马心疼地看着熟睡的花儿，自己却再也睡不着了。

五

片山在床铺上画着图，告诉福庆："当年这里有一个地下油库，那天我发现他们运来了大批汽油，这些汽油极有可能藏在这个油库里，做战时备用。这就是油库的位置，你能记住吗？"

福庆认真地看着地图，点点头。片山说："地下油库的大门相当坚固，不知道手雷能不能炸得开，万一炸不开，你们就暴露了。"

李正浩问："应该有通风口吧？"片山说："通风口在西北角，很隐蔽，可以撬开通风口的铁栏杆，把手雷扔进去，但是同样，铁栏杆也非常坚固，但总比打开大门容易多了。"

李正浩谨慎地问："那他们要是没把汽油放这个油库里怎么办？"片山说："我说过，想离开这里，一切都靠运气。"片山补充道："不管怎么说，这是油库，有油的可能性极大。"

李正浩默默看着福庆，两个人都没说话。片山又说："你们要是觉得风险太大，那就算了。"福庆坚定地说："我已经记住了。"片山说："要是能按照计划炸掉它，就一定会引开大部分看守，那样我们就有机会逃走了。"福庆点点头。

李正浩问："油库一定会有重兵把守吧？"片山说："这我就不清楚了。但那个油库是个秘密，人多了会引起怀疑，所以应该不会安排太多的人看守。"

福庆说："好，我去。"李正浩说："我跟你一起。"福庆说："老汤还没回来，你得留在这儿。"李正浩看看片山，会意地对福庆点点头。片山说："咱们是在一个锅里吃饭的，你们不用看着我，我是为了救自己的命。"

瞭望台上的探照灯不断地移动着照射方位。福庆、李正浩、片山正在二号工棚内酝酿一场生死大逃亡。劳工们静静地坐在铺上等待。不远处，一队日军看守喊着口号，跑步经过。

见日军看守跑远，福庆干脆地说："行动。"李正浩说："趁他们换岗之前，一定要抓紧时间！"福庆点点头，把两颗手雷揣进怀里。李正浩跳下床铺，勒紧了裤腰带。片山说："杀猪的，别忘了你还欠我一只耳朵！"福庆说："马上你就要欠我一条命了！"

二号工棚里传来呼喊声和敲门声，一个看守走到工棚门前，问："什么事？"片山说："杀人了！"看守迅速打开门，走进工棚，举起手电筒问："谁杀人啦？"手电光照在拥挤在一旁的劳工们身上。片山指着李正浩说："他！"

看守用手电筒照向李正浩，李正浩站在不远处。看守举枪对准李正浩："你，出来！"李正浩没动。看守走到李正浩近前，用枪顶着李正浩的头："你想死是吗？！"李正浩冷笑着朝外走去，看守紧跟着他往外走。这时，福庆从后面突然出手，勒住看守的脖子，捂住看守的口鼻，李正浩转身卸掉了看守手里的枪。

另一个看守走到工棚门口，举着手电筒朝里面照，问道："怎么还不出来？"手电筒的光晃过来，片山穿着看守的军服，招招手，示意他进来。看守从外走了进来，门两侧的李正浩和福庆立即扑了上来，勒死了他，李正浩迅速从他身上搜出两颗手雷。

这时，探照灯照到了工棚门，片山穿着看守的衣服，背着枪从工棚里走了出来。待探照灯移走后，片山迅速打开门，福庆和李正浩钻了出来。福庆和李正浩很快消失在夜幕中。两人奔跑着，俯身躲避着探照灯，快速朝油库靠近。李正浩说："片山不会自己跑了吧？"福庆说："他要是不想活了就跑吧。"

福庆和李正浩躲过探照灯和岗哨，终于摸到油库旁边。油库旁边有一个亮着灯的小木屋，里面有两个日本兵在睡觉，外面有两个日本兵在站岗。小木屋旁有一个半地下通道，通道尽头有个隐蔽的铁门。

福庆和李正浩匍匐在隐蔽处，想找机会下手。站岗的两个日本兵来回走着，不时地搓着手跺着脚。李正浩悄声说："咱俩一人解决一个，怎么样？"福庆问："你能保证一点动静都没有吗？"李正浩不吱声了。福庆说："耐心等，咱们必须保证万无一失！"

李正浩悄声说："干脆扔俩手雷，把他们都炸死得了！"福庆悄声说："然后呢？"李正浩说："撬通风口的铁栏杆，炸油库！"福庆说："那万一不能立刻撬开呢？小鬼子听见动静，眨眼工夫就能赶过来！"李正浩说："可这么等下去，计划失败，所有人都得死！"福庆说："我们的任务是让大家都能活下来。"李正浩沉默了。

李正浩悄声说："就按我说的干吧！"福庆犹豫着，李正浩掏出手雷，准备拔引信。福庆一把握住李正浩的手，指了指小木屋。一个日本兵走进小木屋，福庆示意李正浩说："走！"二人走到屋外那个日本兵身后，福庆一手捂住他的嘴和鼻子，一手抽刀割断其喉咙。

刚进去的日本兵从屋内走出，发现了异常情况，忙躲回小木屋拐角处。阴影处，一只脚露了出来。那日本兵一惊，忙端起枪。李正浩从后面扑了过来，一刀扎进日本兵的脖子。日本兵的枪脱手落下，福庆伸手接住了。李正浩放倒日本兵，福庆对李正浩指指木屋里面，又顺利解决掉木屋里两个熟睡的日本兵。

福庆和李正浩背着枪找到油库通风口。李正浩喘着气："怎么这么结实！"福庆也喘着气："再使把劲！"二人合力，终于用枪撬开了通风口外的铁栏杆。李正浩用枪托砸碎铁栏杆里的窗户，福庆扯断四颗手雷引信，把手雷扔进油库……

片山穿着看守的衣服，身上背着看守的枪，在二号工棚门口四下张望。两个日本看守走了过来，片山紧张得大口地喘着气。一个看守打着哈欠问："等急了吧？那就赶紧去睡吧，这里的冬天真难熬哇。"片山点点头。

后面的那个看守问："吉野呢？"片山说："去解手了。"片山正要转身，前面的那个看守说："把钥匙给我呀！"片山迟愣片刻，掏出钥匙。后面的那个看守笑着说："他都已经困晕了。"前面的那个看守突然走到片山近前，望着片山问："等等！你是谁？"

片山低着头，握紧手里的枪刚要动手，突然一声巨响传来。两个看守吓得一哆嗦，油库方向火光冲天，爆炸声不断传来。两名看守转身向油库奔去，瞭望塔上的日本兵也惊慌失措地望着油库方向。

劳工们拍打着上锁的门，在工棚里喊着："开门！把门打开！"片山慌乱地掏出钥匙，打开工棚门锁。深山里的野鸟被惊起，一阵狼嚎声传来。零星的枪声响起，片山跟着劳工们奔跑，他们磕磕绊绊，不断有人摔倒。

一号工棚里的劳工们开始一下一下齐力撞着工棚门。工棚门被撞开了，里面的劳工奔涌而出，也加入了逃跑的劳工队伍。

藤本少佐在睡梦中被惊醒，他从屋里快步走了出来："快，除了执勤的，所有人立刻集合！"日本兵奔跑着集合起来。瞭望塔上的日本兵扣动机枪，对准奔跑的劳工们不停地射击，不时有人中弹倒地。

藤本少佐骑马赶到油库前，望着冲天的火光，良久，问道："这是怎么回事？！"一名日本兵说："少佐，看守油库的四个人全被杀死了！"藤本愣住了。这时，井上隆一也骑马赶了过来："少佐，不好了！一号、二号工棚的劳工都跑了！"藤本一惊："赶紧给我追！统统杀掉，一个不留！"藤本少佐骑着马，带着日本兵紧紧追赶逃跑的劳工，不断有劳工被射杀而倒下。

福庆和李正浩也在人群里拼命地奔跑。劳工们站在悬崖边上，朝悬崖下望去，漆黑一片，阵阵阴风从下面吹上来。片山也站在悬崖边上，瑟瑟发抖。

这时，日军的枪声随着晃动的火把越来越近，李正浩说："怎么办？"福庆无奈地说："跳吧！"

劳工们都不说话。福庆说："你们害怕了吗？"劳工们纷纷朝悬崖下望去，又都退了回来。片山后退着，转头要往回跑。福庆一把拉住片山问："你想回去？"

片山说："我不想死，我是为了建设'满洲国'才来到这里的，我是日本人，他们不会杀我。"福庆说："'满洲国'根本和你没关系，你只有面前的一条路了，跳下去说不定还能活。"

片山哭泣着跪下，抬起头望着天空用日语喊道："天皇陛下万岁！"随后跳下了悬崖。福庆和李正浩对视一眼说："咱们会活着再见的。"说着两人纵身跃下。悬崖边上，劳工们纷纷跳下，悬崖下，惨叫声不时传来。有些胆小不敢跳的劳工，被追上来的日军抓获了。

藤本少佐擎着火把骑马赶来，他跳下马，把火把扔下悬崖。火把照亮悬崖下方，树上挂着一具具劳工的尸体，地上也落满了尸体。片山的尸体挂在树上。

大雪纷飞，被抓回的劳工们站在自己挖的大坑里，眼看着一辆辆汽车拉着土倒进大坑。大坑被填满后，汽车在浮土上来回碾轧，直到彻底压实。

六

松林镇的戏台前还是那么热闹，戏班子正在表演二人转《西厢》。小红枣在台上唱着："崔老夫人身得重病，莺莺许愿到普救寺佛爷面前去降香。牒文香供茶盘放，青丝相称素花妆。带领红娘往前走，大庙不远在两旁。主仆走进普救寺，庙堂以上去降香。莺莺掏出牒文表，递与庙内老和尚。只因长老不识字，东廊房请来公子小张郎……"

庞四海和黄掌柜、金掌柜、朴掌柜、安掌柜、屠掌柜等各家掌柜坐在台前的椅子上，老核桃抄着袖子站在屠掌柜身旁……

庞四海边听边打着拍子，不时地跟着哼唱，各家掌柜也不由自主地跟着哼唱。屠掌柜说："老核桃，你倒是坐呀！"老核桃说："能站就站会儿吧。"屠掌柜说："这话啥意思？"老核桃说："等眼一闭腿儿一蹬，想站都站不起来喽。"安掌柜说："这老核桃唠嗑儿，三句话跑不了棺材瓢子！"屠掌柜一脸不悦："懒得理他，听戏！"

高云虎赶着马车从戏台前路过，他听到小红枣的唱腔中夹着另一个旦角戏腔："君瑞念罢牒文表，抬头瞧见女红装。只见她，乌云发，发乌云，乌云巧绾盘龙髻，鬓对雅，雅对鬓，鬓旁斜插美玉花海棠……"

高云虎猛地勒住马，静静地听着："上衣穿着素花氅，八幅罗裙缎条镶。金莲不大刚三寸，又不倒倒又不狂。我看女子长得好，借着什么去搭腔？三炷黄香拿在手，火炉点个亮堂堂。双手捧黄香递过去，崔莺莺一伸杏腕接手上……"高云虎跳下马车，挤进人群。他到处寻找着那忽隐忽现的旦角戏腔……

夜色渐深，夜来好酒馆的客人已去大半，高云虎攮着扫帚扫地，大阔枝站在柜台里噼里啪啦地打着算盘。她算完账重重地合上账本，走到高云虎的面前："今儿个又干啥去啦？"高云虎没作声。

大阔枝高声说："我跟你说话呢！"高云虎缓过神："马上收拾完了，你歇着去吧。"大阔枝生气地说："客人等你的酒都等急了！你到底干啥去啦？"高云虎说："都怪我回来晚了。"

大阔枝继续逼问道："我就问你，能不能跟我撂句老实话？"高云虎走到柜台前，悄声说："我听见他的声音了。"大阔枝先是一愣，而后忙问："在哪儿听见的？"

高云虎压低声音说："戏台子，小红枣在台上唱，那个声音就在台下的人堆儿里。"大阔枝问："摸着是谁的动静了吗？"高云虎说："忽高忽低，断断续续，转眼就没了。"大阔枝问："你不会听错吧？"高云虎说："他的腔调都刻在我的头盖骨上了！"大阔枝想了想问："就是说他真在松林镇？"高云虎点点头。

大阔枝跟着高云虎回到酒馆后院的屋子里。风鼓动着窗户，发出咯吱咯吱的响声，大阔枝忙关上屋门。高云虎问："吓得不敢睡啦？你别怕，有我呢。"

大阔枝说："有你有啥用？真出事了，你过去也晚了！你就不能忍他一回吗？"高云虎说："不能。"大阔枝说："为了我都不行？"高云虎看着大阔枝不知说啥好。大阔枝忙解释："我……我是说你要有个三长两短，我不白救你了？！"

高云虎说："我跟你说过，这不是我一个人的仇，我得替那些冤魂讨个公道！"大阔枝说："可那些人跟你不熟哇，你就算把命豁上，人家也不会感谢你，甚至都不知道你是谁！"高云虎说："不用他们知道，也不用感谢。"大阔枝问："那你图啥？"高云虎看着大阔枝，又好像望着远处："老百姓不挨欺负，过太平日子。"大阔枝似懂非懂地看着高云虎。

七

乡路上，老山东拄着棍子，头顶风雪，躬着身往前走。风雪袭来，扑打着老山东的身子，老山东无奈地背过身去。他拄着棍子伫立，等待狂风过去，继续前进……

田小贵拄着棍子，试探着雪的厚度，深一脚浅一脚地在雪地里走着，忽而一脚踩空，摔倒在地。他躺在雪地上，望着天空喘着气。躺了好一阵子，他抓起一把雪，塞进嘴里……

在葱山山寨，小白马已入睡。花儿坐在炕上，借着油灯的光亮，忙着做棉衣棉鞋垫。屋外的雪越下越大……

松林镇的戏台上，戏班子在表演二人转《蓝桥》。高云虎也站在人群中"看戏"，他要在这热闹的人群里揪出那个恶魔。

小红枣唱道："二金莲站在……"男演员唱道："地平川。"有观众捏着嗓子跟着喊了一声。高云虎顺声音望去，是站在不远处的一个小孩儿，小孩儿娘朝小孩儿的头拍了一巴掌："不学好！"

小红枣唱道："扁担两头窄。"男演员唱道："当间一条宽。"小红枣唱道："扁担两头翘。"男演员唱道："两头往上弯……"

高云虎在人群中寻找着游世龙的声音，一只手突然拍在他肩上，背后的人轻声说："云虎？"高云虎猛一回头，一个蓬头垢面的汉子站在身后。高云虎仔细一看："福庆！"福庆说："你……你还活着呢！"高云虎笑了："大白天的，没鬼！"福庆激动得紧紧抱住了高云虎。

第八章

松林镇除害

一

高云虎把福庆带到酒馆后院，福庆环视着屋子问："这是你屋哇？"高云虎说："现在是咱俩的了。福庆，冻坏了吧？快上炕。"福庆说："云虎，你享福啦！"高云虎说："你赶紧坐下，跟我说说都出啥事啦？你咋弄成这样啦？"福庆说："要说也得你先说吧！"高云虎说："我这儿就一句话的事，让人救了，没死了。"福庆说："大难不死，必有后福，看来这话是真的呀。"高云虎上前把福庆按坐在炕沿上，催促道："快说说你吧。"

福庆说："……我们计划妥了一块儿跑，行动那晚，老汤不见了。"高云虎问："为啥不等他？"福庆说："不能等了，再晚就暴露了。"福庆垂下头，无奈地说："我也想等，我没拗过他们。"

高云虎着急地问："后来呢？"福庆沉着脸说："后来我就跟着众人跑，

跑到悬崖，日本人在后头追着，我一闭眼跳下去了，再后来两眼一黑，啥也不知道了。等我醒来后，发现自己躺在一具尸体上，地上、树上，到处都是尸首。有人的脖子让树杈穿透了，舌头伸得老长；有人的肚子让树杈扯开了，肠子当啷着，太惨了。"

高云虎又问："你没找找老汤？兴许，他跟你们一块儿跳了。"福庆摇摇头说："地上没有，树长在半山腰呢，上不去。"俩人正说着，外面传来敲门声，福庆机警地看着门口，手摸向腰间。高云虎看看外面说："没事，都是自家人。"

高云虎打开房门，大阔枝端着两盘菜、四个大馒头和一壶酒，站在门口说："外面客多，插空掂了俩菜，熥了四个馒头，你看够吃不？"高云虎说："先垫垫底儿吧。"大阔枝说："饭量够大的！"又压低声音说："这是哪儿来的活鬼呀？"高云虎说："咋说话呢，他是我兄弟。"大阔枝问："亲兄弟？"高云虎说："比亲兄弟还亲呢。"

大阔枝笑着往屋子里走："那得管饱！"高云虎挡在屋门口，接过酒菜："我来吧，你忙你的。"大阔枝说："家里来人儿了，得打个招呼哇。"高云虎犹豫着说："味儿大，怕你熏得慌。"大阔枝说："你来那阵儿，味儿更大！"高云虎笑了："帮着烧锅洗澡水呗？"大阔枝说："净事！"

福庆盯着大阔枝送来的酒菜："我的娘啊，全是荤的。云虎，你天天吃这个？"高云虎开着玩笑，说："哪儿能呢，是顿顿吃。"福庆说："怪不得你养得又白又肥呢！"说着抓起大馒头，吃了起来。高云虎坐在一旁："说啥你信啥，是你来了，给你解解馋！"福庆笑了："我知道。"高云虎倒着酒："慢点吃，别噎着。"

福庆接过酒盅，刚要喝，又停住了："这杯酒得敬老汤。"说着就要洒酒。高云虎忙制止道："等等，说不定老汤还活着呢！"福庆看着高云虎点点头。高云虎说："咱俩不都活得好好的嘛。"福庆笑了："这话有劲儿！那这杯酒就盼着老汤啥事没有，盼着我们的同志们都平平安安的！"

高云虎说："福庆，你这真是过了一坎儿又一坎儿啊。"福庆说："咱们这些年不都是这么过来的嘛。"高云虎说："也是。"福庆话锋一转："云虎，听你说完，我才弄明白是咋回事，那个游世龙太恶毒了！"高云虎说："我一直在找他。"福庆说："逮着了要他的命！"高云虎点点头。

福庆问："对了，你去八棵松了吗？"高云虎点头："去了。"福庆说："都谁刻号儿啦？"高云虎说："当时鬼子搜山搜得紧，我没敢过去看。"福庆问："那你后来再没去？"高云虎看了一眼福庆："快吃吧。"

福庆盯着高云虎："你不会说你没空去吧？"高云虎说："咱排长说的是活着的去刻号儿，等我除掉游世龙再说吧。"福庆看着高云虎："咱哥儿俩搭膀子对付他，等完事后一块儿去八棵松！"高云虎使劲点点头。

二

冬天的雪，飘落在东北的每个角落。风雪中，汤德远变成了一个衣衫褴褛的雪人，跌跌撞撞地往八棵松走着。他走到第八棵松树近前，看见树干上刻着一、十、十八三个号儿，眼前一亮。他发现福庆的三号位置还空着，目光顿时暗淡下来。

精疲力竭的汤德远靠着树干，缓缓坐下。刺骨的寒风卷着大片雪花，扑面而来。汤德远起身，走了两步，又回头看了一眼第八棵老松树，树干上依然是一、十、十八三个号儿。良久，汤德远转身没入风雪中……

北风呼号，天寒地冻。大阔枝和小红枣坐在酒馆后院的炕上嗑着瓜子，两个无话不谈的好姐妹，你一句我一句地唠着心里话。

小红枣说："他兄弟也来了，全家吃大户哇！"大阔枝说："人家不白吃，干活！"小红枣说："姐，这世道，可得多长几个心眼儿，别到头来，让人家算计了！"大阔枝说："我说过，我信得过他。"

小红枣不解地看着大阔枝，大阔枝羞涩地说："妹子，姐跟你交个底，这个人我相中了。"小红枣微微一笑，说："他哪儿好哇？"大阔枝说："哪儿都好！这么些年来，我就没见过这么好的人！"小红枣说："要这么说，可得抓牢了。"

大阔枝说："就你姐这眼睛，盯上他就跑不了。"小红枣说："这个我信。"大阔枝笑了："妹子，天越来越冷了，你就别往外跑了。"小红枣说："姐，你以为我想走吗？谁不想烘着这热炕头哇，可有人请就得去呀，总得挣钱吃饭嘛。"大阔枝说："不想走就留下来，姐养你！"小红枣说："就凭这句话，我也得走。"

大阔枝说："我知道，你心气儿高。"小红枣笑了笑。大阔枝说："妹子，不管你走到哪儿，都要记着，松林镇有你的家，姐在家等你。"小红枣望着大阔枝，眼睛湿了："姐，你别说了，再说我就抬不动腿了。"大阔枝说："好了好了，姐给你包肉蛋饺子去！"

这时，屋外有敲门声，大阔枝走到门口，打开门，高云虎站在门外。大阔枝问："啥事？"高云虎说："我找小红枣问点事。"大阔枝走了出来，关上门。她把高云虎拽到一旁，低声问："找她打听游世龙？"高云虎点点头。大阔枝说："别把她扯进去，要不我饶不了你！"高云虎说："怎么会呢？你放心吧。"

高云虎打开门，走进屋里："小红枣，有没有爷们儿上台串旦角的？"小红枣坐在炕上，嗑着瓜子，漫不经心地问："你问这个干啥？也想男扮女装上台过过瘾？"高云虎说："好奇呗。"小红枣说："凭啥告诉你呀？"高云虎愣在那儿，一时语塞。小红枣递过笸箩说："给我扒俩瓜子仁儿吧。"

高云虎上前抓起一把瓜子，小红枣笑着说："让扒就扒呀？"高云虎满眼期待地看着小红枣。小红枣说："看来你是好奇得很哪。"高云虎笑了："你跟你姐真是姐儿俩。"

小红枣说："看在我姐的面子上，跟你唠叨两句。这么说吧，咱这是野台子，戏台子上能唱，农家炕头上也能唱，要是冬天走到哪儿没戏台，把粪堆铲平了当台子，还能唱。听戏的要是听上头了，都可以上来串串戏过过瘾。男唱女，女唱男，想咋唱咋唱，只要给赏钱，鸡鸭猫狗都能亮亮嗓子。"

高云虎说："那咱松林镇谁上台串过旦角？"小红枣说："多了去了，各家掌柜，都有这口瘾。对了，庞爷也好这口。庞爷，你知道是谁吧？"高云虎问："他唱得好？"小红枣笑了："捧臭脚的倒是不少，可我眼里，都是一泡屎，权当逗大伙儿乐和了。"高云虎说："小红枣，你得帮我一个忙。"

三

花儿自打进了葱山山寨，时刻记着自己的任务，也一直在努力。在小白马屋子里，小哑巴穿着一身新棉袄、新棉裤站在花儿面前。花儿围着小哑巴，抻了抻棉袄："不长不短，不肥不瘦，正正好好。"小哑巴说："嫂子，你也没给我量尺寸，咋做得这么合身呢？"

花儿说："那天我看见你的衣裳在外面晾着，就随手量了量。"小哑巴说："嫂子，你让我咋谢你呀！"花儿说："都是一家人，别说外道话。"小哑巴笑了笑。

花儿说："等大年初一早上一睁眼，换上这身新的再出门，新年一身新，喜庆！"小哑巴没吭声，眼睛湿了。花儿说："这是咋啦？"小哑巴说："嫂子，不瞒你说，自打我娘走了后，我过年再没穿过新衣裳。"

花儿说："有嫂子在，往后你年年都有新衣裳穿！"小哑巴点点头，抹了一把眼泪。花儿说："看你这点出息！快去把三当家找来。"三当家也高兴地穿上新棉衣，花儿在一旁边打量着边说："不大不小，正合身。"

外面下着雪，山匪们排着队等着花儿发新棉鞋垫。山匪们脱下鞋，从里面掏出草，塞进新鞋垫。小白马坐在熊皮椅上，满意地笑着。

在聚义厅里，花儿忙碌地给山匪清洗伤口、敷药包扎。一个山匪腿受伤了，血喷了出来，花儿一点儿没躲，被喷出来的血溅了一脸，她顾不得擦脸，紧紧地按住伤口。

小白马受伤的胳膊包扎得很严实。他回到自己的屋子里，坐在炕沿上倚着炕桌看着花儿。花儿走到小白马近前："洗干净了没？"小白马点点头。花儿说："你胳膊上的伤没事，过几天就好了。"小白马又点点头。花儿问："这咋连句话都没啦？"小白马说："惊着了呗。"花儿笑了笑。

小白马说："我本以为捡了个宝，没想到这宝里面还藏着宝呢。"花儿说："我跟一个大夫学过，大病看不了，磕磕碰碰还是可以的。"小白马说："血都不怕，你是见过世面的人哪。"花儿说："自打日本小鬼子来了，烧杀抢掠，咱老百姓淌的血还少吗？到处都是咱老百姓的尸首，都堆成山了！"小白马说："那倒是。"

花儿说："往后别去抢了，咱有手有脚，只要肯出力，咋都能填饱肚子。"小白马说："我抢的是大户，是地主老财！他娘的，看低了那个刘黑虎，要不是他从小鬼子那儿买了枪，我也不能吃这亏，这笔账我早晚得跟他算清了！"

花儿说："有鬼子给他当靠山，你打得过吗？有这个劲，还不如去打鬼子呢！"小白马沉默了一会儿："哎哟，胳膊疼，得躺会儿。"说完呻吟着上炕躺下了。花儿望着小白马，良久，端着水盆走了出去。

四

夜里，客人们都走了，酒馆里只剩下高云虎和大阔枝，两个人吵得面红耳赤。大阔枝站在柜台里埋怨道："我都说了，不要扯到小红枣身上！"高云虎站在柜台外："我也是实在没别的办法了，只有这一条道可走。"大阔枝说："那也不行。再说小红枣明儿个就走了，也没空儿忙活你的事。"

高云虎说："我保证把事做得干干净净的。"大阔枝说："可万一露了马脚呢？"高云虎说："你要我的命行吗？"大阔枝问："你的命值钱吗？"

高云虎望着大阔枝不吱声了。大阔枝坚定地说："这事没得商量！"高云虎转身走开了。

大阔枝说："这是给我甩脸子了呗？"高云虎站住："哪能呢，这辈子我都不会给你甩脸子，你就是要我这条命，我都给你。"大阔枝说："你再说一遍！"高云虎头也不回："我的命是你的！"大阔枝望着高云虎的背影，长长地叹了口气："冤家！"

大阔枝跟小红枣商量，小红枣说："这忙不是不能帮，姐你张嘴了，我这笔买卖脱手了也没事，只是他到底为个啥呀？"大阔枝说："他有心事，但是不能跟你说。"小红枣说："还弄得神道道的。"大阔枝说："妹子，就当老姐求你了，行吗？"

小红枣说："姐，你别说这话，他的事是你的事，你的事是我的事，那他的事也就是我的事！我告诉你，他要是敢诓你，我可不答应，你可是我亲姐！"

戏台上，小红枣收住唱腔，冲着台下喊道："都干啥呢？听睡着了？"围观众人鼓起掌来。小红枣笑着："我说台下各位，我都连着唱了好多天了，你们是天天来，就听不够吗？"有人高声喊："听一辈子都不腻歪！"小红枣打趣道："睁眼说瞎话，你穿开裆裤的时候，我都能把你唱睡着了！"众人大笑。

小红枣说："可不管这话真假，听着舒坦哪。今儿高兴，你们也都别光听我唱了，也别在台下跟着哼哼了，有口戏瘾的就上来，咱们一块儿乐和乐和！"台下顿时热闹起来。

小红枣说："光吵吵不上台是啥意思？庞爷，要不您上来给他们打个样吧。"庞四海说："我这嗓子可不行。"老核桃说："谁说的，庞爷一亮开嗓子，松林镇都得颤三颤！"众掌柜纷纷附和。

庞四海笑着："话可不能这么说，人外有人天外有天哪，哈哈！"小红枣说："可庞爷您不上来，大家谁都没这个胆儿啊。"庞四海说："要不这样吧，我给你们拉胡琴！"众人鼓掌。藏在人群里的高云虎和福庆看着庞四海，福庆低声说："他不唱咋办？"高云虎低声说："狐狸总会露出尾巴的。"

庞四海站起身："拉胡琴还用给赏钱吗？"小红枣说："庞爷您说笑了，我们盼着您还来不及呢。"

庞四海笑着："仨瓜俩枣的事，按规矩来！"说着掏出钱，扔在台上。小红枣捡起钱："多谢庞爷！"庞四海走上台，接过胡琴，坐在椅子上。

金掌柜说："朴掌柜，这《西厢》你熟得很哪，上去给我们开开眼？"朴掌柜说："我就是个半吊子，还是金掌柜你先来吧。"

金掌柜说："那我就献丑了，权当抛砖引玉吧！"说着边掏出钱扔在台上边走上台。小红枣说："金掌柜，您是唱上装还是下装啊？"金掌柜说："旦角我可不行。"小红枣说："那咱接着刚才的唱？"金掌柜说："可以！"小红枣说："庞爷，您上手。"庞四海等人奏响了乐器。

小红枣唱："莫不是养鱼池中——"

金掌柜唱："游鱼打漂。"

小红枣唱："莫不是更夫——"

金掌柜唱："敲动锣梆。"

小红枣唱："莫不是风吹花柳——"

金掌柜唱："花枝而动。"

小红枣唱："莫不是小蜜蜂——"

金掌柜唱："前来呕花浆。"

小红枣唱："这个也不是。"

金掌柜唱："那个也不是。"

小红枣唱："在花园活活闷坏——"

金掌柜唱："十七大八，十八大九，嗯——"

金掌柜忘词了，台下众人大笑。金掌柜不好意思地下了台。老核桃撇着嘴笑道："也是半坛醋地晃荡。"

庞四海唱了起来："十七大八，十八大九，盘头带发，带发盘头——"

小红枣唱："两个大姑娘。"

庞四海唱："什么声音这么凄凉？"

小红枣唱："带领着小红娘——"

庞四海唱："就往前走。"

小红枣唱："也不怕花枝刮破——"

庞四海唱："丝罗衣裳。"

小红枣唱："也不怕头上青丝——"

庞四海唱："被风摆乱。"

小红枣唱："也不怕花茬扎坏——"

庞四海唱："绣花鞋帮——"

小红枣唱："也不怕——"

小红枣假装忘词，望向庞四海求助。庞四海说："瞅我干啥？这词儿我可拿不准。"黄掌柜说："我来！"说着起身把钱扔在台上，上了台。

黄掌柜唱起了旦角："也不怕露水珠浸透中衣——"

男演员唱："名叫鹦歌绿。"

黄掌柜唱："也不怕寒风袭骨——"

男演员唱："遍体冰凉。"

黄掌柜唱："分枝扶柳——"

男演员唱："往前就找。"

黄掌柜唱："眼前来到——"

男演员唱："斜山转角花墙……"

福庆低声问："是他吗？"高云虎望着黄掌柜，摇摇头。台上，朴掌柜也唱起了旦角："他要不来你就说借他的笔墨砚瓦开个药方。他要问开的什么药，一桩一样说妥当。天干地支人参苓，砂仁豆蔻紫槟榔。知母云母浙贝母，丁香檀香广木香。桃仁搂着杏仁睡，胆大木贼跳粉墙。鬼箭拔门草乌进，靠近川芎边桂旁……"

两个反串旦角已出场，但都不是高云虎要找的人。他满脸疑惑地在人群中寻找，这时，老核桃跑上台，高声地唱起了旦角戏腔："我来也！"

老核桃站在台上，唱道："偷去鹿茸五十两，又偷水银和麝香。惊动苍术咳咳叫，金毛狗子乱汪汪。惊动上房川贝母，吩咐丫鬟苦丁香。力马追踪快快赶，骑上海马赶良姜。一赶赶到雄黄阵，柴胡堆里动刀枪。抓住了木贼木鳖亲哥儿俩，拿住白芨大开膛……"高云虎突然站住，闭着眼静静地听着。

深夜，老核桃哼着小曲从外面走回来，见一口棺材堵在屋门口。他走到棺材旁站住："这是哪个不长眼的，把棺材堵我门口了！"高云虎突然从棺材里跳了出来，老核桃愣住了。高云虎抓住老核桃衣襟，拿刀顶住老核桃脖子。

老核桃一愣："这不是夜来好的伙计吗？我认得你。"高云虎说："我也认得你，游世龙！"老核桃问："啥？游世龙？"高云虎说："用你埋我时候的声音说话！"老核桃说："我不明白你在说啥呀，你认错人了！"

高云虎说："扒了你的皮，我都认得你！"说着刀尖缓缓刺进老核桃的脖子。老核桃被刀尖逼得慢慢现出了女人嗓："好汉，别扎了，咱好商量！"高云虎说："我真没想到，你是游世龙！藏得可够深的！"老核桃说："我也没想到，今儿个这场热闹戏是你摆的。"高云虎冷笑："你不光是游世龙，你还是日本人！"老核桃一惊："这话打哪儿说起呀？"

高云虎在刀尖上使劲，老核桃求饶道："等等，能不能给我个明白！"高云虎看着老核桃："我听说过你们日本人吃饭，是把筷子横放，你是怕被别人看出来，所以才把筷子竖起来的。还有，你那朋友临走点头哈腰，不是我们中国人的做派，他肯定是日本人。"

老核桃说："你说得没错，他确实是日本人，可我不是呀，你看我说话，有日本味儿吗？"高云虎说："那你为啥会唱日本民歌《樱花》？"老核桃说："跟日本人学的呗。"高云虎说："可就算你不是日本人，我也得要你的命！"

老核桃说："这世上不管啥东西，都有个价，咱俩可以唠唠，都是你一句话的事。"高云虎说："你觉得我这条命是啥价呢？"老核桃说："我的全部身家都可以掏出来，你看行吗？"高云虎说："可除了我，还有那么多条命呢！皮货行的龙掌柜和你有啥仇？"

老核桃说："他私通抗联，窝藏匪徒！"高云虎说："你和抗联有仇？"老核桃望着高云虎不解地问："就是非要我的命不可了呗？"高云虎说："血债就得血偿！"老核桃冷笑："我要是死了，动静小不了，皇军会把松林镇翻个底儿朝天！你跑不掉的，你这条命也得搭上！"

高云虎说："你终于承认你是日本人啦？"老核桃说："是又怎么样？"高云虎说："你这中国话是咋练的？真溜道哇。"老核桃说："我小时候跟我父亲来到中国，一晃三十多年了。"

高云虎冷笑道："好一个桩子成精！混在人堆儿里，不人不鬼！把持着金沟和松林镇，干着吃人的勾当！探听情报！杀我们的人！抢我们的东西！"见老核桃不说话，高云虎接着说道："伪装成中国人，暗地里探听情报！甚至连死人的钱都不放过！"老核桃依旧不语。

老核桃说："我这些年得来的钱都献给了天皇。你能耐这么大，找他讨去！你找皇军！别和我过不去。"高云虎说："中国人的账中国人早晚会算！今天只算你我的账。你命到时辰了。"老核桃说："看来我的命数到了，我是开棺材铺的，就让我躺在棺材里吧。到底是个死，给我留个全尸。"高云虎说："依你！"

老核桃假装要进棺材，却突然从腰间拔出刀，刺向高云虎。高云虎闪身躲过。老核桃朝院门跑去。福庆从隐蔽处蹿了出来，一个脚绊，把老核桃绊倒在地。福庆赶上前，提刀顶住老核桃："还想跑，我这就给你放血！"高云虎说："一刀太利索，便宜他了，就按他说的办。"

高云虎和福庆把老核桃扔进棺材里。高云虎说："临死讲两句日本话吧。"老核桃不吭声。福庆作势盖上棺材，老核桃用日语说："饶了我吧，求求你们了！"高云虎问："啥意思？"老核桃说："你们要是放了我，我的全部身家都给你们，一辈子吃香喝辣，花不完的钱！我还可以让皇军给你们封个官当……"

高云虎和福庆盖上棺材盖，棺材里传来老核桃的呼喊声："我不想死，你们放了我吧！我还没活够呢，求求你们了，我啥都可以给你们……救命啊……救命啊……"

高云虎和福庆回到夜来好酒馆后院的屋子里。大阔枝坐在炕沿上问："完事啦？"高云虎点点头。大阔枝的眼泪涌了出来，高云虎走到大阔枝近前："这不都好好的嘛，哭啥？"

大阔枝抹了一把眼泪："你说哭啥！"高云虎笑了。大阔枝不解地问："怎么能是他？怎么会是他？太吓人了！"高云虎说："装神弄鬼，这回真成鬼了！"大阔枝站起身，捶了高云虎一拳："净让人操心！"说着朝外走去。

高云虎躺下，盖上被子。福庆熄了灯，也钻进被窝里。福庆歪脖看着高云虎："云虎，咱俩这回可以去八棵松了吧？"高云虎没言语。福庆踢了高云虎一脚："睡着啦？"高云虎说："困死了，等明天再说行吗？"福庆说："你要是不想去，我就自己去！"高云虎睁开眼："你这话啥意思？"福庆说："我不瞎！"

高云虎沉默一阵："刚见完鬼，你就开始冒鬼话了！"说着背过身去。福庆说："这是实打实的人话！"高云虎说："好了好了，抽空咱就去，行不？"福庆说："早说不就完了！"说罢翻身睡去。高云虎睁着眼睛翻来覆去睡不着。

松林镇江边戒备森严，一队荷枪的日本兵在码头对往来的民众进行严格盘查、搜身。排帮的弟兄们被招呼成一排，日本兵逐个检查他们的证件。一个日本兵站在江边，正在看着聋子的证件。聋子大声说："打鱼的！"对面的日本兵抬手打了聋子一个耳光："八嘎！"聋子提高了嗓门儿："警察署发的！"

几个日本兵举起了枪，把聋子团团围住。聋子爹上来捂住聋子的嘴，点头弯腰向日本兵赔罪："长官们别见怪。"聋子爹指着聋子的耳朵，手忙脚乱地向日本兵比画着："他是个聋子，听不见……"聋子爹凑在聋子耳边喊："跟皇军说话，要小声！往后见了皇军，你别吭声！"聋子终于明白了，低着头不敢再多嘴。日本兵终于放下了枪。

五

夜来好酒馆晚上冷冷清清的，客人寥寥无几。大阔枝靠在柜台上，嘴里嗑着瓜子，眼睛盯着外面。一个长衫客走进来，正是杀死龙掌柜的那个人。

大阔枝放下瓜子客气地说："客人里边请。"长衫客在一张桌边坐下，大阔枝拎着茶壶过来倒茶。长衫客喝着茶，缓口气说："这酒馆里差人气儿啊。"大阔枝说："咋，你没碰上？皇军来了，大伙儿都在屋里猫着，等入户查呢。"长衫客说："怎么没碰上？藏腰里的一点本钱都给他们抢了。"大阔枝说："破财消灾！"长衫客叹气。

大阔枝问："想吃点儿啥，尽管说，这顿算我的！松林镇不能亏着客！"长衫客说："没心劲儿了，随便啥。"大阔枝说："破财免灾，你得当好事！小铜腿！"

小铜腿闻声出来，大阔枝吩咐道："酱驴肉、小鸡炖蘑菇、猪头炖粉条、鲇鱼炖茄子，让后厨赶紧安排！"长衫客脸色渐缓，应道："鲇鱼炖茄子，香死老爷子，不赖。"小铜腿回了后厨。大阔枝说："这就对了嘛。"长衫客说："不忙就坐下唠会儿。"大阔枝脸上带着笑，坐下。后厨传来叮叮当当的起锅切菜声。

长衫客问："这么吃，不把你给吃穷啦？"大阔枝说："天下钱天下人赚嘛。回头客官发财了，能不念着这顿饭，能不念着我？"长衫客感叹："发财？难哪！"大阔枝说："猪来穷狗来富，猫来头上顶白布，都是命数。

就您这面相，差不了！"长衫客拱手道："老板娘吉言！"大阔枝说："吉人福相嘛！"长衫客摇摇头说："话是好话，不过这世道……"大阔枝说："世道在人心。老天也有打盹儿时，心里念着好儿，就有好儿！"

这时，小铜腿端上酱驴肉。大阔枝说："您慢慢吃。"大阔枝起身走开，不一会儿又送来一壶酒。长衫客吃着肉，喝着酒，叹了口气，低声道："这日本人可太坏了……"大阔枝收起笑脸说："这话可别乱说！"长衫客环顾空荡荡的店里说："好好的生意不能做，话说得没错儿吧？"大阔枝收回酒壶说："生意好着呢，你没赶对时候！"长衫客说："唠句心里话，怎么还变脸啦？"

大阔枝说："你这心里话，听着烫耳朵！"长衫客说："忠言逆耳。说到心坎上了呗。"大阔枝说："出门右转，走到头儿就是警察署，有啥忠言，上那儿说去！真有那胆子，咋不找皇军理论？跟我一个卖饭的，吹哪门子风儿！"长衫客说："这是舍不得好酒好菜，拉抽屉啦？"大阔枝叉起腰说："就这个脾气！"长衫客起身说："得罪了。"

大阔枝看着长衫客踏出店门，紧随其后，动手上门板。长衫客刚走上街道，几步开外，庞四海看见长衫客，小跑着过来，低头哈腰地说："川野先生，可找着您了……"

长衫客转头，夜来好酒馆已门面紧闭。大阔枝响亮的嗓门儿从里面传出来："后厨好了没？打尖儿！"庞四海也看向酒馆说："治安模范户，良民。"长衫客不说话，继续往前走。庞四海小步跟着说："川野先生，皇军那边都查完了，等着您呢。"

六

天寒地冻，田小贵穿着破棉袄弓腰挂着棍子走到一面坡，远远地看着一个四角都立着炮楼的大宅院。

田小贵踉踉跄跄地朝大宅院走去。雪地上，一只兔子蹿了出来。田小贵突然朝兔子扑去，一下抱住兔子。他大口喘着气，抱着兔子颤颤巍巍站起身。兔子突然挣扎起来，一腿蹬在田小贵胸前，蹿了出去。田小贵被蹬倒在地上，昏了过去。这时，炮楼上的护院拿着枪瞄准了田小贵……

昏迷中，田小贵隐约听见田老爷的声音："小贵，孩儿啊！你醒醒，跟爹说句话！"田小贵缓缓睁开眼，见田老爷和管家站在一旁，关切地望着自己。

管家兴奋地说："少爷缓过来了！"田老爷说："儿子，你可吓死爹了！"田小贵轻声叨咕："兔子，兔子……"田老爷问："兔子？"管家说："少爷想吃兔子肉了吧？"田老爷问："儿子，你想吃兔子？"田小贵说："我让兔子蹬了个跟头，丢人哪，我要啃了它！"

田老爷转身对管家说："长顺，你赶紧去把那只兔子抓来，炖上！"管家问："哪只兔子？"田老爷朝管家使了个眼色。管家说："好，我这就去。"说着走了出去。

田小贵坐在炕桌旁，啃着手里的兔子腿。田老爷坐在一旁："慢点吃，不急。"田小贵不说话，狼吞虎咽地吃着。田老爷望着田小贵，眼泪下来了："孩儿，你咋把自己糟践成这副模样了？"

傍晚，烟囱山的一户人家院子里，十四岁的男孩儿铁梁正在劈柴。劈了一阵子，他劈不动了，就直起腰喘着气。这当儿，院门口站着一个满身冰霜的雪人儿，他惊恐地握紧手里的斧子。

雪人儿扶着板障子朝院里张望，铁梁盯着雪人儿，雪人儿朝铁梁笑了。铁梁面无表情地说："我家都揭不开锅了，没吃的！"这时，铁梁娘从屋里走了出来，看见雪人儿，她身子一歪，无力地倚在了门框上。

铁梁娘和铁梁跑到门口把雪人儿扶进屋子里。雪人儿像没了骨头一样，走到炕沿前，回过头笑了笑，然后一头栽倒在炕上。

风雪交加的冬夜，窗户里映衬出昏暗的灯光，炕里的火旺旺的，屋子里暖烘烘的。铁梁娘坐在炕沿上，轻声说："长山，你醒醒。"老山东昏睡着，鼾声不断。铁梁娘又拍打着老山东："长山，等填饱肚子再睡。"老山东依旧昏睡不醒。铁梁站在一旁问："娘，他是谁？他是不是病啦？"铁梁娘说："孩子，他是你爹！"

铁梁娘摸了摸老山东的额头，她又想脱老山东的毡子鞋，可脱不下来。铁梁帮忙脱鞋，娘儿俩一使劲，猛地拽下老山东的鞋。铁梁抱着鞋，闪了个趔趄。老山东哼了一声。铁梁娘想脱下老山东的袜子，老山东又哼了一声。

袜子已经粘在脚上了。铁梁娘起身，端了一盆水进来。她用水一点一点洇湿老山东的袜子，总算把袜子脱了下来。老山东脚上满是冻疮，铁梁娘把他的脚轻轻地放进水盆里，眼泪也吧嗒吧嗒地落到水盆里。

天刚亮，铁梁娘把锅里的水烧开，在热气腾腾的蒸汽中擀着面条。门声一响，老山东从里屋走了出来，背着手走来走去，稀罕地看着屋里的一切。他拍了拍灶台，看了看水缸，又摸了摸粮袋子。

老山东来到窗户前，探了探窗框缝。又走到房门前，抄起顶门杠，掂了掂，而后背着手走出房门。老山东推开小仓房门，朝里面看了看。他转身来到院门前，察看完院门，又推了推板障子。最后，抄起扫帚，扫起了院子。

面条熟了，老山东坐在炕上，端起碗吃面条。铁梁坐在一旁，盯着老山东，咽着口水。老山东把半碗面条递给铁梁，铁梁犹豫着。老山东示意铁梁接碗。铁梁接过碗，铁梁娘从外走了进来："放下！"铁梁吓得愣住了。老山东看着媳妇："你吓着孩子了。"又对铁梁说："儿子，爹饱了，你赶紧趁热吃了吧。"

铁梁看着母亲，没有说话。老山东说："我是你爹，你得听我的，吃！"铁梁娘朝铁梁点点头。他狼吞虎咽地吃光了面条，又舔起了碗。老山东含泪看着铁梁，说："该叫声爹了吧？"铁梁喊："爹。"老山东一把拽过铁梁，紧紧抱住了："臭小子，你可想死爹了！"

冬夜，窗外飘着大片的雪花。油灯下，铁梁娘坐在炕上，缝补着袜子。老山东坐在一旁，抚摸着熟睡的铁梁："转眼长这么高了，成小爷们儿了。"老山东看着铁梁娘，铁梁娘问："你瞅我干啥？"

老山东说："咋变样啦？"铁梁娘说："老了呗。"老山东说："瞅着比以前好看了。"铁梁娘没吭声。老山东说："真的。"铁梁娘踹了老山东一脚。老山东笑着："这是咋啦？"铁梁娘又踹了老山东一脚。

老山东说："咋解气咋来吧，回来就是让你解气的。"铁梁娘猛地捂住嘴，无声地哭了起来。铁梁娘哽咽着说："我还以为你回不来了呢！"老山东抓住铁梁娘的手："本来见着阎王爷了，可他说你家里还有两人等着你呢，那娘儿俩等你等得苦哇，我都不忍心收你了。"

铁梁娘扑进老山东怀里，抱紧了老山东："你回来了，咱的家就回来了。这辈子我不让你走了！"屋外的天空大雪纷飞，屋内昏暗的灯光让人愁肠百结。

七

夜来好酒馆后院，福庆正勤快地扫着院子。高云虎走了过来："这院子收拾得真干净，行了，歇会儿吧。"福庆说："活儿得干好，咱不能白吃饱。"高云虎笑着："有我在，你就是啥都不干，也饿不着。"

福庆说："那是，你多能耐呀，这酒馆都成你家的了。"高云虎说："这是啥话？我就是帮工的。"福庆说："连出趟门的空儿都没有，你比掌柜的还忙呢！"

高云虎望着福庆："八棵松离咱这儿道不近，雪路更难走，来回估摸咋也得两天。冬天店里生意好，人手本来就不够，我实在脱不开身哪。"福庆说："那没你的话，这店还不开啦？高云虎，你要是不想去就算了，我自己去！"说着把扫帚扔给高云虎，走了。高云虎沉默着。

寒冬里，八棵老松树顽强地挺立着。高云虎和福庆站在第八棵松树近前，福庆顺着树干念着："一……十……十八……排长、小贵、花儿！"九号的位置还空着。福庆看了又看，黯然低着头说："老汤是九号，他没来。"

高云虎说："看来老汤是凶多吉少了。"半晌，福庆抬起头说："不管咋的，咱俩先刻上。"福庆说着抽出刀，在树干上刻下了"三"。

福庆把刀递给高云虎，高云虎说："你就帮我刻上得了呗。"福庆说："这么重要的事，我帮不了你！"高云虎接过刀，在树干上刻上了"二"。

在回松林镇的路上，福庆问："你跟我交个底行不？"高云虎说："交啥底？"福庆说："你是不是不想归队啦？"

高云虎说："我的号儿不是都刻上了吗？"福庆说："心不甘情不愿的。"高云虎说："那咋样才行？"福庆说："我看你就是软在那个女人怀里了。"高云虎说："跟你说不明白。"二人一路沉默不语。

八

一辆马车沿着结冰的江岸朝汤家庄驶来。马车上装着几个扎红布的酒坛子和一堆红红绿绿的年货，把边儿坐着两个扛着枪的伪军。肖铁林坐在马车上，跷着二郎腿，不时举起酒壶抿一口小酒。

马车拐进汤家庄，直奔不远处最气派的门楼。一个老疯子在门楼边儿上溜达，嘴里唱念着："西北大风吹关东，夜来大雪压青松，吹得黄狗身上白，落得白狗身上肿……"肖铁林骂道："滚一边儿去！对着后山坟头唱去！咋还不来阵西北风儿把你埋了！"

肖家是一座两进的院子，长工在洒扫忙碌，偏房的灶上冒着炊烟。肖父背着手在院子里溜达，不时走到门口往外张望。马车进了院子，肖铁林从车上跳下来。肖父迎上来说："可回来了……"见两个伪军要卸车，肖铁林摆手说："不用你们动手，上外边等着。"几个长工迎上来，满脸笑着，卸下车上的年货。

肖母满心欢喜地跟在身后问："儿子，这回能待几天？"肖铁林说："落落脚就得走，山里活还没干完呢。"肖母失落地说："这'满洲国'离了你还不转了，咋那么忙呢？"

与肖铁林家气派的大宅院不同，汤德远家是一个低矮破败的小院，只有几间门窗破旧的土房。一脸黢黑的汤父佝偻着身子，扛着一个麻袋走进院子。汤母端上一盆热水说："他爹，冻坏了吧？赶紧进屋洗把脸。"

汤父扔下麻袋，撩起水边洗脸边说："就烧了这一麻袋炭，赶晌午头上给肖家送去。"汤母难为情地说："就这些，寒碜不？"汤父说："咱家也不趁啥别的了，多少能给人家添点热乎气儿。"

这时，屋子里突然传来一阵大叫，汤父把手里的热手巾递给汤母，往屋里比画。躺在炕上的汤德远醒了，呆愣愣地睁着眼睛。汤母拿着热毛巾边给汤德远擦脸边说："儿啊，快回来，又梦见啥啦？"

半晌，汤德远才缓过神来，表情木木地说："没啥。"汤母说："儿啊，这是有小鬼儿天天炕上遛着，看你这样娘不落忍哪，你跟娘说说，心里能敞亮点。"汤德远说："我梦见人挨着人，像赶牲口一样都赶到一个大坑里，天上往下落石头，还有雪，那雪可真大啊，人都拼了命地往外爬，蚂蚁一样，爬不出来，坑填满了，一会儿就都没声儿了，他们都填在坑里了，我跑了……"汤母心疼地看着儿子，哭着说："昨儿你就说梦见拖着个人在林子里走，走不出去，回头看，那人烂了，肠子都让乌鸦给掏了……今天又梦见死人坑，孩儿啊，你在外边都遭的啥罪啊？你咋不跟娘说实话呢？"

这时，汤父进来了，汤母把汤父拉到一边，小声说："这孩子是魔怔了，要不找个跳大神的驱驱邪？"汤父一瞪眼说："别扯犊子了，捡回条命比啥都强。"

第九章
归家再出发

一

　　田家大院里，护院队长带着六个护院背着枪排着队走了过来。管家说："没事就得多操练操练，养兵千日，用在一时，自古都是这个理儿！"

　　护院队长说："刘叔，我们也没吃闲饭哪，四个炮楼，整天整宿不离人，盯得紧着呢。"管家说："我就是提个醒，那山匪说来就来，你们可千万不能松了弦儿。"

　　护院队长说："这个您放心，我们不怕他们来，就怕他们没这个胆子！"管家说："赶紧忙去吧。"护院队长带着众护院离开了。

　　田老爷站在堂屋门口，叫着管家："长顺，你过来。"管家赶紧来到近前："老爷，您吩咐。"田老爷担心地问："这小贵睡了三天了吧？"管家说："只多不少，睁眼就吃，吃饱就睡，一句话没有，都造了半片子猪了！"

田老爷叹了口气："这孩子遭大罪了！"

田小贵坐在炕桌旁，就着半盆肉汤，啃着猪肘子。田老爷坐在一旁："儿子，吃得差不多就行了，别撑爆了肚子！"田小贵不说话，只顾闷头吃着。田老爷一脸无奈。

田小贵放下猪肘子，抱起盆，把肉汤喝了。田老爷担心地问："这回吃饱了吧？"田小贵不说话。田老爷问："还饿？"田小贵还是不说话。田老爷说："儿子，你跟爹说句话行吗？爹都急死了！"田小贵望着田老爷，打了一个响亮的饱嗝儿，高声说："爹，我以为我走不回来了，见不到您老人家了呀！"说完号啕大哭。田老爷望着田小贵，高声说："我的老天爷呀，这孩子缓过阳来了！人参炖鸡！"

这天，田小贵从屋子里走出来，两个护院背着枪迎面走来："少爷好。"田小贵招呼道："巡逻呢？"田小贵走到一个护院近前，摸了摸他背着的步枪。护院问："少爷稀罕这玩意儿？"田小贵摆摆手说："要命的东西，不敢稀罕。"

田小贵来到正房屋外，敲了敲门。门开了，管家站在门口："少爷，老爷在屋里等你呢。"田小贵说："长顺叔，您去歇着吧，我跟我爹唠唠嗑儿。"管家说："好，那有事就喊我。"田小贵点点头，走进屋子里。

田小贵见田老爷站在母亲灵位前，走上前说："爹，我来了。"田老爷说："先给你娘上炷香吧。"田小贵在母亲灵位前点燃三炷香："娘，不孝儿回来了，您在天之灵，放心吧。"说完拜了三拜，把香插进香炉里。

田小贵说："爹，咱爷儿俩出去唠吧。"田老爷说："就在这儿唠，让你娘也听听。小贵，你这是从哪儿回来呀？"田小贵说："从……外面回来呗。"田老爷说："废话！"田小贵说："爹，您都知道的事，还问啥。"田老爷说："那你咋混成这副德行啦？"田小贵说："队伍打散了。"

田老爷说："就是没人管吃喝了，才想起家了呗？"田小贵说："爹，有您在家，我早晚得回来。"田老爷说："回来的也得是活人！"田小贵说：

"这不喘气呢嘛。"田老爷说:"还走吗?"田小贵说:"等天暖了再说。"

田老爷说:"还想走?我说小贵呀,你能不能饶了你爹?!"田小贵说:"爹,您也知道,我干的都是正事。"田老爷说:"当年我送你去哈尔滨念书,日本军队侵占了齐齐哈尔,你和一群热血人儿有书不念,进了马占山的部队,后来又加入义勇军,再后来参加了东北人民革命军,再再后来又成了抗联。这一去就是好几年,能保条命回来是多亏咱田家祖宗庇护。眼下,咱们在日本人眼皮底下讨生活,人家之所以没刨咱家祖坟,就是觉得咱家这样的大户,不会跟山里的抗联一条心。孩儿,你知道你在外面这几年,爹是咋过的吗?晚上眼皮蹭着被头,沙啦沙啦响,好容易天亮闭上眼儿了,一个激灵就能弹起来,脑门子的汗说下来就下来了,心都能从嗓子眼儿蹦出来。孩儿,你能不能别走了,能不能让爹睡几天踏实觉,让爹多活几天哪!"

田小贵低下头,眼泪也下来了。田老爷一脸严肃地说:"当着你娘的面,你今天必须给我撂句准话!"田小贵点点头:"能。"田老爷说:"能啥?"田小贵说:"让您睡踏实觉呗。"田老爷问:"真不走啦?"

田小贵点点头。田老爷说:"你张嘴!"田小贵说:"我听爹您的!"田老爷看着田小贵:"这话你娘可听见了,你可不能骗你娘!"田小贵愧疚地看着娘的灵位。

田家大院里,管家正在扫院子,不时抬起头看一眼炮楼上背着枪站岗的护院。这时,保长两手揣在袖管里,踱步走进院子。保长说:"小贵回来啦?学业有成啊!"管家忙扔下扫把迎过来:"保长来了!"保长装作若无其事的样子:"忙你们的,我串个门儿。"

在田家堂屋里,田小贵给保长和田老爷倒茶水。保长看着小贵说:"几年不见,长成人了。没带个媳妇回来?"田小贵说:"还没媳妇。"田老爷忙接上话茬儿说:"他一个穷学生,只身在外,还指望他讨媳妇?"保长说:"坐下说话。"田老爷给田小贵使眼色:"保长抬举你呢。"保长说:

"现在的学生可了不得，关里那些带头游行和造反的，都是学生。"田老爷说："那是关里，咱'满洲国'，哪个学生敢造反？再说，小贵毕业都几年了。"

保长问："小贵，这几年在哪儿高就呢？"田小贵抬眼看着田老爷不说话。田老爷叹了口气说："高不成，低不就！在外受了一肚子气，这才拍屁股回来。"保长沉吟："小贵，那我要替你爹说两句。"田小贵点头听着。

保长说："你一走几年不回来，信儿也不捎一句，混出个模样也罢了！头几年，家里为了你，没少交那冤枉钱！你爹和你娘，在家天天念，夜夜想，你娘熬到死都没见上你的影儿……小贵，你识文断字，不应该呀！"田小贵低下头，不敢言语。

田老爷说："打是亲，骂是爱。你叔疼你呢，还不快谢谢你叔！"田小贵垂着头说："保长教训得是。"田老爷纠正道："叫叔！"田小贵低着头，却不开口。保长见状说："别为难他了。良药苦口，能听进去就好。"田老爷说："听进去了。孩儿刚回来，先收收心。过去的不提了！家里就这一根苗儿，往后这院里院外，都指望他呢。"保长起身叹道："可怜天下父母心哪！走了！"

田老爷送保长向院门走去，保长边走边说着："我看这小子，有你操心的。"田老爷："回来就不能放他走了。保长你放心，孩子老实着呢。"保长叮嘱道："那你可看好了，不能惹事。"田老爷说："借我十个胆子也不能！"

保长环顾四角的炮楼说："这炮楼儿立着，枪杆儿把着，要没这个担当，也不能让你当这个牌长。"田老爷应道："有数着呢！十来户人家，还不说沾亲带故，咱必须是一心一德！"保长点头："好！余话不说！"

二

冬日的汤家庄，村街上少有人来往，肖家门楼却森严紧闭，两个伪军持枪站在肖家门楼两边。这时，汤父扛着一麻袋炭走到肖家门楼，汤德远有些不情愿地跟在身后。

一个伪军抬起枪口拦住汤父，汤父赶忙站住，满脸堆笑道："长官，别动家伙事儿，庄里的，亲戚。"伪军问："干什么的？"汤父赔笑道："听说肖团长回来了，我来看看。"肖父闻声从门里迎出来："老汤兄弟，来，快进。"

汤父一进门，就跪下了："三舅。"肖父说："门对门的老兄弟了，咋又论上辈分啦？"汤父说："平常咱俩咋论都行，今天这个头必须得磕。跪下，磕头！"

肖父连忙上前扶起："这离年还早着呢，磕的是哪门子头？"汤父感激地说："要不是他老叔，这小子现在就归了后山了。我家欠他老叔一条命。"肖父说："这是咋说的？德旺还在后山看着呢，快起来！"汤父说："多少年的老皇历了，别提了。"

这时，肖铁林从屋里迎出来："汤叔来啦？都挺好的？"汤父招呼汤德远："快跪下给你老叔磕头。"汤德远却站着不跪。肖铁林对门外的两个伪军说："把门关上，站远点！"那两个伪军听命，关好门退出去了。

汤父对肖铁林说："他老叔，咱俩平辈，我就站着跟你说话了。"肖铁林说："都是实在亲戚，说啥外道话。有事尽管张嘴。"汤父说："咱汤家庄数你本事大，外边靠山的屯子都让日本鬼子……让皇军给迁走了，咱汤家庄还能安稳着，都是靠你镇着。"肖铁林忙更正道："那是'满洲国'的政策好，咱庄子的治安好。我一个小小团长，成天跑腿出力，可没那么大面子。"汤父说："我今天就豁出这个老脸了，他老叔，你救了德远一命，好事做到底，就把他这条命收了吧。好歹咋说，你是个团长，在手下给德远安排个差事，能不能行？"

汤德远大声叫道："爹！"汤父呵斥道："你闭嘴！"肖铁林瞅着汤德远说："我可不敢要。"汤父说："咋的，嫌他不顶用？打从德旺没了，家里的粮食都喂他一个了，这小子从小吃得结实，看看，多壮实，跑腿出力的活都能干。"

汤父可怜巴巴地看着肖父,肖父见状对肖铁林说:"铁林,你别忘了,那年你四岁,和德旺在江上玩,两个人掉进冰窟窿,是汤叔先把你救出来的。你没啥事,可德旺却落下病根,不到六岁就夭了。汤叔也得了风湿,一辈子站不直了!铁林,说白了,你小子的命也是汤叔给的,如今你汤叔都张口了……"

肖铁林扬起手说:"这话都说过八百遍了,耳朵都出茧子了。命我可是还上了!"肖铁林打量着汤德远说:"不是我不收,这是头犟骡子,我的庙小,拴不住。"

汤父说:"他老叔,再犟的骡子也扛不住好把式,德远就是个拉车的命,给他套上早晚能老实。"肖铁林说:"跑腿出力委屈他了,我看他这样儿,兴许杀人也行。"汤父忙说:"这啥话,德远可没杀过人。"肖铁林说:"杀没杀过我说不准,杀人的胆子倒是不缺。万人坑里把你刨出来,转脸就敢跟我炝蹶子,招呼都不打,还蹽得挺快,我以为又蹽回山沟子里去了。"

见汤德远梗着脖子,汤父喝道:"说话!"肖铁林看着汤德远说:"回来了就好,你最好给我老实点,在家待着,别再出去乱跑。你再整出点幺蛾子来,日本人面前,我说了可不算。"

寒冷的山风呼啸,汤德远跟着汤父来到一座坟前,汤父边烧着纸钱边吩咐道:"当着德旺的面,你起个誓。"汤德远却默不作声。汤父气得数落道:"往后咋整,你自己掂量着办。"

汤母小声劝道:"别逼他了,见天地梦见挂人头,真落下病可咋整?"汤父说:"病了也比死了强。"汤母抬起头说:"该说不说的,咱孩子在外边干的是人事儿。"汤父无奈地说:"这年头儿,人活得不如狗。"

汤德远突然跪下,对着面前的坟堆磕了三个响头:"我想明白了,我不干了。没脸回去了。爹,娘,你们放心,等开春了,我出去找个正事，不让你们操心了。"

三

外面天寒地冻，刺骨的北风呼呼地刮着，可老山东一家三口亲热地坐在炕上，有着说不完的话。老山东搂着铁梁坐在炕头上，父子俩亲热地唠嗑儿。铁梁问："爹，我听说林子里有战士打鬼子，你见过吗？"老山东犹豫一下："没见过。"

铁梁有些失望地看着老山东，老山东说："可我听别人讲过。"铁梁又来了兴致："咋打的？"老山东说："这要讲起来，故事就多了。"铁梁调皮地说："那就慢慢讲呗，我可爱听了。"老山东问："你想打鬼子？"铁梁点点头。老山东问："为啥？"铁梁说："他们欺负咱！"

铁梁娘从外走了进来："铁梁，别瞎说！"老山东说："自家炕头上，怕啥！"铁梁娘说："出去万一说秃噜嘴咋办！"铁梁说："我又不是小孩儿！"老山东摸了摸铁梁的头："好小子，有股硬气劲儿！那爹就给你讲讲打鬼子的故事。"

铁梁娘来到灶坑前坐下，捅起了柴火。老山东讲道："就说那年冬天，大雪封山，嘎嘎冷，尿尿都能冻成冰棍儿……"铁梁问："尿冻成冰棍儿？咋回事？"老山东说："就是这尿呀，一滋出来，就冻住了。"铁梁问："真的假的，还有这事？"老山东笑着："这不是故事嘛。"铁梁笑了："爹，你接着讲。"

老山东说："雪坑里蹲着一群打鬼子的战士，说时迟那时快，一队小鬼子扛着枪走了过来，他们晃晃荡荡地来到雪坑前……"铁梁说："那群战士被发现了！"老山东摇摇头。铁梁问："为啥没发现？"老山东说："你猜呢？"铁梁说："坑太深啦？"老山东说："是雪太大，战士们跟一个个雪人一样。他们已经一动不动地在雪坑里待了两天了。"

铁梁问："那不就冻死了吗？"老山东说："你知道战士是用啥做的

吗？"铁梁摇摇头。老山东说："战士都是钢铁炼成的，所以他们不怕冷！"铁梁不解地看着老山东。铁梁娘坐在灶坑前，默默流泪。

老山东说："小鬼子正东张西望呢，雪坑里的战士们突然蹿了出来，刀枪棍棒是一起上，喊里咔嚓，打得小鬼子是喊爹又叫娘，转眼就被全部消灭了！"

铁梁问："爹，小鬼子为啥不反抗啊？"老山东说："都吓成傻狍子了呗。"铁梁问："那战士们为啥不开枪呢？"老山东说："林子里太静了，枪声会引来更多的敌人。"铁梁点点头。老山东问："还想听吗？"铁梁说："想！"

老山东说："那就再给你讲一个故事……"铁梁娘靠着墙坐在屋门外，一闪一闪的炉火，映照着她满眼的泪水。

春天，田野里一片生机勃勃的绿色。老山东和铁梁在远处耕地，老山东拖着犁，铁梁在后面扶犁。铁梁娘坐在家门口洗着衣服。

回到家，老山东趴在炕上，铁梁娘拿擀面杖碾着老山东的后背，老山东冲铁梁娘竖起大拇指。一会儿，老山东从炕上爬起来给铁梁娘按摩肩膀，铁梁娘笑着倒在老山东怀里。老山东抱着铁梁娘："当年我走的时候，说一定会回来，没骗你吧？"铁梁娘的身子一抖，老山东说："还是当年那句话，我一定会回来。"

铁梁娘哽咽道："咱俩成家十四年，你在家七年，在外面七年，咱儿子都不认识你了。"老山东说："你和孩子跟我遭大罪了。"铁梁娘流着泪说："我知道，九头牛都拽不住你的腿，可回来了，能不能再多待段日子？家里这么些年，刚攒了点热乎气儿呀……"

老山东忍着眼泪："家门的顶门杠，我换了粗的，晚上早点顶上门。秋天的高粱种多留些，明年开春我有空回来种，咱儿子给人家喂牲口，小心叫驴踢了蛋蛋……"

铁梁娘抽泣着问："就是非走不可呗？"老山东搂着铁梁娘，不知道说什么好。铁梁娘说："你给我交个底，咱家能过上好日子不？咱儿子能吃上饱饭不？"老山东搂紧铁梁娘："一定能，我给你打包票！"

这天，老山东默默地收拾着包裹。铁梁娘从炕柜里抱出一摞袜子和两双乌拉头。老山东一惊："这都是啥时候做的？"铁梁娘说："这个家就是你歇脚的地方，拴不住你。"老山东低头不语。

老山东背着包裹从院门里走了出来，铁梁娘和铁梁跟在后面。老山东停住脚，却没有回头："不用送了，都回去吧。"铁梁娘和铁梁站在村口看着老山东远去的背影。

这时，身后传来铁梁的呼喊声："爹！"老山东站住，铁梁跑着追了几步："爹，你早点回来！"老山东狠狠心，还是没有回头，他不知道啥时才能再见自己的妻儿，更不知道此去能否归来……

四

小哑巴正在马厩里喂马。花儿走了过来："老二，忙着呢？"小哑巴回过身："嫂子，你这是要去哪儿啊？"花儿说："屋里太闷了，出来走走。"小哑巴说："今儿个天不错，走走也好。要是赶上大雪泡，想出都出不来。"

花儿也抓起一把草料喂马，小哑巴说："嫂子，我大哥不在家，你有事只管跟我说。"花儿说："有吃有喝的，还能有啥事？"小哑巴笑了笑。

花儿说："老二，我看你们三兄弟感情老好了，都是咋认识的？"小哑巴说："这话说来就长了，梁山一百单八将，哪个上山前都有故事，我们也一样啊。"花儿说："正好闲着也没事，给嫂子讲讲。"

小哑巴说："我爹走得早，家里就我跟我娘。有一天，我跟我娘去镇上赶集，都知道小鬼子不讲究，我娘还特意用围巾把脸挡上了。可谁承想，围巾松了，这下让日本小鬼子给盯上了。小鬼子调戏我娘，我娘烈性，宁死不从，让小鬼子一枪托把脑袋砸瘪了。我要给我娘报仇，让人给拽住了。后来我就跟着那个小鬼子，跟了好几天，他在哪个茅房拉屎撒尿，我都摸清楚了。有一天他上茅房，我一刀捅了他的喉咙管，又把他的脑袋割下来，用布裹好，系裤腰带上了。本来寻思用他的脑袋祭我娘，可让小鬼子发现了，他们到处抓我，后来我是实在没地儿跑了，就一头钻进了葱山。"

花儿静静地听着。小哑巴说："你知道进了葱山，我大哥问我的第一句话是啥吗？"花儿摇摇头。小哑巴说："他问，你杀过人吗？我二话没说，把小鬼子的脑袋扔给他。大哥接住脑袋，吼了句，有种！从那以后，我就留在这儿了，可能是因为杀过小鬼子，大哥让我当了二把手。"

花儿点点头："要是没有小鬼子，你娘就不会死。"小哑巴说："那还说啥了，我都恨死他们了！"花儿问："那你就没想再去打鬼子？"

小哑巴说："想过，可没这个本事呀。老话讲得没错，人在矮檐下，不得不低头哇。"花儿说："就算低头，人家也不会可怜你，越低头越挨欺负。"

小哑巴说："可就算想抬头，也抬不起来呀。"花儿接着问道："老三呢，他是咋回事？"小哑巴说："你还是问他吧，也是个苦命人。"花儿突然捂住嘴，又呕了几声。小哑巴问："嫂子，你咋啦？"花儿捂着嘴跑了。

一位鹤发的老中医给花儿把完脉，满脸堆笑地说："恭喜大当家，有喜了！"小白马急着问："带不带把？"老中医笑着说："这个不好说。"

小白马说："不说赏你个铁瓜子儿！"老中医吓坏了："大当家，我是真不知道哇。"花儿望着小白马，劝道："你别为难人家，生男生女不都是你的孩儿吗？"小白马说："话是这么说，可要是生了个丫头片子，我得操多少心哪。"

花儿说："也是，万一让山匪抢了去咋办？"小白马笑了："那也得看是啥匪，像她爹我这样的爷们儿，抢去了就是享福哇！"花儿说："咋说都是你占理！"小白马笑了："大喜日子，杀猪宰羊摆大酒！"

三当家闭着眼睛趴在炕上，他背后的伤口伤势严重却一直没有吱声。幸好花儿及时来给他检查。小哑巴站在一旁："大哥，老三都烧糊涂了！"小白马问："大夫呢？"小哑巴说："出门探亲戚去了，没在家。"小白马骂道："他娘的，节骨眼儿上顶不上数！"

　　小哑巴说："老三这伤严重了，他也不吱声，今早我看他没起来，过来一瞅，烫得跟火人一样。"小白马说："老三，你病成这样咋不早说呢？"三当家只哼哼着。小白马说："话都说不了啦？"小哑巴说："不都说烧糊涂了嘛。"

　　小白马说："花儿，他咋病得这么重啊？"花儿说："伤口化脓发炎了，引起高烧，这烧要是退不下去，老三他……"小白马望着花儿："完犊子啦？"花儿没说话。

　　小白马说："老三要是有个三长两短，我非要了那个刘黑虎的命不可！"花儿说："现在说这些有啥用？救老三的命要紧！"小白马说："可咋救呀？"花儿说："把伤口里的脓弄出来，估计就能退烧。"小白马说："那就挤呗？"

　　花儿说："这是刀伤，挤不干净。"小白马问："那咋办？"小哑巴说："拿刀刮刮？"花儿看了看周围的人，慢慢俯下身去，用嘴一口一口往外吸。小白马呆住了，山寨的兄弟们都被花儿的举动感动得落下泪来。

　　经过花儿的精心医治，三当家的伤势得到了控制。他趴在炕上，花儿给他换药。花儿说："这伤口看样子好多了。"

　　三当家说："嫂子，你救了我一条命啊！"花儿说："也是你命大，挺过来了。"三当家说："嫂子，我这人嘴笨，可心透亮，谁对我好，谁对我有恩，我一辈子都忘不了。"

　　花儿笑了笑："一听这话，你就是个实诚人。"三当家说："那也只实诚对我好的人。"花儿问："老三，你是咋来山上的？"三当家说："让小鬼子逼的呗。"花儿说："跟嫂子讲讲。"

三当家说:"小鬼子不是弄归屯并户嘛,我不走,他们就把我家给烧了。我娘本来就病恹恹的,这一折腾,连气带火,死了。这口气我忍不了,一镐头撂倒了一个小鬼子,这下捅了马蜂窝,小鬼子全朝我来了。我爹让我赶紧跑,我寻思我跑了,我爹咋办。我就拉着我爹一块儿跑,可我爹腿脚慢,让小鬼子一枪给打死了。我跑来跑去,钻了林子,就快饿死的时候,碰上了我大哥。"花儿默默地听着。

三当家哽咽着说:"爹娘都死了,当儿子的不能让他们入土为安,我不孝哇!"花儿说:"说来道去,根儿在小鬼子身上,都是他们害的。"三当家说:"只恨我没本事,要不早找他们报仇去了!"

五

一晃到了春天,福庆生着闷气,坐在酒馆后院的长条凳上磨菜刀。高云虎走了过来:"磨好了吧?"福庆不搭话,继续磨刀。高云虎说:"我跟你说话呢。"福庆依旧不语。

高云虎朝周围望了望,小声说:"排长让咱们在这儿等他,眼下他没来,咱们不就得在这儿等着吗?"福庆抬起头:"说得好听,我看你是生怕他来找你呢!"高云虎沉默片刻:"你愿意咋想就咋想吧。"

见福庆不言语,高云虎凑到福庆身旁:"咱说句见底的话,排长啥时候能来,咱不清楚,可能明天就来,也可能一年半载,三年五年也说不定。咱两个爷们儿,总不能一直窝在大阔枝这儿……"

福庆望向高云虎:"你的意思是要赶我走呗?"高云虎说:"想哪儿去了?我是说咱俩得自己找口饭吃!"福庆说:"这不还是怪我吗?本来你在这个女人窝里躺得舒舒服服的,我来了,搅了你的好觉。行了,你也别绕圈子了,我自己走!"说罢放下菜刀站起身。

高云虎生气地说:"福庆,你这脑子是让风呛着了吗?!"福庆说:"我就问你一句话,排长来了,你走不走?!"高云虎没吱声。福庆说:"你看,一提这事你就哑脖子！"高云虎说："那说走就走！"福庆回过头，两个人对视一会儿，福庆扑哧笑了："云虎，你说咱俩上哪儿找饭吃？"

大阔枝站在酒馆的柜台里："这是转着圈地想离我远远的呗？"高云虎站在柜台外："也不远，抬眼就能瞅见。"大阔枝问："落脚地儿都踅摸好啦？"高云虎说："前两天拉酒回来，赶上街头有家店要换门面，我一看地脚不错，就打听了一下，租金不高。"

大阔枝问："打算干点啥呀？"高云虎说："松林镇把着山，靠山吃山，寻思开个山货铺。"大阔枝笑了笑："我亏着你了吗？"高云虎红着脸："这是哪里话，我是便宜占多了，心慌啊。"大阔枝说："我都没慌，你慌啥？"高云虎说："爷们儿嘛，总得自己撑起一摊来。"

大阔枝说："我明白，你们男人的脸面比命都金贵！"高云虎冲大阔枝意味深长地笑了笑。大阔枝说："缺啥少啥，招呼一声。"高云虎看了一眼大阔枝，低下头避开她的目光，一个劲儿地点头应着。

六

春天的乡路两旁，小草已返青。刚复苏的土路，微微有些松软。老山东背着包裹走在乡路上，心里充满了希望。快走到汤家庄时，他回想起汤德远刚来山林抗联密营……

汤德远正在生火做饭，见老山东走了过来，赶紧站起身，立正敬礼："排长好！"老山东说："这一张嘴就知道你是个青瓜蛋子，叫啥名来着？""我叫汤德远。"

老山东问："哪里人？"汤德远答道："汤原的。"老山东说："汤原大了。"汤德远说："汤家庄！"老山东说："往后见着我，不用敬礼，咱们排没这规矩。"汤德远又立正敬礼："是！"老山东说："轴！"汤德远放松地笑了。

汤德远家的炕上摊着一张包袱皮儿，汤母正犹犹豫豫地给汤德远叠着衣裳。汤父和汤德远站在一旁，一声不响地看着。汤德远安慰道："娘，我知道您心放不到肚子里，这回我真是奔牡丹江去。"

汤母叠好了衣裳，又从怀里摸出一个布袋子，偷偷塞进包袱。汤德远说："娘，您别给我，留着家里用。"汤母说："开春了，你爹又能上山烧炭去了，咱家短不了。穷家富路，外边的道儿远，不好走。"汤德远掏出布袋子，塞给汤母说："不要，您留着，我路上有口吃的就行了。"

汤父问："真不去找你老叔？"汤德远说："不去，咱跟肖家不站一个台阶望山，不在一个锅里吃饭，求不着。"汤母拉住汤德远的手，抹着眼泪说："儿啊，老话说水往低处流，人得往上走啊。"汤德远背起包袱，正要出门，忽听院外一阵敲门声。

老山东找到汤家庄，打听到汤德远家的位置。老山东敲了半天门，汤父才出来，他警惕地问："你找谁呀？"老山东低声问："这是汤德远家吧？"汤父没说话。老山东又低声问："汤德远在家吗？"汤父说："他不在家！你是谁呀？"老山东朝四周看了看："咱进屋说吧。"

汤父说："有啥话就在日头底下说，我家没见不得光的事！这个王八羔子，当年挨了我俩耳刮子，小脸一耷拉，说跑就跑了，多少年没摸着影儿。那小崽子要是让我逮着了，非打折他的腿不可！"老山东扶住门："老汤大哥，我实在走不动了，让我歇歇脚，喘口气行吗？"

老山东佝偻着身子坐在炕沿上，汤父端来一碗水，老山东接过："谢谢。"汤父坐在一旁，抽着烟袋锅问："从哪里来呀？"老山东说："走了二百里地。"

汤父问："用脚量过来的？"老山东说："本想搭个车啥的，可小鬼子把咱们老东北划拉得溜干净，一路上没瞅着一辆马车，连声驴叫都没听见。"

汤父问："你认识汤德远？"老山东说："一根绳上拴着命的兄弟。当年汤德远要走，你不让，门上锁，窗户上板子，他一头撞开了窗板。这一去就是六年多。他左半边腚上有一块疤，是他八岁那年，你挨了地主一耳刮子，他疼你，上去跟地主拼命，让人家拿带洋钉的板障子，给他腚上扎了个眼儿。"

汤父默默地听着，眼睛有些湿了。这时，汤母做好苞米糊糊，她端来一碗给老山东。老山东接过碗，呼噜噜地喝起来。汤父说："慢点，别烫着，你这是几天没吃饭啦？"老山东不说话，埋头吃着。老山东长长地喘了口气："再来一碗行不？我两天没吃一口东西了。"窗外有一双眼睛在偷偷看着老山东。

老山东问："老汤大哥，你咋不打听打听你儿子呢？"汤父生气地说："不肖子孙，打听他干啥！他在哪儿呢？"老山东说："知道就不来找他了。德远好样的，胆子大，心又细，是个干大事的料儿。"这时，汤母又端来一碗苞米糊糊。老山东接过喝了起来，喝完舔着碗边，轻声说："真香。"窗外那双眼睛还在盯着老山东。

汤父问："再来一碗？"老山东说："肚子都饿小了，不扛撑。"汤父问："家里几口人？"老山东说："媳妇，儿子。"汤父问："咋舍得热炕头跑出来啦？"老山东说："老汤大哥，我还有一个家呀。那是一个更大的家，那家里人多呀，老少都有，男女都齐全，天南海北，南腔北调，大伙儿热乎得不得了，有福同享，有难同当，跟亲人一样。谁要是走丢了，全家人都着急，念着，想着，找着，哪怕脚下的鞋走烂了，哪怕找到关东山白了头，也不能丢下一个人，也要把他们接回家……"窗外那双眼睛里充满了泪水。

老山东说："既然德远不在家，见不着，我就没啥事了。我走了，不给你们添麻烦了。"汤父说："他娘，蒸几个野菜饼子，给他带着道上吃。"老山东说："老汤大哥，我是抗联的，德远的排长，要是德远回来……"汤父说："我儿子可不是抗联，他在外面做买卖呢！"

老山东笑了笑："你就跟他说，他要是愿意，就去老地方找我，要是不愿意……就算了，这事他自己做主。这些年他在外面吃了不少苦，命也差点儿丢了好几回，他也该回来好好孝敬孝敬你们二老了。"

汤母把野菜饼子递给老山东，老山东接过野菜饼子："这是兄弟家的热乎气儿呀，我就不外道了。"汤父说："他娘，把咱家那半袋高粱拿来。"老山东说："大哥，你这是干啥？"汤父说："家里就这点积攒，拿回去给你们家里人吃吧，日子难哪。"

老山东说："我不回家，还得找兄弟们去呢。给德远留着吧，热气腾腾的高粱饭，再拌上一勺子猪大油，老香了。德远这些年就没吃过一顿饱饭，他肚子里除了野菜就是山果子，亏呀！"听到这儿，汤母的眼泪下来了。汤父哽咽着："你们这些人，你们这些人哪……"

汤父汤母看着老山东走出老远，才回到屋子里。汤父打开小仓房门，汤德远双手抱着肩膀埋着头坐在草堆上，汤父说："人走了，出来吧。"

汤母说："儿子，娘看着他走远了，不会再回来了。"汤德远沉默着。汤父走了过来："德远，你咋啦？"汤德远抹一把眼泪说："没咋。"汤父说："别走了。"汤德远说："走。"汤母问："往哪儿走？你要找那个人去？"汤德远说："娘，你放心，我一路奔牡丹江，道上是狼是虎都不带瞅一眼的，八抬大轿来了我也不拐弯了，这回指定去谋个稳当的营生。爹，以后再不让你下跪求人，等混出个人样，再回来孝敬你们！"汤德远跪在地上，磕了三个响头，起身朝门外走去。汤父汤母眼泪汪汪地看着汤德远远去的身影。

春日的风铃镇，人来人往。几个乞丐跪在地上，面前摆着空碗，对路人不停地作揖。几个伪军走过，喝骂着行人，一脚踢飞了乞丐的碗。汤德远坐在一个小饭馆门外的长凳上，端着碗水，吃着野菜饼子。忽然，他的目光定住了。

老山东从不远处走了过来，他佝偻着身子，边走边乞讨。汤德远赶紧埋下头，遮住脸，嘴里叼着半个野菜饼子，偷眼看着走在人群中的老山东。店里的伙计走出来问汤德远："喝完了吧，碗给我。"汤德远把嘴凑到伙计耳边："兄弟，麻烦你个事……"

老山东走到小饭馆门口，一个伙计跑了过来，递过两个野菜饼子。老山东接过菜饼子："多谢了，好心人哪。"老山东坐在小饭馆门口，就着冰碴吃菜饼子，嚼冰的声音刺着人的耳朵……

这时，伙计又端上一碗热乎乎的汤面，说："好心人还给你留了一碗面。"老山东拿起筷子，又往四下望着。伙计说："别看了，人早走了，快趁热吃吧。"老山东低着头，端起面碗，呼噜呼噜吃了起来。不一会儿，老山东放下面碗，打了一个长长的饱嗝儿。

老山东若有所思地朝店里望了一阵子，但还是走开了。汤德远探出头，望着老山东的背影，犹豫良久，朝老山东相反的方向走去……

七

老山东一路打听，来到了一面坡的田家大院。田家管家从院门里走了出来，看着叫花子模样的老山东有些不耐烦："这咋天天来要吃喝呢？去去去，我家粮也不是天上掉下来的！"

老山东笑了笑："我是头一回来呀，再说我也没要吃喝呀。"管家问："那你来干啥？"老山东说："我找人。"管家问："找谁？"老山东问："这是田小贵家吧？"管家说："你还认得我家少爷？"

老山东说："你就跟他说，他叔找他。"管家说："骗人都不眨眼，我是瞅着小贵长大的，他哪儿有你这样的叔，快走快走！"老山东说："我真是小贵他叔！"管家说："你再不走，我可不客气了！"老山东说："还想打我呀？"管家喊道："来人！"两个护院背着枪从院里走了出来。

老山东高声喊："田小贵，你在哪儿呢，你叔我来了！"管家说："你给我闭嘴！"老山东继续喊着："田小贵，赶紧给你叔上酒上菜，烧鸡猪蹄酱肘子，得管够！"正吵闹着，田小贵从院门里快步走了出来，看见老山东先是一愣，而后惊叫道："叔！"

田小贵跑上前，握住老山东的手。老山东说："哟，这膘没少长啊！"田小贵笑着："叔，你这是从哪儿来呀？"老山东说："吃饱了再唠行吗？"田小贵吩咐管家说："长顺叔，赶紧炖只鸡，蒸一锅大馒头！"

田小贵挽着老山东的胳膊走进屋里，老山东边走边打量着屋里的摆设。老山东坐在桌前，田小贵说："叔，你坐。我给你弄点吃的先垫垫肚子。"老山东说："不差这一会儿。"田小贵说："那先喝点水吧。"

老山东说："果然是大户人家。小贵呀，你也是个死犟死犟的犟种啊！"田小贵笑了笑，递过水杯："叔，你喝水。"老山东边喝水边笑着说："可见着了！小贵呀，你这个神枪手全是子弹喂出来的！"

屋外传来管家的声音："少爷，老爷找你！"田小贵说："叔，我爹叫我，我去瞅瞅啥事。"老山东点点头。

田小贵来到正房堂屋里，见田老爷背着手站在一旁。田小贵说："爹，我来了。"田老爷问："那人是谁呀？"田小贵说："老熟人。"田老爷问："抗联的？"田小贵说："不是。"田老爷说："你少骗我。"田小贵说："你问我，我说了你还不信！"田老爷问："他来找你干啥？"田小贵说："想我了，来看看我。"田老爷说："狗屁！孩儿，抗联不行了，咱们打不过小鬼子了，这是明摆着的事。你要是还硬着头皮往前拱，那就是白送死呀！"

田小贵不语。田老爷说："孩儿，你这一身血也热过了，外面的酸甜苦辣也都尝过了，行了，该收收心了。听爹的，在家好好待着，帮爹张罗这摊家业，爹再给你找个好媳妇，生儿育女，躺热炕头。爹不求别的，就求你能好好活下来，把咱老田家的这点香火续下去。"

田小贵说："爹，你觉得咱们在日本人手心里，能过上安稳日子吗？"田老爷说："这不是过着呢嘛。"田小贵说："过一天是一天呗？吃这顿不想下顿呗？"

田老爷说："将来是咋回事，谁也说不清楚。"田小贵说："咋说不清？

小鬼子不走，咱这日子就没奔头儿！"田老爷说："你啥意思？不听爹的话呗？骗你娘呗？"田小贵不语。

田老爷说："田小贵，我可告诉你，你要是还不收手，你干的那点事早晚得让小鬼子知道，到时候咱这一家人谁也活不成！祖坟都得让人家刨了！你就是咱老田家的罪人！"田小贵沉默不语。田老爷说："孩儿，非逼你爹给你跪下不可吗？"田小贵胆怯地看着田老爷……

田小贵回到屋里，给老山东递过一袋烟，给他点上："叔，来口儿这个。"老山东吧嗒一口："好玩意儿！蛟河烟。"田小贵坐在一旁，朝老山东笑了笑："家里事多，我爹一个人忙不过来，我一回来，就抓住我不松手了。"

老山东笑了笑，田小贵不吭声了。沉默一阵，田小贵站起身说："我去瞅瞅饭好没。"老山东问："你还跟我走吗？"田小贵犹豫着："叔，我爹交给我这一摊子事，我不能说撂下就撂下呀，这样，你给我点时间。"老山东点点头："好，那我三天后再来。"说着磕了烟，站起身。田小贵上前说："叔，你别走哇，饭还没吃呢。"老山东说："来了不是叫你管饭的。"

老山东站在田家门外一遍又一遍地敲门。管家不情愿地开门，没好气儿地说："又来啦？"老山东笑了笑："小贵在家吗？"管家说："出门了。"老山东问："他去哪儿啦？"管家说："没说。"老山东问："啥时候走的？"管家说："昨儿个。"老山东问："那啥时候回来呢？"管家说："不清楚。"见老山东若有所思的样子，管家说："我还有事，得忙去了。"门关上了。老山东只好走开。

屋里，田小贵躺在炕上，回想着自己与抗联战友们那些出生入死、同甘共苦的经历。他想到八棵松自己亲手刻下的号儿，眼前出现了一、十、十八三个号儿。他想到老山东突围前讲的话："一句话，咱们排不管剩下几个人，都要寻找队伍，都要归队！抗日到底！咱这罐子热血要洒也得洒在这白山黑水上……"这时，屋外传来管家的声音："少爷，他走了。"田小贵沉默不语。

老山东拄着棍子缓缓地走在乡路上。田小贵望着老山东蹒跚的背影，突然高声喊道："叔！"老山东猛然站住，回头望去，见田小贵跑了过来，老山东看着田小贵笑了。

第十章
八棵松刻号

一

老山东坐在田家后山土地庙的土地像下，田小贵从衣服里掏出一个小布包："叔，今儿个吃肉包子！"老山东问："小贵，你真铁了心跟我走啦？"田小贵说："我得跟你打鬼子去，我得归队呀！"老山东不说话，只是目不转睛地看着田小贵。

田小贵有些不好意思地说："叔，多亏你来找我，要不我还真就让那热炕软了骨头。"老山东说："其实我也理解，谁不想过暄腾日子呀，你能从热炕头上爬起来，不容易！"

田小贵笑了："你是难得夸我一回。"老山东也笑了："臭小子，怕你翘尾巴。"田小贵说："快趁热吃吧。"老山东拿起包子吃了起来

田小贵问："叔，咱下一步是不是去八棵松？"老山东说："得去瞅一

眼，有人在的话，就去松林镇找他们。"田小贵问："那队伍啥时候拉呀？"老山东说："我也正寻思这事呢。对了，你家的那几杆枪是从哪儿弄的？"

田小贵说："我家是本地大户，要掏钱买枪，小鬼子以为我爹要打抗联，就把枪卖给我爹了，他们也没少赚油水。"老山东说："能帮咱们弄吗？咱有钱。"田小贵犹豫着："叔，我爹他……不能答应。"老山东点点头："明白。"田小贵说："可就算我爹他不帮忙，也不是没有办法。"老山东说："说来听听。"

田小贵和田老爷坐在桌前吃饭，田老爷说："小贵呀，你来家也不少日子了，人不能总闲着，你得帮爹张罗张罗，这个家早晚得靠你自己撑起来。"

田小贵说："我明白。对了，爹，我听说咱家这片山匪闹得挺厉害的，咱们是不是得再多雇点人，多买几杆枪？"田老爷说："用不着，咱家的护院个个都是神枪手，山匪不敢来。"田小贵说："那万一来了呢？"田老爷说："这一年半载都没来过，不用怕。"

田小贵说："我觉得还是有备无患为好。"田老爷说："你没事别总乱琢磨，这心思得用到正地方！"田小贵说："这就是正事呀，咱家就算有再多的钱，也不扛山匪一划拉呀。"田老爷说："我都说了，没人敢抢！"田小贵说："唠嗑儿呢，您别火呀。"

半夜，在田家大院炮楼站岗的护院突然听到枪声，他先是一愣，随后赶紧敲起锣来。田家大院顿时亮起灯光，六个护院拿着枪从偏房里跑了出来。管家指挥道："快快快，两个人顶住大门！其余的人上墙头！"

田老爷问："哪儿来的匪？"管家说："老爷，我还没弄清楚呢。"田老爷问："来了多少人？"护院队长扶着院墙朝外望着："看不真亮儿，黑压压一片！"田老爷问："守得住吗？"护院队长一边开枪还击一边说："这……老爷，你赶紧回屋吧！"

这时，一个包裹从墙外扔了进来，落在地上。田小贵喊道："赶紧趴下！"说着迅速把田老爷扑倒在地。管家也吓得趴在地上。瞬间，包裹里的鞭炮炸开了……

田老爷坐在椅子上沉默不语。田小贵坐在一旁："爹，他们已经跑了，没事了。"田老爷说："打了半天，也没弄清楚是啥来头。"田小贵说："不管是啥来头，就怕卷土重来呀！"

田老爷望着田小贵，田小贵说："匪也不傻，不会打没把握的仗。他们保准早就盯上咱家了，也已经摸了咱家的底了，只是不知道这底的深浅。今晚来了，是投石问路哇，咱家有多少人、多少枪、多大的火力，人家是清清楚楚了。我想过不了多久，他们就会带着大队人马杀回来。真要是这样，爹，咱家可就麻烦了！"

田老爷说："来了怕啥，日本人保准也听见动静了，说不定他们正往咱家赶呢。"田小贵说："日本人的心思都在抗联身上，哪有空管山匪呀。"田老爷担心地问："那你说咋办？"田小贵说："赶紧招人买枪，我抓紧训练！"

田老爷问："得招多少人买多少枪啊？"田小贵说："眼下有十个人，我想怎么也得再招二十个。"田老爷说："那么多人？得花多少钱哪！"田小贵说："爹，我还是那句话，有多少家财不重要，得看能不能攥在自己手里。攥不住，就是金山银山，那也是别人的！"田老爷琢磨着田小贵的话，疲惫地起身："眼皮儿抬不起来了，我得去睡了。"田小贵说："爹，赶早别赶晚，事不宜迟啊！"

一大早，田老爷躺在炕上熟睡着，一阵急促的敲窗声传来。管家站在窗外说："老爷，您快醒醒！"田老爷赶紧爬起来，披上衣服下了炕。

田老爷打开房门："出啥事啦？"管家站在门外："您出来瞅瞅吧！"田老爷走出房门，看见地上躺着三只鸡，遍地血迹。田老爷问："这是谁干的？"管家说："不知道哇，不光鸡被杀了，猪也死了两头！"田老爷跟着管家来到猪圈查看，见两头猪躺在地上，猪头没了，满猪圈血，很吓人。

田小贵跑了过来："我的天哪，死得够惨的，猪头呢？"管家说："没找到。"田小贵说："猪肉片子不要，猪头丢了，怪事呀。"田老爷问："护院呢？"管家说："我都问过了，说是没听见动静。"田老爷问："狗没叫吗？"管家说："狗……狗不知道跑哪儿去了。"

田小贵说："爹，您说能不能是山匪干的呢？"田老爷说："可他们为啥要这么干？"田小贵说："给咱们来个下马威呗。爹，要真是他们，可坏了，咱家这不是说进就进来了吗？"

田老爷看着管家："长顺，咱家这帮护院是干啥吃的，他们护谁呢？"管家说："我马上找他们唠唠！"田老爷说："还唠个屁，全部赶走，一个不留！"管家说："老爷，这人要是全走了，那山匪来了咋办？管咋的他们也能当个人儿使呀。"

田老爷叹了口气："喂了一群废物！"管家说："老爷，这鸡和猪咋办？"田老爷说："在门口支上大锅，给我使劲炖，炖熟了就在门口吃，让那些山匪闻闻味儿，看这肉香不香！"

田老爷和田小贵走进正房堂屋，田老爷感叹："吃我的喝我的，光长膘不长眼色，都喂狗肚子里去了！"田小贵说："可就算吃进狗肚子里，狗也没影了呀。"

田老爷长叹一口气，走到桌前坐下。田小贵说："爹，要我看，咱只有两条路可走。一是软了骨头，人家要啥咱给啥，当祖宗供着。"

田老爷说："那些山匪的胃口大着呢，就是个无底洞，填不满哪。"田小贵说："另一条路就是招兵买马，把他们的胆子镇住。"田老爷打了个哈欠，起身朝里屋走去："昨儿半夜折腾，今儿一大早又折腾，我得再睡会儿去。"

田老爷关上屋门，脱鞋上了炕，钻进被窝，盖严被子，闭上眼，又睁开眼，嗅着鼻子。良久，田老爷带着疑惑地爬起身，朝周围望去。片刻，他吓得惊声高呼。

屋门开了，田小贵从外面跑进来，问道："爹，您咋啦？"田老爷哆哆嗦嗦地指着不远处的桌子，桌上摆着两个血淋淋的猪头。田小贵说："他们……进屋啦？！"田老爷颤抖地说："小……小……小贵，赶紧招兵买马！"

老山东躲在田家后山的土地庙里，终于等来了田小贵的好消息。老山东急切地问："你爹真答应啦？"田小贵说："账房先生都快把算盘子扒拉散架子了。"老山东说："小贵，咱有钱，需要多少你尽管说。"田小贵说："叔，打鬼子是咱们所有中国人的事，打跑了鬼子，我家也跟着享福哇，所以说我家该出这份力。"

老山东点点头："小贵，叔谢谢你。"田小贵说："叔，你这是说啥呢，能为打鬼子出力，这是我的光荣啊。"老山东点头："好样的！"田小贵笑了。老山东说："对了，你这屋里藏猪头的招儿太狠了点，也不提前跟我商量商量。"田小贵说："我也是一拍脑门儿突然想出来的，没来得及跟你说。"

老山东问："你咋放你爹屋里去的呀？"田小贵说："趁他去猪圈的空当进屋放的。"老山东埋怨道："这要是把你爹吓出病来可咋整！"田小贵说："我也有点后怕，还好，我爹已经缓过来了，没事了。"老山东松了口气："那我就放心了。"

二

汤德远走到一个小镇，看到一具抗联战士的尸体被吊在城门楼上，他犹豫着朝城门楼走去，脑海里回想起战斗时的场面：

汤德远正朝日军开枪，他的子弹打光了，日军的手榴弹扔了过来，落在汤德远身旁。汤德远刚要去捡手榴弹，一个抗联战士突然扑了过来，把汤德远扑倒在地，又用身体压住他。手榴弹爆炸了，汤德远蒙住了，他推了推那个抗联战士，抗联战士爬起来，塞给汤德远一把子弹。子弹上膛，汤德远和抗联战士一起开枪射向日军……

汤德远望着抗联战士的尸体，眼泪不觉流了下来。两个伪军站在城门楼旁聊着天，看了一眼汤德远，汤德远低下头，走进城门楼。汤德远失魂落魄地坐在墙根下，嚼着菜饼子。他吃着吃着，呕吐起来。

汤德远靠着墙，大口喘着气，耳边突然响起了老山东的声音："一句话，咱们排不管剩下几个人，都要寻找队伍，都要归队！抗日到底！咱这罐子热血要洒也得洒在这白山黑水上……"

炎热的夏天，一辆拉着山货的牛车在土路上晃荡。汤德远坐在牛车上，忍不住往林子里张望。不远处的山坡上，有八棵老松树在风中摇摆。汤德远说："老板，站一下，我解个手。"车老板问："得多会儿？"汤德远跳下车说："你先往前走着，我能追上。"

汤德远顺着山坡，来到第八棵松树下。他看到树上刻的号儿，抚摸着树干，从下往上念着："花儿……小贵……福庆！"汤德远愣了一会儿，转身就跑，可跑出去不远又停下了。

风吹着树叶沙沙地作响，像有人在轻轻私语。汤德远掏出刀，在老松树干上刻下了"九"，转身朝松林镇跑去。阳光下，清晰可见第八棵松树上刻着"一""二""三""九""十""十八"六个号儿。

三

夏天，福庆赶到八棵松，站在第八棵松树前，望着树干上六个人的号儿，长长地叹了口气。

在松林镇大街上，多了个"太平山货铺"的牌匾。在太平山货铺前，高云虎和一个伙计把一袋袋山货装上马车。高云虎看着车老板："道不近便，你受累了。"车老板说："掌柜的，你能用我的车，那是看得起我，我谢你还来不及呢。"高云虎说："你人厚道，货交到你手，我放心。走吧，道上慢点。"

车老板赶着马车走了。高云虎刚要回屋，忽听到大阔枝的声音："高老板，忙着呢！"大阔枝抱着一小坛酒走了过来，高云虎看着大阔枝："这是去哪儿啊？"大阔枝说："你屋里！"高云虎问："干啥呀？"大阔枝说："困了，睡一觉。"

高云虎笑了："你这张嘴，我是接不住。"大阔枝问："人总能接住吧？"高云虎低头不说话。大阔枝走进山货铺说："脸蛋子都红成猴屁股了，行了，不逗你了，酒给你送来了。"高云虎面露疑惑，跟着走了进去。

高云虎问："不对呀，我要酒了吗？"大阔枝把小酒坛放在柜台上："要没要都拿来了，喝就完了。"高云虎问："那这账咋算哪？"

大阔枝说："你算得起吗？"高云虎笑了笑："来，坐会儿。"大阔枝说："店里人手不够用，没空。"高云虎说："那就等你有空再来。"大阔枝扭过脸，看着窗外："这酒要是喝不了，记得给我送回去。"高云虎看看小酒坛，又看看大阔枝离去的背影。

福庆从外边走了进来，拍拍高云虎的肩膀："眼珠子都快掉出来了！"高云虎缓过神："你这回来得真是时候，刚装完车。"福庆说："我临去前，跟你打招呼了呀，你也没说有活呀。"高云虎说："这活还不说来就来嘛。"福庆朝周围看了看，低声说："还是咱们六个人的号儿，一个都没多。"高云虎没说话。

福庆低声说："这松林镇地面不大，可也旮旮旯旯儿的，咱排长就算想找咱们，他咋找呢？"高云虎说："只要咱们不走，早晚能见着。"

福庆说："那倒是。对了，你买这么点酒给谁喝啊？还不够我一口闷的呢。"高云虎说:"大阔枝送的。"福庆说:"就送这一小坛子?"高云虎说:"有喝的就行了呗。哟,于老板!"说着迎接客人去了。福庆摸着小酒坛:"敞亮人也干抠搜事呀。"

晚上,大阔枝一个人在酒馆扫地,高云虎从外走了进来,咳嗽了两声。大阔枝抬起头:"咋这么晚过来啦?"高云虎笑着:"酒喝没了。"大阔枝也笑了:"木头疙瘩到底是透气儿了。"

高云虎笑着来到大阔枝近前:"我来吧。"大阔枝说:"不是我的人,你伸手算咋回事?"高云虎没说话,一把夺过笤帚,开始认真地扫起地来。大阔枝坐在桌前,望着高云虎:"咱俩也认识大半年了,你到底从哪儿来,到底是干啥的,我一直没摸透,你不说我也不想打听。可就算你是从石头缝里蹦出来的,我也不在乎,因为我看重的是你这个人。我是啥样人,你瞅得清楚;我是啥心思,你也明明白白。"

高云虎立在那儿不说话。大阔枝说:"我就问你一句话,你心里到底有没有我?"高云虎扫着地:"有。"大阔枝说:"那为啥不跟我张嘴?"高云虎又沉默了。大阔枝说:"松林镇留不住你吗?我留不住你吗?"高云虎依旧不语。

大阔枝起身来到高云虎近前:"你能不能给我一句准话?说出来,我就能把心全掏出来给你!"高云虎沉默着。大阔枝盯着高云虎好一会儿,见高云虎没反应,说:"算了,你走吧。"高云虎望着大阔枝:"我听你的,你不让我走,我就不走。"

大阔枝看着高云虎,忽然上前把高云虎抱住了。高云虎刚想伸出双手抱住大阔枝,耳边就隐隐传来老山东的声音:"一句话,咱们排不管剩下几个人,都要寻找队伍,都要归队!抗日到底!咱这罐子热血要洒也得洒在这白山黑水上……"高云虎的手缓缓放了下来。

大阔枝抱着高云虎,似乎察觉到了什么,她狠狠地咬了高云虎肩头一口。

街口传来一阵急促的马蹄声，一辆马车如离弦之箭飞快地冲了过来，吓得行人纷纷躲闪。福庆坐在马车上，紧紧地拽着缰绳，嘶哑着嗓子喊："吁！吁！"一个小孩儿看到飞驰而来的马车，惊慌地跌坐在石板路中央。这时，汤德远突然蹿了出来，他双臂青筋暴起，死死地拽住缰绳，马前蹄腾空而起，马车擦着孩子的身体驶过。

福庆全身早已被冷汗浸透，终于长出一口气："马受惊了，多亏你帮忙，兄弟，多谢了！"福庆说着感谢的话，没有想到帮忙的人竟是汤德远。汤德远看着福庆，福庆也看着汤德远，福庆抓住汤德远的手，激动地拥抱着他，大喊："老汤！"

在太平山货铺里，高云虎、福庆、汤德远坐在摆着酒菜的炕桌旁，汤德远闷头吃着饭。福庆问："馒头够不？"汤德远说："再拿两个也行。"福庆刚要下炕，被高云虎拦住了："先别一下吃这么多。"福庆点头："对，别把肚子撑破了。"高云虎说："喝口汤顺顺。"

汤德远抱着碗，喝完了汤，心满意足地长出一口气："总算有点底儿了。"福庆说："这回能唠了吧？"汤德远点点头，看着福庆，眼圈顿时红了。汤德远低下头，良久，抹了把脸说："我以为你被埋了，天天做梦。"福庆眼睛一热，泪眼汪汪地看着汤德远。

汤德远问："你们人手不够，咋成的？"福庆说："后来片山加入了，告诉我们那里有一个日本人的油库，我们把动静闹大了。"汤德远沉默不语。高云虎问："片山不是日本人吗？"福庆说："对，他是日军逃兵，没有他，我们都得被埋进大坑里……他最后让一根树杈穿透了。"

汤德远端起酒盅，把酒洒在地上，郑重地说："敬片山。"福庆和高云虎望着汤德远，福庆问："老汤，那天你究竟上哪儿了？我以为你被看守抓走了！"汤德远依然沉默。福庆又问："你咋出来的？也是从崖上跳下来的？"高云虎打断道："福庆，你别一个劲儿地问，听老汤讲。"

汤德远低着头，良久才说："我被人打晕，装麻袋里带出来了。"福庆听了一愣。高云虎问："啥人救的你？"汤德远说："一个亲戚，给工程送给养的。"福庆说："你咋没跟我提过！"汤德远又沉默了。

高云虎拉拉福庆的胳膊，说："老汤这人你还不了解。"汤德远看着福庆，愧疚地说："福庆，是我欠你的。"高云虎问："老汤，出来后你去了哪儿？"汤德远说："回了趟家，陪老爹老娘，养了养身子，又出来了。"福庆说："不管咋说，能活着就好。"

高云虎端起酒盅说："老汤，咱们兄弟能聚上，这是大喜事，来，一块儿喝一杯。"三人举起酒盅一饮而尽。福庆说："盼着排长能早点找到咱们，等大家凑齐了，再一块儿打鬼子！"三人继续碰杯喝酒。

忽然，窗外传来几声枪响，三人朝窗外望去。一个人提着手枪跟跟跄跄地跑了过来，枪声响起，他背部中弹，一头栽在地上。四个日本兵拿着枪追了过来，那人朝自己的头开了一枪。

高云虎、福庆、汤德远透过门缝，朝街上望着。福庆说："打小鬼子的，肯定是咱们的人！"汤德远问："眼熟吗？"福庆摇摇头。高云虎说："别看了，走，回屋。"汤德远说："发现了抗联，小鬼子很有可能要挨家挨户地搜，我是外地来的，很容易引起怀疑。"

福庆说："把你藏起来不就行了？"汤德远说："可万一让他们发现了，咱们三个谁也活不成。这样，我先在外面躲几天，避避风头。"高云虎没说话，福庆看着高云虎。高云虎说："老汤，那咱们五天后晌午见，我们在这儿等你。"汤德远点点头。

深夜，汤德远躲藏在松林镇的山神庙里。一队伪军举着火把搜山，他们牵着狼狗，穿过林子。汤德远突然被狼狗的叫声惊醒。狼狗奔向山神庙门口，在地上嗅着。汤德远转身藏进门后的角落里。几名伪军跟着狼狗进门，汤德远突然跳起，向门外奔跑，一只脚突然伸出，汤德远被绊倒在地，几杆枪同时指向汤德远……

街上人来人往，福庆站在太平山货铺门口，不时地朝外张望。高云虎站在柜台里，查看着账本。福庆焦急地说："天都快黑了，这老汤去哪儿啦？咋还没来呢？"高云虎没说话。福庆不安地望向高云虎："老汤不会被抓了吧？！"

高云虎说："被抓也得有个动静啊，松林镇巴掌大的地方，有风早就吹起来了！"福庆问："那你说是咋回事？"高云虎没言语。

福庆说："你倒是说句话呀！"高云虎说："人心隔肚皮，难说呀。"福庆琢磨道："那他要是不想归队，还来松林镇干啥？"高云虎沉默片刻："好了好了，不说了。来，咱俩商量商量明天送货的事。"

四

老山东叮嘱田小贵："跟咱走的人得拿捏准，意志不坚定的，绝不能要。"田小贵点头："我知道，那些老护院都不用了，全换新人，到时候你挨个过眼。"老山东说："等人齐了，抓紧训练，越早越好。"

二十个人在田家地头站成两排，田小贵给他们分发枪支。之后，又教他们持枪、瞄准、射击、近身肉搏，喊杀声不断传来。田老爷站在不远处望着，不住地点头。

这天，田小贵在院子里摆了十几个坛子，正往坛子里装鸡蛋。田老爷走了过来："咋腌了这么多鸡蛋？啥时候吃得光啊！"

田小贵说："慢慢吃呗。爹，我这是为您省钱呢。"田老爷说："这话咋讲？"田小贵站起身，把田老爷拉到一旁，低声说："您想啊，这鸡蛋没滋没味的，一顿吃一个，不当回事。要是腌成咸鸡蛋，可就扛吃了，一顿一个就够了，还吃得香香的。"

田老爷问："可我为啥给他们吃鸡蛋哪？"田小贵说："您看大家整天训练，多累呀，身体好才能打得了硬仗嘛。"

田老爷说："咋说都是你有理。"田小贵说："您就说自打招了人马，那帮山匪来过吗？还敢来吗？"田老爷点头："这倒是句大实话。"田小贵说："爹，您就放心吧，有我在，咱田家一根鸡毛都不带丢的。"田老爷说：

"孩儿啊，你这些年真是没白练达，出息了，有正事！"

夜幕笼罩着田家宅院。田老爷坐在正房堂屋里，忽然听到急促的敲门声。他打着哈欠走过来开门，见管家站在门外。田老爷问："咋慌慌张张的？"

管家着急地说："老爷，少爷和护院们都没影了！"田老爷想了想说："出去操练了呗。"管家说："那些护院屋里的被褥都没了！"田老爷一听愣住了。管家说："还有，十几坛子咸鸡蛋也空了！"

田老爷快步走进田小贵屋子里，见炕桌上放着一封信。田老爷拿起信，念道："爹，您看到这封信的时候，我已经走了，不光我走了，我把那些护院和枪也带走了。看到这里，您一定都明白了。爹，我也是实在没有办法了，只能亏着您了，谁让您是我亲爹呢……爹，我知道您心疼我，想让我活得安安稳稳的，可小鬼子在，咱老百姓就活不安稳哪。小鬼子没动咱家，不是他们心善，更不是他们可怜咱，是他们想把猪养肥了再宰。只要小鬼子在，咱早晚得挨这一刀！"

田老爷念着信，仿佛在倾听儿子的心声："爹，儿子当年弃笔从戎，抱着一腔热血征战沙场，直到今天，从没后悔过，血也依旧热着。好男儿保家卫国，这是千年古训，作为老田家后人，我得给祖宗长脸哪，得给您长脸哪……爹，您别生气，保重身体，等我回来，等儿子给您尽孝……"

田家炮楼不见人影，整个院子也空荡荡的，完全没有了往日的热闹景象，只有树上的知了猴聒噪着。田老爷蹲在正屋前的墙根下，呆呆地望着远方。管家端着一碗鸡汤走到近前安慰道："老爷，喝口鸡汤吧，少爷走了还回来。水米不打牙，您身子骨顶不住啊！"田老爷摇摇头，无力地回道："回头喝吧。"

管家刚要再开口，院门外传来保长的声音："这几天咋没见着小贵呢?"田老爷和管家相互看了看,管家端着鸡汤离开了。

保长手里掂着片西瓜,边吃边溜达进院子。田老爷从墙根下站起身,迎上前。保长环视着院子问:"这是遭了啥?炮手呢?"田老爷无奈地摇摇头:"都跑了。"保长又问:"枪呢?"田老爷说:"炮手带跑了。"保长接着追问:"小贵呢?"田老爷说:"上哈尔滨找同学去了。"保长扔掉手中的西瓜,一瞪眼:"事儿不小啊!"

保长坐在田家正房堂屋里,盘问道:"真不是一码事?"站在一旁的田老爷说:"真不是一码事!"管家端着盘瓜果走进来,说:"都是井里拔着的,保长消消暑。"

保长严厉地说:"都有名有户,炮手一个都跑不了!"田老爷说:"都是带了铁器跑的,咋能回家?这连累的人可海了……"保长看着田老爷,问管家:"长顺,你说说!"

管家说:"保长心里揣着明镜儿!前阵子家里遭了匪,少爷一心想着护家,劝老爷招兵买马。谁承想混进两个不安分的,里外一撺掇,人和枪都带跑了。少爷吃了窝囊气,又被老爷说了两句,一赌气,走了。说是再上哈尔滨,看看能不能站住脚。"保长问:"那你说那些人跑哪儿啦?"管家说:"我估摸,他们上山当匪了。"保长冷笑道:"不是当了抗联?"管家说:"官兵到处搜山,'大讨伐',村里天天抓抗联,他们不傻。"保长微微点头。

这时,田老爷揣着一个布包从里屋出来,对管家使了个眼色。管家转身离开:"老爷、保长,你们聊。"保长对田老爷说:"你说他啥啦,让小贵赌气成这样?"田老爷说:"我说他败家。唉,话撂重了,老糊涂了。"保长说:"哪儿重了?就是败家子!"

田老爷把布包按到保长手里:"散财事小,太平事大啊。事情闹大了,连累方圆几十户,田家这一姓,往后在一面坡就抬不起头了,怕是立足都难……保长大人有大量,你想想办法,咱大事化小、小事化了吧。"

保长掂了掂厚厚的布包:"您这儿子,不光败家,还心野!早晚待不住！走了也好。他要是再回来，你可不能掖着藏着，我要好好问问。"田老爷忙应道："都听保长的。"保长起身说："那说定了！小贵回来，你得汇报，说不出个子丑寅卯，事不算完！"

五

在葱山山寨里，花儿按照老山东的安排，想着法子做小白马的工作。两个人你一言我一语地商量。

小白马躺在炕上问："让我派人去打地主？"花儿坐在一旁点头："没错，给咱爹出口气。"小白马说："道儿不近哪。"花儿说："咱爹本来不想麻烦你，是我气不过。那个地主太欺负人了，就为了咱爹不小心踩了他家地里的苗，抽了咱爹一顿大巴掌。"

小白马气愤地说："这还了得？欺负咱爹，就是欺负我小白马！"花儿一听笑了。小白马说："可话说回来，那不是咱的地面儿，老话讲，强龙压不住地头蛇，就怕打不过呀。"

花儿说："不用真打，吓唬吓唬他们就行。"小白马正琢磨着。花儿皱眉，捂着肚子说："哎哟，一想起这气人事来，肚子就疼。"小白马腾地坐起身："别气了！不就是吓唬嘛，明儿个咱就大军出山，翻他老巢！"

花儿趁小白马不在，把小哑巴、三当家叫到屋子里。三人坐在摆满酒菜的桌前。小哑巴不解地问："嫂子，我大哥不在家，你整这么多菜干啥？"花儿说："他不在家咱就不吃啦？"小哑巴说："我是说你怀着孩子呢，万一抻着咋办。"三当家也应和着："就是，嫂子，你可别再忙活了。"

花儿说："咱平头老百姓没那么娇气。来，尝尝嫂子今儿这菜炒得咋样？"小哑巴和三当家尝了几口菜，满意地点点头。小哑巴笑着说："我大哥有口福哇！"

三当家说："不光是口福，自打嫂子来了，他啥福都占了！"小哑巴说:"当兄弟的也跟着沾了福气了。"三当家说:"那还说啥了,嫂子救了我一条命啊!嫂子,我得敬你。"

花儿嗔怪道:"又提这事,还有完没完啦?"三当家笑了:"啥也不说了,我干了!"花儿说:"我现在不能喝酒,以水代酒吧。"小哑巴说:"嫂子,我也得敬你。"花儿说:"咱们都是自家人,敬来敬去的,多外道哇。"

小哑巴说:"嫂子,我说句掏心话,不光我哥儿俩,这山上的兄弟们只要一唠起你来,眼睛都红了。"三当家说:"眼泪顶的。"小哑巴说:"啥呀,是眼气咱大哥,说咱大哥哪辈子修来的福,找了个这么好的媳妇!"

三当家竖起大拇指,说:"那还说啥了,嫂子就是这个!"花儿笑着:"你们都把我捧到天上去了。"小哑巴说:"这可不是捧,是嫂子你实打实地做到了,心里有我们这帮兄弟。"三当家举起酒杯,说:"二哥,咱俩一块儿敬嫂子!"小哑巴说:"嫂子刚说不要敬,外道。"三当家笑了:"那就当我馋酒了。"

花儿端起酒杯:"说来道去,你们拿嫂子没当外人,跟嫂子一条心喽。"小哑巴笑着:"有了嫂子,大哥都不要了。"三当家笑着:"对对对,嫂子头排站,大哥往后稍稍。"三人碰杯。花儿说:"别光顾着唠嗑儿了,赶紧吃点。"三人吃了起来。

花儿放下筷子:"老二老三,我提一句。你俩的身世我都清楚,我的事你们可能也听说了。我娘让小鬼子害了,你俩的娘也让小鬼子害了,咱们可以说是同病相怜哪,赶着好酒好菜,一块儿敬敬咱们的娘吧。"小哑巴和三当家点点头。

花儿倒了一盅酒:"娘啊,我敬您一杯酒,您苦了一辈子,临了临了还不得善终。可恨那小鬼子,害得咱家破人亡,我都恨死他们了!娘,这桌上的两个爷们儿也跟我一样,他们的娘都让小鬼子给害了,好好的一个家,都没了。他们也是满腔子恨,也想给娘报仇。"

小哑巴和三当家眼泪巴擦地看着花儿。花儿问:"我说得没错吧?"

小哑巴和三当家点着头。花儿说："这仇要是不报，咱们的娘都闭不上眼，咱们做儿女的也没脸去见乡亲父老，更没脸去见咱们的娘！"小哑巴和三当家都赞同地点头。

花儿说："娘，这杯酒您接住了，我说到做到，一定给您报仇！"说完把酒洒在地上，小哑巴和三当家也跟着把酒洒在地上。

花儿看着二人："老二老三，你们口口声声说嫂子好，要谢嫂子，可嫂子不用你们谢，只求咱们能一块儿把娘的血海深仇报了，告慰娘的在天之灵。"小哑巴和三当家互相看着，不知如何应对。

花儿说："都没这个胆子是吧？"小哑巴和三当家低头不语。花儿问："还是爷们儿吗？！"小哑巴说："嫂子，我恨小鬼子恨得牙根都痒痒，可就咱山上这点人马……"三当家连忙补充道："上去就是鸡蛋碰石头！"

花儿说："要是都跟你们这么想，那这仇就没法报了！"小哑巴说："可我们就算去了也白搭呀。"花儿说："一滴水轻飘，可把水积攒起来，就是江，就是河呀！"三当家说："事我们都明白，可就算我们横下心来，大哥那儿……"

花儿说："我问过他，他没这个心思。老二老三，嫂子就问你们一句话，能不能跟嫂子打鬼子去，让咱们的娘都能闭上眼？"小哑巴说："能！"三当家说："我也能！"

花儿端起酒盅站起来："来，碰了响，这话就落地了！"三人碰杯，一饮而尽。小哑巴说："嫂子，大哥那儿咋办？"花儿说："他走他的路，咱走咱的道，不用管他。"小哑巴说："可大哥眼里不揉沙子呀！"花儿没说话。

三当家说："把他捆了不就行了。"小哑巴说："还能捆一辈子吗？松开绳就得要咱的命啊！"三当家沉默良久："要不就杀了吧，以绝后患！"

花儿望着三当家，愣住了。小哑巴说："也是个招儿。"花儿说："这可不行！他过去抗过日、打过鬼子，再说我们是夫妻，一日夫妻百日恩……"三当家说："哪有恩？嫂子，你是让他抢来的！"花儿说："那也不行，还是把他捆起来吧。"

　　聚义厅里，小白马被五花大绑，站在一旁："这是啥意思？想反水吗？！"小哑巴和三当家站在两旁。花儿坐在熊皮椅上："小白马，我们商量好了，打算下山打鬼子。"小白马问："就为这事呀？"花儿说："你答应不？"小白马说："还没想好。"花儿说："都想了半年了！"

　　小白马问："那我要是不答应呢？"花儿盯着小白马。小白马又问："就要我这条命是吧？"花儿说："念着你过去打过鬼子，咱们又是夫妻，我放你下山。"小哑巴说："嫂子，不能放啊！"

　　三当家说："放虎归山，回头就是一口！"小白马说："一口哪行，得把你们全啃了！"花儿说："说好的事，不能变，放了他。"小白马望着花儿，突然哈哈大笑。花儿狐疑地看着小白马。

　　小白马一抖身子，捆绳脱落，花儿愣住了，转头看着小哑巴和三当家，二人都低下了头。

　　小白马说："花儿，你对我这帮兄弟确实够热乎，也救过他们的命，可就算救了命，那也得讲个先来后到，也得讲个救过几回。这些都是我的生死兄弟，一条命拴着呢，他们能听你的吗？打从你上了山，就一直动这个心思啊！"花儿不吭声。

　　小白马说："还有啥话要留下？"花儿说："一声笑可以吗？"小白马问："啥意思？"花儿骂道："你们这些堂堂一表、凛凛一躯的爷们儿，要人有人要枪有枪，要吃有吃要喝有喝，可你们眼瞅着小鬼子在咱家地盘上烧杀抢掠，却成天缩着鳖脖子，蹲在山上狗喘气，见了鬼子夹着裤裆钻山沟，猫在耗子洞里听动静，你们还配'爷们儿'三个字吗？！"

　　小白马看着花儿，小哑巴和三当家都低着头。花儿继续骂着："抗联战士身无片甲，肚无隔夜饭，吃草根啃树皮，扛着破枪抢着大刀打鬼子！八女敢投江，死后无全尸，这才是中国人！而你们是什么东西，就是一群酒囊饭袋、一群废物！"

小白马哑口无言。小哑巴和三当家始终低头不语。小白马抹了一把脸上的汗，掏出手枪："你……你敢再骂一个？我崩了你！"小哑巴和三当家同时喊道："大哥！"

花儿站起身，用胸膛顶住小白马的枪口。花儿高声骂道："开枪吧，让孩子瞅瞅，他这个不敢杀鬼子、敢杀他娘的爹！"小白马望着花儿，慢慢垂下枪，带着哭腔："我这辈子咋碰上了你这个娘儿们！"

六

夏天的八棵松，荒草繁茂，野花鲜艳。老山东来到第八棵松树下，朝树干一看，六个号儿出现了。老山东使劲地拍着树干，那激动的心情只有他自己知道，压抑已久的泪水在笑声里涌了出来。他紧紧地抱着刻着六个号儿的老松树，像抱着亲人一样不肯松开。

老山东走在松林镇的大街上，从夜来好酒馆门前走过，从太平山货铺门前走过，边走边打量着过往行人。

老山东回到山林密营附近，两个护院突然从土坑里举着枪站起身，老山东笑着："警惕性不错，好样的！"

山林密营支起来三个帐篷，护院们三三两两地坐在一旁。老山东走了过来："小贵！"田小贵跑上前："叔，你可回来了！"

老山东问："出啥事啦？"田小贵说："两天前抓住个猎人，本来以为是奸细呢，可他说他有办法找到咱们的人。"老山东忙问："猎人在哪儿呢？"田小贵指了指帐篷。

帐篷里，老猎人坐在地上，默默地抽着烟袋锅。老山东打量着老猎人，在他身边坐下。老山东问："老哥哥，不好意思，让你在这儿久等了。"老猎人问："你们是抗联吧？"老山东说："说是就是呀？"

老猎人笑了："也就你们不怕蚊子、小咬、瞎眼虻，净往林子钻。"

老山东说:"你不也是嘛。"老猎人说:"可我没你们那些家伙事儿啊。"老山东笑了笑。老猎人说:"你们的人在找你们呢,他们说我要是碰见了,就把你们留下来等他们。"老山东不语。

老猎人说:"他们已经从我这儿接走四个人了。"老山东问:"他们多久来一回?"老猎人说:"这个没准儿,最长的一回能有两个月。"老猎人说:"我在你们手里,还怕啥?"老山东笑了:"老哥哥,你受累了。"老猎人说:"没别的能耐,也就能出这点力喽。打鬼子,我得算一份!"

老猎人走后,老山东对田小贵说:"他说的应该是真的。"田小贵说:"那太好了,咱们能找到大部队了!"老山东笑了:"还有一件喜事,八棵松又多了三个号儿。"田小贵问:"都谁呀?"老山东说:"德远、云虎、福庆。"

田小贵说:"他们肯定都在松林镇等咱呢!"老山东说:"我去松林镇找了好几天,可一个都没找到。"田小贵说:"等有空咱去松林镇蹲着,早晚能碰上。"老山东说:"小贵,咱们得搬家了,搬到老猎人那儿去。也不知道咱们的人啥时候能来,就在那儿等着吧。"田小贵点点头。

老山东说:"这样,你留在这儿,我去葱山看看花儿。要是咱们的人来了,你就先跟他们走,回头再来找我。"田小贵说:"叔,你别急着走,歇两天吧。"老山东说:"事儿闹心,待不住哇,就这么定了。"

第十一章
艰难的历程

一

老山东赶到葱山山寨，小白马带着小哑巴和三当家站在聚义厅外等候。老山东高声喊："女婿，你挺好的？"小白马迎了过来："老丈人，你也挺好的？"老山东笑着说："都好都好。"小白马问："吃了吗？"老山东说："没呢，就等着你的饭呢。你这饭菜香啊，吃一顿顶好几顿，还能长二两膘！"小白马笑着说道："酒菜都给您老人家备好了！"老山东说："这么快？"小白马高声命令道："抬过来！"

两个山匪抬着一个大木箱子放在老山东面前，小白马高声说："打开！"掀开盖子，里面是满箱的子弹。老山东惊讶地看着小白马，小白马说："这一箱子铁瓜子儿能吃饱不？不饱还有呢，管够！"老山东笑了："女婿，你这是开啥玩笑呢？"

小白马说："别憋着宝了，我就说你这一身味儿咋这么冲呢，闹了半天，是老抗联跑我山头上唱大戏来了！"老山东望着小白马，问："花儿呢？"小白马盯着老山东："阴阳门前还能惦记起没亲没故的人，就凭你这份情义，我也得跟你喝顿大酒，屋里请！"

聚义厅里，老山东、花儿、小白马、小哑巴、三当家坐在摆满酒菜的桌前，小白马说："来，咱先吃点垫垫底儿。"

老山东说："话不说清楚，这饭吃不下去呀。"小白马笑了："叔，你跟我唱了一场戏，我不得还你一场嘛。"老山东说："可你这戏要命啊。"花儿看着小白马小声埋怨道："我就说你别闹！"小白马笑着："不吵不闹不热乎，叔，这碗酒算是给你赔不是了。"说完一碗酒一饮而尽。

花儿郑重其事地说："排长，我已经跟小白马把底交了，小白马答应下山！"小白马一扬手："等等，这话讲短了，叔，你这个兵可太狠了，收买我兄弟，把我给绑了！"小哑巴忙说："大哥，你就别提这事了。"三当家接着附和说："就是，到头来我们跟嫂子不还是一条心嘛。"小白马笑着："就为这一条心，咱们碰一个！"

小白马端起酒碗，老山东也端起酒碗："各位兄弟，你们能加入到我们的队伍中来，我这心都烧起来了，滚烫滚烫的。不为别的，我们就是要让日本小鬼子看看，我们有的是人！我们有骨气！中国人是打不趴下的！"

小哑巴说："趴下了也得顶他个跟头！"三当家说："还得再撕两口肉！"小白马说："开弓没有回头箭，不是小鬼子死就是咱爷们儿活！"众人的酒碗碰在了一起。

小白马躺在炕上熟睡，呼呼响着鼾声。老山东坐在桌前，花儿给老山东倒水。老山东说："今儿个是真痛快呀！"

花儿递过水杯，坐在一旁："排长，你喝点水解解酒。"老山东喝着水："孩子咋样？"花儿摸着肚子："挺好的。"老山东说："安心在山上养着，稳稳当当地把孩子生下来。"花儿问："不急着下山？"老山东说："先按兵不动，等我联系上了大部队再说。"花儿点点头。

老山东说："你这儿有六十多号人，再加上我那儿的二十号人，全算上小一百了。人是不少，可这些人打仗经验不足，力量还是薄啊。"花儿说："要是能多招点能人就好了。"躺在一旁的小白马突然说："我媳妇说得没错！"

老山东和花儿看向小白马，花儿笑着说："你装睡呢？"小白马腾地坐起来："本来是喝迷糊了，可你们一提打仗，我就憋不住话了。叔，要说这人哪，草包再多也没用，好使的一个能顶三个！"老山东说："可好使的上哪儿找哇？"小白马说："我知道几个能人，要是能把他们找来，那咱们的队伍可就贴上肥膘了。"

老山东说："赶紧跟我说说。"小白马说："葱山东面有个野马滩，那里有个老驴子，以养马为生。他有三个儿子，叫大驴子、二驴子、小驴子。这三个儿子能耐大，马上马下，舞刀弄枪，声震十里八村，人的名树的影，他们在野马滩是一呼百应。小鬼子曾经拉拢过他们，他们不从，小鬼子一气之下，抢了他们的马，烧了他们的房，他们对小鬼子有深仇大恨。当年我想拉他们入伙，可人家眼高，看不上我这小山头。"

老山东点着头："这个基础好！"花儿说："要是能争取到他们，就能拉来一帮人哪！"小白马说："话是这么说，能不能成，就得看你们的本事了。"

二

黄昏的野马滩，野草丰茂无边，荒芜中蕴藏着无限生机。雄壮结实的驴子三兄弟正在用长镰打草。临近傍晚，他们每人扛起二百多斤的草袋子，装上大板车。大驴子拉着大板车走在前面，二驴子和小驴子跟在后面推车。大驴子突然站住，三兄弟朝前望去，不远处，一个黑影蜷缩在地上。

大驴子问："那是啥玩意儿？"小驴子说："是头猪吧？"二驴子说："我看你是馋肉馋疯了，猪都让小鬼子抢没了，连猪毛都找不着一根！"小驴子说："那你说是啥？"二驴子说："看这分量，是条老狗吧？"小驴子说："二哥，你还记得狗叫是啥动静吗？"

二驴子说："也是，狗也让小鬼子给吃光了！他娘的小鬼子！"小驴子说："要不能叫鬼子吗？"大驴子说："你俩在这磨牙呢？去瞅瞅不就完了！"

三兄弟拉着大板车来到黑影近前，小驴子说："是个人！"二驴子走上前，打量着闭着眼蜷缩在地上的老山东。二驴子问："喂，你是活着还是死啦？"老山东不吭声。二驴子摸了摸老山东的鼻息："有气儿！"

大驴子走上前，蹲下身，摇晃着老山东："你咋啦？醒醒！"许久，老山东才缓缓睁开眼。大驴子问："你是病了还是伤着啦？"老山东轻声说："饿迷糊了。"大驴子望着老山东，摸了摸他的肚子，摇摇头："稀瘪，饿坏了。"

三兄弟把老山东弄回家，小驴子给躺在炕上的老山东喂水。老驴子坐在自家院子里的石墩子上抽着烟袋锅，大驴子蹲在一旁："爹，我都摸过了，他身上是老皮贴着骨头，没夹层肉。"老驴子说："没肉的多了。"大驴子说："可人躺在那儿了，还有口气儿，咱不能见死不救哇。"老驴子说："咱这野马滩是个僻静地儿，一年到头也见不着几个生脸哪。"大驴子看着老驴子，没有作声。

屋子里，老山东坐在炕上，倚着墙喝着糊糊粥。老驴子抽着烟袋锅坐在一旁："慢点，别呛着。"老山东朝老驴子笑了笑。老驴子问："哪里人？"老山东说："老松沟的。"老驴子问："来野马滩干啥？"老山东说："一路乞讨，讨来讨去，就讨到这儿来了。"

老驴子问："没头的苍蝇乱撞呗？"老山东说："到底是撞到好心人

了。"老驴子不语。躲在屋外的大驴子、二驴子、小驴子手里攥着棒子、绳子等家伙事儿。老山东说："老哥，你有福哇。"老驴子问："啥意思？"老山东说："三个大儿子，一个个壮得跟头牛似的，你不用下地，就有吃有喝呀。"

老驴子问："瞅你也是个全乎人，不至于吃百家饭哪。"老山东说："得过大病，干不了累活。"老驴子没吭声。老山东说："这一打眼儿，你家这日子过得也不宽绰，人丁兴旺的，咋把日子过成这样啦？"

老驴子问："那你咋过成这样啦？"老山东说："小鬼子害的呗，你家不会也是吧？"老驴子没说话。老山东说："这小鬼子太恨人了，他们不走，咱们老百姓这日子就没奔头儿哇。"老驴子依旧不语。

这时，二驴子手里的棍子撞到水缸，传来声响。老山东朝屋门口看了一眼。老驴子说："估摸是耗子跑急了，撞水缸上了。"老山东说："听这动静，撞得不轻啊。"老驴子说："脑瓜盖儿都得撞碎了。"

老山东笑了笑，喝完粥，递完碗："能不能再给我来一碗？"老驴子冷不丁拿烟袋锅挑起老山东的衣袖，盯着老山东那布满疤痕的胳膊："吃了不少皮肉苦哇。"老山东说："人善被人欺呀。"老驴子说："这是枪伤吧？！"

老山东笑了笑："这年头儿，挨枪子儿也平常。"老驴子盯着老山东，老山东说："不瞒你说，这块大疤是日本小鬼子打的。我讨我的饭，也没碍着他们的事，打我干啥？"

老山东接着说："咱自个儿家进了外人，外人还想脱鞋上炕，当家做主，不答应就连打带骂，火儿了还能要命，不把咱当人，这谁能忍得了！早晚得把那些外人赶出去，还得叫他们血债血偿！"老驴子看着老山东，眼睛有些泛红。老驴子端着饭碗，走到灶台前，盛了一碗糊糊粥，面无表情地说："吃完这顿饭，你就走吧。"

老山东说："走不动了，你好人做到底，让我再歇两天吧。再说这大黑天的，我往哪儿走哇？"老驴子问："你真想在我这儿歇？"老山东说：

"旁人家也不收我呀。"老驴子说:"那就睡个好觉吧，明儿个给你整炖大肉吃。"老山东问:"还有肉哇?"

老驴子说:"不光有肉，还有酒呢。"老山东说:"我就说碰上好人了嘛。"老驴子说:"酒肉都有，就是不知道你这肚子能不能装得下。"老山东说:"有多少造多少，就看你舍不舍得了。"

夜深了，老山东躺在炕上，听到轻轻的开门声。老驴子和驴子三兄弟蹑摸着进屋，老山东故意大声问:"开饭啦? 咋没闻着肉味儿呀?"老驴子说:"你就是肉，等着下锅呢!"驴子三兄弟一起扑上前，把老山东捆住了。老山东连连说:"轻点。"

五花大绑的老山东站在屋中间，驴子三兄弟手里拿着刀站在老山东旁边。老驴子坐在炕沿上:"说吧，哪个绺子的? 是坐山的还是跑山的?是钉儿还是刺儿?!"老山东说:"这说的都是啥呀，我听不明白。"大驴子说:"等我把你身上的肉片下来，炖上一锅，就明白了!"老山东说:"我真不是匪。"老驴子说:"先片一片肉，尝尝有没有匪味儿。"

大驴子擎起刀，问:"片哪儿呢?"二驴子说:"脸蛋子。"小驴子说:"那地方的肉太薄，还是腚蛋子吧，又厚又肥。"大驴子说:"腚蛋子的肉太死性，不好吃，我看口条不错，全是活肉。"二驴子说:"可口条没了就说不了话了。"小驴子说:"要不就护心肉吧，筋道。"二驴子说:"对，护心肉好，最香了!"

大驴子伸手扯开老山东的衣襟，老山东说:"等我说句话行吗?"大驴子说:"有屁赶紧放!"老山东说:"你们说我是匪，可匪到你家来干啥?你家有啥呀? 屋顶茅草半人高，穷风过堂找不着道，放个屁都得扶着墙，耗子来了直骂娘。我要是匪的话，上你家能捞到啥好处?"老驴子一时无语，眼睛盯着老山东:"可你绝不是讨饭的! 你来我家到底图个啥?!"大驴子说:"不说实话，片肉!"

老山东望着老驴子，诚恳地说:"老哥，我知道你们一家人的事，宁可家散了，命没了，也不给日本鬼子当走狗。就凭这个，我敬你们是爷们儿！"老驴子看着老山东："少拿鬼话糊弄我！你满身是疤，身上还有枪眼儿，你是见过血的人！"

老山东说："你说得没错，我见过血，见的还是人血。这里面有咱老百姓的血，有日本小鬼子的血，有抗联战士的血，还有汉奸走狗的血！"老驴子问："那你手上沾过谁的血？"老山东说："日本鬼子的血！"

老驴子紧紧地盯着老山东，老山东说："话都说到这儿了，我就不藏着了。老哥，我是抗联的，我们的队伍被打散了，我们现在急需能打鬼子的人。我听说你们是一路豪杰，在野马滩很有号召力，就特意请你们来了，看你们能不能跟我们一块儿打鬼子。"老驴子不说话。

老山东说："我相信你们都是英雄好汉，要不我也不会来。"老驴子生气地说："那你为啥不直说？还玩这套把戏？"老山东说："头回照面，总得掌掌眼嘛。"老驴子冷笑："就你这眼力还想打鬼子？笑死人了！我这就绑你去日本人那儿，就你这身量，咋也能赏个一百大洋！你也不要埋怨，我是穷疯了，饿怕了。见着肉了，非得啃上一口不可！"

驴子三兄弟押着老山东从房门里走了出来。老驴子示意三兄弟停下，走到老山东近前，盯着老山东："想改口还来得及。"老山东一仰脸："丢不起那人！"

老驴子说："实话告诉你吧，我们早就和日本人穿一条裤子了。我们已经把三个抗联的人送警备队了，得了三根大金条。等再把你送过去，能置个百八垧地，盖三间新房，给我这仨儿子娶仨媳妇。"老山东说："那我的造化可大了，白捡了三个孝子贤孙。"老驴子生气地盯着老山东。

老山东说："提个醒，每年忌日你们得上坟头给我拜拜，大年三十还得上坟头给我送灯，请我回家把我供上，四碟八碗一溜摆好，一壶供酒我喝得滋哇滋哇响。初一的饺子牛肉蛋儿，一咬一口油，那可是满嘴香，吃高兴了我放俩响屁，绕着房梁一直绕到五月槐花香。大年初二送神就免了，为啥呢？头天晚上我就从供桌上溜达下来了，活活掐死了你们这四头驴！"

老驴子说："别说，你这嘴是真利索。"大驴子说："我就说割了他的口条嘛。"老驴子说："割了就听不着他这些屁话喽。"

老驴子和驴子三兄弟押着老山东朝日伪警备队走去。远处，警备队外，日伪警察在站岗。老驴子站住问："你现在改个口还有一缓。"老山东说："都说了，丢不起那人！我站着进去，横着出来，打从加入抗联打鬼子那天起，这条道我早就铺好了！你们躺炕上睡不着的时候就琢磨琢磨，我们为啥打不过小鬼子，为啥让小鬼子欺负，要是能琢磨明白，那我这条命也算没白搭。"

老驴子沉默着，驴子三兄弟望着老驴子。老驴子想了想，朝驴子三兄弟点点头。驴子三兄弟押着老山东继续朝警备队走去，老驴子站在原地，望着老山东的背影越来越小……

忽明忽暗的老油灯闪着一缕昏黄的光，老山东、老驴子以及驴子三兄弟围坐在炕桌前。老驴子给老山东倒酒，老山东说："老哥，我得给你倒酒呀。"老驴子说："不，这酒我一定得倒！"老驴子举起酒盅："爷们儿，这杯酒不是压惊酒，就你这胆色，也惊不着。"

老山东举起酒盅："没有人不怕死，我可以死，但不能死得不明不白、不值不当。我之所以敢硬着头皮跟你们走，是我相信我没看错人。"老驴子说："就为这句话，我敬你！"五个人举杯，一饮而尽。

老驴子放下酒盅："咱这白山黑水，有英雄也有汉奸，他们出卖抗联战士，有时候还装成抗联来骗我们，套我们的话。谁要是同情抗联，谁要是骂小鬼子，他们就给日本人通风报信，抓人拿赏钱。"老山东说："老哥，我都明白，我不怪你们。"

老驴子说："要说起你们抗联哪，我还真见过。去年冬天，我上山砍柴，看见一个地窖子。等走进去，一个人躺在那儿，下巴让枪打穿了。

他用绳子拴着下巴颏，下巴颏都烂了。他说他是抗联的人，我就把他给救了。当晚烙的葱花饼，可他吃不进去呀，我就往他嘴里一点点塞。我说孩子呀，你这是为啥呢，爹娘见了多心疼啊。他不能说话，在纸上写了一行字，他说他六年没见着他爹了，他想叫我一声爹。我喊了一声'孩儿'，他扭过脸，两个肩膀抖得像两个翅膀。后来我去给他送药，没见着人。有人说他让鬼子发现了，被活活烧死了，再后来听说他就是大名鼎鼎的抗联英雄魏团长。"

老驴子讲得眼泪在眼圈里转，老山东的眼睛也湿了："老哥，你要相信，只要我们还活着，只要有一丁点火星，这白山黑水就能呼啦一下子燃起熊熊大火来！"老驴子点着头："我信，我全信！有你们这些铁骨头在，这场仗早晚能打赢！咱们国家亡不了！"老山东说："老哥，我敬你！"二人干杯。

老山东说："老哥，谁都有家有口的，钱我这儿有，只要能跟队伍走的，可以一家给点钱。"老驴子说："打鬼子还要钱？钻钱眼儿里心能正吗？能舍得豁上命吗？！"老山东说："这不是怕大家犯惦记嘛。"

老驴子说："给了钱也顶多能吃几口饱饭，该挨饿还得挨饿。只有合伙把鬼子打跑了，大家才能过上舒坦日子，才能放下心来！"老山东说："老哥，你真是个明白人。"老驴子说："再明白也没用，我老了，腿脚不好，有心无力，伸不上手哇，这事还得年轻人干。来，你们三个，一人说句话吧。"

大驴子说："早就憋着一口气了，都快憋爆炸了，这回有出气的口了，我得狠狠地出口恶气！"二驴子说："是爷们儿就得站着撒尿，腰杆子只能给爹娘先人弯下来！"小驴子说："一个篱笆三个桩，亲兄弟不分帮！"

老驴子说："好样的，那我就豁上这三个儿子！做狗容易做人难，咱是中国人，咱得活出中国人的骨气来！来，爹敬你们！"老驴子和驴子三兄弟干杯，老山东的眼睛红了。

夏夜，老猎人、驴子三兄弟等四十多个人在帐篷外，围在篝火旁做饭。老山东和田小贵坐在不远处的树下。田小贵问："大部队的人咋还不来呀，我都急死了！"老山东说："不管他们来不来，咱们都得抓紧训练，等进了大部队，就都得是能上战场的战士。"

田小贵说："训练得有家伙事儿呀，咱就二十来杆枪，不够用啊。"老山东说："我也正琢磨这个事呢，上哪儿弄枪去呢？"田小贵忽然想到："小白马那儿不是有枪吗？"

老山东说："他那儿也不是人手一把，还有舞草叉子的呢。对了，要不让你爹帮着想想办法？"田小贵说："可拉倒吧，我现在要是回去了，他能扒了我的皮！"老山东笑了笑："虎毒不食子嘛。"

田小贵说："叔，你这一提我爹，我倒想起来了。我听我爹说，离我家不到一百里地的杨树庄住着一个神秘人，人送外号柳八爷。他过去是东北军的一个旅长，后来撤退的时候逃跑了，躲在杨树庄的深山里。要说起过去那些东北军的军官，他们手里的枪可没数哇，还经常贩卖枪支发横财，不知道他手里有没有枪。"

老山东点头："这个信息很重要，等我琢磨琢磨。"田小贵说："你要去的话，得带上我。"老山东说："可咱俩都走了，他们咋办？这个家总得有人管哪。"田小贵说："叔，你的意思是我负责这四十几号人？"老山东说："非你不可。"田小贵开玩笑道："那我不是升官啦？"老山东说："好好干，将来指挥千军万马！"田小贵笑着点头。

老山东说："这些人大都是顶着一腔热血来的，就怕没长劲儿，除了训练，多给他们做做思想工作，要坚定他们打鬼子的信心，坚定我们必胜的决心。"田小贵点头："叔，你放心吧！"

三

监狱的四角各有一个炮楼，周围是两米高的青砖院墙。院子里，一帮犯人抱头蹲在地上，伪警察拿着鞭子来回溜达，不远处的刑讯室里不时传来惨叫声。

伪警察训斥道："都听见没？嘴硬没有骨头硬，放聪明点，趁早说实话，少遭点罪。能到这大墙里边儿来的，没有白抓的。"话音未落，伪警察举起鞭子抽在一个犯人身上，犯人哆嗦着高举双手说："俺招，俺都招！"

伪警察说："给他们打个样，说吧，你是咋进来的？"犯人哭泣着说："报告长官，老吴家二小子对抗政策，俺们没有。"伪警察问："那抓你干啥？"犯人说："俺是他叔。"伪警察说："说实话！"犯人说："俺是保……保长。"伪警察说："窝藏就是共犯，拉走！"犯人哀号着，被拖向刑讯室。

汤德远戴着脚镣，抱着头蹲在犯人中间。伪警察溜达到汤德远面前，打量着他。伪警察说："我记得你，抗联的吧？"汤德远镇静地说："我是路过的。"伪警察反问："路过？打哪儿来？"汤德远说："风铃镇。"伪警察问："往哪儿去？"汤德远说："牡丹江。"伪警察冷笑着说："接着编。不是抗联，你大半夜的躲在庙里？"汤德远说："天黑了，过路歇脚。"警察疑惑地问："心里要是没鬼，你跑啥啊？"汤德远说："我打小就怕狗。"

这时，刑讯室的门开了，几个浑身血肉模糊的人被拖了出来，从犯人们面前经过。伪警察用鞭梢点着汤德远说："这个嘴挺硬，待会儿好好伺候伺候。"

几个手下过来要拖走汤德远，汤德远说："我不是抗联，有个人能给我证明！"伪警察示意手下住手。汤德远说："我是去牡丹江找肖团长的。"伪警察问："哪个肖团长？顺嘴胡诌！"汤德远说："老虎团的团长肖铁林。"伪警察打量着汤德远问："你找他干啥？"汤德远说："我是他家亲戚。"

秋夜，一队伪军正在兵营里喊着号子操练。肖铁林和郭金山盘腿坐在团长营房的炕上。炕桌上点着油灯，摆着一壶酒、俩酒盅，还有几个小菜。肖铁林仰头一饮而尽："大半夜的还练个鸡毛，练得再好，最后也都他娘的喂了白眼儿狼。"

郭金山说："老肖，凡事还是往好处想，老虎团靠的是你肖铁林的名头，你人在，老虎团就在，招兵买马，东山再起，不是啥难事。"

肖铁林气愤地说："还招个鸡毛，狗屁的老虎团，腚眼子都让狼给掏了。老子撅着腚给他们送给养，干了好几年，风里来雨里去，好吃好喝伺候着，谁承想到头了，宪兵队拿枪在后边站一溜，一个团给我咔嚓了一半。"

郭金山小声说："但凡跟你进过山的，一个都没剩下？"肖铁林脸一沉，说："我那副官，跟了我三年，照样给填了万人坑。临了还一把鼻涕一把泪，让我照顾他老娘，我照顾个屁，自己的命都快保不住了。要不是看在我还有你们这几个拜把子兄弟的分儿上，他们恨不得给我也喂一颗铁瓜子儿。"

郭金山说："操他娘的，老肖，你心放肚子里，他们要是敢动你，咱这三五个团一块儿反了，秃噜他个屁的。"肖铁林吓得连忙示意郭金山闭嘴："嘘。"

肖铁林端起酒杯，小声说："宪兵队白天黑夜地盯着我呢。往后我就指望你们几个保我这条老命了，我一个光杆司令，能活一天算一天。"郭金山往前凑凑，放低声音说："手里有兵也不是啥好事儿。报纸看了吗？外边形势变了，西边打起来了。"

肖铁林问："哪个西边？"郭金山说："老毛子的西边，德国人。"肖铁林有些不解地问："欧洲？跟咱有啥关系？"郭金山说："日本人在山里修的那些玩意儿，冲哪边？"肖铁林说："那还用说，冲北边。"郭金山说："保不齐哪天，日本人就跟北边打起来了。苏联人要是进来，关东军肯定不会往前冲，咱手里有几个团都得先喂进去。要我说，这'满洲国'的团长不当就不当了，过一阵你想办法谋个更舒服的差事，养老了。"肖铁林说："还他娘的能干啥？"郭金山说："'满洲国'肥差可多的是……"

这时敲门声响起，伪军在门外："报告！"郭金山说："进来。"伪军说：

"肖团长，电话。"肖铁林气道："不接，就说我死了！"郭金山劝道："老肖，不能不接。"

肖铁林走到外屋，拿起话筒。伪警察说："老团长，好久不见。"肖铁林问："你谁啊？"伪警察说："我是老四啊。"肖铁林又问："哪个老四？"伪警察说："过去在您手下干过，后来调到新安了。"肖铁林说："哦，想起来了，徐老四？你他娘的不是看笆篱子去了吗？有啥事？"伪警察说："我这儿抓了个人，他说是您的亲戚，姓汤，说得有鼻子有眼的。我琢磨着咋的也得问一声，万一真是呢。"肖铁林说："不认识！什么他妈的姓汤姓水的，没这亲戚。"

肖铁林挂断电话，转身要走。郭金山在身后问："老家的吧，姓汤。"肖铁林说："管他娘的，爱咋咋的。"郭金山劝道："这年头儿，谁都靠不住，知根知底儿的人不好找啊。"肖铁林停下脚步，琢磨着，犹豫片刻，出了外屋。肖铁林拿起电话："给我接新安警察署……徐老四吗？你说那人姓汤，叫啥？……是，是我一个远房亲戚……不放，先关着吧。不用特殊照顾，可以教训教训，别打残了，胳膊腿给我留全乎！"

四

老山东几经周折，找到杨树庄里的柳八爷时已是秋天。看着眼前随风飘落的树叶，心急如焚的老山东不禁潸然泪下。

一连数日，柳八爷的院门一直紧闭着。老山东深知，对于柳八爷这样的人物，不能贸然行事，只有等待时机。秋夜，林子里蚊虫多，老山东坐在树下眯着，不时地拍打着脸上的蚊虫，不时地睁开眼，朝柳八爷的院门张望。

柳八爷的院门终于开了，一只老狗从里面跑了出来。不大工夫，老狗又跑回宅子，一个老仆人挎着篮子从院门里走了出来，锁上院门。

老山东躲在隐蔽处盯着老仆人的一举一动。老仆人走进一家药房，

211

又到卖熟食的摊位前买了卤肉，在菜摊前买了青菜。最后老仆人走进饭馆，坐在靠窗的座位旁，捧着菜谱点菜。老山东蹲在街边吃着干粮，观察着饭馆里的老仆人。老仆人不急不忙地吃着菜，喝着酒，时而呆呆地望着窗外，时而轻声地自言自语。

傍晚，老仆人挎着篮子站在院门外，他机警地朝周围望了望，然后打开门锁，走了进去。一会儿，屋子里传出了唱戏的声音。

老山东来到院门口开始敲门，里边传来狗叫声。许久，老仆人在里边问："谁呀？"老山东说："请问这是柳八爷家吧？"老仆人问："敢问你是……"老山东说："老熟人。"

院门开了，老仆人提着油灯站在门口。老山东望着老仆人："你好，请问柳八爷在家吧？"老仆人打量着老山东："你来得不巧哇，八爷不在家。"老山东问："他去哪儿啦？"老仆人说："哈尔滨。"老山东问："啥时候能回来？"老仆人说："八爷不说，我不敢问。"

老仆人又说："你要是有事，可以跟我说。"老山东说："还是当着柳八爷的面儿为好。"老仆人作势关门，说："那就没办法了。"老山东拦着，又问："他去哈尔滨哪儿啦？"老仆人说："八爷不说，我不敢问。"说完就关上院门，上了锁。

这天，老仆人正在扫院子，老山东从院墙上探出头。老仆人望着老山东："你……你要干啥呀？！"老山东说："敲门敲不开，上来瞭一眼。"老仆人说："你这是私闯民宅！"老山东说："脚没沾地儿，没进屋。"

老仆人说："你可千万别下来，让狗掏块肉去，怨不着我家！"老山东笑着说："那就送它一块肉，权当见面礼了。"说着翻身跳进院内。狗朝老山东狂叫。老山东盯着狗，走到它近前，摸着狗的头。狗顺从地低下头。

老仆人望着老山东，老山东说："屋里说话吧。"老仆人说："我真不知道柳八爷啥时候能回来，说的都是大实话！"老山东打量着屋中摆设：

"乱世当头，出远门就不怕有个意外？临走总得交代两句吧？"老仆人回避着老山东的目光，没有说话。

老山东说："葱山小白马你听说过吗？"老仆人问："是山匪？"老山东点点头。老仆人突然跪在地上："好汉饶命，我家和山匪没瓜葛！"

老山东赶紧搀起老仆人："想哪儿去了，我是葱山小白马派来的，想跟柳八爷做笔买卖。"老仆人问："啥买卖？"老山东说："可柳八爷到底去哪儿啦？"老仆人说："哈尔滨。"老山东盯着老仆人，老仆人躲避着老山东的目光。

老山东说："我确实有急事找他，你给我撂句准话行不？"老仆人哆嗦着："好汉，我说的都是准话！"老山东沉默着。外面传来敲门声，老山东朝外望去。老仆人说："是杨树庄的张木匠，家里桌子腿松了，我叫他来修修。"

老山东叮嘱道："我来你家的事，要保密，知道吗？"老仆人点着头："明白，不敢多嘴。"

月光下，柳八爷家的院门开了，老仆人探出头，谨慎地朝外望了望。随后，他背着一个大包裹从里面走了出来，轻轻地锁上院门后离开。老仆人突然站住，回头望去，老山东站在身后不远处。

二人走进正房堂屋，老仆人点燃了油灯。老山东站在一旁："这是要出远门吗？"老仆人说："我爹娘的忌日到了，得回老家一趟。"老山东说："擦着黑，道儿不好走哇。"老仆人说："这不是急得嘛。"

老山东走到椅子前坐下，从腰间掏出手枪，默默地用衣服擦拭。老仆人望着老山东，说："好汉，我真的啥也不知道，求求你饶了我吧！"老山东问："为啥跑？"老仆人说："我害怕。"老山东问："怕啥？"

老仆人不说话，可怜巴巴地看着老山东手里的枪。老山东说："我披一身匪皮，可拜的是关二爷，讲的是忠义二字，不找好人麻烦。"老仆人说："那是那是。"老山东说："可关二爷也听不得假话！"

老山东起身走到老仆人近前。老仆人面露惊恐，后退了几步。老山东从怀里掏出一张银票拍在桌子上，道："看仔细了，这笔钱够柳八爷逍遥几年的。"老仆人略有深意地望着银票，老山东把银票塞给老仆人，朝外走去，说："钱留在这儿，我相信这笔买卖能成。"老仆人喊道："好汉留步！"

　　老山东跟着老仆人走进屋里，屋里的炕上躺着一个老人。老仆人说："八爷，那个找您做买卖的人来了。"老人闭着眼，有气无力地说："要入土的人了，哪儿还有买卖呀？"老山东走到炕前，打量着老人，说："柳八爷，你这藏得挺深哪。"老人说："打怕了呗。"老山东说："照着面了，我就直说吧，柳八爷，我想从你这买点带响的家伙事儿。"老人说："我这儿可没炮仗。"老山东说："柳八爷，你真会开玩笑。"老人说："这世道，谁敢藏那东西呀，要是叫日本人知道了，要命啊！"

　　老山东说："柳八爷，我可是久闻你的英名啊。你曾是东北军的骁将，后来参加了抗日义勇军。我来找你，不是请你出山抗日的，是拿着真金白银，想买你的枪打小鬼子。"老人剧烈咳嗽起来，老仆人赶紧上前，拍打老人的后背。

　　咳嗽平息了一阵儿，老人说："我手里确实没有你要的东西。我老了，又重病在身，蜡头烧到根，见风就灭呀。你要是能让我消消停停地多活几天，等我到了那头，当着阎王爷的面，一定给你多讲两句好听的。"

　　老仆人偷眼瞄着老山东。老山东说："柳八爷，我也不想难为你。可要打小鬼子，没枪不灵啊，我来你这儿，就是买枪，买完就走，绝不漏半点风声。"老人突然高声说："我都说了我没有，想买就买我的命吧！"老人把着炕沿，剧烈地咳嗽，咳出大口血来。老仆人忙上前："八爷，八爷，你别生气！"老山东见状，只得无奈告辞。

　　夜里，老山东靠在树下睡不着，反复琢磨着柳八爷家老仆人的许多细节。夜越来越深了，老山东终于长叹一口气，闭上眼睡着了。

　　第二天一大早，老山东刚来到柳八爷家门前，就听见从房子里隐隐传来老仆人的哭声："八爷！八爷！我的八爷呀……"老山东赶紧上前，看见老仆人抹着眼泪站在门口，急忙问："柳八爷咋啦？"老仆人哽咽着说："走了。"

老仆人接着哭道："瞅着要走，可没想到走得这么快呀！"老山东没搭话，边往院子里走边说："我去瞅八爷一眼。"老仆人拦住老山东："人都走了，你还不放过他吗？！"老山东说："终归是相识一场，赶上了，总得念叨念叨吧？"

老山东望了一眼停放在院子里的棺材，老仆人说："八爷已经入殓了。"老山东站住："这么急呀？"老仆人说："秋老虎，怕放不住哇。"老山东稍愣一下，走到棺材前，扶住棺材盖。老仆人急忙一把抓住老山东的手，大声喊："对死者不敬，折阳寿哇！"老山东盯着老仆人："柳八爷！你就别演戏了！"

老仆人惊讶地望着老山东，老山东说："柳八爷，我跟你实话实说了吧。我是抗联第二路军的，叫鲁长山，是个排长。去年秋天，我们的队伍被打散了，我一直在寻找失散的战友，也在尽力召集人马。眼下，人是越来越多，可枪不够用啊，寻来寻去，就寻到你这儿来了。你要是有枪，就卖给我们，行吗？"

老仆人问："第二路军的陆有德团长，你认识吗？"老山东说："陆团长是第二路军第五军的，他跟你一样，以前是东北军。他让小鬼子的手榴弹掀开了头皮，半个脑袋秃了。他一把大刀使得虎虎生威，大家都叫他陆大刀。"

老仆人问："他还好吗？"老山东说："我最后一次见他是去年秋天，后来就不知道咋样了。"老仆人沉默一会儿，轻声说："上了战场，今儿个站着，明儿个可能就躺下了。晚上脱了鞋和袜，不知明早穿不穿哪。"

老山东说："柳八爷，你该亮亮你的真身了吧？"老仆人问："你为啥就认定我是柳八爷呢？"老山东说："出门下馆子，好酒好菜，不慌不忙，做仆人的，哪儿有这个做派？哪儿有这份清闲哪？后来我说找柳八爷做买卖，你当晚就想跑，那屋里要真是柳八爷，你能不管他啦？还有，我掏出枪，你能站着跟我说话，没吓尿裤子，这也不是一般人的胆子。"

老仆人说："在八爷身边久了，见过世面。"老山东说："后来你是实在甩不开我了，只能使出装死这招儿，可这也赶得太急了吧？太巧了吧？"老仆人点点头："你说得没错，我就是柳八爷。我之所以这么做，也是实属无奈，你来得突然，我怀疑是小鬼子在钓我的鱼。"老山东直接发问："枪在哪儿？"老仆人说："跟我来。"

柳八爷掀开棺材盖，棺材里装满了武器，长短枪、机枪、手炮……老山东看着枪，问："刚才我要是让它们见了亮儿，你咋办？"柳八爷拍了拍腰间。老山东低声说："宁可拼了命，也绝不能落到小鬼子手里呗？"

柳八爷合上棺材盖，低声说："这些枪一直藏在我的密室内，我本想借此机会把它们转移到墓穴里。眼下，你们需要它们打鬼子，这也正遂了我的心思。银票你拿走，这些枪我送你们了。"说着从怀里掏出银票，塞给老山东。

老山东感激地看着柳八爷，柳八爷叹口气，低声说："我满身是病，已经无力亲赴战场了，可打鬼子的心一直翻腾着，这算是我的一份心意吧，你们要拿着它们狠狠地打鬼子，一定要把小鬼子赶出去！我已经诈死，从此在杨树庄消失，等你们的好消息！"老山东紧紧握住柳八爷的双手，不住地点头。

第十二章
重整抗联军

一

　　老山东和大伙儿看着堆得像小山般的枪支，都激动地拿起枪，兴奋得不得了。田小贵拍着手说："这回好了，大家更有劲儿了！"老山东笑了。田小贵说："叔，你真是老将出马，一个顶俩！"老山东说："是咱们中国人打鬼子的心不死，咱们才会要啥有啥。"田小贵说："所以说咱们肯定能打跑小鬼子。"老山东说："铁板钉钉，只是早一天晚一天罢了。"

　　这时，哨兵跑了过来："排长，我们发现了八个生人！"驴子三兄弟等人赶紧拿起枪。老山东朝林子那边一看，老猎人带着八位抗联战士走了过来。

　　老山东走到近前，高兴地打着招呼："赵排长，是你呀！"赵排长说："鲁排长！"二人拥抱在一起。老山东高兴地说："我可算把你们熬来了，咋才来呀!"赵排长说:"这仗一直打,抽不出空啊。"田小贵说:"都放下枪,这是自己人!"驴子三兄弟等众人纷纷收了枪。

赵排长问:"咋这么多人哪?"老山东说:"他们都是我后招来的。"田小贵说:"这只是一部分,山上还有六十多号等着呢!"赵排长惊讶地说:"鲁排长,你可真能耐!"老山东说:"找不到大部队,闲着也是闲着嘛。走,咱们去那边好好唠唠。"

老山东、田小贵和赵排长坐在一棵大树下,老山东说:"卖那根老山参的钱,当时有多少,田小贵可以做证。这笔钱一直揣在我身上。老山神临走前一再嘱托,让我拿这些钱打鬼子,我本想拿它拉队伍,可大家谁都不要,没花出去。眼前这几十号人,得吃喝,钱花了一些。小贵,把账本拿出来。"

田小贵从怀里掏出一个小本子,老山东说:"赵排长,你先对对账。"赵排长一摆手:"不用对,我一万个相信!"老山东说:"人马归队了,这钱也得归队了。"大驴子跑了过来:"排长,开饭了!"老山东起身:"走,边吃边唠。"赵排长说:"鲁排长,大部队还在打仗呢,我们吃完得抓紧往回赶。"老山东点点头。

田小贵说:"大家早都等不及了,说走咱拔腿就走!"老山东说:"我是这么想的,小贵,你带着大家跟赵排长走,我呢,还得去松林镇找咱们排的人。"田小贵说:"叔,我跟你一块儿去吧。"老山东说:"人多了招眼。对了,我还得抽空去花儿那一趟,把小白马他们也带到大部队。"田小贵点头记下。老山东说:"等我把咱们排的人都找回来,再和大部队会合。"

老猎人带着抗联战士们在山林里艰难地前行,他们全身裹着白布,一边前行一边在树干上刻下记号。有枪声传来,老猎人和战士们迅速趴在雪地上。许久,老猎人站起身,朝战士们摆了摆手,战士们站起身,继续跟着老猎人走进山林深处。

天上下起了大雪，一队伪军正在巡逻，老猎人和抗联战士们趴在雪地上，一动不动。大雪继续下着，狗叫声不时传来，灯光闪动，老猎人和抗联战士们被雪覆盖了，隆起一个个雪包。雪停了，雪包松动了，老猎人和抗联战士们站起身，活动着身体。

一名抗联战士去拽另一名趴在雪地上的抗联战士，可是没拽动，大伙儿一起翻动那个抗联战士的身体，发现他已经冻死了。众人望着冻死的抗联战士，举起手，庄严地敬礼。

一九四〇年前后，东北抗日联军进入极端困难时期。为了保存东北抗日武装，中共北满省委、吉东省委、南满省委坚持与敌人战斗周旋的同时，在黑龙江、乌苏里江之对应地区开设了三条秘密交通线……此时，按照老猎人手指的方向，一名抗联战士举着望远镜，望向江对面……

二

这里是复东镇。一九〇五年，日本将关东州租借地扩至城子疃。以城中心街小桥为界，南属日本殖民当局管辖，称城子疃；北属清政府复县，称复东镇。

高云虎赶着马车来到城中心街小桥，桥上悬挂着伪满洲国国旗，高云虎掏出护照递过去，官兵认真查看后放行。

高云虎穿过小桥，来到南面的关东州海关楼。这是一座日式建筑风格的二层小楼，悬挂着日本国旗。高云虎递过护照，日本兵查看护照，又检查车上货物。

日本兵问："你是干什么的？"高云虎说："卖山货的。"日本兵问："车上这四只鸡是干什么用的？"高云虎说："送朋友的。"日本兵说："你到底是卖鸡的还是卖山货的？"高云虎说："我是卖山货的，顺便带四只鸡送朋友！"日本兵说："你这是夹带私货，鸡不准带过去！"高云虎说："这鸡真不是卖的，再说都已经拉来了，你们就让我带过去吧。"

日本兵拿起刺刀，把鸡挨个扎死了。高云虎想阻拦，挨了日本兵一枪托。这时，两个穿白大褂、戴防毒面具的日本兵赶来，拿石灰粉喷鸡，又用石灰粉喷高云虎，高云虎瞬间被喷成了白人。

高云虎和一个朋友坐在城子疃酒楼临窗的桌前，朋友给他倒酒："高老板，那几只鸡没带过来，也不是你的事，别上火了。"高云虎苦笑不语。朋友举起了酒盅，说："但你的一片心意我领了，来，咱哥儿俩喝一杯。"高云虎也举起酒盅，一饮而尽。

高云虎长叹一口气："就这一座小桥，一边是'满洲国'，一边是关东州。在咱自家的地面上，一桥跨两国，让人可叹又可笑哇！"朋友低声说："谁让咱好欺负呢，打不过人家，就得瞅人家的脸色呗，有气也得憋着呀。"高云虎说："这口恶气，憋死个人！"

这时，窗外传来嘈杂的车笛声，高云虎朝外望去，成排的汽车拉着满车的圆木从桥上缓缓驶过，开向关东州海关楼。朋友说："这白山黑水里的好东西都让日本人给搬走了。"高云虎说："是抢走！"朋友说："你是没看见，大连码头更是车拉船载，成天成宿闲不着呀。"高云虎端起酒盅，一饮而尽，把酒盅重重地蹾在桌上。

冬日，在通化的旅馆客房里，高云虎穿着睡衣来到桌前，打了个哈欠，提起暖壶倒了一杯水。他抄起桌上的一份报纸，突然愣住了。

街两边站满了人，远处，一辆日本军车驶来。军车越来越近，围观人群不时发出惊叹声。两个日本兵得意扬扬地抱着一个玻璃箱，箱子里是一颗人头。看到"杨靖宇"三个大字，高云虎呆住了。

下大雪了，人群已经散去，高云虎一个人站在街头，像木桩一样呆愣愣地站着，任凭风雪扑打着他。

三

苏联伯力郊外，两辆苏联军车急速行驶，卷起漫天雪雾。周保中坐在军车里，默默地望着窗外渐远的江对岸。

应苏联远东军区邀请，一九四〇年一月二十四日，周保中、冯仲云、赵尚志来到苏联伯力，参加中共吉东、北满省委代表联席会议，寻求苏联对东北党组织和抗日联军的帮助，并请求苏方协助东北党组织打通与中共中央的联系……

台灯下，周保中坐在桌前，修改着一摞厚厚的文件。冯仲云和赵尚志坐在两旁谈论着工作。经过十三天的讨论，最终根据讨论记录及总结，会议逐条表决通过了《吉东北满党内斗争问题的讨论总结提纲》《北满党内问题讨论终结——关于负责同志个人估计的意见》《关于东北抗日救国运动的新提纲草案》……

大雪纷飞的夜晚，周围房子里的灯都熄灭了，只有周保中的房间窗户里透出昏黄的灯光，他还在工作。

一九四〇年三月十九日，中共吉东、北满省委代表联席会议进入第二阶段，主要讨论解决东北抗联同苏联远东党组织和军队建立临时指导关系的问题……

在伯力郊区远东红军驻地，周保中、冯仲云、赵尚志等众人坐在会议室的桌前。周保中拿着文件认真严肃地讲着。苏联参会的代表们看着手里的文件争辩着，讨论着，他们时而摆手，时而点头……

最后，会议取得了重要成果，其中最重要的是，提出了"以保存实力为主，逐渐收缩"的新的斗争方针，确定了抗联部队改编的原则和各部队的番号，确定了临时接受联共（布）边疆区委和苏联远东方面军工作指导关系，进一步加强双方互相支援与合作，抗联各部队在战斗失利或因其他原因需要临时转移到苏联境内时，苏方应予接纳并提供方便……

周保中、冯仲云、赵尚志和苏联代表的手紧紧地握在了一起……

四

老山东拄着棍子，顶着一路的风雪，终于走到了松林镇。他边走边打量着大街上的过往行人，一队伪军迎面走来，老山东佝偻着腰，和伪军擦身而过……

春日的松林镇大街上，老山东靠着墙根，眯起眼睛望着来往的行人。不一会儿，老山东站起身，拄着棍子从夜来好酒馆门前走过，大阔枝望着老山东："今儿个吃了吗？"

老山东站住脚："又掉了二两膘儿。"大阔枝笑着："别吹牛了，你还有膘儿吗？"老山东冲大阔枝笑了笑。大阔枝说："等着。"一会儿，大阔枝拿着四个包子走了出来："把膘补回来吧。"

老山东不好意思地笑了："都吃了你好几顿了。"大阔枝爽快地说："日子过得好好的，谁愿意出来讨饭哪，拿着吧。"老山东接过包子，感激地说："都不知道咋谢你了。"大阔枝说："几个包子也吃不穷我。"

一会儿，大阔枝拎着大食盒从店里走了出来，小铜腿跟在后面："掌柜的，挺沉的，要不我去吧？"大阔枝说："你去和我去能一样吗？"小铜腿说："我跟你去不就行啦？"大阔枝没有停步，只说："碍眼！把店盯好了。"

老山东看着大阔枝手里的大食盒，问："老板娘，你这是要去哪儿呀？"大阔枝说："用你管哪。"老山东说："看着挺沉的，我闲着也没事，可以帮你提一会儿。"大阔枝说："赶紧吃你的吧。"

老山东跟在后面："你要是这样，这包子我吃不进去呀。"大阔枝说："那就别吃。"老山东说："让我伸把手吧，伸完了我这心还能踏实点。"

大阔枝说："一阵风都能吹倒的架子，给我摔坏了咋办！"

老山东说："你就放心吧，我有准儿，出把力，包子吃得更香。"大阔枝犹豫了一下，把大食盒递给老山东："千万拿稳当了！"老山东接过大食盒："放心吧。"

老山东跟着大阔枝来到云虎山货铺，大阔枝说："到地方了，给我吧。"老山东抬头看见"云虎山货铺"的招牌愣住了。大阔枝问："瞅啥呢？快给我。这回踏实了吧？"老山东点点头。到了店门前，大阔枝一边说"谢谢"，一边推门走了进去。老山东犹豫了一下，也跟着朝店门走去。

高云虎站在柜台里，跟大阔枝打着招呼："哟，回来了！"大阔枝提着大食盒："人都摆这儿了还问。"高云虎说："成天挑我毛病。"大阔枝说："稀罕你呗！"高云虎从柜台里走了出来，接过大食盒："挺沉哪，这是炒了几个菜呀？"

大阔枝说："六个，都是你爱吃的。"高云虎说："往后别弄这么多。"大阔枝说："我是怕我不在家，你再亏着嘴，得给你补回来。对了，我回老家没几天，你这门头咋换啦？"高云虎若有所思地说："用自己的名得劲，没找着门哪？"大阔枝说："我一回店里，小铜腿就跟我说了。"

高云虎说："小铜腿就是你的眼线，专门盯着我。"大阔枝说："旁人我还不稀罕盯呢，想没想我呀？"高云虎说："咋总问呢？"大阔枝说："爱听呗。"

高云虎岔开话茬儿，问："老家人儿都挺好的？"大阔枝说："我跟我娘提你了，她说等天暖了，过来她给掌掌眼。"高云虎笑笑不语。大阔枝挽着高云虎的胳膊，说："净顾着唠嗑儿了，走，回屋吃去。"高云虎忙躲闪："人都瞅着呢！"

大阔枝朝门口望了一眼，说："哪有人哪！"大阔枝看见老山东，迟愣片刻："你咋还没走呢？"高云虎望着老山东，愣住了。老山东朝高云虎笑了笑。

云虎山货铺后院，福庆激动地抱住老山东，抱得紧紧的，老山东笑着："快放我下来。"福庆放下老山东："排长，你可想死我了！"老山东说："我也想死你们了！"福庆说："云虎，就凭你换牌匾这一手，我放过你了。"

老山东说："你哥俩儿还闹上仇啦？咋回事，我给评评理。"高云虎低头不语。福庆说："闹着玩呢，排长，你咋才来呀？我这儿捂得都快长毛了！"老山东叹了口气："说来话长啊。"高云虎说："排长，咱这儿有现成的，边吃边唠呗。"福庆说："对，得先让排长把肚子填饱了。"

老山东、高云虎、福庆坐在摆着酒菜的炕桌旁。老山东说："真没想到，你们碰上了这么多事呀。"

福庆说："就云虎活得最舒坦。"高云虎着急地辩解道："我不也差一点儿丢了命吗？"福庆说："那也是差一点儿，我是差两点儿。"高云虎委屈地说："排长，你看他，没事就爱找碴儿。"福庆说："也就找你的碴儿！"老山东笑着："老话讲得好，大难不死必有后福，来！"说着三人举起酒盅，喝起酒来。

高云虎说："排长，咱们排现在是五个人……"福庆更正道："六个，还有老汤呢！"高云虎说："老汤都没影了，不算。"福庆说："可他刻号儿了呀，刻上就得算！"高云虎说："号儿能打仗啊？"福庆不吱声了。

老山东说："先不唠得远了，唠也唠不明白，还是商量商量后面的事吧。"高云虎和福庆都看着老山东，老山东说："告诉你们个好消息，我已经跟大部队联系上了。"福庆笑着说："真的？太好了！"老山东望着高云虎，高云虎朝老山东笑了笑。

老山东说："小贵已经去大部队了，估计花儿也到了。我是说走就能走，就看你俩了。"福庆说："我也说走就走！"高云虎没说话。福庆问："云虎，你啥意思？"高云虎沉默一会儿："这不是有这个铺子嘛。"福庆说："铺子能拴住你的腿呀？"高云虎说："排长，你给我点时间，行吗？"老山东点点头："不急，来，喝酒。"

晚上，老山东、高云虎、福庆三人躺在炕上，福庆已呼呼睡着。高云虎睁着眼睛，若有所思，难以入眠。老山东闭着眼，轻声说："云虎，你要是为难的话，我就和福庆先走，你啥时候动身，自己定。"

老山东又说："我和德远他爹说过，这些年，你们在外面吃了大苦，遭了大罪，命也差点儿丢了好几回。谁都想过安分日子，谁都想睡热炕头，这没的挑。去战场打鬼子，这事强迫不得，就算逼着去了，也挺不起精神头来，拿不出力气来。所以说，去不去全靠你们自己做主，我这儿没说的。"高云虎看着老山东，没有说话。

老山东继续说："咱们在一块儿摸爬滚打这么些年，心都粘在一块儿了，谁走了，这心哪就挨了一刀，割块肉似的疼。说句掏心窝子话，你们都是我的兵，我来找你们，就是盼着你们都能活着，能看你们一眼，我就踏实了，真要是都走了，那我还活个啥劲儿啊……"高云虎闭上眼睛，眼角涌出了泪水。

高云虎走进夜来好酒馆，大阔枝迎了过来："哟，这是想我啦？"高云虎低着头："想跟你说句话。"大阔枝疑惑地看着高云虎。高云虎说："屋里说吧。"大阔枝笑了笑："还是背人儿话，用不用把炕烧上啊？"高云虎说："烫壶酒吧。"大阔枝说："等着去。"高云虎说："你快点儿。"大阔枝说："瞅你猴急的。"

高云虎走进后院大阔枝屋子里，大阔枝随后拿着酒壶酒盅和一碟花生米走了进来，她把酒壶酒盅花生米放在炕桌上，说："咋不上炕啊？后厨忙，先就点花生米吧。"

高云虎倒了两盅酒。大阔枝看着高云虎，高云虎看着大阔枝，一时不知从哪儿说起。大阔枝问："这咋还张不开嘴啦？没事，就是天塌下来，我也顶得住。"高云虎说："我今天过来，是想……跟你道个别。"

大阔枝突然沉下脸，高云虎说："你救过我的命，又对我有情有义……"大阔枝说："别扯这些没滋没味儿的，你要走是吧，是走一阵子还是再也摸不着影儿啦？"高云虎说："我也不知道。"大阔枝点点头："我就说这味儿不对嘛，自打你从通化回来，就跟变了个人一样，人变了，门头也变了。我就没琢磨明白，这是咋回事呢？"

高云虎说："不瞒你说，我在通化看到杨靖宇杨司令了。"大阔枝说："我听说了，小鬼子把他的头砍了下来，游街示众了好几天。那可是个狠人，小鬼子提起他来，都能吓尿裤子！听说他大冬天在山里不吃不喝，还能活上十天半个月呢，还能照样打鬼子。"

大阔枝看向高云虎，迟疑地说："那你跟他……"高云虎说："我们是抗联，是同志！"大阔枝望着高云虎，许久："我就说嘛，你身上有股味儿，还是我没闻过的味儿，那个福庆跟你都是一个味儿。"

高云虎说："我们的人联系上我了，我得归队了。"沉默许久，大阔枝说："你跟我说过，你听我的，我不让你走，你就不会走，有这话吧？"高云虎说："有，我确实动摇过。"大阔枝说："为啥？"高云虎轻声道："你！"大阔枝说："这就够了！"

高云虎愧疚地看着大阔枝，大阔枝仰起脸看着高云虎："国难当头，你这样的爷们儿要是连点血性都没有了，那咱们这国家就没救了，国没了哪儿还有家？你应该归队，但你要记住，松林镇还有我，我就在这儿等你，等你回来。这酒馆的门为你天天敞着，你啥时候累了，就脱鞋上炕！"大阔枝举起酒盅，高云虎的眼睛湿了，也举起酒盅，二人一饮而尽。

老山东、高云虎和福庆背着包裹从酒馆门外走过，高云虎看着酒馆思绪万千。福庆看了一眼高云虎，高云虎忙收回目光。福庆说："看看吧，再急也不差这一时半会儿。"老山东也说："这一杆子支出去不知道啥时候能回来，多唠两句，也多落个安心。"高云虎没说话，径直朝前走去。

三人来到松林镇江边，船夫站在船上，唱着二人转《王二姐思夫》："一只孤雁往南飞，一阵凄凉一阵悲。雁飞南北知寒暑，二哥赶考永未回……"老山东说："兄弟，别唱了，上客了！"船夫笑着说："脚下慢点，船上请!"老山东、高云虎和福庆上了船。船夫问:"还有人吗?"老山东说:"就我们哥儿仨。"

三人在船舱坐下,刚放下包裹,忽有人喊道:"谁说的,还有我呢!"高云虎站起身,看见大阔枝站在岸边。大阔枝伸出手:"瞅啥呢,搭把手哇。"高云虎笑着:"你别闹了。"大阔枝俯身,解开锚绳,说:"没白处,都糊弄不了你了。"小船摇荡,大阔枝紧紧地拽着锚绳,一直看着高云虎。高云虎也直直地盯着大阔枝,眼里满是不舍。

许久,大阔枝猛地把锚绳扔到船上。小船离岸而去,高云虎与大阔枝两个人不停地挥手。大阔枝站在岸边,一直看着高云虎的身影越来越远,渐渐模糊……

五

由于东北抗联各部在一九四〇年秋冬遭遇巨大困难和挫折,根据抗联与苏联远东军达成的相互支援与合作的协议精神,苏方承诺并允许抗联部队在困难情况下,可以转移到苏境整训、补充。

冬夜,北风呼啸。在密林中的抗联驻地,老山东、高云虎、福庆、田小贵围坐在铁桶前取暖,众人都沉默不语。老山东往铁桶里添着柴火,低沉地问:"咋都不说话啦?要过江了,咱们得拿出精神头来,不能让苏联同志笑话咱。"

田小贵胆怯地说:"可那条江离咱这太远了,小鬼子盯得又这么紧,就怕还没走到地方……"老山东一瞪眼:"你给我闭嘴!"田小贵不吭声了。高云虎说:"排长,其实小贵说得也没错,咱们靠两条腿,一步一步量过去,得多少日子呀!"

福庆说:"小鬼子又横挡竖拦的,就更说不定得猴年马月了。"高云虎说:"排长,要不你跟上面商量商量,多给咱宽限点时间。"老山东说:"上面也知道咱们的难处,可就怕拖久了,万一路线让小鬼子摸着了,就全完了！"众人又都沉默了。

老山东说："这是命令，时间紧任务重，大家都抓紧收拾收拾，后天动身。"田小贵站起身："要是有马就好了。"福庆说："那还说啥了，快马加鞭，多远的道儿都不怕！"老山东看着远处琢磨着。

小白马走了过来："叫我呢？"福庆说："没呀。"小白马说："我听你们提马字儿了呀。"福庆说："我们说要是有马的话，能走得快点！"小白马说："那就找马呗。"田小贵说："说得轻巧，上哪儿找哇？"小白马琢磨着："这马的事……得问驴呀。"老山东疑惑地看着小白马，小白马说："你们忘了，驴子三兄弟是养马的！"老山东一拍脑袋，起身走了。

老山东和驴子三兄弟围坐在铁桶前商量弄马的事。大驴子说："要说这马呀，倒有的是，可弄不出来呀。"老山东问："你是说小鬼子的马？"大驴子说："我们是养马的，我们的马就是让小鬼子抢走的。野马滩往西五十里地，是小鬼子的马场，要是能把他们的马……"

二驴子说："大哥，那是咱们的马！"大驴子说："咱爷们儿的马跑人家手里去了，一提这事我这肺子都要炸了！"小驴子说："此仇不报，躺棺材里都闭不上眼！"

老山东想了想问："那个马场有多少人把守？"小驴子说："估摸得有百十号人。"二驴子问："你咋知道？"小驴子笑了："我想咱家的马，偷偷去看过。"二驴子问："咋进去的？"小驴子说："不是有大车吗？"大驴子问："你咋没跟我们说过这事？"小驴子说："怕咱爹削我。"

老山东说："大车是啥意思？"小驴子说："我兄弟，叫张大车，负责给马场送草料。当时他本想跟咱们一块儿走，可家里老娘病重，走不开。"老山东琢磨着小驴子的话。

大驴子说："排长，咱们打马场把马抢回来吧！"二驴子说："我看行，又能抢马，又能杀小鬼子，好事成双！"老山东说："我们急需的是马，要骑马赶路，抓紧时间过江。要是强攻马场，恐怕损失太大了。来，咱们好好商量商量。"

老山东问："张大车这个人可靠吗?"小驴子说："我俩是过命的交情。"二驴子指着小驴子说："他救过张大车的命。"小驴子说："这事托他办，十拿九稳，我敢把脑袋押上!"老山东点点头。大驴子说："只要能进去，找到头马，一呼百应，就能连窝端了。"

老山东问："可怎么样才能确定哪个是头马呢?"大驴子说："排长，你又忘了，我们是养马的!"老山东笑了。

大驴子说："这事就这么定吧，我进去。"小驴子说："那哪儿行，大车是我铁哥们儿，得我去!"大驴子说："我是大哥，出门在外，你得听我的!"小驴子说："这不是听谁的事……"二驴子说："要我看哪，干脆掐头去尾，我去正好。"大驴子说："你俩别说了，这事就这么定了，我当大哥的要是不去，等见着爹，他能劈了我!"二驴子和小驴子都没话了。老山东看着大驴子，点点头。

六

夜里，大驴子赶回野马滩。在张大车家的小仓房里，两人小声地商量着。张大车说："哥，我能把你带进去，算帮到头了，能不能遂了心思，就看你的造化了。"

大驴子说："这就够意思了。你放心，我要是被抓了，就说是自己混进去的，绝不会把你抖搂出来。"张大车说："哥，我要是怕死的话，就不接这活了。要不是为了我娘，我也想杀两个鬼子过过瘾哪。"大驴子说："大车，你这也是帮我们打鬼子了。我可以藏在车里，贴着车板边，应该扎不到我。放心吧，老天爷认得好赖人!"张大车笑了。

张大车和五个车老板赶着六辆马车来到日军马场的大门外，马车上装的是摞得高高的草料。大门两边的瞭望塔上架着机枪，门口站着哨兵，墙头上缠绕着密密麻麻的铁丝网。

两个日本兵走到马车前，挨个打量着六个车老板。随后，日本兵举起刺刀，不断地扎刺车上的草料。刺了好一阵子，日本兵收起刺刀，又从车上挑出一根草料，递到张大车嘴边。张大车接过草料，塞进嘴里嚼烂，咽了下去。日本兵又从其他五辆车上挑出草料，让车老板吃下去。一切正常，日本兵朝大门一摆手。

大门开了，六个人赶着六辆马车走进大门。日本兵朝一处空地指了指，张大车招呼大家，说："干活了！"

六个人开始卸草料，日本兵站在不远处监工。张大车一边卸草料，一边偷眼观察不远处的日本兵。板车快卸见底了，露出了铺在底下的苫布。张大车给旁边的一个车老板使眼色，那车老板会意，朝张大车微微点头。

张大车走到日本兵近前，比画着说："皇军，我想跟您说个事。是这样，我这肚子也不知道是咋回事，猛地就疼上了，转着筋地疼，不是，是针扎地疼，也不是，说不好是咋个疼法……"日本兵问："你到底要干什么？"张大车说："能不能借个地方，我……拉泡屎。"日本兵伸手一指，说："那里。"张大车晃动着身子，遮挡住日本兵的视线："哪里？"日本兵转身指着厕所方向，说："那里！"

那车老板趁机掀开苫布，大驴子迅速钻进草垛子，车老板赶紧用草料盖住大驴子。张大车指着厕所方向，问道："是那里吗？"日本兵点点头。张大车又问："那个小房子？"日本兵继续点头。这时，那车老板使劲咳嗽了两声。张大车说："我去上个厕所就走。"

车老板们卸完草料，日本兵就走了过来，催促说："干完活赶紧走！"日本兵捡起一根沾着血迹的草料，面带疑惑地看着草料堆。张大车连忙说："是我的手划破了。"张大车伸出手，日本兵扫了一眼，说："走吧。"

夜幕降临，瞭望塔上的日本兵站在高处巡视着整个马场。一只探照灯扫过，草料堆松动了，大驴子从草料堆里探出头，警惕地看着四周。另一只探照灯扫过，大驴子迅速钻出草料堆，躲避着探照灯，钻进马厩。

大驴子轻轻关上马厩的门。马厩里满是军马，大驴子边走边仔细打量着一匹匹马。他找到一匹熟悉的马，那马也亲热地蹭着大驴子的脸。这时，另一匹马也朝大驴子伸着脖子，大驴子抚摸着一匹匹马，和它们亲热着……

大驴子在马厩的角落坐下，撸起裤腿，小腿被刺刀划破了，伤口的血已经凝固了。他从内衣撕下一条布，裹紧伤口。然后，从怀里掏出一个小干粮袋，拿出干粮，吃了起来。

在马场外的树林，二驴子焦急地举起望远镜，望向马场。小驴子躲在一旁："也不知道大哥咋样了。"二驴子说："应该是没事。"小驴子问："你咋知道？"二驴子说："要是出事了，小鬼子能这么消停吗？"小驴子接过望远镜，点头："有这话我就放心了。来，让我瞅瞅。"

大驴子透过马厩的墙板缝朝外看了看。外面空无一人，只有探照灯不时扫过。他从怀里掏出一块红布铺在地上，又拾起一块马粪，用红布包了起来，瞅准时机，离开马厩，一瘸一拐地朝围墙跑去。

大驴子跑到围墙根，猛地把红布包朝围墙外扔去，红布包没扔出去，掉在地上了。大驴子避着探照灯，再次抛出红布包，红布包跃上墙头，挂在了铁丝网上。红布在风中剧烈飘摆，被刮出了围墙……

天已渐亮，隐藏在马场外树林里的驴子两兄弟轮番用望远镜观察情况。忽然，小驴子的望远镜停住了。二驴子问："有了？"小驴子眨眨眼："是红色的吧？"二驴子夺过望远镜朝马场方向望去。

老山东问："确定看清楚啦？"二驴子说："我俩两对眼睛呢，错不了。"小驴子说："雪地上一块红，老扎眼了。"老山东点点头："太好了，那咱们就做好准备，等大驴子再次发出信号！"

七

天上下着大雪。监狱里新来的一拨犯人蹲在墙脚，几个伪警察拿着鞭子抽打。一串脚镣哗啦啦响，汤德远胡子拉碴、双眼无神，脚步蹒跚地走在犯人队伍中。刑讯室中传来撕心裂肺的惨叫，犯人们纷纷面露惊恐，汤德远目不斜视，面无表情地继续向前走。

在监狱的砖房门口，两个犯人被扔出来，仰面躺在雪地上，一动不动。一个伪警察问："死透了吗？"另一个伪警察说："活不了了。"两具尸体被扔上马车，车夫甩起鞭子，在干冷的空气中发出一声脆响。马车在雪地上留下两道车辙，走远了。

徐老四从不远处走过来喊道："汤德远！"汤德远没有反应。徐老四又喊："汤德远！"汤德远站住，回过头茫然地应着："到！"徐老四说："轮到你了，跟我走。"汤德远拖动着脚镣，跟在徐老四后面。

封冻的冰面上，豁开的口子冒着白汽。汤德远被关在铁笼子里。寒风呼啸，铁笼子浸到冰水里，片刻，提上来。汤德远浑身浸透，脸上的水很快结成冰碴。

徐老四说："高低这是最后一把了，阳关道还是鬼门关，自个儿选吧。最后问你一次，还有啥没说的？"汤德远哆嗦着说："能唠的嗑儿……都唠完了，赶紧给个痛快的吧。"徐老四说："你以为我愿意陪着你唠？你不痛快我就不痛快，早撂早利索，到饭点了。"

汤德远问："你还想知道啥？"徐老四看着表，叹口气说："要说也真没啥了，里外刮了三层皮，我都不知道该问啥了……这么的吧，你再说一遍，上牡丹江干啥去？"汤德远冻得直哆嗦，不再说话。

铁笼子又浸到冰水里，半晌，再捞上来。汤德远嘴唇发紫，上下牙磕打着："上牡丹江……找……找部队。"徐老四说："妈了个巴子的，早这样多好，说吧，啥部队？"汤德远说："老虎团。"徐老四说："团长姓肖，肖铁林是你老叔……你他娘的还有没有点新鲜的？老虎团早没了个屁的了。"汤德远浑身抽搐，昏死了过去。

岸边停着一辆小轿车。肖铁林穿着一身貂皮大氅，戴着貂皮帽子，捂得严严实实的。肖铁林下车，打量着铁笼子里昏死的汤德远说："差不多了。"徐老四问："收拾得是不是有点过分啦？"肖铁林说："正好。留口气就行，还得拿热水再烫一遍，要不毛燎不干净。"

汤德远睁开眼睛，发现自己躺在一张干净的床上。肖铁林出现在眼前："醒啦？"汤德远打量着周围的环境，肖铁林凑过来说："真悬哪，幸亏我去得及时，晚一步你就填江里喂王八了。"汤德远这才恢复些记忆，微微点头："谢谢老叔。"

肖铁林说："这回知道谢我啦？都是一家人，说啥谢不谢的，我还得跟你赔个不是，你爹来过牡丹江三回了，找我打听你。我就是太忙了，一直没倒出工夫。我要早知道你被冤枉了，咋也得把附近几个笆篱子都翻一遍。新安离我这儿就几十里地，要不是从前的老部下过来看我，我还不知道你就在那儿关着呢。这关了有一年多了，遭老罪了吧？"汤德远没说话。

肖铁林又说："我可是救了你两回了，老话讲，再一再二……"汤德远忙接上话茬儿说："没有再三了。"肖铁林大声说："明白人儿。"汤德远问："我爹咋样？"肖铁林说："放心，除了腰杆比以前更不直溜了，别的都好着呢。"汤德远又问："我娘呢？"肖铁林说："也挺好，兴许是把眼睛哭坏了，上回去家里都没认出我来，估摸是看不真亮儿了。"

沉默良久，汤德远说："汤家庄还能回吗？"肖铁林拿出一个通行证和一套新衣服，递给汤德远说："这还用你操心，都帮你办好了。那边有热水，把脸刮刮，换上吧。"

第十三章
冰水险渡江

一

躲在马厩里的大驴子搂着一匹马睡着了。这时，开门声传来，大驴子猛然惊醒。喂马人推着小板车走了进来，往马槽里添草料。一匹马突然躁动起来，大驴子轻轻地抚摸着那匹马，让它安静下来。

喂马人离开，马厩恢复平静，大驴子的肚子咕咕叫了起来，他伸手摸了摸怀里，干粮袋丢了。他只得抓起一把草料，塞进嘴里。

马场外，老山东问小驴子："有信儿了吗?"小驴子摇摇头，说："排长，我大哥就带了三天的干粮，还没带水，已经三天了，这么拖下去可不行。"一旁的高云虎和福庆不时地端起望远镜，观察马场的动静。

大驴子渴极了，只能从马槽里捞出冰块解渴。累极了的他闭着眼睛，蜷缩在隐蔽处。夜越来越深了……

一阵嘈杂声传来，大驴子虚弱地起身，循声望去。六个日本兵从外走了过来，解开一个个马缰绳。一个日本兵来到一匹大黑马近前，解开缰绳，牵着大黑马走在前方。紧接着，马群跟着大黑马朝外走去。

晚上，大驴子抚摸着大黑马，喂大黑马草料，大黑马似乎很顺从。可当大驴子骑上大黑马时，大黑马突然剧烈挣扎，大驴子被甩了下来。大驴子坐在地上，捂着小腿，满脸痛苦。大驴子重新爬起来，再次骑上大黑马……

夜里，大驴子把一个红布包扔出围墙，众人看到了大驴子发出的信号。老山东说："都准备好了吗？"众人纷纷点头。老山东一枪击毙了瞭望塔上的日本兵。田小贵击毙了另一个瞭望塔上的日本兵。日军军营突然大乱，老山东和抗联战士们猛烈开枪射击。大驴子听到枪声传来，腾地站起身，迅速抽出刀，割断一条条缰绳……

马场大门打开了，日本兵推出四门步兵炮。一阵马蹄声传来，大驴子骑着大黑马冲在最前面，身后跟着一群马。日本兵躲闪不及，被马群撞翻在地。在此起彼伏的枪声中，大驴子带着马群冲出马场大门……

二

冬日的山林，白雪皑皑，茫茫无际。老山东、高云虎、福庆、田小贵、小白马、小哑巴、三当家等在林海雪原中艰难地前行。严寒与饥饿，使大家不得不时常停歇休整。

花儿背着一岁多的孩子，小白马说："把孩子给我吧。"花儿摇摇头。小白马说："这也太护犊子了吧？"花儿说："我自己背着踏实。"小白马轻轻地拍了拍孩子："小子，长大了你要是敢给你娘气受，我饶不了你！"

田小贵跟在老山东后面，说道："有马就是快，再跑两天就能到江边了。"老山东笑笑不语。田小贵说："排长，咱们这回去了苏联，啥时候能回来呀？"老山东问："想家啦？"田小贵说："想也不敢回了。"老山东说："等再回来，我抽空跟你走一趟，我当面去给你爹赔不是。"田小贵说："那倒不用，我是他儿子，他还能把我吃了呀？"

高云虎和福庆走了过来，福庆问："吃？吃啥？"田小贵笑着说："一说吃，你这耳朵就竖起来了。我说去了苏联，怕你吃不饱！"福庆问："为啥吃不饱？"田小贵说："人家吃面包，吃酸的黄瓜，你能咽得下去吗？"福庆说："只要比树皮好吃就行。"高云虎说："福庆啊，你是啃树皮啃上瘾了吧，吃啥都跟树皮比！"众人笑了。

突然一声炮响，炮弹炸开，几个抗联战士倒下了。紧接着，四面八方传来枪声，众人纷纷卧倒。田小贵说："排长，咱们被包围了！"老山东高声说："大家不要慌！沉住气！"老山东、田小贵、高云虎、福庆等举枪还击。枪炮声中，孩子的啼哭声传来。小白马趴在花儿身旁，开枪还击："儿子，你别怕，爹在呢！"日军不断被消灭，抗联战士也有人负伤、牺牲。花儿奔跑着给受伤的战士包扎伤口。

这时，一颗手榴弹落在二驴子和小驴子身旁。大驴子扑了上去，用身体压住手榴弹，手榴弹在大驴子身下爆炸了。二驴子哭着大喊："大哥！"小驴子红着眼睛大叫："小鬼子，我跟你们拼了！"……

日军冲上来了，抗联战士们和日本兵展开了肉搏战。二驴子和小驴子抢着大砍刀，砍倒了一个又一个日本兵。三当家被日本兵刺倒在地，小哑巴上前帮忙，却被另一个日本兵刺死。满身是血的小白马，被两个日本兵围住。刺刀扎来，小白马滚闪，刺刀扎在了他右腹的棉袄上，花儿开枪打死了一个日本兵。小白马努力起身，抢刀劈死另一个日本兵。花儿跑了过来："你伤着啦？！"小白马摸了摸露了棉花的棉袄："棉袄伤着了。"

田小贵枪法好，他边跑边开枪，击毙了一个个日本兵。老山东、高云虎、福庆的脸上身上都沾了血。老山东高声喊："不要恋战！撕个口子！突围！！突围！！！"经过一番激烈的战斗，抗联战士们终于突围。老山东、高云虎、福庆、二驴子、小驴子等跑了过来。高云虎说："排长，小鬼子甩掉了！"

老山东看着战士们:"小贵呢? 花儿呢? 小白马他们都没跟上来?"福庆说:"排长,我去找!"二驴子说:"我也去!"小驴子说:"二哥,咱俩得把大哥埋了!"

老山东说:"谁也不能去,去了就是送死! 我们的任务是过江,走!"说完一咬牙朝前走去。高云虎、福庆等跟着老山东走了,只有驴子二兄弟没动。老山东回过身,看着二人:"打仗得听指挥,这是命令! 想报仇,得先活下来,走吧。"驴子二兄弟抹着眼泪,跟着老山东走了。

大雪覆盖的山林里,小白马和背着孩子的花儿拼命地跑着。小白马回头望去:"别跑了,没人追了!"花儿站住,喘着气:"你快瞅瞅咱儿子,咋没动静啦?"小白马掀开裹被,笑着说:"这小子颠着都能睡着,心是真大呀,心大好,没愁事。"

花儿说:"也不知道他们都跑哪儿去了。"小白马说:"老二老三都死了。"花儿沉默了。小白马轻轻地抚摸着孩子,说:"花儿,你别怕。"花儿说:"有你在,我啥也不怕。"小白马苦笑,花儿说:"走,咱们找个地方歇会儿去。"小白马坐在树下没动,花儿愣住了,扑到小白马近前:"你咋啦?"小白马轻声说:"我没事。"

小白马想扶着树起身,可是没站起来。花儿掀开小白马的棉袄,棉袄和内衣已经让血浸透了。花儿说:"你咋不早跟我说?!"小白马虚弱地说:"说了有啥用,仗能不打吗?"花儿说:"你别动,我先把伤口处理下。"小白马握住花儿的手,发出微弱的声音:"别忙活了,赶紧唠两句家里话吧。"花儿望着小白马,眼泪止不住地淌了出来。

小白马说:"花儿,你跟了我不亏吧?"花儿说:"一点都不亏。"小白马勉强笑着:"有件事我一直瞒着你,今儿个得说了。花儿,我打过鬼子,可没杀过骑白马的日本军官,那是我吹的牛。当年让小鬼子打怕了,要不是你顶着我的腰杆子,我还真就提不起胆了。"

花儿含着眼泪:"可到头来你还是响当当地站在鬼子眼前了,当家的，你在我心里是个顶天立地的真爷们儿！"小白马笑了："有了这句话，我闭得上眼了！"花儿淌着眼泪，握紧了小白马的手。小白马虚弱地张张嘴："让我再看一眼儿子吧……"

花儿抓起一把雪，塞进孩子的嘴里，孩子被冰哭了。花儿坐在雪地上，抱着孩子喂奶，孩子止住了哭声，可没过一会儿，又哭了起来。花儿哄着孩子："儿子，你别哭了，再忍忍，等娘有吃的了，你就有奶喝了。"

一队日本兵正在巡逻，一个日本兵环视着四周，问："怎么有声音？"另一个日本兵说："是野猫叫吧？"花儿紧紧地捂着孩子的嘴，直到日军走远。花儿松开手，孩子没动静了。花儿轻声叫着："儿子，儿子！"孩子依旧没动静。花儿连忙给孩子做人工呼吸，孩子哇的一声哭了。孩子的哭声在林子里回荡，日军闻声追来。日军朝花儿开枪，子弹不断打在花儿身后的树干上，花儿越跑越远……

夜里，花儿坐在一家农户的炕沿上，长长地松了口气。一个面容和善的大娘端着一碗苞米面粥走进屋子里："熬得稀烂了。"花儿抱着孩子，感激地说："大娘，多谢了。"大娘走到近前，叹了口气："这孩子可是遭大罪了。"大娘盛了一勺粥，吹了吹，喂孩子。孩子紧闭着双眼，不张嘴。

大娘说："这孩子不会是病了吧？"花儿用嘴试了试孩子的额头："看样子没事呀。"大娘说："孩子哪有不贪吃的，不吃饭就是病了，得赶紧去看大夫。"

花儿说："大夫在哪儿呢？"大娘说："得去镇上。"花儿犹豫了。大娘沉默一会儿说："我看你也挺难的，自个儿都顾不过来，孩子能好吗？这样下去不是个事儿呀，实在不行就送个人家吧，兴许孩子还能活下来。"花儿望着孩子，眼泪涌了出来。许久，她抹了一把眼泪："大娘，这孩子可乖了，长大了错不了，要不你……"

大娘难为情地说："你看我家都穷成啥样了，我养不活他。"花儿沉默了。大娘说："你这身衣裳沾着血呢，出不了门，等给你换身干净的。

闺女，大娘也就能帮上这些了。"

花儿抱着孩子，敲开一家农户的门。农户看着花儿怀中的孩子，不停地摇头。花儿抱着孩子隔着板障子央求着另一家农户，农户还是无奈地摆手。花儿又敲开另一家农户的大门，农户身后跟着三个破衣烂衫的小孩儿……

冬日的寒风里，花儿抱着孩子跪在镇街上，乱蓬蓬的头上插了根高粱，手里举着一张马粪纸，上面写着："为救孩子愿意嫁人。"一个穿着体面的男人走了过来。男人蹲在花儿跟前，仔细端详后，吩咐道："端碗水来。"不大工夫，有人端来一碗水。

男人接过碗，喝了一口水，突然朝花儿脸上喷去。花儿赶紧用手护住孩子，眼睛盯着男人。男人抬手抹净了花儿的脸，又托起她的下巴，笑了，喊了声："嫩！"

男人坐在自家正房堂屋椅子上，喝着茶水。花儿抱着孩子站在一旁："相中就行，你先救我儿子，别的都好说。"男人说："实在！不过有个事儿我得讲在前面，我有三房了，你做四房可愿意？"花儿说："只要能救孩子，随你！"男人拍手道："好，痛快！"

三

黄昏的江边，残阳的余光随江面的浮冰漂动。老山东、高云虎、福庆、驴子二兄弟等抗联战士站在江边，回头望着身后的莽莽山林。老山东转过头一挥手，抗联战士们纷纷跳进江水里，拼命朝对岸游去。

苏联江边一片漆黑。一根火柴刚划着，一阵风吹来，火灭了……又一根火柴划着了，一小堆火终于点起来了。

火光下，高云虎拍打着福庆的脸，良久，福庆才慢慢睁开眼睛。高云虎松了一口气说："吓死我了。"高云虎捧起一把雪，使劲搓着福庆的脸："没事了，醒过来了就行，你刚才都冻硬了，我还以为你过去了。"

福庆微微一笑说："哪能呢，我命多大啊。大伙儿呢？"

老山东笑着说："都全乎着呢。"老山东凑近火堆，捡出一根树杈子，想点一锅烟，却点不着，摇摇头说："潮了，等日头出来了，好好晒晒。"

这时，驴子两兄弟摸黑抱着两根树杈子回来了，把树杈子添进火堆。二驴子说："找不着了，就这点儿。天快亮了，再挺挺吧。"福庆四下望着，疑惑地问："咱这是到哪儿啦？"

清晨的雪原上，一小堆闪烁的火光渐渐熄灭了。第一缕光线出现在东方的地平线上。晨光中，江水缓慢而浩荡地流淌，浮冰顺流而下。火堆余烬旁，抗联战士一个跟着一个站起来。

初升的阳光照在战士们的脸上。老山东和高云虎、福庆、驴子兄弟望向远处。远处是一望无际的雪原，隐约起伏的山峦，辽阔荒凉……福庆问："这就是苏联？"高云虎点头："可不咋的。"小驴子说："看着跟野马滩没啥不一样。"二驴子说："就隔一条江，你想有啥不一样？"

老山东吧嗒着没点火的烟袋锅说："打这儿起，咱就算离开家了。穷家富路，把手里的家伙事儿点点，没掉到江里的都带好，上路！"

衣衫褴褛的战士们排着队在茫茫雪原上缓缓行进，在没膝的雪里向前跋涉。走了许久，边防营地终于出现在不远处。小驴子大声喊："快看！那边有房子。"老山东张望着说："是苏联的边防哨，加把劲儿，快到了。"一行人加快脚步，深一脚浅一脚地朝营地走去。

苏联的边防营地前有士兵跑动的身影。接着，苏联士兵的声音穿透清冷的空气，隐约传来："前面什么人？站住！"

高云虎问："他们喊啥呢？"喊话中混杂着几个女兵的声音。福庆站住不走了。高云虎又问："咋啦？"福庆说："有点儿走不动了。"高云虎说："扯啥犊子呢，这眼瞅着就到了。"

福庆挡着屁股蛋子，扭扭捏捏地靠向一棵树。高云虎围着福庆转，福庆紧着躲。高云虎一把拉过福庆，才发现福庆的裤子破了，露出半个屁股蛋子。高云虎说："就这？"福庆点头。高云虎说："谁稀罕看你呀？"福庆说："我不怕看，我是怕给咱的队伍丢人。"福庆说着蹲下了，屁股蛋子露得更多了，急忙又站起来。

高云虎说："那你就一直在这儿蹲着吧。"福庆一脸难堪地说："你帮我想想招儿，还是不是战友？"高云虎无奈，四下撒目。一阵风吹来，营地的方向飘来一张报纸。高云虎连忙跑过去捡起来，是一张浸着面包油渍的俄文报纸。

苏军士兵举着枪，黑洞洞的枪口正对着抗联队伍。老山东高举双手，向前几步说："中国人，抗联，过江来的，请你们向领导汇报！"

抗联战士们整齐列队，安静地等待着。半晌，苏军士兵跑步回来，和排长耳语了几句。排长转身对着苏军士兵命令道："放下枪。"排长走向老山东，指指老山东肩上的枪，又指指地面。老山东会意，转身对抗联战士们说："把家伙事儿都放下。"

小驴子不解地问："咋？还缴枪？"二驴子劝解道："咋说也是人家的地盘。"抗联战士们纷纷把枪放在雪地上。排长示意队伍向前，老山东大声命令道："把腰杆都给我挺直了，拿点精神头儿出来！"抗联战士们高声应道："是！"

白雪覆盖的苏联营房外，炊烟飘荡。正吃着早饭的苏军士兵纷纷抬头，注视着这支奇特的队伍。每位战士衣衫褴褛，脸上黢黑，但都精神抖擞，昂首挺胸。高云虎和福庆走在队伍最后，福庆挺胸抬头，跟着队伍往前走，露屁股的地方垫了那张俄文报纸。

两名年轻的苏军士兵端着饭盒，小声地议论着。"这是中国人的部队？""鬼知道他们都经历了什么？""这就是真正的战场的样子，愿上帝保佑他们。""愿上帝也保佑我们。"两名士兵放下饭盒，立正，对着经过的队伍敬礼。

苏联边防营地的澡堂外盘着一口大灶。炉火熊熊燃烧，火上架着一口大锅，水咕嘟咕嘟地开着。澡堂里摆着几个大桶，蒸汽弥漫。

衣衫褴褛的抗联战士列队站在不远处。高云虎说："审查了一天一宿了，祖宗三代都问明白了，还要干啥？"福庆试探地看着老山东："排长，我想起来了，这景儿在啥地方见过。"老山东问："啥地方？"福庆说："小时候过年，对门张大户家杀猪，就是这么燎毛。"小驴子说："我也见过。"老山东说："既然你俩见过，那你俩先上。"

福庆和小驴子被苏军士兵拉进营房，福庆说："咋是女的？"福庆转身就要跑，被几名女军医按住了，女军医说："按照卫生检疫程序严格执行，不要马虎。"福庆挣扎着说："干啥？放开我！"

女军医拨开福庆的头发严格检查："寄生虫很多，工作量很大。"另一名女军医拿起剪刀，咔嚓咔嚓剪掉福庆的头发。小驴子也被按住，转头看着福庆的阴阳头，扑哧笑了。福庆剪短了头发，迷茫地站着，又有两名女军医上来，伸手就扒福庆的衣服。福庆像是烫着了似的往后躲："干啥？动口不动手……"小驴子见状，喃喃自语道："我自己动手。"

老山东、高云虎、二驴子站在营房外，听到里面传来福庆大呼小叫的声音，高云虎扑哧笑出声来，老山东也笑着说："看来张大户的手艺不赖。"

福庆和小驴子穿着崭新的、不带肩章的苏军制服，笔挺地并肩站立。老山东和高云虎从营房里走出来，也剪短了头发，换上了新衣服。

福庆看着老山东和高云虎说："排长、云虎，你们进去，里边也都是女的吧？"高云虎说："是啊，咋的？"福庆问："也对你们动手啦？"老山东说："我们有手有脚的，自己会拾掇。"福庆说："我也有手有脚……"老山东说："你生瓜蛋子，头一回上秤，没经验。"福庆的脸憋得通红："都干啥啦？"高云虎说："瞅你那熊样，你还吃亏啦？"老山东整整衣领，系上扣子说："打起仗来还分什么男女，都有点出息吧。"

穿着一新的抗联战士们散坐在营房外。老山东望向远方，若有所思地吧嗒着空烟袋。高云虎和福庆在老山东身边坐下了，也望着远处。高云虎说："都不记得上回捯饬这么利索是啥年月了。"福庆接上话茬儿说："可说呢，云虎，洗干净我都不认识你了。身上没虱子，还真不习惯。"老山东沉默着。高云虎试探地问："排长，你琢磨啥呢？"老山东磕打着空烟锅，站起身说："没啥，想也没用，有关东山罩着他们呢，道儿再远也是人走的。"

不远处站着几个女军医，白雪映着她们的白衣，英姿飒爽。福庆说："瞅瞅，你们说花儿要是能穿上这身衣服，得多精神。"

雪原上，凛冽的寒风吹向了远处，那里有抗联战士们远望的关东山。

四

冬夜，孩子躺在炕上熟睡。男人走进花儿的屋子，说："我听说小崽子的病好啦？"花儿点点头。男人说："别急着谢我，要谢就在花被窝里谢吧。"花儿没吭声。男人说："啥时候能上炕啊？"花儿沉默片刻："你家这样的大户，有脸有面，总得找个媒人吧？"男人在炕沿前坐下说："还挺讲究。"男人望着花儿："过来坐。"花儿没动。男人说："还让不让孩子睡觉啦？"花儿无奈，坐在一旁。

男人色眯眯地望着花儿。花儿说："这么晚了，有话赶紧说吧。"男人说："还挺凶，我告诉你，是我救了这孩子的命，你得对我服服帖帖的，明白不？"花儿不语。

男人说："今儿晚上兴头不错，先归拢归拢你。你跟了我，吃喝不愁了，可不能白吃白喝，得伺候好我。白天咋伺候等亮天再说，就说晚上的，你得给我洗脚，捏膀子，捶大腿，我不睡你不能睡，知道吗？"花儿没吭声。

男人说："要说炕头那点事儿吧，是这样，我岁数大了，你得勤快点，你也不是黄花大闺女了，该懂的你也懂，我就不废话了。另外呢，加上你，我这炕上四个娘儿们，你们不能争风吃醋，不能挑肥拣瘦，对谁薄对谁厚，都是我说了算……"

花儿打断他："你不用说了，我都明白。"男人说："这越唠是越热乎，咱俩也别等了，钻被窝吧。"男人朝花儿扑来，一把抓住花儿的胳膊。花儿躲闪："说好请媒人的！"

男人说："完事再请不迟！"花儿撕扯着："你松开我！"男人不松手："我就喜欢你这样的，再使点劲才过瘾呢！"花儿摸到了男人腰间的手枪，惊讶地看着男人。这时，门外传来管家的声音："老爷，有急事！"男人沉默片刻，走出屋门。

第二天，女仆拿着抹布擦抹着花儿的屋子。花儿抱着孩子，亲了亲孩子的小手，孩子咯咯地笑着。女仆说："笑得嘎嘎的，听动静就知道这病全好了。"花儿笑了笑："对了，你知道老爷昨晚去哪儿了吗？"女仆说："不知道。"

花儿说："我看他走得急三火四的，是不是出啥大事啦？"女仆笑笑不语。花儿说："我马上就要嫁给老爷了，估摸到时候还是得你伺候我，咱俩要是隔着心……"女仆犹豫着说："还不是让抗联闹的嘛。"花儿说："老爷是干啥的？"女仆说："都是自家人，早晚你也能知道，老爷是警察，是日本人眼里的红人儿。"

花儿沉默片刻："那抓到人了吗？"女仆说："逮住三个抗联，两死一伤，伤的那个是铁嘴钢牙，后来自己把舌头咬断了。"

晚上，花儿查看门闩后，熄灭了油灯。她从炕柜里抱出一个大包裹，这时外面传来敲门声，她望向屋门："谁呀？"男人说："我！"花儿问："啥事呀？"男人说："开门！"花儿把包裹塞进炕柜里，说："稍等。"

花儿打开门，男人醉醺醺地从外边拱了进来。男人看着花儿："没睡呀？"花儿关上屋门，说："估摸你能来。"男人笑了："这是等不及啦？把灯点上。"花儿说："用得着吗？"男人色眯眯地说："全靠摸呗？"花儿笑了笑。男人坐在炕沿上，说："有意思，太有意思了。衣服脱了吧。"花儿说："那多臊得慌啊。"男人说："是真臊还是假臊哇，哈哈。"花儿说："你背过身去。"男人笑着说："更有意思了，好玩！"

一把枪顶在男人后脑上。男人呆住了，惊恐地问："你……"花儿说："说吧，你身上背了多少抗联的命？手上沾了多少抗联的血？！"男人问："你是抗联？"花儿说："快说！"男人说："那都是日本人让我干的！再说你要是开枪的话，你也跑不了！"花儿说："我能不能跑得了你说不准，但我知道，你活到头了！"说罢开枪击毙了男人。

江边早晨，并不宁静。花儿背着孩子，不时地回头射击。寡不敌众，肩头中弹了。不多一会儿，子弹也打光了，花儿犹豫了一下，抱着孩子跳进江里。花儿在水中挣扎，她把孩子高高举起，放到一块浮冰上。花儿沉入水里，托着孩子的浮冰越漂越远。日军追到江边，不停地朝江面开枪。

不知过了多久，花儿从江水里露出头，大声哭喊着："老天爷呀，求求你，让我的孩子活下来吧！"正午的阳光照在江面上，寒冷的江面上终于有了些许暖意，可托着孩子的那块浮冰不知漂向了哪里……

五

傍晚，田老爷端着黑瓷大碗，倚着堂屋门框，吃着面条。他突然停住，眼睛直勾勾地盯着院门。院外走进来一个人，趔里趔趄的，一副非人非鬼的模样。那人走了过来，凑到田老爷跟前："爹，我回来了。"田老爷听了这话，身子一软，顺着门框出溜下去，坐到门槛上。

田小贵说："爹，您要打要骂，我都受着，先给喝口面汤呗。"田老爷的肩膀颤抖着，哇的一声号啕大哭起来。田小贵看着田老爷："哼哼两声意思意思得了，赶紧炖肉吧！"

田老爷撂下饭碗，抹着眼泪朝猪圈跑去。他拽了根绳子，跳进猪圈，和猪滚在了一块儿，终于把猪捆住。田小贵站在猪圈外，看着田老爷，眼泪滚滚而下。田老爷气喘吁吁地问："孩儿，你这回不走了吧？"

田老爷说："再走，爹这心就吊在嗓子眼儿，下不去喽！"田小贵抹着眼泪，哽咽着说不出话。田老爷说："你要是还想走，爹拦不住你，可爹的哭声能把你送出十里地去！"田小贵高声说："爹，我对不住您！"

田老爷说："孩子话！有狠心的儿女，没狠心的爹娘，只要你还恋着咱家的热炕头，爹可以把脑袋揪下来给你当球踢！"田小贵说："我不敢踢。"田老爷哭笑着说："你欠收拾！"爷儿俩又是哭又是笑地抱在一起。

田家大院的索伦杆上，一面协和会的会旗迎风飘荡，黄地红字，上书"协和"二字，风卷幡动。

田老爷趴在屋外的窗户根底下，凝神听着田小贵的呼噜声。管家端着两只海碗走过来，抬脚刚要进门，被田老爷一把拉住，田老爷小声说："睡死了。"管家说："啥？"田老爷赶紧捂住管家的嘴，告诉他别吵吵，进出的气儿都有。

田老爷撩起海碗上的屉布，是一大碗炖肥肉加四个白面馒头。田老爷说："久旱的庄稼，当心涝着了，昨晚上就一口气啃了六个猪蹄。"

俩人一起趴在窗户根听着屋里的动静，田小贵哼唧了两声，翻身继续睡着。管家说："少爷算是缓过阳来了。"田老爷说："回来多长时间没放过屁，昨晚上放了个屁，好长好长！"管家说："是吃饱了，让肉顶出来的。"

这时，大门外传来保长的声音："小贵他爹，在家呢？"田老爷使了个眼色，管家愣了愣，紧走几步，进了厨房。田老爷赶紧从口袋里摸出一枚蓝色的协和会徽章，别在胸口上。

保长从大门走进来，田老爷笑脸迎上去："保长……"保长疑惑地说："还保长？顺嘴啦？"田老爷抽了下自己的嘴巴："看我这老糊涂了，如今是镇长了，镇长别见怪。"保长抬头，见大门横梁上钉着"'大满洲帝国'

协和会会员"字样的铝制门牌，说："牌子挂上啦？"田老爷忙应和道："可不咋的，一早起就挂上了。"

保长又问："旗子也挂上啦？"田老爷说："您瞅瞅，这院里都亮堂不少。利整，精神！"保长打量着田老爷，假惺惺地问："没给你添麻烦吧？"田老爷忙说："镇长说啥呢，这可是光宗耀祖的好事。"保长拿腔作调地说："对门老吴头子也想进协和会，我还没吸收，他思想不过关。你这个分会副会长不能白当，得多做贡献。"

田老爷拍着胸脯说："镇长放心，得亏镇长照应，心里明镜儿的。粮谷出荷咱按月交，日满亲善歌咱带头唱，长顺我都教会了，指定给您长脸。"保长满意地点头，四下转转，扒拉扒拉柴火堆，探头往后院瞅瞅。田老爷试探地问："镇长今天过来，有公务啊？"保长反问道："没事就不兴到你这儿串个门？"

管家拿着大扫帚，唰啦唰啦地扫地。保长探头往田小贵的屋里瞅瞅："没人住，收拾这么干净干啥？"管家说："这不是地里没活嘛，人闲不住。"保长背着手，往屋里走。炕上，被子叠得整整齐齐。保长伸手一摸，问道："咋还热乎着呢？是小贵回来啦？"管家说："是我刚才打了个盹儿。"保长说："这日头刚出来就睡回笼觉？"

保长走到灶台旁，伸手在灶台上翻腾。他的手在锅底一抹，捻着手指头上的油花问："油水不小啊，炖肉啦？"管家说："上个月卖猪肉剩了二两肥膘，昨晚上熬了点荤油。"

保长嗅了嗅鼻子，问："我咋闻到肘子味了呢？排骨、里脊、五花三层的……还有血肠子。我这鼻子可比狗还灵。不想招待我呗？"田老爷说："镇长这说的啥话，您是贵客，还能跟您藏着掖着？"保长说："得，我也得有点眼力见儿，饭口不上门，你们自己享福吧。"保长背着手往外走，田老爷追在保长身后说："镇长，晌午在家吃，我掂对点好的，喝两盅。"保长说："不敢，有公务，下回吧。"

管家来到田家后院的地窖子旁，朝地窖子里喊道："委屈了，少爷，出来吧。"里边没动静。管家猫腰钻进去，田小贵四仰八叉躺在地上睡着了。管家推推他说："少爷，地下凉，起来上炕睡去。"

田小贵猛地惊醒，扑腾坐起来，抓起身边的一根白萝卜，指着管家。管家拍拍田小贵的肩膀："少爷，是我。"田小贵看看手里的白萝卜，看看管家问："这是哪儿？"管家说："这是家里啊。"

田小贵揉着眼睛说："我寻思咋回事呢，以为还在山上呢。"管家说："少爷，热水烧上了，泡泡吧，松快松快筋骨。"田小贵不动弹，也不说话。管家问："咋的了，少爷？"良久，田小贵抹了一把眼泪说："没咋的。"

六

一列闷罐火车咣当咣当地穿越着冰封的原野。巴掌大的车窗，老山东、高云虎、福庆、驴子两兄弟和着装整齐的抗联战士们轮流扒着窗口向外张望……

一九四〇年十一月，东北抗联进入苏境人员在距伯力七十五公里的雅斯克村建立北野营。同年十二月，在双城子（乌苏里斯克）附近建立南野营。

伯力雅斯克村郊外，皑皑白雪覆盖山野。山下是一大片木头营房和帐篷聚集的营地。营地的大喇叭里播放着俄语《国际歌》。一辆拖拉机冒着烟，拖着一栋木头的营房。

一面白雪覆盖的缓坡上，抗联战士们在清理地上的积雪，一名战士说："挖了地窖子，咱以后就常住这儿啦？"另一名战士说："要住你住，我得回去打鬼子！"

老山东说："十冬腊月的，多打几口，咱的同志们过来了，都有的睡！前人栽了树，后人才有的凉，到时你们的腰杆就可劲往直了挺吧！"老山东往手里啐了两口唾沫，重新握起木耙，卖力推着地上的雪。

福庆的脸被熏得黢黑，小跑过来对老山东说："排长，换换，你去烤会儿火。"身旁的战士说："烤啥火？没见排长头上冒着热气呢！"老山东抬头看着福庆，说："把你那脸蛋子先擦擦。"福庆弯腰抓了两把雪，在脸上一胡噜说："亮了！"老山东把手里的家伙事儿递给福庆说："你也出出汗，从里到外都暖和了。"福庆说："暖和着呢。"

铲过雪的坡地上，燃起一堆又一堆的火。二驴子、小驴子和几个战士劈柴的劈柴，添草的添草，个个跑得一脸黑。小驴子正撅着屁股在地上拢新火，鼓着腮帮子一通吹，柴草被吹着了。老山东走过来说："腻歪了就跟他们换换！"

二驴子抱着一捆新劈的木头过来，扔在地上说："腻歪？他是瞌睡得着枕头了！打小儿就爱玩火。"小驴子给火堆上添柴说："就那么一两回！你咋不说还挨了揍呢！"老山东笑了："爱玩就多打几堆！这土冻得深着呢，不烧几个时辰化不开……"小驴子说："那也得后面能跟上，这会儿烤化了，过一宿又全冻上了。"老山东点头："可说呢！"

化开的山坡上，战士们拿着铁锹埋头挖坑。高云虎和两个战士正在一个大坑里努力地掘着一个大树根。老山东拿着镢头过来，跳下坑。他一边刨，嘴里一边念叨："山神爷爷别怪罪，咱们也是被撵到这儿没处窝，才在你老人家头上动土，等我们打跑鬼子，忘不了你老人家的恩……"

一名战士说："排长，这苏联的山神能懂你的话？"老山东说："人和别的活物分种儿，山可不分。"战士又说："排长，林子里的话，在这儿好使吗？"老山东说："山窝山岭子是山，山沟子山脚一样是山。甭说山了，就这老树根子，也灵着呢！"高云虎晃了晃大树根说："松了。"旁边的战士说："奇了！"

高云虎和一名战士跳出坑，站在地上拉着，老山东和一名战士在下面抬着。高云虎喊着号子："一！二！……一！二！……一！二！"老山东说："你老人家挪挪窝儿，出去咱们给你捯饬捯饬当桌面儿，天天《国际歌》听着，还有人擦洗伺候着！"高云虎大喊："三！"老树根终于出坑了。战士们脸上流着汗，开心地笑了。

老山东站在坑底，拍拍手上的土说："挖个一人多高，人能站起身，就搭木头封顶子！"高云虎伸手把老山东拉上来，笑着说："用不了几天，咱就能住进来了！"老山东说："地窨子好啊，冬暖夏凉，山神爷疼着咱呢……"

第十四章
抗联在苏联

一

一面坡北风凛冽，寒气袭人。田小贵打了两个大哈欠，伸着懒腰从屋子里走了出来。管家端着几张烙饼从厨房里出来说："少爷，晌午饭对付一口，就剩下两只鸡腿了，刚拿大酱炒了个鸡蛋，整了两盘土豆丝，酸菜血肠炖粉条子管够……"

田小贵一抬头看见杆子上的协和会会旗，问："爹，这啥玩意儿？咱家咋挂这个？"田老爷说："你懂啥，这是护身符。"田老爷把田小贵往屋里推："伸伸懒腰后赶紧进屋，当心让扒墙头子的看见。"田小贵难为情地说："爹，我回来又给你添麻烦了，你们好好的日子过不安生。"田老爷说："你说啥呢？我是老子你是儿子，好日子你不过给谁过？家里要是都不能让你待安生，要这家有啥用，我这个爹不白当了？"

一面坡的场院里，保长身穿协和服，佩戴协和带。交粮的人群肩背手提，排着队等保长的几个手下过秤。宋老婆子卸下肩上的口袋，放在秤上。手下高喊："宋老婆子家，高粱米二十斤！"保长走过来摆摆手说："等会儿。"他的手伸进粮食口袋，抓出一把来检查，然后一脚踢翻粮食口袋，骂道："好你个宋老婆子，一袋高粱米掺着半袋沙子。"保长抬头，清清嗓子喊道："'满洲国'政策好，咱们底下交粮有时有响，细水长流。皇军体谅百姓，咱也得领情，都别给我动歪心眼子。"

　　老吴头子蹲在不远处的地上，双手拢在袖口，脚上穿着一双露脚指头的乌拉，说："皇军咋这么能吃呢？"保长瞪了一眼说："老吴头子，你别一天扬了二怔的，说话当心点。要不看你是个老光棍，早给你抓进训练所去了。皇军保你周全，吃点你家粮食咋啦？不比慈禧老太太吃得省？"

　　这时，田家管家赶着一辆马车过来了，田老爷亲自押车，拉着几口袋粮食来到场院里。田老爷和管家卸下粮食，一边过秤一边讨好地说："都磨好的，精米细面，一点沙子不掺。"保长转身对众人大声说："看看人家小贵他爹，这是你们的好榜样。有样儿学样儿，别等我挨家挨户上门啊，实在没有粮食的拿钱凑也行，一块五顶一袋白面。"

　　老吴头子说："镇长，俺们跟他家比不了，这个月俺是交不上了。棉鞋都当出去了，两双棉鞋才换一块二。我那棉鞋可是三代祖传的，老狍子皮，细绒的里儿，一般的乌拉可比不了，当便宜了。"

　　保长说："你那臭脚丫子穿过，哪个当铺能要？"老吴头子指着田老爷说："当给小贵家了，也就小贵他爹能出得起这一块二了。"田老爷说："老吴头子，价可不低了，都是乡里乡亲的，帮衬你一把，你咋还不知足呢？"

　　老吴头子站起来了，指着田老爷的鼻子说："你别有俩臭钱笑话俺们穷啊，我不吃这一套。你家天天吃香喝辣的，也得给俺们剩两个窝窝头，要不你把俺的粮也交了吧。"

管家要张口理论，被田老爷拦住，田老爷冲老吴头子说："粮谷出荷，天经地义，哪朝哪代都是这么过来的。乡亲们别听他胡说八道，俺家也是从牙缝里挤出这些。"

老吴头子说："还不承认？这十来天你家天天起灶冒烟，咋的？去年的年过到来年开春啊？杀猪就杀猪呗，还不让人叫唤，把嘴给捆上了，怕俺们听见吃你的？我离二里地都闻着味儿了。还有，往常你家那顶花带刺儿的大公鸡天不亮就打鸣三回，这两天也蔫了，咋的你把它媳妇炖啦？连下蛋的母鸡都舍得，这么大排场，招待啥客呢？"

田老爷生气地说："你瞎叭叭啥呢？别拎着舌头满街跑，信不信我揍你？"他抓起秤杆子就追老吴头子，老吴头子绕着场院跑，嘴上说个不停："别看老田头早先不讲究，现在也是干净人儿了。咱河边就一口压水井，长顺一天挑三四趟。十冬腊月的，学会洗澡啦？这日子过得多仔细，两人一天能用三缸水……"

保长呵斥道："行了！老吴头子，你别斜楞眼瞅人家，人家吃猪肉碍你啥事啦？就你家窝头还是大葱啦？赶紧把粮食送来，要不就把你送走！"老吴头子蹲下不说话了。保长转头意味深长地看着田老爷，田老爷赶紧堆着笑，凑近悄声说："镇长，晌午饭上家吃？都备下了，一直等着您来呢。"

保长和几个手下打着饱嗝儿，一副吃饱喝足的模样从田家屋子里走出来。田老爷点头哈腰地跟在后面，掏出一沓钱偷偷塞进保长手里，小声说："感谢镇长，替咱们说公道话，这点儿不够，往后还有。"保长笑着揣钱："都是敞亮人儿，王母娘娘三只眼，乡里乡亲的，都看得真亮儿，这眼瞅开春了，收敛着点儿，记着我的话，多做贡献。"

田老爷点头哈腰地送到大门口，说："镇长慢走，小兄弟们慢走……"田老爷转身低声吩咐管家："长顺，你跟着点儿，等他们走远了，你再叫少爷回来。"

田小贵躲在一面坡后山的土庙里，外面传来管家的小声呼唤："少爷，少爷。"田小贵问道："走啦？"管家说："走了，没事了，咱回家吧。"田小贵问："我爹又使钱啦？"管家说："少爷，能把钱使到你身上，老爷心里头高兴。你可别再琢磨有的没的了，山高水远，踏实在家好好养着身子，等这阵风头过去，好日子在后头呢。"田小贵低着头，跟管家往山下走去。

二

明月高悬，山川寂静，在苏联营地里的地窨子营房，战士们都睡着了，铺上的鼾声此起彼伏。寂静中，福庆突然大喊了一声，挥舞着胳膊惊坐起来。睡在旁边的小驴子嘟囔两句，高云虎睁开眼问："压着你啦？"福庆没接话。高云虎腾了腾身子，闭上眼说："睡吧。"

地窨子里的煤油灯点着了。老山东提着灯，走到福庆身边小声问："让梦魇啦？"福庆摇摇脑袋，清醒过来，对着老山东点头。老山东小声问："梦见啥啦？"福庆说："梦见我还在劳工营，被赶进万人坑活埋了。那个坑，跟咱挖的窨子一般深，几十个窨子挖通了那么大！"老山东小声说："我说你小子这阵儿老躲八丈远呢，不怕枪不怕炮，咋还怕上土坑子啦？"福庆说："战死哪个不情愿？活埋了憋屈……"

老山东把手里的煤油灯递给福庆，小声说："拿着，上我那儿睡去。赶明儿我给你治了这心病！"福庆走到把边的位置躺下，把煤油灯放在地上。火光在地窨子的墙上跳动着。

天上挂着星星，营地吹响了起床哨。战士们纷纷从地窨子里钻出来。很快，战士们队列整齐，喊着口号，绕着营地跑晨操。这时，一辆帆布篷的大卡车驶进营地，十几个捯饬一新的抗联战士从车上跳下来。赵排长带队，战士们好奇地望着营地的一切。

老山东带着战士们在食堂外整队。赵排长看见老山东，热情地打着招呼说："鲁排长！"老山东迎上去，高兴地和赵排长握手："赵排长！你咋才来？"赵排长说："啥才来，我叫经常来！"高云虎和福庆等战士和新来的战士们握手拥抱，亲热地交谈。

老山东问："你一直在两边儿接应咱的同志们？"赵排长说："可不，出溜成交通员了！"老山东说："那边咱的同志们咋样？还不少吧？"赵排长说："少是不少。煤堆儿里捡芝麻——难找啊。话说回来，咱啥时候不难？再难也要找到底！"

中午，老山东带着高云虎、福庆等战士，赵排长带着新来的战士，队列整齐地进了食堂。每个战士领到了两片黑面包和一份苏伯汤。新来的战士们小声议论着："几口就没了，你够吃吗？""先吃再说。"福庆解释道："咱营地的伙食是定量的，每个人早上是一百克拉姆黑列巴，晌午是两百克拉姆和苏伯汤，晚上也是一百克拉姆。"一个新战士问："克拉姆是啥？"福庆说："是他们这儿的说法。"

高云虎说："说的啥玩意儿！早晨和晚上半两多点，晌午一两出头。"高云虎闻闻手里的黑列巴，看着福庆嬉笑道："吃这个，我老想起你的腚。"

战士们都笑了，老山东嗔怒道："列巴还堵不上你们的嘴！"又有新战士小声议论："好喝，甜的。""我吃着肉星了！"小驴子说："苏伯汤是苏联大爷熬的汤，他们只会做这个！"

吃完饭，战士们排着队走出食堂。老山东和赵排长走在最后，老山东问："啥时候走？"赵排长说："一会儿去营部看看，没别的事，明天就回去了。"老山东说："赵排长，我想托你个事。"赵排长说："你说。"

老山东说："回去得机会了，帮我打听两个人。一个是葱山的小白马，一个叫兰花儿，是咱的卫生员。这是两口子，他俩把山上的人手拉下来，入了咱抗联，过江的时候，我们给打散了。"赵排长说："这算啥帮忙？本分事，包在我身上！"老山东和赵排长握手："那就保重了。"两人互相敬礼，告别。

福庆问老山东："排长，你咋没提小贵？"老山东说："小白马是响当当的人物，好打听。打听小贵就是给人家出难题。"老山东看着福庆，一拍脑门儿："看我！忘了，忘了，你赶紧去找指导员！"

苏联营地会议室的墙上挂着苏维埃红旗，红旗两侧是列宁和斯大林的大幅画像。屋子中央是一张油光的大木桌，桌边坐着几个戴肩章的苏联军官。指导员带着福庆站在会议室里，瓦西里翻译着格里高利的话，对福庆说："格里高利上尉问，你在劳工营里待了多长时间？"福庆说："秋天被抓进去，冬天逃出来的，三四个月吧。"指导员补充说："根据我们战士说的情况，那一带是大秃子岭地区，方圆有几百里。"

苏联军官们在桌上摊开地图，示意指导员过去。指导员在地图上指出了大秃子岭的位置说："就是这里。"瓦西里对福庆道："你知道他们建的是什么吗？"福庆说："我们修的是普通的仓库和营房，有一两百号人，我们快走的时候又去了两车劳工，不知道修的是什么。我在的几个月，里面天天在炸山。"苏联军官们小声议论着，格里高利冲指导员点点头。指导员对福庆说："你先回去吧。"福庆敬礼："是！"

福庆离开会议室，不一会儿，瓦西里追了出来："同志！"福庆转身。瓦西里问："同志，你叫什么？"福庆说："万福庆。"瓦西里想了想说："那以后你就叫伊万。"福庆问："为啥？"瓦西里说："你们的人来了都要起苏联名，不然我们的军官不会叫。伊万同志，你好。"

瓦西里和福庆握手说："我叫瓦西里。"福庆叨咕着："伊万……瓦西里……"瓦西里说："我是二毛子。"福庆皱眉问："你干啥埋汰自己？"瓦西里说："小时候我跟我娘回我姥姥家，村里的小朋友都这么叫。"福庆说："往后可别这么说了！你就叫瓦西里，你娘是中国人。记住了！"瓦西里笑着说："行。先不说了，我要赶紧回去。"

夜晚，地窖子里点着煤油灯。高云虎、福庆等战士在铺上哄笑着。老山东说："净瞎起哄！福庆今天立功了！"福庆抬头问："指导员跟你说的？"老山东说："苏联人都问你名字了，说明啥？"高云虎接上话茬儿说："福庆的情报很要紧。"老山东点头："对喽。"

福庆说："可我都没进去看过，啥也没说出来。"老山东说："日本人连劳工都看得那么紧，怕啥？就怕有人看见说出去了，说明保密级别不是一般高，是重要机密啊！"

福庆说："我咋没想到？排长，你咋不早点给我提个醒儿？"老山东说："还用我提，你心里的小鬼儿自己就待不住了。到地儿了，你不放它出来，可不闹腾你！"老山东走到福庆铺前说："再上我那儿睡去？"福庆说："不去了。红五星一照，小鬼儿都化成烟儿没了，啥都不怕！"

深夜，战士们都睡着了，福庆鼾声如雷。小驴子被吵醒了，推了推福庆，小声说："福庆！福庆！"高云虎小声说："别喊了，让他睡个好觉吧，你遮着点耳朵睡。"小驴子看看，两边的战士们都用帽子捂着头睡呢。

三

春天终于来了。春风吹开了冰冻的大河，抗联战士们在江边伐木开荒。成片的荒草和枯树被点燃，营地上空到处飘散着烧荒的浓烟。战士们拿着大肚子锯伐着坡上的老树。远处，一根根树木被拖拉机拽着倒下了。福庆说："还是机器好，有它咱省事多了！"老山东说："机器再好，也是有数的。这片林子都开出来，咱往后吃菜就不愁了。"

这时，哨子吹响了。指导员说："原地休息十分钟。"战士们坐下休息，拿出水壶喝水。苏联的战士们也得到一样的指令，原地休息。

瓦西里蹿到福庆身边坐下，叫道："伊万！"福庆扭头应道："瓦西里。"瓦西里说："我很早就看见你了。"福庆向老山东和战士们介绍道：

"他就是瓦西里，翻译。"瓦西里向大家打招呼："同志们好。"众人纷纷向瓦西里点头。老山东说："瓦西里同志，听说你娘是中国人，啥地儿的啊？"瓦西里说："我娘是瑷珲桦树屯人。"老山东说："那可不老近！"瓦西里说："还能有莫斯科远？"

福庆说："瓦西里，你给大伙儿起个苏联名儿吧！"瓦西里笑着说："这太简单了。"福庆看着老山东说："先给排长起，他叫鲁长山。"老山东点起一锅烟，瓦西里想了想说："戈沃里。"老山东问："啥意思？"瓦西里解释道："俄语的山，戈沃里！"老山东点头："不赖，你再念一遍。"瓦西里重复道："戈沃里。"老山东跟着重复道："戈沃里！戈沃里！记下了，谢谢瓦西里小同志。"

福庆拉着瓦西里，看向高云虎说："这个是我的好兄弟，高云虎。"瓦西里想了想说："老虎是基戈尔。你就叫基戈尔吧。"高云虎向瓦西里一抱拳："就这个了，基戈尔！"

小驴子凑过来抢过话头："我叫小驴子！"瓦西里说："驴是奥斯里克。"小驴子说："我叫奥斯里克！奥斯里克，奥斯里克！"小驴子拉着瓦西里，说："他是我二哥，叫二驴子。"瓦西里愣了一下说："还是驴？驴说过了，叫母驴？叫驴崽子？"驴子兄弟不停地摇头。

这时，劳动的哨子吹响了。战士们都站起来，小驴子拉住瓦西里："名字还没说完呢！"瓦西里灵机一动说："就叫阿肖勒吧！"小驴子问："啥意思？"瓦西里一边跑一边说："阿肖勒是我最好的朋友。"

四

一面坡的田家院子，协和会的会旗在春风里飘扬。田老爷和管家正在院里劈柴火，外面街上传来喧哗声。两人对视一眼，管家说："我出去看看。"村街上，保长走在前头，身后跟着几个手下和一队持枪的日本宪兵。保长喊道："挨家挨户地，都给我把大门敞开，地窖子掀起来，有生脸一律带走！后山也别落下，那几个土庙子也给我翻过来。"

管家迎上来说："镇长，咋回事？"保长打量管家一眼说："昨晚上苞米垛子里扎出两个抗联，待会儿要拉到场院上毙了。"管家问："真是抗联？"保长瞪着管家说："皇军亲自出动了，还能有假？"管家听后，转身一路小跑回到田家。

一面坡的场院里，两名抗联战士被绑着跪在地上。一队日本宪兵持枪瞄准，围观的人群噤若寒蝉。保长站出来喊道："都给我长眼，看真亮儿了，有这回没下回，谁家再藏着生人，都拉到这儿一锅端了。"

田老爷和管家手忙脚乱地收拾着田小贵的东西。田老爷说："孩儿啊，这回家真待不住了，你快跑吧。"管家说："老爷，叫少爷往哪儿跑啊？那后山上都是兵。"田老爷说："不管往哪儿跑，都得跑。"他掀开炕席，把金条一股脑儿地塞进包袱："是爹没用啊，这些全给你带上。"田小贵说："爹，这回我不跑了，我跑了你咋整？要命一条。"

这时，远处传来啪啪两声枪响，三人都愣住了。田老爷把包袱硬塞到田小贵手里："你说啥胡话呢？放心，爹都答对明白了。等这一阵风头过了，只要看见院里那旗子还挂着，你就回来。"院门口突然传来保长扯着脖子的喊声："小贵他爹，在家呢？"管家打开后窗，推着田小贵："少爷，来不及了，赶紧扒墙头子跑吧！你咋还不走？长顺给你跪下了！"

田小贵蹬上窗台，又转身在炕琴底下摸出一袋烟丝，揣进怀里。门外脚步声响起来了，田小贵转身一跃，翻出窗户。管家拿起包袱，扔了出去。田小贵一路朝后山奔跑而去……

保长身后跟着一队日本宪兵，呼啦啦进了院子。田老爷满脸堆笑说："镇长，快请太君们正房里坐，晌午饭就在家吃吧？我好好掂对几个……"保长对翻译和宪兵队长谄媚地笑着说："太君要找的人就是他儿子田小贵，人肯定是躲出去了。"田老爷一听顿时愣住了。

翻译问："政策你懂？"田老爷说："懂，懂……"翻译又问："当过抗联是什么罪名？"田老爷说："杀……杀头。"翻译说："有人到宪兵队举报，你儿子田小贵当过抗联，如今在家藏着呢。"田老爷说："没有，绝对没有。"翻译逼问道："人藏哪儿啦？"宪兵擎着枪对着田老爷，田老爷跪着说："冤枉啊，保准是谁跟我家有仇，胡说八道，都是中国人，您得替咱们跟太君解释……"

翻译一笑："镇长，你说。"保长瞄了一眼宪兵队长，转头看着田老爷说："别搁这儿扯淡了，赶紧把人交出来，太君心里都明镜儿的。你问问，一面坡谁不知道，你家小贵在哈尔滨上学的时候就没好好念书，跑到马占山的部队上去了，后来还当过义勇军，参加过游击队，再后来就上了抗联，出去回来好几趟，前两年还把你家护院都拉走啦。干啥去啦？不是上队伍去啦？年前儿又跑回来了吧，一直藏在地窖子里，别以为我不知道。"

田老爷瞪着保长，眼眶子快冒出血来。保长说："老田头儿，我平常待你不薄，我也有家有口，这事儿太君亲自过问了，瞒不住，要怨你就怨老吴头子吧，他进了邻保组织，是他点的你，赶紧把人交出来，乡亲们才能太平……"话音未落，保长就和翻译带着宪兵往田小贵屋里闯。

春雷阵阵，天上下着倾盆大雨。田老爷和管家跪在大门口，田家被翻了个底朝天。

五

在苏联营地操场上，高云虎和二驴子进行搏击训练，难分胜负。福庆和小驴子各自带着几名战士呐喊助威。

这时，格里高利上尉走到教官瓦洛佳身旁。格里高利说："你的中国学员看上去很不错，瓦洛佳少尉。"瓦洛佳说："离我的要求还差得远。"格里高利说："当然，这是他们和伟大的苏联红军战士的差距。"瓦洛佳说："这些中国战士有自己的优势，他们有顽强的意志和斗争精神，习惯了在恶劣的环境中生存，只是缺少现代化的军事训练。给我一点时间，我保证把他们训练成为一支和苏联红军一样优秀的部队。"格里高利说："这还不够。"

瓦洛佳看着格里高利，格里高利面向远处的群山说："瓦洛佳少尉，我们和日本人控制的地区只有一江之隔，对岸有广袤的土地、人迹罕至的山川河流。在那些看不见的地方，还有日军的要塞、地堡、工事、弹药库、供水系统、电站、机场和驻军……"

训练场上，二驴子一个鹞子翻身，从背后锁住了高云虎。高云虎被按在地上动弹不得。半晌，两人起身。二驴子看着高云虎问："服啦？"高云虎"哼"一声，从腰上解下一把刀，扔在地上。高云虎指着那把刀柄上缠着红布的刀，爽快地说："还不赖，你的了。"二驴子惊讶地问："真给啊？舍得吗？"高云虎说："愿赌服输。你别太得意，我昨晚上没睡好，等下回好好收拾你。"

小驴子跑到瓦洛佳旁边说："瓦洛佳教官，阿肖勒，我的哥哥阿肖勒赢了基戈尔！"瓦洛佳赞许地点点头。

小驴子走远，瓦洛佳对格里高利说："所以参谋部对这些士兵有特别的期望？"格里高利说："是的，这支部队是为了特别的目的而存在的。根据现有的《苏日中立条约》，苏军战士在'满洲'地区的出现将会引发不必要的争端。为了完成一些特别的工作，我们需要的是一支由中国战士组成的特种部队。因此，我们对他们的训练，不仅包括常规的军事训练，也包括特种作战的技能训练。"瓦洛佳说："我明白了。对'满洲'境内的目标进行侦察，他们确实比苏联人更有优势。"

一九四一年六月二十二日，德国法西斯突然进攻苏联，苏德战争爆发了。七月，日本帝国主义趁机从日本国内和朝鲜调动大量部队和装备，在东北集结七十余万兵力，进行所谓"关东军特别大演习"。战争的阴云笼罩着苏联。

苏联远东军区参谋部情报中心，一名苏军军官在桌面上展开一张地图，在地图上的一处山脉比画着。寂静的夜空中，一阵电磁干扰声出现了，几名苏军情报员在试图截获日军的无线电通信信号。

夏夜的日军兵营，星罗棋布地亮着篝火，大批的日军围坐在篝火边向天空观望。这时，空中突然传来机群呼啸声，由远及近。士兵闻声举起酒杯，雀跃着向空中欢呼。夜空中大批日军机群呼啸而过，隐入深山里。日军机群飞过之处，山林中惊起一群飞鸟。惊鸟一路飞越山脉河流，飞越晨昏，飞越乌苏里江，飞入苏联境内。

营地的喇叭里播放着高亢的俄语动员词："一切为了前线！一切为了胜利！"俄语过后又是汉语广播："保卫苏联的每一寸国土，为保卫我们的城市和乡村战斗到最后一滴血！我们要不浪费一分一秒的时间！不放过任何一个和敌人斗争的机会！一切为了前线！一切为了胜利！"

激昂的广播传遍营地每一个角落。一百多名苏联战士在营地整齐地列队，一个苏联上校站在队伍前送行，向苏联战士们敬礼。战士们斗志昂扬，排着队跳上卡车。瓦洛佳郑重地向上校敬礼，转身登上卡车的驾驶室。满载苏联战士的两辆军车扬起尘土，从营地开走了。

一辆军绿色嘎斯运输车穿过营地，在厨房外停下。一个苏联士兵和一个中国士兵抬着一筐黑列巴从车旁经过。老山东带着高云虎、福庆、驴子兄弟等战士来到车边卸货。车上装着成袋的洋葱和土豆，还有成箱的伏特加和肉罐头。老山东背了袋土豆朝后厨走去。福庆也背了袋土豆离开。

高云虎说："我来两袋！"高云虎背起两袋土豆就走。二驴子走过来说："我来三袋！"二驴子背着两袋土豆，臂下还夹着一袋洋葱。小驴子背起一袋土豆，转头望了一眼车上的肉罐头。

抗联战士们蹲在地上削着土豆。福庆说："排长，瓦洛佳教官上前线了，咱也报名去打德国法西斯吧。"一名战士也说："排长，我也想去，练了这些日子，该真刀实枪干一场了！"另一名战士说："我也想去！"

老山东说："都去打德国法西斯了，这边打起来咋办？八百里兼程赶回来？"二驴子说："干啥都比削土豆强！这玩意儿洗吧洗吧剁了就能吃，有这工夫不如多长点本事！"

老山东说："一月就轮一回，咱也不能总吃现成的。"老山东看向高云虎说："啥东西用好了都能出花儿，土豆皮子堆肥也是宝，是不是，云虎？"高云虎埋头削着土豆不说话。小驴子说："云虎哥，你打小就玩刀吧？"福庆说："不光打小玩刀，他还帮过厨。"高云虎说："我把这玩意儿当小鬼子的脑袋削！"

战士们系着围裙在后厨吃饭，小驴子看着教官小灶上的肉罐头咂巴嘴。小驴子说："二哥，你说肉罐头好吃吗？"二驴子把自己的列巴掰了一半给小驴子说："肉罐头没有，土豆洋柿子管够。"

苏联营地江水湍急，岸边立着成排的帐篷。帐篷内，高云虎、福庆、驴子兄弟等一众战士围在老山东身边，老山东给大伙儿念着手里的小册子："……中国战争之非孤立性，不但一般地建立在整个国际的援助上，而且特殊地建立在苏联的援助上。中苏两国是地理接近的，这一点加重了日本的危机，便利了中国的抗战。中日两国地理接近，加重了中国抗战的困难。然而中苏的地理接近，却是中国抗战的有利条件。"念到这儿，老山东抬起头赞叹道："这是大能耐啊，你们听，毛主席这段话，说得多透亮！"

高云虎不耐烦了："毛主席话说得都没错！可如今苏联自己都着火了，忙着保卫城市和乡村！咱过来也一年多了，啥时候才能张罗回家打鬼子？"二驴子应和道："说得是！这抗联当的，还当成缩头乌龟了！"老山东合上小册子，说："着啥急？咱每天听新闻，学政治，不能光绕着头上这几窍打转！跟种地一个理儿，肥是上了，得长出庄稼，结了粮食才算数。福庆，你给大伙儿说说。"

福庆问："我说啥？"老山东说："你说说战争局势。咋想的就咋说。"

福庆说："社会主义苏联是世界革命的堡垒。"小驴子说："排长让你说战争局势。"二驴子说："甭瞎插嘴。"福庆说："德国法西斯侵略了波兰、法国、南斯拉夫等好多国家，又来攻打咱苏维埃祖国了。"老山东说："国内呢？"福庆说："小日本侵占了咱的大片国土，春天又占了宁波和福州，封锁福州以南的沿海，一直在打。就这，蒋介石他娘的还发动皖南事变，还反共！"

老山东点头："说得对，如今是咱最困难的时候，也是小日本正气盛的时候。德国和苏联一开打，小日本就猴儿急着在边境上搞演习！打起来了咱不怕！不打更好！回头苏联缓过劲来，能咽下这口气？这对咱中国是好事。毛主席说得好，抗日战争是持久战！咱东北打小日本打了近十年，不急这一会儿，越难的时候，越要沉住气！"

战士们都认真地听着，老山东接着说："咱要学就学那过五关、斩六将的关云长，关关难过关关过！不要当了猛张飞。"高云虎说："理儿都没错。咱歇了这么些日子，回去打游击总成吧！"

老山东说："沉下心，有你回去的时候！咱抗联这些年，打的都是游击战，人多的时候，满地开花，如今人少，可不得精打细算！"高云虎说："这句成。"福庆说："咱的同志们，回去过的不少。"二驴子点头："我也听进去了。"小驴子说："排长，你接着唠。"

这时，营房门开了，瓦西里站在营房门口，叫道："阿肖勒同志，我的好朋友，格里高利上尉请你去他的办公室。"

二驴子跟着瓦西里来到格里高利办公室，大声说："报告！"瓦西里翻译格里高利上尉的话，道："阿肖勒同志，你在训练过程中表现优异，上级决定派你和其他几位中国战士组成特遣小组，过境执行特殊任务。你的队友们已经都到了，现在带你去会议室，具体情况有专门的同志向你布置。请注意，关于任务的具体情况必须保密。"

二驴子立正敬礼，跟着瓦西里往外走，到门口又停下脚步，转身说："报告上尉，我有个请求。"格里高利和瓦西里看着二驴子，二驴子说：

"我想要一罐肉罐头。"

在苏联营地的会议室里，桌上铺着伪满洲国地图。一位苏联少校指着地图向二驴子和另外三名抗联战士布置任务。瓦西里向大家细致地讲解道："大秃子岭，你们当中的三位同志对这一带比较熟悉，根据我们的情报，大秃子岭里有一处隐秘的日军工事，你们的任务是找到这个秘密工事，并且侦察它的用途和规模以及驻军情况，及时发电报回来。你们的时间是三个月，从过江的时间开始，三个月后，边防部门会在预定的时间和位置接应你们。记住，不管你们侦察的进展怎么样，一定要按时返回！"

黄昏，二驴子和小驴子并肩坐在江边。二驴子说："我要去执行特殊任务了。"小驴子说："能问不？"二驴子不说话。小驴子说："不问了。"二驴子说："三个月。"小驴子不解："啥？"二驴子解释道："三个月以后就回来了。"小驴子说："有工夫的话，你会回去看看咱爹吗？"二驴子说："我不知道。"小驴子说："还是别回去了，脱离队伍就犯纪律了。"两人沉默了。

过了一会儿，小驴子对二驴子竖起了大拇指，说："二哥，你是这个！"二驴子问："为啥？"小驴子说："战争情况这么紧急，苏联军官先挑了你，你比云虎哥厉害！"二驴子笑笑，抬头望向江面良久，才说："你知道这是什么江吗？乌苏里江！江那边就是中国！那边有咱爹，有父老乡亲，野马滩上还有咱的祖坟。"小驴子说："你马上就回去了。"

二驴子说："小日本抢我们的马，烧我们的房子，占我们的地……咱们一定要回去报仇，要死也死在中国。"小驴子说："要死也是小鬼子死！"二驴子说："万一我执行任务没回来，你一定要活着，替我看胜利的那一天……"小驴子说："咱准能一块儿看到胜利的那一天！"二驴子叮嘱道："听排长的话。"小驴子说："放心吧……"

六

夏日，田小贵穿着又脏又破的衣服，挂着一根棍子走在镇子的大街上。迎面一队伪军跑步过来了。田小贵低下头，绕道走开。街面上，一群乞丐跪在地上，向前面的粥桶爬去。马大户站在不远处，手里捏着一串佛珠。乞丐爬到粥桶前，递上碗，伙夫舀起一勺稀粥。

田小贵从地上捡起一个有碴口的破碗，跟在队伍后面。轮到田小贵了，田小贵站着递上碗。伙夫对着田小贵的膝盖踹了一脚，田小贵晃一晃又站起来了，伙夫急眼了，一脚把田小贵的碗踢飞，嘲讽地问："咋的？硬骨头？要饭还站着？"

马大户走过来，上下打量田小贵，捏捏胳膊腿儿说："观音菩萨长眼，瞅这一个个的，都叫大烟虚了身子。就这个身子骨还挺硬实，挑个粪拉个磨的，大骡子大马都省了。"

马大户的家在靠山屯，一座两进的院子，当中的是正房，靠边的是磨坊。田小贵蹲在地上，面前放着一碗稀粥、两个高粱饼子。马大户说："观音菩萨赏你的，吃吧。"田小贵端起碗抓起饼子，呼噜呼噜地吃着，粥和饼子瞬间下肚。

马大户看着田小贵说："一路上也不张嘴，你别是个哑巴？"田小贵喝完最后一口稀粥，一抹嘴说道："谢谢老爷，不吃白食，有啥事您尽管吩咐！"

马大户惊道："哟，还拽文词！念过书？"田小贵说："俺爹请过先生，念过几年私塾。"马大户说："有钱人家，哪儿的人哪？"田小贵说："汤原的。"马大户说："咋不回家呢？"

田小贵说："我大哥沾上赌了，房子地都输光了，让人撵出来了，没家了。"马大户绕着田小贵，上下打量着他："瞅你这身子骨，是打小有点底子，应该没说瞎话。"田小贵说："您要是不嫌弃，留我当个长工，我啥都能干。"

马大户冷冷地说："该留不留的，咱可说好了，只管吃喝，没有工钱。"田小贵忙应道："行。"马大户说："白干你也乐意？"田小贵讨好地说："东家是大善人，跟着你积德行善，早晚有福报。"马大户说："这话中听。既然缘分到这儿了，菩萨留你了。"

七

秋日，在苏联营地野外，抗联战士们正练习着射击、攀爬、越野、匍匐、泅水。高云虎首先上岸，福庆跟在后面上岸，喘着气说："下回，我就能追上你了！"高云虎说："武装泅渡追我？那你得多吃点夜草！"

高云虎看到站在岸边的瓦西里，问道："瓦西里，怎么啦？"瓦西里沉重地说："我的好朋友阿肖勒在基辅牺牲了，他参军才四个月……"老山东说："瓦西里同志，节哀。"

福庆和瓦西里坐在江边，瓦西里不住地讲道："阿肖勒的妈妈经常给我们读童话，我们最喜欢小金鱼的故事，阿肖勒总会向鱼缸里的小金鱼提出愿望：小金鱼啊，可爱的小金鱼，请你让爸爸给我两卢比零用钱……阿肖勒的爸爸是城里的工程师，总给我们零用钱。我们一起上小学中学，一起当少年先锋队员，一起游泳，一起参军……"说到这儿，瓦西里呜呜地哭了起来。

福庆劝道："阿肖勒是为保卫祖国牺牲的，他是英雄！"瓦西里说："对，阿肖勒是英雄。"福庆提高嗓门儿说："打起精神来，我们是战士！"

福庆唱起了《神圣的战争》："起来，伟大的国家，做决死斗争，要消灭法西斯恶势力，消灭万恶匪群！让高贵的愤怒，像波浪翻滚，进行人民的战争，神圣的战争！……"瓦西里也跟着唱起来……

深夜，在苏联营地的帐篷里，抗联战士们在休息。小驴子穿好针线，递给老山东。老山东接过针线，缝补那件破了洞的衣服。

小驴子说："排长，你说二哥能做什么特殊任务？"老山东说："侦察，潜伏，游击，都有可能。"小驴子说："说好的三个月，这都过去半个多月了，他咋还不回来？"老山东说："小鬼子封锁得严，耽搁了呗。"

高云虎拿着条裤子走过来，老山东抬起头看了一眼说："搁着，等我忙完手里的。你先把针线穿好了。"一名战士说："排长，我裤子膝盖也快磨透了。我也先把针线穿上。"另一名战士也说："排长，我的衣服也露肘子了。"老山东点点头："行，你们都把针线预备好了，今儿补不完明儿补。"

高云虎穿好针线，福庆一骨碌爬过来，接过高云虎的针线说："我来。"高云虎问："你会？"福庆说："没吃过猪肉还没见过猪跑？"福庆趴在铺上研究着高云虎的破裤子。

一名战士问："咱的衣裳都这样了，啥时候才能换新的？"另一名战士说："伙食定量都减了，不撵咱走就不错了，还换衣裳！"高云虎说："这都不是事，愁人的，是他们西线打得不好……"说到这儿，帐篷里突然沉寂了。

过了一会儿，老山东说："钱要花在吃紧处，都难啊……"这时营房外有人叫老山东："鲁排长在这儿吗？"几个战士高声应和："在这儿！"老山东放下手里的活儿，走出帐篷。赵排长站在外面，老山东迎上去握手："有些日子没见了！"赵排长说："可不，人越来越不好找了。走走？"老山东点头："走走。"

两人并肩朝江边走去。老山东问："那边情况咋样？"赵排长轻叹："老百姓的日子更难了，小日本为了备战，大搞啥'国民总动员'，搜刮民财，如今不光交粮，连谷草和高粱秆都要上缴，大米白面早不准老百姓吃了，配给的布都是用稻草啥玩意儿做的，穿不了几天就烂挂絮儿了，连点灯的油都断绝了……"老山东默默地听着。

老山东和赵排长一路走到江边。赵排长站住："鲁排长，你那回交代我的事……"老山东制止道："甭说了，我猜着了。"赵排长说："小白马是条汉子！"老山东说："兰花儿也牺牲啦？她还带着孩子。"赵排长说："我特意问了，没有女人和孩子，一直也没打听着。"老山东沉默了。

　　赵排长说道："这光景，一个女人带着孩子，想活下去，说容易也容易，说难，那就……"老山东说："花儿的性子我知道，不会走那容易的道儿！"两人沉默。赵排长又说："这趟回来，暂时我就不过去了，物资和经费都紧张。"

　　老山东握住赵排长的手说："好歹心里的几块石头落了一块。赵排长……"赵排长说："不说了！"老山东点头。老山东和赵排长望着漆黑的江水，江风飒飒地吹来。无尽的夜色笼罩着营地，老山东感叹道："天儿凉起来了。"

第十五章
苏联的军训

一

　　冬日的靠山屯清冷无比。空地上，一张苫着红布的桌子上放着一个红纸糊的功德箱。几名伪军擎着枪站在不远处。账房先生坐在桌子后面，一手提着毛笔记账，一手拨拉着算盘。马大户手里捏着佛珠，站在账房先生身后。

　　村民排着队，手里攥着大小毛票。账房先生喊道："张德贵，六毛。"马大户瞪着眼睛说："张老三，心不诚啊。"张德贵忙说："心诚，心诚……"张德贵摘下头上的破烂狗皮帽子，说："要不这个也孝敬皇军？"马大户捡起帽子扔回去说："皇军稀罕你这破玩意儿？"

　　马大户转身对村民说："这回上供可不是给皇军，天照大神在上边看着你们呢。老话说得好，省着省着，窟窿等着。这是保平安的钱，我可捐了二百，你们自己照量着办！"账房先生又喊道："王家顺，三十！"马大户眯着眼睛，满意地点点头。

靠山屯村口立起一个日本神社的鸟居，鸟居上裹着大红绸子。一挂鞭炮点着了，噼里啪啦地响。马大户带头，撤下大红绸子，一众村民跟着马大户跪下磕头。

堂屋里供着观音菩萨像，桌上摆着供品。马大户三跪九叩，奉上一沓钱说："您老人家别记仇，上供的钱分您老人家一半，外来的和尚不如本地的亲，佛祖边上请您还给留个座……"

田小贵端着一碗水进来，问："东家，刚才外边打枪啦？"马大户说："打个屁的枪，冲冲喜。"田小贵说："吓了我一跳。"马大户说："过来扶我一把。"田小贵伸手搀起马大户，马大户说："准是得罪了菩萨，最近身子虚，一到下半夜就出大汗。下晌跟我进趟山，打两只飞龙，吊个汤！"

马大户走在前头，田小贵扛着一杆猎枪，跟在身后。在村口，马大户从鸟居底下经过，田小贵则绕着鸟居走。马大户盯着田小贵问："你这扛枪的架子，跟谁学的？"田小贵赶紧换了个姿势："东家说该咋扛，我学。"马大户吩咐道："你头里走。"田小贵走在前面，马大户跟在田小贵身后，心里琢磨着田小贵。

靠山屯深山覆盖着厚厚的大雪。马大户走在雪地上，吭哧吭哧地喘着粗气。前边不远处，两只飞龙惊起，扑棱棱地落在树梢上。马大户伸手，田小贵递上猎枪。马大户试着瞄准飞龙，感叹道："老喽，小贵，你把它打下来，我眼花，看不清了。"田小贵接过枪，往前走了两步，熟练地举枪。

田小贵扣动扳机，啪，一声枪响，飞龙落地了。马大户大喊："好枪法！"田小贵跑去捡回飞龙，马大户："就你这枪法，得有多少死人垫着吧？"田小贵说："蒙的，东家，我是瞎蒙的……"

黄昏，马大户和田小贵往回走，田小贵的枪管子上挂着飞龙。走到村口的鸟居，田小贵又绕着鸟居走，马大户站住问："你绕着走，啥意思？"田小贵说："东家，我不认识这是啥玩意儿，老家说话儿，外来的和尚不如本地的亲，怕敬错了鬼神，赶明儿佛祖不给留座。"马大户冷笑一声，四下瞅瞅说："我瞅着你不像敬鬼神的人儿。这附近没人，你再打一枪。"

田小贵问："东家，打啥？"马大户指着鸟居上停着的三五只麻雀，田小贵犹豫着端起枪，啪，几只麻雀受惊，扑棱棱飞走了。田小贵放下枪，装作难堪地说："没蒙着。"马大户眯眼看着田小贵。

深夜，田小贵睁眼躺在磨坊的稻草铺上。半晌，田小贵跳起来，拿起笤帚当枪杆，瞄准想象中的敌人开枪，嘴里模拟着枪声："噔！噔！噔！"又一个翻身，闪躲着手榴弹。又四下撒目，一把抓起顶门杠耍起来。马大户在暗处正盯着田小贵的一举一动。

靠山屯的一个屋子里传出吆五喝六的吵闹声，灯光从窗户透出来，屋子中间摆着一张大桌子。一伙儿二流子赌棍和几个伪军正围着桌子赌博。马大户眯着眼睛，手持一把玉如意，坐在桌子后边。

王家顺、张德贵两个赌棍吵吵起来了，两人闹着要找马大户评理。王家顺说："庄家，张老三耍赖，不能算他赢。"张德贵说："我是不是一只脚站了仨点儿？这叫金鸡独立，祖传的功夫！"王家顺说："祖传个屁，你那叫癞蛤蟆点地，不算。"张德贵要动手："妈了个巴子的，你骂谁呢？"

马大户敲敲桌子大声说："都别吵吵了！"王家顺低头凑近马大户悄声说："庄家，你押宝押的是我吧？要赢也是咱俩赢。"马大户说："咱这会局我也坐庄好几年了，我偏袒过谁不？该赢我跟着一块儿赢，该输我也陪着输，玩的就是一个公平！愿赌服输，落子无悔，观音菩萨看着呢。"

马大户的玉如意落下，桌上的五块钱划拉到张德贵面前。张德贵顿时喜笑颜开。王家顺不服气:"不行,再来一把。"张德贵说:"你说赌啥?灶坑门,捞水缸,早玩腻了,换点新鲜的。要不这样,我今儿晚三更摸进刘寡妇屋里,明儿早上鸡叫三遍再出来。五块。"

王家顺气愤地说:"去你娘的,想得美,刘寡妇那门槛子都快让鬼踩烂了,还他娘的值五块?落着便宜还想赢钱,当我二愣子陪你玩呢?"马大户趁机说:"我倒有个新鲜的,可是赌得大。"众人一听都不言语了。

马大户说:"玩闷的,敢不敢跟?"众人开始议论起来。张德贵说:"有啥不敢,我押。"张德贵把刚赢的五块钱扔下去,马大户微笑点头:"胆子是个好玩意儿,你们呢?舍不得孩子可是套不着狼。五块打底了,还有没有跟的?"王家顺说:"不知道赌啥,咋跟呢?"

马大户说:"三十七门押孤丁,赢家通吃!跟庄押对了,本钱也翻两番。"众人纷纷往前挤,都掏出五块钱,扔在桌上。片刻,桌上堆满了钱。王家顺问:"庄家,到底赌啥?明牌吧。不是又上山套狼吧?那我可不跟。"马大户说:"不上山。"王家顺又问:"过水?"马大户说:"不过水。"王家顺说:"妥了,只要不是逮狐仙,我跟!"马大户说:"比狐仙难逮。"

马大户拍下二百块钱,说:"抓个抗联!"众人惊呆,嘈杂声四起。张德贵说:"抗联早都让皇军抓光了!上哪儿找去啊?"王家顺说:"这都康德八年了,抓个抗联可比抓黄大仙还难……"

马大户家的院子里异常清静,偶尔从远处传来几声零星的鸣嗷狗叫声。几名伪军扛着枪,蹑手蹑脚地跟着马大户进了院门。众人悄悄围向磨坊,一脚踹开磨坊门,稻草铺上是空的。马大户冲出来,在院子里找了一圈,没见田小贵的影子,骂道:"他奶奶的,跑啦?跑不远,给我追!"

黑暗中,田小贵拼命地奔跑,几个二流子在他身后紧追不舍,大声喊道:"抓他!就是他!赢了通吃,不能让他跑了!"

几支火把亮起,追逐的队伍越来越庞大。田小贵慌不择路,跌跌撞撞地跑着。身后,火把晃动,零星的枪声响起。田小贵从鸟居下方穿过,一路朝山上玩命狂奔。

冬日的深山，漫天风雪，田小贵倒在了雪地里。大雪越下越厚，田小贵被雪埋进了山坡里。

二

一九四二年八月一日，东北抗日联军教导旅正式成立，周保中任旅长。教导旅暂由苏联远东红军总部代管，接受苏联工农红军独立步兵第八十八旅的正式番号，对外番号是 8461 步兵特别旅。

一队战士脚踏滑雪板，穿过林海雪原来到江边。战士们身着苏军制服，头戴苏制军帽，外罩白色伪装，相互传递着一只军用水壶，轮番往杯子里倒满酒。小驴子面对江岸跪下，说："大哥，转眼儿又过了一年了，老三在这边给你磕头了。"

高云虎和福庆举杯，高云虎说："葱山的二当家、三当家……"福庆说："所有过江牺牲的兄弟们，又到你们的忌日了。"老山东说："南来的北往的，上山的下河的，关东山的山神，三江口的河神，能搭的先搭我们兄弟一程，等我们到了那边，一并把盘缠给你们补上！"战士们跟着老山东举杯，把酒洒在雪地上。江边寒风凛冽，大雪中战士的身影已和山川融为一体。

一九四二年底，苏联获得斯大林格勒保卫战的决定性胜利。从一九四三年初开始，苏联红军展开了全面的战略大反攻，纳粹德国节节败退。

春天，冰雪消融，江面上的浮冰也融化了。新开垦的菜地里，生长着嫩绿的菜苗。老山东卷着裤脚，独自在菜地里浇水。桶里的水浇完了，老山东蹲在地头，点上一袋烟，望着远方，陷入沉思。

夏日，一辆吉普车卷着尘土驶来。瓦洛佳从车上下来，福庆迎上前大声说："瓦洛佳教官回来了！"抗联战士们纷纷围上来，欢笑着起哄。

福庆和高云虎抬着瓦洛佳冲向河边。老山东叼着烟袋，站在不远处微笑地看着大伙儿。

瓦洛佳被扔进了河里。片刻，瓦洛佳浑身湿透地上岸。福庆被瓦洛佳抓住，按在地上，举起双手做投降状说："服了，教官，再也不敢了。"瓦洛佳站起身，脱掉湿透的上衣，大笑着问："还有谁？"抗联战士们盯着瓦洛佳肩膀和肚子上两处显眼的枪伤，突然安静了。高云虎大声喊道："立正！敬礼！"战士们纷纷肃立。

教员尼古拉站在营地教室的讲台上，拿着学员们的俄语考试试卷，逐一念着试卷上的成绩。尼古拉念道："……奥斯里克良好，基戈尔不合格，伊万优秀，戈沃里合格。"

尼古拉看着高云虎说："基戈尔连续三次不合格，我们是初级班，不能再降了，希望伊万学员课下多给他一些帮助。"福庆用俄语说："遵命！"高云虎默不作声。

尼古拉指着黑板上的《喀秋莎》，说："今天我们学一些轻松的，这首歌的名字叫《喀秋莎》，写的是一个叫喀秋莎的少女对情人的思念。她的情人远离家乡，正在前线保卫祖国。"尼古拉拿出一张唱片放进唱机，《喀秋莎》的歌声在教室里回荡，年轻的战士们都跟着低唱起来。尼古拉见老山东坐着不唱，拨停唱机，问道："戈沃里，你为什么不唱？"老山东说："我岁数大了，唱不来年轻人的歌。"尼古拉说："这不是一首情歌。在前线保卫祖国的红军战士们，把他们的火箭炮叫作喀秋莎，武器，才是红军战士最心爱的情人……"

瓦洛佳在营地操场上进行站姿持枪训练。为了增加训练强度，战士们的枪头都吊着一瓶水。瓦洛佳走到小驴子面前："怎么？坚持不住啦？"小驴子昂首挺胸："坚持到太阳下山都没问题！"瓦洛佳说："很好。茹科夫，再给他加一瓶水。"

远处枪声不断，苏联士兵和中国战士正在举行射击比赛。比赛项目是打固定靶。靶场上传来一阵"乌拉"的欢呼声，苏联战士赢了。高云虎放下手里的枪，对瓦洛佳说："敢不敢让我们和靶场那边的人比试一下？"

　　营地靶场的桌子上摆着拆散了的手枪和莫辛步枪。中国战士和苏联战士各站一边，刚刚获胜的三个苏联战士神气地站在最前面。担任裁判的苏联教官和翻译分别向两队宣布比赛规则。

　　翻译说："射击比赛一共进行三轮。第一轮比赛拼装手枪，转身射击二十米固定靶处的三个酒瓶。第二轮比赛步枪加瞄准镜，射击三百米的五个固定靶。第三轮比赛步枪射击一百米至一百五十米处错落的酒瓶。赢两轮为胜利的一方。下面比赛开始，参加第一轮比赛的战士，出列。"

　　福庆站出来，走到拼装手枪的桌前。苏联裁判发令："开始。"场上气氛非常紧张。苏联战士已经装好了手枪，转身射击，远处的三个空酒瓶先后中弹爆裂。枪声落下，福庆的射击也全中，但时间上落后了一点。苏联裁判说："第一轮射击，士兵基姆获胜。"

　　对面的苏联战士们再次爆发出"乌拉"的庆祝声。福庆沮丧地归队，说："他娘的，那把枪不认识我。"老山东说："都是他们的枪，要说熟悉，我们是不如他们。"高云虎拍拍福庆，安慰道："看我的。"老山东叫住高云虎，说道："站稳瞄准了再打，战场上哪有这条件？这么比，咱们不占先，得想点别的招儿。"高云虎点点头。

　　高云虎起身走到翻译和裁判身边，先和两人交流了一会儿，然后走向射击位，调试枪支和瞄准镜，严阵以待。靶场准备完毕，对手苏联战士也准备好了，却迟迟等不到教官发令。瓦洛佳觉得奇怪，走近老山东，问道："戈沃里，你和基戈尔说了什么。"老山东说："我给他提了个醒儿，这么比太容易了，不出彩。"

　　这时，翻译拿着几个洋葱跑回靶场，两个战士把切开的洋葱绑在瞄准镜下面的枪托上。苏联裁判说:"基戈尔要求提高难度,现在开始计时,三分钟后听我的命令,开始射击。"

在洋葱味儿的刺激下,高云虎和苏联战士较着劲……苏联战士不停地使劲眨眼,挤出眼泪……双方的战士们议论开了。苏联裁判发令:"射击。"连续不断的枪响,每人打完五发子弹。远处,看靶的战士摇着小旗向裁判汇报战况。茹科夫说:"基戈尔三个优,对方战士两个优。我们赢了!"

苏联裁判说:"第二轮射击比赛,士兵基戈尔获胜。"高云虎镇定地走回来。中方阵营爆发出一阵欢呼。苏联战士们愤愤不平,拥到裁判教员身边理论。

高云虎说:"他们的冠军最后才上,咱可能要输……"瓦洛佳说:"比赛是你们要求的,要是输了,我也会很丢脸。"老山东说:"不着急论输赢,还有戏……"翻译对着中方战士,大声说:"苏联战士们提出要公平比赛,下一轮射击,他们也要求增加难度,用两支步枪,打十个酒瓶!"

老山东凑在茹科夫耳边小声说了句话。茹科夫冲着对面的苏联战士大声喊:"两支枪算什么?敢不敢再增加难度,骑马射击!"

对面的苏联战士也不甘示弱。一百米到一百五十米处高低错落地摆出二十个空酒瓶。一名苏联士兵牵来两匹马。老山东拍拍小驴子的肩膀:"骑马还得找驴,下面看你的了。"

裁判一声令下,两匹马飞驰而过,扬起一阵尘土。小驴子跨在一匹马上,持两杆步枪,左右开弓,远处的酒瓶应声爆裂。枪声落处,苏联冠军沮丧下马。

福庆说:"妥了!他们还剩七个,咱就剩俩!"苏联裁判说:"第三轮射击比赛,士兵奥斯里克获胜。"声音落下,中方战士们爆发出一片欢呼。扬眉吐气的战士们蜂拥而上,把小驴子抬起抛向空中。

夕阳悬在远处的山头。老山东带着战士们在营地的江边点火,火上坐着一口炖着鱼的大锅。小驴子被围在中间，老山东说："初生牛犊不怕虎，小驴子今儿给咱长脸了，能行！"一个战士说："小驴子，以后你就是咱们营的神枪手了！"战士们欢快地叫着"神枪手"，一起干杯庆祝。小驴子说："今天还打丢了两发，要是我二哥在，就更厉害了。当年在野马滩，甭管走兽飞鸟，二哥从不失手。"另一个战士说："那你二哥能当全旅的神枪手……"

正说着，瓦洛佳和茹科夫从远处走来。福庆看到了，叫了一声："瓦洛佳教官来了！"瓦洛佳拿着两瓶伏特加，茹科夫抱着马头琴，来到众人中间。瓦洛佳走到小驴子面前："玛拉介兹（好样的）！这瓶伏特加是给你的奖励！"小驴子立正："谢谢教官。"茹科夫说："祝贺你，奥斯里克！"

老山东说："咱一起敬瓦洛佳少尉，感谢教官一年多来对我们的教导。"瓦洛佳和老山东、高云虎碰杯："你们都是优秀的战士！多斯特（干杯）！"一片"多斯特""干杯"的喊声中，众人一起饮尽。瓦洛佳说："明天早操可以迟到，祝你们开心！"

战士们散开，三三两两聚在一起。老山东示意福庆给瓦洛佳和茹科夫盛上炖鱼，说："瓦洛佳教官，尝尝我们的手艺。"瓦洛佳吃了一口，说："很好吃。"瓦洛佳看着战士们："你们的战士自控力很强，很少见他们喝酒。"老山东说："我们苦惯了，别说喝酒了，以前经常饿着肚子打仗。来，教官，多斯特，祝咱们都能多打胜仗，早点回家。"瓦洛佳说："多斯特，祝你们早点打败日本人。"

夕阳落山，天边一片火红。瓦洛佳尝了一口鱼，说："你们的敌人只有日本人，我们的敌人还有德国人。西线的战斗很激烈，一九四一年的冬天，我参加莫斯科保卫战，那是十一月二十八日的晚上，没有月亮，炮火照亮了天空，到处是冻僵的尸体。那天晚上，我的战友们全部牺牲了，只有我一个活下来……"说完，瓦洛佳陷入沉思。老山东说："敬我们牺牲的战士！多斯特！"瓦洛佳说："干杯！胜利一定是属于我们的！"

另一边，茹科夫拉着马头琴，战士们围着他刚刚唱完了一首《喀秋莎》。一个中国战士开始小声哼唱："我的家在东北松花江上，那里有森林煤矿，还有那满山遍野的大豆高粱。我的家在东北松花江上，那里有我的同胞，还有那衰老的爹娘。九一八，九一八，从那个悲惨的时候，九一八，九一八，从那个悲惨的时候，脱离了我的家乡，抛弃那无尽的宝藏，流浪，流浪……"茹科夫跟着旋律拨弄马头琴，篝火的照耀下，战士们都眼含热泪望着江对岸。

瓦洛佳见高云虎一个人坐着，便拿着酒瓶走过来。高云虎说："这是我们的歌，我们东北的歌，比你们的《喀秋莎》好听。"瓦洛佳问："你为什么不唱？"高云虎说："听着憋屈，不想唱。"

瓦洛佳说："我听说你的俄语成绩很差，你的其他方面都很优秀，这样不好。"高云虎说："不影响训练，你的汉语好，就够了。"瓦洛佳说："我以前只学了一点汉语，和你们在一起训练，才变好的。"高云虎说："我不会在这儿待一辈子，学几句俄语就够用了。"

不远处，茹科夫的马头琴重新响起，战士们唱起了《国际歌》。老山东像看着一群孩子一样看着战士们，福庆过来在老山东身边坐下。

老山东说："小驴子喝得不少，你盯着点。"福庆说："看着呢。"老山东说："小贵要是在这儿，他的枪法也能赢苏联人。"福庆说："咱六个人都在树上刻了号儿了，现在这边就咱仨，苞米都收了几茬儿了……排长，你说他们还活着吗……"老山东说："活着呢……"老山东望着对岸，江风呼啸。

第二天早上，战士们在营地训练场上练习整理列队。茹科夫站在队伍前点名："戈沃里！"老山东说："到！"茹科夫叫道："基戈尔！"高云虎说："到！"茹科夫叫道："伊万！"福庆说："到！"茹科夫叫道："奥斯里克！"没有人应答。

茹科夫又叫道："奥斯里克？"还是没人回答。老山东皱眉，低声询问身旁的高云虎："小驴子呢？"高云虎说："不知道，上茅房啦？"老山东说："不对，从早上就没见过了。"

瓦西里小跑过来，在瓦洛佳耳边小声说了几句话。瓦洛佳巡视众人说："枪械组发现丢了一支枪，今天的训练先取消，回去等候指示。"

三

老山东守在营房外面，焦急地等待着小驴子的消息。高云虎跑过来摇着头说："都找了，没见着。"老山东说："没准儿福庆能找着，再等等。"高云虎说："该不是苏联人叫走了吧？"老山东说："一个营房里睡觉，没人听着动静。你听着啥啦？"高云虎摇头。

福庆沮丧地从远处走了过来，老山东问："福庆，你说说昨晚后来咋回事？"福庆说："昨晚大伙儿一块儿回来的，后来熄灯了，小驴子说他睡不着，我就爬起来，跟他到外面坐了会儿。"

"我和小驴子从营房里轻手轻脚地走出来，拉着小驴子坐在地上。我说，小时候，夏天夜里，我和我娘就经常这样，在院子后面的山坡上坐一会儿，再回去睡觉，外面蚊子多，我娘拿着草帽替我扇蚊子……小驴子说，小时候，他和二哥在马场打火烧蚊子，他娘拿着马鞭追着他俩打……

"过了一会儿，小驴子一骨碌从地上站起来说，他坐不住，浑身是劲儿，身上冒火。我说，走，去操场跑几圈，散散酒劲儿再回来睡。小驴子一个人在操场上狂跑，我站在操场中间看着小驴子跑。小驴子跑过来说，刚才，他跑着跑着，就觉得是在牧场跑，像回了野马滩，跟真的一样……

"我说，以前没喝过这么多？小驴子说，以前老大管得比他爹还严，他岁数小，不让喝。我说，少年出英雄，你如今是号人物了，神枪手。我和小驴子从操场往回走，走着走着，小驴子站住了。小驴子说，想去趟军官宿舍。

"我问他去干啥。他说，他想问问格里高利上尉，二哥究竟能不能回来。我说，甭瞎想了，问也是白问，纪律你又不是不知道。你哥这么长时间不回来，一定是回去做潜伏了。他说，就算白问，我也要试试。咱去看一眼，万一上尉没睡呢。后来我带着他到军官宿舍那边，黑黢黢一片，死心了，就回来睡了。"

老山东听完，问福庆："你睡了，他没睡？"福庆说："排长，都喝了酒，我实在困得睁不开眼了……"高云虎说："小驴子借着酒劲儿跑回去啦？"老山东说："枪还少了一支，八成是……"福庆说："那完了，咋办？"老山东说："他要是酒醒了，自己回来，还好办。"福庆说："他要是过江呢？"高云虎说："入汛了，大水说来就来……"三人都不说话了。

老山东来到指导员办公室，指导员问："昨天夜里，你几点回的营房？"老山东说："熄灯前，约莫十来分钟，洗漱完，刚躺下，就熄灯了。"

指导员说："你最后见小驴子，是啥时候？"老山东说："熄灯前点名的时候，人在。"

指导员说："啥时候发现人不见的？"老山东说："出早操点名的时候。"指导员说："夜里听没听见啥动静？"老山东说："没。昨儿射击比赛，小驴子赢了，晚上大伙儿在江边喝了点酒，睡得都沉……"

指导员说："鲁长山同志，你是排长……"老山东说："小驴子是我从野马滩带出来的，还有他两个哥哥。老大四〇年过江的时候牺牲了，老二入春前回去执行任务了，就他还在营地，是排里最年轻的战士。我看他就像是自个儿孩子……指导员，有啥消息你倒是说出来，我踏实些。"

指导员说："我能有啥消息？小驴子不见了，还丢了一把制式步枪，咋就这么巧？是不是有预谋的叛逃？有没有可能？有。苏联人看着我们怎么处理。"老山东说："指导员，咱得先把人给找着。"指导员说："全营上下都在找。小驴子和谁关系要好？"老山东说："除了他二哥，就是一起过江的几个人。"

指导员说："哪几个？"老山东说："我、万福庆、高云虎，在一个营房住的，就这几个。"指导员说："再仔细想想，还有啥要说的？"老山东说："没啥了，我得张罗人手沿江边找找。"

福庆来到指导员办公室，指导员问道："叫什么名字？"福庆说："报告指导员，我叫万福庆。"指导员说："昨天夜里你几点回的营房？"福庆说："昨天和大伙儿一起从江边回的营房，我睡小驴子旁边，熄灯以后，他说睡不着，我就跟他去操场跑步醒酒，再回去睡觉的时候，估计得有一两点。"

指导员说："小驴子喝了多少酒？"福庆说："昨儿大伙儿都找他喝，一晚上，七七八八下来，得有一两斤。"指导员说："熄灯以后，他和你说了啥特别的话？"福庆说："没啥特别的话。"

指导员说："风不摇，树不动，没啥特别的，人就不见啦？仔细想想，他有没有提过想要枪？"福庆摇头。指导员说："有没有说过想去哪儿？"福庆说："指导员，咱除了想回去打日本，还能想去哪儿？"指导员说："他咋说的？"福庆说："他没说，我说的。"

指导员说："你咋跟他说的？"福庆说："指导员，我没真说，就是个意思。咱这些战士，哪个不想早点回去？"指导员说："咱现在说的是小驴子，你俩昨晚聊没聊过想回去的事？"福庆说："这我咋说，唠两句家里的事算不算？我保证没说‘回去'两个字。"指导员说："那你觉得他能去哪儿？"福庆说："能想到的地儿我都找过了，除非他半夜偷偷过了江……"

高云虎来到指导员办公室，指导员问："你叫高云虎？"高云虎说："报告指导员，是。"指导员说："咱长话短说，小驴子不见了这回事，你知道啥情况，有没有要汇报的？"高云虎说："小驴子可能没了。"指导员说："这话打哪儿说的？"高云虎说："小驴子趁着酒劲儿半夜过江的可能性很大，平常我们训练泅渡，都在事先选好的河段，在江这边练，最远到过江心。小驴子水性还可以，没实地练过，周围的江面都有两百米左右，现在是汛期，如果他还带着枪，到现在还没消息，多半是没了……"

指导员说："要是有人接应，他就能顺利游过去？你觉得小驴子投敌的可能有多大？"高云虎说："他大哥在过江的时候牺牲的，他二哥执行任务还没回来，小驴子绝不可能投敌，过江时，他没少杀日本人和伪军。"指导员说："但愿是这样，他要是投敌过江，我们就得向上汇报，需要转移营地也没准儿。"

高云虎说："日本人吃了豹子胆也不敢打这边的主意。"指导员说："现在是不敢，将来开战呢？别的不说，来几架飞机，扔一通炸弹，咱好不容易留下这点火种都得交待了……"高云虎："我用这一百多斤保证，小驴子绝不会投敌。"

晚饭时间，战士们三三两两地聚在一起吃饭。老山东等人沮丧地站在一处，端着饭盒却毫无胃口。老山东劝大家，说："饭还要吃。赶紧吃了，咱接着找。"

高云虎说："一会儿，我就不跟你们去了，白费工夫……"老山东长叹一声："你想得也不差……咱人手就这么点，少一个，心里不是滋味，和打仗没了还不一样……咱都清楚，小驴子铁定游不过去，活要见人死要见尸，啥都没见着，我这心就歇不下……"

福庆说："三八年那会儿，咱都打散了。一年多，要不是排长跑遍关东山，一个一个地找，咱还能在这儿？"高云虎半晌闷头不说话，最后说："行，我跟你们去。"

不远处，茹科夫气喘吁吁地跑过来："戈沃里、伊万、基戈尔，我刚才听瓦西里说，奥斯里克被汽车拉回来了！"福庆说："回来啦？在哪儿？"

老山东说："茹科夫，慢慢说，瓦西里咋说的？"茹科夫说："瓦西里说，奥斯里克是被下游村庄的农户发现的，他在江边昏倒了。农户见奥斯里克穿着我们的军服，就把他救了回去，汇报给了最近的军营。"老山东问："瓦西里还说了啥？"茹科夫说："瓦西里还说，格里高利上尉要把奥斯里克交给你们的人，让你们自己管。"

晚上，高云虎和福庆等战士在指导员办公室外等待。福庆说："排长咋还不出来？"一名战士说："要不咱都进去，向指导员求情。"福庆说："咋样？云虎，咱都进去求情？"高云虎摇头："等等排长。"

在指导员办公室里，老山东问道："叛逃咋处理？"指导员说："按军纪，要上军事法庭，轻了判刑、劳改，重了就是枪毙。"老山东说："小驴子绝不是叛逃！"指导员说："你说是啥？开小差？那偷枪干啥？"

老山东说："指导员，我说是犯错误。小驴子是一把使枪的好手，想要枪没毛病。"指导员说："枪呢？枪在哪儿？他把枪弄丢了！"老山东说："枪我保证找回来！"指导员说："长山排长，你是个老战士，还是党员，护犊子也要有分寸。"

老山东说："没错，我是个老战士、党员，打了这么些年，我看着成千上万的抗联战士死的死、散的散，就剩这么几百号，哪个不是提着脑袋过来的？咱得护……"指导员说："你要真护，就不该有这档子事！"老山东说："是。咋处理我，我都认，小驴子还不到二十……"

指导员说："营地比他年轻的战士也不少，是部队就有规矩。苏联人为啥把人交给我们处理，是周旅长他们费了大劲争取来的。咱不能光嘴上要强，做事更要硬气。怎么处理小驴子，苏联人嘴上不说，眼睛都瞅着呢。事搁你头上，你咋办？"老山东说："我有个请求。指导员，人是我带出来的，好歹让我和他见一面。"

老山东弯腰提着一盏灯，走进窄小昏暗的木刻楞。小驴子叫道："排长！"老山东说："枪弄哪儿啦？"小驴子低着头："我给大伙儿丢脸了，还不如在江里淹死……"老山东说："别扯这些。你带没带走枪？"小驴子说：

"带了。"老山东说："枪呢？"小驴子说："枪掉江里了……"小驴子说完呜呜哭了起来。老山东说："哭啥？是爷们儿，敢做就敢当！"小驴子不哭了。

老山东说："为啥要过江？"小驴子说："为啥？因为江那边才是家，那边不光有我二哥，有我爹，有父老乡亲，野马滩上还有我家祖坟！小日本抢我们的马，烧我们的房，占我们的地，咱躲这儿算什么本事？老子要回去报仇，一枪杀一个，干倒野马滩的小日本！"

老山东说："话是有种，事不咋的。时间不多，我挑重要的问，你仔细想，从哪儿下的水？在哪儿掉的枪？咋掉的？你详细说……"

一大早，四五只小船间隔均匀地分布在江面上，每只船上有两个战士划桨。老山东、高云虎、福庆和茹科夫趴在各自的船边上，撸起袖管，用绑着钩子和秤砣的大树枝子沿着水底查探。

划船的战士问老山东："排长，一支枪值多少钱？"老山东说："得看什么时候，从前那会儿，在山里打仗，没了弹药，为活命，多贵的枪都得埋喽。营里的枪，都是从苏联的军工厂现造运来的高级货，你说值钱不值钱？不过，咱现在捞的不是枪，咱捞的是小驴子的小命儿。"远处，福庆在船上高呼："在这儿，我钩上了，枪找着了！"一阵紧张之后，福庆的大钩子钓起一条十多斤的哲罗鱼……

福庆和战士们拎着秤砣和钩子，没精打采地朝营地走。老山东和高云虎走在后面。高云虎说："枪的事还好说。指导员那边，话头儿可不轻……"老山东说："指导员那边，我估计，苏联人说话没准儿能好使。"高云虎说："格里高利？"老山东说："咱跟格里高利说不上话，得是个说上话的。"高云虎说："我找瓦洛佳试试。"

高云虎站在瓦洛佳军官宿舍外轻轻敲门，瓦洛佳开门："基戈尔，进来。"高云虎环视瓦洛佳的宿舍，瓦洛佳说："你是第一个来我宿舍的中国战士。"高云虎看见瓦洛佳放在枕边的手表，说："劳力士，是块好表，抗造，不怕水。"瓦洛佳吃惊："你知道劳力士手表?"高云虎说："以前我有块一样的。"瓦洛佳说："这个表很贵，瑞士的。这块表是我父亲送给我的。"高云虎说："你家里很有钱。"瓦洛佳说："你家也很有钱?"高云虎摇头："我家没钱。我的表是我做生意时，从一个着急用钱的法国人手里买的。"瓦洛佳说："想不到，你曾经是个有钱的商人。"高云虎不语。

瓦洛佳问："你的手表呢?"高云虎说："过江前卖了。"瓦洛佳问："为什么?"高云虎不语。瓦洛佳说："你应该留着，手表在战场上很重要。"

高云虎看到瓦洛佳桌上有日语书，拿起来翻了翻，念出了书名。瓦洛佳说："你会日语?"高云虎说："只会一点，就认识这个书名，还有一些简单的句子和词儿。以前在东北打日本，为了掩护身份，都会几句。"瓦洛佳点头。

高云虎说："这书里的字我都不认识。你日语水平高，教我日语吧。"瓦洛佳疑惑。高云虎说："日语比俄语用处大。"瓦洛佳说："你是为学日语来找我的?"高云虎放下书："我是来求你帮忙的，替小驴子——奥斯里克。"瓦洛佳说："奥斯里克的事情，我也很难过。"高云虎说："我们对战士的管理很严，这回如果没有人帮他，奥斯里克会被除名，再也不能上战场了。"瓦洛佳说："可是我们无权插手你们的事情，而且我的级别很低。"高云虎说："你是我们的教官，除了你，别人更说不上话。"瓦洛佳说："我去求情，你们的上级会听吗?"高云虎说："求情没用，你得说点别的。"瓦洛佳不说话。

高云虎说："你问我为啥把手表卖了。过江前，我们处境很差，没吃的，没子弹，我不光卖了手表，家产全卖了，为了队伍能多打一阵。你们参军打仗，有国家发吃的，发穿的，发武器，我们全靠自个儿，靠自个儿活着，只要活着，就能多打死几个日本人。我们为啥来这儿? 为了先活着，将来回去打日本。小驴子为啥偷枪走，他喝了酒头脑发热，想一个人拿枪回去打日本人……"

瓦洛佳说："奥斯里克的酒，是我当作奖品给他的。"高云虎说："如果给他定成叛逃，活着还有啥用？这几年白练了。"瓦洛佳说："什么？叛逃？"高云虎说："我们现在吃你们的，用你们的，番号是苏联工农红军独立步兵第八十八旅，为了不给中国人丢脸，我们很严格。没有管用的理由，奥斯里克很可能被定成叛逃。"

老山东、高云虎、福庆和茹科夫紧张地等在司令部门外。格里高利态度严肃地坐在办公室里，指导员也在。瓦洛佳向格里高利立正敬礼，说："报告上尉，奥斯里克执行的是我的命令，他的游泳成绩不合格，那天晚上是我让他去加练游泳的。"

格里高利问道："枪呢？枪是怎么回事？"瓦洛佳说："枪是我交给他的，武装泅渡，是这几天的训练项目。"格里高利说："为什么现在才汇报？"瓦洛佳说："我不知道他们的审查情况，刚听说的。"格里高利说："瓦洛佳少尉，你很照顾手下的战士……"瓦洛佳说："报告上尉，我们共同的敌人，是对面的日本人。"

瓦西里在一旁给指导员翻译着瓦洛佳的话："瓦洛佳上尉说是他让奥斯里克晚上去练习游泳的。枪是他交给奥斯里克的。他说，他了解这些战士，奥斯里克不可能叛逃。"指导员说："瓦洛佳少尉，感谢你对我们调查的帮助，不过，你说的这个情况，奥斯里克接受审查的时候没说过。"瓦洛佳说："奥斯里克的酒是我带给他的，那天我也喝了酒，可能他不想让我惹麻烦。"指导员点头。

老山东带着小驴子和战士们，沿着江边数步数："七十七，七十八，七十九……一百一十……"老山东停下脚步，看着面前的江水说："瓦洛佳教官找苏联的工程师帮忙，计算了水流的速度和距离……这一段水流不急，大概就是冲到这儿。"

小驴子开始脱衣服："找不到枪，我不上来。"小驴子一猛子扎进水里。战士们也两人一组，轮番下水找枪。福庆从水里钻出头，抹了一把脸，向岸上喊："苏联工程师算得没错吧？这底下都是水草，哪儿有枪？"

老山东看着平静的水面，许久不见小驴子出水，问道："小驴子这回下去多久啦？"高云虎说："有一阵儿了没冒头了……"一名战士说："别想着枪了，得下去捞人了。"远处，一把枪浮出水面，跟着冒出来的是高举着步枪的小驴子。

瓦洛佳走进格里高利办公室，向上尉敬礼。瓦洛佳说："上尉请指示。"格里高利看着瓦洛佳说："瓦洛佳少尉，你有什么要和我说的吗？"瓦洛佳说："没有。"

格里高利说："根据我私下的了解，是你包庇了奥斯里克。他深夜过江，是要回去找他的哥哥阿肖勒。"瓦洛佳说："上尉说的事情，我并不知道。"格里高利说："阿肖勒已经牺牲了。如果奥斯里克知道了这个消息，或许他真的会叛逃。"

瓦洛佳说："上尉，我觉得作为阿肖勒的亲属，奥斯里克有权知道这个消息。"格里高利说："瓦洛佳少尉，我认真地警告你，这个消息目前还是机密，如果你泄露了，将会受到严厉的处罚，也许再也没有机会为我们伟大的祖国服务了。"

瓦洛佳问："为什么？"格里高利说："特遣小组的任务是军事机密，和阿肖勒一起出去的两个小组只有两个人回来，他们的侦察任务失败了，正在接受政审。在没有明确的结果之前，有关任务的一切都是机密。"

瓦洛佳说："如果审查结束了，奥斯里克就可以知道了？"格里高利说："审查只是针对和阿肖勒一起去执行任务的小组，是否告诉奥斯里克，要看他的表现，尤其是发生了这样的事情之后。"瓦洛佳说："我以军人的荣誉向上尉保证，我的战士都是坚定的反法西斯者。"格里高利说："那就用行动证明给我看。"

瓦洛佳从老山东、高云虎、福庆、小驴子面前走过，他问小驴子："奥斯里克，关禁闭好受吗?"小驴子说："报告教官，好受，犯错就要认罚!"老山东说："还不快谢谢教官?"小驴子说："感谢教官，请教官处分，再关我十天禁闭。"瓦洛佳说："关禁闭太简单，处罚你，我有更好的办法。"

在营地跳伞练习场，抗联战士们正在跳伞塔下进行跳伞的基础训练。小驴子被绑在木凳上旋转，瓦洛佳站在旁边一边计时一边说："没有吐? 不错，再转五十圈。"战士们轮番训练，几个人头晕脑涨，站都站不稳。福庆踉跄着跑到一边吐起来。

四

这天，天气晴好，蓝天清澈。一架轰炸教练机停在机场跑道上，瓦洛佳巡视队列，大声说："对面是阿廖沙教官的三连，必须赢他们! 有没有信心?"战士们齐声喊："有!"瓦洛佳高声说："听我口令，登机!"

十名学员分坐教练机两侧，挺胸抬头，目不斜视。瓦洛佳和阿廖沙把降落伞包分发给每个学员。瓦洛佳叫道："伊万!"福庆应道："到!"一个降落伞包飞过来，福庆接住了。

福庆正低头整理伞包，对面有人突然喊道："福庆!"福庆抬头，坐在对面的学员马克西姆正瞪大眼睛望着他。福庆惊讶地叫道："李正浩!"李正浩惊喜地说："福庆，你还活着!"两人都激动地看着对方。

螺旋桨加速旋转，轰鸣声响彻机舱。瓦洛佳看向福庆，大喊："伊万，有什么问题?"福庆大喊："报告教官，没有问题!"瓦洛佳说："整理装备!"

教练机在跑道上加速，呼啸而起。瓦洛佳对身后的战士们大喊："现在的高度是一千米，记牢要点，现在开始出舱!"

机舱门开启，狂风呼啸，福庆起身跟在队列里。李正浩也站在队列里，整装完毕。福庆站在机舱门口，转头对着李正浩大喊："天上见!"

声音被巨大的轰鸣声吞没。李正浩大喊："你说啥？"福庆捶捶胸口，飞身跃出机舱。

蓝色的天空，云层分明，降落伞逐个绽放，战士们激动地高声呼喊。降落伞打开了，福庆挂在空中，举目四望。不远处，李正浩的降落伞也打开了。两人跟着天上的风旋转，互相扯着嗓子。

李正浩大喊："福庆！我在这儿呢！"福庆大声问："李正浩！你怕不怕？"李正浩大声喊道："天上可真好看啊！"福庆说："咱俩又跳下来了！"李正浩问："风真大啊！你说啥？"福庆说："我说你还活着，真好！"

远处白云漫卷，下方山脉连绵。李正浩伸手指着远方说："那边是我老家！我看见我娘了！"福庆说："说得对！干死小鬼子！"福庆挥舞着拳头，李正浩也挥舞着拳头。福庆高喊："东北抗日联军万岁！"李正浩高喊："八十八旅万岁！"

机场上，李正浩跟着队伍登上一辆卡车，望着福庆。福庆昂首挺胸地站在队列中，也望着李正浩。福庆的队伍在跑步前进，卡车从身后驶来，李正浩站在行驶的卡车上喊道："福庆！还有谁活着？"福庆大声说："老汤！老汤还活着！"卡车加速，超过了跑步的队伍。福庆大声喊："咱们战场上见！"李正浩远远看着福庆，抬手敬礼。福庆边跑边抬手回礼，卡车呼啸着开远了……

第十六章
特殊的任务

一

　　夏日，一辆装满麻袋的牛车走到牡丹江城门口，把守城门的伪军拦住，盘问道："给谁送货？"牛三儿说："汤二爷。"伪军问："哪个汤二爷？"牛三儿小声说："长官，官营的通账。"伪军问："条子呢？"牛三儿递上一张条子。伪军查看车上的麻袋，严厉地问："里边装的啥？"说着举起刺刀，戳破麻袋，麻袋里的大米流了出来。

　　牛三儿急忙上前紧拦着："长官……"伪军说："知不知道这都是管制物资，你他娘的敢私运？"牛三儿说："这不是有条子……"伪军说："规矩变了，上个月看条子，这个月看公章，你这麻袋上缺个公章。收走。"

　　院子里四下响着刺耳的蝉鸣。一只蚊子嗡嗡地盘旋，落在汗津津的脖颈子上，啪，蚊子被拍死了。汤德远穿着件淡青色的绸缎褂子，躺在树下一把藤椅上纳凉。

汤德远拿起一个印着旗袍美女的啤酒瓶子，不屑地说："这玩意儿瞅着像马尿。"一双绵软的小手按在了汤德远的肩膀上，彩凤站在身后给他揉肩膀，说："肖局长刚派人送过来的，说是哈尔滨来的新鲜玩意儿，让你尝尝。"

汤德远喝了一口，说："马尿还是温乎的，这玩意儿苦了吧唧的，还拔牙。"彩凤说："人家特意嘱咐了，用井水拔了再喝，消暑解热。"汤德远把杯子递给彩凤，说："你也尝一口？"彩凤说："我不尝，待会儿该给孩子喂奶了。"

汤德远身旁的小桌上，摆着一碟猪头肉、一盘花生米。旁边的地上铺着席子，一个周岁左右的孩子在爬着玩耍。汤德远夹起一筷子猪头肉放进嘴里，摇着藤椅闭眼咀嚼。彩凤站在身后，给汤德远扇着扇子。汤德远说："不用那么忙活了，累了一天了，歇歇吧。"彩凤问："当家的，那个肖铁林咋对你这么好？"汤德远说："亲戚呗。"彩凤又问："啥亲戚？"汤德远说："出了五服的远亲。"彩凤说："那更得防着点，我看他不是个东西。"

汤德远一惊，问："咋的？"彩凤说："警察局里就没有好东西，他们那身衣服就是里外两层皮，指不定他哪天就翻脸了，咋说他也在日本人手下。"汤德远说："还能咋的？这些年我这脑袋一直掖在裤腰带上，不知道哪天就没了。"

彩凤拍拍汤德远："当家的，你胡说啥呢！"汤德远说："戏词儿里说的，伴君如伴虎，享受一天算一天吧……"汤德远说着抓起两粒花生米，扔进嘴里。

正说着，孩子哭了起来，彩凤紧走过去，抱起孩子，哄着进屋了。这时，牛三儿出现在了门口，点头哈腰地小声喊："汤二爷！"

汤德远来到牡丹江货场门口，里面堆满了收缴来的各种物资。汤德远被门口持枪的日本守卫拦住，从怀里掏出一张通行证，上面盖着"牡丹江警察局"的印章。日本守卫上下打量汤德远，侧身放行。

二

秋日的苏联营地周围像染了色，放眼一片五花山。在营地的菜地里，战士们卷起裤腿弯着腰，忙着收菜。老山东和小驴子蹲在一垄碧绿的菜地里，小心地摘下一片片宽大的烟叶。老山东说："喇叭口的爬犁悠悠荡荡，一人赶着二三张，进店掏出荞麦饼，三个人只要一碗汤，住店不租被和褥，光炕睡到大天亮……"

小驴子说："排长，你念叨的是啥？"老山东说："以前跟烟农学的几句，咱这关东烟，清朝的时候是贡品。"小驴子问："排长，这些烟叶晒完了，够你们抽一年不？"老山东说："不够咋，你回去给我整点？"小驴子说："那没问题。"

远处跑来一名战士，站在地头，大声喊："二连三排的鲁长山，高云虎，万福庆，小驴子！"老山东和小驴子听到喊声从地里站起来，小驴子说："这里只有俩！"

高云虎躺在营房的铺上，手里拿个笔记本，上面记满日语单词，旁边画着手枪、炸弹、飞机、大炮。高云虎用日语念着："手，手枪……举起手来！缴枪不杀！你，姥姥，家……再不投降送你回姥姥家！"一个战士跑进来喊："高云虎！"高云虎从铺上坐起来应道："我在。"战士说："旅长找你。"高云虎问："我？现在？"战士点头。

福庆和一些男女战士在无线电班教室里学习无线电编码和发报技术。下课了，福庆摘下耳机，收起电报箱。一名战士等在教室外，问："谁是万福庆？"福庆走过去说："我。"战士说："万福庆同志，旅长找你，跟我来。"

老山东、高云虎、福庆和小驴子在会议室里等候。周保中走进会议室。众人起立敬礼："周旅长！"周保中问："你们是一个连队的？"老山东说："报告旅长，是！我们住一个营房。"周保中点点头问："谁是万福庆？"

　　福庆走上前说："报告旅长，我。"周保中问："你在大秃子岭地区当过劳工？"福庆说："是！"周保中说："万福庆同志，你提供的情报非常重要，苏方以前并不知道那里还有日军的工事。"福庆说："报告旅长，山里的工程规模很大。"

　　周保中点头说："叫你们来，就是这个目的。你们四个，要回去执行侦察任务。鲁排长，你是这次行动的组长。"老山东立正说："请旅长放心，老兵了，指哪儿打哪儿。"周保中满意地点头。

　　周保中说："这次任务的第一要务，是遵守一贯的保密原则。万一被俘，特别注意不能暴露身份，以免给日方留下引起争端的借口。这次任务来自苏联远东方面军参谋部，由我们独立执行，意义重大，你们准备准备，明天出发！"四人同时敬礼说："是！"

　　营房里，老山东、高云虎、福庆和小驴子面前摆放着各种出行的装备：电台、手枪、步枪、弹药、地图、指南针、望远镜、干粮、水壶、军服……高云虎拿着砂纸，蹭掉水壶底下的部队番号。福庆打乱电台频率，小驴子拆掉干粮上的包装。

　　秋夜的江岸浓雾弥漫。老山东、高云虎、福庆和小驴子各自背着装备，登上江边等候的小船。在夜雾的掩护下，小船消失在充满雾气的江面上。

　　四人牢记周保中旅长临行前的交代："你们的任务是穿越边境地带的封锁，进入大秃子岭地区，侦察周边布防情况，设法搞清楚里面的日军工事用途和规模。对面没有我们的人员接应，一切行动只能靠自己，要随机应变。任务限期是两个月，无论结果如何，必须按时返回，我们的人到时候会在江边接应你们。"

老山东趴在草丛隐蔽处，举着望远镜观察。铁丝网沿着江边和山脚绵延无边，一眼望不到头。老山东看着挂满铁罐的铁丝网，说："要从这儿进去得过三道坎儿：第一道是铁丝网，第二道是日军的巡逻，第三道是反坦克壕。"小驴子问："铁丝网干啥用的？"老山东说："对付步兵和骑兵。上边挂着铁罐呢，不小心碰到了就出声。"这时，一个带着狼狗的日军巡逻小队从交通壕里经过。四人赶紧隐蔽起来。

　　福庆和小驴子趴在地上，福庆举起望远镜，望远镜里，日军巡逻小队举着手电筒灯，牵着狼狗在铁丝网另一侧巡逻。小驴子看看表说："两个小时。"福庆说："巡逻队每两个小时经过一次。"

　　在望远镜里，日军另一组十人小队出现了，走向远处的密林。福庆看看表说："十人一组的小队，每四个钟头换岗一次。"小驴子看向十人小队的前方说："那边就是林子，啥也没有。"夜色中，狼狗的叫声随风传来。

　　深夜，身穿日军军服的高云虎和福庆摸到铁丝网下。高云虎四下观察，用铁钳小心剪断铁丝网上的铁罐，以免发出声响。四人从铁丝网下方匍匐通过，顺着交通壕潜行。日军巡逻队的狼犬警觉，犬吠声向四人方向迅速靠近。老山东忙掏出烟叶和辣椒末撒在身后。四人藏身暗处，紧张地等待着。狼犬很快失去目标，犬吠声渐渐远去。

　　黄昏，山风呼啸，四人穿过丛林，爬上山顶。借着树林的掩护，极目四望，山川辽阔，层林尽染。老山东感叹道："咱走了才几年，这关东山都变成小鬼子的了。"高云虎说："连个冒烟儿的烟囱都看不见了。"

　　小驴子指着远方的庄稼地说："看，那边还有人种地。"老山东举起望远镜，一片稻浪起伏，几个穿和服的日本女人走在田地里。老山东说："是日本人的开拓团。"福庆打开地图，说："没时间绕路了，咱们得从田里穿过去。"

　　稻田一望无际，一家三口在稻田里忙碌。女人说："看着这些稻米，再辛苦，心里也是高兴的。"男人说："是啊，就算我被征兵，也够你和孩子们明年吃，我就放心了。"女人说："也许我们今年多交一些稻米，你就不用走了。"男人说："被征兵也没办法，男人不仅要种田，还要保卫我们的村庄和稻田……"

一个四五岁的小女孩儿趴在水渠边，看着螃蟹在水里横行。小女孩儿对女人说："妈妈，我看到了一只螃蟹！"女人说："惠子，你不要碰，螃蟹会夹你的手。"

小女孩儿发现了匍匐在稻田里的高云虎，大喊："父亲，我看到了一个大叔！"高云虎背着枪，缓缓地从稻田里爬起来，日本军服上沾满了泥。老山东三人也身穿日本军服，跟着高云虎爬起来，站在高云虎身后。

女人对着小女孩儿说："惠子，快过来！"小女孩儿转身跑回母亲身边，男人警觉地拿着镰刀走过来，说："你们为什么在这里？"高云虎用日语说："我们送物资，经过这里。我们是皇军的主要力量，我们要把皇军的发展美景传到中国各个基层。"

男人上下打量着四人，说："你撒谎，这是我们的土地，你们是逃兵！"福庆目光凶狠，扶了扶身上的枪警示男人，又用日语说道："天皇陛下万岁！"男人不说话了。四人大步穿过稻田，女人说："请等一下。"四人都握紧了手里的枪。女人小跑着追过来，递过用苞米叶包着的饭团，说："拿着吧。不管怎么样，你们离家参军很辛苦。"

三

四人借着夜色继续在山中潜行，路过一个废弃的村落。每户人家的门都大敞着，墙上靠着散了架的板车，院子里散落着摔碎的水缸瓦盆，破烂的窗户纸随风发出猎猎声响，四下无人，空旷凋敝。

高云虎小心地进入一户民居，屋里四处落满厚重的灰尘，门框上结满蛛网。福庆从身后走来说："整村的人都早归了大屯了，连个鬼影子都没有。"高云虎在灶台附近翻找："连口锅都没留下。"

深夜，高云虎、福庆和小驴子靠着墙根睡着了。老山东坐在屋外，望着漆黑死寂的村子，心里不是滋味。高云虎醒来，走到老山东身边坐下说："排长，该我了，你去睡吧。"

老山东说："照这个时间，顺利的话，还得半个多月才能到大秃子岭。"高云虎说："大路好走，可咱带着家伙事儿和装备。"老山东说："不能走大路。"高云虎说："你担心咱完不成任务？"老山东叹着气说："时间紧啊。"高云虎说："到地儿就好说了，咱有福庆。"老山东说："山里他也没去过，到时得好好琢磨琢磨。"

四人在山林间风餐露宿，日夜兼程。一条土路上，时而经过几辆卡车，车灯耀眼。趁着夜色，四人躲避巡逻的伪军，快速潜行。

福庆和高云虎对着地图和指南针辨别方向。高云虎说："福庆，你当年走的啥路线？再仔细琢磨琢磨。"福庆懊丧地捶着脑袋说："我是个猪脑子，记不真亮儿了。"老山东说："别逼他了，打崖上跳下来，留着命就不错了。"

福庆说："我就记着醒过来身边全是死人，血腥味儿冲鼻子，在老林子里钻了两天，没白没黑晕头转向。最后还剩一口气，碰见个拉车过路的，就给我带出来了。"

老山东四顾，不远处有一个窝棚。他吧嗒着烟袋："随身带的东西，用不上的，先埋在这儿，做个标记。这镇子看着不大。云虎，你和福庆探探周边，我和小驴子进镇子打问打问。"小驴子说："问啥？"老山东说："能问到啥算啥，咱们分头行动，两天以后在这儿会合。"

老山东和小驴子穿着便装，走在主街上。远处的牌坊上写着大字"井阳镇"，主街旁的一排大杨树上悬挂着十几具已经风干成白骨的尸体。小驴子瞪眼看着，纳闷儿地说："这上边的人一边儿齐，都没小腿。"

一个打更老头儿吭吭地敲着铜锣，从老山东和小驴子身旁经过，敲两下，喊一句："金属纳献！铁锅铜壶小五金，一律上供！主动上交，有赏！入户搜得，重罚！"

　　老山东低声说："脚底下松着点，走道别跟我踩在一个点儿上。"小驴子会意："是，排长！习惯了。"老山东更正道："别叫排长，叫东家。"

　　老山东和小驴子站在主街的一家饭馆外，小驴子看着招牌说："转了一大圈，就这一家三大碗饭馆。"老山东带着小驴子走进饭馆，掌柜的迎上来。老山东问："掌柜的，挺好的？"掌柜的说："客打哪儿来啊？"老山东说："打东边来，路过歇个脚，掌柜的贵姓啊？"掌柜的指着跑堂的俩伙计说："这个姓黑，那个姓白……"老山东说："掌柜的姓阎？"阎掌柜竖起大拇哥说："能聊。里头坐。"

　　老山东和小驴子坐下了。阎掌柜问："你们干啥的？"老山东说："收山货的，想进山收点皮子。"阎掌柜说："那你算来对地方了，这大秃子岭方圆三百里，怕是连一个活物都剩不下喽。"老山东说："这话咋说？"阎掌柜说："没啥说的。该吃吃，该喝喝。"

　　小驴子饿得肚子里咕噜噜叫，就问："三大碗都是啥？东家，要不咱尝尝？"俩人坐着，伙计端上三大碗，一碗煮白菜，一碗蒸土豆，一碗熬白萝卜。

　　小驴子有些失望："就这三大碗？没肉？"阎掌柜说："肉早就不兴吃了。"小驴子说："那来俩馒头。"阎掌柜说："米面更没有了，就俩高粱饼子吧。"老山东说："阎掌柜，我看这镇上没啥人，都到饭口了，也不上人，咋回事？"阎掌柜说："眼瞅着连锅都要收走了，还能上啥人？"小驴子对老山东说："东家，给你来碗酒吧。"

　　阎掌柜摇摇头说："酒早就不卖了。"小驴子说："那你这还叫酒家？"阎掌柜说："早先镇上还有驻防的'满洲国军'，酒都是卖给他们喝的。现如今都换成关东军了，全都扎在山上的兵营里，离八百丈远见着人影就开枪，真打。现如今能到这镇上来的，都是进山场子做苦工的，赚的都是卖命钱，进出验明正身，累瘫病倒就地活埋。"

老山东问："我们过来的路上，看见树上悬挂着十几具尸体，咋回事?"阎掌柜说："还能是咋回事，往生了呗。"小驴子说："是小日本故意挂这儿吓唬人的?"阎掌柜说："这个小伙计，说话仔细点，隔墙有耳。"

小驴子说："我是说，骨头架子挂在镇子口，谁还敢往镇上来啊?"老山东问："那些人是犯啥事儿了?"阎掌柜说："谁知道，反正是被日本人抓了，拉到镇子口，当着老百姓的面，齐着膝盖锯了腿，杀鸡儆猴呗。"

小驴子说："活着锯的? 他娘的……"老山东在桌子底下踢了小驴子一脚，小驴子噤了声。阎掌柜说："可不咋的，净水泼街，人血垫道，吊在树上流血到死，就一直挂到现在了。"

晚上，客房的大通铺上，伙计掸着炕上的灰尘，阎掌柜抱进来两床铺盖说："有日子没客人住了，这还没下霜，就不烧炕了，盖这些应该够了，早点歇着吧。"阎掌柜转身刚要走，老山东说："掌柜的，俺们想进这大秃子岭里边转转，有啥能进山的道儿?"

阎掌柜说："我劝你们还是死了这条心，进山的道儿不是没有，都是死路，有进没出。"老山东说："有这么邪乎?"阎掌柜吸了口冷气："大秃子岭吃人啊，山里都是冤魂，一到夜里漫山遍野鬼哭狼嚎，舞舞扎扎的，吓死人。"小驴子不服气地说："啥鬼啊神的，俺不信。"

阎掌柜说："老孙家前两年刚生的大胖小子，三两岁上刚学会走道，走丢了。老孙家媳妇不信邪，后半夜非要进山找，进去咋样? 再没出来。阴阳先生说是让万人坑给吃了，现在天天夜里回来喊冤。老孙家的人都疯了，天擦黑就拎着菜刀出来砍人……"

小驴子气愤地说："那些日本兵不是人? 万人坑咋不吃他们?"老山东说："那山里就没有活着出来的人啦?"阎掌柜说："要说能出来的活物也有，听说是只老虎。"

阎掌柜离开，老山东吧嗒着烟袋，烟锅一明一灭。小驴子躺在炕上，翻来覆去睡不着："东家，老虎咱上哪儿找去? 就算找着了，老虎也不会说话啊。"老山东说:"话传话传的,听个音儿吧。别烙饼了,赶紧睡吧,明天再到别处去打问打问。"

高云虎和福庆穿着伪军制服在土路上晃荡。福庆低声说:"人有人样儿,狗有狗样儿,你这腰杆儿挺太直了,不像。"高云虎说:"你给我打个狗样儿。"福庆把领口的扣子又解开两个,敞着怀,一步三晃地往前走。不远处有个西瓜摊,高云虎盯着西瓜摊问福庆:"你渴不渴?咱俩来个西瓜?"

高云虎伸手进口袋掏钱,被福庆拦住。高云虎不解地问:"又咋的啦?"福庆晃荡着走向西瓜摊,拎起西瓜刀,劈开一个,蹲下就吃。摊主看着福庆,福庆大大咧咧地说:"咋的?老子吃你个西瓜还用给钱?"摊主赔笑,连连点头赔不是:"军爷敞开吃,不要钱,不要钱。"

福庆拿起一块西瓜递给高云虎,高云虎别过头:"我不渴!"摊主打量着俩人身上的伪军制服问:"两位军爷,掉队啦?"福庆说:"啥意思?"摊主说:"镇子周边好久没见过穿这身儿的了。"这时,一辆从山场子出来的卡车呼啸着开过,车上载着木材,车斗里站着一伙工人和几个押车的伪森林警察。福庆拉着高云虎赶紧走开。

黄昏,高云虎和福庆穿着日军军服,匍匐在山坡上的草丛里。高云虎举着望远镜观察,相隔不远的几处兵营里都升起炊烟,不一会儿日军排着队出来领饭。高云虎一会儿往左看,一会儿往右看。福庆在一旁着急了:"你给我也看看。"高云虎递上望远镜,福庆观察着几处兵营的规模说:"这得有一个团?"高云虎说:"会不会数数?一个团倒是没有,最多半个吧。"福庆说:"里边指定还有你没看见的。"

四

大秃子岭外围的山林里响起几声鸟鸣。高云虎侧耳听着,伸手招呼福庆。老山东和小驴子从树后现身。老山东警觉地问："没人跟着你们吧？"福庆说："没有。"老山东点头："那就好。"

高云虎说："我们把附近都转了，日本兵撒豆子一样，把这山围得密不透风。"老山东说："狗看着都不放心，全是正牌关东军。"福庆说："排长，你们打听着啥啦？"小驴子接过话茬儿说："打听到一只老虎。"福庆说："一边去，还打听到一头驴呢。"小驴子说："不信你问排长。"

福庆反问道："排长？"老山东点头说："兴许是有这么个人。"高云虎焦急地说："排长，咱都出来一个月了，时间不多了。要不直接进山吧。"

老山东说："心急吃不了热豆腐。这里边有个山场子，日本人再厉害，也摸不准老山神的脉，山场子里还得拜把头，你俩想招进去趸摸趸摸，找着山把头，路就有了。"小驴子问："咱们呢？"老山东说："咱俩就在镇子里找，没准儿就把老虎给摸上了。"

这天，井阳镇的空地上停着一辆卡车。高云虎和福庆换了两身破烂便装，在等活工人的队伍里排队。几个身着制服的伪森林警察拎着棍子，沿着队伍扒拉。

一个伪森林警察对着一个骨瘦如柴的人踹了一脚，那人趔趄着摔倒在地。伪森林警察讥讽道："就这身子板儿，大腿还没有根树枝子粗，滚！"伪森林警察拎着棍子点到高云虎说："你，上车。"福庆见机往上凑："长官，我也结实。"

伪森林警察看了一眼福庆说："你个头儿不够。下一个！"福庆着急了，三两步赶上高云虎，对着高云虎屁股就是一脚。高云虎骂骂咧咧与福庆扭打在一起。福庆一个转身，给高云虎来了个背摔。福庆说："长官，个子不够，力气能凑。"伪森林警察说："行，那你也上车吧。"很快，卡车装满了一车工人，呼啸着开走了。

老山东和小驴子在井阳镇街上溜达。打更老头儿手里的铜锣换成了梆子，边敲边喊："金属纳献！一律上供！主动上交，有赏！入户搜得，重罚！"

老山东迎上去问："老哥，你这铜锣咋改梆子啦？"打更老头儿说："铜锣，那也是金属，纳献了。"老山东又问："老哥本地的？"打更老头儿说："可不咋的，打记事起就敲锣，从大清封关敲到开关，从张大帅敲到民国，再敲进了'满洲国'，眼瞅着这是又要变天啊。"老山东试探地说："唠唠？跟你打听点事儿。俺们想进这大秃子岭转转，有啥能进山出山的道儿吗？"打更老头儿说："你是啥人我不管，为啥打听我也不管，能从山里活着出来的，我就知道一个。"

老山东说："有人管他叫老虎？"打更老头儿说："那倒没听说，我说的这个人叫潘铁瓢儿。"老山东急忙问："上哪儿找这人去？"打更老头儿说："那就看你的造化喽。"打更老头儿起身，敲着梆子走了："金属纳献，主动上交……"

秋日，在大秃子岭外围伐木山场子里，一片刺耳的电锯声传来，到处木屑横飞。一阵阵声音回荡着："顺山倒喽！"一棵又一棵老树轰然倒下。

一帮工人喊着号子抬着巨大的木头。高云虎和福庆在队伍里，脸憋得通红，头上滚落着豆大的汗珠子，跟着号子喊道："伙计们哪，嗨哟！憋足劲儿哪，嗨哟！别松气呀，嗨哟！多挣钱儿哪，嗨哟！"

工人们横七竖八地躺倒在林间空地上歇息。福庆四仰八叉地瘫在地上，喘着气。高云虎说："瞅你那点出息。"高云虎四下望着悄声说："我刚才仔细观察了，这山场子不算大，四角有岗楼，虽然有铁丝网围着，趁夜里咱俩兴许能翻过去。那不就进山去了？"福庆说："你懂个屁。夜里有探照灯照着，四周有狼狗盯着，岗楼上有机枪端着，睡觉之前还得点名。想进山有那么容易？"高云虎说："这都是你在劳工营里学的？"福庆说："这地方行动，我有经验，你得听我的。"

高云虎捅捅福庆："你起来。"福庆说："叫师父。"高云虎说："快看那个人。"福庆说:"扶你师父一把。"福庆起身,顺着高云虎的视线看去,不远处一个戴着狗皮帽子的工人周围围着一圈人。福庆说:"我刚才也看见他了,奇怪。"高云虎说:"这天也不凉,干起活来衣裳都穿不住,他捂着个狗皮帽子,不嫌热吗?"

那个戴狗皮帽子的工人潘铁瓢儿正讲得眉飞色舞。一众工人听得津津有味。高云虎和福庆凑上去,只听潘铁瓢儿叹口气说:"……你就说这山场子吧,拉大锯那都是过去的老皇历了,现在使的不都是带电的玩意儿吗?刺啦啦响两声,百年的老树,倒了。如今再也没有山把头了,日本人画张图,关东山的脉摸得门儿清。"

一个工人说:"潘铁瓢儿,照你这么说,你比日本人的地图还厉害?"潘铁瓢儿说:"戏里咋说的?刘邦咋赢的楚霸王?明修栈道,暗度陈仓!图上画的都是栈道,我这里头装的,那叫陈仓!能打这大秃子岭里七进七出的,咱是蝎子的尾巴——独一份儿。"

潘铁瓢儿扒拉下脑袋上的狗皮帽子,露出一个恐怖的伤疤,头上半个脑瓜皮都没了。一个工人问:"你进山那么些回,真没见过鬼?"潘铁瓢儿说:"鬼见了我都得绕道走。"高云虎和福庆对视。

探照灯扫过伐木山场子的空地,狼狗的叫声从远处传来。两个伪森林警察从屋子里走出来,走向卡车。高云虎和福庆突然从卡车底下钻出来,悄无声息地扑倒了两人,高云虎狠狠地说:"想活命就别出声。"

车灯耀眼,卡车上装着木材,高云虎和福庆穿着伪森林警察的衣服,站在车斗里。卡车经过岗哨,擎着枪的日本士兵盘查。日本士兵指着高云虎身旁的一个麻袋用日语问:"这里边装的什么?"高云虎解开麻袋,从里边掏出一顶狗皮帽子,用日语回答:"都是旧衣服。"日本士兵拿着手电筒晃了一下,挥手放行。卡车开出岗哨,向山下驶去。

五

秋夜，老山东和小驴子走在井阳镇街上。老山东突然停下脚步，一个人影闪身躲进角落。小驴子说："我去抓了他。"老山东说："不急。"

老山东和小驴子回到三大碗酒家的客房睡下。外面传来几声鸟鸣，老山东从炕上坐起来，披上衣服。小驴子揉着眼睛问："东家，咋啦？"

高云虎和福庆进来了，他俩把一个麻袋扔在地上，里边有人挣扎着。老山东四下看看问："没有尾巴？"高云虎说："没有。"小驴子问："这里头装的啥？"福庆得意地说："逮了个活的。"福庆解开麻袋，把塞在潘铁瓢儿嘴里的袜子掏出来。福庆压低声音，呵斥道："不许叫唤！"潘铁瓢儿大口喘着气，压着嗓子问："你们想干啥？"

深夜，潘铁瓢儿坐在树底下，气急败坏地啃着一个饼子。老山东说："慢点吃，别噎着。"潘铁瓢儿说："不就是听书吗？至于费这么大劲？"高云虎说："说说吧，你咋进山的？"福庆故作不屑地说："我咋不信呢？"潘铁瓢儿得意地说："能打这大秃子岭里七进七出的，咱是蝎子的尾屈……"

福庆打断道："少废话，你进过劳工营？"潘铁瓢儿说："那当然，活着出来的就我一个。"福庆看着潘铁瓢儿的眉毛问："剃哪边的？"潘铁瓢儿说："啥？"福庆说："我问你，眉毛剃哪边的。"潘铁瓢儿说："左边……"福庆又问："到底哪边？"潘铁瓢儿说："右边。"福庆说："你肯定没进过劳工营。"潘铁瓢儿说："你进过？你万人坑里爬出来的？想抢我生意，直说呗，绕这么大弯子。"

高云虎气得动了手："奶奶的，说实话！"潘铁瓢儿吓得忙说："别动手，别动手……"

老山东按住高云虎，对潘铁瓢儿说："没别的意思，只要你能给我们画个进山的道儿，不难为你。"潘铁瓢儿问："你们到底干啥的？"

高云虎气得薅着潘铁瓢儿脖领子往树林里走，潘铁瓢儿忙说："我说，我说实话！大秃子岭我也没进去过，那年抓劳工，给我弄上卡车，戴上头套，卡车走到一半，我跑了。"高云虎说："你说跑就能跑？"潘铁瓢儿说："抽冷子从车上跳下来的，那后边子弹嗖嗖的……"

小驴子问："没打着？"潘铁瓢儿摘下帽子："半块脑瓜皮给我掀飞了，开瓢儿了，没死。打那以后他们都管我叫潘铁瓢儿。"高云虎问："那山里边的事儿都是你瞎编的？"潘铁瓢儿说："他们愿意听，我就顺嘴编，旁人听个乐，我也赚两个酒钱。"

老山东说："那你再说说老虎。"潘铁瓢儿问："啥老虎？"小驴子说："能在山里随便走，死不了的老虎。"潘铁瓢儿说："你说的是老虎团。"小驴子问："一个团的老虎？"潘铁瓢儿说："你这小伙计是驴脑子？"老山东又问："老虎团是啥？"潘铁瓢儿说："前两年镇这一带的'满洲国'的整一个团，英名叫老虎团。老虎团专门管往大秃子岭里边运人，走的是一条秘密小道，这条小道除了老虎团谁也不知道在哪儿。后来也不知道咋的，整个团没了。"

六

黑暗笼罩，月光惨淡，远处山峦起伏，传来几声隐约的狼嚎。老山东带着小驴子在林子里快步潜行，走向不远处的窝棚。老山东突然停下脚步说："出来吧。"一个农民装束的人犹豫着从树后走出来，满脸堆着笑。

高云虎和福庆从暗处跃出，一把按住那人，枪口顶在脑门儿上。那人高举双手说："饶命，饶命……"老山东问："跟了我好几天了。你是什么人？"那人指着不远处的窝棚，说："中国人，我叫来福。我就住这窝棚里，山上那几亩西瓜地是我的。"

老山东问："为什么跟着我？"来福说："我知道你们想进山，跟我走吧，山上的小道我熟，我带着你们进去。"高云虎一把掀翻来福，喝道："说实话！"

小驴子突然看见来福腰上别着一把刀，刀柄上缠着红布，正是高云虎输给二驴子的那把刀。小驴子一把薅住来福的脖领子，抽出那把刀，问："这刀哪儿来的？"高云虎也愣了，盯着小驴子手里的刀说："这是我给你二哥的刀！"小驴子逼问道："刀哪儿来的？人呢？"来福赶忙挣脱，转身往日军岗哨的方向跑，边跑边用日语大喊："抓人！这儿有敌人！"高云虎飞奔着追上来福，将他扑倒在地，一刀抹了来福的脖子。喊声惊动了不远处的日军巡逻部队，狼狗狂吠的声音慢慢接近。

老山东拉着小驴子奔跑，高云虎和福庆背着装备紧跟在身后。小驴子使劲挣脱老山东，嘶哑地喊着："我要去给二哥收尸！"高云虎和福庆扑上来死命按住小驴子，福庆说："人都剩下骨头了，你去也认不出来！"小驴子说："我不管！"

老山东一把拎起小驴子说："就算是，你现在去也是白死！你上队伍，当抗联，过江训练，就为了死在这儿？野马滩上的父老乡亲你不管啦？"

追兵越来越近。小驴子挣脱老山东，转身气呼呼骂道："小鬼子，我操你娘！"他端起枪，拉栓上膛，枪声响起。老山东、高云虎、福庆转身开枪，追击的日本兵一个个倒下。小驴子的子弹打光了，还在死命扣着扳机。高云虎和福庆架起小驴子拼命逃跑。枪声回荡在山林中，一切渐渐隐入黑夜里。

营地旁，江水静静地流淌。格里高利办公室上演了一场激烈的争论，福庆气愤地问："格里高利上尉，您有必要告诉小驴子，他二哥到底活着还是死啦？"小驴子昂着头，不说话。

福庆说："既然是侦察大秃子岭，为啥一开始不派我去？让他们去送死？"格里高利说："这是苏军总参谋部制定的保密原则，防止掌握关键情报的人员叛逃。"听完瓦西里的翻译后，福庆咬牙切齿地问："那为啥后来又派我去啦？"格里高利说："周旅长为你们争取到了独立指挥权，这是你们自己人的决定，他信任你。"

老山东和指导员站在办公室门外，老山东想进门，被指导员一把拉住："闹就闹吧，他们有权利知道。"老山东问："指导员，这回你咋不管啦？"指导员却说："苏联人应该给他们一个交代。"

在营地会议室，瓦西里、指导员、老山东、高云虎、福庆、小驴子围坐在一名战士身边。

那次被派去侦察大秃子岭的一共是两支小部队，一共十几个人。二驴子是一组的组长，我是另一组的组长。我们两组约好了会合的地点，他们先到了，没想到中了日本人的埋伏。日本人把他们都带进了镇子里。后来我们听镇子里的人说，日本人当着他们的面锯断了每个战士的双腿……

一队日本兵持枪驱赶村民，把众多村民赶到广场上围观。二驴子和五名战士被绑在树上，两个日本兵抬起伐木的锯子，从膝盖处锯断一名战士的双腿，战士发出凄厉的惨叫声。村民纷纷闭上双眼。又一名战士的双腿被锯断……翻译对村民说："都看清楚了，窝藏破坏日满亲善的分子，下场跟他们一样！"

日本军官举枪对准一名战士的额头，翻译说："说，你们的目的是什么？除了你们还有什么人？"战士昂首不语。日本军官对准战士的额头开枪。

二驴子说："我投降，我说！"几个战士转头看向二驴子。二驴子对翻译说："给我一把枪。我来。"

日本军官微笑着把手枪递给二驴子。日本士兵一齐举枪指着二驴子，二驴子拿着手枪缓缓走向战士。

战士眼里含着泪花，对着二驴子点点头。二驴子对准战士的眉心，扣动扳机，二驴子走向下一名战士……二驴子击中最后一名绑在树上的战士，转身微笑，举枪对准自己，扣下扳机。二驴子是在用枪声打出电报的信号，我听懂了他的意思，让我们快跑……

众人安静地听着，小驴子早已泪流满面。黄昏，小驴子跪在苏联营地的江岸上。指导员、老山东、高云虎、福庆站在小驴子身后。指导员走到老山东身边说："旅长让我转告你，以前的牺牲太大，出发前没有说是怕影响你们的士气。之所以只给你们两个月，就是希望你们活着回来。"

小驴子挖好一个坑，把几件衣服放进坑里说："二哥留下的，就这么几件衣服……"格里高利拿着一个肉罐头走过来，说："这是阿肖勒同志出发前最后的要求……"瓦西里把肉罐头递给小驴子说："是二哥留给你的。"

小驴子把肉罐头放进空冢，撒上土，磕了三个响头，起身面对江岸说："二哥，你放心，答应你的事情我一定做到，我一定活着替你看胜利的那一天！大哥，你得给二哥领个道儿啊，要不他找不着家……"简陋的墓碑竖立在江岸上，红色丝带随风飘扬……

七

秋夜，牡丹江的街道上，人力车在人群中穿行。汤德远坐在人力车上，脚下放着一摞食盒。人力车在天福号门前停下，汤德远拎着食盒，走进天福号。此时，天福号内人声鼎沸，乌烟瘴气。汤德远穿过人群，在一间包间外停下，轻叩包间的门。

几个贵客正在里面嘬着大烟葫芦。一个双眼迷离的人朝汤德远走过来，汤德远愣住，是新安监狱的徐老四。徐老四看见汤德远，揉揉眼睛，说："他娘的，眼花了吧，上劲儿了？老熟人啊，好久不见！"徐老四说着过来搂汤德远，汤德远闪身躲开了。

徐老四说："行，如今也人模狗样，不认识我了，拉倒……东西呢？"徐老四一把捞过食盒子，从最底下掏出两包大烟膏子。徐老四看着汤德远，说："咋的？进来一块儿整两口，舒坦舒坦？"

肖铁林坐在阴森昏暗的审讯室里，手里把玩着各种刑具。汤德远站在对面说："这活我不想干了。"肖铁林问："咋？"汤德远说："我知道食盒子里送的是啥。"肖铁林不屑地说："才知道啊？"汤德远不说话。

肖铁林起身走过来，搂着汤德远的肩膀说："你也看见了，日本人管得越来越严了，这活眼瞅着不好干了。这年头儿，知根知底的人不好找，要不是实在亲戚，别人我也信不着。"肖铁林转身从怀里掏出一沓钱，塞给汤德远说："他们吃肉，咱也跟着喝口汤，回去给媳妇和孩子置两件新衣裳。"汤德远放下钱，肖铁林说："咋的？犟骡子劲儿又上来啦？"

汤德远说："老叔，要不你安排我干点别的，啥都行。"肖铁林拉下脸，翻腾着身边的刑具，锁链、脚镣子哗啦哗啦地响。肖铁林生气地说："不干？不干我捞你出来干啥！第一条路，闭上眼迈开腿，闷声发财；第二条路，进日本宪兵队。两条路你自己选。"汤德远不说话。肖铁林说："你要是进去了，老婆孩子也得跟着受牵连。儿子学走路了没？"

第十七章
牡丹江险情

一

一九四五年春，牡丹江日满亲善小学的教室里坐满了中国孩子。一名中国教书先生站在讲台上讲课："再跟我背一遍。月落乌啼霜满天，江枫渔火对愁眠。姑苏城外寒山寺，夜半钟声到客船。"一个在教室外巡查的日本教务长官停下脚步，推门走进教室，用日语问："你在教什么？"教书先生用日语回答："唐诗《枫桥夜泊》。"

日本教务长官生气地用日语说："八嘎，这是在日本最著名的唐诗，只能用日语，不许用汉语。你在毒害'满洲国'的未来。你的课就上到这里吧，我会向教务厅报告你的情况，回去等候处理。"

牡丹江的大小店铺，均已换成日语招牌。大街上时常有汽车驶过，荷枪实弹的日本宪兵互相搀扶着从酒馆里出来，大声调笑。穿着和服的日本女人走过，中国百姓纷纷低头让路。

苏联营地的临时跑道上停着数架里-2运输机，八十八旅战士全体集结，神情肃穆，从江岸一直排列到山岗上。老山东、高云虎、福庆和小驴子昂首站在队列中。

周保中旅长巡视队列，发布动员令："同志们，我们终于等到了这一天，盟军已经在诺曼底登陆，法西斯即将全面崩溃。在过去的几年里，你们经过了残酷严格的训练，成为优秀的战士。你们中的很多人都曾经作为小部队被派回祖国执行任务，足迹范围遍布东北的三十几个县，侦察了中苏边境地区日军的地堡、工事、弹药库、供水系统、电站、机场、桥梁和驻军。有的人回来了，有的人长眠了。"战士们眼含热泪地听着。

周保中说："这是最后的决战，我们的胜利就在前方！你们的任务是搜集情报，铲除汉奸，瓦解伪军，爆破要塞，寻找留守部队，准备最后的反攻！十四年过去了，我们的人不会白死，血不会白流。"战士们激动地呐喊。

周保中说："你们要牢记在心，返回东北后，不放过一切寻找中共中央党组织的机会，通过到达东北的中共党组织与党中央取得联系。一句话，我们一定要找到党！"

战士们个个振奋精神，一片沸腾。周保中最后宣布："我命令，苏联工农红军独立步兵第八十八旅，东北抗日联军教导旅第一批特遣队伍，启程，回家！"夜色中，战士们分成几十个行动组，登上飞机，依次出发。轰鸣声中，跑道上的一架又一架飞机加速滑行，冲向夜空。

朝阳下，一列蒸汽机车隆隆驶过，自东向西穿越深山密林。地上几只正在啄食的山鸡，惊慌地飞入树丛里。远处隐约出现一座城市。列车驶入牡丹江宁北站站台。站台上有荷枪实弹的日本士兵站岗，各色人等在站台上穿梭。火车靠站，一身商人装扮的瓦洛佳拎着行李箱走下火车，跟随人流出站。

　　火车站外，汽车、马车和人力车热闹地接着出站的客人。空气微寒，瓦洛佳裹紧呢子大衣站在路边，一辆公共电车驶来停下，瓦洛佳登上电车。电车穿行在繁华的太平路上，大街两侧商铺林立，日语招牌随处可见。街面车马络绎，穿着木屐华服的日本妇女和裹着破旧棉袄的中国小贩擦身而过。一排伪军列队跑过，巡逻的伪警察侧身给闲逛的日本兵让路。

　　电车靠站，瓦洛佳在兴隆街 78 号下车，他左右环顾，见无人注意后进门。这是一家前店后厂的俄式酿酒坊，正在吧台后招呼客人的老板玛利亚注意到进门的瓦洛佳。瓦洛佳摘下左手的手套，放在吧台上，对玛利亚微微点头示意。玛利亚问："喝点什么？"瓦洛佳说："一杯格瓦斯。"玛利亚问："天冷，不喝点酒？"瓦洛佳微笑说："那就来一杯这里最烈的酒，再切两根里道斯。"

　　几排高大的橡木酒桶间，伙计在忙碌穿梭。玛利亚带着瓦洛佳穿过后院，经过摇晃的木质楼梯上楼。门开了，美国人约翰把瓦洛佳让进屋里，四下环顾，小心地关上房门。瓦洛佳摘下帽子和手套，两人握手。约翰说："欢迎来到敌人的心脏，这里是最危险的地方，也是最安全的地方。我是你们的联络人约翰。"

二

　　周保中在会议室单独给老山东、高云虎和福庆交代任务："根据情报部门的调查，你们之前带回来的情报很有价值，所以，这次的任务还是交给你们来完成。你们特别小组的任务目标只有一个：不惜代价，查清日军在大秃子岭的秘密工程。"

　　老山东坚定地说："甭管刀山还是火海，保证完成任务！"周保中点头："特别行动小组副组长是鲁长山，组长是瓦洛佳少尉，他会在牡丹江接应你们，交代进一步的情况。"老山东问："我们怎么跟他联络？"周保中说："联络地点在兴隆街 78 号。"

飞机螺旋桨轰鸣，飞越覆盖着白雪的崇山峻岭，老山东三人跃出机舱，星星点点的降落伞在夜空中绽放……

牡丹江城外密林，老山东、高云虎和福庆先后落地。福庆挂在了树梢上，他掏出军刀，割断降落伞绳，滚落在雪地上。不远处传来几声清脆的鸟鸣。

高云虎收起降落伞，在黑暗的雪地中行走，向鸟鸣的方向渐渐靠拢。三人碰头，把降落伞埋进一个树洞里，用雪盖住。高云虎环视四周："这是落到哪儿啦？"老山东说："落到家门口了。"黑暗中传来福庆的声音："坏了，包里的指南针丢了。"福庆要回去找，被老山东一把拉住。

远处山岗上，闪过探照灯的亮光，隐约传来狼狗的叫声。三人趴在雪地里。老山东说："有日本人的巡逻队，应该离城不远，得赶紧从这林子里出去，晚了狼狗就跟上来了。"

福庆懊悔地说："这深山老林的，找不着北，咱往哪儿走？"老山东起身，找到一棵老桦树，伸出舌头在树干上舔了一下，又转身到树背面，舔了一下。舔到第四面时，舌头粘在了树干上。老山东呵气，半晌，往雪地上啐了一口带血的唾沫："这边是北，常年不着阳光，树皮冻得比铁疙瘩还结实。"黑暗中，三人穿越密林，向城市方向潜行。

老山东、高云虎和福庆都换上了家常的衣服，围坐在桌边。玛利亚端上一盘黑乎乎的饺子，放在桌上。瓦洛佳说："特意为你们准备的，虽然味道不是很地道。"

老山东问："这是橡子面？"玛利亚说："是，包饺子的白面早就买不到了，只能用橡子面，又加了点烤面包的黑麦。"老山东说："上回吃饺子，不记得是哪年哪月的事儿了。"

老山东缓缓夹起一个饺子放在嘴里，细细地嚼着。高云虎和福庆也夹起一个饺子放在嘴里，眼睛里泛出泪花。福庆抬头："排长、云虎，咱终于回来了……"高云虎说："这回不走了。"

三

官舍街的日本特高课门前站着持枪的日本宪兵，周围有便衣暗中巡视，安保森严。一个日本军官带着几个副官和两个穿长衫的特务下楼出门。日本军官正要上车，黑暗处突然传来一声清脆的枪响，日本军官应声倒地。特高课门口一片混乱。

一阵朝天的乱枪大作，一个穿长衫戴礼帽的人追到街口，左右四顾。此人是川野。混乱的人群中，一个人力车夫拉着空车快步跑过，川野迅速跟上。成队的日本兵擎着枪跑出来，封锁了街口。人力车夫拐了个弯，跑上一条繁华街道，混入人流。川野在街口站住，在人群中寻找着目标。车夫加快步伐，不时回头观望。这车夫是李正浩。

春天大好时节，今天是天天好酒楼开张的日子。酒楼排场盛大，门口供着财神和求财纸马，送来的匾额贺幛四下堆满，锣鼓鞭炮齐鸣，人声喧阗。军警宪特，江湖人等，市里的头面人物都来道贺，门庭若市。

酒楼老板汤德远站在门口迎客收礼，作揖道谢，满面笑容与前来道喜的宾客打着招呼："齐会长、马局长、裴老板，您几位可是稀客，快里边请……"

伪军团长郭金山和宝局邵掌柜带着礼物从不远处走过来，汤德远笑着迎接道："郭团长、邵掌柜，来就来，都是自己人，还带什么礼。"郭团长笑着说："汤二爷这话说的，自己人礼数更不能短。"

酒楼里正大摆流水筵席。戏班唱得热闹，板胡拉得带劲儿，台上站的是满天红戏班的小红枣。小红枣声音清甜，人显得比从前更娇媚几分，正在搬唱二人转《状元图》："……小佳人正在后店坐，见天黑手托店幌走出屋。店幌挂在大门外,斜身站稳把客招呼……"

汤德远满脸堆笑,把郭团长和邵掌柜请进酒楼,安排上座。小红枣唱道:"……南来的北往的,上京的上厂的,推车的担担的,咕噜咕噜卖面的,剃头的锔碗的,裁衣的打辫的,都来把店住……"唱到精彩处,宾客们纷纷叫好。

热闹中,伙计俯身到汤德远耳边低语:"赵科长到了。"汤德远刚一转身,伪警察局经济保安科科长赵庆田大摇大摆地走来,他穿一身浅色三件套西装,戴着一副金丝眼镜,胳膊底下夹着一个公文包。两个手下抬着一块盖着红绸的匾,跟在后面。

汤德远走上前,笑脸相迎:"赵科长,怎么把你也劳动了?"赵庆田擎着双手迎上:"哎呀,汤老板,恭喜恭喜,小弟来迟了,开业大吉!"赵庆田凑近汤德远耳边,低声说:"老爷子不能破规矩,让我代给汤老板贺喜。"汤德远也低声回应:"明白,辛苦赵科长。"

赵庆田高声喊道:"掀盖头!"红绸拉下,亮出"天天好酒楼"的招牌,金色大字熠熠生辉。瞬间,鞭炮声齐鸣,锣鼓喧天,众宾客都从里面走出来……

郭团长和邵掌柜看着金字招牌啧啧惊叹。郭团长竖起大拇指说:"汤二爷面子大,老爷子亲自送招子,生意不愁,保证天天好,这名字起得好。"汤德远哈哈一笑:"借您吉言,如今这世道,花无百日好……"邵掌柜说:"汤二爷这是什么话,您这买卖可不是谁都能做,靠着山,吃着海,稳赚不赔,咱们只有眼红的份儿。"汤德远说:"邵掌柜说笑了,您那宝局才是风水宝地,稳赚不赔的好买卖。来来,快里边请……"

酒楼正在一派热闹喧哗中,李正浩扔下人力车,低头钻进了人群。川野紧随其后,看着眼前的人群皱眉,闪身跟进酒楼……李正浩换了身毛呢大衣,戴着礼帽,从天天好酒楼的后院出来,踱步走上大街。

在一层大堂,台上的小红枣继续唱道:"……进店房还有三杯迎风酒，出店去小奴奉送暖茶壶。有钱没钱只管住，不留客爷鞍马好衣服。小佳人说罢开店和气话……"

男演员唱道："仁杰下了马赤兔。莫非说贤嫂开的孟尝君子店？"小红枣唱道："佳人说千里迢迢来往熟！"男演员唱道："莫非说贤嫂是店主？"小红枣唱道："提起来掌柜的就是为奴……"

汤德远送着赵庆田出来："赵科长，这么急着走干啥？"赵庆田站住，摘下眼镜，又吹又擦："老爷子的意思带到了，也不便久留，省得再耽误了酒楼的生意。"汤德远抱歉地说："赵科长这是见怪了，今天酒楼开业，人多事杂，招待不周。"赵庆田说："可不敢，汤二爷抬举了。"汤德远说："您是正经的财神爷，没有您点头，谁敢开张啊？"

赵庆田说："挤对我是不是？英名是管经济的科长，也就能管个铁锅铜壶小五金、铲子炉钩掏耳勺的，二爷手底下这大买卖咱可管不了。"汤德远说："往后生意还得请您多照应着，赶明儿专门安排两桌，给赵科长赔罪。"赵庆田说："赔罪就免了，以后有什么跑跑腿的事儿，尽管招呼小弟。告辞！"汤德远边往前送着边说："赵科长慢走……"

赵庆田走了两步，回身又凑近汤德远："差点儿忘了，老爷子说，今晚他候着您。他还说了，最近风大吃肉皮，让您多穿点。"赵庆田拍拍汤德远肩膀，转身走了，一路哼着小曲："我本是卧龙岗散淡的人……"

夜间，宾客散尽，四下安静。汤德远在各处巡睃检查，听到厨房有些声响，转身悄悄地摸向厨房。

一个衣衫褴褛的人正在狼吞虎咽地吃着剩菜。汤德远大喝一声："谁？"那人慢慢转身，汤德远愣住了。满脸污垢的高云虎也愣住了："老汤……"汤德远上前两步，仔细辨认："云虎？你咋造成这样啦？"高云虎上下打量着汤德远的一身打扮，问道："老汤，真的是你吗？"

酒楼后院小屋的桌上摆着酒菜，高云虎闷头连吃带喝。汤德远谨慎地起身拉上窗帘。高云虎说："怎么黑灯瞎火的不点灯？"汤德远说："打烊了，省点电。"高云虎说："这大酒楼是你开的？"汤德远说："算是。"

汤德远问："你这是打哪儿来？"高云虎说："刚从山上下来。"

汤德远问："哪座山？"高云虎说："葱山。"汤德远："当胡子啦？"高云虎说："架不住日本人'围剿'加拉拢，葱山的胡子都不行了。"

汤德远问："出来多久啦？"高云虎说："在山里藏了两年，实在受不了了，下山来找个活路。刚进城没多久，外边日本人查得紧，打个短工都没人敢留我，想找个吃饭睡觉的地儿都难。开春到现在，啥活没找着，一路讨饭过来的。"汤德远长叹一声："这是何苦，兄弟你的本事和志气，不该落到这步境地。"高云虎也叹了一口气。

汤德远问："咋不回松林镇？"高云虎说："说来这事还得赖你，当年在松林镇，约好的日子你没来，又等了几天，福庆沉不住气了，出去找，顺路救回一个二军的战士。哪承想被仇人知道告了密，山货铺也开不下去了，只能离开松林镇。没多久，我俩也散了，他要去找排长，我上了葱山。老汤，当年说好的见面，你咋没来？"

汤德远头也不抬，给高云虎倒酒："有事耽搁了。"高云虎凑近低声说："老汤，你还想不想找队伍啦？"汤德远的酒倒了一半，停下了："提这事儿，咱就不聊了。"高云虎说："我问的是那会儿……这些年你咋过来的？"汤德远摇头叹气："一言难尽。"高云虎说："不管咋的，替你高兴。老汤，在省城弄下这么大家业不容易……"

汤德远给高云虎的酒杯满上，说："不管咋说，都还活着就行。云虎，按道理，咱俩是过命的交情，我该留你。只是，店里出了点事儿，你来的日子口不对……"

高云虎说："老汤，我明白。你招待我这顿饱饭，就不枉咱当年的情义了。我马上走，不给你添麻烦。"高云虎一抹嘴，起身要往外走："山高水长，各有各的造化。"汤德远起身拉住："黑灯瞎火的，你也没处去。今晚在这儿落脚，明天你再自己想辙。"

深夜，一辆汽车等在酒楼门外。汤德远夹着一个包裹，匆匆坐上汽车。汽车穿街过巷，一路开进戒备森严的伪警察局。在门口，几个伪警察拦停了汤德远的汽车。一个伪警察仔细地检查车辆，从上到下、从里到外地查看，还趴在车底下看了一圈，才挥手放行。汤德远走进伪警察局，内庭十步一岗，戒备异常森严。

迎面走来几个伪警察，跟汤德远熟络地打着招呼。一名伪警察说："二爷，对不住了。"说着手上毫不含糊，对汤德远进行了仔细的搜身，从上到下摸了一遍，还伸手拿过汤德远的包裹。汤德远说："这是给老爷子的东西。"那伪警察掂量了一下手里的包裹，识相地还给汤德远。

这时，赵庆田从办公室里走出来："你们几个都瞎了狗眼了，常来常往的汤二爷不认识？还整这些个幺蛾子。"汤德远笑着摆摆手，从怀里取出两块大烟膏子递给那几个搜身的伪警察："规矩就是规矩，不打紧，货不算好，给兄弟们打牙祭。"那几个伪警察接过，露出笑脸，鞠躬放行。

汤德远走到肖铁林办公室门口，轻轻地敲门后走了进去。肖铁林说："来啦？"汤德远说："对不住，让您久等了。"肖铁林笑容可掬，亲手给汤德远倒上一杯茶："天冷风大，先暖和暖和。"

汤德远双手接过，把茶杯放在一边，奉上包裹。肖铁林打开包裹，里面是排列整齐的十几根金条。汤德远说："今天收到的礼金，都在这儿了。"肖铁林脸上露出满意的笑容："真不少，汤老板有面子。"汤德远说："哪里，都是冲您来的，如数交上，礼单在这儿。"

肖铁林拿起礼单仔细过目，汤德远说："酒楼的厨子不错，会不少硬菜，可惜老爷子不能亲自去，想吃什么，我送过来。"

肖铁林说："我吃不吃的不打紧，酒菜上多下点功夫，把生意招呼好了是大事，人气儿捧起来，赶紧出手！"汤德远望着肖铁林说："花这么大心思刚开的酒楼，经营好了，是长流水。"肖铁林说："不把排场整大了，能收来这些礼金？"

肖铁林拣出一根小金条，扔给汤德远："好好干。"汤德远推辞道：

"多了。"肖铁林说:"让你拿着就拿着。"肖铁林看着汤德远问:"还没转过来?"汤德远说:"请老叔明示。"肖铁林说:"时局,时局!要赶紧捞快钱,明白吗!"

汤德远从伪警察局出来,上了车。身后不远处,赵庆田目送汤德远的车离去。

汤德远回到家里,彩凤听到有动静,赶紧起身迎出去:"回来了,当家的。"汤德远坐下,看着四岁的嘎牙子在炕上睡着了:"儿子睡啦?"彩凤给汤德远端上一杯茶:"睡了。瞧你这一天可累够呛,咋样?"汤德远说:"还好。"

彩凤端来一盆热气腾腾的洗脚水,放在汤德远脚边:"忙了一天了,泡个脚,解乏。"汤德远脱下身上的衣服,说:"有个以前的兄弟要饭了,晚上我招呼他在酒楼那边住下了,明儿你早起一会儿,拿两套换洗的衣服,打点打点。"彩凤问:"啥兄弟?"汤德远说:"姓高,多的你就别问了。"

江水解冻了,江边蹲着一些浆洗衣服的妇女。沿着江岸,搭着很多半地下的窝棚,衣着破烂的穷人们弯腰进出。

一辆轿车在江边停下。玛利亚拎着篮子从车里下来,窝棚区的穷人朝她走来,玛利亚把篮子里的黑面包渣屑和边角料分发给穷人。

李正浩从一个窝棚里钻出来,走到玛利亚面前,领了包吃的。瓦洛佳从驾驶室出来,站在车边点起一支烟。李正浩吃着碎面包,走过瓦洛佳身边时放慢了脚步。瓦洛佳低声说:"昨天死掉的那个人是副官。"李正浩皱了一下眉说:"可是他穿的是长官的衣服。"

瓦洛佳说:"我也刚知道,特高课课长川野是有名的变色龙,认识他的人少得可怜。马克西姆,看来你们小组要多花一点时间了……"李正浩轻轻嗯了一声,朝江边的窝棚走去。

四

高云虎正在后院小屋洗漱。门外传来一个女人的声音："高兄弟，醒啦？"高云虎开门，彩凤抱着几件衣服进来，放在小床上。彩凤说："我是汤德远媳妇，叫我彩凤就行。当家的让我给你送几件衣裳来，都是他穿过的，你别见外。这间屋子平常就当家的时不时地过来住，没人来。还缺啥，你随时招呼我。"

彩凤带上门出去了。高云虎拿起床上的衣服，一沓钱从衣服里掉出来。高云虎拿起钱，追上彩凤说："老板娘。"彩凤问："咋啦？"高云虎说："衣服我收了，钱我不能要。"彩凤说："当家的怕你不要，专门放在旧衣服里的。你不要，我也不敢做主，你得找当家的说。"高云虎拿着钱，看着彩凤离开。

时候尚早，天天好酒楼大堂里客人不多，只有几桌散客。汤德远走进酒楼，见高云虎换了衣服，正在擦桌子端碗，四下忙活。高云虎看见汤德远，停下手里的活，走过来说："伙计们忙不过来，顺便搭把手。"汤德远四下看看，悄声说："这地方人多眼杂，跟我来，我跟你说两句。"

高云虎掏出那叠钱说："老汤，我知道这是啥意思，我就是等你来说两句话，然后就走。心意我领了，这个钱我不能要。"汤德远正要说什么，森田三郎穿着制服，拎着一包糕点走进来。汤德远向高云虎使个眼色，高云虎忙躲进了后厨。

汤德远迎上前："森田局长。"森田四处走动，观望着问："这就是肖铁林新开的酒楼？"汤德远紧跟在他后面说："请局长视察。"森田说："视察说不上，路过看看。"森田和汤德远一前一后进了后厨。

高云虎低着头，蹲在地上飞快地削着土豆。一片土豆皮飞到森田皮鞋上，汤德远踹了高云虎一脚骂道："你他妈眼瞎了！怎么干活的？"高云虎连连鞠躬，背过身接着忙活。森田问："人都登记啦？"汤德远说："都是严格按照规矩办的。”

森田走回酒楼大堂，把手里的糕点递给汤德远。汤德远双手接过，客气地说："谢谢森田局长。"森田说："像汤桑这么有能力的人，应该做更大的事情。"汤德远说："汤某不敢。"森田朝外走去，汤德远送到门外说："森田局长慢走。"

汤德远把糕点扔进后厨门口的泔水桶。高云虎见左右没人，问："刚才那个是啥人?"汤德远说："森田三郎，牡丹江警察局的副局长。"高云虎难为情地问："我是不是给你惹麻烦啦?"汤德远叹了口气："你先在我酒楼里帮两天忙吧，过两天我再给你找找后路。"

高云虎有些意外，问："不撵我走啦?"汤德远说："眼下你想走都不能走了。不过咱丑话说在前头，你也见了，日本人眼皮底下，别给我找麻烦。"高云虎说："老汤，我高云虎不是没皮没脸的人，暂时落个脚，踅摸到合适的营生我就走，不给你添麻烦。"

彩凤给嘎牙子洗脸，汤德远进来，嘎牙子叫道："爹。"彩凤说："这会儿不忙啦?"汤德远说："去玩吧，别跑出院子。"嘎牙子跑出去了。彩凤问："啥事?"汤德远说："回头你把隔壁那间屋收拾收拾，给云虎住。"彩凤问："咋不走啦? 还赖上咱啦?"汤德远说："我留的。他初来乍到，也不容易，再收留他几天，正好这两天缺人手。"彩凤起身："我去收拾。"汤德远说："不急这一会儿。"

汤德远拿出一个金镯子："给你的。老爷子赏了钱，早上过来的时候给你买的。"彩凤说："这些我都有了，咋又买?"汤德远说："买了也不见你戴。"彩凤把金镯子戴在手腕上，在汤德远眼前晃晃："嘎牙子都四岁了，以后用钱的地方还多，我成天穿金戴银的，招贼。当家的，话说回来，不是我多嘴，你这个兄弟，看身板儿，可不像要饭的……"

夜里，天天好酒楼门口贵客出入，汤德远站在门口迎来送往。隔壁熏鸡店门口的烟摊，两个便衣在交接换班，不错眼地打量着进出的客人。

高云虎和伙计们传菜上菜，在大堂前后穿梭忙碌，毫不惜力。汤德远笑着从一间包房退出来，又朝大堂一桌熟客走去，敬酒寒暄，一番热络后，回到柜台边歇脚。

暂时消停，汤德远看见上菜口等候的高云虎，倒了杯茶走过去："喝口水。"高云虎一口灌下，看着店里的火热场景："还是省城，吃香喝辣，底下正是青黄不接的时候。"

汤德远说："这里头没一个是普通百姓，哪个你我都得罪不起。"高云虎说："没有金刚钻，不揽瓷器活，是你老汤的本事硬，背景也硬。"汤德远说："这阵子可不敢乱说话，日本人眼皮子底下讨生活，这话传出去能害人。"高云虎说："我这马屁拍到蹄子上了，别往心里去。"汤德远说："你得当心着点，凡事多长个眼睛。"

汤德远从怀里掏出一个小本，递给高云虎。高云虎接过一看，是一本居住证。汤德远说："在这儿混，没这个不行。"高云虎说："谢了。这玩意儿不好办吧？"汤德远说："只要你想踏实，都不成问题，将来要想成个家，我也包张罗。"高云虎咧嘴笑了。汤德远走开："扯远了，忙你的去吧。"

五

午后，天天好酒楼的客人不多。账房伙计在柜台后打盹儿，高云虎在大堂里擦拭着桌椅。一个戴帽子、衣着单薄的客人进来，在门后角落的一张桌子旁坐下。伙计迎上去："客官来点什么？"客人说："一碗馄饨。"不一会儿，后厨里传来喊声："馄饨好了。"高云虎放下手里的活计，起身将馄饨端到客人桌上。只见那客人浑身发抖，脚下流了一摊血。

汤德远走到客人桌边，看着地上的血泊，说："这位兄弟，这碗馄饨我送了，再给你点药钱，出门左转，过一个路口就是跌打铺子，有啥伤痛，别耽搁。"客人抬头："能不能借个地方说话？"

汤德远把客人带到酒楼包间内，高云虎忙着给客人腿上的伤口做包扎，里里外外忙碌完一番，说："还好，没伤着筋骨。"汤德远说："这是枪伤，兄弟，能不能给句实话？"客人说："老板是恩人。实不相瞒，我被日本特务追杀，能不能借地方躲一躲？"汤德远问："犯的啥事？"客人比画了一个打枪的手势，高云虎问："胡子？"客人说："队伍上的。"

汤德远说："兄弟，啥队伍？"客人说："抗联。"汤德远说："抗联在这地界绝迹几年了。"客人说："有的跑了，有的留下了，现在这边还有人，都在山上呢。番号是没了，人没绝，打日本的志气从来没丢过。"高云虎问："以前的番号是啥？"客人说："队伍被打散前是抗联三军三师一团的。"高云虎说："一团的团长叫什么名字？"客人说："张凤岐。"高云虎问："几排？"客人说："二排一班，排长王大顺，以前是胡子，外号顺天好。大前年我们在桦甸四道沟子遭了'围剿'，队伍没了，就剩排长带着我们几个人，一直在山里窝着。今年又在山里窝了一冬，开春实在没吃的，就剩几把空撸子了。兄弟几个合计着出来整点弹药和吃的，谁承想一进城就被盯上了，几个兄弟也散了……"

高云虎看着汤德远："老汤……"汤德远根本不回应高云虎的话，说："我可不认识，再说我是个生意人，不问这些，叫他走。"客人压低声音，苦苦哀求："都是中国人，帮帮忙。"

汤德远上下打量着高云虎，凑近低声说："兄弟，你送不送他走？你不把这个人送走，我就把你送走。"

汤德远从酒楼出来，转头看见熏鸡店门口的特务正偷眼瞄向自己。汤德远几步走过去，一脚踢翻了烟摊："滚蛋！姓赵的有种，让他自己来。"

特务扶起烟摊，赔笑："二爷息怒，小的也不想在这儿喝风。"汤德远说："到底滚不滚？"特务告饶，赔罪地说："汤二爷大人大量，高抬贵手，别为难我们这些办事的，我这丢了饭碗，一家老小都得跟着挨饿。"
汤德远说："我让你滚远点，别摆我鼻子底下。你耳聋听不懂人话吗？"
特务架起烟摊走开："听得懂，听得懂，我这就挪地儿。"

夜里，高云虎坐在床上，手里拿着老山东的烟袋嘴。门外传来汤德远的声音："云虎，睡了吗？"高云虎慌忙弄乱床上的被子，走过去打开门。

汤德远拎着食盒和一壶酒站在门口，高云虎装出一副睡眼惺忪的模样："老汤，你咋还没回家？"汤德远说："睡不着，烫了壶酒，咱哥儿俩聊聊。"汤德远进屋，左右打望一圈："睡觉你也不脱衣服？"高云虎说："钻林子那会儿留下的习惯，改不过来了。"

汤德远打开灯，把食盒放在桌上，拿出几样小菜，倒上酒。汤德远举起酒盅："来，先干一个。"高云虎举杯："这杯敬你，终于让兄弟有个暂时落脚的地方。"汤德远说："你这说的是哪儿的话，咱俩是过命的交情。"高云虎说："行，那就大恩不言谢。"俩人干杯。

汤德远放下酒杯："兄弟，今天那个人，得亏你送走了。"高云虎说："你放话了，我咋敢留？"汤德远说："这么说，你心里是想留？"高云虎说："咱都和日本人拼过命，看着不落忍……"汤德远说："你不落忍，咱俩就要遭殃。"

高云虎说："在这牡丹江要扎住脚不容易，我明白。"汤德远说："这阵子店里本来就不太平，不能不当心……你给我撂句实话，你和抗联是不是还有瓜葛？"高云虎说："抗联散了都几年了……"汤德远说："究竟是有还是没有？"高云虎把俩人的酒满上："没有。"

汤德远说："那就好。今儿来就是提个醒，你得把心里这颗火苗给灭了，不然，别怪兄弟我不客气。"高云虎和汤德远碰杯："这样好，有啥话咱都说破了。"

汤德远说："你有啥想说的？"高云虎说："有几句话我一直想问，我在山里闭塞，这些年你有没有排长、福庆、小贵，还有花儿的信儿？"汤德远说："没有。"高云虎说："你没找过，也没打听过？"

汤德远问："你找啦？"高云虎仔细观察着汤德远的表情，说："一路都在打听，毕竟当年有过约，大丈夫说话，一口唾沫一个钉……"汤德远脸色阴沉："合着我的话都白说？"高云虎说："这话不对。抗不抗联是一码事，人是另一码事，一块儿从死人堆里爬出来，就剩这几个，是死是活，总想有个信儿。"汤德远说："死了这个心吧，估摸没回家的都……"汤德远和高云虎碰杯："不说了。"高云虎说："老汤，我看你是媳妇被窝钻久了，忘事不少，咱那些人，有家回的有几个？"汤德远说："你说得没错，过去的事，早忘干净了。"

高云虎掀了掀衣服，一个烟袋嘴掉在地上。汤德远认出来了，是老山东的烟袋嘴。高云虎忙俯身捡起，装进口袋。汤德远问："咋抽上烟啦？"高云虎说："不咋会，闲的时候瞎抽。"汤德远审视高云虎，高云虎不动声色。

汤德远问："之前你说松林镇有仇人，是啥仇人？"高云虎说："生意上结的怨。松林镇那地方你也知道，心里有鬼的人多了去了，我怀疑就是隔壁的周老三，他跟日本人一直不清不楚。问这个干啥？"汤德远站起来，说："没啥，闲唠。就到这儿吧，不早了。"

汤德远从高云虎屋子里出来，上了车。他表情冷峻地坐到后座上，回想起抗联密营……

汤德远腿上的伤口化脓，花儿蹲在身边给他处理伤口："忍着点疼。"花儿拿小刀给汤德远刮去伤口旁边的腐肉。汤德远咬紧牙关，头上冒出汗珠。

老山东走过来，递上烟袋嘴："抽一口，止疼。"汤德远叼过烟袋嘴，吧嗒吧嗒抽了两口，缓了口气，说："排长，你这烟袋嘴还挺管用。"

汤德远正失神似的胡思乱想，司机提醒道："老板，到家了。"汤德远回到家里，彩凤和嘎牙子都在炕上睡着了。汤德远躺在炕上，睁着眼回想与高云虎的对话。

夜里，瓦洛佳和约翰坐在吧台喝酒。瓦洛佳说："你为我们提供的情况，十分有用。"约翰说："你们对这里已经熟悉了，按照安全原则，明天我就搬去别的地方了。有事我会给玛利亚打电话。"

瓦洛佳说："谢谢你对我们的帮助和照顾。"约翰说："两条街以外的一家中国烧酒作坊里还有我们的一处安全据点，你的人都是中国人，如果有需要，你们也可以去那里。"瓦洛佳说："有需要，我会联络你。你也注意安全。"

约翰说："我有个朋友在牡丹江医院，叫井上隆一，是个爱好和平的日本人，我从他那里得到过不少情报，有紧急就医需求，你可以去找他，就说是我的朋友。"瓦洛佳说："我的人都受过急救训练，但愿不会出现你说的情况。"约翰说："明天就要搬走了，让我们再干一杯吧。"

高云虎趁着夜色，匆匆走在街上。转过街角，迎面突然出现了一队伪军。一名伪军问："站住，干什么的？"高云虎笑着："天天好酒楼上货的。"伪军上下打量高云虎："证件。"高云虎掏出居住证，伪军仔细翻看："大半夜的上货？搜。"几名伪军上前，把高云虎全身摸了一遍，一无所获。

伪军说："身上这么干净？上货不带钱？"高云虎说："酒卖光了，老板让我连夜传个话，明儿一早送货，老板结钱。"伪军嫌弃地说："滚蛋！"高云虎接过居住证，转身离开。

高云虎赶到兴隆街78号，帮工打扮的福庆正在门口从架子车上卸空酒桶。两人一起进门，老山东迎上："路上安全吗？"高云虎点点头。

瓦洛佳起身迎接:"基戈尔,辛苦了。"

众人期待地看着高云虎,高云虎说:"我拿不准老汤啊。"福庆问:"老汤真的是给肖铁林做事?"老山东说:"不急,喝口水再说。"高云虎喝了一口水,讲道:"我跟过几次,他经常在夜里去警察局。"福庆急着说:"连上了,那就连上了,当年把老汤救出去的那个人应该就是肖铁林。排长,咱瞎猫碰上死耗子了!"

老山东点着头说:"啥瞎猫死耗子!咱前面那些事都白干啦?还有驻扎在这儿的同志们,没人家下的功夫,咱能这么快找着人?往后就看咱的本事了。"

高云虎说:"老汤如今是汤二爷了,来往的都是有头有脸的人,和警察也称兄道弟,看得出来,在牡丹江是号人物了……"老山东问:"孩子呢?"高云虎说:"儿子四岁了。"老山东又问:"那就是民国三十年前后有的孩子……媳妇呢?"高云虎说:"叫彩凤,看着也还本分。"

福庆急着问:"他对你咋样?"高云虎说:"情义还在,别的不好说。"福庆又问:"那年在松林镇,咱约好了等他,他没来,你问没问他?"高云虎说:"这些我都问了。他口风很紧,过去的事,连话头儿都不接。尤其是抗联,一提就岔毛儿。"

瓦洛佳谨慎地说:"根据我们的情报,汤德远曾经被捕过。"众人不语。高云虎说:"今天后晌,酒楼来了个人,带了伤,说是抗联的,是个假货。"福庆问:"你咋看出是假货?"高云虎说:"他说他的排长叫王大顺,以前是胡子,外号顺天好,这个人我认识,民国二十六年就死了。"

老山东若有所思地说:"保不齐是汤德远在试你。"高云虎说:"我也试他了。我故意露了排长的烟袋嘴,他应该是认出来了。"

高云虎、老山东、福庆和瓦洛佳认真分析着眼下的形势。瓦洛佳说:"肖铁林虽然是警察局长,但日本人不允许他走出警察局。"福庆说:"日本人为啥不干脆杀了他?"高云虎说:"杀了他,还有咱啥事?"瓦洛佳说:"大秃子岭工程完工之后,老虎团就没有了,大部分士兵被日本人灭了口。日本人为了稳定'满洲国'军官的人心，留下了肖铁林。"

福庆说："军官是人，当兵的就不是人？姓肖的这个团长当得猪狗不如！还老虎？我看他就是只老鼠！耗子！"

瓦洛佳说："根据约翰提供的消息，警察局的副局长叫森田三郎，实际掌握着权力，也负责监视和控制肖铁林。"高云虎说："这个人去酒楼查过，还好我没让他看出来。"

瓦洛佳问："伊万，你这两天查探的情况怎么样？"福庆说："我借着四处送酒的机会打听了一下，牡丹江警察局原来是俄国人建的军营，本身结构很复杂，日本人占了以后，又加了一圈围墙。我观察了几天，连只苍蝇都飞不出来，想混进去更不可能。"

瓦洛佳说："戈沃里，你怎么看？"老山东说："这么看，一般人接近不了肖铁林，最好的办法，就是争取汤德远，让他帮咱把肖铁林绑出来！"这时，悬挂在门口的电铃突然响起，声音急促刺耳。老山东机警地说："有人来了！"几人迅速起身。

瓦洛佳走到吧台，在客人中间坐下。玛利亚转身，用酒瓶把电铃的按钮遮住。十几个日本宪兵持枪鱼贯闯入，客人纷纷起身。翻译命令道："所有人原地不许动，例行检查。"

几排高大的橡木酒桶间，伙计站成一排，福庆站在其中。日本宪兵在橡木酒桶间穿行，逐个检查居住证。地上放着一个修鞋的箱子，日本宪兵问："这是谁的？"门房被踹开，老山东躺在小床上，睡眼惺忪。翻译问："你是修鞋的？"老山东说："是。"翻译问："为啥在这儿？"老山东操着山东口音："俺白天修鞋，晚上打更，老板娘是个好人，她看着俺可怜……"

日本宪兵拿着经营许可证走到队长身边说："苏联大使馆办理的特别经营许可，开了很多年，之前我们查过几次了……"队长挥手，离开。高云虎藏身在空酒桶里，听着日本宪兵的脚步声远去。

第十八章
奇聚牡丹江

一

老山东戴着一顶破旧毡帽，穿着油腻的马甲，背一个修鞋匠的木箱，在牡丹江的大街上走街串巷搜寻目标。在经过远山路54号的一个杂货铺时，老山东停下脚步。

杂货铺老板起身迎接："老头儿，要点啥？"老山东看着空荡荡的货架，问道："修鞋的锥子有吗？"杂货铺老板说："可不敢卖那个，带铁的咱这儿都没有。什么铁锅、铜壶、小五金，前两年就全给收走了。"

老山东问："谁收走的？"杂货铺老板说："还能有谁？日本人呗，你当他们的飞机大炮都哪儿来的？"老山东说："那鞋油有没有？"杂货铺老板转身拿下一管鞋油："最后一管了，多的也没了。"老山东掏出钱递过去，杂货铺老板见状收回鞋油，说："老哥是外地来的吧？啥时候到的牡丹江？"老山东说："你咋知道？刚从海林过来。"

杂货铺老板说："那可不敢卖你，日本人现在管得严，都得配给，前阵子是大米、白面、橡子面，现在连砂糖、烟叶、灯泡、煤油、胶鞋、火柴、蜡烛，光拿钱都买不着了，咱这儿得走官营的通账，要不老哥去黑市转转？"

老山东点点头，转身欲走，又停下脚步问道："老板，你这铺子开几年啦？"杂货铺老板说："接手才两年，买卖是越来越不好干了。"老山东说："看着岁数不大，成家了吗？"杂货铺老板开玩笑说："还打光棍呢，你问这干啥？想把闺女许给我？"老山东说："唉，闺女嫁人了，不管我……"老山东举步走向后门，杂货铺老板说："后门不开了，走前门吧。"老山东应着，转身出门。

阳光照耀着城外的密林，枝头上的积雪开始融化。一阵犬吠声传来，一队日本宪兵牵着狼狗深一脚浅一脚地走在城外的密林里。突然狼狗停下了，开始围着一棵桦树打转。日本宪兵也停住脚步，从混着泥土的雪地里拔出靴子。很快，三个降落伞包被挖出来，在地上一字摆开。

一个穿长衫、戴礼帽的人在特高课门前从黄包车上下来，守卫的日本宪兵持枪上前阻拦。来人摘下礼帽，日本宪兵惶恐立正，敬礼："森田局长。"

在空旷的道场上，一身长衫的森田恭敬地站立着。道场地上摆着三个蒲团，对面屏风上挂着三幅日本妖怪的画像——酒吞童子、九尾狐和天狗。五十六岁的川野一身和服，从屏风后走出来，说："三郎对现在的局势有什么看法？"森田说："老师，您指的是？"川野说："都说说看。"森田说："太平洋战场很胶着，美军确实强大，不过我相信大日本帝国的武士们不会轻易屈服。"

川野说："北边的邻居呢？"森田说："虽然苏联人一直在远东集结力量，但是我们双方签订的条约依然有效，在欧洲战场决出胜负之前，他们暂时不会挑起'满洲'的战事。"川野将手里把玩的一个苏式军用指南针递给森田，说："他们已经来了。"森田说："苏联人？"川野说："不，应该是中国人，不太一样的中国人。"森田说："您是说抗联残余的部队？"川野点头说："八十八旅。我们的搜索队在城外的密林里发现了三个掩埋的降落伞包，他们已经潜伏进了牡丹江。"森田问："只有三个人？"川野说："当你在房间里发现一只蟑螂的时候……"森田说："学生明白。"

川野说："我们曾经几次尝试派人潜伏进对岸的这支部队，都没有成功。和其他的中国人相比，他们经过了特别的训练，应该藏得更深，也更为狡猾。所以，和苏联人比起来，他们更加危险，我们必须不惜一切代价抓到这些人，弄清楚他们的目的。天天好酒楼查了吗？"森田说："学生亲自去看过，又派了他们的人去试探，暂时没有发现可疑之处。"

川野说："还记得十二年前我刚来'满洲'，就遇上镜泊学园被暴徒围困的事件，当时你是众多学员中最冷静的，给我留下深刻的印象。"森田说："很多赶来救援的老师都在那次事件中捐躯，是您的到来才彻底解救了我们。"

川野转身跪坐在蒲团上，看着屏风上的酒吞童子、九尾狐和天狗，说："森田君，这可能是最后的战场，直接关系到我们的未来。"

牡丹江大街上气氛突变，十步一岗，凶险肃杀。一队日本宪兵经过，押着几个挑担的中国小贩，他们连滚带爬，哀号求饶。伪警察和伪军三五成群，盘查各路商号、民居，大街上一片兵荒马乱的景象。

福庆拉着一辆装着几个酒桶的架子车走向城门，到了城门口，被一名伪军拦下。伪军问："干吗的？"福庆说："长官，出城送酒。"伪军说："证件。"福庆掏出证件递过去，伪军问："给哪儿送？"福庆说："八里庄。"福庆又拿出一张送货单递上。伪军接过送货单，上下打量福庆，转身举起刺刀插进酒桶，酒哗哗地流了出来。

二

肖铁林哼着小曲，拎着鸟笼子在院子里遛弯儿。他溜达到大门口，刚想抬起左脚，一直盯着他的伪警察说："局长……"

肖铁林把抬起的脚收回来，骂道："你个白眼儿狼，白他妈养你们了，跟我算这一步两步的？"那伪警察连连鞠躬："对不住，局长，森田局长有三只眼，我们也是没办法。"肖铁林冷哼一声，转身往回走，抬眼瞟向森田办公室的窗户。森田也在窗口看着在院里转圈的肖铁林。

肖铁林回到办公室，把鸟笼子挂在窗口。他打开鸟笼罩，伸出一根手指头逗着笼子里的鹦鹉："享福吧你就，整个'满洲国'，住这么大宅子，享受这个待遇的，除了爱新觉罗，就是咱俩了。"鹦鹉瞪着肖铁林说："好好干，有钱赚！"

医院里，井上隆一身穿白大褂，脖子上挂着听诊器，在护士的陪同下巡查病房。几个日本伤兵躺在病床上，看见井上进来，开始不住地呻吟。井上走到一名腿上打着石膏的伤兵床前，面带微笑地说："三上君，你的腿已经痊愈了，但是我理解你，这个时候被派到'满洲'的战场，并不是一件令人愉快的事情，我会再给你三天的假期。"

这时，护士说："井上医生，外面有人找你。"病房门外，约翰皱着眉头，一脸痛苦的神情。约翰跟着井上走进诊室，井上随手关门，约翰的神情迅速恢复正常。井上倒上两杯威士忌，递给约翰一杯。

井上说："约翰先生好久没来了。"约翰说："我刚从新京回来不久。"井上说："那一定带回来不少新消息。"约翰说："是的。听说了很多关于苏联即将在远东出兵的传言……在欧洲战场，德国人可能支撑不了多久了。"

井上说："日军在东北可用的士兵不多了。你看到了，这里大多是新兵，在国内没有受过充足的训练，来了'满洲'以后，甚至没有分到枪。"约翰说："你们在东南亚投入了太多的兵力和国力。"

井上说："身为一名日本人，我不得不说，大日本帝国的失败是在所难免了。"约翰说："身为一名美国人，我不得不说，日本人当中也有很多像你这样正直和爱好和平的人。为我们的友谊干杯。"井上说："敬太平洋战场上的勇士们，为了我们各自的祖国。"两人碰杯。

井上说："约翰先生，今天开些什么药？"约翰递上一根金条说："和以前一样就行。"井上给约翰开药方："真希望战争早日结束。"约翰说："我们的愿望是一样的，相信和平不久就会到来。"

三

汤德远和高云虎手里拎着飞龙走在下山路上，高云虎感慨地说："还是这林子亲。"汤德远没有说话。高云虎说："刚才趴林子里，一晃神，以为还是在打仗……"

汤德远问："你最后一次见排长是啥时候？"高云虎说："三八年队伍散了以后，就没见过……你也想排长啦？"汤德远不语。高云虎说："排长第一个在树上刻的号儿。要不哪天抽空儿，咱一块儿回去看看？"汤德远冷着脸："这话以后不要再提了。"高云虎沉默。

汤德远说："往后，不管抗联还是咱那些人，都不聊了。过去的事情都已经翻篇儿了。"高云虎说："你说得也对，以前咱轰轰烈烈，也没落下啥，不提了。有你收留我这份儿情义，知足了。人要往前走，往前看。"

汤德远拎着一个食盒坐进汽车，来到牡丹江伪警察局。他穿过走廊，几个伪警察迎上前，正准备照例盘查一番。肖铁林迎出来，挥手驱赶几个伪警察："滚一边去，还他娘的查什么查？就知道添乱，没一个有用的。"

肖铁林拉着汤德远往里边走:"几点啦?怎么才来?就等你了,尿都撒了两泡了。"汤德远说:"今天不知道咋回事,街上多了好几道岗,一路盘查,耽误了。"肖铁林说:"快,三缺一,手气不等人。"汤德远举起手里的食盒:"刚炖好的汤,鲜着呢,要不您先尝尝?"肖铁林问:"喝什么汤?赶紧上桌。"

在会议室里,郭团长和邵掌柜已经在麻将桌旁等待了。肖铁林按着汤德远坐下,郭团长说:"来晚了,得罚。"邵掌柜说:"汤二爷的酒楼高朋满座,脱不开身是难免的,来就是给面子,咱们都跟着沾沾财气。"

汤德远应和道:"托肖局长的福!肖局长才是财神爷!"肖铁林笑容满面,看着三个人:"打多大的?"郭团长说:"老规矩。"四人哗啦啦摸开了牌。

汤德远说:"街上是咋回事,这么热闹?"郭团长说:"别提了,日本人的搜索队在深山老林里发现了三个降落伞包,非说是抗联回来了,现在叫啥八十八旅,也不知道回来干啥。这一天给我累稀了,警察局搜城里,我亲自带兵把着城门车站。牡丹江豁大的一个地方,每天来往客商没个一万也有八千,但凡有个生脸就得查。"

邵掌柜说:"你郭团长还用亲自下场?"郭团长说:"砢碜我?咱就是个'满洲国'的小团长,宪兵队来个小队长,我他娘的也得装孙子。上头直接放话了,场面活还是得干。"肖铁林说:"日本人胆儿小,屁大点事整得鸡飞狗跳。"邵掌柜说:"就是,打从康德七年,抗联就绝户了,挨村挨户地搜了这些年,连早年间干过义勇军的、当过胡子的都摸到家里,给连根拔了。日本人在'满洲国'早就彻底坐住了,管他什么七十旅八十旅的,蹦跶不了几天。"

肖铁林压低了声音说:"报纸上天天说皇军消灭了美军,关里的广播天天说美国人打胜了日本人,他娘的没一个真的。"郭团长说:"听说皇军把关里南北打通了,就是为支援东南面的海上。"邵掌柜说:"这句我懂，大东亚共荣嘛！"郭团长压低声音说："美国人胜没胜咱不清楚，苏联人一直打胜仗可是真的。"邵掌柜说："吃！"肖铁林说："苏联追着德国打，美国追着日本打，这往后的日子更紧了……"

汤德远默不作声地听着，眼里仿佛只有麻将牌。肖铁林笑着推牌："和了！"郭团长说："汤二爷真是个讲究人儿，幺鸡攥手里半天了，咋不给我点个炮呢？我也和幺鸡。"汤德远说："净顾着听你们唠，走神了。"肖铁林一边收钱，一边环顾三人，小声儿说："提个醒儿啊，咱屋里的话屋里唠！"邵掌柜坦然地说："多少年了，你还信不过我们！"肖铁林笑了："信不过，你们能进得了这警察局？"

夜里，两辆卡车呼啸经过，车上站着持枪的日本宪兵和被抓的犯人。前方来了一队巡逻的伪警察，拉住一个路人。伪警察问："你这衣服上咋有血？"路人说："我是杀猪的。"伪警察说："能杀猪就能杀人，带走！"

高云虎在默默地刷碗。汤德远站在高云虎身后问："晚上出去啦？"高云虎说："嗯呢，出去了一趟。"汤德远说："干啥去啦？"高云虎说："帮忙进货去了。"汤德远说："这些事有专门的人办，你省点力。"高云虎紧着忙活："这算啥，吃饱了力气咱有的是，有啥事老汤你尽管招呼我……"

汤德远打量着高云虎："日本人在林子里发现了三个降落伞包，他们认定是八十八旅的人回来了。"高云虎手上一抖："……啥八十八旅？"汤德远说："苏联那边回来的，抗联的部队。"汤德远死死地盯着高云虎，高云虎说："咱不是说不聊这些……"

汤德远说："现在整个牡丹江非常危险，日本人像疯狗一样到处嗅。前几天有几个抗联被抓了，日本人放了一群狼狗把他们活活咬死了。"高云虎闷声，没有说话。

汤德远说："兄弟，世道乱，你还是走吧，我给你好好打点打点。"高云虎说："你就这么怕？"汤德远说："晚上他们又查到这儿，进你屋了……不为别的，我是为了你这条命。"高云虎说："我一条贱命，兄弟要撵我走，我也没说的。"汤德远说："我不是这个意思，你看见了，我这拖家带口的，冒不起这个风险。我把你当兄弟，你别光嘴上叫，也得走点心。"

汤德远一家三口下车，在大街上闲逛。彩凤腕上戴着黄澄澄的新镯子，嘎牙子顺着小吃摊一路吃着。一家人经过金铺门口，管事热络地和彩凤打招呼："老板娘早！"汤德远看见彩凤不停地给管事使眼色，面色有些不悦，彩凤见状，说："儿子吃差不多了，咱回家。"

回到家，彩凤从箱底拿出一个小包袱："当家的，你坐下，我有话想跟你说。"彩凤摊开包袱，里面是一堆翡翠镯子、珍珠项链、翠玉戒指。彩凤拨弄着那一堆首饰，说："当家的你别乱想。你这些年给我买的首饰，除了手上这个金镏子和金镯子，其他的我都卖了。"

汤德远问："那这些是啥？"彩凤说："怕你知道了不高兴，又买了这些假的做样子。我想着这些东西，真的假的，戴上都一样。换成钱，咱在城外置几亩地，给将来备条路。钱还没攒够，我就一直没和你说。"汤德远说："你这是何必？"彩凤说："你毕竟是替人做事，什么都不如有块地踏实。"汤德远叹了一口气："这些事不用你操心，新镯子就别卖了。"

四

春夜，天天好酒楼外灯火明亮，"天天好"三个霓虹大字散发着贵气。酒楼门口停着各色车辆，拉客的人力车招呼着揽客。戏班子来酒楼开夜场，小红枣唱着新段子《五鼠闹东京》："鼓打三更半夜天，柳金蝉在楼上叫一声小丫鬟，来吧来吧快来吧，大街上把灯来观。小丫鬟便在头前走，后跟着小姐柳金蝉，一前一后来得快，大街不远在面前……"

年轻的琴师柳板胡格外卖力气，小红枣不时妩媚地瞟向琴师，两人眉目传情。正唱到褃节儿上，突然小红枣打了个磕巴，台下一阵哄笑。

原来，小红枣冷不丁瞅见了席间给客人跑堂上菜的高云虎。高云虎也瞥见了台上的小红枣，稍一愣神，客人哄笑道："这伙计，看的是小姐还是丫鬟？咋的盯在眼里拔不出来啦？"高云虎连忙收神，赔笑说："对不住客官，这就给您催菜。"小红枣咳嗽了两声，板胡再起，硬找了回来。小红枣嘴上走着戏，眼睛却盯着高云虎在酒席间穿梭，招呼着又一桌客人。

男演员唱："我走上近前嬉皮笑脸搭上言，大姐呀我问你家住哪府并哪县，何路码头有家园，天到这般时候咋不回家转，为什么你一个人站在我门前？"

小红枣看着高云虎的身影又走神了，男演员使劲地给她打眼色："……为什么你一个人站在我门前？"小红枣恍然，接词儿唱道："小姐闻听忙回话，尊声公子要听言，问我家来家也有，碾盘山上有我的家园，我父名叫柳好善，小奴家名字就叫柳金蝉……"高云虎上完菜，转头快步走向后厨。

小红枣坐在戏班搁放行头的雅间镜前补妆。琴师柳板胡侧身进来："刚才咋回事？"小红枣说："没事，看见个熟人。"柳板胡有点吃醋，笑着说："碰上老相好啦？"小红枣一把拧在柳板胡的胳膊上："这两年你皮子越发紧了，我是对你太好了，开始管起老娘了。"

柳板胡唱道："不敢不敢，那敢问小姐，是什么熟人？家住哪府并哪县，咋的就让小姐观灯那个没观全？"小红枣白了一眼柳板胡："观你个头，一个丧气鬼，不提也罢。"柳板胡又唱道："你想我半夜三更把瑶琴抚，我想你三更半夜花园降香，你想我在书房无心读经史，我想你在绣楼懒得绣鸳鸯……"

小红枣一把揪住柳板胡的耳朵："我让你再唱。"柳板胡接着唱："那便把实话说与你家司马郎？"小红枣说："松林镇的大阔枝还记得吗？胳膊上能跑马，拳头上能立人，轻易看不上谁，那么撩人的大阔枝天天给他敞着门，恨不得把家产都给他。结果他倒好，扔下大阔枝，不知道跟着谁跑了。"

柳板胡说："再有本事的女人，也得找个靠得住的爷们儿。"小红枣说："你要是以后敢对我这样，看我不把胳膊腿儿都给你撅断了。"柳板胡说："那还咋拉琴？"小红枣说："我养着你。"

彩凤走进后台，正撞上两人打情骂俏。小红枣招呼着彩凤，说："姨，你咋来啦？"小红枣自觉失言，马上又改口："老板娘，有啥吩咐？"彩凤一笑："赶紧上台了。"小红枣和柳板胡走到台口候场，柳板胡小声地问："刚才你咋管彩凤叫姨？"

小红枣说："以前喊习惯了，刚才顺嘴秃噜了。"柳板胡说："话说一半，到底咋回事，让我明白明白。"小红枣白了他一眼："七娼八戏九吹手，懂不懂？咱们是戏子，按规矩都得管她叫姨。"柳板胡恍然："老板娘过去是窑子里的？"小红枣拧了他一把："小声点，现在人家上岸了，不能再这么叫了，你过去是给死人吹喇叭的，按规矩你也该管我叫姨。"两人打闹着上了台。

小红枣从茅房出来，一个黑影挡在面前。小红枣正要叫出声，高云虎捂上她的嘴，低声说："是我。"小红枣推开高云虎，没好气儿地说："有啥不能光明正大地说？"高云虎问："你咋到牡丹江来啦？"小红枣反问："你咋到牡丹江来啦？"高云虎无话。

小红枣说："许你来就不许我来？跑码头走江湖，天王老子观音菩萨，谁给钱多就给谁唱。"高云虎问："你姐咋样？"小红枣说："你还好意思问我姐？可惜了我的狍子皮，还不如拿去给狗睡。"高云虎说："她还好就行。"

小红枣说："我啥时候说她好啦？想不到大阔枝那么通透的一个人儿，也有看走眼的时候。"高云虎说："大阔枝咋啦？"小红枣说："你眼不瞎腿不折，真有这个心，还用问我？"高云虎说："……我走不开。"小红枣喷喷了两声："你这是千年的伙计成了精，离了端茶倒水、跑堂传菜还活不了啦？"

一个男演员站在后厨门口，冲后院喊："小红枣，过门儿都拉两遍了，掉茅坑儿啦？"小红枣推开高云虎，回道："来了！"高云虎拉住小红枣，问："大阔枝咋啦？"小红枣甩身走开："咋啦？没了你还不活了？"

戏班收戏了，小红枣走在最前面，柳板胡背着板胡跟在后头，两个伙计拎着戏班的家伙事儿走出了雅间。高云虎走进雅间，开始扫地收拾。他听见门口的脚步声，抬头一看，柳板胡也正在门口探头往里看，两人打了个照面。

柳板胡搭讪："忙上啦？"高云虎不理会，低头继续忙乎。外面传来小红枣的声音："柳板胡！"柳板胡答应着离开："来了，我看看落没落家伙事儿……"

五

日本特高课门前灯火明亮，戒备森严。在特高课里，井上隆一恭敬地坐在川野面前。川野说："你的朋友约翰是波兰共产党。"井上说："我早知道他不是真正的美国人，没有想到他还为苏联人服务。"

川野说："优秀的间谍都是难得的人才，应该好好珍惜。"川野递给井上一个纸筒，井上打开，是一份绘制粗糙的军事布防图。川野说："苏联人最想得到的东西。"井上说："属下明白。"川野说："他们会花时间验证你提供的东西，为我赢得宝贵时间。"

李正浩身着西装坐在一张临窗的咖啡桌边。他手里拿着一份报纸，眼睛不时看向特高课门口。井上隆一从特高课门口走出来，站在门口左右张望后上了一辆轿车。李正浩看见井上隆一的脸愣住了，随即戴上礼帽，起身离开。

赵庆田走进天天好酒楼，高声道："汤老板，买卖越做越红火了。"

汤德远闻声迎出来："赵科长来了，托您的福，快里边请。"赵庆田夹着包往里走，抬眼四处观望："人比人得死，货比货得扔。二爷这日子过得，小车子大骡子大烟袋子金镯子，再瞅瞅我，忙乎半拉月也就饶到手两管鞋油，还是配给剩下的。"

汤德远吩咐伙计："把二楼望江阁收拾出来，整两个硬菜，我陪赵科长喝两盅。"赵庆田推托道："不麻烦，站站脚儿就得走。"

汤德远笑着说："赵科长不赏脸？"赵庆田无奈地说："公务在身。月底了嘛，上边要报表，催得紧，这整个牡丹江的来往进出，我得有个数啊。账本得拿来瞅一眼，没别的意思，例行公事，二爷别见怪。"汤德远伸手招呼账房："把账本都拿出来，给赵科长过目！"

账房捧出一摞账本，赵庆田翻看账本说："汤二爷这是里外高低都赚，黑白两道通吃啊。"汤德远认真地说："赵科长说哪儿的话，米面进出，都是有老爷子签字的。"赵庆田问："这是白的，黑的呢？"汤德远忙问："哪有黑的？"赵庆田说："话少，嘴严，靠得住！怪不得老爷子这么器重。"

不远处，一个跑堂的从上菜口端着两盘菜急吼吼地走过。高云虎正在另一张桌子帮忙给客人上茶，跑堂的走得急，撞翻了高云虎手里的茶杯。说时迟那时快，高云虎伸手接住了翻落的茶杯，另一只手仍拿着茶壶，没有洒出一点水。

一切都被赵庆田看个正着，赵庆田示意着高云虎说："倒茶的伙计，你过来。"高云虎走过来，赵庆田上下打量着他："跑堂的有这身手，可以啊！叫什么名字？"高云虎说："虎子。"汤德远转头向高云虎挥手："赶紧去后厨催菜，长官们坐这儿半天了。"高云虎转身离开，赵庆田打量着高云虎的背影。

高云虎匆匆走在街上，突然发现身后不远处一个戴礼帽的身影闪身躲进暗处。高云虎加快脚步，那个戴礼帽的身影也加快脚步，不远不近地跟着。

高云虎在一个烟摊前站下，假装买烟，趁机侧身观望，"礼帽"又躲进暗处。高云虎疾走两步，转进一个胡同，靠在墙边等待。片刻，"礼帽"跟上来，经过了胡同口。

高云虎翻手把那人按在墙上，伸手掀掉礼帽。那人惊慌地看着高云虎，高云虎问："为啥跟我？"那人说："我没跟你。"高云虎在那人身上一通检查，没有发现武器。高云虎说："老实说！"那人说："我刚在路上走着，有个人突然把帽子扣我头上就走了……"

高云虎手上使了使劲儿，说："说实话！"那人说："你看，这帽子比我脑袋大这么多，戴着都挡眼。"高云虎只得放手，问："你说的那个人，往哪边走啦？"那人一指："那边。"高云虎反身回到大路上，举目四望，街上人来人往，一片茫然。

六

肖铁林起身走向窗台，拎起水壶给花浇水，抬眼看向森田的办公室。森田也站在窗前，透过百叶窗的缝隙观察对面肖铁林的办公室。

赵庆田拿着一个小本，站在肖铁林身后说："局长，天天好的账可对不上。"肖铁林转身打量赵庆田，惊讶地问："你还查上酒楼的账啦？"赵庆田讨好地说："这不也是替您掌眼嘛。"肖铁林问："怎么个对不上？"

赵庆田说："我看那个汤德远是吃里爬外两头赖，估计自己黑了不少。从开业到今天，白米白面炭火酒水，咸盐味精酱油醋，这可都是管制物资。酒楼一天能上多少人我有数，他这是多进少出啊，倒腾小金库呢。还就别说那些上不了账面的了，两眼一抹黑。我估计他底下还有一笔账，跟您玩阴阳呢。"

肖铁林不耐烦地说："行了，账本我都看过了，都是我批的。"赵庆田说："您看过啦？"肖铁林生气地反问道："怎么的？要不往后都你替我看?"赵庆田赶紧说:"那不能,我自己手里的事儿还忙不过来呢。"肖铁林说:"那就赶紧忙去吧。"鹦鹉瞪着赵庆田说:"好好干,有钱赚!"

赵庆田点头哈腰地退出来,关上门,立刻变了一副嘴脸,咬牙切齿地嘀咕:"行,你们桃园结义,不带我玩,等着瞧好吧。"赵庆田一步三晃地穿过走廊,嘴里哼着小曲:"他四弟子龙常山将,盖世英雄他冠九州……"

七

午后闲时,高云虎换了身干净的衣服,来到汤德远身边。汤德远打量了他一眼,说:"又出去?"高云虎说:"这会儿人少,我想出去转转,看看城里的山货铺行情,这行我干过,好上手……你要是舍得,我想借你的小汽车过去,路上快,能多看几家……"

汤德远的汽车停在路边,司机正站在车旁。汤德远对司机说:"你开车送云虎去趟山货街。"高云虎说:"客气话不说了。"汤德远说:"有想法,合计着来,心急吃不了热豆腐。"

高云虎坐在车上,问:"兄弟也是汤原人?"司机说:"我是珠河人。"高云虎点头:"哦。"司机说:"老板救过我的命,花钱让我学开车。"高云虎说:"老汤是个厉害人。"司机说:"老板会看人。"高云虎转头,车后没跟梢。

兴隆街78号二楼,屋里的桌上放着一部电台。福庆戴着耳机坐在桌前,聚精会神地调试着电台。一阵清晰的信号声响起,嘀嘀嗒嗒,福庆迅速拿起纸笔记录。

福庆拿着译好的电文起身,走到瓦洛佳和老山东面前:"格里高利上尉发来的电报。"瓦洛佳接过电文,老山东问:"上尉有指示?"福庆摇头:"情况通报。"瓦洛佳说:"有三个小组已经完成了任务。"老山东说:

"咱运气好的话，也快。"福庆说："这两天外面突然查得很严……"老山东说："别大意，先把电台收好了，再扯闲篇儿。"福庆收拾设备，把电台藏进一个伪装的暗格里。

汽车开到山货街，在路边停下。高云虎下了车，站在路边看着司机开车离开："兄弟辛苦了，快回吧，甭耽误老板一家用车。"汤德远的汽车已不见了踪影，高云虎站在路边，警惕地查看四周，确定没有人跟踪。一辆电车驶来，高云虎跳上了电车。

老山东拎着修鞋的家什箱，从酒厂门里出来，看到急匆匆走来的高云虎。老山东叫住高云虎："这位兄弟，鞋开线了，再不修就得费钱买新的了。"高云虎认出老山东："修鞋啥价？"老山东说："便宜，两毛。"

行动小组在兴隆街78号再次会合。福庆说："云虎，你咋这时候来？"高云虎说："日本人发现了我们的降落伞包，在城里到处查，夜里查得更紧。"福庆捶了一拳："妈的！小日本还把林子盯这么紧！"老山东说："这么说，这两天外边的动静都是冲着我们的？"高云虎点头。

瓦洛佳说："这个情报对我们很重要，下面的行动要更加谨慎。"老山东说："云虎，你来得正好，我们这边也有进展。"福庆抢过话茬儿说："我和排长去宝局打问了一圈，有点新发现，想不想听？"

高云虎急切地说："什么时候了，别卖关子了，赶紧说。"福庆认真地说："肖铁林这个人出了名地好赌，又出不了门儿，所以每周六晚上都会约人去警察局，玩得还挺大。肖铁林有三个固定的牌搭子，团长郭金山、宝局邵掌柜，再有就是老汤，四个麻友外号'钢铁长城'。"

老山东补充道："据说肖铁林打牌有个习惯，每逢赢钱，都会把三个人送到警察局门口。只要争取到汤德远，咱就有机会把他绑出来！"福庆激动地看着高云虎说："里应外合，这主意咋样？"

高云虎思忖着说："主意是不错，关键在老汤……还有个情况，我被人盯上啦。"几人一听都愣住了。瓦洛佳警惕地问："你来这里被跟踪了？"高云虎说："今天没有。我找了个理由，坐老汤的车出来的，路上确认了几遍，没尾巴。"

老山东问："盯你的是汤德远？"高云虎说："我拿不准，所以借他的车，看着司机走了，才绕路过来的。"老山东表情严肃地说："要不是汤德远，就更麻烦了。"

高云虎说："上回我故意露出了烟袋嘴，后来老汤还专门问起你，他也吃不准我。"老山东说："这么看，他和咱们都摸黑儿。"瓦洛佳疑惑地问："这个汤德远到底能不能争取？"

几人沉默了一会儿，高云虎问："排长，那咋说？我出来的时候不短了。"老山东想了想说："夜长梦多，咱换个办法。"福庆问："啥办法？"老山东说："萝卜心是红是黑，试一下就知道了。"瓦洛佳点头说："我同意测试。"

瓦洛佳摘下腰间的苏制配枪，交给高云虎："如果汤德远不会出卖你，我们就争取；如果他出卖了你，我们就消灭隐患，另寻其他方案。"

老山东说："瓦洛佳少尉，我有不一样的看法。"瓦洛佳问："什么看法？"老山东说："关于汤德远，咱们聊聊。"

瓦洛佳坚定地说："如果汤德远出卖了基戈尔，他就是我们的敌人和绊脚石。"老山东说："汤德远是我们完成任务最快的办法，咱只是测试，不到万不得已，不能杀。"瓦洛佳有些生气地说："戈沃里，如果基戈尔和汤德远之间，只有一个人能活着，你希望谁留下？"

老山东说："两个都应该留。"瓦洛佳沉着脸说："战争是残酷的，情报工作更残酷。"老山东说："汤德远曾经是我们的战士，值得争取！"瓦洛佳说："基戈尔回去也许就会暴露，在安全不确定的情况下，任何人都不能再和汤德远见面了。"

老山东说："这我同意，那咱能不能先不说死？"瓦洛佳严肃地说："戈沃里，这是你们的地方，所以我很尊重你的意见，但是这一次，我是组长，必须先保证你们的安全。为了不出意外，测试汤德远的行动，你先不要参加了。"

八

官舍街大有商行门口，顾客络绎不绝。路边停着几辆等客的人力车，李正浩和两个行动小组成员扮成车夫，混在其中。

井上隆一坐在咖啡座上，约翰走进商行，朝井上走来。约翰坐下，问："井上君今天不工作？"井上说："约翰先生，我是来向你告别的。"约翰愣了一下，问："发生了什么事情吗？"井上说："我报了名，去太平洋前线。"约翰惊讶地说："这个消息太突然了。"井上说："上次见面之后，我就一直在考虑，如果'满洲国'真的发生战争，我的处境将会十分尴尬。"约翰说："如果井上君愿意，我可以安排你去美国。"井上说："我的祖国发动了罪恶的战争，现在她也在尝受着恶果。战争是残酷的，战士的生命却是无辜的。所以，我想做一点力所能及的事情，去前线挽救战士的生命，为自己的祖国赎罪。"

约翰安慰道："不必过于悲观。"井上郑重地说："我已下定决心。临别前，我有一份礼物送给先生。"

井上双手奉上一个纸袋，小声说："这是一张地图，上面是我这些年暗访过的日军驻地，有工事和军队的地方都在图上做了标注，希望能对你们有用，算是我和阁下相交多年的一点心意。"约翰惊讶地说："井上君，这份礼物太贵重了。"井上满脸真诚地说："如果战争能早日结束，就算我为和平做出了一点贡献。"

约翰从身上掏出一个厚厚的信封，递给井上，说："没有提前准备，请收下这一点心意吧。"井上推托说："钱对我来说不重要了。"约翰真诚地说："不必推辞，这是你应该得到的。"井上说："谢谢约翰先生。如果有机会，我会写信给你的。"

井上隆一从大有商行走出来，站在路边。李正浩向一个伙伴使眼色，伙伴拉着车跑过去。井上跨上车说："去牡丹江医院。"人力车拉着井上跑开了。

九

这天，彩凤来到酒楼后院高云虎屋门口，敲门问道："高兄弟在吗？"屋里无人应答，彩凤推门进屋，熟练地洒水扫地，收拾屋子。彩凤顺手整理起床铺，拿起枕头，觉得有点沉，再看，里面赫然藏着一把手枪。彩凤神色异样地找到汤德远，汤德远问："啥事这么慌？"彩凤说："当家的，你跟我来！"

汤德远跟着彩凤来到高云虎屋子里，彩凤说："手枪就藏在枕头里。"见汤德远不吱声，彩凤又说："我问了店里的伙计，今儿就没见过他的人。"汤德远说："我让他出去办事了。"彩凤说："你这个高兄弟看着就不像好人……"汤德远看着手枪，说："你出去吧。"

已是黄昏，在天天好酒楼二楼账房里，汤德远犹豫地看着放在桌上的手枪。半晌，汤德远把手枪装进包里，拎着包走出了门。一辆黑色的轿车停在酒楼附近的路边，车里的帘子拉得很严。坐在驾驶位置的是瓦洛佳，福庆抱着一把苏式狙击步枪坐在后排。汤德远拎着包上了自己的车，汽车匆匆开走，瓦洛佳开车尾随其后。汤德远的车在伪警察局门口停下，他拎着包下了车，站在车边来回踱步。

瓦洛佳说："伊万，准备射击。"福庆犹豫地说："少尉，真打？"瓦洛佳说："这是命令。"汽车的后窗缓缓摇下一半，福庆的枪口从车窗探出。福庆拉开保险，瞄准汤德远。

瓦洛佳命令道："射击。"福庆说："他还没走进警察局。"瓦洛佳说："伊万，我命令你，马上射击。"福庆痛苦地闭上眼："是！我在瞄准……"狙击镜里，汤德远转身坐回了车里。福庆长长地松了一口气。

汤德远的车在伪警察局门口拐了个弯，一路开到城边上。汤德远下了车，急匆匆地朝山上走去。福庆也下了车，背着枪，尾随汤德远走进林子。汤德远埋完枪，走出林子，坐着车回到天天好酒楼。福庆激动地说："少尉，汤德远算不算通过了考验？"瓦洛佳不说话。福庆笑着说："老汤他是向着我们的！"

深夜，汤德远回到家。他往水盆里哗啦啦倒上了一盆热水，抹了一把脸，长出了一口气。彩凤站在身后，汤德远说："咋还傻站着，不早了，洗把脸睡吧。"彩凤盯着汤德远沾满泥水的裤脚，问："当家的，你这是上哪儿去啦？"汤德远解释道："雪开化了，晚上的道儿不好走呗，甩了一脚泥。"彩凤疑惑地说："车接车送的，脚还用沾地？"汤德远无奈地说："再有车接送，咱干的也是跑腿的活儿。"

彩凤顺了顺气，说："当家的，今天白天我这心里一阵一阵地揪着，忽上忽下的。"汤德远故作轻松地说："瞎琢磨啥呢？"彩凤担心地问："那枪呢？"汤德远说："扔了。"彩凤问："人呢？"汤德远说："走了。"彩凤问："不回来啦？"汤德远说："不回来了。"彩凤盯着汤德远，汤德远反问道："不信我咋的？"彩凤转开身，说："信。"

汤德远和彩凤躺在炕上，两人都睡不着。彩凤轻声问："当家的，睡了没？"汤德远翻了个身，良久说："你说得对，这么替人卖命不是长久之计。"

彩凤惊讶地问："咋这时候提这个？"汤德远说："要不你先给咱蹚摸蹚摸。"彩凤问："蹚摸啥？"汤德远说："蹚摸处房子，再买块儿地。"彩凤痛快地应道："成。我先出去转转，有差不多的你再看。"汤德远说："要走就远点儿。"彩凤说："你说多远。"汤德远说："回你娘家。"

彩凤问："松林镇？"汤德远说："回去你地头儿熟，将来咱住那儿了，也人多好帮衬。多打问打问，选个风水好的宅子，置两垧南坡的好地。"良久，彩凤说："就我去？"汤德远说："你带孩子去，嘎牙子这么大了，还没咋出过门，带他回娘家看看。"彩凤难为情地说："我的出身你知道，我在那边没亲戚。"汤德远说:"远亲不如近邻。"

彩凤眼里含着泪说:"当家的,你老说这些年脑袋掖在裤腰带上,我听着心里堵得慌。你可别忘了,裤腰带上掖的是三条命,你要是有个三长两短,我们娘儿俩也活不下去。"汤德远说:"说啥呢!我不是怕你们有闪失吗?你们回去待一阵,顺便把咱的大事办了。"

彩凤说:"要不,你跟我们一块儿走。"汤德远说:"一摊子事,我咋走?"彩凤还要说话,汤德远说:"睡吧,就照我说的办。明天收拾收拾,吃完晌午饭再走,让车送你们回去。"听了汤德远的话,彩凤心里翻腾开了。

第十九章
隐秘的行动

一

夜晚，天天好酒楼里一片红火，熙熙攘攘，好不热闹。一身商人打扮的老山东进门，一名伙计迎上前："这位爷，几位？"老山东说："二楼包房，订好了。"伙计说："您里边请。"老山东穿过大堂，四下看着，走上二楼。

一个伙计卸下满满的酒桶，把几个空酒桶装上福庆的架子车。福庆对伙计说："借茅房用用。"伙计一指，福庆提着裤子跑进茅房。片刻，福庆回来了："差点儿忘了，老板交代，该结次账了。"伙计说："账房在二楼。"福庆点头。高云虎从不远处的街上走来，站在酒楼后门，四下观望。街上空荡荡的，只有几个路人匆匆经过。

汤德远坐在二楼账房里，翻看账本。两侧的包房里，几桌伪军警正在席间划拳，吆五喝六。老山东穿过走廊，福庆跟上老山东："后院我看了，人不在，车在。"老山东和福庆来到走廊尽头的账房，福庆上前敲门，良久，没人应声。两人正要离开，屋子里传出汤德远的声音："老排长，辛苦了！"

汤德远笑着走出来："多年没见，来了就别急着走，坐下唠两句。"老山东转头看向四周，汤德远镇静地说："别怕，没人。我不像你们，暗地里耍拳。"

老山东进屋，摘掉皮帽坐下，汤德远说："排长，别来无恙。"老山东说："二班长，你这酒楼排场不小，门就好几道。"汤德远冷冷地说："走前门的是客，走后门的是贼。"福庆气愤地说："老汤，几年不见，你咋见面就这口气？"

老山东说："走后门的还有自家人。"汤德远说："敢这个时候来找我，你们胆子不小，全城都在抓人，我这儿可是老虎鼻子底下。"老山东说："老虎屁股摸不得，还不兴挠挠下巴？"

这时，高云虎走进包间，关上门。汤德远说："高云虎，你可真是我的好兄弟啊。我把你当兄弟，你跟我玩这套？废话不说了。你们绕这么大圈子，想干啥？"老山东说："没啥。找你叙叙旧。民国二十七年突围以后，咱俩就没见过了。"汤德远不语。老山东说道："那年我去汤家庄找你，你没在。你去八棵松刻了号儿，云虎和福庆在松林镇等你，没等上。我来得晚了。"

汤德远面无表情地说："不晚，买卖还没打烊呢。"老山东说："当年我对关东山发誓，就算走散这把老骨头，也得把你们找齐……"汤德远沉着脸说："你说的都是上辈子的事，记不清了。"老山东说："看出来了，日子过得不错，有出息了。不过说句实话，你这买卖也不好干吧？"汤德远冷冷地说："用不着你们操心。"老山东皱眉说："你是真把过去的事儿忘了。"

汤德远望向窗外说："忘了挺好，好不容易才忘了。这两年刚能睡个踏实觉，搁头两年，半夜躺炕上睡着，冷不丁就一激灵，被窝子里嗖嗖地刮北风，吹得后脖颈子发凉，伸手一摸，脑瓜子还在。过去就是想太多了，人活一辈子图个啥？就图一口饱饭，有个暖和被窝。爬地窖子钻狗窝子，就着冰碴啃草根子，拎着脑袋钻山沟子，不定啥时候就让人背后戳一攮子，荒山野岭狼啃鹰叼的，到了就剩个骨头架子，谁他妈记着你了？那是人该过的日子吗？看看你们自己吧，东躲西藏这些年，活得还有个人样吗？"

老山东说："山里挺着饿死的是狼，城里跪着吃肉的是狗。咱起码得站着，才叫有个人样。"汤德远说："你知道我这几年是咋过来的？凭啥跟我说这些？"老山东说："凭咱们说好的，要把这一罐子热血都洒在白山黑水。"汤德远说："血早就流干啦。"

老山东说："就问你一句话，当年说过的话还算数不？"汤德远说："此一时彼一时，走夜路崴了一脚泥，之前说过啥，当个屁放了吧。"福庆站起来："老汤，你咋变成这样了？"

高云虎拦住福庆，老山东也冲福庆做了个手势。老山东说："你说得对，此一时彼一时，现在和七年前确实不一样了。"汤德远说："有啥不一样的？这地方不还是'满洲国'？"老山东说："日本人没几天了。"汤德远说："从前你就是这么说，说了多少年了，死了多少人了，换来个啥？"老山东说："可是咱还活着，那么多战友和同志的血债，咱得讨吧！"

汤德远摇摇头说："没用！我早想明白了，没心没肺，活得不累！"老山东说："咋没用？只要你信我。"汤德远反问道："我凭啥信你？你们跟我连句实话都没有！"

老山东、福庆和高云虎三人对视，老山东说："那我跟你说实话，队伍一直都在。松林镇他俩没等上你，等着我了。我们重拉了队伍，后来又过了江，有的人跟上了，也有的人走散了。当年八棵松上刻了六个号儿，除了你、小贵和花儿，我们三个一直在苏联，就是你说的八十八旅。"

汤德远打量着三人，良久："不怕我卖了你们？"老山东说："既然敢来，就不怕，我们又值不了几个钱，何况你还能叫我声排长。"福庆说："不说别的，你发现了云虎的枪，本来要交警察局，你去林子里埋了，就这一点，老汤，你够意思。"汤德远说："别想多了，我就是为了我自己。"老山东说："你说的这不是心里话，我能看出来，你的良心没坏，你还是个中国人。"

汤德远说："现在是康德十二年，'满洲国'早他妈没有中国人了。"福庆说："老汤，大街上走的，那都不是中国人？藏在山里的，现在还跟小鬼子干的，那不是中国人？跟着咱俩跑，挂在西北坡的树杈子上的，埋在万人坑里的，他们不是中国人？你现在说这话，对得起天上地下的那些人吗？"

汤德远说："死了的中国人有的是，活着的不多了。我的命虽然不值钱，但是我活到今天不容易。我现在只求对得起我自己。"老山东说："二班长，好歹这是省城，外面的消息也不少，苏联人打到了德国的老家，日本人在太平洋被美国打得喘不上气儿了，法西斯的气数要尽了，东北很快就能光复了！"

汤德远冷漠地说："你说的这些我不关心，远着呢。"老山东耐心地说："国内形势也变了，关里的小日本被咱们的八路军和新四军打得够呛，咱被欺负了十四年，如今终于要见亮了。以前是日本人强咱弱，现在小日本也不行了，轮到咱站起来打他们了！"

福庆认真地说："老汤，排长说的都是真的，我们回来就是证明！"汤德远问："特高课门口的事是你们做的？"

老山东语重心长地说："不是我们这一组。二班长，我们过江这几年，做了不少事，回头慢慢和你说。别的不敢说，我们没歇着，我们琢磨怎么才能打赢这场仗，每个战士做梦想的都是早一天打回来。啥事都讲个天时地利人和，时候到了，我们回来了。"

福庆说："天时地利都有了，就差人和！咱一起出生入死，我们回来不找你，还能找谁？"高云虎解释道："老汤，别怪我这几天没和你说实话，我们有纪律。我们的队伍跟以前不一样了。"

福庆补充道："国际形势真的变了，这回咱一定能成。"汤德远不耐烦地说："行了。今天你们要钱我可以给钱，但是出了这个门，就再也别进来，我当没见过你们。而且，我告诉你们，你们是打不进来的，就算能打进来，也得百万尸首铺路！这句话我撂这儿了！"

老山东说："就因为这个，我们才需要你！"高云虎说："老汤，我能看出来，你心里的火苗还没灭……"汤德远拍桌子说："别他妈说了，赶紧滚，趁我这颗心还没黑的时候！"

高云虎也拍桌子呵斥道："不就是老婆孩子热炕头！我看你这颗心不是黑了，是迷了！谁没有过娘儿们！"

二

熏鸡店门口突然传来一阵喧闹声，伙计叫喊着："滚出去！哪儿来的烂叫花子，要饭的也想吃烧鸡？"一个衣衫褴褛的乞丐拄着一根棍子，一瘸一拐地被轰出门。

孙掌柜跟出来："吵吵巴火的，咋回事？"伙计说："掌柜的，不知道哪来的浮浪饿殍，脏爪子摸咱的烧鸡，还想跟我要鸡腿吃。"孙掌柜打量着眼前这个蓬头垢面的乞丐："还他妈是个瘸子。他真摸啦？"伙计说："摸了。"孙掌柜说："哪只手摸的？"伙计说："右手。"孙掌柜说："那你们还等啥呢？知道现在鸡卖多少钱一只？"几个伙计拎着棒子从店里冲出来……

在天天好酒楼二楼包间里，老山东对汤德远说："我们知道你给谁卖命，他现在还喘着气，早晚要遭天打雷劈……"正说着，众人听到外面响起的嘈杂声。一个伙计隔着门喊："老板？"汤德远问："咋回事？"伙计说："门口出事了，一个叫花子偷了孙掌柜一只烧鸡，快被孙掌柜的伙计打死了。掌柜的，您要不下楼看看？客人都不敢进了。"

汤德远下楼，只见那乞丐抱着脑袋在地上打滚，满脸是血，嘴里不住地发出呜呜的声音。一个伙计按住乞丐右手："是这只吧？给他废了！"另一个伙计抢起棒子，就要朝手上砸。汤德远喝道："住手！"伙计住手，转头见是汤德远："汤二爷。"汤德远说："滚开！"两个伙计悻悻地起身。

孙掌柜走过来："二爷，咋把您也惊动了？"汤德远怒道："废话，都快打到我店里去了。姓孙的，你真他娘的出息，打一个瘸子？日本人给你根蒜苗，你还真把自己当根葱啦？"孙掌柜说："二爷这是说的啥话，咱不都是一样的？"汤德远说："谁他妈跟你一样？"孙掌柜说："我这也是替您分忧，这叫花子胆儿太肥，今儿伸手进我柜里偷鸡，明儿就能到您酒楼里去偷熊掌。"

那乞丐躺在地上，不停抽泣。汤德远招呼酒楼伙计："把他领进去洗把脸，给口饭吃。"

汤德远走进二楼包间，福庆问："出啥事啦？"汤德远说："不关你事。"高云虎说："老汤……"汤德远抬手示意高云虎打住："多的话不用再说了，外边人多眼杂，你知道这旁边的饭桌上坐的都是啥人？你们要是再不走，就不是我招待你们了。"

伙计带着那个乞丐站在包间的门外，说："掌柜的，他非要当面给您磕个头。"汤德远隔着屋门，回道："用不着，吃饱了赶紧滚蛋！"伙计说："我说了，掌柜的不图啥，他不走啊，我拉不住。"

说话间，那乞丐扑通跪在地上，用力磕着响头，大声地说："掌柜的，要不是您的大恩大德，我这条命今天就撂在这儿了。您是转世的活菩萨，祝您元宝装满麻达山，生意做到海参崴。我没啥能报答您的，给您磕头了！"

汤德远开门，乞丐还在不停磕头："掌柜的，多谢救命之恩，您的大恩大德……"乞丐抬起头，一张洗得白净的脸，是田小贵！汤德远惊讶地叫道："田小贵？"老山东几人听见田小贵的名字，都愣住了。汤德远说："进来说话。别在外面丢人现眼，影响我生意。"田小贵手脚并用，爬进包间。

汤德远关上门，田小贵看见老山东等人："……老排长？你是老排长！云虎、福庆、老汤……"田小贵想要站起来，腿一瘸，又跪倒在地上。老山东拉起田小贵："腿咋啦？"田小贵说："被人打的……"

小贵坐在椅子上，半晌不说话，使劲掐自己胳膊，说："我不是在做梦吧？真疼，疼……"他扑进老山东怀里，放声大哭："老排长，我可找着你们了，我一个人害怕啊……我怕啊，我一个人在林子里跑啊跑啊，前边有熊，后边有狼，它们都跟着我，我跑着跑着就掉沟里了……我饿啊，我在街上要了三天饭了，没一个人给我一口吃的……我不想活了，我也不敢死啊，我天天做梦都梦见哪天找见你们了，我醒了就一直追，可是我追不上啊……老天爷终于开眼了，我找着家了……"

汤德远说："别号了！怕别人听不见咋的？"田小贵止住哭声。老山东眼含泪花，拍拍田小贵的肩膀："都过去了，没事了。"田小贵抬头环视众人："你们都在这儿……人齐了？花儿呢？还差花儿和小白马……"

老山东说："这些事以后慢慢说，小贵，这些年你上哪儿去啦？"田小贵说："那年在江边被打散以后，我就到处找队伍，队伍找不到，我就回家了。"

老山东说："那咋又出来啦？"田小贵说："镇里知道我当过抗联，派人来抓了，我爹让我赶紧跑。我去给别人扛活，又被认出是抗联……排长，这几年我是藏哪儿，哪儿就要抓我！一路都在逃，到了这儿还好点，也不敢落脚，只能讨饭……人家都说天天好的掌柜是个大善人，我就打听着，想来讨口吃的。没想到进错了门，进了旁边的店，差点儿被他们打死……"

田小贵颤抖着从怀里摸出一个脏了吧唧、皱皱巴巴的烟袋递给老山东，难为情地说："排长，蛟河烟，我从家带的。潮了，还能抽不？"福庆眼里泛着泪水。老山东说："先给他弄口吃的。"汤德远说："这个不用你们管了。你们都走，小贵就先在我这儿吧，还是那句话，从此不相见！"

田小贵愣愣地看着汤德远，又看看老山东，喃喃地说："走？你们都要走？走哪儿去，我要跟你们一块儿走。"老山东把田小贵按在椅子上："你还拄着棍子呢，先在这养好了伤再说吧。"田小贵问："那你们呢？"老山东说："我们还有点别的事，办完了来找你。"田小贵说："你说话算数？"老山东说："我什么时候说话不算数啦？"田小贵犹豫着点头："那我可等着你们，千万别不来……"

老山东、高云虎、福庆三人忧心忡忡地走在街上。高云虎满面愁容地说："老汤晚上一点儿口都没留……"福庆说："汤德远今天说的那些屁话，搁以前我非扇他俩大耳刮子。"老山东说："他越急，说明咱的话越有用。"高云虎说："不过，他能把小贵留下照顾，说明心里还有咱。"

福庆说："小贵咋办？"老山东说："走一步看一步。从今天开始起，大家都长足了精神！"福庆问："啥意思？"老山东说："汤德远归队有希望！"

三

夜已深，汤德远和田小贵坐在天天好酒楼二楼包间里，田小贵呼噜呼噜地吃面条。一碗面条见底，他贪婪地舔着碗底，咂摸着嘴巴说："老汤，你下的面条真香。"

汤德远说："香个屁，就搁了点酱油葱花。"田小贵说："瞎扯，我咋吃出猪油的香味儿了呢。"汤德远问："吃饱了吗？"田小贵说："还饿。"

汤德远说："不能再吃了，你肚子里一直没食，已经两碗了，再吃怕撑坏了。"田小贵舍不得放下手里的碗："明天还能有面条吃？"汤德远说："酒楼还能让你愁吃的！"

后院小屋里，田小贵换了一身衣裳。汤德远拿着剃头推子给田小贵理发。田小贵说："老排长他们怎么走了，为啥？你咋还说从此不相见？为啥把他们都撵走？"汤德远说："你问那么多干啥？"田小贵站起来："老汤，你要是不实话告诉我，我不能在你这儿待。"汤德远说："顶着个阴阳头，你还厉害上了。"田小贵坐下，问："你们这些年一直在一块儿？"汤德远说："谁跟他们在一块儿？不是群东西！"田小贵说："你说老排长他们？到底咋啦？"汤德远说："咋了？掉钱眼儿里了呗。半年前我们才在牡丹江碰上的，后来合伙做生意，做了一单大的，没想到这几个货连我都骗，一群见钱眼开的东西。"田小贵说："老排长？云虎和福庆？他们不是那样人啊。"

汤德远说："这么多年没见了，你咋知道他们现在是啥样的人？"田小贵说："刚才你们干啥呢？"汤德远说："算账呢，还他娘的想骗我。当年的味儿一点也没有了。世道凶险，人心都变了。"田小贵听着不言语。

汤德远说："不说这些了，你就在我这儿好好把腿养好，养好了你也给我赶紧滚，别他妈给我招事惹事，我现在眼里除了钱，什么都不认。"田小贵说："老汤，你变了。"汤德远说："不变能行吗？这白山黑水，水深王八大，弄不好脑袋当球踢，睁眼撞南墙啊。"

田小贵说："等我养好了腿，找排长去，找队伍去。"汤德远说："死了这条心吧，我告诉你，他们是一群骗子，他们要坏起来比谁都坏。"头发理完了，田小贵伸手摸着脑瓜子，汤德远发现田小贵的双手已经严重变形，像两个鹰爪子。汤德远问："你这手是怎么回事？"田小贵掩饰着说："哦，在林子里被冻伤了……"汤德远看着田小贵的手，心里很不是滋味。

四

一辆车从挂着"松林镇"大字的牌楼底下开过。聋子坐在牌楼底下，笑着抓虱子。他突然大叫着跑开，边跑边叫："阎王爷上殿了，一个王八一张嘴，两个眼睛四条腿……"

大风刮过，扬起一阵沙尘。街道寂寥，空荡的戏台上翻腾着几张废旧的报纸。几个小孩儿在不远处争抢着一个梨核儿。坐在车里的彩凤扒着车窗往外看。远处突然响起一阵咚咚的鼓声，三急三徐又三急。嘎牙子好奇地张望着问："娘，这啥声?"彩凤搂紧嘎牙子说："娘也不知道。"

车在安福客栈外的巷子口停住。司机拉开车门，彩凤抱着孩子下车。司机客气地说："老板娘，对不住，没承想道儿这么难走，三步一岗五步一哨的，耽误了。"彩凤说："别赶了，歇歇再回去吧。"司机说："不歇了，掌柜的还得用车。"彩凤关心地说："回去的道儿还远呢，路上当心点。这街面上我都熟，回去跟掌柜的说一声，叫他不用担心。"司机点头，上车开走了。

彩凤牵着嘎牙子走在青石板路上，一个衣衫褴褛的疯老头儿敲着破锣从身边一闪而过。疯老头儿说："阎王爷上殿了，黑白小鬼上山，飞禽走兽让路!"

彩凤牵着嘎牙子走进巷子，安福客栈的佟掌柜站住，仔细瞧了一会儿，惊讶地说："哎呀，这不是小五子吗?"彩凤走上前说："佟掌柜，还能认出我来?"佟掌柜笑着说："小五子，你这一走，几年没回来啦?"彩凤说："五年了。"佟掌柜咂咂嘴说："这人是越发水灵了。"彩凤难为情地说："佟掌柜会夸人，孩儿他娘了，水灵个啥。您这买卖可是越做越红火了。"佟掌柜夸道："嘴还是那么甜。"

佟掌柜低头看着嘎牙子，彩凤对嘎牙子说："叫姥爷。"嘎牙子乖巧地喊道："姥爷。"佟掌柜问："这大胖小子，几岁啦?"嘎牙子说："四岁。"

彩凤问："佟掌柜，刚才这外边咋回事？又敲锣又打鼓的。"佟掌柜说："咋，刚才黄掌柜吓着你了？没事，他不是武疯子，光咋呼，不动手。"

彩凤疑惑地问："哪个黄掌柜？"佟掌柜说："钱庄的，黄友全。"彩凤惊讶地问："黄掌柜？他咋成这样啦？"佟掌柜说："唉，可说呢，打从前两年他儿子被日本人抓了，就一直这样，疯疯癫癫的。为了捞人把钱庄也赔进去了，到现在可也不知道儿子关哪儿去了。"彩凤问："他嘴里念叨啥呢？"

疯老头儿又转悠回来了，嘎牙子伸手指着他，说："老疯子！"彩凤说："嘎牙子，不许胡说，这也是姥爷，叫人！"疯老头儿蹲下，盯着嘎牙子。嘎牙子迟疑了一下，叫道："……姥爷。"疯老头儿龇牙瞪眼，笑起来，嘎牙子紧着往彩凤怀里躲。佟掌柜伸手赶着说："黄老头儿，赶紧家走，别吓着孩子。"

彩凤跟着佟掌柜进门，说："住店的客人多吧？给我们随便找个屋，能落脚就行。"佟掌柜说："那不行，都到家了，二楼的上房随你挑。"佟掌柜招呼着伙计说："把二楼的几间房拾掇出来！"

夜晚，彩凤从楼上下来，走向客栈柜台，说："掌柜的，借个电话，给家里报个平安。"彩凤拿起电话，说："……当家的，我们到了，住下了。一路都顺，你放心吧。"

五

天天好酒楼的大堂，田小贵挂着棍子，一瘸一拐地跟在伙计身后："我能行，你就让我帮帮忙吧。"伙计说："掌柜的交代了，让你别出来。"

田小贵说："我真的能行，你别看我腿不行了，手还好着呢。"田小贵抢过伙计手上的酒坛子，一只手抱着往后院走。很快，田小贵挂着棍子又走回大堂，帮着收拾桌上的碗筷。

汤德远从前门进来，看见田小贵，拉着他就往后走："一身贱皮子！

这活儿还用你干吗？以后少往前面跑！让人看见了还以为我他妈穷疯了，雇个瘸子当跑堂！"田小贵说："我不想在你这里吃白食……"汤德远说："我差你这口吃的？老实回屋待着去。"

一个留着山羊胡子、穿长衫的老中医跟在田小贵后面，叫道："等等……"老中医走过来，弯腰在田小贵腿上捏捏打打，说："小伙计，你这个腿好治。"

田小贵说："我的腿自己能好，不用治。"老中医说："你这个伤，不治的话，将来怕是要落残疾。我不收你的钱。刚才吃饭时我都瞧见了，实在看你可怜……"汤德远一直在旁边看着他俩，对老中医说："不会差你钱，治好了有赏！"

老中医说："江湖路远，日行一善，我说了不要，就不会要。"田小贵感激地看着汤德远和老中医，汤德远说："还愣着干啥？老实回屋看腿去，治好了赶紧滚。"

两辆伪警察局的车在酒楼门口一前一后堵住了汤德远的去路。赵庆田带着三四个手下从车里下来，说："汤二爷，这是去哪儿啊？"

汤德远皱着眉头问："庆田兄，这是啥意思？"赵庆田沉着脸说："跟我走一趟吧。"汤德远说："今儿礼拜四，老爷子没叫我去。"赵庆田一笑："看来我面子不够大，请不动你是吧？执行公务，请你配合。"赵庆田换了一张脸，转身招呼几个手下："带走。"汤德远不屑地说："经济科什么时候管抓人啦？"几个手下不由分地说把汤德远架上警车。

汤德远和赵庆田一前一后来到肖铁林办公室外，赵庆田敲门："局长，人我给你带来了。"汤德远走进办公室，叫道："老叔。"笼子里的鹦鹉正欢快地啄食，肖铁林欣慰地说："这鸟好几天吃不下饭了，也不知道琢磨啥呢，下半晌终于开口了。"肖铁林转身说："站着干啥？坐。"汤德远坐下说："老叔，你的经济科长不知道琢磨啥呢，成天盯着我不放。"肖铁林冷冷地说："可不敢叫老叔。"汤德远问："老叔，咋啦？"肖铁林从抽屉里掏出一把苏制手枪摆在桌面上，正是汤德远埋在林子里的那把手枪。肖铁林说："你解释解释这个。"汤德远说："解释啥？"肖铁林摆弄着手枪："苏联人的东西做得真是不赖，最新的型号，全牡丹江都没有两把。"

汤德远气愤地说："他赵庆田随便找把枪，就说是我的？"肖铁林反问道："我说是你的了吗？"汤德远语塞。肖铁林盯着汤德远问："这枪是你埋在林子里的吧？"汤德远依然不说话。

肖铁林问："没啥要跟我说的吗？"汤德远说："我不知道该说啥。"肖铁林语重心长地说："德远啊，我对你也算知根知底，你能有今天不容易……我也是看你有点本事，肯吃苦，才把你扶到如今的位置。你跟我老实说，八十八旅的人是不是找你啦？找你干啥？"汤德远不语。肖铁林严肃地说："咱俩如今是一根绳上的蚂蚱，为了我，也为了你，你得跟我说实话，屋里现在就你我。"汤德远依然不语。

肖铁林皱着眉头说："我再和你说句老实话，今天不说出点啥，甭想走出警察局的门！"半晌，汤德远才说："是，我不想惹麻烦，给轰走了。"肖铁林惊讶地问："哦，都轰走了？"汤德远说："还有一个。"肖铁林说："我听说是一个瘸子。"汤德远犹豫了一下，说："是，在店里养伤。"肖铁林问："心软啦？"汤德远不说话。

肖铁林假惺惺地说："人嘛，都有七情六欲，养死个家雀还舍不得埋呢，很正常。不过按咱们'满洲国'的法律，你这犯的可是窝藏的重罪。大牢啥滋味，不用我告诉你了吧。"

肖铁林靠在椅子上，问："你说该咋办？"汤德远低下头说："我听老叔的。"肖铁林拍拍汤德远的肩膀说："我还能不相信你吗？知道你跟抗联没瓜葛了，就是给你提个醒。万一天天好出点啥事，就不好出手了。明白吗？"鹦鹉突然说："好好干，有钱赚！"汤德远说："我明白。"肖铁林谨慎地说："这个时候，你可别添乱，赶紧找下家出手吧。那些个七的八的，如果再去，第一时间打电话，我收拾！听见没？"

赵庆田站在肖铁林桌前，痛心疾首地说："局长，你说这啥人啊？通敌，通共，通苏联！不光给您上眼药，也是给咱们警察局捅娄子。不能再这么下去了！"肖铁林冷眼看着赵庆田说道："庆田啊，几年没调动啦？"赵庆田低声说："四年。"肖铁林关心地说："是该琢磨着给你调调了，经济科的活儿不够干的，委屈你了。"赵庆田激动地说："局长别这么说，岗位不分高低，都是为国出力，肝脑涂地。"

肖铁林从抽屉里摸出两根金条，递给赵庆田说："都是兄弟，还能亏着你的？都在心里放着呢。"赵庆田推托道："局长见外了。"肖铁林提高嗓门儿道："拿着！"

肖铁林把金条塞进赵庆田包里，嘱咐道："枪的事儿，不许说出去。"赵庆田立马应道："属下明白。"肖铁林站起来，往对面窗户望去，问道："真明白假明白？"赵庆田说："汤德远……不是，汤二爷忠心耿耿，这事儿保准是身后有小人陷害。"

福庆上气不接下气地跑到兴隆街 78 号，人没进门就忙着说："坏了，汤德远埋在林子里的枪被人起走了。"瓦洛佳、老山东、高云虎和福庆神情严肃地坐在一起。福庆说："难道我们被老汤耍啦？"高云虎摇摇头说："老汤要是有心钓鱼，咱昨天就被一锅端了，出不了酒楼。"老山东点头道："汤德远背后有眼睛，这事难办了。"

瓦洛佳谨慎地说："如果是这样，我们应该尽快准备其他的方案。"高云虎说："礼拜六晚上，咱自己去警察局门口瞅机会绑他！"老山东摇头说："没个接应，咱一回办不成，就打草惊蛇了。"高云虎点头："再琢磨琢磨。"

六

松林镇江边，阳光下的春水泛着碧波，江边的榆树发了新芽。嘎牙子举着根树枝儿在前边跑着，一路咯咯笑着。彩凤追在后边喊着："嘎牙子，慢点！"岸边，一排窝棚冷冷清清。一个蓬头的女人打着哈欠，双眼无神地瞪着嘎牙子。嘎牙子愣住，转身往回跑。彩凤拉起嘎牙子的手说："娘早先就住在这里，后来在这儿遇上你爹，才有了你。"嘎牙子抽抽鼻子："里面埋汰。"彩凤说："可不。要不是你爹，娘如今还在这儿。"

女人掀开帘子说："大妹子，好人家可不兴往这河边儿来，仔细湿了你的鞋，脏了你的眼，转头奔西吧，朝天的阳关道，爷们儿可着劲儿挑。"彩凤顿了顿，抱着孩子转头离开，嘱咐嘎牙子："待会儿人多，不兴乱跑，跑丢了当心被大马猴子叼走了。记住了？"嘎牙子点点头："记住了。"

正午头上，松林镇街上的人多了些。彩凤牵着孩子走在街上，迎面走来一个挎着筐的大娘说："呀，这不是小五子嘛，回来咋不说一声呢，咋的，怕四姨知道？"彩凤说："四姨，看你说的，正准备下晌上家看你去呢。嘎牙子，叫四姨姥姥！"嘎牙子乖巧地叫道："四姨姥姥！"大娘说："唉，真乖。"大娘从筐里掏出两个果子，在衣服上蹭蹭，硬塞在嘎牙子手里。大娘拉着彩凤的手，亲热地说："走，晌午饭上四姨家吃。"

一个扛着柴火的男人停下说："小五子！是小五子吧？看这身衣裳我都不敢认了！"彩凤笑着说："二哥！衣裳换了，人不换。"男人捏着嘎牙子脸蛋问："这是我大外甥吧？"彩凤对嘎牙子说："叫二舅。"嘎牙子喊："二舅！"男人热情地说："唉！你二嫂这两年老念叨你，说小五子你是享福去了。二哥不趁别的，给你杀只鸡咋样？走，上家吃去。"

彩凤说："四姨，二哥，咱不着急，还且待一阵呢。"男人认真地说："那晚上家去啊，杀了鸡煺了毛可就放不住了。"大娘也跟着说："晚上家去啊，可别跟四姨客气！"

彩凤和孩子一路走走停停，不时有人打着招呼。嘎牙子问："娘，我咋这么多姥姥、姥爷和舅舅？"彩凤伤感地说："娘没你有福气。娘的爹和娘闯关东过来的路上就死了，娘被卖到这个镇子上，都是他们照应着才活下来的。"嘎牙子问："他们疼你吗?"彩凤点头："疼。"嘎牙子说："那我知道了。"

两个街坊探出头看着彩凤的背影。"这谁啊?不是河边窑子里出去的小彩五吗?""听说嫁了牡丹江的大老板了。""怪不得娘亲舅热的,搁过去躲还躲不开,上岸的母鸡能趴窝,孵出来的还是金蛋。""嘴上积点德,人嫁了好人家,就是全乎人了。"

七

夜来好酒馆的墙上贴着"日满一家亲"的宣传画。几位零星的酒客聚集低语,言谈间透着警惕和小心。

一位酒客说："你没听说吗?七星碴子的关东军都调走一半了,说是关里的日本兵不够使了。"另一位酒客说："净顺嘴胡咧咧,'满洲国'这么趁钱,日本人舍得走吗?那兵不是调关里去了,是调北边了,你不知道吧?日本人在北边挖的那些地窖子,一个里边能藏八万人,十八万关东军,两个半就能装下。"又一位酒客说："快别扯犊子了,地窖子能挖那么大?"小铜腿给三人上酒:"三位爷,唠闲零碎小心崩牙。"三位酒客收声。

这时,彩凤拉着嘎牙子从门口进来了。小铜腿迎上来,揉揉眼睛说:"我没眼花吧,小五妹子?"嘎牙子叫道:"舅舅!"小铜腿儿笑着问:"这小嘴甜的。你儿子?"彩凤笑着点头。

金店金掌柜和宝局屠掌柜从不远处起身,溜达过来。金掌柜笑眯眯地说:"我昨晚上做梦,说是七仙女商量着让三姐下凡走一遭,这咋下来的是老五啊?"屠掌柜抢过话茬儿说:"你那信儿不准,太上老君跟我说了,老五就一直在下界住着没回去。"

金掌柜打趣道:"那这大胖小子是天上掉下来的?"屠掌柜说:"可不是嘛,太上老君座前俩童子,给松林镇送来一个。"金掌柜说:"那可得摆几桌供上。来,先给个蟠桃,润润嗓子。"嘎牙子张嘴就叫:"姥爷!姥爷!"

大阔枝在后厨听见声儿,撩起帘子。彩凤喊道:"姐!"大阔枝三步并两步走出来,拉起彩凤的手惊喜地说:"冷不丁回来,吓唬姐呢?"嘎牙子叫道:"大姨。"彩凤更正道:"叫大娘。"嘎牙子改口叫道:"大娘!"

彩凤说:"姐,这会儿来不耽误你生意吧?"大阔枝一把抱起嘎牙子,笑着嗔怪道:"说啥呢?"小铜腿摸着嘎牙子的脑袋问:"头发这么老长,啥时候剃的?"

嘎牙子说:"前两天。"小铜腿说:"不是正月就行,那小舅舅给你看个好玩的。"小铜腿抄起一根棍子,对着自己的小腿砸下去,当啷一声响。嘎牙子瞪圆了眼睛,小心地凑近,问:"噢!不疼吗?"小铜腿递上棍子说:"这是金刚铜腿,你试试?信不信,我还会孙猴子的七十二变。你还想看啥?要不给你变只大公鸡出来?"嘎牙子使劲点头。

大阔枝把彩凤拉进屋里,坐在炕上。彩凤说:"姐,几年没来,镇上咋变样啦?"大阔枝说:"日本人的天下,还能有啥稀奇的?"彩凤问:"日本人在镇上驻军啦?"大阔枝说:"那倒没。"彩凤又问:"那出了啥事?"大阔枝说:"两年前,一股在山里藏不住的队伍下来,六七个人劫了日本人的粮草,还把守粮的日本兵围了三天,打死个少佐,藏进了松林镇。日本人出动了一个精锐团,把镇子祸祸得不轻。如今大伙儿学精了,现在的松林镇,铁板一块,有外人来都防着。"

彩凤说:"河边也没人了。"大阔枝问:"咋,你还回去看啦?"彩凤说:"路过。"大阔枝说:"打那以后,没啥人敢来了,闯崴子的抬参的,采药的伐木的,都绕道走了。排帮绕不过,来得也少了,没了那些吃鬼饭的请白客的,该散的都散了。"

彩凤问:"我二姐、三姐呢?"大阔枝说:"你走了第二年,你二姐就归后山了。你三姐跟着一个闯崴子的走了。都命薄,像你这么有福气的不多。"彩凤听了低下头,眼里转着泪花。大阔枝说:"新来的都互相提防着呢，照不了两面，北流水一样，一走一过，不比从前了。不聊这些，你这趟回来就是看看，还是有啥打算？"彩凤抹了把眼泪说："当家的想买房置地，让我回来打望打望。"

大阔枝点点头说："那敢情好。不过镇上好点的宅子和地，这两年一点一点都进庞四海手里了。不急，咱慢慢来，自己人，他就算黑心也分个里外。"彩凤点点头问："姐，你咋样？还自己支应，咋不找一个？"大阔枝笑嘻嘻地说："我能看得上眼儿的还没生出来。"

八

瓦洛佳开门，手里拿着一沓资料进来。老山东接过资料翻看，里面有宝局邵掌柜和伪团长郭金山的照片。瓦洛佳说："肖铁林身边还有两个人可以争取为我们的内应。"

福庆摆出郭金山的照片说："伪团长郭金山，五十岁，肖铁林的把兄弟。据说，当年杀了团长才坐上现在的位置。"福庆又摆出邵掌柜的照片介绍道："宝局邵掌柜，四十六岁，精明油滑，宝局开了八九年，顺风顺水。"老山东说："郭金山手里有兵，值得下点功夫。这样的人，也甭想争取，咱就收买，利诱加威逼。"

福庆不解地问："利诱好办，威逼咋逼？"老山东说："想想他怕啥？"福庆说："日本人。"高云虎放下手里的资料说："组长，排长，我有个想法。"三人看向高云虎。

高云虎说："肖铁林不能出警察局，是因为有日本人看着，咱不如直接把那个副局长干掉。日本人就算派新的人来，也得个一两天，这个时间，我们就有机会把肖铁林绑出来。"三人陷入思索。高云虎接着说道："我可以假装日本人接近森田，干掉他不是件难事。"

老山东独自蹲在院里抽烟，烟锅一明一灭。高云虎走过来，蹲在旁边问："老汤那边咱真不去啦？"老山东轻声说："事缓，才能圆，他背后有眼睛盯着呢。"

福庆一屁股坐在地上，快言快语："排长，你不说老汤归队有希望吗？半截子扔下算啥事！"老山东和高云虎相视而笑。高云虎说："排长的意思是，先放一放手，等他那边消停了咱再去。"福庆着急地问："要是不消停呢，咱就蹬腿儿撒手，彻底不管啦？"

老山东点头："说得也是，这也不叫个事。"福庆气愤地说："不就是一双眼睛？咱这么多人还不把那两个眼珠子绕花了！"老山东语重心长地说："福庆是个好孩子，心善，人缘好，就是有时候爱冲动。"福庆不服气："咋成孩子了！"老山东笑着说："从上队伍那天起，我就一直把你们当孩子。"

福庆问："那云虎呢？"老山东说："云虎是个爷们儿，大事上有时候犯犹豫，算个半大小子。小贵就不用说了，更是个娃娃，有人指引着才有主心骨。要说能耐，谁都比不过我闺女，让胡子掳了，还能撑起个四梁八柱，她有改天换命的本事！可惜了。"

高云虎问："那汤德远呢？"老山东叹口气说："汤德远和你们都不一样，咱没照顾好他，让他在日本人眼皮子底下讨生活，替人卖命。他还能对咱讲良心，不易啊！就他那性子，这些年，得受多少委屈……"

汤德远走进天天好酒楼后院，听到田小贵一声声的惨叫。老中医正在屋里给田小贵正骨。田小贵翻身坐起来，试着活动了一下。老中医说："行了，再有几回，就可以扔拐走路了。"田小贵感激地说："叔，我不会忘了你的大恩大德。"

见汤德远走进来，老中医起身说："你们说话，我告辞了。"汤德远冷冷地说："治好了赶紧收拾东西滚蛋。"田小贵难堪地问："咋啦？为啥生气？"汤德远说："不为啥！没有一个好东西！"

九

　　夜晚，井上隆一拎着箱子走出牡丹江医院。李正浩压低帽檐，拉着人力车停在井上身边。井上坐上车，吩咐道："去火车站。"李正浩点点头，拉起车跑起来。李正浩拐上一条小路，井上说："直走，去火车站！"李正浩说："先生，前面的大路戒严了，我刚从那边过来。"井上露出狐疑的神色。

　　人力车在僻静的小路上左拐右拐，拐进一个四下无人的胡同。井上抬起手腕看表："拉车的！停下！"李正浩脚步慢下来，站住了。井上问："你是谁？"李正浩不回头："不认识啦？"

　　井上伸手往怀里掏枪，李正浩说："别动枪，你没我快。"井上停手，往四下看着，周围一片寂静。李正浩说："想不起来？那就仔细听听。"井上问："听什么？"李正浩说："你听不见？这周围鬼哭狼嚎的，全是死在你手底下的冤魂，来索命了。"

　　井上惊讶地问："你说什么？"李正浩转身，一步步走向井上。井上忙说："阁下怕是认错人了。"李正浩说："井上隆一，你仔细看看我，还认识吗？想起来了吗？你留着我给活人做榜样，现在你给死人做个榜样吧。我是李正浩……"

　　一把磨尖了的洋钉插进了井上的脖颈，鲜血四溅……黄包车抬起，一具尸体滚落。李正浩脱下衣服，盖住黄包车上残留的血迹。黄包车隐没在夜色中。

第二十章
生死的接头

一

　　黄昏，高云虎随着人流走在牡丹江的大街上。两辆骡车拉着戏班和行头在街上走过，柳板胡、小红枣和几个演员坐在后面的骡车上。柳板胡看着小红枣，问："想不想多待几天？"小红枣反问道："待着干啥？"柳板胡说："好不容易来趟牡丹江，我想陪你在省城逛逛。"小红枣说："哈尔滨不更大？"柳板胡说："咱都得逛。"

　　坐在小红枣另一边的男演员插话道："小红枣，咱这趟也赚了不少，班主还这么小气，让咱坐夜车。我们就算了，你都是个角，还跟我们受这个苦。"小红枣朝前面的骡车努嘴："有啥不满和班主说去。"男演员不好意思地说："咱说话没分量……"

　　柳板胡接过话茬儿说："咱小红枣都不嫌苦，你个大老爷们儿叽歪

369

啥？"男演员自嘲道："我要有个相好儿，也不嫌苦。"小红枣说："谁拦着你找啦？"男演员转过身，一脸无奈地说："我说不过你们。"

三个人正说着话，柳板胡看到了高云虎的身影，忙说："我去解个手。"小红枣说："离火车站不远了。"柳板胡说："等不及了。"柳板胡跳下骡车，朝高云虎的方向跑去。

牡丹江火车站的站前广场上散落着许多等车的旅客，小红枣和戏班的人站在行李边，在往来的人流中搜寻着柳板胡的身影。小红枣背着小包袱，焦急地左顾右盼。她的脚下放着把板胡。

高云虎三绕五绕穿街过巷来到江边。柳板胡跟到江边，发现面前空无一人。这时，高云虎在身后出现，一把刀顶在柳板胡的喉咙上。

高云虎说："你为啥一直跟踪我？"柳板胡问："同志，你是不是从苏联回来的？"高云虎骂道："你他妈说什么？"柳板胡认真地说："我是奉韩光书记的指示，来关外找你们。"高云虎喝道："少他妈来这一套！说，你替谁卖命？林子里的枪是不是你起的？"柳板胡谨慎地说："啥林子？同志，咱能不能换个地方说话？"

天已渐黑，高云虎拧着柳板胡的胳膊，钻进江边的破旧篷船。高云虎拿起舱底的缆绳，往柳板胡身上捆："说实话，要不我直接给你沉到牡丹江。"柳板胡说："我叫刘万春，从晋察冀边区来的，党中央专门成立了东北工作委员会，由韩光同志主持日常工作，这几年派了不少人来关外恢复组织，寻找抗联。"

高云虎停手："你说这些，有什么证明？"柳板胡说："没法证明，当年出关的时候，为了躲过盘查，把所有的证件都烧了。"高云虎冷笑。柳板胡说："我会唱《八路军军歌》：铁流两万五千里，直向着一个坚定的方向！苦斗十年锻炼成一支不可战胜的力量。一旦强虏寇边疆，慷慨悲歌奔战场……"

高云虎打量着柳板胡："唱两句歌就想让我信你？"柳板胡说："从关

里出来后，跟着戏班两年，跑了很多地方，遇上过一些抗联失散的战士，很多人都不肯提参加过抗联的事，承认参加过抗联的也和部队失去了联系。还有当了叛徒，替日本人卖命的……有两次差点儿暴露。"

高云虎说："你怎么盯上我的？"柳板胡说："我知道八十八旅来了牡丹江，还知道警察局的狼狗找上了你住的屋子。只要和抗联有关的消息，我都不会错过……"高云虎问："你盯我多久啦？"柳板胡说："后来再去酒楼的时候，你已经走了，我一直在想办法打听，直到刚才在火车站又看见你。"高云虎讥笑道："你以为我会信？"高云虎动手绑紧柳板胡，柳板胡也不反抗，继续说道："国内的形势变了，共产党领导的八路军、新四军早已展开了局部反攻，除了向日军守备薄弱的据点和交通线实施连续攻势作战、恢复和扩大抗日根据地外，还分兵打到外线，向河南、湘粤边和苏浙皖边进军。再告诉你一个好消息，延安正召开党的七大，为实行对日大反攻做准备。"高云虎慢慢停下手上的动作。

深夜，高云虎回到兴隆街 78 号，对老山东说："排长，晚上我抓了个尾巴，他说自个儿是关里的党组织派来的。"老山东听了一愣。高云虎说道："这人我在老汤的酒楼见过，跟着戏班拉琴的。戏班的小红枣我认识。"

老山东沉思着。高云虎有点愧疚地说："我也不知咋搞的，当时糊里糊涂就有点信，可能他演得太好了。现在想，他很可能是日本人的探子，编了这一套，想把我们都钓出来。"

老山东说："草台班可是鱼龙混杂……"高云虎自责地说："还是怪我。唱戏的小红枣在松林镇时帮过我，一时心软，没多想就把他放走了。唉，越想越后悔，放了就是祸患！"

老山东若有所思地说："你还记得出发前旅长的交代吗？"俩人都想起临行前周保中的话："你们要牢记在心，返回东北后，不放过一切寻找中共中央党组织的机会，通过到达东北的中共党组织与党中央取得联系。一句话，我们一定要找到党！"

老山东说："韩光是咱东北人，兴许他说的是真的。"高云虎说："早知道我该跟着他，摸清他的落脚地。"

二

扮成修鞋匠的老山东在牡丹江走街串巷，观察着，寻找着。他的耳边响起周保中的声音："牡丹江城里有几个以前我们曾经用过的地下联络处，可以尝试去查看。一个是远山路 54 号的杂货铺，老板夫妇是我们的同志，后门外有两棵桃树，过年的时候他们都会在树上绑红绳，红绳在人在。另外一个在官舍街，关东军情报站旁边的大有商行，我们过江前召开的几次重要会议就多亏了商行的程老板帮我们联络，提供掩护。商行后院的南墙西头有两块颜色不一样的青砖，砖在人在。"

老山东去过远山路 54 号杂货铺，后门不开。老山东又转到大有商行后院，观察左右无人，沿着墙根寻找。两块青砖早已被人挖走，老山东只得失望地起身离开。

夜间，老山东、高云虎和福庆围坐在酒桶间。老山东摇摇头说："几个联络处我都看过了……"高云虎说："一个都没留下?"老山东说："几年过去了，全变样了。"高云虎说："那明天咱还去不去廉卖所?"福庆说："我觉得得去。"老山东想了一会儿："要去。不过，任务更重要，以防万一，云虎先别露面，让福庆去。"

春夜，参姬冷面馆的伙计站在门口，招呼着客人。包裹严实的瓦洛佳走进冷面馆，伙计转身关上店门，锁上窗户。

瓦洛佳摘下帽子和围巾，在一张桌边坐下，问李正浩："你们小组的进展怎么样?"李正浩说："我们在特高课附近盯了好几天，但是川野的身份还没有确认。昨天我杀了一个叫井上隆一的日本人。"瓦洛佳问："为什么杀他?"李正浩说："这个人手上沾满了劳工的血。"瓦洛佳说："据我所知，他是一个反战人士，爱好和平。"

李正浩激动地站起来："放屁！谁敢这么说，我和他当面对质！"瓦洛佳示意李正浩坐下，说："我们的情报工作也许有误。马克西姆，记住你们的任务目标是特高课的课长川野苍介。到目前为止，我们还没有他的照片，只能靠你们继续努力了。"

三

松林镇庞四海家堂屋，庞四海仔细地抹着头油。庞妻在一旁嘲笑道："猪八戒还照镜子，这一天天把你忙叨的，还脚不沾地了，饭吃一半就往外蹽，急着给谁奔丧去？"

庞四海辩解道："胡扯啥呢？公务在身。"庞妻生气地说："公务个屁，糊弄谁呢？不就是河边窑子里的那个小彩五回来了。这些年心里边一直惦记着吧？"庞四海回撑道："要说你个老婆子，真是头发长见识短。"庞妻酸溜溜地说："我见识短，你手伸得长，占便宜没够了。别以为我看不出来，当街一见面，拉着人家小手就不放了，那个摩挲啊，嫩吧？"

庞四海认真地说："人家现在两手不沾阳春水，过的是正经的好日子。"庞妻试探地说："要不我备点彩礼，给你弄家来当二房？"庞四海故意气她道："早有这心不就齐了？"庞妻脸一沉说："呀哈，你还当真了。"庞四海嘲讽道："要不说你懂个屁，人家小彩五可不比当年了，啥叫母鸡变凤凰，落的是梧桐树，带的是聚宝盆。我不得跟人热乎热乎？老疯子都看出眉眼高低来了，就你瞎。"

安福客栈大堂正当中摆着张桌子。嘎牙子站在彩凤身边，对面坐着庞四海和中人。庞四海眯着眼睛，盯着彩凤。佟掌柜端上热茶："新下的明前茶，尝个鲜。"中人拨拉着算盘，手边摆着地契和账册，说："二一添作五，抹了零头，去了边角，就这个价，你再核算核算。"

中人凑近彩凤，压低声音说："要说您这省城回来的就是有眼光，一打眼儿就挑中了南坡最好的一块风水宝地。最要紧的是啥？干净。庞四爷的产业，日本人一个指头都不会动。四爷听说是您要入手，特意嘱咐我，价钱好商量。"彩凤谦和地说："我说了也不全算，还得我们当家的来拍板。"

这时，佟掌柜的声音在身后响起："尤老板，回来啦？"一个戴着礼帽的长衫客走进门，和佟掌柜点头示意。庞四海看见长衫客，愣住了，不自觉地站起来。长衫客摘下礼帽，竟是川野。庞四海上前客气地说："川……尤老板。"川野微笑着："庞爷别客气，坐。"庞四海坐下问："这是刚过来？"川野说："可不，掌柜的还有房吗？"

佟掌柜客气地说："有，有。"川野盯着彩凤问道："这位是？"庞四海说："牡丹江来的。"川野说："巧了，我也打牡丹江来。"彩凤朝川野笑笑。川野问："妹子也是来做生意的？"

庞四海说："彩凤是咱松林镇出去的媳妇。"川野说："这是回娘家来啦？"庞四海说："她爷们儿在牡丹江开酒楼，这不回来想置块地。"川野看着桌上的地契说："这不是南坡的那块地？顺风顺水的，宅子也不错。庞爷，要出兑啊？"

庞四海说："正商量着呢。"川野说："那块地我可是看上好久了，庞爷嫌我出的价不够高？"庞四海说："尤老板说哪儿的话，都好商量。"佟掌柜走过来，奉上热茶。彩凤说："庞爷，既然这位尤老板也看上了，就先紧着他，我们再看看。"

四

汤德远从天天好酒楼后厨出来，穿过院子，向外走去。田小贵听见声音，从屋里出来，说："老汤，进来坐会儿吧。"汤德远站住："干啥？"田小贵说："我有几句话想和你说。"

汤德远见左右没人："有啥就在这儿说吧。"田小贵走过来："老汤，我看你白天对那几个人低三下四的，一身媚气……你从前的骨气哪儿去啦？"汤德远面无表情地说："别跟我提以前。"

田小贵说："开始你跟我说，排长他们合伙骗了你，我还不能乱插嘴，谢谢你收留我，还给我治腿……这阵儿我也看明白点儿了，是你想和大伙儿划清界限。"汤德远说："你究竟想说啥？"

田小贵说："我和大伙儿是在过江时被打散的，我知道他们去了哪儿。家没了以后，我一路要饭去了八棵松，在那儿等了几个月，盼着有人回来接我过去。如今总算见着了，老汤，咱该归队了。"

汤德远转身要走，田小贵拉住他："那你告诉我，排长他们在哪儿，我自己去。"汤德远说："要想活命，就离他们远点儿。我的话就到这儿。"田小贵说："这么低声下气地活着有啥意思！"汤德远甩开田小贵，走出院子。田小贵在身后喊："老汤！老汤……"

五

肖铁林和一众骨干站在伪警察局会议室里。森田表情严肃地说："哈尔滨警察厅发来通报，他们查抄了一个共产党的地下交通站。根据被俘人员交代，有一个叫柳板胡的中共地下党，跟随戏班在不同地区之间传递情报，目前正在牡丹江活动。"森田看了眼肖铁林，继续说道："你们的任务是尽快找到这个共党分子，不能让他离开牡丹江。"

赵庆田站起来说："报告！"森田看着赵庆田问："你有什么要说的？"赵庆田说："前一阵儿天天好酒楼开业，请来的戏班里，有一个拉板胡的。"

森田看向肖铁林，肖铁林凶狠地盯着赵庆田。森田说："共产党像乌鸦一样，只要有一只，就叫得整个'满洲'人心不安。是不是，肖局长？"肖铁林转向众人命令道："都愣着干什么！还不赶快行动？找到共党的人，有赏！"

肖铁林黑着脸进到自己的办公室，赵庆田小心地跟在后面。肖铁林冷冷地说："把门关上。"赵庆田关上门，自责道："局长息怒，属下刚才一时着急说漏嘴了，不该提天天好，属下错了。"

肖铁林冷笑道："错啥？共产党无孔不入，你提供了重要情报，应该嘉奖。"赵庆田忙解释道："也许属下多心了，我是怕万一牵扯了汤二爷……"肖铁林说："放手去干。汤德远要和共党有牵连，我亲手送他上路！往后，他的那摊事全交给你。"赵庆田满脸堆笑道："只要局长信任属下，赚钱的事，我比他在行。"

春日的天天好酒楼，生意正好。汤德远笑着照应熟客。柜上的电话响了，汤德远过去接起："天天好酒楼。"电话里传来肖铁林的声音："忙啥呢？"汤德远叫道："老叔。"肖铁林说："咋，这生意还做到心里放不下啦？"汤德远没有接话。肖铁林问："那些故旧又去招呼你啦？"汤德远说："没有，没再来过。"

肖铁林不放心地问："真的？"汤德远说："实话。"肖铁林问："下家找得咋样啦？"汤德远说："打问了一圈，想接的不少，可是都出不上价儿。"肖铁林想了想问："邵掌柜问过啦？"汤德远迟疑了一下说："他不是做饭馆儿买卖的。"肖铁林说："鸡要挑肥的杀。牡丹江能出得上价的，数数没几个。白养这些年，就给他，赶紧办！"

汤德远的车停在酒楼外，田小贵认真地拿棉纱擦车。汤德远的司机走来说："车不脏，不用天天擦。"田小贵说："你甭管了，闲着吃白食，我心里难受。"司机说："我的活儿都让你干了，我也过意不去。"田小贵说："咱是老乡，出门在外就算一家人，这点小力算啥？"司机说："老板看见了也不好。"田小贵说："老汤知道我啥德行，保准怪不到你头上……"司机无奈地摇头。

这时，汤德远从酒楼出来，司机上车，发动汽车。田小贵站在车边，期待地看着汤德远："老汤……"汤德远面无表情，绕过田小贵上了车。

汽车开走了，田小贵沮丧地叹气。

在大东宝局里，邵掌柜给汤德远添上茶，惊讶地问："好好的酒楼买卖为啥不做啦？"汤德远说："酒楼太绑人，这阵子乱忙，别的生意都顾不上了。"邵掌柜坐下谨慎地问："这事老爷子知道吗？"汤德远点头："肥水不流外人田，老爷子让我先问问你。"邵掌柜说："这事容我琢磨琢磨。"汤德远站起来说："不急，仔细考虑好了，我再来。"邵掌柜问："二爷想要什么价？"汤德远伸出手，和邵掌柜在袖筒里一阵较量。邵掌柜收手，摇摇头说："盘不起，盘不起，二爷再找找别人吧。"

六

在廉卖所附近一个热气蒸腾的小食摊，路边的桌子旁坐满衣着寒酸的食客。老山东经过小食摊，四下观望一番后，和福庆交换了一个眼神，转身走远。

福庆端着烧卖走到一张桌子前，问斜对面坐着的柳板胡："这儿有人吗？"柳板胡说："没有。"福庆坐下，低声问："刘万春是你吗？"柳板胡问："你是谁？"福庆说："我是云虎的朋友。"柳板胡说："你认错人了。"

柳板胡刚要走，被福庆按住了："云虎在别的地儿等着你。你们是在江边的一只破船上约了今天在这儿见面。"柳板胡四下看看，两人低头继续吃着。食客中间，两个车夫打扮的便衣特务不时看向柳板胡。

福庆问："城里以前的联络处还有吗？"柳板胡说："自从远山路54号前年被日本人端掉之后，其他联络处都暂时关了，只在特殊情况才会启用。最近知道你们回来以后，上级也想过要启用以前的联络处，但是前一阵儿，一个同志被俘叛变，几个联络处很可能都已经不安全了，所以才让我出面冒险联络。"福庆的烧卖吃完了，起身离开："跟着我。"

片刻后，柳板胡起身跟上。一名特务经过一辆等在路边的汽车，敲了两下车窗，车窗摇下。特务比画了一个打电话的手势，车里的人点头，汽车发动了。

森田正在和赵庆田在办公室谈话，森田说："你提供的线索非常准确和及时。"赵庆田说："作为警察局的一员，清除共党，人人有责。共党出没过的地方，也绝不能放过。"森田点头："应该调你去特务科。"赵庆田忙说："局长过奖了，属下打打算盘记记账还行，舞刀弄枪的事情，还是要专业的人来做，属下只是业余有这个爱好。"森田问："什么业余爱好？"赵庆田说："空手道和剑道，都小有涉猎，辅修过射击和密码破译。不过特务科个个都是好身手，属下怕是不能服众。"

森田话锋一转问道："赵科长，肖局长的君子兰开花了没有？"森田的视线处，肖铁林办公室窗台上一盆君子兰开花了。赵庆田犹豫着说："开了……"森田紧接着又问："什么时候开的？"赵庆田说："昨天晚上开的。"森田微笑点头："脑子比身手更重要。"赵庆田说："是局长观察得仔细。"

森田又问："你知道中国人和日本人有什么区别吗？"赵庆田忙说："请局长指教。"森田说："日本人敬畏神明，忠诚于天皇陛下，为了'满洲国'的繁荣，不惜牺牲自己的利益。而你们中国人，贪婪自私，用钱就能收买，用枪逼着才能做事。"赵庆田说："属下不敢，属下对工作一片忠心。"森田说："忠诚比脑子更重要。"赵庆田说："属下谨记！"

这时，森田桌上的电话响起。片刻，森田放下电话，和赵庆田带着一众特务，坐进几辆汽车，呼啸着冲出院门。

福庆和柳板胡一前一后走在街上，在人流中穿梭。两个便衣特务紧跟着，很快又有几个便衣特务从不同的位置现身尾随。

在会仙茶馆露天院子里，高云虎坐在角落里喝茶，四周散坐着几桌茶客。老山东站在天主教堂二楼的窗前，透过窗户可以看到会仙茶馆露天院子和茶馆外面的情形。行动前，老山东交代福庆："先带他去茶馆，确认没有尾巴，再来教堂见面。我会在天主教堂的楼上盯着，万一有啥动静，咱随机应变。"

福庆带着柳板胡进了茶馆，走向高云虎。高云虎伸出手："刘万春同志。"柳板胡紧紧地握住高云虎的手，说："一家人不说两家话，按照组织纪律，你们的做法是正确的。"高云虎和福庆对视，交换着眼神。高云虎说："我还有几个问题要问你。"柳板胡说："你问。"高云虎问："你是哪里人？"柳板胡说："朝阳人。"

高云虎问："为什么去关里？哪年去的？"柳板胡说："逃难，三五年。"高云虎问："什么时候入党的？"柳板胡说："三七年一月。"高云虎问："介绍人？"柳板胡说："韩光。"高云虎："哪年哪月回来的？怎么回来的？"柳板胡说："四二年三月，坐船回来，从营口上的岸。"高云虎问："只有你自己？"柳板胡说："跟我一起回来的还有四个同志，都已经牺牲了。"

两辆车在会仙茶馆外停下，赵庆田开门下车。一名特务迎上来："赵科长。"赵庆田急着问："人呢？"特务说："从廉卖所一直跟到这儿，人在里边。"赵庆田问："几个？"特务说："院子里有三个，其他的地方不知道。"赵庆田说："你别动，我先进去看看。"特务站住。赵庆田走了两步又回身："去后门等着我。"

赵庆田从前门进来，缓步走过散坐的几桌茶客。突然，柳板胡抬眼瞥见赵庆田走进院里，脸色一变。高云虎觉出柳板胡的异常，问道："怎么啦？"柳板胡低声说："别回头，我们暴露了。"高云虎大惊："你怎么知道？"柳板胡说："警察局的人来了。"福庆挨着柳板胡坐下，手里的枪顶在柳板胡腰上。高云虎问："是你带来的？"柳板胡说："不是。"

赵庆田看见了高云虎和柳板胡，却把头扭到一边，踱步向后门走去。赵庆田走出后门，抬头看向对面的天主教堂，二楼的窗户空无一人。特务开着车过来，在赵庆田面前停下。赵庆田低声说："该来的没来，都是些龙套，角儿还没登场呢。这回没我的命令，别他妈随便开枪。"

森田从前面进门，几个便衣特务跟在身后。福庆冲高云虎摇头，说："云虎，跟着我，赶紧走。我知道你想干啥……"高云虎说："你们先走。他今天见了我的面，以后就没机会了。"

　　福庆押着柳板胡往外走，这时一把枪顶在福庆的后脑勺上，赵庆田持枪微笑地看着两人："别着急走啊，来个包间雅座，戏得慢慢看。"两名特务打开车门，押着福庆和柳板胡上车。老山东在赵庆田背后出现，一枪托砸在赵庆田后颈上，福庆趁机反手卸掉特务的枪，柳板胡回身一脚踢在另一个特务裆下。老山东和赵庆田争夺着手枪，枪响了，子弹打在墙上。

　　高云虎把手伸进口袋里，缓缓走向森田。和森田擦身而过时，他突然停住脚步，问："请问，是森田君吗？森田三郎？"森田问："你是？"高云虎说："我叫三井寿，曾经和太郎一起在英国参加飞行训练，那时见过三郎的照片。分开已经很久了，太郎现在怎么样？"

　　森田打量高云虎，冷笑着说："太郎已经为国捐躯了，你不是日本人。"高云虎微笑，逼近森田："我不是日本人，但你是森田三郎，你也要为国捐躯了。"

　　高云虎藏在口袋里的枪响了，森田直挺挺地倒下。茶客顿时一片混乱，纷纷惊叫四散。高云虎趁乱转身拔腿冲向前门。几个特务同时向高云虎开枪，又一阵乱枪响起。

　　老山东、福庆和柳板胡沿着胡同一路奔跑，突然看见前方胡同口列队的伪军。老山东说："走那边！"伪军发现三人，子弹打在墙上，火星飞溅。高云虎在街上奔跑，几辆车飞驰追赶，人群尖叫，枪声不断。他翻身越过一道围墙，跳进胡同里。

　　老山东、福庆和柳板胡冲进教堂，三人靠在墙上，大口喘息。福庆说："排长，咱们被围住了。"老山东说："别慌，肯定还有别的道儿。"

柳板胡发出一声呻吟，慢慢坐在地上，笑着说："他奶奶的，腿脚儿不比前两年了，跑不过子弹了。"福庆叫道："刘万春同志！"老山东蹲下查看柳板胡的伤势，柳板胡问："同志，你叫啥？"老山东说："鲁长山。"福庆说："我叫万福庆，另外一个叫高云虎。"柳板胡伸出手："终于认识你们了。"老山东握住柳板胡的手，安慰道："刘万春同志，坚持一下，咱们能出去。"

这时，高云虎从窗户外跳进来："这边有路，快跟我走，快！"一队伪军的脚步声在门外不远处响起。福庆拉起柳板胡，柳板胡摇头："我不行了，你们快跑！"福庆说："我们不会放弃同志。"

柳板胡挣扎着起身，突然转身冲向门口，用后背死死顶住大门："党中央也从来没有放弃过你们。快跑啊！"福庆冲过去要拉柳板胡，被柳板胡一把推开："再不跑就都死在这儿了！"

伪军撞门的声音在柳板胡背后响起，柳板胡翻身用胸膛顶住大门，喊道："去松林镇，安福客栈！"这时，门被撞开了，枪声响起，柳板胡胸口连中数弹，倒在地上。老山东、福庆和高云虎跳出后窗。

增援的伪军不断跑步到达，里三层外三层地围住了街区。老山东、福庆和高云虎趴在一间民房顶上往下看。四周的几条街道上，有大量伪军列队穿梭，吆喝着踹开商铺民居的门。几个挑着担子经过的菜农被便衣特务不由分说抓上警车。老山东说："分头走。"福庆和高云虎点头，三人起身。

一辆伪警察局的汽车停在路边，几个特务在不远处盘查行人。福庆偷偷溜下墙头，走向汽车。他突然发动汽车，一路横冲直撞驾车逃离。周围一片混乱，四下的伪军和伪警察纷纷拥向出事的地点。

一个身穿制服的伪警察落单了，高云虎从墙头跳下，一枪托砸晕了他。他换上伪警察的制服，迅速离开。

老山东戴着草帽，挑着一担大葱走向胡同口。一众百姓被伪军堵在胡同口，伪军队长说："所有从里边出来的人，全部带走，一个都不留。"

两辆卡车停下，伪军持枪驱赶，被围堵的百姓列队登上卡车。汤德远从外面围观的人群里挤进来，走到伪军队长身边说："兄弟，里边出啥事儿啦？"

伪军队长回头："汤二爷？"汤德远说："这是抓谁呢？"伪军队长低声说："抓共党。"汤德远恍然："我说闹这么大动静。兄弟们辛苦了。"伪军队长说："没啥事您快躲远点吧。"

汤德远点点头，四下看着，突然看见人群中老山东挑着一担大葱，排在队列里，等着登上卡车。老山东也看见了汤德远，两人远远地对视。

汤德远朝老山东招手，喊道："刘老四！"老山东犹豫地看着身边的伪军，伪军队长说："汤二爷叫你过来，没听见？"老山东走过来，汤德远上前："刘老四，进城的道儿不认识？咋跑西边来啦？"老山东操一口山东腔："二爷，走岔了嘛这不是，不熟这省城的道儿嘛。"

汤德远说："晌午酒楼下个面都找不着葱花，客人都跑了你赔啊？"老山东说："哪承想送个葱还查这么紧，知不道啊。二爷，那你说俺咋整？"伪军队长问："给酒楼送货的？"

汤德远说："下回不用他送了，不耽误兄弟们干活，抓走抓走。"伪军队长摆摆手："过去吧。"汤德远瞪着老山东："戳着干啥呢？让你过来。"

老山东走向汤德远，汤德远一脚踹在老山东屁股上："往哪儿走？酒楼在那边呢，赶紧送过去，再耽误了晚上厨房开伙弄死你。"老山东鞠着躬，挑着大葱走远。汤德远转身对伪军队长说："谢了，回头带着兄弟们去开两桌，我请。"伪军队长说："二爷客气了。"

老山东回到兴隆街78号，看着头上缠着纱布的福庆，问："你就那么硬冲出来的？"福庆说："没事，我开得快，就是子弹擦破点皮。"老山东问："车呢？"福庆说："开河里去了。"

福庆说："排长，你咋出来的？"老山东说："回头再说。云虎呢？"福庆说："不知道。他不会出啥事吧？"两人正说着，高云虎穿着一身伪警察制服，开门进来。福庆在高云虎胸口捶了一拳："咋不跟我一块儿走？"高云虎说："你他娘的没轻没重的，跟你一块儿走我也得挂彩。"

这时，瓦洛佳开门进来，环视三人。高云虎说："组长，森田让我打死了，咱得赶紧准备后面的事。"

七

汤德远回到酒楼，田小贵闻声赶紧开门："老汤。"汤德远说："进屋。"田小贵让汤德远坐下，汤德远问："腿咋样啦？"田小贵说："不用拐了。"汤德远说："走两步我看看。"田小贵在屋里来回走了几步，腿有些微跛。

田小贵说："刘叔说吃一阵儿药，就不会落残疾。"汤德远说："人还来吗？"田小贵说："最近不天天来了，隔几天才来。"汤德远掏出一沓钱放在田小贵面前："这些钱你拿着，往后自个儿想办法吧。"田小贵问："咋啦？"

汤德远有些失落地说："我要关店了，不干了。"田小贵惊讶地问："为啥？"汤德远脸一沉说："该不着你问。想想自个儿的出路吧。"田小贵干脆地说："我要去找排长。"汤德远冷漠地说："你的事我不管。"田小贵说："你告诉我去哪儿能找着排长。"汤德远气愤地说："鬼他妈知道他们在哪儿。"田小贵赌气道："你不说我不走！我就赖着，排长说了，会来找我的。"

汤德远怒视着田小贵，田小贵说："老汤，咱一块儿归队吧。我知道，排长他们是来找你归队的。老汤，咱是挺着腰杆拎着脑袋活过的人，为啥要这么窝囊地活着？"汤德远生气地说："我他妈用不着你教我咋做人！"

汤德远拎着田小贵的脖子，拖着田小贵穿过后院，最后把田小贵扔在地上，转身回去关上了后院的门。田小贵趴在地上，惊愕地看着紧闭的门。很快门又开了，田小贵坐起身。他看见自己的拐被扔了出来，院门再次关上。

八

肖铁林正带着赵庆田在森田的办公室里翻箱倒柜："找仔细点，森田这几年没少抓咱的尾巴。"赵庆田说："局长，这有几个账本，不过都是日本字。"肖铁林接过来翻看账本："看钱数也能看出个一二……妈的，烟土、赌场的钱都让他们赚了，老子就开个酒楼，他还眼红，妈的，小日本……"

肖铁林在走廊里迎上宪兵队的人："长官们好！"宪兵队的人不理肖铁林，径直朝森田办公室走去，把赵庆田堵在了办公室门口。宪兵小队长示意，控制住赵庆田。

赵庆田急忙对肖铁林说："局长！局长你赶紧说句话！"肖铁林沉着地说："慌啥，没做亏心事，把事情交代清楚就没事了。"宪兵小队长严厉地说："森田局长遇刺，事情查清楚之前，这里先由宪兵队接管！"赵庆田上前解释道："森田局长是被八十八旅的人打死的。"

九

行动小组在兴隆街78号商议接下来的对策。瓦洛佳说："汤德远今天救了戈沃里，我们应该继续争取他！"高云虎担心地说："警察局有个姓赵的，去酒楼查账见过我，今天认出我了，汤德远恐怕有麻烦。"福庆跟着说："咱三个今天都露脸了。"

瓦洛佳问："戈沃里，你怎么看？"老山东说："以防万一，这样，云虎，你回松林镇躲两天，避避风头。"高云虎会意，点头。老山东又说："福庆，你明天去酒楼周围转转，打探打探汤德远那边的情况。"

柳板胡的人头被挂在火车站前的旗杆上，一队日本宪兵持枪站在一旁，枪上装着晃眼的刺刀。胆小的旅客忙不迭地绕路而行，胆大的站在不远处围观，小声议论。人群中，小红枣穿过广场，手里的板胡不停地晃荡。

高云虎压低帽檐，挡住了小红枣的去路。小红枣停下脚步，高云虎说："你得赶紧走。"小红枣不语，迈步继续往前走。高云虎跟上去，说："他死得壮烈。"小红枣停步转身，笑着说："你不用告诉我。你是干啥的我不想知道，他是干啥的我也不知道，总之干的是有骨气的事。要不是因为他是个爷们儿，我也不会跟他……"

高云虎说："你去哪儿？"小红枣说："找块地方，把他的板胡埋了，以后就不唱了。"高云虎呆呆地站着。小红枣走出两步又转身："你们得把日本鬼子赶走，给老少爷们儿出口气，别让他白死了。"

小红枣背着行囊，拎着板胡唱起来，声音哀婉："日出东来又转东，唐僧西天去取经……路遇九妖十八洞，跋山涉水路难行……"小红枣回想着柳板胡嬉皮笑脸地跟她说话，柳板胡卖力地拉着胡琴……小红枣的身影渐行渐远，高亢而悠远的声音回荡在白山黑水间："走一山又一山，山山不断，走一岭又一岭，岭岭相连……"

第二十一章
残忍的杀害

一

田小贵跪在天天好酒楼门前，面前摆个空碗。店里的伙计站在田小贵身边，好言劝说道："小兄弟，掌柜的待你不薄，这是何苦？"田小贵不理伙计，向出入酒楼的客人行乞："客官赏两个小钱吧，行行好……"伙计走到汤德远面前，无奈地说："掌柜的，你那个小兄弟赶也赶不走，哄也哄不走。"汤德远摆摆手说："甭搭理他。"

这时，柜上的电话铃声响起，汤德远拿起电话："天天好酒楼。"对面无人说话。汤德远又说："喂，说话，谁啊？"电话里依然静默。堂上两个吃饭的便衣特务留意着汤德远。汤德远放下电话，走开。

电话又响了，柜上的伙计接起电话，说了几句后捂住话筒，招呼着汤德远："掌柜的，邮政街的裴老板要订一桌酒席宴请贵客，点名要楼上望江的雅间，可是今晚上咱已经订给郭团长了。咋办？"

汤德远走过去拿起电话："裘老板，我是老汤，您有日子没来了，兄弟一直候着呢，今晚上这桌我请客……这哪儿的话，应该的，只是不巧晚上望江阁已经订出去了……对对对，咱们兄弟都好说，对面定山居给您留着……客气啥，一家人不说两家话。"

二

宪兵小队长坐在审讯室里，赵庆田凑上前讨好地说："小的不敢越级，真的都是肖局长指使小的干的。汤德远是他的心腹。"

宪兵小队长阴沉地打量着赵庆田，赵庆田继续说道："通敌，通共，通苏联！肖局长这么信任他，是因为他们底下有见不得人的勾当。小的有证据。"宪兵小队长问："什么证据？"赵庆田压低声音说："都在小的办公桌里。"宪兵小队长转头吩咐手下的宪兵，宪兵应了一声出去了。

宪兵拿着一个账本和一包大烟膏进来，放在宪兵小队长面前。宪兵小队长拿起大烟膏，烟膏的包装上盖着一个专卖的戳，问："鸦片，哪里来的？"赵庆田小声说："天天好酒楼的食盒子里。天天好就是肖局长的酒楼。肖局长中饱私囊，跑腿的就是汤德远，所以局长处处护着他。"

宪兵小队长翻看着账本，赵庆田说："我一早就安排防疫科的王会计盯着，账本上记得明明白白的，光这个月，天天好酒楼就往外送了八回，三回天福号，两回天天行，一回鸿宾楼，一回兴隆号。还有一回，是送到康生院的，康生院可是官办的。"

宪兵小队长问："森田局长知道吗？"赵庆田说："小的本来打算汇报的，没想到森田局长他……"宪兵小队长生气地说："私卖帝国重要的管制物资，你，经济保安科科长，大大地失职！"赵庆田连忙说："小的有罪。实在是肖局长和汤德远一里一外，势力太大了，小的不敢轻易揭发他们。长官英明，小的愿意将功赎罪！"

肖铁林办公室由两个日本宪兵把守，肖铁林拿起电话，里面没有一点声响，气得他把电话狠狠地砸到地上。川野在松林镇伪警察署办公室内里给宪兵小队长打电话："森田君的事情由你们调查，但是汤德远是我的诱饵，你们不要破坏了我的安排……"

宪兵小队长走进审讯室，对赵庆田说："你，可以走了。"赵庆田问："长官，我去哪儿？"宪兵小队长说："继续你的工作。"赵庆田点头哈腰地说："谢谢长官！那肖局长呢？"宪兵小队长说："还是你的局长。"

赵庆田又问："汤德远呢？"宪兵小队长说："特别吩咐，不许再查这个姓汤的人。"赵庆田低头说："是，是，遵命。"

在伪警察局院子里，肖铁林和赵庆田等一众骨干，列队向宪兵小队长敬礼。肖铁林弯腰做了一个"请"的姿势，郑重地说："早季队长和诸位长官，辛苦了！"宪兵小队长带着手下朝伪警察局外走去，肖铁林带着众人跟在后面相送。

宪兵小队长转身看向肖铁林，说："很快会有人来接替森田君的工作。"宪兵小队长又看向赵庆田，吩咐道："在此之前，肖局长的安全由你负责，出了问题，军法处置！"赵庆田忙上前："遵命。"

宪兵小队长走远，赵庆田试探地问："局长？"肖铁林眯起眼，冷笑着说："土鸡变凤凰了，赵科长？"赵庆田忙上前讨好地说："属下不敢。局长放心，土鸡打死也成不了凤凰。"肖铁林转身对着众人说："散了吧。"

肖铁林回到办公室，拿起电话问："德远，事儿办得咋样啦？"

三

高云虎拎着两条鲤鱼，在夜来好酒馆门外停下了脚步，门口一只昂首经过的芦花鸡站住了，不错眼地盯着他。不远处，拴在门口的大黄狗看着他，突然汪汪叫起来。他在门口踟蹰了片刻，掀开帘子，抬脚进门。

酒馆里有几桌零散的客人。小铜腿端着盘子站住，打量着高云虎，转头叫道："老板娘！"大阔枝擎着酒壶，正给客人倒酒，往门口瞟了一眼，转身接着倒酒："您慢用。"

金掌柜和屠掌柜坐在角落里的桌子上闲聊，金掌柜说："这眼瞅刚开化，半拉山的狍子又出来溜达了，不顺手打两只？"屠掌柜说："哪敢啊，外边道儿滑，对面走着都不敢打招呼，一抬手怕闪了腰。"金掌柜说："就露个笑模样儿，还真能得罪谁啦？"屠掌柜说："那大风刮的，谁知道对面来的是个啥？"

大阔枝走到金掌柜和屠掌柜面前，收走俩人的酒碗："两位掌柜的，天儿不早了，回家道儿上稳当点，当心风刮大了眯眼，嘴张大了进沙。"金掌柜不解地说："我们哥儿俩刚坐下……"大阔枝说："酒卖完了。"

夜来好酒馆后厨，大阔枝拿着菜刀，头也不抬地喳喳剁青菜。小铜腿掀起帘子探出头说："老板娘？"大阔枝气哼哼地说："你们老板没娘，孤独一枝儿。"小铜腿识相地转身。大阔枝把他叫住："风大，摘幌子。"幌子摘了，酒馆关门闭户。黄狗臊眉耷眼地趴着，芦花鸡昂首巡视着。

夜来好酒馆后院，桌上的红烧鲤鱼冒着腾腾的热气。高云虎坐立不安，不时瞟向门外。门帘子掀开了，小铜腿端着盘青菜，抱了个酒坛子进来。大阔枝随后跟了进来："谁让你上酒的？"小铜腿搁下青菜，抱着酒坛子。大阔枝说："站着。"高云虎忙站起来，大阔枝说："放下。"小铜腿把酒坛子放下，转身出去了。

高云虎盯着大阔枝，大阔枝说："还站着干啥？坐下。"见高云虎站着不动，大阔枝阴阳怪气地说："咋了，骨头太硬，腿不会打弯儿啦？道儿这么远，风这么大，咋没一脚出溜过去，谁家的绊马索把你拦下啦？"

高云虎应和道："外边风是挺大的。"大阔枝瞪了一眼高云虎说："盯着我看啥？我脸上又没长花儿。"高云虎说："你没咋变样儿。"大阔枝说："你变了。"高云虎问："哪儿变啦？"大阔枝说："瘦了。"

大阔枝拎起酒坛子，倒上两碗酒，俩人对着坐下。良久，大阔枝问：

"打哪儿回来的?"高云虎不说话。大阔枝说:"明白,不多问。回来干啥?"高云虎说:"专门回来看看你。"大阔枝问:"啥时候走?"高云虎不说话。大阔枝说:"怕我留你?知道留不下。"

高云虎说:"还不到时候,快了。"大阔枝问:"啥快啦?"高云虎端起酒碗:"先喝一个。"俩人端起酒碗,大阔枝一口干了:"说吧。"高云虎说:"跟你打听点事。"

大阔枝说:"就知道你没那个良心,还专门回来看我?这些年在外边没学别的,净学遛嘴皮子了吧?哪个婆娘教的?"高云虎倒上酒,端起碗,看着大阔枝说:"这松林镇,我心里有底儿的就你一个。"

庞四海走到夜来好酒馆门口,发现门口挂着打烊的牌子。他走近敲门,小铜腿把门打开一条缝。庞四海嚷嚷道:"大白天的收灯笼,老板娘背着我会哪个呢?"

小铜腿说:"咱这酒馆叫夜来好。"庞四海说:"夜来咋好,我不知道,现在关门有点早。开门,我进去看看。"小铜腿问:"庞爷看啥啊?"庞四海生气地说:"看啥用跟你汇报?邻里互保。"

芦花鸡闻声跑过来,庞四海一脚踢飞。大黄狗跳着脚一阵狂叫,庞四海骂道:"叫啥叫,早晚把你杀了吃肉。"小铜腿无奈,把庞四海让进门。庞四海四下溜达,小铜腿跟在后边,问:"庞爷,四条腿的桌子,不封口的坛子,看够了吗?"庞四海不理会小铜腿,往后院走去。小铜腿扯着嗓子喊:"老板娘,庞爷要看你洗澡换衣裳!"庞四海回头,责骂道:"瞎吵吵啥?"

庞四海往大阔枝的屋门口走:"日头还没落山呢,就吹灯拉窗帘,这么心急火燎呢?"门开了,大阔枝脸红扑扑的,领口敞着。庞四海问:"几个菜啊,喝成这样?"大阔枝笑着说:"咋的庞爷,又让母老虎撵出来啦?"庞四海认真地说:"听说你这儿来人儿了,不放心,过来瞅瞅。"大阔枝说:"哟,庞爷,邻里互保还保到炕头上来啦?"

庞四海坚持道："屋里啥人啊？叫出来我看看。"大阔枝问："叫出来跟你喝一个还是磕一个？"庞四海往屋里探头探脑："家花野花？还不能见人了？"大阔枝爽快地说："有啥不能见的，出来！"

高云虎起身，衣裳齐整地站在门口。庞四海满脸皮笑肉不笑的，假惺惺地说："哟，熟脸啊，叫云虎吧？好几年不见，上哪儿发财去啦？"高云虎说："庞爷抬举了，发啥财，路过回来转转。"庞四海脸一沉："转转？转到被窝里去啦？是新菜，还是回锅啊？"大阔枝把高云虎搂在怀里笑着说："家花野花，锅里碗里，架不住一个喜欢。"

庞四海上下打量着高云虎，大阔枝瞪着庞四海问："看够了吗，庞爷？"大阔枝推高云虎进屋，转身关门。庞四海说："急啥，话还没说完呢！"大阔枝一皱眉说："还能有啥，脱鞋上炕呗！"啪嗒，门顶着庞四海的鼻子关上了。

听着外边没动静了，大阔枝盯着高云虎，问："炕头炕梢？我帮你挑？"高云虎难为情地问："还真上炕？"大阔枝问："不够热乎？我给你烧。"高云虎不好意思地说："淌一身汗。"大阔枝嗔怪道："那还不脱衣裳？"

高云虎在炕沿上坐下，问："小红枣来没来过？"大阔枝脸一沉："咋？还惦记上我妹子啦？实在忘不了，我去给你找。"高云虎一脸严肃地说："跟她一起有个叫柳板胡的，你见过吗？"大阔枝说："来过几回。"高云虎说："他俩啥时候来的？"大阔枝说："戏班子这些年可来过不少回，你问哪回？"高云虎问："来了都住哪儿？"大阔枝说："跟着王老好呗，住客栈。"高云虎问："哪个客栈？"大阔枝说："安福客栈。"

大阔枝不解："你问这干啥？"高云虎又问："客栈里都啥人？"大阔枝说："没住过店？掌柜的、伙计，还能有啥人？"高云虎问："那客栈换过手没有？"大阔枝说："你走了不长时间，倒过一次手。"高云虎急着问："为啥？"大阔枝说："老掌柜的没打点明白庞四海，让他们挤对走了。现在掌柜的姓佟。"

高云虎问："我咋不记得有这么个人，哪儿来的？"大阔枝说："你才在镇上待几年，还能都认识？佟掌柜也是镇上的老人儿了，早先倒腾皮货的，后来钱攒够了就接手了客栈。你在的那会儿他出去跑得多，兴许没咋见过。"

见高云虎在地上转来转去，大阔枝生气地说："咋？这就想蹽？庞爷刚打问了一圈儿，想走你也走不了了。整个松林镇，今晚就这炕上能睡下你了。"高云虎急切地说："我们的时间不多了，不能再耽搁了。"

四

肖铁林、邵掌柜和汤德远坐在伪警察局会议室的麻将桌边。邵掌柜微笑着说："就这么说定了！汤二爷，回去咱就过契画押。"汤德远应道："邵掌柜尽管招呼。"肖铁林拍拍邵掌柜的肩说："你就偷着乐吧。"邵掌柜说："往后就靠老爷子点石成金了。"肖铁林说："一家人不说这两家话！"

姗姗来迟的郭金山推门进来，肖铁林看着郭金山说："就等你了！"郭金山疑惑地问："啥玩意儿，不过节不过晌的，想起打牌了？"麻将牌哗啦啦响动起来。肖铁林说："森田死了，叫大伙儿过来给我冲冲喜。"郭金山说："你是喜了，我这忙得脚打后脑勺呢。"肖铁林说："少跟兄弟们来这套。发财！"郭金山说："森田都死了，看来上面真到泥菩萨过河的时辰点儿了。"肖铁林谨慎地说："嘘！"肖铁林看看门外，郭金山不屑地问："咋？"

赵庆田夹着小包，哼着小曲从会议室经过，得意地唱道："劝千岁杀字休出口，老臣与主说从头……"汤德远说："赵庆田？这是小人得志了！"肖铁林脸一沉说："借他十个胆子！"

邵掌柜说："话说回来，副局长归天，老爷子你该松快了，瞅时候来宝局玩两把？"肖铁林摇头："外面都是冷枪，傻狍子才出去！副局长都死了，他们能放过我这个局长？"邵掌柜点头："是我大意了。老爷子可不能有差池。"

肖铁林得意地说："哪儿都没我这笼子待着舒坦。"肖铁林打出一张红中，邵掌柜碰了。郭金山说："这么说我就是贱命一条，不值钱！"肖铁林说："你不一样，你是将才，有关二爷护体。"郭金山笑了："红中。"

汤德远跟着出牌。肖铁林打出一张八万，邵掌柜和了，四下牌面推倒，一阵哗啦哗啦的洗牌声。肖铁林羡慕地说："邵掌柜好手气！"邵掌柜难为情地说："是我不懂事了，德远兄这儿压着两个八万，清一色一条龙，应该让给德远兄。"

汤德远说："我就是跑腿的命，坐地饭吃不了，点炮也接不住。"肖铁林说："可不？话说回来，都是自家人，咱得想想后路了。邵掌柜是聪明人，盘了天天好，等着抢金蛋呢！"郭金山冲着门外，故意大声说："谁他妈在外面叫魂儿！给老子滚远点儿！"外面的赵庆田瞬时不出声了。

五

春夜时分，暮色轻轻笼罩着松林镇。高云虎头戴草帽，匆匆地行走在街道上。零星几个路人看向高云虎，高云虎则低下头，加快前行的脚步。安福客栈的招牌在夜色中特别醒目，高云虎摘下草帽，四下观望片刻，径直走进客栈大门。

川野和庞四海站在二楼客房的窗口往下望，川野问："彩凤娘儿俩出去多久啦？怎么还不回来？"庞四海说："快了。川野先生放心，跑不了，我让鲇鱼嘴盯着呢。"庞四海看见高云虎的身影出现在安福客栈门口，一脸疑惑地嘀咕道："他怎么上这儿来啦？"川野问："他是谁？"庞四海压低声音说："他就是夜来好酒馆老板娘的姘头。"

伙计见高云虎进门，热情地迎上来："客官住店啊？"高云虎点头："看看还有啥房？干净点的。"伙计低头翻着手上的登记本，说道："上房都满了，客官就一个人？"

这时，门外传来孩子稚嫩的声音："娘！不想回去，再玩一会儿嘛。"

彩凤温柔地说:"乖,该睡觉了。"彩凤牵着嘎牙子走了进来。伙计抬头打招呼:"夫人回来了。"

高云虎见状,赶紧扣上草帽,转身伏在柜台上。彩凤跟伙计打着招呼,拉着孩子从高云虎身后走过,噔噔上了二楼。高云虎听着身后没动静了,抬头轻声问:"那位带孩子的客人,啥时候来的?"伙计说:"就前两天,咋?客官认识?"高云虎摇了摇头,说:"不认识,随口一问。看穿戴打扮像有钱人家。"伙计附和道:"可不咋的,过来买房置地的。"

高云虎打量着伙计,试探性地开口道:"突然想起来,我一个兄弟似乎遗落了点东西,让我顺手帮他取了。"伙计闻言,说:"这两天没有客人落下的东西。"高云虎说:"好几个月了,你查查。"伙计翻着记录本问:"那遗落的是啥物件呢?"

佟掌柜闻声从房里走出来,问道:"这位客人,远道来的?"高云虎说:"不远,顺路。"伙计对佟掌柜说:"掌柜的,咱这阵子有客人落下的东西吗?"高云虎打量着佟掌柜,问道:"掌柜的贵姓?"佟掌柜客气地说:"免贵姓佟。"

佟掌柜也打量着高云虎,问道:"客人打哪儿来啊?"高云虎说:"牡丹江。"佟掌柜追问道:"落了啥贵重东西?"高云虎摆了摆手,说:"也不是啥贵重东西,不过是吃饭的家伙事儿。一把胡琴,板胡。"佟掌柜闻言,神色变得严肃起来:"那可得好好找找。敢问您那位兄弟贵姓啊?"高云虎说:"姓刘。"佟掌柜说:"好像有那么点印象。大名叫啥?"高云虎说:"刘万春。"佟掌柜与高云虎四目相对,佟掌柜恍然大悟:"我想起来了,确实有这么回事。"

佟掌柜和高云虎正说着话,川野从身后走过来,轻轻拍了一下高云虎的肩膀,叫道:"老徐!"高云虎转头看着川野,川野连忙摆手笑道说:"哟,不好意思,认错人了。"佟掌柜招呼道:"尤老板,这么晚了,还没歇着呢?"川野说:"睡不着,就下来随便溜达溜达。这位兄弟看着有点面熟啊,咱们应该在哪儿见过?"

川野的目光再次落在高云虎身上，似乎在努力回忆着什么。高云虎说："这位爷……尤老板？您八成是记错了，咱们应该没见过。"

这时，庞四海从楼上走了下来，疑惑地喊道："云虎？"高云虎一惊，看着庞四海，回应说："庞爷。"庞四海眯着眼睛，打趣地说："这大风天的倒春寒，不搂着娘儿们在炕上热乎，上这儿干啥来啦？被窝里不暖和？"庞四海盯着高云虎，没等高云虎回应，佟掌柜突然一笑："庞爷，云虎是我好兄弟，有日子没见了，我叫他过来陪我喝一盅。"

庞四海打量着俩人不解地问："你俩啥时候成好兄弟啦？"高云虎说："庞爷，您贵人多忘事儿，我从前可是做过山货的买卖，你忘了佟掌柜从前是干啥的……"佟掌柜笑着说："生意上往来多了，当然就成好兄弟了。"

庞四海若有所思地说："哦，是这么回事。"川野说："那就不打扰了，我跟庞爷也有生意上的事要谈，庞爷请。"庞四海和川野转身上楼了。佟掌柜和高云虎对视，佟掌柜说："进屋说话吧。"

天色已晚，街上寂寥无人，伙计上了门板。大风吹过，吹得门板呼啦啦响。嘎牙子在屋里奔跑，手里的小风车呼呼地转起来。嘎牙子说："娘，你看我的风车。"彩凤手上叠着衣裳，告诉嘎牙子："别乱跑啊！"

嘎牙子举着风车站在走廊里，一阵风吹来，风车转得更快了。嘎牙子噔噔噔地跑过走廊，木地板嘎吱嘎吱地响，手里的风车飞快地转着，嘎牙子笑得更开心了。走廊尽头是一扇大窗，嘎牙子跑到窗前，举着风车又跑回来了。客房的红漆木门闭着，嘎牙子推门喊："娘！"

川野坐在椅子上，庞四海躬身站在桌前。庞四海态度恭敬，点头哈腰地说："是，川野先生，他们娘儿俩有任何动向随时向您汇报，您需要的时候马上给您带过去，请川野先生放心！"

门吱呀一声开了，嘎牙子手里举着风车，愣愣地站在门口。嘎牙子看着庞四海，怯生生地喊道："姥爷。"庞四海一见是他，脸色沉了下来，生气地吼道："你啥时候进来的？滚蛋！"

川野说:"等等。"川野起身走过来,蹲下说:"孩子真可爱,虎头虎脑的。"嘎牙子看着川野:"姥爷。"川野说:"你找谁啊?"嘎牙子说:"找我娘。"川野问:"几岁啦?"嘎牙子说:"四岁。"川野又问:"叫什么名字?"嘎牙子说:"嘎牙子。"川野问:"大名呢?"嘎牙子说:"没有。"川野问:"你刚才叫我什么?"嘎牙子说:"姥爷。"川野点头:"大人都是有名字的,姥爷的大名你知道吗?"

嘎牙子摇头。川野说:"刚才没听到?"嘎牙子不说话。川野转身指着庞四海说:"这个姥爷,他叫庞四海。"嘎牙子点头。川野试探地问:"那我叫什么?"嘎牙子说:"你叫……川野先生。"川野笑了,摸着嘎牙子的头说:"真乖。"

六

在大东宝局包房内,老文书正在书写酒楼转让交割的文契。汤德远说:"要说这坐地的生意,还是得你邵掌柜。"邵掌柜说:"二爷取笑我。汤二爷年轻有为,看不上这劳心劳力的苦差。"

汤德远说:"啥买卖到了邵掌柜手里不是顺风顺水?没你这份福气,真镇不住。"邵掌柜说:"二爷往后啥打算?"见汤德远不语,邵掌柜忙说:"老爷子深谋远虑!不问了,不问了。"

契书写好了,老文书起身递上,汤德远、邵掌柜、老文书先后在上面摁了手印。邵掌柜满脸堆笑,递上准备好的银票,拱手:"祝二爷财源滚滚,飞黄腾达。"汤德远说:"贺喜邵掌柜,生意兴隆通四海。"邵掌柜亲自把汤德远送出宝局:"往后咱就是一家人,更亲了。"汤德远说:"邵掌柜留步。"邵掌柜说:"汤二爷走好。"

宝局外,汤德远看见了田小贵的身影,迈步朝田小贵走去:"你他妈鬼鬼祟祟,跟着我干啥?"田小贵悲戚地说:"老汤,咱是一家人,你不能扔下我不管。"汤德远说:"谁他妈跟你是一家人!滚远点儿,以后别让我再看见你。"田小贵落泪。

汤德远说："少来娘儿们这一套。"汤德远扔下田小贵朝汽车走去。汤德远要上车时，田小贵突然在后面放声喊："汤德远，你是狼不是狗！"

七

天色空蒙，河面笼罩着雾气。雾色朦胧中，河边的树丫上吊着一个小小的人儿。疯老头儿拎着破锣，在街上疯癫跑过，嘴里大喊着："文武判官升堂了！牛头马面抓人了！七爷下山吸阳魂了！"街坊纷纷开门观望，带孩子的把孩子往背后拉扯。一个街坊问："黄老头儿，你这一天净瞎吵吵，到底是啥事？"

疯老头儿站住瞪大眼睛说："出大事了！"街坊问："啥事？绺子又下山了？"疯老头儿脑袋摇得像拨浪鼓。街坊又问："那是日本兵又来啦？"疯老头儿愣着，好像突然啥都忘了。街坊一把抢下疯老头儿的破锣问："到底是咋回事？你他娘的说明白点！"不远处，聋子呜嗷大喊着，比画着跑过去了。聋子支支吾吾地说："河边！河边！找着了！河边树上呢！河边树上呢！"

一群人乌泱泱跟在聋子身后朝河边走去。聋子跑来跑去，对着树上不停地比画。人越来越多，人群里传来窃窃私语声。大娘惋惜地说："可怜的孩儿啊，咋回事啊？"二哥痛惜地说："这是造的啥孽啊，昨儿下晌还活蹦乱跳的呢。"

河边一棵歪脖子大榆树上，孩子的尸体挂在上面，脖子上套着麻绳，手里还紧攥着小风车。双眼红肿、披头散发的彩凤盯着尸体，慢慢地往前走。围观的人群纷纷闪开，往后退去。

彩凤走到树底下，风吹树摇，孩子的尸体荡悠着，是嘎牙子。彩凤双腿一软，跪下了。聋子走到树下，把孩子解下来，平放在地上。大阔枝穿过人群，走到彩凤身边，抱住她。彩凤爆发出号啕的声音，树上的鸟呼啦啦地惊起。

高云虎戴着草帽，站在围观的人群里。人群外传来声音："庞爷来了。"庞四海穿过人群，走到孩子尸体边上，嘴里叨咕着："没救啦？这孩子真往生了，咋能这样呢？赶紧找个阴阳先生来给超度吧，下辈子可得托生个好地方。"

彩凤哆嗦着说："他姥爷，你得给嘎牙子做主，这到底是咋回事啊？"庞四海摇头叨咕着："我做不了主啊，这是见了不该见的，听了不该听的……"大阔枝问道："庞爷，到底是咋回事？你知道点啥？"庞四海反应过来，站起来，抹了一把老泪说："咋回事？我咋知道？不知道！"

这时，突然传来庞妻的咋呼声："死老鬼，夜不归宿，我就知道你又逛窑子来了，你给我出来！"庞四海拨拉开人群，拉着庞妻边往外走边责怪道："死老婆子不长眼，啥时候了还闹，回家！"

庞妻气哼哼地甩开手，说："回个屁，你还知道自己有家？说！昨晚上钻了哪个骚货的窝棚，我撕烂了她的衣裳，让你瞅个痛快！"庞四海拉扯着庞妻，压低嗓子说："别他娘的叫唤了，昨晚上我真没上这儿来，我跟尤老板在一块儿。"庞妻扯着嗓子喊："跟尤老板在一块儿？糊弄谁呢？尤老板呢？我找他问问去。"庞四海说："找个屁，尤老板走了！"

庞妻不依不饶地说："什么猪老板尤老板的，都跟你是一路货色，闻着点鲜味儿就炮蹶子。尤老板走哪儿去啦？上哈尔滨我也得把他薅出来问个明白！"庞妻甩开膀子，转身要走，庞四海一把拉住。庞四海气得喝道："啥节骨眼儿了，你个死老娘儿们快别作了，尤老板咱惹不起！"庞妻不管不顾地问："啥节骨眼儿？"

人群让开了，聋子抱着孩子的尸体走出来，大阔枝跟在旁边，几个河边窑姐儿搀扶着彩凤，跟在身后。庞妻愣住了。大阔枝盯着庞四海说："啥人物？你惹不起，我们惹得起。"几个河边窑姐儿也大声说："说得对，我们都是贱命，我们惹得起！"大阔枝喊道："小五子，你记着，松林镇永远是你的家。谁害你的孩子，谁就是大伙儿的仇人！"

人群跟着大阔枝围上来，庞四海被围在当间。庞四海紧张地说："你们要干啥？你们别逼我了！"大阔枝一步步往前走，盯着庞四海质问道："庞爷，啥叫见了不该见的，听了不该听的？见了啥？听了啥？你知道啥？"

庞四海往后退着，身后也有人群围上来。大阔枝说："庞爷，大伙儿平常不少孝敬你，图的就是你能保大伙儿周全，人命出了，你得有个交代，不能一退六二五。孩子的姥爷姥姥亲娘热舅大姑二姨的都在这儿，谁家没个孩子？管他是野狼疣猪大马猴子，往后再叼走了别家的孩子，都找你算账。你顶得住吗？"

人们瞪着眼睛，跟着大阔枝围上来。大阔枝瞪着眼睛大声说："庞爷，话说到这儿了，今儿不给个明白话，你走不了。"

众人纷纷附和，义愤填膺。庞妻也气愤地说："有啥不能说的？对这一个孩子下手，老娘也看不下眼。说！"庞四海支支吾吾地说："尤老板不是尤老板……"高云虎站在人群里，听着。庞四海紧张地说："尤老板……大名叫川野，川野苍介。"

彩凤抱着嘎牙子小小的尸体穿街过巷，乡亲们跟在彩凤身后，人越来越多，大娘、二哥、小铜腿……彩凤站下回头哽咽道："孩子他姥姥姥爷们，姑姑伯伯们，叔叔婶儿舅舅舅妈们，谢谢你们了，彩凤没白认松林镇这个娘家。四姨，二舅，回去吧，你们都回去吧，别送了……"

大娘抹着眼泪说："小五子，不打紧，四姨再送送你，送送……"二哥心疼地问："小五子，你上哪儿去？"彩凤咬着嘴唇说："放心，我没事，当家的马上就来了。"人群三三两两地站下，目送着彩凤消失在夕阳的光晕里。

青山，夕阳，荒冢。汤德远站在小小的坟包前，风吹起坟包上的浮尘，四散飞扬。彩凤一脸憔悴，面色苍白。远山苍凉，惊鸿掠过。彩凤抬眼，面前是一片连绵的坟冢。

彩凤说："当家的，你知道不，我本来以为我会埋在松林镇后山上，这儿埋的都是窑子里的姐妹，四面八方来的，没有老家，也没有人管，没人知道她们姓啥叫啥，到最后都是只有个坟包，一捧荒草。我上辈子修的福分，遇到了你，跟着你过了几年好日子，知足了。当家的，你是个顶天立地的爷们儿，我一直都知道。你放心，我不是受不了苦、扛不住事儿的人，你去办你该办的事儿吧，给我整明白办利索。记着，我和儿子在这儿看着你呢。"

一只鸟落在嘎牙子的坟头，站了一下，又飞走了。泪流满面的汤德远跪下了："嘎牙子，你放心走吧！下辈子挑个好时候，再给爹当儿子！爹知道仇人是谁，爹和娘不会让你白来世上走一遭……"大阔枝从身后不远处走过来，站在彩凤身后说："以后夜来好酒馆就是咱姐儿俩的，走，跟姐回家！"

八

老山东背着修鞋的家什，在街上边走边观察着。天天好酒楼门外，邵掌柜一身新衣，在门口迎来送往。老山东看见邵掌柜，来到酒楼门口，放下家什和板凳，在酒楼门前支摊。

邵掌柜看了一眼，走进酒楼。很快，一个伙计从酒楼出来，走到老山东身边，说："老头儿，离远点儿，别影响生意！"老山东说："各做各的生意，不搭界吧？"伙计说："掌柜的说了，你不能待在这儿。快走，不走我就动手了！"老山东起身收摊："瞎传的话儿不能信，啥天天好的掌柜是大善人。"

大有商行门前，人来人往，邋里邋遢的田小贵向往来的人们行乞。老山东背着修鞋的摊子走来，看见了田小贵。

田小贵狼吞虎咽地喝完一碗楂子粥，抹抹嘴，打了个饱嗝儿，看着老山东，笑了。老山东问道："汤德远为啥撵你？"田小贵气愤地说："他变心了，当着你们的面演好人，没几天就把我撵出来了，酒楼也卖了，他是要跟咱划清界限。"

老山东说："没少遭罪，长大了。"田小贵哽咽道："叔，要不是再碰上你，我觉得我活不长了。"老山东说："刚说你长大了。"田小贵露出委屈的表情。老山东说："啥时候来的牡丹江？"田小贵说："年前就来了。叔，咱的队伍咋样，花儿呢，我家出来那些战士都好吗？"老山东警觉地看看周围，田小贵急切地说："叔，咱走吧，回去说。"

老山东说："你怕是被人跟上了。"田小贵一愣。老山东说："别乱看。分头走吧，我再找你。"

九

汤德远面无表情地坐在车里。司机按着喇叭，缓慢地驶过街道，穿越人群。周边传来嘈杂的吵闹声。伪军警正在搜查店铺、殴打路人，人群奔逃喊叫。汤德远充耳不闻，脑海里闪现出嘎牙子小时候的情景：

接生婆高亢的声音从屋里传出来："带把儿的大胖小子，七斤二两！"彩凤躺在床上，虚弱地抱着孩子。汤德远三步并两步冲进来，忙不迭地掀开襁褓，对彩凤说："嘴巴像你！"彩凤笑看着汤德远说："眉眼像你！"汤德远说："龙生龙凤生凤，凤凰生的孩子叫啥？"接生婆说："起个贱名儿吧，好养活。"

嘎牙子在地上爬，汤德远从院门口进来，嘎牙子叫道："爹！"汤德远笑得合不拢嘴，冲过去抱起来："再叫一声。"嘎牙子叫道："爹！"汤德远说："再叫一声！"

四岁的嘎牙子在地上跑，摇着汤德远的裤脚。嘎牙子说："爹，我想吃山楂糕！"汤德远手里算着账说："嘎牙子，别闹，去找你娘！"彩凤从不远处走过来抱起嘎牙子……

走到城门，司机递上通行证，汽车驶出伪军把守的城门。汤德远眼前的嘎牙子消失了。

肖铁林在办公室里焦急愤怒地打着电话，汤德远家里的电话在不停地响着，却无人接听。赵庆田推门进来，一脸幸灾乐祸地说："局长，跑了。汤德远跑了，家里门没锁，东西都没拿，车也不见了，值钱的东西肯定都带走了。"肖铁林气得摔了话筒，喊道："找，挖地三尺也给我把人找出来！"赵庆田大声应道："是！"

十

黄昏的松林镇，高云虎戴着草帽，脚步匆匆往镇子外走，大阔枝从牌坊后闪身出来："等会儿。"高云虎站住，四下环顾悄声问道："你咋来了？"大阔枝有些难为情地说："送送你。还有句话没问明白。"高云虎说："啥话？"大阔枝问道："你跟我说快了，啥快了？"高云虎说："仗快打完了。"

大阔枝惊喜地说："真的？"高云虎认真地说："真的。"大阔枝又问："仗打完了，然后呢？"高云虎一笑："然后就胜利了。"

风吹起大阔枝的一绺头发，夕阳勾了个金边儿，大阔枝的笑容荡漾，问道："胜利以后会咋样？"高云虎支吾道："以后……咱把夜来好开到牡丹江。"大阔枝扑哧笑了："拉倒吧，谁稀罕。有你这句话就够了。"

高云虎回到兴隆街78号，福庆兴奋地迎上前说："云虎，德国投降了！"高云虎欣喜地说："真的？啥时候的事？"福庆说："就昨天，总部第一时间给咱发了电报。咱们的任务要抓紧了。"

老山东看着高云虎问:"顺利不?"高云虎点头:"找到了。"老山东笑着说:"那咱是双喜临门!"高云虎沉着脸说:"还有个消息。"老山东和福庆有些凝重,望着高云虎。

瓦洛佳问:"你见到了川野?"高云虎点头:"应该是冲汤德远的老婆和孩子去的,自称尤老板,和他们住一个客栈。"瓦洛佳惊讶地问:"川野在松林镇?"高云虎说:"走了。"瓦洛佳点头:"德国战败,他一定回来了。"福庆看向老山东问:"排长,咱还争取吗?"瓦洛佳说:"基戈尔,我需要你跟我出去一趟。马克西姆他们一直无法确认目标,你可以为他指认。"

李正浩拉着空车在官舍街特高课门口等客。一副文员装扮的川野从特高课出来,站在路边招手。李正浩连忙拉着车跑过去,川野坐上车说:"去新安街。"李正浩拉着人力车,川野看着李正浩的背影,和他搭讪:"这位兄弟,常在这一带拉车?"李正浩说:"你见过我?"川野故作轻松地说:"随便问问。我经常过来办事,好多人一听官舍街,都不肯过来,愿意的话,往后我就包了你的车,先试一个礼拜,价钱你开。"

李正浩问:"跑哪里?"川野说:"主要就是铁道局和特高课,还有新安街这几个固定的地方。日本人对铁路管得紧,大事小事都要汇报,他们又不肯给中国人配车。"李正浩说:"你在铁道局工作?"川野说:"我就是个跑腿的。要不是养一大家子,谁干这差事!咋样,接不接?"

李正浩说:"一礼拜有点长,试三天吧。"川野说:"行,三天。"川野说:"兄弟,咱还得回去一趟,有份重要的文件我忘拿了。"李正浩掉头往回走。川野从特高课出来,走到李正浩身边说:"不好意思,久等了。要不咱吃点儿再走,我请你。走吧,别见外了,当我预先犒个工。"

川野和李正浩坐在咖啡厅里,川野略带歉意地说:"附近只有这个,将就吧,不用客气。"李正浩拿起三明治:"老板破费了。"川野说:"是不便宜,平常我也不舍得。你知道吗,德国战败了,连特高课的课长都毛了。"李正浩愣了一下问："你认识川野吗？"川野说："可不，我成天跟里面的人打交道。"

瓦洛佳把车停在特高课的路边，高云虎坐在车的后排，对着橱窗里的川野拍照。瓦洛佳紧张地望着川野对面的李正浩，心神不宁。高云虎说："我去接应一下？"瓦洛佳犹豫着说："或许马克西姆是有计划的。"正说着，川野突然对李正浩的头开枪了，鲜血飞溅在窗户上。

一支日军小队迅速从特高课跑出来，包围了路边的人力车队。高云虎忙说："开车！他们早有准备！"瓦洛佳开着车，平稳地经过特高课门口，向前驶去。车里，瓦洛佳和高云虎都泪流满面。

在嘀嘀嗒嗒的电报声中，福庆回想起他和李正浩跳悬崖的情景，还有他和李正浩重逢后跳伞的情景。福庆悲痛地关了电源，摘下耳机，收起发报机。高云虎接过发报机，小心地把机器藏进墙上的暗格里，恢复墙面伪装。

福庆说："李正浩说，他的家在鸭绿江边，长白山下，和他一起出来的兄弟们大部分都牺牲了，他说他要为同胞报仇，完成任务就回去……组长，刺杀川野的任务交给我吧！"瓦洛佳摇头："时间不多了，我们的任务更重要。"老山东焦急地说："转眼立夏都过了，小驴子还等着咱呢。"

十一

小驴子和两名战士背负装备，在大秃子岭山里潜行。小驴子说："这一带我熟，再走半个时辰就到镇子了。"不远处，日军兵营升起了炊烟。

晚上，三人伏在林子里，战士疑惑地看着小驴子问："这哪儿有你说的镇子？"小驴子举着望远镜，疑惑地说："不会啊，本来就在这儿的。"战士问："是不是找错方向啦？"小驴子坚定地说："不可能！再靠近点。"三人起身，借着夜色继续往前。

三人转过一片树林，面前出现了一条土路，路边几棵大杨树摇曳。小驴子说："我就说没找错，这就是井阳镇外面那条路！"战士抬起头说："我看见了。"小驴子问："看见啥啦？"战士指着前方，小驴子看过去。牌坊倒在路边，上面几个残缺的大字——井阳镇。

月光洒下来，远处是一片废墟，房倒屋塌，断壁残垣，整个镇子几乎被夷为平地。小驴子骂道："日你娘！"

月光下，一阵整齐的踢踏声传来，一队日军从土路上跑过。小驴子说："日本人的驻军比之前还多，没处落脚了。"战士说："咱们的任务就是侦察周边情况，往上汇报吧。"

小驴子三人在林子里穿行。小驴子脚下一软，突然掉进一个一人多深的坑里。尘土散去，一个狗皮帽子出现在眼前。两名战士跟着爬下来，举枪指着狗皮帽子。狗皮帽子高举双手说："别开枪！"

小驴子看清了狗皮帽子下的脸，惊讶地叫道："潘铁瓢儿？"潘铁瓢儿说："我当是谁，原来是驴脑子。"小驴子问："你咋在这儿？"潘铁瓢儿反问道："你咋又来啦？还穿了这么一身？"小驴子问："你别管，镇子咋啦？"潘铁瓢儿说："被日本人推平了。"小驴子问："为啥？"潘铁瓢儿说："还能为啥？怕藏人呗，拿炮轰的。"

小驴子问："镇上的人呢？"潘铁瓢儿没有说话。小驴子气愤地说："他娘的，都没啦？"潘铁瓢儿点头："就剩我一个了。"小驴子问："那你干啥还藏在这儿？"潘铁瓢儿说："打小就长在这镇子上，我还能上哪儿去？早晚也是埋，先给自己挖个坑。"潘铁瓢儿捡起藤条编织的盖子，吭哧吭哧地爬上去，把坑道入口盖好。

小驴子问："你就打算在这儿等死？"潘铁瓢儿不服气地说："切，我是谁，潘铁瓢儿！三八大盖都打不死。"潘铁瓢儿掀开坑里的一块苫布，底下盖着萝卜土豆白菜，还有半袋粮食。潘铁瓢儿说："我知道你们来干啥的。外边漫山遍野的都是日本兵，别乱跑，跟着我，保准能活到最后。"

第二十二章
舍生为使命

一

　　田小贵徘徊在大有商行外，向过往的人乞讨。福庆走过来，给了田小贵一个鸡腿。田小贵惊喜地叫道："福庆！"福庆小声说："田小贵，归队。"田小贵急切地问："排长呢？"福庆说："排长让我来找你的。"田小贵眼睛红了："我就知道你们不会不管我。"福庆说："站着干啥？跟我走。"

　　福庆带着田小贵走进老宋家烧锅院子，院内摆着几口发酵酒曲的大缸。福庆说："这里是我们的秘密联络点，你暂时先安顿在这儿。"

　　田小贵不解地问："排长和云虎呢？"福庆说："我们在别的地方。"田小贵说："只要你们还要我，住哪儿都成。"福庆说："大有商行别再去了，旁边就是特高课，周围全是特务和眼线。"田小贵说："归队了，再也不用要饭了，打死我也不去了。"福庆关心地问："腿全好啦？"田小贵说："老中医那儿还有几服药，他说喝完就全好了。我的腿不碍事，保证不拖后腿。排长还有啥交代？"

福庆说："排长让你先把自己归置归置，晚上有任务。"田小贵向福庆敬了个礼："是！"福庆笑着拍了一把田小贵："小样儿。"

二

赵庆田坐在汤德远家的院子里，一只蚊子嗡嗡地盘旋，落在他汗津津的脖颈子上，啪，蚊子被拍死了。赵庆田摇晃着藤椅，闭眼哼着小曲儿："我也曾差人去打听，打听得司马领啊兵往西行……"

一名伪警察从院门口匆匆走进来说："赵科长，人找着了。"赵庆田睁开眼睛问："何处？"伪警察说："大东宝局。"赵庆田问："咋不动手呢？"伪警察犹豫地问："真抓？那可是常来常往的汤二爷。"赵庆田说："局长的命令，还用我再说一遍？为国出力他就是二爷，卷款潜逃他就是贼子，与我拿下。"伪警察点头，转身刚要走，赵庆田说："慢着。"

大东宝局大堂里，三教九流聚集，乌烟瘴气。居中的一张牌九桌上赌得很大，赌徒跟着吆五喝六。汤德远坐在牌桌上，搓着手里的牌，把面前所有的筹码推到桌上。赌徒爆发出一阵惊呼声。一个赌徒小声叹道："二爷今天杀红眼了。"

开牌，汤德远赢了。赌徒爆发出一阵鼓掌声和喝彩声，汤德远依然不动声色。对面的刘耳朵站起来说："二爷今天手气太壮，不玩了。"汤德远喝道："坐下！"刘耳朵无奈，只得重新坐下。汤德远说："最后一把，赢了桌上这些都是你的。"刘耳朵狡猾地说："二爷说笑。那我要是输了呢？"

汤德远说："听说你这耳朵顺风能听二百里，帮我找个人。"刘耳朵忙问："啥人?"汤德远说："川野苍介。"刘耳朵一听,慌忙站起来推托道："二爷把票子收着吧,我这耳朵还想留着。您真想找这人,再问问独眼龙吧,他剩下的那只是千里眼。"

街上,几辆伪警察局的车呼啸而过。在大东宝局对面的茶楼二层,赵庆田和一名伪警察坐在包间的窗户旁,一边喝着茶,一边观察着宝局的大门口。伪警察端起茶杯不解地问："咋又不抓啦?"赵庆田说："派两个人进去,把他的桌子给我掀了。"伪警察惊呆了,问:"啊?"赵庆田命令道："这都不懂?要的就是你这身皮。等他先动手,回头上边问起来好交代。"

茶楼二层的另一间包房,福庆和田小贵坐着喝茶。福庆咂巴着嘴:"这茶不行,不是今年的新茶。"田小贵问："你还懂这个?"福庆说:"你原来当少爷的,这都不懂?"田小贵急切地问:"咱俩到底啥任务?"福庆慢条斯理地说："喝茶啊。"田小贵不满地说:"正经点说,我好有准备。"福庆说:"等我摔杯为号。"

赵庆田端着茶杯,摇头晃脑:"你不要胡思乱想心不定,你就来来来,请上城楼听我抚琴……"突然看见宝局门口一个身影走来,是高云虎。赵庆田说:"他娘的,今儿个中头彩了。"转身对手下说:"快去,快去,叫你的人先别动手。"

田小贵看见高云虎走进宝局,问:"云虎也来啦?"福庆端着茶杯细品着茶:"别一惊一乍的。"

高云虎走进宝局,不慌不忙地在汤德远对面坐下说:"二爷,手气不错,咱俩来两把。"汤德远打量着高云虎,站起来说:"玩够了,走了。"高云虎压低声音说:"你想找的人,我认识。"

汤德远跟着高云虎走进一个宝局单间,汤德远伸手掀开帘子,老山东坐在帘子后面,说:"回来啦?"汤德远不语,打量着高云虎和老山东。

茶水小二跟进来，送上一壶茶："几位爷，慢用。"

汤德远警觉地说："你们不该来这里。"老山东说："我们去家里找过你，你家早就被警察盯上了，到处都是眼睛。"汤德远反问道："知道你们还敢来！"老山东说："孩子的事儿，我们都知道了。"汤德远说："跟你们没关系。"老山东说："咋没关系？"汤德远说："冤有头债有主，这是我自己的事。"老山东气愤地说："孩子是日本人杀的，这不是你一个人的仇。"

高云虎掏出一把枪放在桌上："我们不会让孩子白死，老汤，拿起枪你就还是战士。"汤德远无力地说："我现在只是个没了孩子的爹。"老山东说："我们要做的事情，只有你能帮得上忙。"

汤德远突然拿起枪，抬手指着高云虎。高云虎一把捏住枪管："你干啥？"汤德远说："赶紧走。"高云虎问："为啥？"汤德远说："你们已经暴露了。"高云虎看着老山东，老山东站起来对汤德远说："你比我们重要，你先走。"

宝局单间门口，赵庆田问："你看清楚啦？"伪警察说："看清楚了，单间里边还有一个。"赵庆田命令道："击鼓发兵！"一群伪警察擎着枪，站在单间门口。茶水小二拎着热水瓶站在门口，敲门道："几位爷，续茶水。"门开了，伪警察一拥而入，座位上已空无一人。

三

高云虎从大东宝局走出来，左右环顾，突然拔腿跑起来。赵庆田坐在一辆警车上命令手下："追！"几辆警车从不同方向启动，追向高云虎。

福庆从茶楼二层的窗户里看着这一切，对田小贵说："小贵，今天的行动是组织对你的测试。打！"田小贵擎起枪问："这么多车，打哪个？"福庆说："哪个都行。你打左边，我打右边。"田小贵瞄准，扣动扳机，啪，枪声响了。紧追高云虎的一辆警车轮胎爆了。

高云虎奔跑过街角，钻进一辆停在路边的汽车里。汽车轮胎擦着地面，冒着青烟，瞬间离去。高云虎把车开到大东宝局后门，一脚急刹，打开车门说："上车！"老山东推着汤德远钻进车里。

　　两辆汽车一前一后飞驰在路上。赵庆田拉着扶手，命令把油门踩到底，说："想出城？懒骡子还跑得过赤兔马？给我咬死了。"

　　高云虎的车在前方疾驰，后视镜里，几辆伪警察局的车从不同方向追上来。汤德远问："你们到底想干啥？"老山东严肃地说："我们的任务是找到大秃子岭的秘密军事基地。"汤德远说："和我有什么关系？"老山东说："大秃子岭的劳工营你进去过，你知道里面有什么。"汤德远说："我不知道。"

　　赵庆田坐在后面的车里骂道："你他娘的不会使枪？"伪警察无奈地说："我手腾不出空来。"赵庆田大声说："拿来！"伪警察拽出腰里的枪递上。赵庆田摇下车窗，伸出枪口。啪啪枪响，街上的行人尖叫着躲避。子弹打在前车尾巴上，溅起一片火星子。

　　高云虎猛打方向盘，闪躲着子弹。老山东急切地说："我们需要找到大秃子岭工事的具体位置。所有进去过的人都死了，活着的知情人就肖铁林一个，他能找到进去的路。绑架肖铁林，这件事只有你能做到。"汤德远摇摇头说："我做不到。"老山东说："你们每周六晚都在警察局里豪赌，肖铁林有时会送你们出来，你有这个机会。"

　　汤德远一皱眉说："别想了，我不给苏联人卖命。"老山东说："不是为谁卖命，我们是为了正义战斗！德国投降了，法西斯倒台了，关里的八路军和新四军已经开始反攻了，延安正召开党的七大，为最后的大反攻做准备！小日本还能有几天？"

　　高云虎的车飞驰而来，把守城门的伪军纷纷擎起枪大喊："停车！"汽车在加速，伪军赶紧转身喊道："关城门！"高云虎猛踩油门，汽车从城门缝里飞驰而过。等伪警察局的车到达，城门刚好缓缓关闭。赵庆田从车窗里伸出脑袋，愤怒地骂道："妈的，看门儿都不会？警察局的，赶紧给老子打开！"

福庆和田小贵在大街上奔跑着，追着追着就失去了追踪的目标，福庆气喘吁吁地停下了脚步，田小贵一脸茫然，疑惑地问："这就完啦？"

福庆迅速把枪揣进怀里说："完了，你还想咋的？"田小贵有点意犹未尽，说："不过瘾。"福庆警觉地往四下望着，扣上帽子，低声命令："赶紧把枪收起来。"田小贵藏起枪，福庆接着说："有你过瘾的时候，好钢要用在刀刃上。"

高云虎把汽车开到城外的隐蔽之处，熄灭车灯，把汽车隐匿起来。汤德远随即下车，快步走在前面。老山东紧随其后，一边追赶一边急切地说道："我们的胜利指日可待！汤德远，我希望，那个时候，你的手是干净的，不要沾满战士的鲜血！肖铁林脚下血流成河，继续跟着他，你就是历史的罪人！大秃子岭工程牵涉千千万万条生命，你也想要刺探过，如果我们不能提前掌握，还会有成千上万的战士丧命于此！"

老山东紧跟在汤德远的身后，继续言辞恳切地说道："汤德远，你的儿子也死在日本人手上，你的路只有一条，帮助我们，绑出肖铁林，做一个人民的英雄！黄泉下的儿子会为你骄傲，人民也不会忘了你！"

不远处，几辆警车的车灯闪烁，陆续停下了。老山东忙说："你走那边，我帮你引开他们。"汤德远坚决地说："你快走！我不用你保护！"

追到城外的山坡时，赵庆田的车缓缓停下了。开车的伪警察下车了，跟在赵庆田身后说："赵科长，跟丢了，回去吧。"赵庆田轻声："嘘……一看你就欠练，耳朵不灵啊。一拐弯就没了，车跑不了那么快。"

赵庆田清清嗓子，朝着树林的方向高声喊道："二爷，上了华容道，就别往里走了，前面就是奈何桥。兄弟没别的意思，肖局长叫我来请你回去。钱没了还能挣，子弹不长眼，误伤了就说不清楚了。"说完，转头果断下令道："给我打！"

开车的伪警察犹豫地问："真打？"赵庆田说："刚说了子弹不长眼，

打死了又不用你上坟。"一队伪警察跟上来，将整个山坡团团围住。

枪声骤然响起，老山东一把扑倒汤德远。隐藏在林边的高云虎突然打开车灯。汽车轰鸣着发动，向伪警察队伍方向疾驰。伪警察们纷纷朝汽车开枪，汽车灵活地闪避着。老山东推了一把汤德远说："快走！你得活着！"老山东说着迅速掏出枪，转头奔向另一个方向，对着伪警察的方向开枪，掩护汤德远撤离。

老山东钻进树林。汤德远跟上去，掏出手枪，和老山东一起开枪。子弹从两人耳边嗖嗖地飞过。汤德远扑倒老山东说："小心！"老山东推开汤德远说："你咋还不走？"汤德远说："我掩护，你走！"老山东严厉地说："二班长，保护好自己，这是命令！"林子周围的枪声渐渐停了。汤德远伏在树下草丛里，往四下看着。

赵庆田坐在车里，开车的伪警察走过来。赵庆田焦急地询问："人呢？"伪警察说："应该是跑了。"赵庆田继续追问："你们仔细搜查了吗？尸体有没有？"伪警察说："应该是没打着。"赵庆田不禁怒骂："娘的，白养你们这么些人，关键时刻屁用没有！"伪警察苦着脸说："林深树密的，钻进去就吃冷枪，就咱那点薪水，兄弟们都尽力了。"

林子里一片漆黑寂静。汤德远缓缓起身，在林子里四下喊着："排长？排长？"老山东佝偻着身体，脚步沉重，步履蹒跚地在林子中前行，像一匹力气用尽了的老马在艰难跋涉。终于，他登上坡顶，却再也走不动了，只能顺势靠着一棵树坐下，长出了一口气，随后从口袋里掏出烟袋锅，叼在嘴上。老山东费劲地抬起胳膊，在口袋里摸着火柴。汤德远破开密集的树丛，扯掉拦路的藤条，看到坐在树下的老山东，激动地说："排长！"

老山东终于把火柴摸出来了，颤颤巍巍地抽出一根，轻轻一划，点燃了烟袋锅。汤德远看到老山东腋下的衣服已经被鲜血浸透，担心地问："你受伤啦？"

这时，高云虎从山坡下暗处爬上来说："敌人都走了，咱们下去吧。"他看见了老山东身上的血迹，顿时惊呼出声："排长！你怎么啦？"汤德远催促说："走，去医院！"汤德远和高云虎伸手去搀扶老山东，然而老山东只是摆摆手，坚定地说："打了一辈子仗，啥没见过？没用了。唠会儿嗑儿吧。"

老山东全身的力气仿佛都被抽空了，火柴无力地滑落在了地上。汤德远盯着老山东，眼眶里的泪水悄然滑落。老山东说："淌个屁的马尿，咱东北爷们儿不兴这个。"汤德远抹着眼泪，眼泪还是止不住地往外流。老山东又努力挤出一丝微笑，说："我在八棵松上看见你刻的号儿了。"汤德远埋怨道："啥时候了，还说这个。"

老山东说："刻了就管用，那八棵百年老树，见的人和事儿比咱们多。关东山待我不薄，我说过要把你们一个个都找回来，要是没有山神带路，我哪能找到你们，哪能走到今天？"汤德远说："排长你这是何苦啊！日本人在东北修了多少个堡垒要塞，你们找着一个有啥用？值得你豁出命来？"老山东说："找着一个兴许没啥大用。一个个都找着了，用处就大了。"

这时，山坡下的一条铁路上，一列驶向牡丹江的蒸汽机车冒着白烟飞驰，拉响了汽笛。老山东说："你听听，俄国人修的铁路，日本人用，这可都是在咱家的地头上。从大清朝，他们就在咱的地盘上争来打去，霸着咱的地，挖着咱的矿，烧着咱的山，还得咱们老百姓给他们当牛做马。凭啥？这城头插过大清的龙旗，俄国人的旗，日本人的旗，'满洲国'的旗，下一个咋也该插咱们自个儿的了……"说到这儿，老山东猛地咳嗽起来，嘴角挂着一抹血丝。他拎起烟袋锅："要命的时候，还得靠这口烟顶着。"

汤德远捡起地上的火柴，哆嗦着掏出一根，一个劲儿地划着。终于划着了，一阵山风过来，又把火柴吹灭了。汤德远哆嗦着又划了一根，火柴断了，他只好又抽出一根……老山东虚弱地说："别忙活了，快回家吧。"汤德远摇摇头，低声回应说："哪还有家！"老山东说："归队了就有家了。我这眼面前有点黑，兴许是天快亮了……"

汤德远低头甩着膀子，用力地划着火柴……第七根火柴终于划着了，微弱的火苗颤抖地燃烧着。汤德远小心翼翼地护着颤抖的火苗，缓缓递给老山东。老山东手中的烟袋锅哆嗦着，突然耷拉下来，滚落在地上……

蒸汽机车拉响笛声，呜咽着刺破夜空。树上，一群寒鸦惊起，扑棱棱呼啦啦飞过夜空，留下一串串凄厉的叫声。

四

夏夜，一座郊外的僻静小院，皎洁的月光如细纱般洒落。一位教书先生背着手，缓缓踱步，悠然而坚定。他轻声吟诵道："月落乌啼——"对面的小板凳上坐着一群孩子，清脆的童声接道："霜满天！"教书先生继续吟诵说："江枫渔火——"童声继续接道："对愁眠！"教书先生又道："姑苏城外——"童声又接道："寒山寺！"最后，教书先生缓缓说道："夜半钟声——"童声齐声高呼："到客船！"

夜空中，天际间，数架苏式飞机掠过山川，白色降落伞漫天绽放，徐徐降落在山林间。夜色中，江水浩荡，满载八十八旅战士的木舟跨越乌苏里江，驶向对岸。广袤无垠的东北平原上，一簇簇篝火点燃了，形成一片璀璨的燎原星火。山海关，惊涛拍岸，长城连绵，烽火连天，部队呐喊着冲向日军防线……

教书先生郑重地说："孩子们，都站起来。记着，无论到什么时候，只要你们说的还是中国话，就是中国人。只要这片土地上还有一个站着的中国人，这里就不是'满洲国'。文脉不断，民族不灭！火种不熄，中华不倒！"

川野在办公室对着电话气愤地大骂说："蠢猪！你们打草惊蛇，我要的是他们的最终目的，我要的是把潜藏在牡丹江的八十八旅一网打尽！你们坏了我的大事！"

酒吧外挂着"休息"的牌子。玛利亚红着眼圈，难过地在胸前画着十字："戈沃里去了天堂，上帝会好好照料他的……"瓦洛佳擎着一瓶酒走过来，把酒杯递给高云虎和福庆。瓦洛佳郑重地说："我代表苏联红军，敬你们的排长鲁长山同志，他是我见过的最优秀的战士，他是顶天立地的中国人！他永远不会离开我们！"几人眼含热泪，举杯把酒洒在地上。福庆忍不住跪下了，压低声音，号啕大哭。瓦洛佳说："请大家保持克制，完成任务就是对戈沃里最好的祭奠！"

夜晚，汤德远独自走在牡丹江的大街上。他穿过阴影机械地向前走着，越走越快，最后竟跑了起来。他的眼前闪现出一幕幕往日的情景：

汤德远摇晃着李二毛的身体，他却从担架上滚下，嘴角挂着笑。汤德远大喊："李二毛！"

老山东紧随其后，一边追赶一边急切地说道："我们的胜利指日可待！汤德远，我希望，那个时候，你的手是干净的，不要沾满战士的鲜血！肖铁林脚下血流成河，继续跟着他，你就是历史的罪人！大秃子岭工程牵涉千千万万条生命，你也想要刺探过，如果我们不能提前掌握，还会有成千上万的战士丧命于此！"

老山东紧跟在汤德远的身后，继续言辞恳切地说道："汤德远，你的儿子也死在日本人手上，你的路只有一条，帮助我们，绑出肖铁林，做一个人民的英雄！黄泉下的儿子会为你骄傲，人民也不会忘了你！"

五

肖铁林弯腰垂手，站立在川野面前。川野沉痛地说："森田君是我最看重的学生，我把他当作下一代的栋梁培养，他也深知肩上的重任，主动要求到这里任职，亲身去感受牡丹江的一草一木、民心民情，为帝国的事业奠定基础，没想到竟为这个小小的职位殉职了。"说到此处，川野伸手擦掉了眼泪。

肖铁林故作痛惜地说："森田局长身先士卒、一丝不苟，这些我都亲眼所见。他在职的这几年，我们精诚合作、亲如一体，牡丹江的治安空前大好。对于他的殉职，全局上下都十分哀痛。"肖铁林也挤出了几滴眼泪。

川野说："森田君是被八十八旅回来的人刺杀的。"肖铁林说："我们开了誓师大会，一定为森田局长报仇！"川野说："但是，他们受过苏联人的专业训练，你的这些人全加起来都不是他们的对手。"肖铁林说："精诚所至，金石为开。说到做到。"川野生气地说："蠢货，你们帮的都是倒忙。"肖铁林低下头，愧疚地说："是我们考虑不周。"

川野不耐烦地说："不说这个了。今天我是专为肖局长你来的。"肖铁林紧张地叫道："川野课长！"川野说："不必紧张。宪兵队的早季队长告诉我，他在处理森田君事务的过程中，发现了肖局长在财务上的一些问题。"

肖铁林听了，头上顿时开始冒汗。川野说："念在你和森田君共事几年，小有成效的情分上，我为你说了情，事情已经过去了。"

肖铁林头如捣蒜："谢谢课长，肖某感激不尽，无地自容。"川野说："没什么，水至清则无鱼。'满洲国'政府的这些官员哪个不是为财？尤其是近几个月，听到一些反动的小道消息，就捕风捉影，人心惶惶，一心谋财了。"肖铁林又开始冒汗："肖某不敢。"川野说："对。你和他们不一样。对大日本帝国和天皇忠诚的人，帝国也不会亏待他们。"

肖铁林说："感谢课长明镜高悬。"川野突然问："肖局长在警察局几年啦?"肖铁林说："连头带尾，五年。"川野叹气道："森田君不在了，继任的人选能力有限，肖局长往后的安全堪忧。你有什么打算?咱们商量商量。"肖铁林犹豫地说："这个事情肖某想过，只不过……"川野问："不过什么?"肖铁林说："肖某开不了口。"川野说："说说无妨。"肖铁林说："我想去日本!"川野看着肖铁林，点点头说："是个不错的主意。不过，帝国这几年为了维持大东亚和平，已倾尽财力，本土的百姓生活也很艰难。你不在意?"肖铁林说："不在意。如果能去日本，肖某愿意捐出全部家产为帝国分忧。"

川野说："那倒不必。昭和十五年，爱国商人张本政向帝国捐献了四十架飞机，天皇陛下亲自下令，将他的功绩写进了日本的教科书。这事你知道吧?"肖铁林愣了愣说："'满洲国'经济协会副会长，张本政，家喻户晓，富可敌国。"

川野点着头说："你想去的话，捐一架就行。"肖铁林吸了一口冷气。川野说："你考虑考虑。"肖铁林说："无须考虑，肖某愿意!"川野说："那好。到时你就乘坐自己的飞机去自由国土!"肖铁林说："肖某不敢，是帝国的飞机，肖某捐给帝国的飞机。"

六

田小贵伏在桌上号啕大哭。高云虎和福庆站在田小贵身边，双眼通红。田小贵抬起头，看着高云虎说："我想听一句实话。"高云虎说："你问。"田小贵说："排长的死是不是和汤德远有关?"

高云虎和福庆交换了一个眼神，福庆说："小贵……"田小贵打断道："别说了，我已经知道了。我不会饶了姓汤的，我要给排长报仇!"福庆拉住田小贵，劝道："小贵，别冲动。"高云虎说："排长牺牲了，如果你还想参加我们的行动，就得听我指挥。田小贵，你同意吗？"田小贵的眼泪又像断线的珠子流下来，颤抖着嘴唇，没有回答。

高云虎继续说道："如果你只想报仇，那我们也管不了你。"福庆附和道："任务高于一切，小贵，别忘了你是个战士，我们需要人手。"田小贵抹了把眼泪，哽咽着说："我同意。"

七

汤德远回到家，电话响了。他接起电话，电话里传出肖铁林火冒三丈的声音："你他娘的没跑路啊！死哪儿去啦？老子为了找你把日本人都惊动了！"

汤德远拿着话筒不说话，肖铁林急得吼道："放个屁！"汤德远声音低沉，缓缓开口说："儿子没了。"肖铁林问："啥？说清楚。"汤德远的声音越发沉重，说："我儿子嘎牙子没了，我去料理后事了。"

电话里，肖铁林顿了顿，语气缓和了一点："有啥事过来说。晚上早点来！急事！老郭和邵掌柜我也通知了。"汤德远说："听见了。"

汤德远放下话筒，随即又拿起拨号，说道："我找高云虎或者万福庆。"不一会儿，电话里传出高云虎的声音："喂。"汤德远叫道："云虎。"高云虎似乎一时没有反应过来，稍愣了片刻："老汤？"汤德远说："肖铁林打电话了，晚上就叫我们过去，准备行动吧。"

汤德远在家中换好衣服，包起一沓厚厚的钱。正沉思间，司机敲门，走进来说："车准备好了，可以出发了。"汤德远起身跟随司机出门。汽车在伪警察局门口停下，这时，一名伪警察过来，开始对车辆进行细致的检查。汤德远塞给他一个小包，朝他笑了笑。汤德远故作镇定地说："临时有点事，到晚了，局长这会儿估计等急了。"那伪警察听后，未再多加盘问，便挥手放行。

瓦洛佳、高云虎和福庆拎着几个沉甸甸的箱子走进老宋家烧锅。他

418

们打开箱子，一时间，桌面上摆满了各式各样的装备：望远镜、头套、手铐，还有几把手枪和加装瞄准镜的狙击步枪。三个人细致地检查装备与枪械，田小贵站在一旁激动地看着这一切。高云虎拿起那支加装了瞄准镜的狙击步枪，郑重地递给田小贵。田小贵摩挲着手里的狙击步枪，眼里泛着泪光："终于又可以跟你们一起战斗了。"高云虎说："你和福庆一组。"田小贵点头。

高云虎给田小贵和福庆布置着任务："距离警察局不远有一处日本人储备重要军需物资的仓库，你们的任务是烧掉里面的储备物资，事关接下来的行动，只能成功不许失败。"

汤德远步入伪警察局的走廊，伪警察照例对他进行了搜查。汤德远拿着包好的钱，走进肖铁林办公室。肖铁林神色凝重地吩咐道："把门关上，今儿不打牌。"汤德远愣了一下，反手关门。肖铁林指了指一边的椅子说："坐。"汤德远依言坐下。

这时，赵庆田蹑手蹑脚地走到肖铁林办公室门口，小心翼翼地听着门内的动静。肖铁林说："说说，你咋回事。"汤德远说："彩凤和孩子回娘家，孩子被人暗害了。"肖铁林沉着脸问："谁做的？"汤德远犹豫了一下，回答说："可能是日本人。"肖铁林斩钉截铁地说："绝对不是。"

肖铁林分析道："日本人总得有个目的吧，他们会杀抗联，杀共党，杀八十八旅，杀奸细，不会专门杀一个孩子。这事会不会是苏联回来的那些人干的？他们想拉你入伙，你不干，便杀了孩子威胁你。德远啊，你可不能软，软了后患无穷，这个时候最怕节外生枝。"

汤德远坚定地说："老叔，我的命是你给的，别人要不走。"肖铁林满意地点头："这就对了。不用担心苏联回来的那几个，日本人有的是办法收拾他们。对了，你媳妇呢？不行送过来，警察局里安全点，别再出了人命。"汤德远神色黯然道："她给孩子守坟，不肯回来。"

肖铁林叹息道："唉！也是，孩子都没了，老话说，夫妻本是同林鸟，大难来了各顾各，看命吧。别丧着了，现在不是垂丧的时候，只要留住命，媳妇还能娶，儿子还能生，包老叔身上。"

肖铁林一边说一边悄悄地走到办公室门口，猛地拉开门。门外的赵庆田猝不及防，一个趔趄闪身跌进来，栽了个大跟头。他狼狈地抬起头，一脸难堪地说："局长，我……"

肖铁林见状，弯腰扶起赵庆田说："赵科长来了啊，正好向你汇报一下，汤二爷没跑路，他家里出事了。"肖铁林不给赵庆田说话的机会，转向汤德远说："德远，你还不知道，赵科长如今是宪兵队的红人，前途无量啊！"赵庆田忙说："属下不敢。"

肖铁林说："站直了，别瞎谦虚，众人拾柴火焰高，赵科长你的红运要来了！"赵庆田想赶紧摆脱这个尴尬的场面，说："属下错了，你们聊，属下去忙别的了。"肖铁林说："这就对了，好好工作，放心，我肖铁林绝对不会亏待你！"

赵庆田退出去，扭头看着肖铁林办公室的门，一副摸不着头脑的表情。肖铁林重新坐下，满脸的忧心忡忡。汤德远问："老叔叫我来，有啥急事？"肖铁林叹息道："唉，我跟你说，咱叔侄忙活这些年挣的那点儿钱保不住了。"

汤德远问："为啥？"肖铁林无奈地说："破财消灾，花钱买命。日本人眼瞅着不行了，他们一败，咱们必定遭殃。日本人答应我了，捐献一架飞机，就能送咱去日本。只要离开'满洲国'，咱的小命就算保住了。"

汤德远惊讶地说："一架飞机！那要多少钱？"肖铁林低声说："他们给了数，一千三百两黄金。"汤德远一愣："这么多？"肖铁林苦笑着说："棺材本儿全赔上了。还得有点富余，不然将来咋活！"汤德远说："我还有一点儿。"肖铁林摇了摇头："你那点儿够啥？"汤德远问："那咋办？"肖铁林沉吟片刻，吩咐说："一会儿等他们来了，甭管我说啥，你跟着应承就对。"

在伪警察局院外的隐蔽角落，高云虎和瓦洛佳坐在车上，紧紧地盯着伪警察局门口。郭金山的车到了，正在门口接受检查。邵掌柜也坐着人力车来了。两人一边搭着话，一边配合着门口的检查流程。高云虎低声说："看来，'钢铁长城'到齐了。"

肖铁林、汤德远、郭金山和邵掌柜在会议室里围坐在一起。肖铁林环视三人说："一千三百两黄金，我出大头，七百两，剩下的六百两，你们三人均摊，每人两百，咋样？"邵掌柜、郭金山和汤德远三人都没有说话。

邵掌柜转向汤德远，问道："德远兄，你啥想法？"汤德远摆了摆手说："你们都财大气粗，我没啥根基，钱不够，还得想办法凑点儿。"邵掌柜又将目光转向了郭金山，询问道："老郭呢？"郭金山说："我和你们不一样，我得领兵，怕是走不了。"

肖铁林说："你是铁了心当炮灰？咱四个里头，最该跑的就是你！除非你早留了后路。你的后路是啥？说来我们也听听，能不能省点钱把事办了。"郭金山说："我申请了调防，离开省城去山里，这也不算啥后路。"

肖铁林连连摇头说："你可真是糊涂！真打起来，一个调令下来让你冲在前头，你听不听？还是打算扔了底下的兵，自己跑？跑能跑哪儿去！隐姓埋名，东躲西藏，还能把钱守好了不漏财？"郭金山被这一番话说得哑口无言，神色凝重。

肖铁林看向邵掌柜，询问道："你呢？有什么打算？"邵掌柜说："我刚盘了店，现钱也不宽裕。"肖铁林说："你的家底儿多厚，牡丹江城里谁不知道，一个店就把你盘穷啦？"邵掌柜坦言道："那我直说了吧，我跟你们不一样，我就是个生意人，将来没人为难我。"

肖铁林说："家产都没收充公了，你不在意？"邵掌柜说："人这一辈子，起起落落都是命，该是你的跑不了，不是你的守不住。"肖铁林又问：

"你儿子在日本上学，你不管啦？将来打算让他在那边要饭，还是回来和你一块儿吃苦！"邵掌柜说："儿子再说，他前阵子刚回来。我反正不走，我得进祖坟。"肖铁林说："土埋半截的人了，你当我说你呢？说的就是你儿子。你得给他将来打算打算。"

邵掌柜摇摇头说："儿子的事我做不了主。当爹的，不差他钱儿就够了。"肖铁林说："我是好意。机会就这一回，你保证不后悔？"邵掌柜说："您的好意我心领了，机会就算了，不后悔。"肖铁林转向郭金山问："老郭，你呢，想好没？"郭金山说："我有点拿不定主意。"肖铁林说："咱可是命都过了好几回，又到裉节儿了。"郭金山说："行，冲你这句话，走了。"

八

郭金山从伪警察局出来，坐进自己的汽车走了。高云虎和瓦洛佳对视着，高云虎疑惑地问："这么早就结束了？"很快，邵掌柜和汤德远也从伪警察局出来。邵掌柜坐进了汤德远的车，随即车辆驶离。高云虎说："情况有变。"

不远处的房顶上，福庆和田小贵潜伏着，密切关注着周围的一切。身后传来两声清脆的鸟叫声。福庆转头，以同样的方式回应了两声暗号。高云虎循着声音找了过来，悄悄趴在福庆身边。福庆问："咋？"高云虎说："行动取消。"福庆说："为啥？"高云虎说："回去再说。"

暮色渐沉，瓦洛佳开着车，缓缓跟在汤德远的汽车后面。汤德远的车在天天好酒楼外停下，邵掌柜下了车。然后，车又开出一段，在一个巷口停下。汤德远下车，躲进小巷的阴影里。汤德远的车开走了。

瓦洛佳的车开到巷口，放慢速度。汤德远闪身进了瓦洛佳的车。瓦洛佳开着车，问："发生了什么？"汤德远说："今天晚上没打牌，肖铁林和日本人谈好了交易，一千三百两黄金，捐一架飞机，就能逃到日本。"

瓦洛佳惊讶地问："肖铁林要逃走？"汤德远说："他现在还没有这么多钱，郭金山答应了和他一起跑，明天晚上带钱过来，牌局恐怕不会再有了。"

瓦洛佳说："绝不能让肖铁林逃跑。"汤德远说："那么多金子，肖铁林一个人拿不了，他一定会让我护送他交钱，到时就有机会把肖铁林带走了。"瓦洛佳问："明天晚上？"汤德远说："你们做好准备，出发前我会电话通知你们。"

九

夜里，福庆和田小贵回到老宋家烧锅院子里。福庆说："有任务我再来找你。"福庆正要离开，田小贵拦住了他，说："福庆，咱唠几句你再走行吗？我憋着一肚子的话想说。"

田小贵执拗地说："排长不明不白地牺牲了，我转不过这个弯！"福庆叹着气说："唉，排长牺牲的时候我也不在场……"田小贵说："你们为啥不让我找汤德远？"

福庆无奈地说："排长不是老汤打死的，你去找他，只会增加咱们暴露的风险。"田小贵气愤地说："我知道你们想争取汤德远归队，排长都牺牲了，他就那么铁石心肠！"福庆不说话。田小贵观察着福庆，接着说："报仇是气话，可是这口气憋着，难受啊！"

福庆说："别气了，老汤归队了。"田小贵的眼泪奔涌而出："是排长他用命换来的……"福庆低下头，非常难过。田小贵流着泪说："福庆，你说句良心话，值吗？"福庆劝道："别钻牛角尖了。我知道，老汤收留了你，又把你撵走，你心里有气。"

田小贵愤慨地说："以前我是冲自己，现在全是冲排长！我心里不但气，还后悔，如果那天晚上咱能跟上打掩护，排长也许就没事……这些年，我有家不能回，像过街的耗子到处被人打，还以为活不长了。碰上你们，刚找到家，排长就……福庆，这几天我觉得我就像个牛皮鼓，外面咋呼响得高，里面全是空的！福庆，排长是咱的主心骨，他没了，咱以后咋走？"

福庆一把搂住田小贵："排长在心里给咱照着亮呢，你还有我们。"

十

赵庆田走进肖铁林办公室，肖铁林招呼他坐下。赵庆田拘谨地坐下，肖铁林语重心长地说："庆田啊，放眼看看，整个牡丹江，年轻人里头，我能信任的只有你和汤德远两个人。我知道这些年，你对他有一点情绪，也正常。"

赵庆田忙说："是不是二爷说了啥？局长明鉴，他说的都是一面之词。"肖铁林说："咱不提他。手心手背都是肉，你这几年跑前跑后，功劳苦劳不比他少，我也该为你想想了。"赵庆田感激地说："局长……"肖铁林苦笑道："我呢，说好听是个局长，说不好听就是犯人，当腻歪了。占着这个位子，也挡了你们年轻人的仕途。趁着日本人还在，我想把这个局长让出来，你赶紧抓点实在的好处，给自己准备准备后路……"

赵庆田惊慌问："局长要走？宪兵队问起来，我咋交代？"肖铁林眯着眼看着赵庆田说："我不走。就算宪兵队放我，外面到处是暗杀，我也出不去。"赵庆田愣住了，满脸迷惑。肖铁林一脸真诚地说："这些都是掏心窝子的话，从今天起，经济科的事你自己处理，不用问我了，其他科的事情，你也赶紧熟悉，尽早接手。日本人那边不用担心，我替你打理。"

赵庆田连忙推托道："只要局长你在，属下绝不敢有任何非分之想。"肖铁林佯作埋怨道："啥时候了，还三谦三让，免了。天予不取，反受其咎，你想好了。"赵庆田的大脑飞速运转着，不知道肖铁林葫芦里卖的是什么药。

肖铁林试探地问："真的不要？"赵庆田贪婪地说："要。那局长您……"肖铁林微微一笑说："我的事你不用操心，把你们打点妥了，我就踏实了。"

汤德远路过康生院门口，一群大烟瘾发作的人瘫跪在门口乞讨。一个瘾君子看见路过的汤德远，连滚带爬地起身追上，竟是新安监狱的徐老四，他已经被大烟瘾折磨得不成人样。

徐老四从身后追上汤德远，抱住汤德远大腿跪下说："求你了，二爷，我知道你有，给一口，就抽一口……"汤德远冷冷地说："你不是有路子吗？"徐老四无奈地说："啥路子都断了，日本人把烟土都卷到国外换飞机去了，一口都没留。"

汤德远甩开徐老四，抽开身往前走说："你自己想办法吧，我管不了你。"徐老四央求道："二爷，你是活菩萨，就给一口。"徐老四抱住汤德远的大腿不放："二爷别走，我跟你换！我告诉你个秘密，是肖铁林让我把你关了一年多。"汤德远站住了。

徐老四说："肖铁林，你去找肖铁林算账，他说了，是狼是虎是骡子，关个一年半载，出来就是一条好狗……二爷，我都说了，你就给一口吧！"汤德远冷冷地扔下一沓钱，走开了。

汤德远回到家中，拨通电话："肖铁林又叫晚上去打牌了，还照原来的计划准备吧。"

夜里，福庆和田小贵在老宋家烧锅的破屋子里忙着组装狙击枪。田小贵问："今天啥任务？"福庆说："还是昨天的仓库。"片刻后，福庆和田小贵在日军仓库附近的房顶上选好了伏击位置。

汤德远拎着提包出门，坐进汽车。汽车来到伪警察局门口，车辆照例被仔细地检查。伪警察看着汤德远手里的提包问："里面是什么？"汤德远没有打开的意思，说："肖局长的东西。"赵庆田迎出来，说："局长的东西，查啥查？"

伪警察让开了。赵庆田上前说："局长让我来接二爷了。"赵庆田伸手要帮汤德远拎包，汤德远躲开了。赵庆田笑笑："行。我带路。"赵庆田边走边试探地问："这是打算玩大的？郭团长和邵掌柜早来了，也提着个大箱子。"汤德远冷冷地说："玩命！要不你也参一股？"赵庆田忙推托道："没那个本钱，你们玩，我就看家护院，给你们把院子守好了。"

两人穿过走廊，来到会议室外。赵庆田抢先一步推门，发现会议室的门反锁着。赵庆田敲敲门，对里边说："局长，汤二爷来了！"门开了一条缝，汤德远一闪身进去了。会议室的门随后紧闭。肖铁林笑眯眯地把汤德远迎进来，郭金山和邵掌柜也在屋里。郭金山的箱子大开着，里面摆着黄澄澄的金条。

汤德远问："邵掌柜也来啦？"郭金山说："打不了几回了，我把他拉来的。"汤德远把手里的提包交给肖铁林，肖铁林惊喜地问："这么快就凑齐啦？"汤德远坦然地说："我把宅子典出去了。"肖铁林一笑："够意思！"肖铁林打开包检查，汤德远解释道："没来得及换，有大有小。"肖铁林笑着："一样。大鱼小鱼都是鱼。"

肖铁林把提包和箱子收好，满意地说："好。现在起，咱三个的命就绑一起了。"郭金山问："完事了，咱就开始？"

第二十三章
八棵松归队

一

肖铁林、郭金山、邵掌柜、汤德远四人在麻将桌旁坐下，哗啦啦地开始洗牌。汤德远主动问："打多大的？"肖铁林看向邵掌柜，说："邵掌柜专程过来陪咱打牌，听邵掌柜的。"邵掌柜说："就来一样的吧，咱'钢铁长城'情义永不倒！"肖铁林说："这话对脾气，邵掌柜坐庄。"

邵掌柜掷骰子，肖铁林盯着骰子说："俩六！六六大顺，好兆头。"邵掌柜应道："顺风顺水，好兆头。"汤德远说："老爷子今天坐乾位，也是好兆头，进财。"郭金山一声不响地摸着牌。汤德远问："酒楼的生意还好吧？"邵掌柜迟疑了一下，没说话。

肖铁林说："还惦记着酒楼呢，德远是个长情人。"邵掌柜打牌："八条。"邵掌柜正要说什么，肖铁林推倒牌："和了。"汤德远惊讶地鼓掌，说:"天和！"邵掌柜说:"运气来了，挡也挡不住，恭喜肖局长。"肖铁林喜不自抑:"承蒙各位兄弟们照顾！"郭金山闷声扔过一把钱。汤德远问:"郭团长今天有心事？"邵掌柜说:"老郭今儿个心里不痛快。"汤德远又问:"咋回事？"肖铁林打断道:"待会儿再说，先打牌。"

牌局还在继续。郭金山打出了一张牌。汤德远说:"碰。"肖铁林笑着说:"德远今天也放开了啊。"邵掌柜恭维道:"德远兄年轻有为，到了那边儿，比你们吃得开。"

肖铁林点头道:"可不，就指着他了。"邵掌柜说:"德远兄酒楼打理得好，接过来没一点纰漏。不过，肖局长，往后这天天好的配给……"肖铁林说:"还找赵庆田。我打理差不多了，将来把这个局长的位子给他。咱兄弟这么多年的情义，我不能亏了你。"

邵掌柜感激地说:"那我就踏实了！肖兄仁义啊！"汤德远接上话茬儿说:"庆田有喜事啊，难怪刚才点头哈腰，换了个人。六饼。"肖铁林推牌:"和了。"

邵掌柜略带遗憾地说:"要说还是德远兄手脚快，我这也算好了，正准备报答老爷子呢，被你抢了先。"肖铁林说:"这不好。老郭那儿不畅快，咱都该让他高兴高兴。"

一阵哗啦哗啦的洗牌声过后，汤德远问:"到底是啥事？"郭金山出了一张牌，不说话。肖铁林说:"我都听过一遍了，邵掌柜，你给他说说。"邵掌柜说:"老郭白天在宝局跟人推牌九，急眼了，要不是我拦着，差点儿闹出人命。一口气还没顺过来，死活非得拉我过来，陪他接着耍。"

郭金山沉着脸说:"今晚上谁都别说要先走。"邵掌柜说:"多大点事儿，别往心里去，陪你玩痛快。"邵掌柜出牌:"二饼。"郭金山说:"杠！"汤德远说:"谁敢跟郭团长叫板？"

邵掌柜说:"管他是谁？你马上要远走高飞了，是吧，老郭？咱破财免灾。"郭金山阴笑着，不搭茬儿。邵掌柜说:"手风不顺，你就不该跟他杠，得亏输得不多，就二十两，我都给你作保了，不着急还。咱们

'钢铁长城'，相识一场。就当兄弟给你送行了。来，临走兄弟再给你点个炮，一路平安。"肖铁林假装没听清："老郭，输了多少？"郭金山说："黄金二百两。"

邵掌柜举着一张二饼，看着郭金山惊讶地问："多少？"郭金山说："黄金二百两。"汤德远看着郭金山，郭金山掏出邵掌柜签字画押的保书扔在桌上。邵掌柜扔下二饼，整整衣服领子："啥意思？老爷子，你给断断吧。"

肖铁林拿起保书，瞅了一眼疑惑地问："真输了二百两？"郭金山看着邵掌柜说："兄弟，我这条老命靠你续了。"肖铁林扔下保书叹道："白纸黑字啊。"邵掌柜愣住。

肖铁林说："老话说得好，财聚人散，财散人聚。钱能重得过兄弟？老邵，你也不是差钱儿的人，就当花钱买个平安吧。"邵掌柜看看肖铁林，又看看郭金山，冷笑道："今儿这个局，我看明白了。我要是不认，怕是出不去这个门吧？"肖铁林笑着说："你看你这话说的，我都好几年没出这个门了，还真能拦着你是咋的？"肖铁林搂住邵掌柜的肩膀："咱们'钢铁长城'永不倒，来，接着玩。手气不能断！"

二

夜色渐深，日军仓库外面有两个心不在焉的士兵在看守。田小贵在高处架起狙击枪，福庆也准备好了引火的材料。福庆看表，田小贵急切地问："等啥呢，还不行动？就这俩货，我一枪透俩，穿一串。"福庆说："等夜再深点。"田小贵不解地问："这地方看守就俩，不像有啥重要物资，咱为啥要烧这儿？"福庆压低声音，看了看表说："组长有他的计划，咱执行命令就是。现在动手！"田小贵一枪一个，利索地干倒了两名看守。福庆迅速进去点火。

两个伪警察发现不远处突然燃起的火光，拉响警铃。赵庆田从会议室门外冲过来问:"谁拉的警铃?"一个伪警察跑过来讨好地说:"报告,我。"赵庆田又问:"着火的是什么地方?"另一个伪警察说:"宪兵队的仓库。"赵庆田问:"里边什么物资?"拉铃的伪警察说:"应该是被服厂和医院的储备物资,都是棉纱和布料。那不关咱们事儿。"赵庆田一脚踹在他的屁股上,骂道:"妈了个巴子的,那你倒是假装没看见啊,警铃都拉了,现在说不管,日本人回头问起来咋说?带着你的人,赶紧去救火!"另一个伪警察问:"您不去?"赵庆田不耐烦地说:"我他妈经济科的,又不是救火队!"

牌局还在继续。汤德远打牌:"六条。"肖铁林推牌,赢了:"这牌面怎么样?得翻两番。"汤德远懊丧地拍脑门儿:"他娘的,想憋把大的,结果成上供了。"邵掌柜阴沉着脸:"老爷子今天是赢了个满堂红啊。"

肖铁林听到警铃,不耐烦地扔下手里的牌:"吱哇乱叫,真他娘的不省心。"肖铁林起身走到门口,拉住一个跑过的伪警察问:"又出啥事了?"伪警察说:"报告局长,好像是哪儿着火了。"肖铁林忙问:"局里?"伪警察说:"外边。"肖铁林骂道:"那你们跟着奔哪门子丧?"

肖铁林重新坐回麻将桌旁,汤德远看看表,不好意思地说:"今儿钱没带够,刚才您和那一把,我这直接见底儿了。"郭金山把牌一推:"那不玩了。"邵掌柜冷哼一声,阴沉着脸说:"你们几个打得一手好牌啊。"肖铁林环视三人问道:"真不打了?今天就到这儿?既然赢了,老规矩,我还得把你们亲自送出去。"

肖铁林披上外套,起身送三人往外走,郭金山说:"老爷子是讲究人,每回赢钱都要送我们到门口。"邵掌柜回头说:"今儿就别送了!"肖铁林转头看看门上的锁,坚持说:"规矩就是规矩,两步道的事儿。"

肖铁林送三人穿过院子,说:"老郭赶紧跟邵掌柜去办事吧,早清账早利索。"郭金山跟在邵掌柜身边说:"坐我的车吧?"邵掌柜冷哼一声,跟着郭金山朝前走。

肖铁林走到院子门口,站住了。汤德远看着肖铁林说:"老叔?"肖铁林说："意思到了，就不出去了。"汤德远站着。肖铁林扭头看着办公室的方向担心地说："夜长梦多。你等我招呼，别乱跑。等邵掌柜的钱到手，咱就送过去。"汤德远说："知道了。"

高云虎和瓦洛佳坐在车上严阵以待，瓦洛佳说："警察都去救火了，里面应该没多少人了。"高云虎说："就算剩下几个咱们也能对付。只要汤德远能把肖铁林绑到车上，我们就在下一个路口交接。"瓦洛佳抬手看着表，高云虎说："注意，他们出来了！"

不远处，郭金山开车门，邵掌柜坐进郭金山的车里。高云虎和瓦洛佳紧张地盯着大门口。高云虎疑惑地问："怎么回事，还不出来？"汤德远的车缓缓驶来。瓦洛佳缓缓启动汽车，跟了上去。高云虎远远看着说："车上只有汤德远。"

瓦洛佳开着车，高云虎和汤德远坐在后排。汤德远说："屋里放着钱，肖铁林要看着，不肯走出警察局。"高云虎说："福庆的火白烧了。"汤德远说："肖铁林这些年和邵掌柜打牌，是把他当肥羊养着，卖酒楼宰了邵掌柜一把，这回又需要钱了，邵掌柜没上当，明着拒了，所以有了今天晚上这一出。"

高云虎说："狗急跳墙，明抢上了！"汤德远说："对我和郭金山他也是算计，他知道日本人盯着我，也知道日本人不可能放一个能打仗的中国人走。"高云虎说："郭金山能不明白这一点？"汤德远分析道："他被义气蒙了眼。肖铁林怕夜长梦多，让我等招呼，邵掌柜的钱一到手就给日本人送过去。最快也得明天晚上。你们等我的电话吧。"

福庆和田小贵走在街上，田小贵说："干死两个小日本，烧了他们的物资，心里总算痛快点了。"

三

汤德远回到自家院子，一阵风吹过，空藤椅在院里的树下晃荡。汤德远顿了顿，转身往屋里走。他开门进屋，转身关门，一把枪顶在他的脑袋上。赵庆田从门后转出来，举着枪威胁道："别动，手放在我能看见的地方。"

汤德远被赵庆田绑在椅子上，动弹不得。赵庆田问："今儿演的是哪出啊？草船借箭？火烧连营？"汤德远问："你听见啥了，赵局长？"赵庆田不屑地说："还用听见？你们这一趟一趟的，又是关起门嘀咕，又是拎着箱子进进出出的。箱子里装的啥？看着挺压秤啊。"汤德远反问："想知道？"赵庆田继续威胁道："想跑路？没那么容易，得先过了我这关。我有尚方宝剑，宪兵队的。"汤德远笑了："你能拦住谁？这世上你想不到的事多了。跟你说了吧，肖局长要捐飞机，去日本，远走高飞。"

赵庆田愣了一会儿，随即哈哈大笑道："你想不到的事也多了！你以为你能走得了，被人卖了还帮着数钱呢。这回我痛快多了。"汤德远说："说说看。"

赵庆田说："肖铁林借你过河呢，把你榨干了，再留给日本人收拾。日本人早盯上你了，他们能放你走？"汤德远问："日本人盯着我干啥？"赵庆田说："用你钓出八十八旅，然后一网打尽。你脑子不好使，就没想过你和那些人不清不楚，一回回的，咋就一点事没有。"汤德远说："那是我身正，日本人这回要失算了。"赵庆田说："日本人不在乎多杀一个。"汤德远说："你也别得意。你以为当局长是好事？肖局长自己都要跑了，将来所有的账都算在你头上。你就是个替罪羊。"

赵庆田又哈哈笑："我有那么傻？我稀罕那个局长？"汤德远问："你稀罕啥？"赵庆田举枪对准汤德远的脑袋，阴险地说："你走不了，我走得了！你他娘的别拿命好当活儿好，只要杀了你，肖铁林能信任的只有我了，捐飞机那么多钱，他一个人能搬得动？"

赵庆田的手指扣上扳机，笑着说："这一天，我可是等了好久。"汤德远看着得意的赵庆田，不慌不忙地说："算盘打得不错，不过，你再想想。"赵庆田说："天予不取，反受其咎。"汤德远从容地说："你不是说日本人盯着我吗？杀了我，日本人能饶得了你？恐怕你今晚上就回不了警察局。"

赵庆田举着枪，琢磨着汤德远的话。汤德远趁机说："你这几年光想着算计我，咋从来没想过合作？"

四

中医馆里，伙计在药柜子前抓药。田小贵躺在床上，老中医正在检查着他的腿。检查完，老中医回到坐堂处点头道："好全了！不错，身子年轻，底子好。"

田小贵从床上起身感激地说："是刘叔你的心好，医术高，我这条腿全是你给的。"老中医说："医者仁心嘛。过来，我再给你把把脉。"田小贵来到桌边坐下，伸出手，老中医搭在脉上。

一个伙计端了一碗汤药过来，放在桌上。田小贵说："刘叔，这药还用再喝吗？"老中医把手拿开说："祖传的方子，活血通络，喝了没坏处。你那位兄弟给钱不少，我不能贪，也别作践了这药。"

田小贵客气地说："钱不算啥。这一趟一趟地跑，净给刘叔添麻烦。"老中医嘱咐道："年轻人容易心急，养病是个慢功夫，要有耐心。"田小贵说："行，我听刘叔的。"老中医加重语气说："对喽，要耐心再耐心。"田小贵说："我之前有个叔，他也老这么跟我说话。"说着，田小贵端起中药，咕咚咕咚地喝下。

黄昏，福庆拐着脚来到老宋家烧锅。田小贵出来迎上问："你的脚咋啦？"福庆说："不小心扭了脚，晚上有任务，所以赶紧来找你。"田小贵一愣，问道："又有任务啦？"

福庆焦急地说："帮你治腿的老中医在哪儿？快带我去看看，今天的任务很重要，不能有闪失。"田小贵说："刘叔？他在火车站附近的中医馆坐堂。"福庆着急地说："快去叫两辆车，咱现在就去。"

田小贵和福庆来到中医馆，老中医试探地按着福庆的脚："这里？"福庆龇牙咧嘴地说："疼，还有这里。"田小贵焦急地等在旁边问："刘叔，他的脚伤得厉害不厉害？"老中医说："不碍事，不见红肿，骨头应该没事，是筋脉的问题，不用治，养个几天，自己就能好。"福庆央求道："刘叔，我干力气活的，就靠这双脚吃饭，养不起，你随便给我捏捏，好快点儿也行。"

老中医摇头："筋脉可不能乱捏，越捏越坏事。"福庆焦急地说："那咋办，不治我晚上的活儿就泡汤了，您帮帮我，好歹给我治治。"老中医说："你实在要治，我给你煮些中药水，泡一泡，缓解缓解症状。"福庆说："您多给我放些药。"

田小贵心事重重地说："福庆，外面天已经黑了。时候不早了，要不我先回去取东西，一会儿再过来找你？"福庆点头道："成，那你当心着些。"

福庆泡了半天，擦干脚，穿好鞋。老中医拎着几包中药过来说："这几服药你带走，每天临睡前煮半个钟头，泡半个钟头，几天就好了。"福庆说："药先放这，明天我再过来取。"

福庆焦急地看着门口，自言自语地说："小贵咋还不来？"

五

肖铁林看着办公桌上的两箱金条，自言自语感叹道："五年的牢就换了这一百多斤，一朝就要散尽了。肖铁林，你说说，人命是个啥……"他坐在椅子上，陷入了忧虑。

这时，赵庆田在外面敲门道："局长，这里有份文件……"肖铁林朝着门外说:"你自己看着办,不用问我。"赵庆田说:"文件上要签字。"肖铁林推托道:"你替我签,往后这些事都不用再问我了。"赵庆田试探地说:"那我就代您签了。"肖铁林爽快地说:"去吧,去吧。"

　　肖铁林锁好两个箱子,拿起电话:"德远,晚上过来吧,甭太早了,行事不方便。"一会儿,汤德远敲门,肖铁林给汤德远开门。汤德远进来说:"老叔,我来了。"肖铁林呆呆地看着两箱金条,感慨道:"你说人的命算个啥?"汤德远说:"人有三六九等,人不一样,命也不一样。"

　　肖铁林感叹道:"是啊,人各有命。'满洲国'这些年,人命不值钱,像蚂蚁一样死了的千千万。迟早都是一闭眼一蹬腿,你说咱图啥?"汤德远说:"老叔,你是金贵命,万里挑一,福大命也大。"

　　肖铁林苦笑道:"以前是福大命也大,往后就说不准了。"汤德远安慰道:"有钱能使鬼推磨,往后的日子差不了。"肖铁林叹息道:"也就这一百来斤,富余不多了,往后怕是要苟延残喘了。"汤德远说:"留得青山在,不怕没柴烧,咱还能赚。"

　　肖铁林愣了愣说:"你说得对。唉!咱叔侄这些年,一个费心劳神,一个风里雨里,也就赚得个青山还在。"汤德远说:"要怪只能怪日本人胃口大。"肖铁林点头:"日本人是真狠啊,这个钱迟早留不住,得亏我转得快,还换了条命。"

　　汤德远说:"老叔,咱要是不走,真的留不下命?"肖铁林说:"这事我琢磨了好几年,你们兴许逃得过,我是上天入地都没门儿。你数数,苏联人、共产党、国民党,哪一家能饶了我?运气不好,落在老百姓手里,就得乱棍打死。我肖铁林风光体面半辈子,往后就是要饭,也是体面地要,死也得是我自己想死。"

　　肖铁林穿戴整齐,站在窗口,给鹦鹉加食加水,依依不舍地说:"往后不能陪你了,爱新觉罗的江山坐不住了,我也得走了。"鹦鹉说:"好好干,有钱赚!"

汤德远拎着箱子，在门口催促道："老叔，该走了。"肖铁林环视一圈，感叹道："'满洲国'这么些年，有一半时间我是待在这屋里。按说能出门了该高兴啊，咋还有点舍不得？"

汤德远说："您说的，人心都是肉长的，养死个家雀也心疼，何况一去就不回了。"肖铁林戴上帽子，心一横道："行吧。流水不争先，破鞋露脚尖，得亏落了这些。德远啊，我没白信任你，这些年你有功！"汤德远说："老叔，命是你给的，要是往后我有啥做得不称心的地方，您还多担待。"肖铁林说："唉，不说这些了，走。"

汤德远提着两个大箱子，肖铁林提着一个小箱子，一前一后穿过伪警察局的院子。肖铁林说："这赵庆田还有点眼力见儿，看出苗头，躲出去了。没白栽培他。"

汤德远的汽车在伪警察局门外等候。汤德远和肖铁林走出来，司机下来开门，肖铁林坐进车里，汤德远把两个箱子放进后备厢里，也上了车。汽车缓缓离开，在街上疾行。瓦洛佳和高云虎的车紧跟在后面。

肖铁林有点心神不宁，汤德远问："还有啥没办妥的？"肖铁林忧虑地说："钱在自己手里还好，交出去，妥不妥就由不得自己了。"

这时，司机突然踩下刹车。汤德远忙问："咋啦？"不远处，赵庆田拦在路中央。一支手电筒正对着照过来，汤德远和肖铁林抬起手挡着眼睛。赵庆田的声音传来："当阳桥一声吼，喝断了桥梁水倒流……"手电筒关了，一支枪举在汤德远面前。赵庆田持枪站着，毫不客气地说："下车吧。"汤德远开门下车，站在路边。肖铁林也跟着下了车，故作镇静地问道："这是演哪出？姓赵的，我待你可不薄。"赵庆田冷冷地说："肖局长，你走了，宪兵队可要拿我是问。"

肖铁林把手伸进怀里，摸着怀里的枪。汤德远突然出手，夺了肖铁林的枪，又将枪口对准肖铁林，说："对不住了，老叔。"肖铁林吃惊地看着汤德远："你！"赵庆田拍着手道："好样的，汤二爷。斩了老蔡阳的头，我得钱，你逃命，咱们各得其所！"

肖铁林说："汤德远，你的话咋说的，你的命……"汤德远说："我的命是你给的。"肖铁林说："记得就好。杀了赵庆田，当这事没有过。"

赵庆田在一旁催促道："汤德远，再不动手，日本人一来，你就跑不掉了。"肖铁林说："汤德远，日本人那边我保你。"汤德远说："庆田兄，杀了肖铁林，你怎么保证我的安全？"

赵庆田说："我只要钱，要你有鸟用？再不动手，咱俩都撂这儿。"汤德远应道："说得对！"汤德远一边说，一边突然掉转枪口，对着赵庆田的胸口开了枪，赵庆田仰头倒地。肖铁林擦着汗说："打得好！他娘的，这么死便宜他了。"

高云虎出其不意地现身，从后面给肖铁林套上了头套，肖铁林不停地挣扎，汤德远说："对不住了，老叔。"汤德远和高云虎一左一右把肖铁林押进车里，汽车在街上疾行。

六

汤德远的车在路边停下，在路边等待的福庆迅速上车，简短地解释道："没等上小贵，就我一个。"汤德远转头看向司机，低声吩咐说："打电话。"司机立刻下了车，走到电话亭打电话。

汽车在黑松岭三岔口停下，司机和汤德远押着戴头套的肖铁林下了车。汤德远对肖铁林说："你到地方了。"背后忽然响起一个声音："我也到地方了。"

汤德远闻声站住，慢慢回过头，冷笑道："果然是你。"田小贵举着枪，扣下扳机，汤德远身边的肖铁林应声倒地。田小贵得意地说："不好意思，让你们功亏一篑了。我知道你们要干一件大活，果然是大活，你们声东击西，让我上了两次当，我不能上第三次当，川野课长叫我耐心再耐心，功夫不负有心人，今天总算等到了。"

汤德远不屑地笑道："我早就知道是你。你的手不是在林子里冻的，而是来自日本人的大刑——虎头枷。"

汤德远坐在监狱角落里，一个囚犯举着双手劝汤德远道："兄弟，招了吧，这是日本人的大刑，叫虎头枷，好好的一双手变成了鹰爪子，没有不招的！"

田小贵笑着说："二班长，今天的这一切还得感谢你的司机呀。"

天天好酒楼外，汤德远的车停在路边。田小贵站在汤德远的司机身边，阴冷地说："这是四根金条，你收着，这事办成以后，你远走高飞，一辈子享福，不然我杀了你全家。你老婆叫谷月娟，在宝局伺候茶水，是吧？你儿子叫胡小杰，在俄罗斯人开的珠宝行里，对吧？你爹你妈在一面坡锣鼓街15号住，是吧？你爹在万顺和澡堂里搓澡，对吧？"司机吓得颤抖着双手无奈地接过四根金条。

听了田小贵的话，汤德远笑了笑："对，感谢他打电话给你，让你到黑松岭三岔口等我们。"田小贵一惊。

汤德远司机在屋子里刚要藏金条，一抬头惊呆了。汤德远站在身后眼珠不错地盯着司机道："我盯你不止一天两天了。"司机吓得浑身发抖，金条顿时落地。汤德远说："我饶你一命，今天晚上，你不是约好了和田小贵打电话吗？告诉他，到黑松岭三岔口等我们。"

汤德远冷笑道："看看身后吧。"田小贵慢慢回过头去，瓦洛佳、高云虎和福庆已经包围了上来。汤德远扯下尸体的头套说："看看他是谁，是那个给你看病、传递消息的老中医。"福庆上前一步，对田小贵说："排长也早就知道你有问题。"

兴隆街78号门房，老山东心事重重地走进来："小贵不对。"福庆跟在后面担心地问："咋啦?"老山东点了袋烟，疑虑地说："在特高课眼皮子底下要饭不说，一碗糙子粥，我都没饱，他打了饱嗝儿，说话当间儿还放了个屁，大鱼大肉吃多了顶出来的臭屁……"福庆听罢顿时愣住了。

田小贵惨然一笑说："可惜他回来得太晚了。"田小贵又转向汤德远，得意地说："你看看上面。"一个便衣特务押着彩凤出现在山坡上，一把枪顶在彩凤脑袋上。

汤德远转头怒视田小贵。田小贵环视包围自己的三个人，阴冷地说："肖铁林在哪儿? 特高课的人马上就要到了，把肖铁林给我，我放你们一条生路。一个肖铁林，换你媳妇和你们这么多人的命，值吧?"

特高课的车队已开到黑松岭山下。大批便衣从车里出来，向三岔口扑来。高云虎愤慨地说："咱们从前同生共死，好不容易盼到今天，你到底是为啥?"福庆生气地说："我也不明白，小贵，你为啥要当狗?"田小贵无奈地说："不是我想当狗。日本人的虎头铡我不怕，死我也不怕，可是日本人要给我打针啊。"

牡丹江特高课审讯室，虎头铡撤下，田小贵全身被汗水浸透，衣服紧贴在身上，十个手指血肉模糊。田小贵毫不畏惧地说："有本事你们杀了小爷!"

川野冷笑道："吃了虎头铡，底气还很足，是条关东山的好汉! 真不怕死吗?"田小贵说："废话少说，要命拿走!"川野嘲笑道："你把死想得也太容易了，既然到了这儿，就不是一颗子弹的事，怎么样，再认真考虑考虑？"田小贵爽快地说："赶紧的，别耽误小爷投胎。"

川野微笑着向身后招手。两个日本兵把田小贵拉起来，扔上一张小床，双手双脚都固定在床上。川野凑过来假惺惺地问："舒服吗？"田小贵说："还有床睡，咋不舒服！"川野说："还有更舒服的。"

川野拿出一沓照片，指着照片上一具浑身黑紫的裸尸说："鼠疫听过吗？黑死病听过吗？一个东西。感染了鼠疫的人，三天之内就会变成这样。"川野又指着照片上一具浑身皮肤溃烂的尸体，阴森森地说："再让你见识见识，这个是炭疽热，感染了这种细菌，死得就没那么快了，十几天吧，浑身长满包，包会变成小水疱，小水疱会全部烂掉，体无完肤这个词很好……"

川野拿着一组照片，一张一张展示着："不跟你说瞎话，发病的过程都在这里。"田小贵闭上眼睛说："小爷不是吓大的，你的照片根本不是一个人！"川野冷笑道："看得还挺细，当然不是一个人，你看的都是遗照，就是他们临死之前的照片。你知道拍完照片他们去哪儿了吗？拍完照，这些人就被推进解剖室，割开肚子，观察五脏六腑的发病过程……"

田小贵不说话了。川野又递上一张照片威胁道："除了细菌，还有毒气。你看这个，人死了，可脸是红的，口吐白沫，这是被氢氯酸毒死的。听不懂没关系，我也不懂。"

川野又展示了一张照片，说："这是另一种毒气，也是浑身出水疱……"田小贵紧闭上眼睛不敢再看。川野冷笑着威胁道："害怕了？那就不给你看了。运气好的话，死得快些；运气不好，就得继续做贡献。看着自己被割开，不知道哪个器官被取走才能咽气，可能是胃，可能是肝，当然，心要是摘了，一定马上咽气……"

川野指着身边的气罐和针剂问："死法都在这儿了，你挑一样。"川野抬手，一具尸体被推到田小贵旁边，和田小贵的床齐头放着。

川野盯着田小贵问："你猜他怎么死的?"田小贵恐惧地看着旁边的尸体,闭上了眼睛。川野见状追问道:"想好了没有?"

田小贵闭着眼睛说不出话来。川野冷笑着说:"不说? 那我帮你选。"川野站起来向外走去,吩咐道:"就用炭疽菌吧。"一个医务人员拿起一支针剂,走到田小贵床边……

田小贵脸上惧色犹存,大喊道:"都别说大话,我不信你们哪个能扛得过!"高云虎和福庆交换了一下眼色。高云虎突然开枪,田小贵中弹,直挺挺地倒下了,双眼不甘地望着天空。福庆的枪也响了,彩凤身边的特务应声倒地。

便衣特务们听到了枪声,循着声音朝山上跑。黑暗中,突然传来一阵木棍子敲树的声音,是抬参人的暗号:"抬宝了……"伐木的号子从另一个方向响起:"顺山倒了……"

星星点点的火把从四面八方的暗处亮起,从山下包围上来的便衣特务们陷入慌乱。火把从四面八方围向特高课便衣队。

黑暗中响起大阔枝的喊声:"关东山三江口不缺中国人,闯崴子的,抬参的,淘金的,放排的,采药的,伐木的,葱山、黑山、秀山的山匪,龙江、乌苏里江的江匪,是爷们儿的都来了,爷们儿死光了娘儿们上,松林镇把棺材都给你们备好了,白山黑水都是坟头,关里关外都是故乡……"

黑松岭山上,火把攒动,呼喊和惨叫声交织在了一起。川野快步穿过林子向外走着,突然站住了。大阔枝从一棵树后转出来,微笑着问:"尤老板,好久不见,咋钻林子里来啦?"川野目露凶光,走向大阔枝。突然一张大网从地面升起,兜住了川野,川野悬在半空的树上,嘴里高声咒骂着。

老猎人从一棵树后边走出来,和大阔枝并肩站着,俩人抬头看着川野。老猎人得意地说:"下了一辈子套儿了,四条腿儿的狍子见过,这两条腿儿的是个啥玩意儿?"大阔枝说:"黄皮子上身——装啥像啥。"老猎人说:"那把皮扒了看看吧。"老猎人掏出刀,大阔枝拦住说:"这皮留着回松林镇再扒。"

一轮红日从东方升起。高云虎和福庆押着肖铁林登上山巅,高云虎摘下肖铁林的头套说:"山里都是被你害死的冤魂,肖铁林,给你个赎罪的机会。"高云虎站在身后,对着肖铁林膝盖踹了一脚,肖铁林跪下了。群山之间,飞鸟掠过。

七

夜里,在井阳镇外的山上,隐藏在深坑里的小驴子掀起藤编的坑盖儿,探出脑袋。一名战士从林子里潜行过来,钻进坑里。四个蓬头垢面的人聚在一起。战士说:"顺手干了个落单的鬼子兵,就地刨坑埋了,能杀一个算一个。"小驴子问:"有啥新发现?"战士摇头:"没有。"

潘铁瓢儿递上半根萝卜劝道:"你们别瞎忙活了,早说了没用。"小驴子说:"万一瞎猫碰上死耗子呢?"潘铁瓢儿摇摇头说:"我在这镇上多少年了,都没找着进山的道儿,还能让你们碰上?"

小驴子问:"咱们有多久没跟上面联系啦?"战士说:"有日子了。"另一名战士说:"我前天探鬼子兵营,看见无线电侦察车了,用电台的话怕被鬼子发现。"小驴子掀开苫布,从背包里取出电台,说:"就开一分钟。"潘铁瓢儿好奇地问:"这盒子是啥?里边装的啥玩意儿?"

小驴子打开电源,戴上耳机,凝神调整频率。他听到耳机里传来嘀嘀的信号声,激动地说:"有消息!"潘铁瓢儿迷茫地问:"这玩意儿还能说话?"战士解释道:"这叫电台,比你嗓门儿大。"

小驴子飞速记录完,又掏出密码本。半响,他扔下密码本,兴奋地跳起来说:"是周旅长发来的消息!"战士问:"发给咱们组的?用的啥频率？"

小驴子说："发给所有在东北的任务小部队的电报！"战士又问："说啥了？那你倒是快点念！"小驴子拿起本子念道："发动群众，武装起来，配合苏军和八十八旅解放东北！"战士说："要出兵了！咱们等到了！"两名战士跟着小驴子跳起来，兴奋地往坑外爬。小驴子和两个战士并肩站着，看向辽阔的远处。

潘铁瓢儿提醒道："驴脑子，赶紧下来，不要命啦？"小驴子难以抑制激动的心情："我真想大喊一声，反攻要开始了，你们说党中央能听见吗？"潘铁瓢儿迷茫地说："党……中央是谁？姓党吗？你们为啥让他听见？"

小驴子兴奋地说："找着他，咱们的胜利就结出果子了！"潘铁瓢儿说："驴脑子，你又糊弄我呢吧？这个姓党的这么厉害？在哪儿呢？找着了让我也跟他唠两句儿。"小驴子说："在关里呢。"潘铁瓢儿有些失望地说："那不白扯吗？"小驴子充满希望地说："我们找不着，一定有人能找着。"

聋子坐在松林镇路边，疯老头儿抱着一个萝卜奔向安福客栈："萝卜来了，萝卜要来了！红心儿的大萝卜！"聋子听不见，站起来迷茫四顾。

安福客栈里，佟掌柜微笑着把两位客人迎进门后，走进屋里，小心地关好门，从床底下拿出电台，戴上耳机。一阵嘀嘀的发报声响起。无线电波跟着飞鸟，飞出松林镇，飞越山海关，飞向延安。

美军轰炸机在日本本土的广岛和长崎投下原子弹。苏联红军出兵东北，地面铁流滚滚，天上轰炸机群呼啸。八路军、新四军、华南人民抗日游击队展开全面大反攻。

一九四五年八月九日，苏联红军兵分三路，从西、北、东三个方向同时向驻扎在中国东北各地的日本关东军发起猛烈攻势；同日，毛泽东发表《对日寇的最后一战》的声明。随后，朱德总司令发布七道全面反攻命令。中国抗日战争进入全面反攻阶段。

八

秋日，苏联远东军区参谋部情报中心，瓦西里抱着一摞战斗手册一路小跑着上楼时脚下绊了一跤，战斗手册掉了一地。瓦西里俯身一本一本捡起来，仔细地擦拭沾上的尘土。

瓦西里将战斗手册依次分发给所有的军官，一名苏联军官翻着手册，用怀疑的目光打量着瓦西里，问："这上面的信息准确吗？"瓦西里立正："报告！这是根据派遣回'满洲'各地的侦察小分队发回的情报，由最高统帅部绘制的边境地带敌防工事详图，连以上军官人手一册。这是八十八旅的战士们用生命换来的，是阿肖勒他们用生命换来的！"

苏联军官问："阿肖勒是谁？"瓦西里眼里含着泪花，说："阿肖勒是我最好的朋友！"苏联军官们沉默良久。排头军官用俄语命令道："全体立正，向后转！"列队的苏联军官们整齐地手持战斗手册，转身面向窗外的天空。排头军官大声命令道："敬礼！"

清晨的朝阳下，在铁路站台上，成建制的苏联红军战士跑步登上列车。苏军大部队的装甲集群出现在边境，裹挟着烟尘冲上山岗。在苏军前线临时指挥部外面，一名苏联军官走下装甲车，低头看看表，拿起电台发布命令："总攻开始！"

在大秃子岭临时指挥部军用帐篷里，高云虎和福庆等几个战士身着八十八旅制服肃立其中。桌上放着一张军用地图，地图上标示出了大秃子岭中间的一条秘密小道。瓦洛佳说："参谋部要求你们对大秃子岭秘密工程进行抵近侦察和定位，防止遗漏目标。日军会保持无线电静默，使用电台随时会被发现，开机一定要谨慎。务必在对日军发起总攻之前完成任务。"

汤德远穿着便装，等在帐篷外，高云虎和福庆从帐篷里走出来。高云虎说："老汤，我们要进山。"汤德远走上前说："我跟你们去。"高云虎解释道："老汤，这是旅部的命令，你挺长时间没上战场了，手生了。"汤德远说："信不着我?"福庆自信地说："老汤，放心，我们俩能行。"汤德远坚持道："别忘了，当年我可是踩过一脚鬼门关，比你有经验。"

高云虎、福庆和汤德远带领着几名战士，身着伪装，携带武器和随身电台，在林间穿行。密林中，几人站住四望，福庆掏出地图和指南针对照一番说："应该不远了。"

在大秃子岭上，高云虎举起望远镜，看见日军士兵在一个山洞外生火做饭。高云虎说："这应该就是外围守卫部队了。"汤德远观察着四周说："福庆，有没有点眼熟?"福庆一拍大腿说："奶奶的，认出来了，那边是老子跳过的悬崖!"汤德远点头："咱们快到地方了。"

这时，天上传来发动机的轰鸣声，两架零式战斗机从天空呼啸而过，在边境3号高地上空投下一拨炸弹，阵地顿时被炸成一片火海。苏军战士们缩身躲进战壕里。

躲在战壕里的战士刚刚冒头，两架零式战斗机去而复返，用机载机枪扫射阵地。苏军指挥官拿起电台用俄语发报："报告，我们被日军空中力量压制，不知道从哪儿起飞的，再来几架我们就顶不住了!"

苏联境内的空军基地上，苏军轰炸机编队轰鸣着起飞，冲向夜空。机载雷达上一片空白。长机飞行员用俄语说道："轰炸机编队已经起飞向指定区域，等待目标准确坐标。"地面指挥中心用俄语说道："战斗机编队起飞护航，准备空战。"

零式战斗机在大秃子岭上空接连起飞，呼啸而过。高云虎、福庆和和汤德远在峭壁上攀行。几人翻过山崖，一座军用机场出现在下方。两条五十米的跑道上，伪装植被已经被清理干净，跑道两侧日本空军地勤挥舞着指示灯。

一架又一架零式战斗机从山洞中被牵引出来，依次排列在跑道上，等待起飞。从空中俯视，山洞里藏的全是飞机，有的飞机已经露头了，有的刚刚被拉上跑道，有的已经在滑行起飞。深山里，一座座山峰，到处灯火通明，所照之处，跑道、飞机和山洞越来越多。

高云虎、福庆和汤德远震惊地看着。高云虎担心地说："这些飞机要是都起飞了，打咱们的后背，那就真要了命了。"

夜晚，高云虎、汤德远和福庆潜伏在军用机场跑道不远处。高云虎观察着四周情况说："在这儿发报太近了，轰炸机投弹我们来不及撤离。"

福庆着急地说："总攻即将开始，不能再等了。而且，空军需要明确的方位指示，你们要给我争取时间。"高云虎和福庆对视着，点点头。高云虎说："我们会不惜一切代价掩护你。"哗啦一声，汤德远拉开枪栓道："发报我不会，发子弹没问题。"

福庆打开电台开关，戴上耳机发报。嘀嗒的电报声响起，信号穿越夜空，发向参谋总部："报告参谋总部，已定位大秃子岭军用机场的精确位置，我将保持现在频率，开机等待。请轰炸机编队立即向我投弹！立即向我投弹！"

大秃子岭军用机场守备部队指挥部，无线电探测装置缓缓转动。仪器上显示出一个明显的无线电台信号，日军士兵报告："监测到一个不明无线电信号源，位置就在附近！"日军长官命令道："出动搜索部队！"日军搜索部队出动，沿着机场跑道奔向福庆的方向。枪声从不同方向的暗处响起。

高云虎和汤德远带领几个战士分散伏身藏在四处，向搜索部队射击。搜索部队还击，高云虎和汤德远迅速移动，打一枪换一个地方。搜索部队很快失去目标，陷入迷茫状态。

苏军轰炸机编队呼啸着穿越夜空。机载雷达上，一个明显的闪烁灯显示着目标方位。长机飞行员用俄语讲道："信号非常清晰强烈，预计两分钟后到达，完成投弹。"

福庆抱着电台仰望着天空。夜空中繁星点点，成队的苏联轰炸机群出现了，对准大秃子岭里的军用机场精准投弹。冲天的火光中，军用机场的跑道被炸烂，跑道上来不及起飞的零式战斗机被炸得四分五裂。山洞倒塌，里面藏着的飞机来不及牵引出洞就深埋火海。

炸弹接连在福庆身后爆炸，福庆的身影被淹没在火海中。火光浓烟中，汤德远出现了，冲上来背起福庆就跑。苏联空军轰炸机逐渐远去，所过之处一片火海。

黄昏，战地医院，军医和护士们四处忙碌，不时有抬着受伤战士的担架经过。高云虎走近汤德远，汤德远递给他一个军用水壶，有些遗憾地说："奶奶的，还想着回来跟着大部队过过瘾，结果就赶上了个尾巴。"汤德远环视着周围忙碌的身影，又痛惜地说："可惜了，这么多人没看见胜利，就差了一点。"

残阳如血，一个蓑衣战士从身后走过来问："还有水吗？给俺喝一口。"高云虎递上军用水壶，蓑衣战士接过来灌了一大口。高云虎问："你们是哪儿来的？"蓑衣战士骄傲地说："俺们是抗联的部队，一直藏在山里，这一天等了很久了。"高云虎亲切地问："同志，你叫啥？"蓑衣战士答道："鲁志刚，上了队伍指导员给起的，从前只有个小名叫铁梁。"

高云虎一惊，问道："铁梁？家在哪儿？"蓑衣战士爽快地说："烟囱山。家里就只有个老娘了，俺爹就是队伍上的，前些年回来过一次，又走了。临走的时候让俺老实在家照顾老娘，俺没听他的话，也跑出来跟了队伍。"

高云虎惊喜地问："你爹大名叫鲁长山？"蓑衣战士惊讶地说："你咋知道？"高云虎伸出手，自我介绍道："鲁长山是我的排长，我叫高云虎。"

窗外红旗飘扬，传来喧天的锣鼓声和热闹的人声。床边不远处的收音机里传出女播音员的声音："一九四五年八月十五日，昭和天皇发布诏书，宣布日本无条件投降。"

阳光从窗子里射进来，福庆头上缠着纱布，缓缓睁开眼睛，问道："外边咋这么热闹？"汤德远激动地说："日本人投降了。"福庆问："我在哪儿？"高云虎忙说："这地方已经不叫'满洲国'了，好好养伤，咱到家了。"

九

东京湾的美国军舰"密苏里号"上，日本代表在投降书上签字……侵华日军一百二十八万人向中国投降……

据不完全统计，东北抗日联军教导旅在苏联期间，坚持小部队斗争，先后派出侦察小分队三百余人次。从一九四五年九月初开始，东北抗日联军教导旅先后分四批从苏联境内回到中国东北，迅速发展壮大，如星火燎原。东北人民和东北抗日联军在极其艰苦的条件下，坚持抗战十四年，为中国人民抗日战争暨世界反法西斯战争的最后胜利做出了不可磨灭的贡献。

一九四五年十月二十日，沈阳，在中共中央东北局驻地，周保中向党组织报到。周保中眼含热泪，郑重敬礼："中国共产党领导下最后的抗联部队，以苏联工农红军独立步兵第八十八旅番号参加收复东北的战斗，我们坚守到了最后，东北抗日联军教导旅向党组织报到！我们归队了！"

东北抗日联军教导旅自一九四二年八月成立，始终保持组织体系的独立，坚持中国共产党领导下抗日武装的自主。至此，东北党组织终于同中共中央直接取得了联系。一九四五年九月，东北抗日联军教导旅扩建为东北人民自卫军，部队发展到四万八千人，十月底，与挺进东北的八路军、新四军部队合编为东北人民自治军，从此揭开了新的一页。

东北人民在十四年艰苦抗战的日子里，无以计数的英雄儿女将一腔热血抛洒在白山黑水间，而大多数的人都没留下名字。

秋日的阳光照耀着松林镇的八棵老松，高云虎、汤德远、福庆来到八棵松下，眼前浮现出当年的一幕幕情景：

> 排长老山东带领高云虎、汤德远、福庆等抗联战士向敌人开火……
>
> 高云虎举着刺刀和日本兵搏斗着……
>
> 福庆捡起一把大砍刀，跑到高云虎近前，砍倒日本兵……
>
> 汤德远被两个日本兵前后夹击，老山东赶来，二人并肩作战……
>
> 卫生员花儿奔跑着，不断地救治伤员，子弹擦肩而过，划伤肩膀……
>
> 老山东说："……咱们排不管剩下几个人，都要寻找队伍，都要归队！抗日到底！咱这罐子热血要洒也得洒在这白山黑水上……"

他们立正，敬礼，高喊："老排长，我们归队了！"他们的表情庄严肃穆，同时举枪朝天射击。枪声在山谷间回荡，回荡在那个遥远的秋天。那是他们在告慰老山东及众多为抗日献出宝贵生命的英烈们远去的灵魂。